Bernard von Brentano
Franziska Scheler

Roman

Herausgegeben
und mit einem Nachwort
von Sven Hanuschek

Schöffling & Co.

Erste Auflage der Neuausgabe 2015

Die Erstausgabe erschien 1945 im Atlantis-Verlag in Zürich
Satz: Photosatz Amann, Memmingen
Druck & Bindung: Pustet, Regensburg
ISBN 978-3-89561-489-7

www.schoeffling.de

Franziska Scheler

Erstes Kapitel

Der Fächer der großen Stadt öffnet sich,
und aus einem Blatt springt eine überraschende Figur.

I

Karl Chindler war umgezogen, und Leopold beschloß, seinen Bruder zu besuchen. Er wollte die neue Wohnung besichtigen und seiner Schwägerin ein paar Blumen bringen. In seinem Notizbuch stand: K. Ch. Budapesterstraße 154, und dahinter in Klammern: schräg gegenüber der Stelle, wo sich die Corneliusbrücke über den Kanal schwingt. Leopold verließ den Autobus an der Haltestelle Herkulesbrücke und ging am Kanal entlang das Lützowufer hinauf. Vor ihm ging eine Dame, die ein graues Kostüm trug und eine schwarze Kappe auf ihren blonden Haaren. Sie hielt den Kopf vornübergebeugt und den Blick zur Erde gesenkt, und ihre linke Hand spielte mit einem roten Regenschirm, dessen dünne Spitze von seiner Trägerin in gewissen Intervallen aufs Pflaster gestoßen wurde. Es war Gertrud Spalding, die Frau des Malers Spalding, und Leopold ging langsamer, er wollte Gertrud nicht überholen. Er hatte keine Lust, ihr Guten Tag zu sagen, Gertruds aufgeregte Schwatzhaftigkeit war im Stande, einen in ein endloses Gespräch zu verwickeln. Leopold schätzte das garnicht.

Es war Anfang Mai 1929. Die Kastanien waren schon voll belaubt, und die Kronen der mächtigen Bäume spiegelten sich in den bewegungslosen Wassern des Kanals. Leopold betrachtete das milchige Grün der Blätter und behielt Gertrud im Auge. An der Ecke der Keithstraße blieb Gertrud stehen und prüfte die Hausnummer. Dann bog sie nach links ein, und Leopold ging rasch weiter.

Karl Chindler schien sich gut gebettet zu haben. Das Haus No. 154 war das letzte in der Budapesterstraße und das Eckhaus dem Lützowufer zu. Die Haustür hatte die Ausmaße eines Scheunentors, und der Flur war mit dicken, weichen Teppichen belegt. Die Frau des Hauswarts, eine niedliche Blondine mit verheulten Augen, kam mürrisch und verlegen aus der Glastür ihrer Wohnung und schloß den Lift auf. Unterwegs drehte sie Leopold den Rücken zu, und Leopold betrachtete den Fahrstuhl. Es war eine elegante Kabine, die ihre Gäste mit braunen Polsterbänken und goldgerahmten Spiegeln unterhielt, während man rasch in die Höhe gehoben wurde. Selbst das massive Treppengeländer, das sich wie ein gehobelter Glycinenstamm um das Fahrstuhlgehäuse ringelte, machte einen wohlhabenden Eindruck, gerade aus Kleinigkeiten, zum Beispiel aus dem Blitzen und Funkeln der Messingstangen, die den Läufer gegen die Stufen der Treppe gepreßt hielten, spürte man, daß reiche Leute in diesem Haus wohnten. Karl Chindler wohnte im dritten Stock. Leopold läutete, und es dauerte ziemlich lang, bis jemand kam. Ein Riegel wurde zurückgestoßen, die Sicherheitskette klirrte gegen das Holz, und ein Diener (den Leopold noch nicht gesehen hatte) öffnete die Tür. Er war ein hübscher Bursche, aber sein Ton war ein wenig schroff.

– Sie wünschen?

– Mein Name ist Leopold Chindler. Ist mein Bruder zu Hause?

Der Diener nickte und trat zur Seite, wobei er die Tür völlig öffnete. Er nahm dem Besucher Hut und Mantel ab, die er über einen Stuhl legte, und führte Leopold in einen Salon, wo er ihn zu warten bat.

– Wie heißen Sie? fragte Leopold.

– Valentin.

– Dankeschön, sagte Leopold, und der Diener schloß die Tür.

Das Zimmer war mehr als doppelt so hoch wie zwei große Männer und sehr lang. Die eine Hälfte war mit weißen, die andere mit blauen Möbeln ausgestattet. Im Erker stand eine Zimmerlinde, und an einem Gestell aus blankgeputztem Messing hing ein Käfig, in dem ein Kanarienvogel saß.

Warten müssen ist langweilig, und Leopold betrachtete das kleine Tier, das mit seinen winzigen und unbegreiflichen Äuglein zurückblickte. Theodor Chindler, Leopolds Vater, hatte einige Jahre lang ganze Familien von Vögeln gehalten, und Karl Chindler schien die Vorliebe des Vaters geerbt zu haben. Der Vogel war sehr schön, das reine Gelb seines Gefieders erinnerte Leopold an ein Bild van Goghs, das im Kronprinzenpalais hing.

Die Schiebetür zum Nebenzimmer wurde geöffnet, und Karl trat ein. Er hatte die Gewohnheit, Gummisohlen zu tragen, und ging lautlos, aber was Leopold diesmal an dem immer verwunderlichen Manne verwunderte, war, daß Karl ohne Kragen und Krawatte eintrat.

– Ich habe mich beim Rasieren geschnitten, sagte er und faßte vorsichtig an eine kleine Wunde am Hals, wobei er den Kopf schräg in die Höhe hob und den Mund etwas verzerrte: Entschuldige darum meine Toilette.

Er gab seinem Bruder die Hand und hielt ihm die Wange zum Kuß hin.

– Ich wollte eure neue Wohnung begrüßen, sagte Leopold, und deiner Frau ein paar Blümchen überreichen.

– Das ist nett von dir … aber ich möchte dich bitten, wenn es dir recht ist, zu mir ins Eßzimmer zu kommen. Ich war über Mittag im Reichstag und bin eben erst nach Hause gekommen. Anna und die Kinder sind schon fertig und bereits auf ihre Zimmer gegangen, aber ich esse noch.

Leopold folgte seinem Bruder. Auch das Eßzimmer war sehr groß. Der langgezogene Tisch, der in der Mitte des Zimmers stand, war mit leergegessenen Tellern und Schüsseln bedeckt (was immer einen unordentlichen Eindruck macht), und das einzig Ordentliche auf der ganzen Tafel waren die kleinen Schlapper der Kinder, die in silbernen Ringen neben ihren Tellerchen lagen. Karl setzte sich in den Lehnstuhl, der am Kopfende der Tafel stand, und Leopold nahm neben ihm Platz.

– Hast du schon gegessen? fragte Karl.

– Ja, danke.

– Ich werde mich beeilen, damit wir rasch zum schwarzen Kaffee kommen.

Es gab Schnitzel, Bratkartoffeln und gelbe Rüben. Karl hob den Deckel von einer Schüssel und legte sich zwei Schnitzel auf den Teller. Dann schnitt er eins in zwei Teile und steckte das größere Stück in den Mund. Er hatte immer ordentliche Happen geliebt, und Leopold sah, daß er der Alte geblieben war.

– Du siehst gut aus, sagte Karl kauend und betrachtete Leopolds Backen. Was macht die Zeitung?

– Ärger.

– Deine Artikel sind nicht gleichmäßig, aber der letzte oder der vorletzte, das weiß ich nicht mehr genau, war sehr gut.

Karl schellte. Der Diener trat ein, räumte die Schüsseln ab und stellte den Nachtisch hin. – Geben Sie mir bitte noch einmal die große, runde Schüssel her, sagte Karl und deutete auf die Mitte des Tisches. Der Diener reichte Karl die Salatschüssel, und Karl leerte sich den ganzen Inhalt auf den Teller. Es waren rote Rüben, die er besonders gern aß. Danach wartete er einen Augenblick, bis der Diener das Zimmer verlassen hatte, nahm dann die Schüssel in beide Hände, setzte sie an den Mund und trank den Saft aus. – Das sah wahrscheinlich nicht sehr schön aus, was ich da eben gemacht habe, sagte Karl und bat Leopold, die Schüssel wieder zurückzustellen, aber der Saft dieser köstlichen Rüben, einer besonders edlen Gabe der Natur, ist gut für meine Nieren. Ich bin nicht mehr der Jüngste, und in meinem Alter muß man mit dem Aufpassen anfangen, wenn man auf eine erträgliche Weise alt werden möchte. Eitle Menschen oder Feiglinge, die den Kopf in den Sand stecken, fangen mit solchen Maßnahmen zu spät an und haben dann die Folgen zu tragen. Du hast das allerdings noch nicht nötig. Wie alt bist du eigentlich jetzt?

– Neunundzwanzig, sagte Leopold und rechnete sich aus, daß Karl neununddreißig sein mußte. Er war also noch ein junger Mann in den besten Jahren, aber er war nie jung gewesen, Leopold hatte ihn immer als gesetzten und gemessenen Herrn empfunden.

Karl hatte seinen Pudding gegessen, und die Brüder zündeten sich eben eine von Karls berühmten Zigarren an, als Anna Chindler ins Zimmer trat. Sie schien erstaunt, ihren Schwager zu erblicken, und Leopold fühlte, daß sie sogar verlegen war. – Welche Überraschung! sagte sie. Das hat man mir garnicht gemeldet, daß du im Hause bist. Dabei schaute sie Leopold mit ihren schönen Augen an, welche in der Familie Chindler jahrelang ein Gesprächsthema gewesen waren, bis schließlich der Ausdruck: Augen wie Anna sie hat, eine stehende Redensart wurde. Sie waren dunkelblau und von den Lidern ein wenig verhängt, aber trotzdem offen, warmherzig und aufrichtig, die Augen eines sinnlichen Weibes, aber eines guten und lenkbaren Menschen.

Leopold überreichte Anna einen Strauß roter Nelken, und Anna bedankte sich sehr.

– Euer Eßzimmer gefällt mir gut, sagte Leopold.

Karl wurde ans Telephon gerufen und stand auf. – Das wird ein längeres Gespräch, aber wir sehen uns nachher noch, sagte er eilig und stürzte aus dem Zimmer.

Anna fragte Leopold, ob er auch die andern Zimmer sehen wolle.

– Mit Vergnügen, sagte Leopold und spürte, daß sein Interesse Anna sehr freute. Sie sah ihn mit einem kurzen Blick an, wie man einen Menschen betrachtet, von dem man weniger erwartet hat, und der einen angenehm enttäuscht. Ihr Mann war Leopold nicht besonders gut gesinnt. Leopold wußte es wohl, aber er hatte die Fähigkeit, solche Abneigungen, wenn sie ihm nicht paßten, nicht zur Kenntnis zu nehmen. Er wußte übrigens selber nicht recht, warum er das tat und weshalb er so handelte. Es gab keinen vernünftigen, sicher keinen logischen Grund dafür, aber Karl war nun einmal sein Bruder und auch noch der Älteste der Familie, und so ließ ihm Leopold, was er (ein wenig gleichgültig gegen sich selber) Karls Eigenheiten nannte, und folgte, ohne weiter viel nachzudenken, seinem Herzen, in dem eine alte und tiefe Anhänglichkeit an Karl wohnte. Sein Freund Wilhelm Braun verspottete Leopold einmal wegen dieser unreifen Schwäche (wie er sich ausdrückte) und machte Leopold dadurch überhaupt erst auf sie aufmerksam, aber Leopold widersprach ihm, und indem er Gründe herbeischleppte, um sich zu rechtfertigen, fand er sein Verhalten großzügig und gleichmütig und eher lobenswert als das Gegenteil, aber darin täuschte er sich, denn

»Selbstliebe, Herr, ist nicht so schnöde Sünde,
Als Selbstversäumnis ...«

Anna ging vor, und Leopold betrachtete die Zimmer. Sie waren alle sehr groß und teilweise recht hübsch möbliert. Zum Schluß ging Anna durch einen langen Korridor, der stockdunkel war und kein Ende zu nehmen schien. Endlich öffnete sie eine Tür, und Leopold betrat das Kinderzimmer. Die Stube war ein helltapezierter, freundlicher Raum, fast so groß wie das Eßzimmer. Leopold begrüßte Annas Kinder, zwei blonde Mädchen von acht und zehn Jahren und zwei Buben, die etwas jünger waren. Alle Kinder waren sauber gewaschen und hübsch angezogen. Die Mädchen trugen blaue und rote Schleifchen im Haar, und der kleinste Junge, ein nettes dickes Kerlchen mit kräftigen Patschhändchen, hatte eine grasgrüne Spielschürze an, auf die eine Sonnenblume gestickt war. Anna nahm ihn mit Schwung hoch und küßte ihn ab; er schien ihr Liebling zu sein. Vor dem Fenster stand eine Schulbank, wie sie Leopold als Junge im Pennal gehabt hatte. Leopold zwängte sich auf den kleinen Sitz und probierte noch einmal eine Haltung aus, in welcher der moderne Mensch so viele Jahre seines Lebens zubringt, und die er eines Tages aufgibt, um sie nie wieder einzunehmen und völlig zu vergessen. Leopolds Stellung mußte wohl recht komisch aussehen, denn die Kinder schauten ihn mit großen, verdutzten Augen an, bis der kleine Junge laut herauslachte, und die ganze Gesellschaft in ein schallendes Gelächter ausbrach.

– Das Nette an dir ist, daß du ein gemütliches Haus bist, sagte Anna. Weißt du was? Bleib doch zum Abendbrot, wenn du Zeit hast. Wir essen heute schon um sieben Uhr, weil wir hinterher eine Versammlung haben ... Ja, bleibe nur hier, da kannst du was erleben, das du noch nicht mitgemacht hast, das wird dich sicher interessieren!

Die Kinder hatten aufgehört zu lachen und betrachteten ihren Onkel mit jener stummen Neugier, welche diesen Jahren eigentümlich ist, und mit jenen geheimnisvollen Gedanken, die wir Erwachsenen nie erfahren. Wir haben die Empfindungen unserer eigenen Kindheit vergessen und diejenigen der nächsten Generation bekommen wir nicht gesagt.

Annas Töchter waren hübsch und feingliedrig, und wenn auch keine die Augen ihrer Mutter geerbt hatte, so versprachen sie doch, schöne Frauen zu werden.

– Ich hab mal wieder die Hauptsache vergessen, sagte Leopold, aber wenn ich das nächste Mal komme, werde ich euch eine Tüte Schokolade mitbringen. Oder mögt ihr keine Schokolade?

– Wir essen sehr gern Schokolade, sagte das älteste Mädel, und ihr Gesichtchen war dabei so ernst, als beantworte sie die Frage eines Lehrers. Anna streichelte ihre Haare und tat so, als fände sie die Antwort etwas unbescheiden, aber sie war Mutter genug, um sich an der freudigen Hoffnung ihrer Kinder mitzufreuen.

2

Es war Viertel nach sieben, und Karl, Anna und Leopold hatten sich eben zu Tisch gesetzt, als es an der Haustür läutete. Karl lehnte sich zurück, öffnete die Jacke seines dunkelblauen Anzugs, nahm seine goldene Uhr aus der Tasche, ließ den Sprungdeckel springen und sagte: – Kommen denn diese Leute jetzt schon? Es ist ja erst sieben Uhr sechzehn. Das ist doch garnicht zu machen!

– Du wirst dich wundern, was du heute Abend alles sehen und hören wirst, sagte Anna zu Leopold und schmunzelte.

Valentin trat ins Zimmer und meldete, die ersten Gäste seien gekommen, wohin er sie führen solle?

– Das ist doch stark übertrieben, alles was recht ist, sagte Karl, und Leopold sah ihm an, daß sein Bruder sehr ungehalten war.

– Führen Sie die Leute in den Salon, sagte Anna. Hilde soll die Tür öffnen, und Sie bleiben hier zum Herumreichen. Die

Kinder sollen brav sein und sich heute ohne mich ausziehen. Ich komme nachher zum Abendgebet.

Der Diener verschwand, und Leopold hörte, wie nebenan Leute ins Zimmer traten und Stühle gerückt wurden.

– Dann müssen es also die Kinder büßen, sagte Karl gekränkt.

– Wer spricht denn hier von büßen? sagte Anna. Wenn die Kinder sich mal allein ausziehen dürfen, haben sie die größte Freude.

– Wie du meinst, sagte Karl. Aber wenn nachher eins im Badezimmer hinfällt oder ins kochende Wasser springt ... ich wollte nur warnen und das habe ich hiermit getan!

Leopold hatte sich für seine Veranlagung an diesem Nachmittag wirklich viel Mühe gegeben, seine Neugier zu bezwingen, aber er fand, er habe nun genug geleistet, und fragte: – Wollt ihr mir nicht endlich verraten, was sich heute Abend bei euch tut?

Karl hob beide Arme hoch, so daß sein Kopf förmlich zwischen den Schultern verschwand und sagte: – Wenn ich bitten darf ... später! Jetzt wollen wir rasch und möglichst schweigend essen, damit wir fertig werden. Die Leute sind nun einmal im Anmarsch, es paßt sich nicht, sie nebenan warten zu lassen und hier zu tafeln, als ob man nicht dazugehörte.

Das war ein Befehl, dem gehorcht werden mußte, zumal wenn man Karls Charakter kannte, der wenig Spaß verstand. Zum Nachtisch gab es nur Obst, und Valentin reichte eben den Obstkorb herum, als die Tür aufging, und Otto von Bendemann und Franziska Scheler eintraten. – Lassen Sie sich bitte nicht stören, sagte Herr von Bendemann. Wir gehören eigentlich nach nebenan, aber wir wollten Ihnen rasch Guten Abend sagen, ehe wir uns in den allgemeinen Haufen mengen. Es brodelt ja förmlich auf Ihrer Treppe!

– Sie stören überhaupt nicht, sagte Karl höflich und stand auf. Im Gegenteil! Ich bin froh, daß Sie da sind. Das scheint heute Abend die reine Völkerwanderung zu werden. Gott sei Dank, daß wir wenigstens Sie beide haben. Er holte zwei Stühle an den Tisch und bat Bendemann und Franziska, Platz zu nehmen.

Leopold stand ebenfalls auf und betrachtete Franziska, die ihn schweigend ansah, ohne ihn zu begrüßen. In diesem Augenblick wurde er von Bendemann erkannt, den er schon ein paar Mal bei Karl Chindler getroffen hatte. – Ah … Leopold Chindler … die Stimme der Berliner Allgemeinen … das ist aber eine nette Überraschung, sagte Herr von Bendemann. Er ging um den Tisch herum auf Leopold zu und gab ihm seine riesige Hand, und nun ging auch Leopold auf Franziska zu, um sie zu begrüßen. Sie schien ihn nicht wiederzuerkennen. Ein wenig die Augenbrauen hebend, machte sie ein eisiges Gesicht und gab ihm kaum zwei Finger, aber sie war noch schöner geworden, als sie als Mädchen gewesen war, sie sah wunderbar aus. Sie trug ein blaues Kleid mit kurzen Ärmeln, und ihre hellblauen Augen, an deren Rändern ein wenig Gelb schimmerte, beleuchteten das ganze Zimmer.

Der Diener kam herein und meldete, Herr Dr. Lichtstrahl sei gekommen. Der Herr bitte, einen Augenblick eintreten zu dürfen. Karl wußte nicht, was er sagen sollte, und sah seine Frau fragend an.

– Wir sind ja so gut wie fertig mit essen, sagte Anna. Laß ihn ruhig herein kommen. Ich glaube, das gehört sich so, er ist schließlich die Hauptperson des heutigen Abends.

– Dann führen Sie den Herrn Doktor herein, sagte Karl.

Der Eintretende trug das schwarze Gewand eines katholischen Geistlichen. Er war mittelgroß, dick und von bleicher Gesichtsfarbe. Sein Haarwuchs war stark gelichtet, aber die Stirn war schön und mächtig geformt und von eindrucksvoller Höhe. Der große, in eine einzige gerade Linie zusammengepreßte Mund zeigte Leidenschaft und Willensstärke. – Ich begrüße Sie von Herzen, Herr Ministerialrat, sagte er zu Karl Chindler, und spreche Ihnen noch einmal unser aller Dank dafür aus, daß Sie Ihre schöne Wohnung der guten Sache zur Verfügung gestellt haben. Möge es Ihnen der Herr mit seinem Segen vergelten.

Nach dieser feierlichen Ansprache ließ er Karls Hand los (die er die ganze Zeit über festgehalten hatte) und begrüßte nun Anna und die übrigen Anwesenden.

– Darf ich Ihnen meinen Schwager Leopold Chindler vorstellen? sagte Anna.

Dr. Lichtstrahl nahm Leopolds Hand, und Leopold fühlte, daß Lichtstrahls Hand sehr weich war. Auch das Gesicht des Mannes war aus der Nähe gesehen weniger eindrucksvoll, als es aus der Ferne und im Rahmen der Tür geschienen hatte. Die Augen, die durch eine sehr scharfe Brille verdeckt wurden, waren klein und von unbestimmter Farbe, und die untere Hälfte des Gesichts hing ein wenig schlaff herab und gleichsam nicht ganz fertig gemacht. Nachdem sie diese Stirn geformt, hatte sich die Natur keine Mühe mehr gegeben und den Rest des Gesichts ein wenig mit der linken Hand vollendet. Die Stirn allerdings blieb auch aus der Nähe großartig.

Auch Leopold wurde genau gemustert, und es dauerte sogar noch einige Sekunden über seine Prüfung von Dr. Lichtstrahls Person hinaus, bis Dr. Lichtstrahl den Mund öffnete und sprach: – Ich habe von Ihnen reden hören, ich freue mich sehr, Sie kennen zu lernen.

Leopold überlegte, wer in aller Welt Dr. Lichtstrahl von ihm erzählt haben könnte. Aber das Rätsel löste sich, wenigstens zur Hälfte, indem sich Dr. Lichtstrahl als Kenner der Artikel bekannte, die Leopold in der Berliner Allgemeinen veröffentlichte.

Dr. Lichtstrahl ging weiter und begrüßte den Gesandten a. D. von Bendemann. Bendemann hatte soeben seine riesige, hellgelbe Hornbrille geputzt, setzte sie nun wieder auf die Nase und musterte die staubige Soutane des Geistlichen.

– Das ist wirklich eine große Freude für mich, sagte Dr. Lichtstrahl, heute Abend soviele ausgezeichnete und angesehene Herren begrüßen zu dürfen. Dann machte er eine gewandte Verbeugung gegen Anna und fuhr fort: – Aber wenn es Ihnen recht ist, gnädige Frau, wollen wir nun auch die übrigen Gäste nicht länger warten lassen und anfangen.

Karl ging voraus und öffnete die Schiebetür, und Leopold erblickte endlich die geheimnisvolle Versammlung, auf die er so lange gewartet hatte. Der Salon war bis auf den letzten Platz mit Menschen gefüllt, aber Leopold war sehr verblüfft, als er nun näher trat und die Anwesenden betrachtete. Es waren fast alles einfache Leute, Arbeiter und Angestellte mit müden, abgearbeiteten Gesichtern und groben Händen, Werkzeugen, die es gewohnt waren, kräftiges Werkzeug zu halten und den Kampf ums Dasein mit der Stärke ihrer Muskeln zu führen. Unter den jüngeren Leuten, die sich im Hintergrund des Zimmers versammelt hatten und eine Gruppe für sich bildeten, sahen einige wie Schauspieler aus oder wie verbummelte Künstler. Sie hatten trotzige Gesichter und lange, fettige, ungepflegte Haare. Manche hatten böse Augen, denen man schwierige Probleme ansah, oder spöttische und hochmütige Münder, und diese wurden nun noch abweisender und böser, als der Hausherr eintrat, und die eleganten Erscheinungen von Anna und Franziska auf die vordersten, ihnen freigehaltenen Stühle zugingen. Dagegen gab es unter den älteren Leuten sympathische und einnehmende Gesichter mit klugen und vorsichtig-aufmerksamen Augen. So saß gleich vorn in der zweiten Reihe eine mittelgroße Frau mit weißen Haaren, die ein schönes, ja edles Gesicht hatte. Sie hielt die Hände über dem Schoß gefaltet und den Kopf mit den sehr bleichen Wangen gesenkt, aber als sie nun Dr. Lichtstrahl eintreten sah, hob sie die Augen und betrachtete den Geistlichen mit einer sanften und prüfenden Hingabe, wie sie Dürer und Grünewald gezeichnet haben, und wie sie jenen verliehen ist, welche hungrig und beladen sind und die Kraft haben, zu glauben.

Die Stühle reichten nicht aus, und einige Gäste, die in den Erker getreten waren, mußten stehen. Karl und Leopold schleppten noch ein paar Stühle aus dem Eßzimmer herbei, bis alle Anwesenden sitzen konnten, und dann begann Dr. Lichtstrahl seinen Vortrag.

Er erhob sich, drehte seinen Stuhl um, stützte seine kleinen, bleichen Hände auf die Rückenlehne und sprach:

– Unsere junge katholische Volkshochschule Berlins marschiert! Wir besitzen noch keinen Prachtbau, der uns gehörte, wir können uns noch nicht im eigenen Heim versammeln, wann immer es uns paßt, aber wir besitzen eigentlich mehr als das. Man wollte mir neulich Angst und Bange machen und fragte mich: Aber lieber Herr Doktor! Wo wollen Sie denn Ihre Kurse abhalten? Wo wollen Sie denn Ihre Zuhörer und Zuhörerinnen versammeln? Ich antwortete: Überall! Berlin hat eine Million-zweihundertzehntausend-sechshundertundzwei Wohnungen; das genügt uns. Da werden wir schon jede Woche eine finden, die uns aufnimmt – und siehe da ... wir haben jede Woche eine gefunden. Vor vier Wochen eine, vor drei Wochen eine, vor zwei Wochen eine, und heute wieder! – Einige Zuhörer lachten zustimmend, und der Redner machte eine Pause. Dann fuhr er fort: – Außerdem, meine verehrten Anwesenden, wollen wir ja vorläufig, ich sage allerdings ausdrücklich vorläufig, etwas ganz anderes. Wir sind keine Gelehrten, und wenn wir auch Schüler sind, so sind wir Schüler besonderer Art, wir sind – Menschen! Wir sprechen nicht nur zum Intellekt, zum Gehirn da oben, zu diesem bißchen Masse, auf das gewisse Leute so entsetzlich stolz sind, wir wissen, daß der Mensch vielfältiger ist und reicher; wir sprechen zum ganzen Menschen! Zur Seele!

Sehen Sie, verehrte Zuhörerinnen und Zuhörer, vor vierzehn Tagen war Ostern. Eines Nachmittags, ich kam eben vom Friedhof, oder besser gesagt von einem der vielen Friedhöfe, die es in unserer Stadt gibt ... also: Ich kam vom Friedhof und ging in Gedanken verloren durch die Leipzigerstraße. Vor Wertheim blieb ich stehen. In den Schaufenstern war Ostern! Sport, Wanderung, Frühjahr! Wanderanzüge! Segelboote, Gezelt! Mitten im Schaufenster Osterhasen und Ostereier. Dazwischen knospende Weiden. Ostern an der Leipzigerstraße!

Der Mann war unstreitig ein großer Redner; Leopold erinnerte sich nicht, jemals einen besseren gehört zu haben. Die letzten Worte hatte Dr. Lichtstrahl förmlich gezischt, aber sein Meisterwerk schien Leopold doch zu sein, daß er, während er die unschuldigen Gegenstände aus dem ahnungslosen Schaufenster am Leipziger Platz auf die Straße warf, diese gleichzeitig zur äußersten Sichtbarkeit erhob und zur lächerlichsten Unscheinbarkeit verurteilte. In diesem Augenblick glich er ein wenig Jesus im Tempel, allerdings einem intellektuellen Jesus, der seine Hände nicht gebraucht und sie höchstens so bewegt wie ein Kapellmeister seine Linke. Jesus hatte eine Peitsche in der

Hand gehabt, eine Geißel; dieser Mann stand fast unbeweglich da, und seine (unsichtbaren) Waffen waren die kalte Kraft seiner Beobachtungsgabe und die dämonische Gewalt seiner Redekunst.

Dr. Lichtstrahl richtete sich hoch auf und fuhr fort: – Nach Hause zurückgekehrt, blätterte ich in Schotts Meßbuch. Lithurgie der Karwoche! Gründonnerstag! Flectamus genua! O crux ave! Die Improperien! Vexilla regis! O lux beata! Dann jubelnde Osterglocken! Alleluja! Das ist Feiertag. Das ist Weihe. Das ist Auferstehung. Wie ist doch die Welt ohne Kirche arm und glatt und bürgerlich geworden. Spießbürgerlich! Ostereier! Osterhasen, Weidenkätzchen! Gut essen, gut trinken und eine Handvoll Frühlingsluft. Hier aber Ewigkeit, Firnenglanz, Sturmgebraus, Auferstehung, Wiedergeburt! Urmenschliches wird aus den Tiefen emporgerissen. Felsen spalten sich. Kreuze stehen lichtumflossen. Ostern kündet und umjubelt den Auferstandenen. Das nenne ich Feiertag. Der die Menschen über sich hinaushebt. Der sie in das Unendliche taucht. Der sie mit dem Göttlichen verbindet. Der so das Tal dieser Welt in den Farbenglanz der Überwelt stellt. Feiertag!

Der Redner schwieg, und Leopold blickte sich vorsichtig um. Alle Zuhörer schienen gepackt zu sein, auf einigen Gesichtern konnte er die tiefste Ergriffenheit lesen. Leopold war erstaunt, denn der Schluß der Ansprache hatte ihm wenig gefallen. Er fand ihn leer, nicht ganz aufrichtig und ohne greifbaren Sinn, er fragte sich, welche Kindheit und welche Art von Elternhaus der Redner wohl gehabt habe. Leopold erinnerte sich gern der Osterfeste seiner Kindheit. Man war früh aufgestanden an diesem fröhlichen Feiertag und mit der ganzen Familie um acht Uhr zur Messe gegangen. Manchmal lag im Vorgarten noch Schnee, und ein frischer Wind, der einen besonders auf dem Heimweg kräftig ins Gesicht biß, kämpfte mit der jungen, unvergleichlichen Kraft der Frühjahrssonne, aber wenn man dann gegen halb zehn nach Hause zurückkam, gab es in dem alten, gemütlichen, grüntapezierten Eßzimmer ein mächtiges und prächtiges Frühstück: Kaffee und Milch und Zucker und schöne weiße Brötchen und für jeden zwei bunte Ostereier aus einem großen gelben Strohkorb, der in der Mitte des Frühstückstisches stand, und dessen lustige Farben, die ein Geheimnis von Tante Friederike waren, den ersten Blumenstrauß des jungen Jahres bildeten. Sollten diese hübschen, alten Bräuche abgeschafft werden? Waren sie Herrn Lichtstrahl zu heidnisch? Oder zu irdisch? Leopold verstand der Rede Sinn nicht, und seine leicht erregbare Empfindlichkeit weckte ein Gefühl von Feindschaft gegen den Redner in seinem Herzen. Man hatte ihn nicht überzeugen wollen, sondern überreden, und dagegen empörte er sich. Ostern, dachte er, soll bleiben, wie es immer gewesen ist!

Dr. Lichtstrahl fuhr fort, aber Leopold betrachtete Franziska, die schräg vor ihm saß, und eine erstaunliche Fähigkeit hatte, sich nicht zu rühren. Leopold wußte nicht, daß Franziska Scheler mit Herrn von Bendemann verwandt war, und fragte sich, woher sie seinen Bruder kenne, und aus welchem Grund sich diese schöne und mondäne Protestantin für solche Versammlungen interessiere, aber Franziska schien aufmerksam zuzuhören, und die dunklen Wellen ihrer Haare, welche einen kleinen, weißschimmernden, sehr zart modellierten Nacken freiließen, gaben keine Antwort.

Der Redner war fertig geworden. Leopold nahm seine Uhr aus der Tasche und schielte aufs Zifferblatt; es war gleich halb zehn.

Anna stand als erste auf und dankte Dr. Lichtstrahl für seine Rede, indem sie auf ihn zutrat, ihm die Hand gab und ein paar liebenswürdige Worte sagte. Leopold stand ebenfalls auf, um seine zappeligen Beine zu vertreten, und als nun Karl als Hausherr auf Dr. Lichtstrahl zuging und dabei sein würdigstes und ganz und gar undurchdringliches Gesicht machte, ging Anna zu Leopold und stellte sich neben ihn.

– Na, du oller Heide, sagte sie spöttisch, aber durchaus verwandtschaftlich und kameradschaftlich spöttisch und dazu im Unterton sogar ein wenig unsicher, wie hat dir unser Vortrag gefallen?

Leopold sah seiner Schwägerin an, daß sie begeistert war, und antwortete, der Redner scheine eine ungewöhnlich interessante

Persönlichkeit zu sein. Anna war eine liebe und tüchtige Frau, aber auch ein harmloses Gemüt, und verstand Leopolds Antwort nicht. – Nicht wahr! sagte sie lebhaft und sichtlich beglückt, das finde ich auch, ich habe es Karl immer gesagt! Aber das freut mich nun ganz besonders, daß sogar dein kritischer Geist zufrieden ist. Du bist ja sonst manchmal mehr für's Zersetzende und Haarspaltende ... du nimmst es mir doch nicht übel, wenn ich mal so offen rede? Aber nun sehe ich, daß wir frömmeren Christenmenschen noch nicht alle Hoffnung auf deine Seele aufgeben müssen, und das allein lohnt mir den ganzen Abend!

Leopold fand sich garnicht zersetzend und weit eher zum Gegenteil geneigt, aber Annas freundliche Bemühung, »frömmere Christenmenschen« zu sagen anstatt fromme, war nett und taktvoll, und außerdem waren solche Mißverständnisse Begleiter seines Lebensweges, die nun ungefähr schon halb so alt waren wie er selber, alte, bittere Bekannte. Er lächelte, so gut und höflich er konnte, und schwieg. Die Unwahrheit zu sagen und zu heucheln, war er nicht geneigt, und besonders nicht einer Frau gegenüber wie Anna, aber Erklärungen waren hier auch nicht am Platze. Sie wurden nie verstanden (denn wer mag hören, was ihm widerspricht, und was er nicht hören will?), sie machten am Ende immer alles nur schlimmer und die Mißverständnisse härter und spitziger wie verschleppte Krankheiten. Obendrein kam ihm Karl zu Hilfe. Er trat auf seine Frau zu, nahm sie beiseite und flüsterte ihr etwas ins Ohr. Anna hörte zu, wobei sie die Stirn runzelte und schließlich den Kopf schüttelte. – Das brauchst du mir nicht leise zu sagen, das hatte ich mir gleich so gedacht. Es ist alles gerichtet und wird jeden Augenblick gebracht werden. Aber wenn du willst, werde ich selber nachsehen.

Sie ging aus dem Zimmer, und kurz darauf erschienen Valentin und die beiden Mädchen und reichten Schüsseln mit belegten Broten herum und Tablette mit Bier und Weißwein. Dr. Lichtstrahl hatte sich auf einen Sessel im Erker zurückgezogen und betrachtete mit einem Behagen, das ihm aufs deutlichste anzusehen war, die kleine Wiederholung der Speisung der Fünftausend, die Anna sorgfältig und großzügig vorbereitet hatte. Seine

Rede war ein Sieg über die Seelen seiner Zuhörer (wenigstens sah es so aus), und er blickte auf das angeregte Flüstern und das vergnügte Kauen und Futtern seiner Schäfchen, wie ein General die Parade braver Truppen mustert, die ihre Pflicht getan haben. Des Menschen Wille ist sein Himmelreich, und dieser Mensch schien nur aus Willen zu bestehen. Also mußte er, wenigstens in diesem Augenblick, glücklich sein, da an diesem Abend ihm alles nach Wunsch ging.

3

Es war zehn Uhr, und einige Gäste hatten bereits das Zimmer verlassen, als sich Dr. Lichtstrahl plötzlich erhob und, indem er die Arme ausbreitete, die Tür versperrte. – Wenn es den Anwesenden recht ist, möchte ich noch ganz kurz und knapp einen Gedanken aussprechen, der mir heute Nachmittag gekommen ist.

Sofort trat Ruhe ein. Einige Leute setzten sich wieder hin, andere blieben stehen, wo sie gerade standen, und Dr. Lichtstrahl fuhr fort: – Vor acht Tagen stand ich am Sterbebett einer Greisin. 88 Jahre alt. Hoch im Norden Berlins, in der vierten Etage einer Mietskaserne. Niemand war im Zimmer, nur die Sterbende, und ich. Als ich niederkniete und die Krankengebete sprach und das Silbergefäß mit dem Krankenöl öffnete und die goldene Patene, auf der die Hostie lag, schaute ich zwischen den flackernden Kerzen auf die Straße. Drüben Sechs-Etagen-Haus. Vor mir die Hochbahn. Station Nordring. Züge, die einlaufen, Züge, die abfahren. Drüben Schlächterei. Daneben Färberei. Ich salbe ihr, der Klaräugigen, Mitbetenden, die Sinne. Augenlider. Mund. Hände. Per istam sanctam unctionem et suam piissimam misericordiam. Das Gebet um die Verzeihung alles dessen, was wir mit unsern Sinnen falsch gemacht haben. Mit der Glut der Augen. Mit dem Griff der Hand. Mit dem falschen Weg der Füße. Indulgeat! Er soll dir verzeihen! Alles! Blicke zurück auf deine achtundachtzig Jahre. Wir verzeihen den andern. Gott verzeiht uns. Schau durch die Fenster. Über diese Häuser hinweg. Der Himmel ist doch blau. Die Sonne wirft doch ihre goldenen Strahlen über diese dunklen Dächer. Die Sterne steigen doch in unendlicher Ferne, klar, bestimmt, gottverkündigend. Erschrick nicht, o Greisin, vor den letzten Tagen. Sterben ist nur Übergang. Ist nur Brücke. Ist nur Portal in die unendliche Ewigkeit. Es gibt eine Verzeihung, eine Lösung. Ein Traum, der Wirklichkeit ist. Gott selbst! Selig sind, die in Gott sterben …

Der Redner schien von seinen eigenen Worten sehr ergriffen zu sein und machte eine Pause, und diesmal war auch Leopold gepackt. Aber Dr. Lichtstrahl machte nur eine kurze Pause und fuhr fort: – Heute Nachmittag habe ich diese Frau beerdigt. Ganz allein. Kein Mensch war gekommen. Von vier Millionen Einwohnern unserer Stadt nicht einer. Das darf nicht mehr sein. Das ist unerträglich. In einer Stadt, in der Christen wohnen, soll es von heute ab unmöglich sein, daß irgend ein Mensch, den kein Freund und kein Verwandter mehr kennt, so einsam zu Grabe getragen wird wie diese Greisin. Die Toten begraben! Auch das ist Christenpflicht! Aber nicht nur die Berühmten, die Prominenten, die alle Zeitungen in fetten Lettern loben, sondern auch den Letzten, den Verlassensten, den Verachtetsten! Das Mittelalter wußte um diese Aufgabe. Es kannte Genossenschaften, die ihr dienten. Lasset uns die stille Arbeit der Kalandsbrüder wieder aufnehmen. Lasset uns die Toten begraben … Wer mitmachen will, melde sich in den nächsten Tagen auf meinem Büro, und wer keine Zeit hat zu mir zu kommen, schriftlich. So … Das hatte ich noch sagen wollen, und nun: gute Nacht, liebe Zuhörer.

Auch der zweite Teil der Rede hatte Leopold gefallen, und er wollte eben auf Dr. Lichtstrahl zugehen, um ihn zu seinen Worten zu beglückwünschen, als Karl ihn am Arm faßte. – Die erste Rede war besser, sagte er leise, die zweite war ein bißchen verstiegen. Wir leben ja schließlich nicht mehr im Mittelalter. Aber, was ich noch sagen wollte: Sei so gut und laß den Redner jetzt in Ruh', ich meine, halte ihn nicht auf. Die Leute werden müde sein und sollen nach Hause gehen, alles was recht ist, es ist halb elf.

Anna hatte ihrem Mann schweigend zugehört, und als sich Karl umdrehte, um einigen Gästen die Hand zu geben, die sich herandrängten, um sich zu bedanken und zu verabschieden, sagte Leopold, ihm hätte die zweite Rede besser gefallen als die erste. – Du bist und bleibst halt ein wenig verstiegen, sagte Anna (indem sie sofort das Wort ihres Mannes aufnahm). Aber in diesem Fall schadet es vielleicht garnichts. Melde dich nur und begrabe die Toten. Das ist immer noch ein gutes Werk. Leopold schaute auf Annas Stirn (die garnicht hoch war), und schämte sich. Bei Annas Worten war ihm ein Fehler seines Charakters eingefallen, den er wohl kannte, der ihm auch zuwider war, und der sich trotzdem nicht leicht beseitigen ließ. Dr. Lichtstrahls Worte hatten ihn ergriffen, aber sie hatten trotzdem nur eine äußere, eine sehr abgetrennte und gleichsam für sich selber lebende Seite seines Wesens berührt. Dr. Lichtstrahls Gedanke hatte seinen Gedanken gefallen, aber davon war er weit entfernt, nun auch die Konsequenz zu ziehen und sich zu melden und Dr. Lichtstrahl zu helfen, seine Toten zu begraben. Nun hatte ihn Annas Bemerkung geweckt, und er spürte, und nicht ohne Zorn auf sich selber, daß er wieder einmal ein purer Intellektueller gewesen war, und das heißt ein Mensch, der nur mit dem Verstand reagiert, oder besser gesagt, der anders denkt, als er handelt, der besser denkt, als er handelt, dessen Geist kräftig und kultiviert ist, ja sogar von feiner und zarter Empfindsamkeit, während sein Charakter fahrig und wenig empfindlich in jenen dunkeln Höhlen des Herzens verharrt, zu denen der Verstand keinen Zutritt erhält, weil der Charakter das auf-dem-Sofa-Liegen liebt und nicht gestört sein möchte. Ja, er war böse auf sich, und er empfand ein Gefühl von Dankbarkeit für Anna, weil ihre Worte ihn wenigstens vor der dummen und in diesem besonderen Falle gar zu unaufrichtigen Geste bewahrt hatten, Dr. Lichtstrahl einige folgenlose Komplimente zu machen. Es war – vielleicht, Leopold wußte das noch nicht genau – nicht seine Aufgabe, ein Kalandsbruder zu werden und einem Manne zu helfen, der ihm sehr fremd war, und den er aus mancherlei gewichtigen Gründen ablehnte, aber da dies so lag, war es auch nicht anständig, eine Sache zu loben, die überhaupt von ganz anderer Natur war, und zwar durchaus von einer, die man weder loben kann noch tadeln, sondern nur tun oder nicht tun, tun oder lassen.

Anna war ein harmloses Gemüt und nur mittelmäßig gebildet. Ihre Lust auf Erden war, Mutter ihrer Kinder zu sein und Hausfrau ihres Mannes, und es gab manchen Mann von Leopolds stolzer, ja hochmütiger Art und besonders von seinem Ehrgeiz, der seine Abende zu kostbar gefunden hätte, um sie bei einer Frau wie Anna zu verbringen. Aber Leopold fand, daß sich solche Leute täuschten. Die Mütter wohnen nicht nur unter der Erde und im geheimnisvollen Reich; sie wohnen auch unter uns, und es lohnt sich wohl, sie immer zu verehren und mit Geduld anzuhören.

Zweites Kapitel

Eine Frau kann nur auf eine Art schön sein,
aber anmutig auf hunderttausend.
Montesquieu.

I

Franziska Scheler hatte sich in eine Ecke des großen, blauen Sofas zurückgezogen. Sie schien müde zu sein, denn Leopold sah, daß sie hinter dem winzigen Knäuel eines Taschentuchs vorsichtig gähnte. Es war Zeit, endlich mit ihr zu sprechen, und Leopold steuerte durch die Klippen der verlassenen Stühle auf sie zu und setzte sich ihr gegenüber. – Wir haben uns lange nicht gesehen. Darf ich fragen, wie es Ihrer Schwester geht und Ihren Eltern?

– Sie haben sich sehr verändert, sagte Franziska und betrachtete Leopolds Gesicht, bis sich ihre Augen trafen, und Franziska den Blick zur Seite wandte. Ich habe Sie im ersten Augenblick nicht wiedererkannt.

– Es ist lange her, daß wir uns gesehen haben, ich glaube acht Jahre.

– Meiner Schwester gehts gut. Sie hat zwei reizende Kinder.

– Hat Ihnen der Vortrag gefallen?

– Ja und nein. Manches war für mich ein wenig fremd. Wie viel Uhr ist es wohl? Ich glaube, es ist Zeit, nach Hause zu gehen.

– Da kennen Sie den Charakter meines Bruders nicht. Meiner Ansicht nach geht der Abend für ihn jetzt erst los. Er hat seit drei Stunden schweigen müssen, nun wird er wohl mindestens eine ebenfalls reden wollen. In seinem Gehirn dürften gewaltige Gedankenmassen aufgestaut sein.

Franziska richtete sich lächelnd auf und schaute zu Karl Chindler hinüber. Karl stand, die Zigarre in der Hand, zwischen Dr. Lichtstrahl und Herrn von Bendemann und redete auf die Herren ein.

– Eine Diskussion würde mir gefallen, sagte Franziska, dann bleibe ich noch hier. Es ist ein Vergnügen, Ihrem Bruder zuzuhören. Er ist gescheit und dabei lustig und witzig.

Leopold hätte gern noch länger mit Franziska gesprochen, aber Karl ließ sich zwischen Dr. Lichtstrahl und Herrn von Bendemann nieder, und Franziska stand auf und setzte sich neben ihren Vetter Bendemann. Leopold folgte ihr und setzte sich neben Anna, und so war denn alles bereit, und Karl konnte mit einem seiner berühmten Monologe beginnen.

Karl Chindler war Beamter im Ministerium des Innern, wo man ihn auf besonderen Wunsch des Ministers in höchst ehrenvoll rascher Beförderung zum Ministerialrat gemacht hatte. Er war ein gescheiter Mensch (der sehr gute Examina gemacht hatte) und von großem Ehrgeiz besessen, aber sein Charakter war zu kompliziert und vielschichtig, um ein so einfaches Gefühl wie Dankbarkeit aufkommen zu lassen. Die Republik hatte ihn gut behandelt, aber sie war, nach Karls Ansicht, ein so schwächliches und beklagenswert markloses Gebilde, daß sie nur die Peitsche verdiente und keine Zuneigung, wie gewisse Kinder, von denen die Pädagogen meinen, ihnen könne nur mit Strenge geholfen werden und keineswegs mit Liebe. Außerdem war Karl stolz auf seinen Verstand, und da er sich einen hohen Wert beimaß und für einen der wenigen ehrlichen und aufrichtigen republikanischen Beamten hielt, so fand er, die Regierung habe nur ihre verdammte Pflicht und Schuldigkeit getan, als sie ihn beförderte und ihm einen wichtigen und einflußreichen Posten anvertraute. Seine Freunde hatten ihn gelegentlich gewarnt, nicht so offen zu sprechen und seine Zunge besser im Zaun zu halten, aber Karl konnte nicht schweigen, und er scheute sich nicht, offen zu erklären, die Republik schulde ihm weit mehr Dank als er ihr. Seine Freunde lächelten, wenn sie solche Behauptungen hörten, aber die gute Anna, die ihren Mann für ein Genie hielt, ward durch diese Reden in Karls

Ansicht so sehr bestärkt, daß sie am Ende Karl noch bestärkte. Das Ergebnis dieser Haltung war eine Art Haßliebe, und Karls Leidenschaft, die Republik und ihre gesamte Politik zu kritisieren, und zwar sowohl die innere als auch die auswärtige, wurde unerschöpflich und seine Reden wurden immer schärfer. Allerdings hatte Franziska in einem Punkte recht: Wenn Karl auf dieses Thema zu sprechen kam, dann konnte er sehr witzig sein.

Dr. Lichtstrahl hatte sich eine Zigarre genommen, Karl reichte ihm eine kleine Schere und steckte ein Zündhölzchen an. Dann begann er: – Ja, wissen Sie, Herr Doktor, im Grunde genommen sollten Sie ein eigenes Haus für Ihre Schulpläne haben, und wenn gewisse Herren nicht so – na, sagen wir überbedenklich wären, hätten Sie es auch schon.

Mit dieser Einleitung war die captatio benevolentiae beendet, und Karl fuhr fort: – Aber offen gesagt, das normale Zentrumsschaf ist von einer Duldsamkeit – um nicht zu sagen Dummheit! –, die ein halbwegs vernünftig denkender Mensch kaum zu fassen vermag. Gestern abend war ich zwei Stunden bei einem der höheren Herren (um nicht zu sagen der höchsten), und was glauben Sie, was ich mir volle geschlagene zwei Stunden anhören mußte? Kindliches und ohnmächtiges Jammern. Die deutschnationalen Beamten sabotieren den Herrn, die Herren Professoren sabotieren ihn, und dieser Mann, der die Mittel hätte, um sich durchsetzen zu können, sitzt da und jammert wie ein Baby, dem der böse Wolf sein liebes Rasselchen gestohlen hat.

Dr. Lichtstrahl gab keine Antwort, und es war ihm anzusehen, daß er über Karls Offenherzigkeit erstaunt war. Karl schien es aber nicht zu merken und fuhr fort: – Dabei wäre diese kindische Sabotiererei durch einen Federstrich zu beseitigen. Wenn die Brüder nicht parieren, sollen sie zum Teufel gehen. Ich versichere Ihnen, meine Herren, wenn ein energischer Mann in unserem Ministerium zehn Beamte fristlos und ohne Pension entlassen würde, dann käme der Rest gekrochen, auf allen Vieren, da halte ich jede Wette, wie die Hündchen, ganz brav und lautlos, und mit dem Schwanz wedeln würden sie auch noch und Pfötchen geben und Männchen machen und alles, was sich gehört! Ich kenne diese Herren, das walte Gott, die halten freche Reden, solange der Brotkorb gut gefüllt und hübsch greifbar auf dem Tische steht, aber sobald er nur zehn Zentimeter in die Höhe gezogen wird, fangen sie schon an zu schielen wie die Füchse, wenns kalt wird, und nach weiteren zehn Zentimetern geht ihnen der Schnauf aus. Ich würde da ganz anders handeln, oder einfacher gesagt, ich würde da überhaupt mal handeln und den Herren die Hälse lang ziehen, wie alten Gummi, und, wenns Not tut, mit einer Spezialmaschine, die von mir aus was kosten dürfte ... Aber unsereiner ist ja leider Gottes machtlos, und was tut statt dessen ein braver Zentrumsminister? Er ringt die Hände, er verdreht die Augen, er seufzt und ächzt und läßt sich graue Haare wachsen und – achtet die Überzeugung seiner Gegner. Das ist vielleicht ganz schön und gut, aber politisch ist das nicht. Gegen Intoleranz gibt es nur ein Mittel: Intoleranz.

Leopold versuchte mit großer Aufmerksamkeit zuzuhören, aber es gibt kaum eine Eigenschaft, welche so schwierig zu handhaben ist wie die Aufmerksamkeit. Karl Chindler sprach nicht von sich, sondern trotz aller Unsachlichkeit seiner Ausdrucksweise eben doch sachlich, und so gab es nichts zu belauern, was die Grundform der Aufmerksamkeit ist. Leopold wurde vom Thema abgelenkt, und seine Überlegungen beschäftigten sich mit dem Charakter seines Bruders. Die engen Verhältnisse, in denen sich Theodor Chindler hatte herumschlagen müssen, hatten Leopold schon früh gelangweilt und seinem Interesse an der Politik zeitweise einen Abscheu beigemischt, der in den Jahren nach dem ersten Weltkrieg viele von seiner Generation ergriff und sie entweder übermäßig radikalisierte oder für die Aufgaben und Sorgen des Staates stumpf machte. Leopold hatte diese Kinderkrankheit überwunden, aber nun sah er mit Staunen, daß Karl eigentlich noch zu der Generation seines Vaters gehörte, und das heißt zu jener weitverbreiteten Gruppe von Männern, die aus der Opposition nicht herauskam.

Auch Herr von Bendemann hatte an Karls Lippen gehangen, und als Karl nun schwieg, stimmte er ihm lebhaft zu, ja, er klatschte sogar in die Hände. Anna fand das sehr nett von Bendemann und belohnte ihn mit einem Lächeln, aber Leopold kannte Bendemann besser (und viel besser als Anna ihn kannte): Der alte Diplomat war ein listiger Mensch und ein bißchen falsch dazu. Es machte ihm Spaß, Karl reden zu hören, und Karls spitzige und scharfe Zunge unterhielt ihn, wie es ihm an anderen Abenden Vergnügen machte, einem witzigen Ansager zuzuhören, und er spendete Beifall, wie er im Theater da capo rufen konnte, um die Wiederholung einer Arie zu erzwingen, die ihm gefallen hatte, oder wenigstens eine Zugabe. Karl nickte ihm zu, aber er beachtete ihn eigentlich kaum und hielt sich immer noch an Dr. Lichtstrahl. Dr. Lichtstrahl hatte ein paar Mal gelächelt, als sich Karl besonders drastisch ausdrückte, und einmal hatte er sogar beifällig mit dem Kopf genickt. Leopold hatte es wohl gesehen, alle Anwesenden sahen es, und Karl hielt es wahrscheinlich für jene Art lautloser und vollständiger Zustimmung zu seinen Ausführungen, die seinen Gedankenstrom nicht störte, und die er darum besonders schätzte. Leopold war mißtrauischer, und er glaubte zu fühlen, daß Dr. Lichtstrahl mit seinen Gedanken mehr die Person Karls prüfte als dessen Mitteilungen und den merkwürdigen Redner interessanter fand als die merkwürdige Rede. Dr. Lichtstrahl war kein Politiker, und die kleinen, im Grunde alltäglichen Schwierigkeiten eines politischen Beamten, die Karl lediglich sehr farbig und blühend serviert hatte, interessierten ihn wenig.

– Und was meinen Sie, Herr Doktor? fuhr Karl fort. Sie werden ja wohl auch Ihre Erfahrungen mit unseren Herren gemacht haben oder sollten Sie es leichter haben?

– Mein Feld ist ein anderes als das Ihre, antwortete Dr. Lichtstrahl, aber ich schleppe auch meine Gewichte! Das war eine gelassene, ja, sogar eine schlaue Antwort, und Leopold fand es lehrreich, sie aus dem Munde eines Mannes zu hören, der vor einer knappen Stunde noch so angreiferisch und kämpferisch gesprochen hatte wie ein Apostel.

Das Gespräch stockte, und die Zuhörer schienen ihren Gedanken nachzuhängen. Karls wilde Kritik hatte etwas Sinnloses, denn er glich einem Manne, der auf einen sehr hohen Baum gestiegen ist und nun mit verbissenem Eifer den Ast absägt, auf dem er sitzt. Außerdem verbreiteten Karls Worte eine beängstigende Einsamkeit, ein merkwürdiges, röntgenartiges Licht, das nun auch noch die Einsamkeit der anderen Anwesenden sichtbar werden ließ.

Leopold hielt seinen Bruder für einen geselligen Menschen, und ein Teil seines Wesens war das auch, aber nun sah er, daß Karl daneben auch ein einsamer Mensch war, wie alle Weltverbesserer einsam sind, allein mit sich und ihren Gedanken, und einer Welt gegenüberstehend, die ihnen nicht paßt, und die sie ummodeln wollen. An zweiter Stelle kam dann wohl Dr. Lichtstrahl, der Leopold ebenfalls einsam zu sein schien, wie alle Ehrgeizigen, denen der Panzer dieser Leidenschaft das Herz zusammenpreßt, und die es auch darum sind, weil für sie der Mensch weder Bruder noch Freund ist, sondern Mittel zum Zweck, zu ihren Zwecken. Ihre Phantasie verfälscht das Bild der Welt, und indem sie ihre eigenen Rechte (und Pflichten) zu groß sehen, sehen sie diejenigen der anderen zu klein. Aber immerhin tat Dr. Lichtstrahl wenigstens was, während Karl den Eindruck eines Untätigen machte, eines nur Redenden, eines verbitterten Mannes, der hinter dem dicken, aber sehr durchsichtigen Gitter seines Zornes sitzt und den entsetzlichen Tummelplatz betrachtet, der ihm die Welt der Politiker zu sein scheint.

Herr von Bendemann versuchte, das Gespräch noch einmal in Gang zu bringen. – Sie sind ja heute wieder mal in großer Fahrt, sagte er zu Karl Chindler.

– Die ganze Welt ist in großer Fahrt, antwortete Karl trotzig, und wenn wir uns nicht anstrengen, wird die Republik zum Teufel gehen. Einen zweiten Kapp-Putsch wird sie nicht überleben.

– Dann ist ihr nicht zu helfen, sagte Herr von Bendemann. Aber ich glaube nicht, daß Sie uns den richtigen Weg weisen, lieber Karl. Wenn ich Sie richtig verstanden habe, so wünschen Sie, die Republik mit den Methoden Mussolinis zu regieren, das geht nicht. Verbriefte Rechte darf man nicht antasten!

– Die Methoden der Diktatur sind zweifellos nicht richtig, sagte Karl, aber die Methoden des Zuwartens, die man bei uns betreibt, sind närrisch! Ich bin ein Freund der Freiheit, aber ich fange an, auf die Freiheit zu pfeifen, wenn diese nur darin besteht, daß gewisse Literaten bei uns unanständige Stücke aufführen dürfen, und andere Leute diesen willkommenen Anlaß benutzen, um dagegen zu demonstrieren und dem Publikum zu zeigen, daß die Republik ein Sauhaufen ist!

Dr. Lichtstrahl lehnte sich tief in den Sessel zurück, schlug die Beine übereinander und sagte: – Das sind Kinderkrankheiten, das nehme ich nicht ernst.

– Verzeihen Sie, wenn ich widerspreche, sagte Karl, aber ich werde nächstens vierzig Jahre alt, und mein Bedürfnis nach Kinderkrankheiten ist gedeckt. Die Republik ist kein Baby ... Sie ist so alt wie wir, oder sie ist nicht!

Wie grimmig Karls Gesicht war! Leopold war erstaunt, als er diese Masse von Zorn erblickte. – Du mußt dich verlieben, sagte er zu seinem Bruder, und zwar in die Republik verlieben. Sie ist noch jung und ein wenig einsam und sie braucht mehr Zuneigung, als sie bekommt, wie übrigens alle Lebewesen!

Karl sah Leopold mit einem wütenden Blick an und gab keine Antwort, während Otto Bendemann die Bemerkung poetisch fand.

2

Es war spät geworden, und Franziska erhob sich, um nach Hause zu gehen. Karl sah es nicht gern, wenn seine Gäste »so früh« aufbrachen, aber da auch Bendemann aufstand, konnte er nicht widersprechen.

Franziska trat auf Anna zu und verabschiedete sich, indem sie sich »für den ungewöhnlich anregenden Abend« (wie sie sagte) bedankte. Dann verließ sie mit Herrn von Bendemann das Zimmer. Sie war fast einen Kopf kleiner als Bendemann, der allerdings sehr groß war, aber sie hatte eine Kraft in ihren Bewegungen und merkwürdigerweise sogar in ihrem Rücken, die Leopold erstaunte und entzückte. Sie hatte eine Art wegzugehen, daß man sich sagte: so, jetzt ist alles aus!

– Das ist eine schöne Frau, sagte Anna, sie scheint sogar genau zugehört zu haben, obgleich sie doch protestantisch ist.

Karl war noch bei seinen politischen Gedanken und nickte nur. – Du könntest noch ein halbes Stündchen bleiben, sagte er zu Leopold, aber Leopold entschuldigte sich mit großer Müdigkeit und eilte Franziska nach.

Herr von Bendemann wohnte gleich um die Ecke, in der Nettelbeckstraße. Leopold winkte ein Taxi heran, und nachdem man Herrn von Bendemann heimgebracht hatte, führte er Franziska nach Hause.

Sie saß schweigend in der Ecke des Wagens und schaute aus dem Fenster.

– Darf ich Sie mal besuchen? fragte Leopold.

– Ich lebe sehr zurückgezogen, sagte Franziska, aber wenn Sie mal nichts Besseres vorhaben, dann läuten Sie an.

Der Wagen hielt, und Leopold stieg aus, um Franziska beim Aussteigen zu helfen. Sie stützte sich auf seine Hand und sprang leichtfüßig auf den Bürgersteig. Leopold schaute sich um. Die Straße war dunkel, und das Haus, in dem Franziska wohnte, lag hinter einem Vorgarten, den zwei hohe Tannen in die schwärzeste Finsternis tauchten. Leopold öffnete die Gartentür und wartete, bis Franziska den Schlüssel ins Schloß gesteckt hatte, und die Tür aufging.

– Sie sind ritterlich, sagte Franziska, aber ich glaube, das waren Sie immer schon.

– Sie scheinen mehr von mir zu wissen, als ich ahnte.

– Es gibt einige Erinnerungen, die ich gern hervorhole. Gute Nacht.

Leopold ließ den Wagen wenden und befahl dem Schofför, zur Gedächtniskirche zu fahren. Dort stieg er aus und ging ein paar Schritte die Rankestraße hinauf, um ein Lokal zu betreten, das um diese Stunde noch offen war. Es war schon Polizeistunde, und der Haupteingang war bereits geschlossen. Leopold ging an eine Seitentür und gab durch eine bestimmte Art zu klopfen das Geheimzeichen, auf das hin bekannte Stammgäste eingelassen wurden. Sein Tisch war noch frei. Leopold ließ sich einen starken Kaffee bringen, steckte sich eine Zigarre an und dachte nach über den merkwürdigen Abend. In diesem Augenblick betraten neue Gäste das Lokal, und Leopold erblickte die Schauspielerin Erika Welter und seinen Freund Dr. Wilhelm Braun. Die beiden schienen von einer Premiere zu kommen, denn Braun trug Frack, und die Schauspielerin hielt einen riesigen Strauß roter Rosen im Arm. Über ihren Schultern hing ein halblanger Nutriamantel, unter dem der weiße Rock eines langen Abendkleids hervorsah.

– Habt Ihr geheiratet oder ein Stück gespielt? fragte Leopold.

Erika Welter setzte sich neben Leopold und fragte ihn, weshalb er ein so sauertöpfisches Gesicht mache.

– Ich bin sehr unglücklich, weil ich Ihnen mißfalle, aber ich versichere Ihnen, daß ich schon seit mehr als einer Stunde in der besten Laune bin.

Der Kellner nahm die Rosen vom Tisch, um sie in eine Vase zu stellen, und Erika bestellte eine Flasche Champagner.

– Das ist schon die dritte heute Abend, sagte Wilhelm Braun.

– Du kannst gut zählen, sagte die Schauspielerin schnippisch-gereizt. Dann wandte sie sich wieder Leopold zu und fuhr fort: – Er ist und bleibt eine Mischung aus einem Großpapa und einem Hausarzt.

– Das letztere ist sein Beruf, sagte Leopold.

Erika Welter hob ihr Glas und stieß zuerst mit Braun an (um ihn wieder zu versöhnen) und darauf mit Leopold.

– Damit Sie auf andere Gedanken kommen! sagte sie.

Leopold trank sein Glas aus, und Wilhelm Braun erzählte von der Premiere. Leopold hörte zu und spürte dabei, daß ihn Erika Welter ständig beobachtete.

– Zeigen Sie mal Ihre linke Hand her, sagte sie plötzlich.

Leopold reichte ihr die Hand. Die Schauspielerin legte sie flach auf den Tisch und betrachtete die Form der Finger. Dann nahm sie Leopolds Hand in beide Hände (die sehr klein waren und weiß mit langen, rot lackierten Nägeln), drückte die Handfläche zusammen, öffnete sie wieder und studierte die Linien, indem sie Leopolds Hand hochhob und ganz nahe vor ihre Augen hielt.

– Jetzt weiß ich, warum Sie heute Abend so schwermütig aussehen wie Brackenburg, sagte sie und ließ Leopolds Hand los. Sie sind verliebt!

– Ist das wahr? fragte Wilhelm Braun.

Leopold war sehr überrascht. – Haben Sie das wirklich gesehen oder haben Sie es nur so geraten?

– Das müssen Sie ja am besten wissen!

Wilhelm Braun zündete sich eine Zigarette an, indem er die Wand als Reibfläche für sein Zündholz benutzte.

– Ich gratuliere, sagte er und blies das Zündholz aus. Das wird dir gut tun!

– Warum? fragte Erika Welter. Ist er so selten verliebt?

– Sehr selten, sagte Wilhelm Braun.

– Das hätte ich nicht gedacht, sagte die Schauspielerin.

– Aber jetzt muß er leiden!

– Du bist heute Abend unausstehlich ... Was hat denn Lieben mit Leiden zu tun?

Wilhelm Braun drehte den kleinen Holzquirl im Sektglas und sagte: – Lieben und Leiden sind zwei Worte, die ein und dieselbe Sache bezeichnen. Die Liebe ist ein unsäglicher Schmerz, der mit großen Wonnen abwechselt.

– Du bist ein alter Idealist, mein Lieber, und außerdem gibt es auf der ganzen Welt kein Wesen, das die Männer so wenig kennt wie ein Mann. Ihr denkt garnicht daran zu leiden, wenn ihr liebt. Ich habe wenigstens noch keinen Mann getroffen, der so empfunden hätte.

– Das kommt von deinem schlechten Umgang. Männer, die Autos verschenken, haben allerdings eine sehr geringe Fähigkeit zu leiden.

– Leidest du sehr, mein Armer?

– Ja, besonders wenn du so sprichst. Dann leide ich Höllenqualen.

– Er ist ein zu komischer Kerl, sagte die Schauspielerin und wandte sich wieder an Leopold. Wenn es nach seinem Kopf ginge, müßte ich zu Fuß ins Theater gehen und härene Gewänder tragen.

– Wenn es nach meinem Kopf ginge, würdest du mehr verdienen als Herr von Berger und dann hättest du ihn nicht nötig.

– Du irrst dich, mein Schatz, ich habe ihn garnicht nötig, aber er gefällt mir und er würde mir auch gefallen, wenn er arm wäre. Von mir aus könnte er zerrissene Hosen anhaben und Löcher im Strumpf.

Es war zwei Uhr, und Leopold stand auf, um nach Hause zu gehen.

– Wollen Sie wirklich schon gehen? fragte die Welter. Aber Sie haben recht. Gehen wir alle. Das ist ein langweiliges und schlecht gelüftetes Lokal. Man erstickt und bekommt Migräne.

Erika Welter bestieg ihren Wagen und fragte Leopold, ob sie ihn nach Hause bringen dürfe.

– Würde es Ihnen Spaß machen, bei mir noch einen Schluck Wein zu trinken?

– Nein, Wein habe ich heute genug getrunken, aber wenn Sie einen Whisky hätten, würde ich gern kommen.

Leopold wohnte in der Schaperstraße, wo er eine kleine Wohnung besaß, die aus vier winzigen, ineinandergehenden Zimmern bestand. Die Schauspielerin legte ihren Mantel auf's Sofa und betrachtete das Zimmer. – Klein, aber eigenartig und zu Ihnen passend, sagte sie. Darf man noch mehr sehen?

Sie wartete Leopolds Antwort nicht ab, sondern betrat zuerst Leopolds Schlafzimmer und dann das Eßzimmer, das auf der anderen Seite des Wohnzimmers lag.

Leopold folgte ihr, während sich Wilhelm Braun vor Leopolds Schreibtisch setzte und gelangweilt mit dem Papiermesser spielte. Leopold war einmal bei Erika Welter gewesen, die eine elegante Wohnung in der Hohenzollernstraße besaß. Er erinnerte sich dieser Wohnung, und als er nun hinter Erika Welter herging und sein bescheidenes Eßzimmer betrat, spürte er den Unterschied zwischen seiner Behausung und dem glänzenden Luxus, der in der Wohnung der Schauspielerin herrschte.

Aber wenn ein Mann allein lebt, und besonders ein junger Mann, der den Kopf voller Pläne hat und das Herz voll Ehrgeiz, so ist es ziemlich gleichgültig, wie er haust. Träume haben überall Platz, und ein kleiner Tisch auch, und das Schreibpapier mag beschaffen sein, wie es will: jedes Stückchen ist bereit, die größten und tiefsten Gedanken auf seinen willigen Rücken zu nehmen und lange festzuhalten, länger als ein Menschenleben währt, vielleicht länger als viele – – kurz: Träume und Fleiß, Ehrgeiz und Phantasie sind Gefährten, welche die Armut erträglich machen und den Staub unsichtbar. Diesen stolzen Viererzug zu kutschieren, erfüllt das Herz mit Wonnen, die niemand ahnt, ja, die sich niemand auch nur vorzustellen vermag, der diesen Genien nie begegnet ist und solche Zeiten nicht durchgemacht hat. Der Wagen, den diese Rosse ziehen, ist allerdings so leicht wie ein Dogcart, aber gerade darum ist die Fahrt rasch und betäubend und ihr Tempo nicht von dieser Welt: Im Wettlauf mit dem Licht würde die Phantasie gewinnen! Und das Ziel ist groß: Sieg und Lorbeer oder Sturz und Untergang.

Erika Welter kehrte wieder ins Arbeitszimmer zurück, und Leopold schenkte Whisky ein. Die Schauspielerin nahm das Glas und trank es in einem Zug halb leer. Leopold schenkte es wieder voll und nahm die Flasche mit Selterswasser, um ein wenig zuzugießen. Erika Welter war aufgestanden, um Leopolds Bücher zu betrachten, und drehte sich in diesem Augenblick um. – Um Gottes Willen, sagte sie und betrachtete die weiße Mineralwasserflasche, was tun Sie da? Wollen Sie mich mit Wasser vollpumpen?

Leopold reichte ihr das Glas, in dem kaum ein Schluck Wasser war, und Erika trank es abermals halb leer. Dann trat sie wieder vor das Büchergestell und, indem sie sich für das interessierte, was ihn zu interessieren schien, ließ sie sich ein paar kostbare Ausgaben erklären, die Leopold in einem besonderen Fach stehen hatte. Leopold fühlte, daß sie verliebt war, aber sie schien ihm weniger in ihn verliebt als in die Liebe, die sie in seinem Herzen gespürt hatte, und zu der sie nun sehnsüchtig und eifersüchtig hindrangte, wie ein aufgeregter und verwirrter Achatflügel zu dem glühenden Herzen einer Kerze.

Zur Betrachtung der Bücher waren Vorkenntnisse nötig, die Erika nicht besaß, und die Welter machte eine neue Wendung: – Wann kommen Sie ins Theater? fragte sie.

– Ich wußte nicht, daß Sie Premiere hatten, sagte Leopold, sonst wäre ich heute selbstverständlich gekommen!

– Das ist gelogen, sagte die Schauspielerin, aber Sie lügen vorzüglich, und ich hab' das gern.

Jetzt hat sie sich in Leopold verliebt, dachte Wilhelm Braun. Das ist nicht mehr zum Aushalten!

Er stand auf und öffnete das Fenster. Die Mainacht war klar und hell, und man sah viele Sterne am Himmel. Wilhelm beugte sich weit über das Sims. Die Straße lag für einen Sprung zu tief, und Wilhelm prüfte, ob es möglich wäre, am Fallrohr der Dachrinne hinabzuklettern, um durch plötzliches Verschwinden und Alleinlassen dieser männerfressenden und gedankenlosen Egoistin einen Denkzettel für ihr grausames Benehmen zu verabreichen ... Es war nicht möglich, das Rohr der Dachrinne war zu weit entfernt. Wilhelm drehte sich wieder um, lehnte sich gegen das Fensterbrett und betrachtete die helleren und dunkleren Ströme von Blond, die in den Haaren der Schauspielerin nebeneinander herabwallten. Leopold stand noch neben Erika vor dem Büchergestell, aber er machte ein gelangweiltes Gesicht – er war nur höflich, aber nicht verliebt –, die Schuldige war an diesem Abend ausnahmsweise nur Erika.

Die Schauspielerin spürte den Luftzug und drehte sich um, und in diesem Augenblick begann Wilhelm Braun zu deklamieren, indem er seine Augen fest auf Erikas Stirn gerichtet hielt:

Große Taten? Ja,
Ich weiß die Zeit, da wir sie vor uns sahn!
Wenn wir zusammen oft dem Wilde nach
Durch Berg und Täler rannten und dereinst,
An Brust und Faust dem hohen Ahnherrn gleich,
Mit Keul und Schwert dem Ungeheuer so,
Dem Räuber auf der Spur zu jagen hofften;
Und dann wir abends an der weiten See
Uns aneinander lehnend ruhig saßen,
Die Wellen bis zu unsern Füßen spielten,
Die Welt so weit, so offen vor uns lag;
Da fuhr wohl einer manchmal nach dem Schwert,
Und künftge Taten drangen wie die Sterne
Rings um uns her unzählig aus der Nacht ...

Eine lange Pause entstand. Dann sagte Wilhelm Braun: – Wenn du einmal die Iphigenie spielst, wirst du mich besser verstehen.

Erika Welter sprang in die Mitte des Zimmers, schüttelte mit einer wilden Bewegung die Haare aus dem Gesicht und antwortete, indem sie Wilhelm anschaute:

Denken die Himmlischen
Einem der Erdgebornen
Viele Verwirrungen zu
Und bereiten sie ihm
Von der Freude zu Schmerzen
Und von Schmerzen zur Freude
Tieferschütternden Übergang,
Dann erziehen sie ihm
In der Nähe der Stadt
Oder am fernen Gestade,
Daß in Stunden der Not
Auch die Hilfe bereit sei,
Einen ruhigen Freund.

Erika Welter hatte die Verse großartig gesprochen; Leopold war hingerissen und erschüttert. Aber Erika Welter drehte sich rasch um und sagte zu Wilhelm: – Ich weiß, daß du manchmal recht hast, aber ich bin wie ich bin und schwer zu ändern. So ... jetzt trinke ich noch ein Glas und dann gehen wir.

Sie ging an den Schreibtisch, nahm Leopolds Glas, prostete ihm zu und trank es aus.

In der Garderobe blieb sie vor dem Spiegel stehen und legte sich ein seidenes Tuch über die Haare. Leopold zündete den Leuchter an, der neben dem Spiegel an die Wand geschraubt war, und prüfte, ob Frau Welter nun Licht genug habe. Die Schauspielerin hob die Augen und schaute Leopold an.

– Wir sehen uns heute Abend, sagte Wilhelm Braun zu Leopold und setzte seinen Hut auf.

– Was heißt denn heute Abend? fragte Erika Welter. Das ist doch jetzt!

– Jetzt ist heute früh, sagte Wilhelm trocken.

– Wieviel Uhr ist es denn?

– Zwanzig Minuten nach drei, sagte Wilhelm.

– Um diese Stunde steht mein Vater auf, sagte Erika, und geht seine Tochter zu Bett. Komische Welt …

Dann ging sie.

Auf der Straße sagte sie zu Wilhelm: – Fahr du. Ich bin müde.

Sie stieg ein, kuschelte sich ins Polster und schloß die Augen. Wilhelm öffnete die Handbremse und gab vorsichtig Gas. Als der Wagen anfuhr, legte Erika ihren Kopf auf Wilhelms Schulter. – Bleibst du heut bei mir?

– Nein!

– Warum nicht?

– Weil du dich in Leopold Chindler verliebt hast.

– Das ist nicht wahr … er gefällt mir … aber du kennst mich nicht … du wirst mich nie kennen … Ich liebe ihn ein bißchen, weil er sehr gescheit ist … und weil er eine Frau liebt, die sicher geheimnisvoll und schön ist … ach … du bist ein alter Brummbär … kannst du nicht verstehen, daß man die Liebe liebt? … Aber dich liebe ich am meisten, weil du immer da bist.

Wilhelm fuhr in der Hohenzollernstraße vor. Erika Welter war eingeschlafen. Wilhelm weckte sie und führte sie in die Wohnung. Dann kleidete er die schöne Frau aus und legte sie ins Bett. – Gute Nacht, sagte er leise und küßte Erika auf beide Augen. Erika schlug die Augen auf und schlang ihre Arme um Wilhelms Hals.

– Gute Nacht, Willi, sagte sie. Komm … bleib da …

Wilhelm löste sich vorsichtig los, und als er Erikas Arme auf die Decke zurücklegte, war die Schauspielerin schon wieder in den Schacht des Schlafes hinabgestürzt.

Wilhelm löschte die Lampe aus und verließ das Zimmer. Auf dem dunkelgrünen Teppich des Vorplatzes lag wie ein gelber Fleck Erikas seidenes Kopftuch. Wilhelm bückte sich und hob das Tuch auf. Es war stark parfümiert und strömte den gleichen Duft von Veilchen und Moschus aus wie Erikas Haare. Wilhelm wollte das Tuch auf einen Stuhl legen, aber er besann sich anders und steckte es in die Tasche. Auf der Straße fuhr er Erikas Wagen in die Garage. Dann ging er zu Fuß durch halb Berlin durch nach Hause. Er hatte den rechten Handschuh ausgezogen, und seine Finger spielten mit dem weichen und wärmenden Gespinst auf dem Boden seiner Manteltasche.

Rasch gehend, klopfende Tritte auf dem schlafenden Pflaster, zog vieles vorüber, innen und außen, dem Leben gleich, dem vorüberziehenden … Am Potsdamer Platz arbeiteten Männer an den Gleisen, und Wilhelm ging rascher, um dem Lärm der unmenschlichen Preßlufthämmer zu entkommen. Sehr schlecht für die Muskeln, dachte er, Muskelatrophie, kann aber auch vom Rückenmark kommen. Aber was ist nicht schlecht für die Gesundheit? Der Arzt hat die Gefahren der Ansteckung. Der arme Grohmann! Es war wahrscheinlich ein Karzinom, das er nicht aushalten wollte, da schnitt er sich die Pulsadern durch … Komisch, diese Gedichte von Benn … übrigens ein netter Kollege. Ich sollte ihn mal wieder anrufen. Man kann viel zu wenig auswendig! Das Gedicht von den Krebsbaracken oder so ähnlich. Ich will es gleich nachlesen, wenn ich nach Hause komme. Aufschieben ist wie abtreiben …

An der Ecke der Leipzigerstraße und Friedrichstraße standen zwei Mädchen, und Wilhelm schlug seinen Mantelkragen hoch, er wollte nicht angesprochen werden. Leopold ist verliebt, dachte er. Das hat sie gerochen … Es gibt viel mehr als sechs Sinne … mindestens zehn. Das Große an unserer Zeit ist: wir wissen, daß wir nichts wissen! In wen der Junge sich wohl verliebt hat? Schweigsamer, als ich gedacht hatte … Verliebter Zeitungsmensch mit Privatleben! Morgens Beruf, mittags Essen und zwei Stunden Privatleben, dann wieder Beruf, und erst die Nacht bringt uns wieder Privatleben. Zu denken, daß die Griechen Sklaven hatten und niemals arbeiteten … Unvorstellbar …

Zu Haus ging Wilhelm Braun gleich in sein Schlafzimmer. Als er sein Hemd aufknöpfte, dachte er wieder an Benn's Gedichte. Er ging mit bloßen Füßen ins Wohnzimmer und holte sich den schmalen, blauen Band. Er stand unten links im zweiten Fach des Büchergestells neben der Tür, aber Wilhelm fand ihn auf den ersten Griff.

Am Fußende des Bettes lag eine Bettflasche, und Wilhelm stellte sie auf den Vorleger. Das geht zu weit, dachte er. Das muß jetzt aufhören! Im Mai eine Wärmflasche! Ich bin doch kein altes Weib!

Er nahm den Band mit den Gedichten und hob ihn vor die Augen. Vor der Titelseite lag, mit Schreibmaschine abgeschrieben, ein Gedicht, das Ina Seidel an Gottfried Benn gerichtet hatte. Wilhelm Braun las:

Trunkener Bruder, rede, ich weiß, daß du reden mußt …

Aber Doktor Braun war zu müde, die Augen fielen ihm zu, und er schlief ein. Das Buch lag schräg neben seiner Hand auf der Steppdecke. Die kleine Nachttischlampe warf einen roten Schimmer über den schweren Kopf, der eine tiefe Mulde in das weiße Kissen drückte.

Drittes Kapitel

Wenn ein Mensch durch Schulden zu Grunde gerichtet war und alles verloren hatte, wenn feststand, daß er ein Verbrecher war und zu allem fähig – dann nahm ihn Cäsar in den Kreis seiner Freunde auf.
Cicero.

1

Die Berliner Allgemeine Zeitung bestand aus drei Abteilungen: Handel, Politik und Feuilleton. Im Handel saßen die ernsten Männer. Ihre dunklen Anzüge und der strenge Ausdruck in ihren Mienen verliehen ihnen das Aussehen von Beamten, und sie betrieben auch ihr Gewerbe wie Geheimräte oder wie Chemiker in der wissenschaftlichen Abteilung eines großen Konzerns: objektiv, anonym und um der Sache willen. Es gab im Handel glänzende und sehr angesehene Journalisten, zum Beispiel Herrn Achtermann, der Privatdozent an der Universität Berlin war und mit 36 000 Mark im Jahr das höchste Gehalt unter allen Mitarbeitern des Blattes bezog, aber die meisten sprachen und schrieben einen Geheimdialekt, der allein schon genügt hätte, um die Mitarbeiter des Handels von den Herren der anderen Abteilungen zu unterscheiden und zu trennen. Der Bereich des Handels war die Börse im besonderen und die Wirtschaft im allgemeinen, und ein echter Handelsredaktor las die Jahresberichte der großen Trusts mit jenem Eifer und heimlichem Vergnügen, mit denen ein Musiker eine Partitur liest oder ein erfolgreicher Detektiv einen schwierigen Fall betrachtet.

Gegen die großen und gut verteidigten Festungen, welche Stahl, Eisen, Zement und Kohle beherrschten, wurden gelegentlich ausgedehnte und schlachtenreiche Belagerungen geführt, aber man beobachtete auch die großen Banken und Brauereien, und Dr. Achtermann fand es keineswegs gleichgültig, wenn irgendeine Papierfabrik in Sachsen oder in Württemberg den Besitzer wechselte.

Die ständige Wanderung kleinerer oder größerer Aktienpakete wurde von bestimmten Herren genau so aufmerksam beobachtet wie die Bewegungen der Sterne von den Astronomen, und hie und da erregte eine winzige Notiz im Handelsteil größeres Aufsehen in der Welt als ein politischer Leitartikel des Blattes, von dem sein Verfasser geglaubt hatte, er werde einen Sturm hervorrufen.

Die Beziehungen, welche der Handel zur Politik unterhielt, waren meistens getrübt, und die Freundschaft zwischen Dr. Achtermann und Dr. Wild, dem Chef der Innenpolitik, war ebenso kühl wie die Zuneigung der Stahl- und Kohlemagnaten zur Reichsregierung. Die Politik – das war die ständige Störung, und Dr. Achtermann war immer unzufrieden, ganz gleichgültig, welche Partei gerade am Ruder war. Die sozialdemokratischen Kabinette kümmerten sich viel zu viel um die Wirtschaft und die bürgerlichen zu wenig, und Dr. Achtermann konnte sich maßlos aufregen, wenn die Politik Leitartikel schrieb, die sich in seine Domäne wagten.

Dagegen waren die Beziehungen der Politik zum Handel freundschaftlich, und es war ein ungeschriebenes Gesetz, daß dem Handel viel nachgesehen wurde. Man wußte wohl, daß das Ansehen des Blattes auf den glänzenden Informationen des Handels beruhte, und man brauchte den Handel für den Inseratenteil, weil die Auflage (leider Gottes!) ständig zurückging, und die Existenz der Zeitung von den Inseraten abhing.

Das Feuilleton war lange nicht ernst genommen worden. Der Theaterkritiker wurde geachtet, weil er als Autorität auf seinem Gebiet galt, die Herren vom Handel gingen nur in die Aufführungen, die er gelobt und empfohlen hatte. Auch der Musikkritiker wurde geschätzt (und gelesen), und es kam vor, daß Herr Achtermann im Zimmer von Dr. Kleim gesehen wurde, wo er sich dann, mit seiner ewigen Zigarre in der Hand, niederließ und Herrn Kleim einen Vortrag über die Tempi hielt, die

Furtwängler bei der letzten Aufführung der v. Symphonie von Beethoven genommen hatte, oder über eine Neueinstudierung des Rosenkavaliers, die Herr Achtermann operettenhaft gefunden hatte, unzulässig, absolut unwürdig eines so großartigen Instituts, wie es die Berliner Staatsoper war.

Dr. Kleim trug Schillerkragen und sah mit seiner struppigen Musikermähne und seinen blauen, weltfremden Kinderaugen wie ein Wandervogel aus, aber er war ein hochgebildeter Spezialist (er hatte das absolute Gehör!), und Herr Achtermann, der Spezialisten schätzte und die übrige Menschheit für Schwätzer hielt, war sehr stolz, wenn Dr. Kleim ihm zugab, die Sängerin Hofmann habe am vergangenen Abend an einer bestimmten Stelle des zweiten Akts einen halben Ton zu tief eingesetzt.

– Sie haben ganz recht, fuhr Herr Dr. Kleim fort, die Hofmann läßt überhaupt nach, ich bin schon lange nicht mehr zufrieden, aber was soll ich tun? Man kann nicht immer und in jeder Kritik alles sagen; ich bin sowieso schon als zu scharf verschrien.

Dr. Achtermann betrachtete die Totenmaske Beethovens, die lorbeergekrönt über Dr. Kleims Kopf hing, und fand den Einwand feuilletonistisch. Aber Herr Kleim war trotz seines weichen Herzens ein guter Mitarbeiter (und sein Gehalt wert!), weil er den Lapsus wenigstens nicht überhört hatte. Die übrigen Mitglieder des Feuilletons galten als bessere (und manche auch als mindere) Spaßmacher, und Handel und Politik waren sich wenigstens in dem Punkt einig, daß die Zeitung viel zu viel Geld für das Feuilleton ausgebe.

Leopold Chindler fing als Mitarbeiter des Feuilletons an und zog bald durch witzig geschriebene Glossen die Aufmerksamkeit der Leser auf sich, als ihn Dr. Wild eines Tages – und nach einer langen und merkwürdigen Unterredung – in die Politik holte. Dort schrieb er nun seit einem Jahr Leitartikel und bezog dafür tausend Mark im Monat, allerdings ohne Spesen, die ihm besonders bezahlt wurden. Die Herkunft aus dem Feuilleton war keine gute Empfehlung oder besser gesagt eine schlechte, und eine Gruppe von Kollegen betrachtete Leopold mit äußerstem und durchaus nicht verheimlichtem Mißtrauen. Leopold kümmerte sich nicht darum. Er feilte an seinen Artikeln und stützte sich auf diejenigen Redakteure, die ihm gut gesinnt waren. Er war auch als Leitartikler ein sehr guter Stilist, und Herr Achtermann erklärte, er billige zwar nicht immer, *was* Herr Chindler schreibe, aber fast immer die *Form,* in der er seine Gedanken vortrage, und es sei für die Zeitung gut und nützlich, einen Mitarbeiter zu haben, von dessen Stil alle Herren lernen könnten. Auch der Vorsitzer des Aufsichtsrats schätzte Leopolds Artikel, und so fühlte sich Leopold sicher im Sattel.

2

Leopold hatte seinen Artikel in die Setzerei geschickt und blätterte im Telephonbuch, um Franziska Scheler anzurufen. Er mußte dreimal läuten, bis ihr Mädchen an den Apparat kam. Sie hatte eine dünne Stimme und antwortete, Frau Scheler sei verreist. Leopold bat, seine besten Empfehlungen auszurichten, und hängte ein. Dann umrahmte er Franziskas Nummer mit dem Blaustift, und in diesem Augenblick sah er, daß der Name ihres geschiedenen Mannes, Richard Scheler, direkt unter ihrem stand. Ich will mir mal anschauen, wie sich sowas in unserem Archiv ausnimmt, dachte er. Er klingelte und befahl dem Boten, die Mappe »Scheler und Co., Bankhaus« zu bringen. Aber das Material war mager und bestand hauptsächlich aus ein paar sorgfältig ausgeschnittenen Zeitungsartikeln. Leopold klappte die Mappe wieder zu und stieg über eine Wendeltreppe in den Handel hinab, um Dr. Achtermann zu besuchen. Achtermann kannte sehr viele Leute, und Leopold hoffte, von ihm erfahren zu können, wie es Richard Scheler gehe.

Um von der Politik in Dr. Achtermanns Zimmer zu kommen, mußte man durch einen langen und schmalen Korridor wandern, an dessen Ufern der Handel residierte. Es war eine fast klösterliche Abteilung mit einer großen Zahl zellenartiger Zimmerchen, in denen die Herren vom Handel arbeiteten. Im

Feuilleton standen den ganzen Tag alle Türen offen, und ein ständiges Gehen und Kommen herrschte zwischen den Kollegen, ganz abgesehen davon, daß man im Feuilleton viele Besucher empfing, und jeder Schriftleiter wissen wollte, wer zum andern kam. Dagegen herrschte im Korridor des Handels größte Ruhe, und es kam fast nie vor, daß eine Tür offen stand. Auch die Sekretärinnen sahen dort anders aus als im Feuilleton und in der Politik. Während dort junge hübsche Mädels arbeiteten, saßen im Handel würdige Damen. Sie waren, was man vorgebildet nennt, und sie konnten einen Kurszettel ebenso gut lesen wie ein Kochbuch.

Dr. Achtermann saß am Schreibtisch, rauchte eine Zigarre und schrieb. Als Leopold eintrat, lehnte er sich zurück, und während er seine Zigarre in die schwarze Höhle einer kleinen Bernsteinspitze drehte, hörte er aufmerksam zu.

– Scheler & Co.... das ist eine solide Firma, sagte er, als Leopold schwieg. Der alte Scheler, Gustav Scheler, war ein tüchtiger Mann. Wie der Junge ist, weiß ich im Augenblick nicht. Ich habe ihn ein- oder zweimal flüchtig gesehen, aber wenn Sie wollen, werde ich mal nachfragen lassen. Wollen Sie dort Geld anlegen, oder handelt es sich um einen Artikel?

– Es ist eine rein persönliche Auskunft, um die ich bitte, sagte Leopold. Ein Freund von mir möchte mit den Leuten unter Umständen ein Geschäft machen ...

– Das höre ich gern, sagte Dr. Achtermann und reichte Leopold die Zigarrenschachtel über den Schreibtisch. Wenn es sich nämlich um einen Artikel gehandelt hätte, so würde ich gebeten haben, mich vorher zu benachrichtigen. Die Firma Scheler ist ein angesehenes Haus, das zu keinerlei Klagen Anlaß gibt.

Leopold dankte und verließ Dr. Achtermann. Als er über den langen Korridor wanderte, kam Dr. Weißgerber aus seiner Zelle. Er war ein siebzigjähriger Herr mit schönen, weißen Haaren und gepflegtem Spitzbart. Die Redaktion hatte ihn vor zwei Jahren pensioniert, aber Dr. Weißgerber erschien jeden Vormittag auf der Zeitung und hielt in seinem ehemaligen Zimmer Konferenzen ab oder schrieb wohlabgewogene und ausgefeilte historische Feuilletons.

– Ihr stellt die Welt ja mal wieder auf den Kopf, sagte Dr. Weißgerber.

– Wieso?

– Haben Sie nicht gehört, daß die Reichsregierung zurücktreten will?

– Wir werden eine bessere bekommen! sagte Leopold und hob den linken Zeigefinger.

Dr. Weißgerber lachte, nahm die Zigarre aus dem Mund, drückte Leopold die Hand und tauchte in das gegenüberliegende Zimmer, wie eine Eule ihren Horst verläßt und nach wenigen Flügelschlägen im Wipfel eines benachbarten Baumes verschwindet.

Zwei Tage später begegnete Leopold Dr. Achtermann auf dem Flur. Herr Achtermann war eilig (aber er war immer eilig) und huschte an Leopold vorüber, drehte sich aber auf dem Absatz um und rief Leopold nach: – Herr Chindler! Herr Kollega! Ich wollte Ihnen wegen Ihrer Anfrage von vorgestern noch was sagen. Kommen Sie doch bitte nach dem Umbruch fünf Minütchen zu mir.

Leopold ging weiter und betrat die Setzerei. Die Maschinensetzer saßen vor ihren riesigen Tastaturen und tippten Blatt um Blatt, die ihnen aus den Redaktionsstuben geliefert wurden. Leopold blieb neben Jablonski stehen. Der Mann war ein glänzender Setzer, und Leopold sah gern zu, wie Jablonski mit überaus raschen, aber leisen, fast nur hinhuschenden Bewegungen Zeile um Zeile goß.

– Suchen Sie Ihren Artikel? fragte Jablonski und drehte den Kopf zur Seite, ohne in seiner Arbeit aufzuhören.

– Ja.

– Da kommen Sie zu spät. Der ist schon lange fertig. Der muß schon bei Ihnen auf dem Schreibtisch liegen.

Leopold betrachtete den Text, der in Augenhöhe des Setzers an der Maschine festgeklemmt war. – Seit wann setzen Sie denn Handel? fragte er.

– Heut geht alles drunter und drüber. Es muß irgendwas los sein, sagte Jablonski. Leopold ging weiter, und Jablonski blickte ihm nach. Der hat Grütze im Kopf, dachte er, und ein anständiger Kerl ist er auch. Es war verboten, in der Druckerei zu rauchen, aber Dr. Kleim stieß mächtige Rauchwolken aus seiner Pfeife, während er mit gekreuzten Armen über seinen Artikel gebeugt stand, der noch ins Abendblatt sollte. – Da haben sie wieder irgend einen Schwachsinnigen eingestellt, der keine Buchstaben lesen kann, sagte er. Er blickte auf und erkannte Leopold Chindler. – Ach, entschuldigen Sie, fuhr er fort, ich hatte gedacht, Sie wären Herr Thomas.

Politik und Feuilleton wurden am gleichen Tisch umbrochen. Leopold stellte sich neben Dr. Kleim und wartete, bis er das Gesicht und den Mantel des Herrn Thomas erblickte. Herr Thomas trug einen schmutzigen Apothekermantel, der früher mal gelb gewesen war und im Laufe der Jahre das Aussehen einer Palette angenommen hatte.

– Sie kommen mir wie gerufen, sagte Herr Thomas. Ich habe Ihnen eben einen Bürstenabzug in Ihr Zimmer geschickt, denn ich komm' mit dem Platz nicht aus. Könnten Sie nicht so gut sein und vier oder fünf Zeilen streichen?

Leopold nahm den Bleistift, den ihm Thomas hinhielt, und beugte sich nun genau wie Dr. Kleim über den Leitartikel. – Da, weg damit, sagte er und strich die beiden ersten Sätze. Es ist immer das gleiche, der Anfang ist immer das Schlechteste.

– Bei mir nicht, sagte Dr. Kleim. Bei mir sind immer die Schlüsse schwach.

– Genügt das? fragte Leopold.

Herr Thomas zählte: – Eins ... zwei ... dreieinhalb ... es könnte gehen, aber vier Zeilen wären mir lieber.

– Probieren Sie's mal, sagte Leopold, ich werde hier warten.

Dr. Kleim nahm einen Bleistiftstummel aus der Tasche und stopfte seine Pfeife. Dann setzte er sich mit einem Schwung auf den Tisch und ließ die Beine baumeln. – Haben Sie schon Urlaubspläne? fragte Leopold und betrachtete die abgetragenen Schuhe des Kritikers.

– Ja ... ich gehe eine Woche nach Bayreuth, und hinterher fahren wir nach Bad Tölz.

Herr Thomas kam zurück und sagte zu Leopold: – Es ist gegangen. Danke schön für die Mühe.

Leopold ging bei Jablonski vorbei und bot ihm eine Zigarette an, die sich der Setzer hinter's Ohr steckte. Dann verließ er die Setzerei und begab sich zu Herrn Achtermann.

Dr. Achtermann stand mit dem Rücken gegen das Zimmer am Fenster und diktierte einen Artikel, als Leopold eintrat.

– Ich habe fünf Minuten Konferenz, sagte Dr. Achtermann zu der Sekretärin. Bitte keine Telephongespräche.

Danach wandte er sich zu Leopold: – Ich bin ein gehetzter Mensch, sonst wäre ich selbstredend zu Ihnen gekommen. Aber, um es kurz zu machen, ich wollte Ihnen noch ein Wort über Scheler & Co. sagen. Die Firma ist immer noch tadellos, aber man hat mir gesagt, daß sie sich neuerdings auf Gebiete begeben hat, die sie früher nicht pflegte. Sie finanziert eine katholische Zeitung, die dem bekannten Dr. Lichtstrahl nahesteht ...

– Ach ...

– Kennen Sie diesen Priester?

– Ja.

– Das interessiert mich sehr. Darüber müssen wir mal sprechen. Außerdem befaßt sich Scheler & Co. mit der Plazierung amerikanischer Kredite. Na, das sind alles keine Einwände, im Gegenteil, aber wenn Sie mal was erfahren sollten, wäre ich für Informationen sehr dankbar. Der junge Scheler wird als Draufgänger geschildert, und ich will der Sache mal nachgehen. Die kleineren Bankhäuser sind leider selten geworden, man muß sich mehr um sie kümmern.

– Was verstehen Sie unter Draufgänger?

– Eigentlich was Persönliches, aber das ist Klatsch, der uns nichts angeht. Ihnen kann ich's ja sagen ... er soll nach sehr kurzer Ehe geschieden worden sein, weil er irgendeiner Schauspielerin nachlief, die er aber inzwischen schon wieder aufgegeben zu haben scheint.

– Ich kannte ihn als Student, sagte Leopold. Damals war er ein ungewöhnlich netter Kerl.

– Das wird er heute auch noch sein ... Scheidungen kommen alle Tage vor ... das ist heutzutage nichts mehr, was – was – na ja, also.

Fräulein Schneider, in Rock und Bluse und Zwicker auf der Nase, öffnete die Polstertür und trat ein. – Verzeihen Sie, wenn ich störe. Herr Dr. Wild hat eben angerufen. Die Reichsregierung ist zurückgetreten.

Man hatte schon seit zwei Tagen mit dem Rücktritt gerechnet, und die beiden Journalisten waren nicht erstaunt.

– Das war zu erwarten, sagte Dr. Achtermann und seufzte. Aber es wäre besser, wenn wir mit der Zeit etwas stabilere Verhältnisse bekämen.

– Wie man's nimmt, sagte Leopold. Herr Marx war mehr als ein Jahr lang Kanzler, und das ist eine ganze Menge für ein parlamentarisches Kabinett und für einen Menschen, der so beschränkt und langweilig ist wie dieser Oberhirte. Außerdem stimme ich Montesquieu zu, wenn er sagt: »Pour règle générale toutes les fois qu'on verra tout le monde tranquille dans un état qui se donne le nom de république, on peut être assuré que la liberté n'y est pas!«

– Das ist ein hübscher Satz, sagte Dr. Achtermann und betrachtete Leopolds klugen Mund. Den könnten Sie mal in einem Leitartikel bringen.

Ein Bote aus der Setzerei kam ins Zimmer und legte Dr. Achtermann das Abendblatt auf den Tisch, das soeben erschienen war. Achtermann nahm es in die Hand und öffnete den Handelsteil. Sein Artikel stand oben an, und Dr. Achtermann blätterte wieder zurück und betrachtete den Leitartikel. – Ah ... Sie haben heute geschrieben ... Haben Sie das Zitat vielleicht schon gebracht?

Leopold trat neben Dr. Achtermann und deutete auf eine Stelle seines Artikels.

– Gut ... Gut ..., sagte Dr. Achtermann, und sogar ein Kommentar dazu: »Rom hat niemals das gehabt, was man den inneren Frieden nennt«, las er vor. »Der Kampf ist das Leben aller freien Länder. Damit muß man sich abfinden, und es könnte nichts schaden, wenn sich auch bei uns gewisse Parteien endlich an diese Wahrheit gewöhnen würden ...« Sehr hübsch gesagt, rief Dr. Achtermann aus, sehr hübsch! Und ermutigend!

Herr von Manberg trat ein und blieb vor Leopold stehen. – Ich protestiere gegen Ihren Artikel, sagte er heftig.

– Was hat Ihnen mißfallen? fragte Leopold.

Dr. Achtermann war kein Freund von solchen Überfällen. Er lehnte sich in seinem Stuhl zurück, legte die Spitzen seiner Finger gegeneinander und prüfte Manbergs Gesicht. Der Mann sah vierschrötig aus und war unnötig aufgeregt.

– Wir sind ein demokratisch-republikanisches Blatt, sagte Herr von Manberg, aber wenn man Ihren Artikel liest, dann weiß man nicht mehr, wo man steht. Ich habe kein Wort des Bedauerns darüber finden können, daß ein so verdienter Mann wie Herr Marx zum Rücktritt gezwungen worden ist.

– Es tut mir leid, aber eine Sache, die ich nicht bedauere, kann ich nicht bedauern. Herr Marx ist ein langweiliger Bursche, und es wäre für unser demokratisch-republikanisches Blatt besser, wenn die Republik endlich jüngeres und gewandteres Personal vorzeigen könnte.

– Ich protestiere gegen den Ausdruck langweilig.

– Dann nehme ich den Ausdruck mit dem Ausdruck des Bedauerns zurück.

– Sie verspotten mich.

– Nein.

Herr von Manberg war ein Mann von fünfzig Jahren. Sein Vater war kommandierender General des XI. Korps gewesen, und der junge Manberg stand als aktiver Offizier beim 168. Infanterieregiment in Offenbach a. M., als er im Frühjahr 1913 in ein Duell verwickelt wurde. Manberg lehnte das Duell ab – wie er behauptete aus religiösen Gründen. Er mußte die Armee verlassen und faßte den Entschluß, Pfarrer zu werden. Aber nach einigen Semestern verließ er die Universität und ging als Vertreter einer Gruppe von kleinen Zeitungen nach Amerika. Bei Kriegsausbruch kehrte er zurück und trat in die Redaktion der Berliner Allgemeinen Zeitung ein, die froh um jeden Mitarbeiter war, nachdem die Mobilmachung mehr als die Hälfte ihrer Redakteure ins Feld gerufen hatte. Einige Leute wunderten sich, daß Manberg nicht einberufen wurde, aber nach dem verweigerten Duell war er aus der Liste der Offiziere gestrichen worden, und da er in keiner Stammrolle mehr stand, existierte er nicht mehr für die Militärverwaltung. Er hätte sich freiwillig melden können, und es ist anzunehmen, daß er in diesem Falle reaktiviert worden wäre, aber Manberg verhielt sich still und eroberte sich durch Fleiß und Ausdauer eine gute Stelle in der Redaktion der Zeitung.

– Ich glaube, Sie sind zu scharf, sagte Dr. Achtermann zu Herrn von Manberg. Herr Chindler hätte vielleicht einen Satz des Bedauerns in seinen Artikel aufnehmen können, aber im ganzen gesehen, ist sein Aufsatz glänzend geschrieben, ich habe ihn mit Vergnügen gelesen. Es wird sich sicher noch eine Gelegenheit ergeben, die uns erlaubt, Herrn Marx ein freundliches Wort zu sagen – falls dies wirklich nötig sein sollte.

– Das ist mehr als nötig, antwortete Herr von Manberg, das ist unsere verdammte Pflicht und Schuldigkeit, und ich habe diese Gelegenheit bereits herbeigeführt und einen Artikel in diesem Sinne geschrieben. Er wird im Morgenblatt kommen.

Manberg machte eine Verbeugung und verließ das Zimmer.

– Es wird Zeit, daß wir zwei dieses Blättchen in die Hand nehmen, sagte Leopold.

Dr. Achtermann lachte. – Sie belieben, sich kühn auszudrücken.

– Ich sage, was ich denke, und ich bin überzeugt davon, daß Sie mich verstehen.

– Nicht ganz.

– Die Republik ist zu trocken, sie braucht kühnere Köpfe.

Dr. Achtermann holte seine Uhr aus der Tasche.

– Es ist gleich zwei Uhr. Wollen Sie mir das Vergnügen machen und mit uns essen? Ich rufe grade meine Frau an. Sie wird sich sehr freuen. Es wäre schade, eine so nützliche und anregende Unterhaltung abzubrechen, bloß weil es gleich zwei Uhr ist, und in der Zeitung kommt man nie zum Sprechen.

Leopold nahm die Einladung an, und fünf Minuten später verließen die beiden Herren die Redaktion.

Viertes Kapitel

Meine Zeit ist so eingerichtet, daß für Freunde immer genug da ist.
Goethe.

1

Am Abend war Leopold Chindler bei seinem Freund Wilhelm Braun zum Essen. Es war Dienstag, und die beiden Männer hatten die Gewohnheit, jeden Dienstagabend zusammenzukommen. Dr. Wilhelm Braun war Arzt und hatte am Halleschen Tor eine kleine Praxis. Sie brachte nicht viel Geld ein, aber sie genügte ihm, weil sie ihm den größten Luxus gestattete, den es für einen modernen Menschen gibt; sie ließ ihm eine Menge freie Zeit. Wilhelm Braun konnte große Spaziergänge machen und unterwegs seinen Gedanken nachhängen, ins Kino oder ins Theater gehen, lesen oder mit Freunden diskutieren, und es blieb ihm noch genug Zeit übrig, um sich seiner Lieblingsbeschäftigung zu widmen: lateinische Gedichte zu übertragen. Er war als Arzt sorgfältig und gewissenhaft, aber als Übersetzer war er ein Mann ersten Ranges. Braun's Übertragung der Äneis, an der er seit Jahren arbeitete, galt unter Eingeweihten als Meisterwerk.

Wilhelm Braun war von Gestalt kleiner als Leopold (der ungefähr 1.78 groß war) und sehr dick. Sein Haar war früh grau geworden, aber seine Stirn war schön, und seine Hände und vor allem sein Mund, die Form seiner Lippen waren außerordentlich. Seine Frau war vor sieben Jahren gestorben, und Braun lebte seitdem als Junggeselle, während seine einzige Tochter in einem Pensionat in Thüringen erzogen wurde.

Zwei Jahre nach dem Tod seiner Frau lernte Wilhelm Erika

Welter kennen, und das ist eine Geschichte, die zwar vielleicht ein wenig von unserm Thema abschweift, die aber trotzdem erzählt werden soll.

Wilhelm Braun hatte für ein paar Wochen die Vertretung eines Kollegen übernommen, der in die Ferien gereist war, als er eines Nachmittags von einem gewissen Szatmary, von Beruf Theateragent, angerufen wurde. Herr Szatmary hatte sich mit einem rostigen Messer in die Maus geschnitten und behauptete, große Schmerzen zu haben. Braun bestieg seinen Wagen und fuhr in die obere Friedrichstraße. Auf sein Läuten wurde ihm von einem schwarzhaarigen, wuschelköpfigen Mädchen geöffnet, das in gebrochenem Deutsch fragte, was er wolle. Braun nannte seinen Namen und sagte, er sei gerufen worden. Das Mädchen führte ihn in eine halbdunkle Diele, und Braun war erstaunt, als man ihn dort warten ließ. Fünf Minuten später kam ein schmutziges Weib herein und erklärte, so lange könne kein schwer verletzter und gebildeter Europäer auf einen Doktor warten; ihr Mann sei beinahe verblutet, und da habe sie einen andern Arzt zu Hilfe gerufen. In diesem Augenblick ging eine Tür auf, die durch einen dicken, grünen Vorhang verdeckt war, und Herr Szatmary geleitete ein junges Mädchen ins Vorzimmer, in dem Braun mit Frau Szatmary stand. Das Mädchen war ungewöhnlich schön, und Braun betrachtete die entzückende Erscheinung. Herr Szatmary hatte Braun erblickt und wohl auch gesehen, daß Braun seine Besucherin mit bewundernden Blicken betrachtete, denn er trat eiligst neben das Mädchen und versuchte, sie rasch aus dem Zimmer zu geleiten.

– Na, das ist allerhand, sagte Braun und ging ebenfalls an die Tür, um zusammen mit dem Mädchen wegzugehen. Herr Szatmary witterte die Gefahr und rief Braun nach: – Aber so bleiben Sie doch, Herr Doktor, bleiben Sie doch, wo ich Sie extra mit dem Telephon zu mir gerufen habe. Doppelt genäht hält besser … ich werde Ihnen die Hand noch einmal zeigen; ich werde Sie bezahlen, denn ich bin ein Künstler, und ein Künstler hat auf der Welt nichts als seine Hand.

Dr. Braun sah, daß die Hand kunstgerecht verbunden war,

und schob den sonderbaren Patienten beiseite. – In der Medizin, sagte er wütend, näht man nur einmal, und verließ die Wohnung.

Das Mädchen war auf dem Gang stehen geblieben und wartete auf den Lift. Braun trat neben sie, als er durch die Wohnungstür die Worte eines tobenden Mannes hörte: – Mußt du diesen blonden Satan hereinführen, wenn ich mit der Kleinen herauskomme?

Der Lift hatte sich eingeklinkt, und Braun stieg nach dem Mädchen ein. Auf der Straße lüftete er den Hut und fragte, ob er sein Auto anbieten dürfe. Es war nur ein kleiner Opel, aber Erika Welter stieg vergnügt ein und ließ sich von Wilhelm Braun in ihre Bude bringen.

– Was wollte dieser groteske Faun von Ihnen? fragte Wilhelm.

– Sind Sie naiv oder tun Sie bloß so?

– Ich bin naiv, sagte Wilhelm.

– Ich will eine Rolle, und was er will, können Sie sich vielleicht trotz Ihrer Naivität vorstellen.

– Dafür sollte man ihm sein Auge ausreißen und seine Hand ins Feuer werfen.

– Und wer besorgt mir dann eine Rolle?

– Ihre Schönheit und Ihr Talent.

– Sie haben tatsächlich die Wahrheit gesagt, antwortete die angehende Schauspielerin, Sie sind wirklich naiv.

Erika Welter wirkte auf Wilhelm Braun wie eine schöne und unbegreifliche Wilde. Sie war zugleich kalt und sehr heftig (zum Beispiel von einem maßlosen Jähzorn), sehr faul, wenn es sich darum handelte, Wilhelm einen Brief zu schreiben, oder ihrer Mutter zum Geburtstag zu gratulieren, aber unermüdlich zäh und fleißig, wenn sie eine neue Rolle studierte, sorglos wo es um Geld ging, aber raffiniert, wenn ein Vertrag aufgesetzt werden mußte. Im Rauchen und Trinken war sie hemmungslos, aber sie wurde sofort vorsichtig, wenn ihre Gesundheit nachließ. Ohne jedes Gefühl für ihre Mitmenschen (ausgenommen wenn es sich um alte oder erkrankte Kollegen handelte) war sie sehr sentimental mit Tieren. Ein leiser Tadel konnte sie auf Tage entmutigen, aber ein geschicktes Lob stellte sie wieder auf die Beine, und wenn sie in Fahrt war, kannte ihr Ehrgeiz keine Grenzen.

Wilhelm Braun imponierte ihr, aber es gab weite Bezirke in seinem Wesen, die ihr ganz gleichgültig waren, und sie ließ sich, von einem erstaunlichen Instinkt und einem immer wachen Mißtrauen geleitet, nur soweit lenken, wie es ihr paßte.

Ein Jahr, nachdem sie Wilhelm Braun kennen gelernt hatte, bekam sie endlich eine große Rolle. Sie spielte das Hannele in einer Neuinszenierung von Gerhart Hauptmanns »Hanneles Himmelfahrt«, und als am Tag nach der Premiere die Abendblätter erschienen, sah sie, daß sie die berühmteste Schauspielerin Berlins war. Sie mietete sich eine große Wohnung und fing an, reiche Männer zu empfangen, die ihr den Hof machten und sie mit Geschenken überschütteten.

– Dieses schauderhafte Leben wird dich ruinieren, sagte Wilhelm, du wirst noch beim Film enden!

– Enden? Was heißt enden? Ich werde beim Film anfangen. Mach mal meine Schreibmappe auf, da liegt schon der erste Vertrag.

Wilhelm Braun sah noch ein halbes Jahr zu, dann zog er sich zurück. Er war verzweifelt, denn er liebte Erika Welter, wie er noch nie geliebt hatte, mit der Sehnsucht eines Primaners und der Leidenschaft eines reifen Mannes, aber er mußte sich eingestehen, daß er keine Macht über diese Frau hatte. Er verschloß seine Manuskripte und versuchte Geld zu verdienen, indem er auf der einen Seite seine Praxis zu vergrößern trachtete und daneben an der Börse spekulierte.

Der ganze Erfolg war, daß Wilhelm Braun eine Menge Geld verlor. In dieser Welt, dachte er, werde ich mich nicht durchsetzen. Lassen wir sie und verzichten wir! Er holte seine Manuskripte aus dem Schrank und versuchte zu arbeiten und zu vergessen. Eines Tages wurde er von Erika Welter angerufen. Sie war krank und rief ihn zu Hilfe. Braun ließ alles stehen und liegen und eilte zu ihr. Erika hatte eine schwere Blinddarmentzündung, aber die Operation gelang, und als Erika gesund war, fuhr sie mit Braun für drei Wochen an die Ostsee.

Von da an sahen sie sich wieder regelmäßig. Erika Welter ging ihren Weg, und Braun den seinen, aber nun gab Braun nach und fügte sich.

2

Leopold trat ein. Wilhelm saß am Schreibtisch. Als er sich umschaute und Leopold im Zimmer stehen sah, legte er sein Manuskript in die Schublade und stand auf.

– Laß dich nicht stören, sagte Leopold. Ich rauche eine Zigarette und warte.

– Das ist nicht nötig, sagte Braun. Ich bin schon längst fertig. Ich habe nicht gearbeitet, ich hab nur ein bißchen herumgefeilt. Aber du hast vorzüglich gearbeitet. Euer Blatt wird zwar immer dümmer, geradezu blödsinnig dumm, aber dein letzter Artikel war hervorragend.

– Es ist vielleicht der letzte, den ich in der Allgemeinen veröffentliche.

– Was du nicht sagst!

Fräulein Gehrke, Wilhelms Haushälterin, meldete, das Essen sei angerichtet, und die Herren gingen zu Tisch. Leopold faltete seine Serviette auseinander und erzählte Wilhelm Braun die Geschichte seines Krachs mit Herrn von Manberg. – Ich weiß noch nicht, was in seinem Artikel steht, schloß er, aber wenn er mich desavouiert, dann verlasse ich die Zeitung.

Wilhelm Braun hatte aufmerksam zugehört und fragte: – Wer ist dieser Manberg? Wieso hat der Mann soviel zu sagen?

– Das ist ein Renegat, sagte Leopold.

Wilhelm Braun probierte den Wein und fragte, ob das Wort Renegat nicht ein wenig hart sei für einen Mann, der lediglich eine andere Überzeugung habe als sein Vater und seine Vorfahren?

– Einen solchen Mann würde ich sehr schätzen, und für die Zeitung wär's ein Glück, wenn sie sowas hätte. Aber dieser Manberg ist mehr als ein Abtrünniger. Er behauptet, ein Republikaner zu sein, aber in Wirklichkeit ist er ein purer Anti-Mann. Er haßt seine Vorfahren und er fürchtet sie. Er kämpft nicht für etwas, für ein Ideal, sondern nur gegen. Das ist leider Gottes überhaupt eine weitverbreitete Haltung, die besonders unserm Blatt großen Schaden tut. Zwei Drittel unserer Herren sind von einem Ressentiment besessen, das unerträglich ist. Diese Selbstbefriedigung der Ohnmächtigen ist ein beklagenswertes Laster, und sie hat außerdem noch die gräßliche Folge, daß sich die davon Befallenen für höchst moralische Leute halten. Ich finde das widerwärtig, und ich kann mir nicht helfen: Irgend jemand hat einmal gesagt, in der Politik sei nichts widerwärtiger als der Groll. Dieser Mann hat recht.

Der Fall Manberg begann Wilhelm zu interessieren, und Leopold erzählte seinem Freund die Geschichte mit dem Duell und das daraus abzuleitende Verhalten Manbergs während des Krieges. Wilhelm Braun schärfte das Messer und schnitt dünne Scheiben von der mächtigen Hammelkeule ab, während er genau zuhörte. Aber Wilhelm Braun war ein Gegner des Duells, und das Gespräch der beiden Männer verwickelte sich plötzlich in einen Knäuel von Widersprüchen. Leopold verteidigte das Duell, während Wilhelm über die schädlichen Folgen der Mensur sprach.

Leopold legte seine Serviette auf den Tisch und stand auf. – Moment! Ich werde dir eine Geschichte erzählen. Pass auf! Paris, rue Royale. Restaurant Wéber. Ein junger Mann betritt das Lokal, bleich, schwarzer Schnurrbart, sehr elegant angezogen, Lackschuhe, Pelzmantel. Am Eingang sitzt ein älterer Herr, Botschafter a. D., und als Proust – denn um diesen handelt es sich – vorbeigeht, bildet er sich ein, eine unfreundliche Bemerkung des Botschafters gehört zu haben. Er geht an einen Tisch, an dem Léon Daudet sitzt und Kaffee trinkt, und sagt ihm, er sei zwar ein Feind von solchen Affären, aber diese Beleidigung sei unerträglich, und er bitte ihn, umgehend zu dem Diplomaten zu gehen und ihn zu fragen, ob er ihn habe beleidigen wollen, oder, falls er diese Absicht nicht gehabt habe, ob er bereit sei, sich zu entschuldigen. Léon Daudet ist nicht entzückt, denn solche Zweikämpfe gingen auf Säbel oder Pistole, und der gute Proust war ein kränklicher und keineswegs kampfgeübter Mann. Trotzdem gehorcht er, wie sich das unter Männern und Freunden gehört.

Wilhelm Braun lächelte, und Leopold fuhr fort: – Alles geht gut ab. Der Diplomat erklärt sofort, er habe nicht im Traum daran gedacht, Herrn Proust beleidigen zu wollen; er kenne ihn garnicht – denn Proust hatte damals noch nichts veröffentlicht! – aber es gefalle ihm, daß der junge Mann ein so empfindliches Ehrgefühl besitze. Damit war die Sache erledigt.

– In einem solchen Land kann man leicht ein guter Romancier werden, sagte Wilhelm.

– Und ein guter Leitartikler, sagte Leopold, denn ich glaube nicht, daß man ohne Ehrgefühl gute Artikel schreiben kann! – Leopold setzte sich wieder vor seinen Teller, und Wilhelm Braun legte ihm ein neues Stück Braten auf. – Wir müssen Geduld miteinander haben. Bei uns herrschen andere Sitten, und jeder von uns ist verwundet; keiner von uns wird je wieder völlig gesund werden. Unser Volk, das 1914 und 1918 durchgemacht hat, trägt in seinem Herzen zwei Wunden: Alles, was war, ist nicht mehr, und alles, was sein wird, ist noch nicht.

Es entstand eine Pause, in der die beiden Männer ihren Gedanken nachhingen. Dann fragte Wilhelm Braun nach Dr. Achtermann.

– Das ist ein Mann, den ich sehr schätze, sagte Leopold. Aber ich war erstaunt, als ich sah, wie pessimistisch er im Grunde seines Herzens ist.

– Warum? Glaubt er nicht mehr an deine Republik?

– Er glaubt nicht mehr an Europa.

– Das ist allerdings ein beträchtlicher Unglaube.

Wilhelm trat vor den Globus, der auf dem kleinen Tisch hinter dem Schreibtisch stand, und betrachtete das Bild der Welt, indem er die farbig-glänzende Kugel durch leichte Stösse mit dem Ringfinger seiner linken Hand in Bewegung setzte oder auch wieder anhielt. – Amerika ist groß und wir sind klein, sagte er. Außerdem sind wir uneinig.

Fräulein Gehrke kam ins Zimmer und meldete, Frau Welter sei am Telephon und wünsche Herrn Doktor zu sprechen.

Wilhelm strich sich zweimal über die Haare und hielt ein Selbstgespräch. – Wieso denn das? Spielt sie nicht? Ist sie krank? Was ist da los?

Er nahm seine Uhr aus der Tasche und sah, daß es viertel nach neun war. – Ach so, fuhr er fort, viertel zehn, große Pause, sie ist gerade in ihre Garderobe gegangen.

Er verließ das Zimmer, während Leopold an den verlassenen Globus ging und die riesigen Kontinente betrachtete, die Europa umlagern.

Wilhelm kam ins Zimmer zurück. – Ich habe eine Dummheit gemacht, sagte er, eine ganz unbegreifliche Dummheit. Ich habe Erika gesagt, daß du hier bist, und sie wird nach der Vorstellung kommen.

– Stört dich das?

Wilhelm gab keine Antwort und steckte beide Hände in die Taschen.

– Das ist keine Schwierigkeit, die nicht lösbar wäre, sagte Leopold. Ich werde eben vorher gehen.

– Sei mir nicht bös, sagte Wilhelm leise und nahm die Hände wieder aus den Taschen. Aber es wird dir kaum entgangen sein, daß sie in dich verliebt ist.

– Du meinst, sie hätte sich neulich abends ...

– Ja, sagte Wilhelm rasch, das meine ich.

– Das glaub' ich nicht. Sie war aufgeregt, weil sie von einer Premiere kam und außerdem ein bißchen betrunken.

– Du kennst sie nicht. Sie war nicht verliebt, weil sie zuviel getrunken hatte, sondern sie trank soviel, weil sie verliebt war.

– Du kannst mich in einen Turm mit ihr sperren. Mein Herz ist momentan völlig gelähmt ...

– Ach?

– Ja.

– Ich benehme mich sehr schlecht, indem ich dich gleichsam wegschicke, aber ich habe noch keinen Mann gesehen, der dieser Frau widerstanden hätte ... Das ist alles sehr schwierig für mich, und da ich dich ebenso liebe wie sie, möchte ich wenigstens nicht dabei sein.

– Soll ich gleich gehen?

– Bist du mir böse?

– Ich denke garnicht daran. Ich verstehe dich sehr gut.

– Es ist noch nicht einmal halb zehn. Sie spielt bis elf. Wenn du also um elf gehen würdest, wäre ich sehr glücklich – – Es ist halt ein verdammter Beruf, den sie hat, und diese reichen Geldherauswerfer ... aber der Schlimmste war dieser Scheler!

– Wer?

– Ach, ein Bankier namens Scheler, der ihr einmal den Hof gemacht und sie völlig verdorben hat.

– Richard Scheler?

– Kennst du den Mann?

– Das war einmal ein guter Bekannter von mir. Wir haben in Heidelberg ein Semester zusammen studiert.

– Du kennst viele Menschen.

– Erzähl mal! Was hat er gemacht?

– Dieser Idiot war nicht nur reich, sondern auch verliebt, und zwar wie ein Anfänger, wie ein Student, wie ein Heidelberger Romantiker! Und weil er verliebt war, entdeckte die Welter plötzlich, welche Macht eine Frau, die schön und berühmt ist, über einen Mann haben kann, den sie um seinen Verstand gebracht hat. Wäre sie an einen alten Zyniker gekommen, so hätte sie vielleicht gelernt, daß man in dieser Welt alles bezahlen muß, und jedes Ding seinen Preis hat. Aber da sie an einen Verliebten kam, wurde ihr alles umsonst gegeben, und sie brauchte nur zu befehlen, und das Tischlein deck dich kam aus dem Boden. Seitdem hält sie die Liebe für eine Art von Schwachsinn ... ach, das ist alles bitter, aber du kannst es nicht verstehen, weil du nicht ahnst, welche Möglichkeiten in diesem Weib stecken. Sie hätte eine Duse werden können, statt dessen dreht sie die blödesten Filme und kauft sich Aktien und banale Weekendhäuser und vergangene Impressionisten!

– Das glaub ich alles nicht, sagte Leopold.

– Was! Was glaubst du nicht? fragte Wilhelm.

– Ich glaube nicht, daß eine Frau, die eine Duse werden könnte, keine Duse wird und umgekehrt. Es gibt keine Entwicklung. Man ist, was man wird, und sonst garnichts.

– Ich sage dir ja: du kennst sie nicht.

– Du bist einer der gescheitesten Menschen, die ich kenne, aber daß du glaubst, man könne einen Menschen ändern, das verblüfft mich mehr, als mich ein sprechendes Pferd verblüffen würde oder ein singender Elefant.

– Ich habe mich sehr geändert, sagte Wilhelm, und ich glaube, daß man einen Menschen ändern kann, vorausgesetzt natürlich, daß er die notwendigen Anlagen hat.

– Das ist die Mode der Zeit, sagte Leopold, und du bist keineswegs ein Einzelfall. In Rußland werden seit 1917 hundert Millionen Menschen erzogen und in Italien vierzig. Aber die Katze fällt immer wieder auf die Pfoten, und die Menschen bleiben, wie sie immer waren. Du bist wie Gilgamesch, und Gilgamesch war wie du!

– Die russische Revolution war fällig, sagte Wilhelm. Diese Großfürstenbande muß schauderhaft gewesen sein.

– Besiegte Klassen teilen das Schicksal besiegter Völker. Der Besiegte ist ein Schurke und hat unrecht. Das ist eine alte Geschichte. Ich war letzte Woche in einer Gesellschaft, in der sich auch ein sehr gescheiter Balte befand – ich glaube, er hieß Üxküll, der sich in den zwanziger Jahren zu uns geflüchtet hat. Dieser Mann erzählte eine Geschichte, die mir Eindruck gemacht hat: Der Botschafter Eulenburg wurde eines Tages zu einem Ball eingeladen, den eine sehr reiche Petersburger Fürstin zu Ehren von irgend jemand gab. Die Hausfrau trug ihre berühmte Kette, die aus taubeneigroßen Perlen bestand. Plötzlich, bei einer lebhaften Bewegung der Fürstin, riß die Kette, und die Perlen kollerten auf den Boden wie Erbsen aus einem mürben Sack. Man schloß alle Türen, und die ganze Gesellschaft machte sich auf die Suche, aber als alle Perlen wieder beisammen waren, stellte sich heraus, daß die größte fehlte. Die Besitzerin nahm den Verlust hin, und das Gespräch ging weiter. Der Botschafter hatte den Vorgang beobachtet, und als er sich am Ende des Abends von der Fürstin verabschiedete, fragte er sie, warum sie nicht alle Anwesenden habe untersuchen lassen. »Wir wissen ja, wer die Perle genommen hat, sagte die Fürstin. Aber er ist ein armer Kerl, der bis an den Hals in Schulden steckt!«

– Das ist eine schöne Geschichte, aber –

– Nicht mehr ... nicht mehr – – eine schöne Geschichte ist eine ganze Menge und eine kostbare Seltenheit.

– Ich muß noch einmal auf die Welter kommen, sagte Wilhelm. Hast du schon einmal eine Frau geliebt, die dumm war?

– Ja.

– Hat dich das nicht gereizt?

– Doch. Der Anblick von Dummheit ist aufreizend. Dumme Menschen können Antworten geben, die einen zur Verzweiflung bringen.

– Gut. Und wenn du siehst, daß diese Frau unter ihrer Dummheit Verstand hat, aber zu faul ist, um ihn anzuwenden, was geht dann in dir vor?

– Das gibts nicht. Man ist entweder klug oder dumm. Und außerdem ist man, wenn man nicht sehr dumm ist, immerzu beides.

– Und was hast du mit dieser Frau gemacht, die dumm war?

– Als meine Liebe erloschen war, habe ich mich zurückgezogen.

– Du bist also felsenfest davon überzeugt, daß ein Mensch keinen Einfluß auf einen andern Menschen ausüben kann?

– Der Reiz der Menschen beruht darauf, daß sie so sind, wie sie sind, und ihre schlechten Eigenschaften dienen dazu, uns die Tugend der Selbstbeherrschung zu lehren. Wenn du einen gemeinen Hauswirt hast, mußt du entweder ihn überlisten oder ausziehen, und wenn du eine dumme Geliebte hast, mußt du ihre Worte mit Küssen ersticken.

– Warum stehst du dann links?

– Unsere Bourgeois verstehen nichts von Politik, und ich gebe mich der Hoffnung hin, daß die Arbeiter auf diesem Gebiet klüger sein werden.

– Du willst sie also ändern?

– Keineswegs. Ich möchte Minister werden und einige Gesetze durchbringen, von denen ich glaube, daß sie nützlich sein würden.

– Ich wußte garnicht, daß du so egoistisch bist.

– Ich bin es garnicht. Unser Gespräch stellt mich klüger und besser dar, als ich bin. Aber der Egoismus hat so lange geschlafen, daß er wieder eine Tugend geworden ist. Europa gibt sich seit hundertfünfzig Jahren einem Altruismus hin, der nichts mehr wert ist. Die Chefs dieser Religion sind lauter Manbergs, die bei Lichte besehen keineswegs besser sind als ihre Gegner. Man hat Talleyrand getadelt, weil er die Meinung aussprach, die Worte seien dazu da, um die Gedanken zu verbergen, aber bei diesen hoffärtigen und salbungsvollen Schwätzern dienen die Reden dazu, ihr ganzes Leben zu verbergen.

Es war zehn Minuten vor elf, Leopold stand auf und verabschiedete sich.

– Es ist zum Kotzen, daß du gehen mußt, sagte Wilhelm. Ich hatte dir noch eine kleine Sache vorlesen wollen, die ich letzte Woche gemacht habe.

– Was?

– Kennst du die Elegien des Properz? Nein? Auch die elfte nicht? O, lieber Freund, dann stehen dir nächsten Dienstag zwei große Genüsse bevor: ein neuer Pfälzer, den ich gekauft habe, und ein göttliches Gedicht:

Laß, mein Paullus doch ab, meine Ruhe durch Tränen zu stören.

Keinem Gebet erschließt Orkus das finstere Tor …

Leopold nahm die Hochbahn und fuhr zum Nürnberger Platz. Die Schaperstraße war dunkel, und als Leopold von der linken auf die rechte Seite hinüber ging, sah er, daß in seinem Eßzimmer Licht brannte. Er blieb stehen und schaute zum Fenster hinauf. Die Fensterscheibe leuchtete in die Nacht wie ein kleiner, viereckiger Stern. Was ist da los? dachte er. Er schloß die Haustür auf und lief die Treppe hinauf. Die Wohnungstür war verschlossen, und als er aufgesperrt hatte, sah er einen Brief am Boden liegen. Er hob ihn auf und ging ins Eßzimmer und danach durch alle anderen Räume. Die Wohnung war leer, und Leopold konnte sich nicht erklären, wer das Licht angezündet haben könnte. Er nahm den Brief, riß ihn auf und sah, daß er von Franziska war, die ihn für Donnerstag Nachmittag zum Tee bat. Der Brief war auf blaues Papier geschrieben. Die Handschrift war deutlich, mit einer weichen Feder gemalt, und mit vielen runden, ausgeschwungenen, ja schwungvollen Zügen. Besonders die kleinen g's und z's, aber auch die großen M's und P's waren wie mit einem Pinsel hingesetzt oder wie kleine Stegreifversuche zu Vignetten. Hie und da stand auch ein Schnörkel über einem Buchstaben, wie ein romantischer Maler ein gelbes Möndchen über seine Landschaft tupft, oder wie ein kühner, sehr modischer Frühjahrshut einer schönen Frau, den man ganz unten, am Ende einer Straße, davoneilen und sich entfernen sieht, auf und ab wippend und rasch.

Leopold fand die Schrift schön, voll von Phantasie und liebenswert, und freute sich sehr über die Einladung.

Fünftes Kapitel

Auf Schlangenhälsen die feurigen Sterne
Hängen herunter auf schwankende Türme.
Georg Heym.

I

Die Vögel sangen, und Franziska erwachte. Es war früh am Morgen, die Stunde der Dämmerung, sechs Uhr, vielleicht erst fünf Uhr. Die Fensterflügel standen offen, und das junge Licht des neuen Tages flutete ins Zimmer. Es war grau, mit dem blauen Glanz der Nacht gemischt und dem silbernen Schein des Mondes, und noch sehr zaghaft. Anki betrachtete die Tapete; sie leuchtete noch nicht. Auch der grüne Teppich hatte eine schläfrige Farbe, und die Umrisse der Möbel verschwammen und waren aufgelöst, als ob sie weit weg stünden. Anki holte den rechten Arm aus der weichen und warmen Höhle der Decken hervor und legte die Hand unter den Kopf. Der schöne Arm war nackt, und die kalte Luft strömte herbei und streichelte ihn.

Alles war angenehm. Der Leib und die Füße waren warm, aber die Luft kühlte den Arm langsam ab, und das Wachsein wurde heller und frischer.

Die Amseln sangen, als ob sie eine Symphonie einzustudieren hätten. Sie jubilieren, dachte Anki und fand das Wort schön. Ob das Wetter wieder schön wird … wie gestern? dachte Anki weiter. Die Bäume rauschen garnicht. Man hört nichts! Ob sie ganz unbeweglich stehen und warten, so wie ich hier liege und den Atem anhalte und warte? Anki warf die Decke zurück und ging ans Fenster. In dem kleinen Garten, direkt vor ihrem Fenster, stand eine Gruppe von Birken, beinahe ein Wäldchen. Vor ein paar Wochen waren die Äste noch schwarz gewesen, unbelaubt, starr, wie von Breughel gemalt. Dann war das Laub explodiert und fast gleichzeitig eine Fülle von Früchten erschienen, kleine herabhängende Dolden, die wie Christbaumschmuck an den Zweigen wehten und das mächtige Bukett der Gruppe mit einem Schimmer von Braun überzogen. Seit gestern waren nun auch die Früchte wieder abgefallen, und das riesige Gebüsch der ineinander strebenden Kronen zeigte dem Auge ein sanftes, weiches Grün.

Merkwürdig: Die Vögel schrien förmlich, aber Franziska hatte ein Gefühl tiefer Ruhe und fast vollkommener Stille. Der leidenschaftliche Gesang der kleinen Tierchen (die übrigens unsichtbar waren) berührte die Stille nicht. Die äußersten Zweige der Bäume bewegten sich auf und ab, wie die Schleier einer Tänzerin, aber man hörte sie nicht, und das mächtige Firmament war wie ein Altar aus grauem Marmor, der mit gelassener Unbeweglichkeit das Wedeln der Zweige und den Gesang der Vögel entgegennahm. Die Nacht war verschwunden, aber die Sonne noch nicht heraufgekommen; die Erde, ruhiger als Anki, erwartete die glühende Scheibe, wie ein Orchester den Befehl des Dirigenten erwartet, der soeben die Arme erhoben hat und nun fünf Sekunden zögert, ehe er die erste Bewegung macht und den brausenden Strom der Töne freiläßt. Die Zeiger der kleinen blauen Uhr auf dem Nachttisch standen in einer senkrechten Linie, die das Zifferblatt in zwei Hälften teilte. Anki streifte das Alphabet der Zahlen mit einem kurzen Blick und stieg noch einmal ins Bett. Ein gescheiter, junger Gelehrter hatte vergangene Woche Anki erklärt, nicht das Wachsein sei der natürliche Zustand des Menschen, sondern der Schlaf. Unser vegetatives Leben, Atmung, Kreislauf, Tätigkeit des Magens und der Drüsen, sei vom Lichte des Wachbewußtseins unabhängig und spiele sich im mütterlichen Dunkel des Naturgeschehens ab. Dagegen sei das Wachsein eine Tätigkeit und Aufgabe des Zentralnervensystems. Der Geist entreiße den Menschen der vegetativen, schlummernd sich darlebenden Sphäre des Bios. Der Geist verlange ins Helle, und seine Weltensphäre sei die des Erkennens.

Anki merkte sich die Worte, aber sie fand sie schwer verständlich und beschloß, den jungen, hochstirnigen Forscher noch einmal zu fragen, wie das gemeint sei. Er war übrigens ein hübscher Kerl, und Valerie Bendemann hatte ihn sicher nur ihretwegen eingeladen. Aber einen Professor heiraten ... was für ein komischer Gedanke!

Eine halbe Stunde später schlüpfte Anki in ihre Pantoffeln und ging ins Badezimmer. Sie streifte ihr Hemd ab, stellte sich unter die Dusche und ließ sich zuerst von warmem und dann von kaltem Wasser überrieseln. Danach trocknete sie sich mit einem kleinen Handtuch ab, so lange reibend, bis die Haut überall rot war, und zog einen Morgenrock aus rosa Flanell an. Der Spiegel über dem Waschtisch war bequem angebracht. Anki betrachtete ihr Gesicht, ihre Nase mit den sichtbar modellierten Nüstern, ihre dichten dunklen Augenbrauen und ihre Haare, die dunkelbraun mit einem schwarzen Schimmer darauf waren. Sie nahm den Kamm, zog sich rechts einen Scheitel und schüttelte die Haare zurück. Dann cremte sie sich die Stirn und die Wangen ein, trocknete die weiße Salbe aber gleich wieder mit einem kleinen Tuch ab und ging rasch über den Vorplatz in Hans Karls Zimmer. Hans Karl war schon wach. Er saß neben der Decke und spielte mit dem Kopfkissen, aus dem er soeben einen Elefanten geformt hatte.

– Es ist Zeit! sagte Anki und öffnete die Läden.

Das Kind ließ das Kopfkissen fahren und betrachtete seine Mutter.

– Hast du gut geschlafen? fragte Anki.

Hans Karl nickte und gab keine Antwort; er wußte noch garnicht, was das ist: schlecht schlafen.

Beim Frühstück saß Anki ihrem Sohn gegenüber und sah ihm zu, wie er ein Brötchen in den kleinen Mund schob. Hans Karl war ein hübscher Junge, er hatte die hellen blauen Augen seiner Mutter und die kastanienfarbenen Haare seines Vaters. Auch der Mund und das Näschen waren ganz der Vater, und der Knabe überhaupt mehr ein Scheler als ein Westegg. Anki liebte ihn so sehr, daß sie sich manchmal fragte, ob es gut sei für das Kind, daß sie so leidenschaftlich an ihm hänge. Aber er war nun einmal das einzige, was sie auf der Welt besaß, und sie wußte, daß dieses Gefühl für ihr Kind nicht zu ändern war.

– Du mußt dir noch einmal die Pfötchen waschen, sagte Anki, du hast deine Finger mit Marmelade gefüttert. Hast du saubere Ohren? Zeig sie mal her.

Das Kind neigte das Köpfchen und ließ sich in die kleinen Muscheln schauen, die ganz sauber waren. Um halb zehn verließ Anki mit Hans Karl das Haus und brachte ihn in den Kindergarten von Fräulein Landolt, der fünf Minuten entfernt in der Nebenstraße lag. Dann ging sie bis zum Bahnhof Halensee und nahm dort den Bus, um zum Augenarzt zu fahren. Sie war seit einiger Zeit kurzsichtig geworden, nicht schlimm, nur minus 2, aber es störte sie auf der Straße und im Kino, und sie hatte sich eine Brille anmessen lassen. Nun brachte sie die Brille noch einmal zum Doktor, damit er nachsehe, ob der Optiker alles recht gemacht habe.

Der Arzt war ein kauziger Junggeselle, der einen halblangen Cutaway trug und Röllchen. Nachdem er Anki mit einer tiefen Verbeugung begrüßt hatte, setzte er sich an eine Art Fernrohr und prüfte die Gläser. – Sind's die Augen, geh zu Ruhnke! Ihre Brille ist tadellos gemacht, sagte er. Jetzt wollen wir noch eben sehen, wie sie sitzt. Er nahm die Brille vorsichtig zwischen Daumen und Zeigefinger seiner beiden Hände, wobei er die beiden kleinen Finger spreizte, und wollte Anki die Gläser aufsetzen, aber Anki nahm sie ihm rasch aus der Hand, schob die Bügel über die Ohren in ihre Haare und trat vor den Spiegel.

– Sie haben eine gute Farbe gewählt, sie steht Ihnen! sagte der Doktor.

– Sie sind sehr liebenswürdig, aber schön ist anders, sagte Anki und drehte den Kopf nach rechts und links.

– Sie könnten ein Monokel tragen, sagte der Arzt.

– Das wäre zu auffallend, sagte Anki. Ich bin ja keine Schauspielerin.

Der Augenarzt wohnte in der Kleiststraße, und als Anki das Haus verließ, beschloß sie, rasch in die nahegelegene Nettelbeckstraße zu gehen und Bendemanns zu besuchen. Seit dem

Abend bei Karl Chindler hatte Franziska ihre Freunde nicht mehr gesehen, und sie wollte Otto fragen, wie ihm der Priester gefallen habe. Die alte Fine öffnete.

– Wie gehts? fragte Anki.

– Heute geht's nicht so gut, sagte Fine. Ich hatte sogar schon anrufen wollen, aber die Frau Baronin hats nicht erlaubt. Sie liegt zu Bett.

Anki legte ihren Hut in die Garderobe, und Fine steckte Franziskas Handschuhe in die Tasche des Mantels.

– Was hat sie denn? fragte Anki.

– Rheumatismus, und das Herz war auch wieder bockig.

Anki klopfte an die Schlafzimmertür und trat vorsichtig ein.

– Darf man hereinkommen, oder stör ich?

– Franziska! Das ist aber eine angenehme Überraschung, sagte Frau von Bendemann. Du bist wirklich ein guter Kerl, ich glaube, du bist der einzige Mensch in ganz Berlin, der noch Herz genug hat, um einen Krankenbesuch zu machen. Die andern Leut' würden einen sterben lassen und noch nicht einmal das merken. Soll ich aufstehen, weil du gekommen bist? Ich könnte nämlich aufstehen, das Herz ist heute morgen wieder besser. Wenn man sich gleich energisch ins Bett legt und nicht bewegt, gehen die Anfälle viel rascher vorüber.

Anki nahm einen Stuhl und setzte sich an das Kopfende des Bettes, und zwar nicht wie ein Arzt, der sich dem Patienten gegenüber setzt, sondern neben ihre Kusine, so daß sie das Zimmer vor sich hatte. Es war ein langgestreckter, nicht sehr breiter Raum, der mit riesigen Holzburgen aus Mahagoni vollgestopft war. Auch die Wände waren von oben bis unten mit Bildern und Photographien bedeckt.

Am Fußende des Bettes stand eine Kommode, deren Platte ebenfalls mit Photos bedeckt war, die in kleinen oder großen Rahmen dichtgedrängt hintereinander aufgestellt waren. Anki betrachtete den Wald aus Bildern und fragte Frau von Bendemann, seit wann sie zu Bett liege.

Valerie antwortete irgendwas, und Anki stand auf. – Seit wann hast du diese vielen Photos aufgestellt?

– Du beobachtest gut, sagte Valerie.

Anki nahm ihre Brille aus der Tasche und betrachtete die Bilder.

– Was ist denn das? Trägst du neuerdings eine Brille? Siehst du nichts mehr? Sie steht dir aber ganz gut.

Anki drehte den Kopf zur Seite und ließ ihre Brille sehen, dann schaute sie wieder auf die Photos.

In der vordersten Reihe standen in modernen, blauen Lederrahmen Bilder von ihr, von Hans Karl (von ihrem geschiedenen Mann!), von ihrer Schwester Inge und deren Kindern.

– Das linke Bild habe ich gern, sagte Frau von Bendemann.

– Welches?

– Das ganz links …

– Das von mir?

– Ja.

– Du bist konservativ, sagte Anki und betrachtete das Bild ihres früheren Mannes.

– Warum? Ach so … weil ich ein Bild von Scheler aufstehen habe? Ja, mein gutes Kind, das ist mal so bei mir … das war doch ein netter Bursch … ich kann meine Gefühle nicht ändern, weil du deine geändert hast. Bist du eigentlich jetzt glücklich? Ist das schön, den ganzen Tag allein zu hocken?

– Ich dachte, du wüßtest, was das ist, eine unglückliche Ehe?

Valerie gab keine Antwort, und Anki fuhr fort, die Photos zu betrachten. In der Mitte der Bilder stand eine Aufnahme des Kronprinzen in silbernem Rahmen, auf dem rechts unten der Namenszug eingraviert war. Daneben stand das Photo einer sehr schönen jungen Frau mit einer schweren Krone von Haaren und zwei dunklen, traurigen Augen.

– Wer ist das? fragte Anki und hob das Photo in die Höhe.

– Die ist tot, sagte Valerie. Es war eine Freundin meiner Mutter, eine Fürstin Weißenburg, die schönste Frau, die ich je gesehen habe. Sie liebte den Bruder ihres Mannes, und als er kurz nach ihrer Hochzeit im Duell getötet wurde, verfiel sie in eine so entsetzliche Traurigkeit, daß sie viele Jahre kein Wort sprach. Die Leute haben behauptet, ihr Mann habe das Duell arrangiert, um seinen Bruder aus der Welt zu schaffen … Ich weiß nicht, ob die Geschichte wahr ist, ich war damals noch ein kleines

Mädchen, aber meine Mutter hat mir die Geschichte so erzählt. Ich hab' die Frau glühend geliebt, und bin froh, daß du mich an sie erinnert hast. Wenn ich wieder gesund bin, werde ich ein paar Blumen auf ihr Grab legen.

Fine kam ins Zimmer und fragte, ob Frau Scheler zu Tisch bleibe.

– Nein, danke, sagte Anki. Ich muß nach Hause.

– Du bleibst selbstverständlich hier, du bist ja eben erst gekommen.

– Ich habe doch Hans Karl bei mir, der kann nicht allein essen.

– Es ist wirklich ein Kreuz mit euch modernen Müttern. Ihr seid alle miteinander nur noch Kindermädchen. Warum soll denn der Junge nicht allein essen? Deine Luise ist eine Perle von einem Mädchen, und wenn deine Marie etwas Gutes gekocht hat, wird es ihm sehr gut schmecken.

– Ich habe Gäste zum Tee ...

– So? Das ist ja das Neuste. Seit wann empfängst du denn wieder Gäste? Aber dann ist ja alles in Ordnung. Du bleibst hier zum Essen und gehst zum Tee heim. Decken Sie bitte für drei.

– Willst du aufstehen?

– Ja. Ich werde jetzt aufstehen und ein heißes Bad nehmen, wenn's dir recht ist, kannst du dich unterdessen mit Otto unterhalten.

Anki stand auf und ging zu Otto Bendemann hinüber. Der Diplomat saß in einer grünen Leinenjoppe vor seinem Schreibtisch und betrachtete ein Buch, dessen Papier er mit einer großen Lupe prüfte. Als Anki eintrat, fuhr er zusammen und legte rasch ein Löschblatt über das Buch, aber als er Anki erkannte, nahm er das Löschblatt wieder weg und stand auf.

Anki war erstaunt, Herr von Bendemann hatte eine Bewegung gemacht wie ein ertappter Dieb, und die Mischung aus Furcht und Zorn, die einen Augenblick lang in seinen Augen erschien, war schauderhaft anzusehen.

– Das ist ein Besuch, der mein Herz erfreut, sagte Bendemann und küßte Anki die Hand. Außerdem hast du ein entzückendes Kleid an.

– Wie gehts? fragte Anki.

Otto Bendemann schaute zur Tür und vergewisserte sich noch einmal, daß wirklich niemand anders eingetreten war außer Anki. Dann sagte er: – Mir gehts gut. Ich habe wieder einmal einen Fund gemacht. Willst du ihn sehen? Da ist mein Fündchen!

Er nahm das Buch, das er bei Ankis Eintritt in sein Zimmer mit dem Löschblatt zugedeckt hatte, vorsichtig in die Hand und reichte es Anki. Es war ein kleiner, federleichter Pappband, der altertümlich aussah. Anki schlug den Deckel auf und las: »Deutschland, von Anna Germaine Baronin von Staël-Holstein. Berlin 1814«.

Herr von Bendemann war Ankis Augen gefolgt und nahm ihr das Buch wieder aus der Hand. – Das muß man verstehen, aber wenn man von diesen Sachen etwas versteht, dann weiß man, daß dieses unscheinbare Exemplar ein seltenes und außerdem ein köstliches Buch ist.

Anki setzte sich aufs Sofa, und Bendemann fragte, ob sie schon bei Valerie gewesen sei.

– Ja. Ich war erschrocken, als mir Fine sagte, sie sei krank, aber es scheint ihr wieder besser zu gehen.

Bendemann gab keine Antwort.

– Was ist das eigentlich mit ihrem Herzen? Habt ihr mal einen guten Arzt gefragt? Man kann doch nicht herzleidend sein und heiße Bäder nehmen?

– Ich sollte ja schweigen, aber unter uns gesagt – – sie ist kerngesund!

– Warum liegt sie dann im Bett?

– Das ist ihre neuste Erfindung. Man sollte Mitleid mit ihr haben, denn sie plagt sich selber am meisten, aber sie macht es einem verdammt schwer.

– Glaubst du wirklich, daß ihr nichts fehlt?

– Nichts. Sie ist nur böse, zornig und verbittert. Sie ist mal wieder ganz außer Rand und Band, gegen mich und gegen Gott und gegen die Republik und gegen die Sterne und gegen das Mädchen und gegen meine Bücher und gegen meine Frisur. Da ist nichts zu wollen, das muß man einfach ertragen. Aber es ist schwer zu ertragen, das kannst du mir glauben.

– Es ist auch schwer, allein zu leben.

– Das glaub ich, aber wenn du von morgens bis abends und von abends bis morgens mit einem Menschen zusammenlebst, der dich fortwährend kritisiert, dann bekommst du eine Sehnsucht nach Alleinsein, die manchmal kaum noch zu beherrschen ist.

– Sie hat einen schwierigen Charakter, aber sie hat auch gute Seiten.

– Das ist ein schwacher Trost. Leb mal so, wie ich lebe! Aber die Wurzel dieses Übels liegt viel tiefer. Ihr Frauen habt einen schlechten Weg eingeschlagen, als ihr euch auf die Gleichberechtigung gestürzt habt.

– Das sind lustige Behauptungen, sagte Anki.

– Als ich im Jahre 18 das Auswärtige Amt verließ, weil ich als konservativer Mann keine Lust hatte, Gesandter der Unabhängigen Sozialdemokraten zu werden, war Valerie dagegen und tobte, daß ein Mann in meinem Alter sich auf die faule Haut lege. Als ich 1922 bereit war, den Posten in Belgien anzunehmen, und als Gesandter nach Brüssel ging, war sie wieder dagegen. Sie spuckte auf die schwarz-rot-goldene Fahne und ließ an ihrem Wagen einen schwarz-weiß-roten Wimpel anbringen, bis mir der Staatssekretär persönlich einen Brief schrieb. Als ich dann meinen Krach mit Stresemann bekam, war sie wieder gegen mich, und so war das bei jeder Sache, die ich in meinem Leben getan habe. Sie meint, eine moderne Frau hätte das Recht, mitzureden, aber das ist ein Irrtum, denn es ist sehr schwer, eine Sache zu beurteilen, die man nicht selber tut, sondern nur anschaut. Außerdem redet sie garnicht um der Sache willen mit, sondern nur, um sich selbst zu behaupten. Sie kann mich nicht in Ruhe lassen, denn sie meint, wenn sie das täte, so würde sie zu meiner Sklavin herabsinken. Für mich sein, mit mir am gleichen Strick ziehen, das hält sie für eine unterwürfige Handlung, die ihr Selbstbewußtsein verletzt, und da sie nichts zu tun hat und auch nichts tun will, stürzt sie sich auf alles, was ich tue, und kritisiert es, um etwas zu tun. Das ist ein schauderhafter Zustand, und den ertrage ich nun seit zwanzig Jahren. Das Neueste ist, daß sie mir meine Bücher verekelt. Wir haben kein

Vermögen mehr, und da ich ein verabschiedeter Beamter bin, hält sie mich für einen gescheiterten Bettler und einen Verschwender, der sein Geld zum Fenster hinauswerfe. Das ist dumm und ungerecht, denn ich war mein Leben lang ein vorsichtiger Mann und habe nie mehr Geld ausgegeben, als ich hatte. Diese Bücher sind wertvoll, und es sind Stücke dabei, die ich teuer bezahlt habe. Aber sie sind das Geld wert, und das Abscheuliche ist, daß ich diese Sammlung gerade für Valerie anlege. Ich werde vor ihr sterben, und sie wird eine sehr kleine Pension bekommen, denn die Witwenpensionen sind im Auswärtigen Amt nicht hoch. Aber dann wird sie diese Bücher haben, und wenn sie die Bibliothek geschickt verkauft, wird sie dafür ein kleines Vermögen bekommen. Ich verstehe was von diesen Dingen und ich habe einen großen Teil meiner Exemplare weit unter ihrem Wert erstanden. Ich bin kein Börsianer und ich verstehe nichts von Aktien, aber ich weiß, daß ich für meine Sammlung bis jetzt ungefähr 60,000 Mark ausgegeben habe, und daß sie mindestens 90 wert ist. Ach, es ist ein banales Schicksal, mit einem Menschen verheiratet zu sein, der einen nicht versteht. Ich habe mir mit Valerie viel Mühe gegeben, aber es war alles umsonst. Dieses ewige Kritisieren hat mich vergiftet. Ich will mich garnicht besser machen als ich bin. Ich habe in meinem Leben Fehler gemacht, und es war vielleicht falsch, daß ich mich mit Stresemann verkracht habe. Aber ich war ein Verehrer von Brockdorff-Rantzau und ich bin für die Russen! Außerdem macht jeder Mensch Fehler, und jeden Tag, das ist nichts Neues und auch nichts, was nicht wieder in Ordnung gebracht werden könnte. Aber wenn du eines Tages anfängst, über deine Fehler nachzudenken, dann bist du verloren. Was du getan hast, kannst du nicht mehr ungeschehen machen. Du schwimmst stromab! Laß es! Aber was du heute Nachmittag tun mußt oder tun willst ... das kannst du bedenken, das kannst du tun, oder ... vielleicht auch lassen. Noch liegt es in deiner Macht!

Anki schaute zum Fenster hinaus und dachte daran, daß sie für diesen Nachmittag Leopold Chindler zum Tee eingeladen hatte.

Bendemanns Büchergebirge war auf vier großen Büchergestellen untergebracht, welche alle Wände des Zimmers ausfüllten und bis zur Decke emporreichten. Bendemann trat vor das mittlere Büchergestell, und sein Blick ruhte eine Weile auf den unbeweglich aneinander gedrückten Rücken seiner Schätze, wie die Augen eines stolzen und aufmerksam zählenden Hirten auf den Vliesen seiner Schafe. Aber nach einer Sekunde erlosch dieser Blick wieder. Der ehemalige Gesandte drehte sich mit einer jähen Bewegung um und kehrte seinen geliebten Büchern den Rücken, wie man sich von einem Freund abwendet, der einen tief verletzt hat.

– Ich mag nicht mehr, sagte er leise, ich mag nicht mehr. Ich fange an, mich zu verachten!

– Was sollen wir Frauen denn tun? fragte Anki. Soll eine Frau immer ja und amen sagen?

– Ja! Sie soll dienen! Sie soll gehorchen! Das macht sie frei. Das ist ihre Pflicht, und das einzige, was dich im Leben frei macht, ist die erfüllte Pflicht!

Anki dachte an Richard Scheler und an sein Haus, das sie eines Morgens verlassen hatte, um es nie wieder zu betreten.

– Das klingt sehr altmodisch, fuhr Otto Bendemann fort, aber die Wahrheit erscheint selten in der Gestalt eines jungen Mädchens. Ich verlange ja nichts Unbilliges; wenn ich Valerie hintergehe, kann sie sich zur Wehr setzen, das ist ihr gutes Recht; aber wenn ich Bücher sammle, muß sie mich in Ruhe lassen; das ist mein gutes Recht! Aber ein Mensch, der keinen Begriff von seinen Pflichten hat, hat auch keinen von seinen Rechten, und wer seine Rechte nicht kennt, wird auch die der andern Leute nicht achten. Das ist eine Kette, in der sich ein Glied ins andere hakt.

– Ihr hättet damals das Kind adoptieren sollen.

– Welches Kind?

– Ihr wolltet doch einmal ein Kind annehmen, von irgend einem Manne, der kurz nach dem Krieg in Schlesien gefallen ist.

– Ach so ... ja. Ich weiß, was du meinst! Aber bei uns ist's immer das Gleiche: ich war dafür, und Valerie war dagegen.

– Das hat man mir anders erzählt.

– Tut mir leid. Ich kann dir nur wiederholen, daß ich dafür

war. Aber das war auch eine Sache, mit der sie mich halb verrückt gemacht hat. Wir fuhren damals nach Breslau und sahen die Kleine an. Sie gefiel mir sehr, und wir waren eigentlich entschlossen, als Valerie plötzlich zögerte. Sie meinte, das Kind habe nicht sehr gesund ausgesehen, und man müsse doch erst noch nachforschen, welche Krankheiten in der Familie seien. Ich fand das langweilig, denn es gibt gesunde Familien, die kranke Kinder haben, und kranke, die gesunde zeugen. Beethoven war der Sohn eines Säufers. Kurz und gut, ich ließ nachforschen, und als die Ergebnisse eigentlich günstig lauteten, wollte Valerie von mir bestätigt bekommen, daß dieses Kind das gesündeste, klügste, schönste, genialste, fleißigste, liebste und sanftmütigste Geschöpf aller Zeiten und sämtlicher Jahrhunderte sei, und als ich das bezweifelte, meinte sie, ich sei auch gegen eine Adoption, und wollte das Kind nicht mehr sehen.

Fine kam ins Zimmer und meldete, das Essen sei angerichtet. Anki stand auf und ging mit Otto Bendemann ins Eßzimmer. Valerie war noch nicht da, und Anki ging in Valeries Schlafzimmer, um sie zu holen. Valerie saß vor ihrem Spiegel und versuchte, mit einer Pinzette ein Haar auszureißen, das ihr am Kinn aus der Haut gewachsen war.

– Ihr habt euch ja rauschend unterhalten, sagte sie und lehnte sich in den Sessel zurück.

Ob sie gelauscht hat? dachte Anki. Das wäre nicht angenehm.

– Wovon habt ihr denn gesprochen?

– Ach, nur so … alles mögliche, und zum Schluß hat mir Otto was vorgelesen.

Valerie beugte sich vor und betrachtete die Form ihres Kinns. – Hat er schon wieder ein Buch gekauft?

– Nein, das glaub ich nicht, es war ein altes Buch, in dem er zufällig geblättert hatte, als ich eintrat.

– Du irrst dich, meine Liebe! Otto kauft nur alte Bücher. Für diesen Unsinn gibt er unser ganzes Geld aus. Aber wenn ich mal krank bin und einen Doktor brauche, dann ist kein Geld da. Ich bin das leid, und wenn das so weitergeht, dann nehme ich mir mal eine Handvoll von seinen alten Scharteken, verkaufe das Zeug und stecke das Geld ein.

Valerie sprach sehr ruhig, aber die Wirkung ihrer Worte wurde dadurch nur noch heftiger, ja schauerlicher.

– Du kannst schreckliche Sachen sagen, antwortete Franziska. Komm jetzt, das Essen ist angerichtet.

Valerie beugte den Kopf zur Seite, faßte das Haar mit der Pinzette und riß es aus. – Es ist nicht schön, alt zu werden, sagte sie. Sei froh, daß du noch jung bist, und leb nicht so nonnenhaft. Eines Tages wirst du alles bereuen, was du nicht getan hast. Dann ist es zu spät. Ich will dir eine Erfahrung verraten: man wird nicht alt ... das ist ein falscher Ausdruck. Das Alter gleicht einer Krankheit, und kommt auch wie eine Krankheit ... du wachst morgens auf und hast Schmerzen oder du wachst morgens auf und bist alt.

Valerie beugte sich vor und hielt ihr Gesicht ganz nahe an den Spiegel. Dann sagte sie: – Bei mir ist es noch nicht so weit, aber in zwei Jahren wird es soweit sein!

Valerie war eine sehr gute Hausfrau, und das Essen schmeckte vorzüglich. Es gab ein paar Salate als Vorspeise, Suppenhuhn mit Reis und hinterher eine kalte Creme, die ein Meisterwerk war.

Man sprach vom Essen, und Otto Bendemann erzählte, daß er das beste Restaurant in ganz Europa in der kleinen polnischen Stadt Radom getroffen habe. – Der Wirt hieß Wierzbicki, sagte Otto, und es war von außen gesehen eine ganz gewöhnliche Kneipe, aber der Bursche bereitete uns eine Ente à la Nantaise, wie ich sie in meinem Leben nicht wieder vorgesetzt bekommen habe. Valerie erinnerte sich nicht gern an Polen und erzählte von Brüssel, wo man ebenfalls sehr gut gegessen habe

– In Deutschland ißt man am besten in Hamburg, sagte Otto.

Anki hörte zu. Sie war einmal mit ihrem Mann in Madrid gewesen und sonst nie aus Deutschland herausgekommen.

Nach Tisch kam Herr von Waldstein. Er war ein bekannter Reiter und seit einem Jahr an die Offiziersreitschule nach Hannover kommandiert. Valerie schätzte ihn und behauptete, Waldstein sei der einzige Mensch, der es verstehe, einer Frau den Hof zu machen. Anki hielt sich zurück, aber sie konnte es nicht verhindern, daß sich Herr von Waldstein mehr mit ihr beschäftigte als mit Valerie.

Da werde ich wieder was zu hören bekommen, dachte Anki. Aber Valerie war an diesem Nachmittag in bester Laune, und Anki merkte plötzlich, daß Valerie Herrn von Waldstein geradezu anstachelte, ihr den Hof zu machen.

Die beiden Herren gingen in die Bibliothek, wo Otto Bendemann Herrn von Waldstein ein Buch über die Dressur von Pferden zeigen wollte.

Valerie stand auf und räumte die Mokkatassen zusammen.

– Der Waldstein! Das wäre ein Mann für dich, sagte sie plötzlich, den würde ich an deiner Stelle heiraten.

– Seit wann bist du so großmütig? fragte Anki und sah ihre Freundin mißtrauisch an.

– Ich bin garnicht großmütig, sagte Valerie, aber ich habe einen angeborenen Fehler. Ich liebe diesen Waldstein, aber das hindert mich nicht zu sehen, daß er der richtige Mann für dich wäre ... und ich hab ja schließlich einen Mann.

Die Herren kehrten in den Salon zurück, und die allgemeine Unterhaltung ging weiter, bis Anki auf die Uhr sah und mit Schrecken feststellte, daß es gleich vier Uhr war.

– O lieber Gott, sagte sie. Es ist vier Uhr und ich hab' um halb fünf Gäste.

Sie erhob sich, hielt auf der Straße ein Taxi an und fuhr nach Hause.

Sechstes Kapitel

Kindheit und Jugend, allzuglücklich preis ich sie!
Goethe.

I

Anki stürmte in ihr Schlafzimmer. Es war gleich halb fünf, und sie wollte sich noch umziehen. Sie ließ ihren Rock von den Hüften herab zu Boden gleiten und läutete dabei, indem sie mit dem Ellbogen gegen die Klingel drückte, die neben der Tür an die Wand geschraubt war.

Marie kam ins Schlafzimmer.

– Mariechen! Engelsgeschöpf! Haben Sie einen Augenblick Zeit? Können Sie mir ein bißchen helfen? Haben Sie den Teetisch schön gedeckt?

Marie nickte und holte das rote Kleid aus dem Schrank.

– Wollen Sie das anziehen? fragte sie und hielt das Kleid in die Höhe, wobei sie abwechselnd Franziska und das duftige Kleidchen anschaute, das von dem Bügel herabhing.

– Soll ich? fragte Franziska und betrachtete das Kleid. Ach nein, das ist zu rot! Geben Sie mir lieber das Blaue. Hat es eben geläutet? Die Flurglocke ist seit ein paar Tagen so schüchtern geworden.

– Es hat nicht geläutet. Ich habe nichts gehört. Welches Blaue wollen Sie denn? Das alte oder das neue?

– Das neue! Wir müssen uns eilen! Wo ist meine Haarbürste? Haben Sie daran gedacht, die Tulpen auf den Tisch zu stellen?

– Die Bürste liegt neben Ihnen vor dem Spiegel.

– Ich seh' halt nichts mehr. Ich habe mir heute eine Brille machen lassen. Geben Sie mir bitte meine Tasche.

Marie ging an den kleinen Schreibtisch, der vor dem Fenster stand, und reichte Anki die Tasche. Anki holte die neue Brille aus dem Futteral, setzte sie auf die Nase und schaute Marie an, wobei sie den Kopf ein wenig schief hielt und die Hände auf die Hüfte stützte.

– Sie steht Ihnen aber gut, sagte Marie erstaunt.

– Ist das wahr?

– Sie sehen garnicht älter aus, eher jünger … wie ein Mädchen … ich habe immer gedacht, Brillen würden alt machen.

Anki trat vor den Spiegel und bürstete sich die Haare.

– Kann ich jetzt gehen? fragte Marie. Ich habe unseren Kakao auf dem Herd.

– Natürlich! Danke schön für die Hilfe. Was macht Hans Karl? Hat er brav gegessen?

– Sehr lieb und mit großem Hunger.

Anki musterte ihr Kleid, dessen Plissé nicht mehr ganz frisch war, und drehte sich vor dem Spiegel hin und her. Dann feuchtete sie die Spitzen ihrer Zeigefinger an der Zunge an und strich sich die Augenbrauen glatt. – So … fertig ist die Dame!

Sie verließ ihr Schlafzimmer und ging über den Vorplatz zu Hans Karl. Der Knabe saß vor einem kleinen blau lackierten Tisch und malte, indem er große Farbkleckse auf Papier tupfte und die fertigen Gemälde mit Schwung zu Boden warf. Anki setzte sich neben ihr Kind und küßte das weiche Häutchen seiner Wangen. – Hast du brav gegessen? Willst du nachher ein Stück Torte haben?

– Mutti! Ich habe heute vormittag einen Hasen gesehen.

– Einen richtigen Hasen? Wo denn?

– Wir waren im Grunewald.

– Das ist eine enorme Neuigkeit. Das mußt du mir genau erzählen.

Der Knabe kletterte auf den Schoß seiner Mutter und erzählte von dem Ausflug, den der Kindergarten in den Grunewald gemacht hatte, und von der Begegnung mit dem Hasen. Anki betrachtete die kleine Stirn und die schönen langen Wimpern und hörte zu. Marie hatte Hans Karl kurze Strümpfe angezogen, und Ankis Hand ruhte auf dem kleinen, nackten und warmen Knie.

Es läutete an der Flurtür. – Du ... ich muß jetzt gehen. Es hat geläutet, ich bekomme Besuch. Aber wenn du sehr lieb bist, bekommst du zum Abendbrot ein großes Stück Torte.

Franziskas Wohnzimmer war mit hellgrün bezogenen Möbeln ausgestattet. Auf dem Boden lag ein großer, sehr weicher, dunkelroter Teppich, während die Vorhänge wieder grün waren, aus einer leichten, weichen, lang herabflutenden Seide. An den Wänden hingen alte Stiche. Der eine zeigte eine Ansicht von Stettin, der andere das Berliner Schloß zur Zeit Friedrich Wilhelms I.

Auf einem kleinen Tisch lag eine deutsche Übersetzung des Romans »Parallelen der Liebe« des Engländers Huxley, die vor kurzem erschienen war.

Leopold hatte das Buch gelesen, und es gefiel ihm, daß es bei Anki lag; es war eine ungewöhnliche Dichtung, der kühne und sehr durchsichtig komponierte Versuch eines scharfen und bitteren Geistes, der jenseits des Kanals die gleichen Probleme betrachtete, mit denen auch die Jugend des Kontinents im Kampf lag.

Anki trat ein. Ihre strahlenden hellen Augen lächelten Leopold an, und sein erstes Gefühl war Erstaunen darüber, daß eine so junge und so schöne Frau geschieden war und allein lebte.

– Sie lesen schwierige Bücher, sagte er und deutete auf den Huxley.

– Es ist nicht einfach zu lesen, antwortete Anki, und die Menschen, die auftreten, sind leider alle unsympathisch.

– Finden Sie? Der Schriftsteller ist doch ein netter Kerl.

– Ich habe erst die Hälfte gelesen, sagte Anki, aber bis jetzt gefällt mir keiner. Vielleicht bessern sich die Leutchen noch mit der Zeit.

Ankis Bemerkung war, was man damals banal nannte, und Leopold fragte, ob Anki in Büchern nur strahlenden Helden zu begegnen wünschte.

– Ich habe nichts gegen Bösewichte, sagte Anki, aber sie müssen was los haben, sie müssen mir gefallen.

Anki bat zum Tee, und die beiden sprachen noch eine Weile über das Lesen von Romanen, aber Anki antwortete plötzlich sehr vorsichtig, fast scheu. Sie benahm sich wie jemand, der sich in einer ersten Aufwallung zu weit vorgewagt hat und jetzt langsam zurückweicht und in ein rettendes Gehäuse sich zurückzieht. Die Lebhaftigkeit ihres Charakters, die einen Augenblick lang sichtbar gewesen war, wie ein vorüberflitzendes Auto oder wie der Busen einer Frau, die sich zu Boden neigt und ihr Taschentuch aufhebt, verschwand, und an ihre Stelle trat wieder die höfliche und lächelnde Maske, mit der Anki Leopold begrüßt hatte, als sie ins Zimmer trat. Die Unterhaltung wurde oberflächlich, und Leopold beschränkte sich darauf, die Bewegungen seiner Gastgeberin zu betrachten, das Spiel ihrer Arme, die bis zum Ellenbogen bloß waren, wenn Anki den Teekessel von dem silbernen Spirituskocher hob und das brodelnde Wasser in die Kanne füllte, oder die kräftig zupackenden Gesten ihrer Hände, wenn Anki Leopold verschiedene kleine Schüsseln reichte, die mit belegten Brötchen und kleinen Kuchen gefüllt waren.

Anki hatte vergessen, Zigaretten aufzustellen.

– Ach nein, bitte lassen Sie das, sagte sie, als Leopold sein Etui aus der Tasche nahm und Anki fragte, ob er rauchen dürfe; ich habe Zigaretten im Haus, bei mir sollen Sie meinen Tabak rauchen.

Sie erhob sich und hockte vor einer Kommode nieder, in deren unterster Schublade ihre Zigaretten lagen. Dabei streifte ihr Rock die Härchen des Teppichs, und ihre rechte Ferse, ein winziger Hügel, hob sich aus dem kleinen, blauen, pantoffelartigen Schuh.

Das Rauchwerk zu besorgen und anzubieten, ist die Sache des Mannes, und als Anki vor ihrer Kommode sich niederließ und die schwere Schublade herauszog, fühlte Leopold, wieviel mühsamer es für eine Frau ist als für einen Mann, allein zu leben.

Es war halb sieben und Leopold erhob sich, um nach Hause zu gehen. – Ich habe in der Kantstraße ein nettes, kleines Restaurant entdeckt, sagte er. Würden Sie mir die Freude machen, mal dort mit mir zu essen?

– Ich habe momentan meinen Sohn bei mir, antwortete Anki,

und lasse ihn ungern allein. Aber wenn er zu seinen Großeltern fährt und ich wieder allein bin, dann würde ich ganz gern mitkommen!

Leopold wußte nicht, daß Hans Karl schon Ende der Woche nach Pommern fahren sollte, und Ankis Alleinsein also vor der Tür stand, und so fand er ihre Antwort mehr als ausweichend, fast abweisend, einen höflichen Korb. – Wie Sie befehlen, sagte er.

– Sie haben sich garnicht verändert, sagte Anki und lachte. Diese Art von Antworten haben Sie auch in Heidelberg gegeben.

– Sie scheinen Ihre Mitmenschen gut zu beobachten.

– Bei manchen Leuten gelingt mir's und bei andern garnicht.

– Wie lange haben Sie in Heidelberg gelebt?

– Sechs Jahre.

– Haben Sie in Heidelberg studiert?

– Nein. Mein Vater wollte das nicht haben. Ich habe ein paar Vorlesungen gehört, aber ich hätte auch garnicht studieren können, weil ich kein Abiturientenexamen hatte.

In seiner Wohnung setzte Leopold sich neben den weißen Ofen und versuchte über Anki nachzudenken, aber es gelang ihm nicht, er brachte kein deutliches Bild ihres Charakters zusammen. Ihre Gestalt entschlüpfte jedem Versuch seiner Gedanken, sie einzufangen. Teufel auch, dachte er, sie kennt mich besser, als ich sie kenne, und indem er nun jener Anki sich erinnerte, die er vor Jahr und Tag in Heidelberg gesehen hatte, erinnerte er sich auch daran, welch ein Hans Guck in die Luft und Tolpatsch er damals gewesen war. Ach, welch ein Esel ist der Mensch, wenn er zwanzig Jährchen alt ist und noch keine Erfahrungen besitzt, aber sich wer weiß was alles auf seinen kleinen Verstand einbildet.

2

Ein Hut war das erste, was Leopold erblickte, als er Franziska das erste Mal begegnete. Er kannte sie nicht und wußte nicht, wer sie sei, er sah nur einen hochstrebenden Hut aus weichem, weißem Stroh und darunter ein grecohaft schmales Gesicht, dunkle Haare, hellblaue Augen, eine strenge gerade Nase, weiche, unberührte, aber voll durchblutete Wangen, und einen abweisenden Mund.

Es war auf der Kaiserstraße, wo die Heidelberger Studenten damals ihren Bummel hatten, und Leopold machte gleich kehrt und ging der schönen und auffallenden Erscheinung nach. An der nächsten Ecke wurde die Besitzerin des zauberhaften Hutes von einem Mädchen begrüßt, das ihr ähnlich sah und wohl ihre Schwester war, und von zwei Studenten, von denen Leopold einen kannte. Er hieß Richard Scheler und studierte die Rechte. Er war sechs Jahr älter als Leopold und hatte in einem westfälischen Artillerieregiment den Krieg mitgemacht, aber er nahm unter den Studenten überhaupt eine besondere Stellung ein, als einziger Sohn eines Bankiers war er der reichste Student der ganzen Universität. Sein Vater hatte ihm einen alten Diener mitgegeben und zwei große Doggen, und Richard lebte auf großem Fuß. Die meisten Kommilitonen liebten ihn nicht. Aber die Art, wie sie ihre Abneigung ausdrückten und über seine Hunde spotteten, war banal und kleinstädtisch und in der Hauptsache vom pursten Neid eingeflüstert. Der Krieg hatte fast alle Familien schwer mitgenommen, und man trug damals Armut, ja man übertrieb sie sogar und war noch stolz darauf. Leopold war anderer Meinung als die Neidlinger. Ihm gefiel es, daß es in Heidelberg wenigstens einen Menschen gab, der so lebte, wie die Väter gelebt hatten. Wenn Richard Scheler mit seinen riesigen Hunden über die alte Brücke spaziert kam, mit seinen dünnen, braunen Handschuhen und einem altmodischen, aber sehr schikken Strohhut, dann erinnerte er Leopolds Herz an die Anekdoten, die Theodor Chindler aus seinen Studentenjahren erzählt hatte, und »es klingt so schön, was unsre Väter taten ...«

Außerdem hatten Richard und Leopold zwei Leidenschaften

gemeinsam: Sie liebten es beide, nachmittags ins Kaffee zu gehen und dort einen Haufen Zeitungen zu lesen. Kurz: Leopold schätzte Richard sehr.

Am nächsten Tag lauerte Leopold Richard Scheler auf dem Stehkonvent in der Halle der Universität auf und fragte ihn nach dem schönen Mädchen mit dem weißen Strohhut. Richard lachte ihn aus und ließ Leopolds Neugier an sich hochspringen wie ein Hündchen, das gern Schokolade frisst, und dem man ein braunes Täfelchen vor die Nase hält, aber er war ein gutmütiger Kerl, und am Ende erzählte er alles, was er wußte. Bald darauf wurde Leopold auf Richards Empfehlung hin von Herrn von Westegg, Franziskas Vater, eingeladen.

Es war ein Sommertag, wie ihn nur der Süden Deutschlands kennt, warm, unter einem blauen Himmel, in dem noch viel Weiß war, ein berauschender Tag, voll von Blumen, hellen Kleidern, Gelächter und jungen, ernstgesichtigen Wanderern. Richard Scheler holte Leopold auf dessen Bude ab, und Leopold sah mit Staunen, daß Richard einen Anzug anhatte, der von oben bis unten aus gelber Seide war.

– Warum schauen Sie mich denn so erschrocken an? sagte Richard zornig. Sind Sie auch so spießig wie diese Mensaphilister? Das ist sehr praktisches Zeug, was ich da anhabe, kühl im Tragen und hübsch in der Farbe. In etwas kühneren Gegenden trägt das jeder Mensch! Übrigens würde ich an Ihrer Stelle die Weste zu Hause lassen; bei dieser sizilianischen Hitze ist eine Weste weder schick noch ratsam. Und was haben Sie denn für einen tristen Schlips an? Haben Sie nichts Lustigeres im Hintergrund? Zeigen Sie Ihre Schätze mal her!

Scheler ging an Leopolds Kleiderschrank und musterte die Krawatten. – Geringe Pracht, sagte er, garnicht preiswert gekauft und mutlos ... mutlos! Sie sind doch noch jung. Sie müssen mehr Schwung aufbringen! Da nehmen Sie die da, die rote, wenn Sie nichts dagegen haben, die ist noch die am wenigsten traurige.

Leopold tat, was Richard befohlen hatte, und die beiden Studenten verließen das Zimmer.

– So, sagte Richard auf der Straße, jetzt müssen wir noch die lästige Pflicht des Blümchenkaufens erfüllen. Das werden wir bei Frau Salzer erledigen.

Sie betraten das Blumengeschäft von Salzer, und Richard Scheler ließ sich in einem grünen Korbsessel nieder. Leopold blieb stehen und betrachtete Richard im Spiegel, der an die Längswand des schmalen Ladens angeschraubt war. In seinem gelben Anzug sah Richard auf dem grünen Stuhl und mitten in einem Wald von Nelken, Narzissen und Maiglöckchen selber wie eine riesige, exotische Pflanze aus.

Eine kleine, rothaarige Verkäuferin trat schüchtern näher, und Richard begrüßte sie wie eine alte Bekannte. – Grüß Gott, Fräulein Irma, ich möchte Rosen haben, sagte er zu der Verkäuferin, ein Dutzend. Haben Sie schöne Blüten?

– Sogar sehr schöne, Herr Scheler, sagte Irma, und als sie aus dem Hinterzimmer in den Laden zurückkam, hielt sie Richard Scheler einen mächtigen Rosenstrauß entgegen. Scheler prüfte ihn und schüttelte den Kopf.

– Nee, mein verehrtes Kind, der ist mir viel zu jemischt. Schleppen Sie mal alles herbei, was Sie haben, dann stellen wir unser Bukettchen miteinander zusammen.

Fräulein Irma ging noch einmal ins Hinterzimmer und brachte einen großen Eimer voll Rosen.

– Das sieht schon besser aus, sagte Scheler, und nun bezeichnete er mit der Spitze seines Spazierstocks diejenigen Blumen, die er zu kaufen wünschte. Leopold bewunderte ihn sehr, denn Richard suchte mit großer Gelassenheit die schönsten Blüten aus, und seinem unerbittlichen Blick entging nicht der kleinste Fehler, nicht das verborgenste welke Blättchen.

Auf der Straße legte er den Strauß über die Schulter, so daß die Blüten nach hinten überwippten.

– Dies zu tragen ist lästig, aber nicht zu ändern, meinte er. Ich schlage vor, wir wechseln ab und schenken dafür die kleine Rabatte gemeinsam.

Westeggs wohnten in einem alten Haus, das mitten in der Stadt lag. Ein grauhaariges, sanftgesichtiges Hausmädchen öffnete die schwere, dunkelbraune Haustür und führte die beiden Herren durch einen langen kühlen Gang, der mit roten Kacheln belegt war, direkt in den großen Garten. Es waren schon eine Menge Leute gekommen, und die Kleider der Damen belebten das Grün der Wiese, wie ein bunter chinesischer Teppich ein Zimmer belebt. Richard Scheler packte seine Rosen aus, steuerte quer durch über die Wiese und stellte Leopold zuerst der Hausfrau vor, dann dem Hausherrn und zuletzt den beiden Töchtern. Herr von Westegg war ein Mann von knapp mittlerer Größe. Er trug ein Monokel, einen dunkelblauen Anzug und an seinen kleinen Füßen elegante, ja sogar zierliche, braune Halbschuhe.

Unter seiner Nase saß ein kleiner, weißer Schnurrbart, und sein Mund und seine spöttischen, blauen Augen verrieten Hochmut, und das heißt eine gewisse Verachtung aller Menschen außer seiner eigenen Person. Frau von Westegg war größer und dicker als ihr Mann; in ihren grauen Haaren war noch viel blond, und ihr Gesicht war offener und weniger kalt. Aber wenn Herr von Westegg einem Turmfalken glich, der sich gern auf hohe Mauern setzt, um auf die Welt herabblicken zu können, so schien Frau von Westegg das Falkenweibchen dazu zu sein, das sich stets einen Stein höher niederläßt, um auch noch den Gemahl und seine Ausflüge im Auge zu behalten.

Herr von Westegg begrüßte Leopold höflich und erkundigte sich nach Leopolds Schwägerin Anna, deren Vater er gekannt hatte. Leopold antwortete, aber als er das letzte Wort gesagt hatte, wandte sich Herr von Westegg wieder einer alten, weißhaarigen Prinzessin Lippe zu, die in einem niedrigen Gartenstuhl saß. Sie trug ein Kleid aus grauer Seide und in der Hand einen kleinen Beutel, der mit farbigen Perlen bestickt war, und Leopold hörte Herrn von Westegg sagen: – Ich fange an, alt zu werden; ich merke nämlich, daß mich die Widersprüche der Menschheit nicht mehr ärgern, sondern nur noch belustigen, ganz besonders die tollen Behauptungen der Gazetten. Die kleinen Leute tadeln uns und schimpfen uns Nationalisten, aber sie ahnen nicht, daß sie sich damit selber tadeln. Denn sehen Sie, Durchlaucht, in den Zeiten vor 1815 gab es in Europa 20,000 Familien, und wer zu diesen gehörte, der war eben Europäer, und wer nicht dazu gehörte, war Volk, und das heißt: Deutscher oder Engländer oder Savoyarde oder Däne oder ich weiß nicht was. Als nach 1815 diese 20.000 Familien gestürzt wurden und das Volk aufzusteigen begann, teilte sich Europa in das, was bis dahin nur die kleinen Leute gewesen waren, nämlich in Franzosen und Belgier und Basken und Holländer, kurz: in Nationalisten!

– Das ist wenigstens mal eine neue Lesart dieses alten Problems, antwortete die Prinzessin.

Leopold entfernte sich und kehrte zu Franziska zurück. Sie hatte ihm neben sich einen Stuhl freigehalten und legte ihm gleich zwei Stück Torte auf seinen Teller, und Leopold war sehr glücklich, als er diese Fülle liebenswürdiger Gesten merkte. Er hatte sich sofort verliebt, und die Leidenschaft schäumte in seinem Herzen, wie der Saft in den Sträuchern des Gartens, die noch jung und hellgrün waren, mit viel Honiggelb drin, und das Blau des Himmels schwebte zart und duftig darüber; man konnte es gut ansehen: die milde Farbe tat den Augen wohl.

Franziska trug ein Kleid aus Rohseide, mit kurzen Ärmeln und einem kleinen, eckigen Ausschnitt, der mit einer farbigen Borte gesäumt war.

– Ich bin ganz verzaubert von Ihrem Garten, sagte Leopold.

– Das weiß ich, antwortete Franziska, das sieht man Ihnen an.

– Kennen Sie mich schon so gut?

– Ein bißchen. Herr Scheler hat uns viel von Ihnen erzählt.

– Da sind Sie im Vorteil. Mir gegenüber hat er geschwiegen.

Richard Scheler hatte die große Zahl seiner Bekannten begrüßt und kam herbei, um Leopold noch anderen Gästen vorzustellen. Leopold war froh, daß er fortkam, denn er war so verliebt, daß er wahrscheinlich dumm geschwiegen oder albernes Zeug geredet haben würde, wenn er noch länger bei Franziska geblieben wäre.

– Bleiben Sie stehen, sagte er zu Scheler, und schauen Sie mal schweigend um sich. Ein Tag wie dieser ist selten. Was wir hier sehen, werden wir so nie wieder erblicken, und was wir zu entdecken versäumen, wird unserer Erfahrung auf immer entgangen sein!

– Sind Sie so lebenshungrig? fragte Richard.

– Nicht immer, aber man lebt eigentlich kaum, wenn man es nicht ist.

Scheler blieb stehen und schaute sich um. Er hatte ein schönes Gesicht und in solchen Augenblicken einen schwermütigen Ausdruck, der ihm gut stand. Aber er sah wenig (und wohl fast nichts von dem, was Leopold sah): Gesichter, die er gleichgültig fand, den gutsitzenden Anzug des Hausherrn und den grotesken Ballon auf dem dürren Kopf der Prinzessin Lippe. Er war von langsamer und bedächtiger Sinnesart, und sein Herz und sein Kopf wurden damals von schwierigen Überlegungen belagert: Er hatte beschlossen, sich zu verloben, und er wälzte den Gedanken, ob er eine der Westeggtöchter wählen solle, und ob wohl die jüngere besser zu ihm passe oder die ältere, und das heißt Franziska.

So standen die beiden Studenten schweigend da, jeder mit seinen Gedanken beschäftigt, als Gertrud Below ankam, in die sich Leopold in der vergangenen Woche verliebt hatte. Sie war etwas größer als Franziska und braunäugig und brünett, und als sie nun auf Franziska zuging, ließ Leopold Richard Scheler stehen, ging ebenfalls wieder zu Franziska und unterhielt sich mit den beiden Mädchen. Er war wieder aufgewacht und beisammen und energisch, und die kleine Gruppe lachte viel, und die Stimmen der Mädchen waren wie Gesang: Franziska hatte ein helles, rasches und klingendes Organ, während Gertrud tief sprach und mit einer scheuen Bedächtigkeit.

3

Westeggs empfingen ihre Gäste jeden Donnerstag von 4–7, aber als Leopold am nächsten Donnerstag in die Heilbronnerstraße ging, traf er nur Inge von Westegg. Franziska war verreist, und da sich Leopold für Inge nicht interessierte, ging er bald wieder weg. In der Garderobe traf er Richard Scheler, der ebenfalls seinen Hut suchte, und die beiden Studenten gingen in ein Café, von dessen Terrasse aus man auf den langsam flutenden Neckar hinabschauen konnte. Zwei Tische weiter saß Herta Schönberg, eine große, sehr blonde Medizinerin, welche die Geliebte eines Studenten der Physik war. Der Physiker, ein rothaariger Mensch, der sehr gut Tennis spielte, erzählte es jedermann, und Leopold fragte Richard flüsternd, ob er Herta Schönberg kenne.

– Ich habe sie auch gerade entdeckt, und ich kenne sie, antwortete Richard. Diese Art Mädchen ist sehr unklug. Aber was wollen Sie? Gewisse Haltungen führen zu gewissen Folgen. Wir sind in eine Epoche geschlüpft, die Altruismus und puritanische Forderungen liebt, und da wir nicht so lasterhaft sein wollen wie unsere gallischen Nachbarn mit ihren Häusern der Freude, so sind wir halt noch schlimmer, und gewisse Leute nehmen sich einfach gegenseitig.

Der Neckar hatte an diesem Tag eine grünliche Farbe, die genau der Farbe von Herta Schönbergs Augen glich.

– Ich habe meinem Vater geschrieben, sagte Richard plötzlich, und er meint, Franka würde besser zu mir passen als Inge. Ich glaube es auch, aber wenn ich so weiter trödele, wirds am Ende noch aufs Knöpfe abzählen herauskommen. Vielleicht soll es überhaupt nicht sein … Der Krieg hat einem verdammt zugesetzt … Ich will Ihnen was sagen: die Schützengrabenjahre zählen nicht doppelt wie der Fiskus meint, die zählen dreifach! Und so sitzt man halt da wie Uhland bei der Kapelle.

Es war mehr ein Selbstgespräch, das Richard hielt, als eine Unterhaltung, und Leopold gab keine Antwort.

– Ich ziehe Franziska vor, sagte er schließlich.

– Sie ist die wertvollere, sagte Richard. Er schaute Leopold eine Weile prüfend an und dann setzte er hinzu: – Sie sind noch ein bißchen jung, sonst würde ich sagen: Sie nehmen Ingeborg und ich nehme die größere Schwester, und wir machen eine Riesenhochzeit … Eigentlich ein tolles Gespräch, das wir da führen, aber eine Doppelhochzeit ist ein schöner Gedanke … man könnte ihn ausspinnen wie ein richtiges Garn, und wissen Sie, ich glaube, Sie wären ein angenehmer Schwager.

Er schob die Kaffeetasse zurück und begann zu spielen,

indem er einen kleinen, silbernen Bleistift aus der Tasche holte und Gesichter auf die weiße Marmorplatte des Tisches zeichnete. Leopold betrachtete Richards schöne, weiche Haare, die ein wenig gelockt waren, und dachte an den Brief des alten Scheler, von dem Richard gesprochen hatte, und er fand, daß Richard trotz seines momentanen Kummers mehr zu beneiden war als zu beklagen. Leopolds Vater, Theodor Chindler, war ein verschlossener fremder Herr mit geheimnisvollen und undurchsichtigen Sorgen, der Leopold nicht verstand und schon seit langer Zeit im Herzen seines Sohnes mehr Furcht erweckte als Liebe. Er hatte sich nie nach Leopolds Gefühlen erkundigt, und Leopold hätte es nicht gewagt, seinem Vater auch nur das harmloseste seiner kleinen Abenteuer zu erzählen.

Richard Scheler steckte den Bleistift wieder ein und deutete mit dem Finger auf seine Zeichnungen.

– Das sind alles Freunde von mir, sagte er, alles Tote, Helden, die ich einmal gekannt habe, und die schon längst zu Staub zerfallen sind und unter einem Wald gleichmäßiger Kreuze schlafen. Das ist ein großes Geheimnis – Sie kennen es nicht –, wieviel Tapferkeit in den Menschen steckt, besonders in einfachen Leuten. Wir hatten einen Gärtner, einen stillen Arbeiter, der seine Blumen kannte und am besten die Bäume, die er immer besonders behutsam zu schneiden pflegte, aber eines Tages rief ihn der Fahneneid, und dann stand dieser Mann hinter einem Maschinengewehr und kämpfte, weit tapferer als ein Löwe, und als unser Feldwebel dreißig Meter vor der Stellung getroffen wurde, stieg er aus dem Graben, ging in den Kugelregen, hob ihn auf und trug ihn nach hinten, nicht bedenkend, daß er eine Frau hatte, die er liebte, und zwei Kinder und nur ein Leben ... Wissen Sie, warum der Mensch so schlecht ist? Weil er vergessen kann!

Leopold ging auf das Thema nicht ein und sagte: – Ich beneide Sie.

– Warum? Beneiden Sie mich vielleicht um meine Unentschlossenheit? Die ist garnicht beneidenswert. Sie sind klüger als ich, viel zupackender, Sie nehmen die Mädels einfach an der Hand und laden sie zum Kaffee ein. Das ist das Richtige. Im

Krieg war ich auch so, aber heiraten scheint noch schwieriger zu sein …

– Ich beneide Sie um Ihr gutes Verhältnis zu Ihrem Vater.

– Ach? Stehen Sie mit Ihrem alten Herrn nicht gut?

– Schwierig … offen gestanden: Nein!

– Das ist bitter. Da sind Sie um einen guten Freund ärmer. Mir sind die besten Sachen in meinem Leben von meinem Vater gesagt worden. Kann man da garnichts machen? An wem liegt's denn?

Leopold war bis zu dieser Stunde davon überzeugt gewesen, daß alle Schuld bei seinem Vater liege, aber Richards Frage versetzte ihm einen Stoß, und sein Herz (das immer der Hilfe bedürftig war, aber auch der Anregung zugänglich) erfuhr jene beglückende Hilfe, die Goethe »bedeutende Fördernis durch ein einziges geistreiches Wort« genannt hat. – Ich weiß nicht, wer schuld hat, sagte er nachdenklich und zögernd wie ein Mensch, der soeben aus einem merkwürdigen Traum erwacht ist, ich glaube, wir werden wohl beide Schuld haben, aber ich werde das Gefühl nicht los, ihm sei meine Art, mein ganzes Wesen, wie es nun einmal ist, schwer begreiflich und nicht besonders sympathisch.

– Entschuldigen Sie, sagte Richard, das höre ich ungern … das sind Pennälergefühle. Schreiben Sie dem alten Herrn einen netten Brief und erzählen Sie ihm ein bißchen was, so, was Sie tun und erleben, und wer Ihre Freunde sind und warum sie es sind. Väter sind auch Menschen. Wir Söhne vergessen das manchmal. Schreiben Sie ihm einen gescheiten Brief. Ich kenne das aus Erfahrung. Solche Anstrengungen des Herzens tun manchmal Wunder, und ich will Ihnen was sagen, obgleich Sie mir ein ungläubiger Mensch zu sein scheinen – wie übrigens alle hellen Köpfe –, das einzige, was einem in diesem Leben wirklich hilft, sind Wunder.

Richard hatte sich in der vergangenen Woche ein Auto gekauft, und der stolze Besitzer fragte Leopold, ob er vielleicht mal »den Kasten« sehen wolle. Leopold war neugierig, wie sowas aussah, und wie es Richard stünde, am Steuerrad zu sitzen, denn in den Jahren nach dem ersten Weltkrieg war es keineswegs eine alltägliche Sache, daß sich ein Student ein Auto kaufte. Die jungen Männer verließen das Café und gingen in die Urania-Garage, wo das Auto stand. Die Karrosserie war aus braunem Holz, was dem Fahrzeug das Aussehen eines Segelschiffs verlieh – nur der Mastbaum fehlte –, aber die Motorhaube war für damalige Verhältnisse elegant und schnittig, und der Motor ziemlich stark.

– Wollen wir nach Frankfurt fahren und am Main zu Abend essen?

– Kein schlechter Vorschlag, sagte Leopold.

– Sie sind wenigstens nie langweilig!

Richard fuhr sehr gut, und es machte Leopold großen Spaß durch Neustadt zu fahren, aber er hielt seinen Mund und tat so, als wäre Autofahren eine so alltägliche Sache wie Schwimmen gehen oder nach dem Kaffee eine Zigarette rauchen.

Der Wagen hatte Neustadt verlassen und tauchte in eine breite Waldchaussee. Leopold lehnte sich zurück und betrachtete die Strahlen der untergehenden Sonne, sie spielte mit den Blättern der Bäume Glitzern.

– Sowas kann man nicht mehr machen, wenn man verheiratet ist, sagte Scheler.

– Was?

– Ins Auto steigen und mit einem Freund irgendwohin fahren, ohne vorher lange Reden zu halten und überzeugende Erklärungen abzugeben.

– Dafür fährt man dann mit einer hübschen jungen Frau, die sich in die Kissen kuschelt und komische Bemerkungen macht.

– Es gibt Vergnügen, die sich nur unter Männern genießen lassen, sagte Richard, und es gibt Frauen, die genau so eifersüchtig auf die Freunde ihres Mannes sind wie auf irgendeine Freundin. Eine eifersüchtige Frau würde mich wahnsinnig machen.

Die beiden Studenten hatten zu Abend gegessen und betraten die Halle des Frankfurter Hofs. Ein blaugekleideter Page fragte, ob er Herrn Scheler den Mantel abnehmen dürfe. Richard schob ihn beiseite und gab keine Antwort. – Kommen Sie, Leopold, sagte er, unser Fährtchen verdient es, in der Bar begossen zu werden. Das Wetter ist schön, ob wir um zwölf Uhr nach Heidelberg zurückkommen oder um zwei, spielt keine Rolle.

Die beiden Studenten betraten die Bar. Richard war guter Laune, und er hatte in solchen Augenblicken rasche und elegante Bewegungen und eine Sicherheit, die beneidenswert war. Leopold betrachtete ihn mit Vergnügen. Er gefiel ihm sehr, aber er sah trotzdem, daß Richard anders war, als die Menschen der Kreise, in denen Leopold aufgewachsen war. Richards Sicherheit war eine Spur lauter als die eines Grundbesitzers und eine Spur sichtbarer als die eines Offiziers. Er war durchaus ein Herr (und keineswegs ein Herrmann, wie Franziska Westegg Leute nannte, die zwar reich waren, aber schlechte Manieren hatten und wenig Bildung), aber sein Gehabe war trotzdem das eines wohlhabenden Mannes, dessen Reichtum bekannt ist, und dessen unerschöpfliche Brieftasche große Anziehungskraft auf alles ausübt, was käuflich ist.

Richard schien in der Bar gut bekannt zu sein, denn als er eintrat und sich vor der Theke niederließ, leuchtete das ganze Lokal auf, und die Batterien der farbigen Flaschen begannen zu schimmern, als würden sie von einem geheimnisvollen Scheinwerfer angestrahlt. Der Obermixer eilte persönlich herbei, und die blonden und braunen Damen warfen sehnsüchtige Blicke auf den Mann, der so kostbare Hemden trug, und dessen Trinkgelder manchmal (nicht immer) fürstlich waren. Das Geld persönlich war eingetreten, und alles, was in den vier roten Wänden stand, hüpfte, denn in diesem Lokal war alles verkäuflich, was das Auge erblickte, und zwar ganz oder teilweise, wie man wollte: die Zigaretten und die Schnäpse und die Menschen, die sie einem reichten, dazu. Ja, selbst diese waren wunschgemäß zu haben, und das heißt ganz oder teilweise; man konnte Ruhe haben (um vielleicht über ein Geschäft nachzudenken), oder ein Gespräch, ernste und teilnehmende Mienen oder Gelächter, ein wenig gedämpfte Musik oder die neuesten Zoten, und wenn man ein Mann war, sogar einen Kuß oder eine ganze Frau. Es war ein vollständiges Angebot und nur eine Geldfrage, aber andererseits war das Geld auch wieder so mächtig, daß es diese Fülle von Hingabe garnicht zur Kenntnis zu nehmen brauchte, und so kaufte denn Richard an diesem Abend nur zwei Martinis, und als der Mixer eingegossen hatte, hob er sein Gläschen und stieß mit Leopold an. – Auf Ihre Zukunft und Ihren Verstand! sagte er und lachte.

Zwei Tage nach diesem Ausflug reiste Richard Scheler plötzlich, und ohne sich von seinen Bekannten verabschiedet zu haben, nach Schlesien. Frau von Westegg war ziemlich aufgebracht »über diese Manieren«, und als Leopold am Ende des Semesters zu Westeggs ging, um Abschiedsbesuch zu machen, wurde Richards Name nicht erwähnt.

Im nächsten Semester ging Leopold nach München, aber als er eines Abends auf seine Bude kam, lag unter seiner Post eine Drucksache, in der ihm der Freiherr von Westegg die bevorstehende Vermählung seiner Tochter Franziska mit Herrn Franz Ludwig Richard Scheler mitteilte.

4

Das Telephon läutete. Leopold nahm den Hörer ab und beschloß, Franziska anzurufen und sich für den Tee zu bedanken. – Hallo, sagte er, wer ist da?

Es war Wilhelm Braun. – Der Maler Spalding ist bei mir, sagte Wilhelm. Er bildet sich ein, er hätte eine Mittelohrentzündung, und ich habe ihm verordnet, mit mir ins Kino zu gehen. Kommst du mit?

Leopold überlegte, und es fiel ihm ein, daß er die größte Lust hatte, Anki noch einmal zu sehen.

Vielleicht hatte sie Lust ins Kino zu gehen.

– Tut mir leid, sagte er. Ich muß noch was erledigen. Aber wenn ihr hinterher wo seid, komme ich vielleicht hin.

Sie verabredeten sich auf die Terrasse des Romanischen Cafés, und Leopold läutete Anki an. Sie war steif und förmlich, aber er fühlte durch ihre Maske durch (denn auch ihre Stimme trug am Telephon eine Maske), daß sie sich über seinen Anruf freute.

– Wann fährt Ihr Sohn eigentlich nach Pommern, fragte Leopold.

– Übermorgen.

Leopold war so erstaunt, daß er eine tüchtige Menge Zeit brauchte, um zu merken, wie glücklich er war.

– Übermorgen, sagte er, das wäre Sonnabend … da könnten wir ja am Sonntag zusammen essen?

– Sonntag bin ich mit Bendemanns bei Frau Steiner eingeladen, sagte Anki.

– In Wannsee?

– Ja.

– Die kenne ich auch. Würde es Sie stören, wenn ich hinkäme?

– Ich habe Ihnen nichts vorzuschreiben, sagte Anki. Wenn Herr Steiner Sie einlädt, würde ich mich freuen, Sie zu sehen.

Siebentes Kapitel

Vergessen wirst du nie, weil Liebe nie vergeht.
Max Rychner.

I

Frau Scheler ging in die Küche, um mit Frau Gerold zu sprechen. Sie war am Vormittag gekommen, um die große Wäsche zu waschen, aber Marie, die immer Tüchtige, hatte alles schon geregelt. Anki verabschiedete sich von Frau Gerold und kehrte in ihr Zimmer zurück. Sie nahm den Roman von Huxley und legte sich aufs Sofa, aber nachdem sie ein paar Seiten gelesen hatte, klappte sie das Buch zu und legte es neben sich. Das Licht hatte keine Kraft mehr, und Anki war zu faul, um sich aufzurichten und die Lampe über dem Sofa anzuknipsen. Der Abend dämmerte, und in den Ecken des Zimmers bildete der Schatten tiefe und düstere Höhlen. Luise kam ins Eßzimmer, knipste das Licht an und deckte den Tisch ab. Anki hörte dem Klappern der Teller zu und dachte an Leopold. Der Mann hatte ihr gut gefallen, sein Anruf war vielleicht ein bißchen rasch gekommen, aber er war unkonventionell und höflich. Anki legte die linke Hand unter den Kopf und überlegte, ob sie im Begriff sei, sich zu verlieben.

Luise kam ins Zimmer und drehte den Kronleuchter an.

– Nicht das große Licht, sagte Anki und blinzelte, bitte nur die Stehlampe … Ja, die grüne auf dem Schreibtisch!

Luise ließ die Rolläden herunter und löschte den Lüster wieder aus. Dann wünschte sie Frau Scheler gute Nacht und verließ das Zimmer.

Anki war wieder allein, wie sie nun schon seit mehr als drei

Jahren allein war, wenn Hans Karl in seinem Bettchen lag, und die Nacht heraufzog. Sie legte auch die rechte Hand unter ihre Haare und dachte über ihr Leben nach. Im ersten Jahr nach der Scheidung von Richard Scheler hatte sie in einer so vollständigen und unerträglichen Einsamkeit gelebt, daß Anki manchmal – besonders an Sonntagen oder in den schwermütigen und niederziehenden Stunden der Dämmerung – den Kopf auf die Platte des Schreibtisches legte und so lange weinte, bis sie keine Tränen mehr hatte. Dieser Zustand war besser geworden, als Bendemanns Brüssel verließen und nach Berlin zogen, aber das einsame Leben blieb trotzdem schwer zu ertragen. Es war alles so sinnlos, so ohne Zukunft und mit den eisernen Ketten der Erinnerung an eine Vergangenheit geschmiedet, die auch sinnlos war, voll von Tränen und Fehlern ... Eine Wüste aus zerbrochenen Hoffnungen ... Ach, ihr Frauenleben hatte so schön angefangen.

2

Es waren ungefähr drei Monate seit Richard Schelers plötzlicher Abreise aus Heidelberg vergangen, und das Wintersemester hatte schon begonnen, als Richard Scheler eines Tags aus Schlesien zurückkam und gleich bei Westeggs Besuch machte. Inge Westegg hatte sich am Ende des Sommersemesters mit einem Herrn von Klemm verlobt, und die Eltern waren mit Inge nach Frankfurt gereist, um die Aussteuer für die bevorstehende Hochzeit einzukaufen. Anki war allein zu Hause geblieben. Inge hatte sie sehr gebeten, nach Frankfurt mitzukommen und beim Aussuchen der Wäsche zu helfen, aber Anki hatte abgelehnt, und als sie vom Bahnhof heimkam und den kühlen Vorplatz betrat, kroch sie in das Schweigen der leeren Zimmer und die Einsamkeit des verlassenen Hauses, wie ein krankes Kind ins Bett flüchtet und die Decke über den heißen Kopf zieht, um das Zimmer dunkel zu machen und die Welt auszulöschen. Sie war sehr unglücklich, und ihr Herz, dessen erste

Erfahrung Richard Scheler gewesen war, litt schrecklich unter der grausamen und wortlosen Flucht. Da wurde ihr plötzlich Richard Scheler gemeldet, und Anki freute sich sehr, als sie Richard so unvermutet wiedersah, und diese Freude, ein halb erschrockenes, halb glückliches Aufleuchten ihrer Augen, das sie nicht verbergen konnte und auch garnicht verbergen wollte, als sie nun die Tür öffnete und Richard am Fenster stehen sah, unter dem Bild ihres Vaters und neben dem kleinen Schreibtisch ihrer Mutter, entschied über ihr Leben.

Ankis Freude galt nicht nur Richard; es war das Leben selber, das wieder aus ihr hervorbrach, die Lebenskraft und die Lebenslust der Jugend, welche das schmerzliche Erlebnis von Richards Flucht niedergebeugt hatte, wie ein Schneefall die Äste einer Birke herabzieht und bis zum Zerreißen niederdrückt, aber wenn die Zeit gekommen ist, stürzt die kalte Last ab, das sehnige und federnde Holz richtet sich wieder empor, befreit, dem blauen Himmel entgegen und der Sonne.

Richard hatte sich auch auf das Wiedersehen mit Anki gefreut, und er hatte eine Menge Fragen im Kopf, die er von ihr beantwortet haben wollte; Fragen nach Leopold und nach dem Leben in Heidelberg und nach Inges Verlobung und Hochzeit, aber als er Anki erblickte und ihre Freude spürte, ihn wiederzusehen (eben jenes Aufleuchten ihrer Augen, das wie ein Blitz war und auch wie ein Blitz in sein Herz schoß), da wußte er plötzlich, daß es hier nur eine einzige Frage zu stellen gab.

Anki, die nichts ahnte, merkte auch nichts und plauderte gleich los. Sie fragte, wie es in Schlesien gewesen sei, ob er viele Hasen geschossen habe, und wie es seinem Vater gehe. Richard war verwirrt und antwortete immer einsilbiger, je harmloser die Fragen wurden. Als er nach einer halben Stunde aufstand und fortging, war er aufs äußerste niedergeschlagen. Er hatte sich wie ein Simpel benommen, und je deutlicher er sein einfältiges Benehmen sich wieder vor Augen führte, desto mehr war er überzeugt, daß nun alles aus sei und Anki für ihn auf immer verloren. Er war drauf und dran, abzureisen und Heidelberg für ewig zu verlassen, aber als es drei Uhr schlug, ging er zu Frau

Salzer und schickte Anki hundert Rosen, und als es fünf Uhr war, ließ er sich ein zweites Mal bei ihr melden.

Franziska hatte die Blumen sehr schön gefunden, aber sie hielt die gewaltige Sendung doch mehr für einen Scherz, für einen jener bizarren Einfälle, die Richard Scheler manchmal in den Sinn kamen, und so war sie auch nur wenig erstaunt, als das Mädchen heraufkam und meldete, Herr Scheler sei wieder da, er bitte, noch einmal empfangen zu werden.

Diesmal stand Richard mitten im Zimmer, und als Anki, die ihn im Herrenzimmer vermutet hatte, die Glastür öffnete und vom Eßzimmer her eintrat, ging er gleich auf sie zu.

– Was fällt denn Ihnen ein? sagte Anki und gab Richard die Hand. Sie haben mir ja zwei ganze Blumenläden geschickt! Wir hatten garnicht genug Vasen im Haus, aber ich habe mich trotzdem sehr gefreut!

– Ich liebe Sie, sagte Richard, ich bin gekommen, um Sie zu bitten, meine Frau zu werden.

Anki war sehr erstaunt, Richard sah ganz verändert aus, bleich und bebend und mit weitgeöffneten, fragenden Augen. Er verbeugte sich vor ihr und küßte ihre Hand, aber gleich darauf umschlang er sie, und Anki fühlte, wie er ihr Gesicht und ihre Haare mit Küssen bedeckte. Es waren ganz fremde Küße, und Anki erwiderte sie nicht, aber sie ließ alles geschehen, sie war hilflos und wehrlos. Sie hielt die Augen geschlossen und dachte an ihre Mutter und an Inge, und daß sie nun – vielleicht – auch eine Braut sei und noch eine Aussteuer gekauft werden müsse …

Richard nahm Anki an der Hand und führte sie zum Sofa und setzte sich neben sie. – Du bist der erste Mensch, den ich liebe, sagte er leise. Ich kannte bisher nur meinen Vater und ich liebe ihn sehr, aber dich liebe ich noch tausendmal mehr und ganz anders. Ich war in meinem Leben oft zufrieden, aber heute bin ich zum ersten Mal glücklich … Ich bin vielleicht ein bißchen alt für dich, aber das ist auch ganz gut so, denn ich weiß nun, wie das Leben ist, und daß man dich auf Händen tragen muß, und ich werde dich auf den Händen tragen, immer, jeden Tag, jeden Morgen, jeden Abend und jede Nacht!

Es waren Worte, wie man sie manchmal in Träumen hört, die man selber erfindet, oder die man in einem Roman von Dickens entdeckt, den man dann zuklappt und nicht weiterliest, weil das Herz erschüttert ist und einem die Tränen in die Augen dringen, aber es waren wahre Worte, die Richard sagte, ein Gelöbnis, das sein Herz seinem Willen machte und das ihm leicht entströmte. Er war ein guter Kerl und ein anständiger Mensch, und wie ihn im Krieg seine ruhige Tapferkeit ausgezeichnet hatte und einige Male sogar über seine Vorgesetzten erhoben, so erhöhte ihn nun die gewaltige Leidenschaft für das schöne Mädchen, die nach so langer Reifezeit plötzlich in seinem Herzen aufgebrochen war.

Auch Richards Körper war schön; er war gut gewachsen und mit seinen weichen, seidigen Haaren und seinen klugen, ruhig-dunklen Augen ein hübscher Mensch; hätte er in diesem Augenblick (da er zugleich stolz und demütig und blühend war) auf einem Sportplatz gestanden, und wäre der Preis für einen gut durchgekämpften und siegreich bestandenen Kampf in seine Hände gelegt worden, so hätte ihm das Publikum mit Vergnügen zugejubelt, und jeder Mann und jede Frau auf den Tribünen gern für ihn geklatscht. Also strahlend saß er nun neben Anki, denn die Liebe ist auch ein Sieg, ein Sieg der Natur über die Götter, die uns geschaffen haben, und denen wir in diesem Augenblick ähnlich sind, ihnen gleich an Kraft und Kühnheit, berauscht und berauschend wie das unnennbare Gefühl in unserer Brust und aller Taten fähig, die Menschen schon geleistet haben, und jene auch noch dazu, die unausdenkbar sind, bis einer heranwächst und sie tut.

Anki wollte etwas sagen, aber sie fand kein passendes Wort und wußte nicht, was sie dem Mann antworten sollte, der neben ihr saß und immer noch ihre Hand festhielt und wie ein Mensch sprach, der liebt. Es war alles so überraschend gekommen, und sie war eine Natur, die Vorbereitungen brauchte.

– Du hast mir noch kein Wort gesagt, flüsterte Richard. Kannst du mir keine Antwort auf meine Frage geben? Oder willst du mir keine geben?

Anki wollte die Lippen bewegen, aber es ging nicht, und sie schwieg.

Richard ließ ihre Hand los. – Denken Sie nur an sich, sagte er, nicht an mich, aber sagen Sie ein Wort: Ja oder nein.

Anki schwieg. Das heißt: Nein, dachte Richard und stand auf. In diesem Augenblick griff Anki nach seiner Hand, und als sich nun Richard über ihre Hand beugte, fühlte sie plötzlich, daß er weinte, und über ihre Haut flossen Tränen, die zu ihrem Erstaunen wirklich heiß waren. – Komm … sagte sie, komm, bleib hier … ich will deine Frau sein! Ich liebe dich sehr, ich war ganz tot, als du plötzlich nach Schlesien gefahren bist, ohne ein Wort zu sagen oder zu schreiben. Ein Glück, daß du zurückgekommen bist … Sie küßte ihn auf beide Augen und ließ sich von ihm wieder küssen …

Richard war gegangen, und Anki rief den Hessischen Hof in Frankfurt an. Sie wollte ihre Mutter sprechen, aber Inge war rascher und schlüpfte zuerst an den Apparat.

– Ich muß dir was sagen, Inge.

– Was ist denn los? Du hast ja eine Grabesstimme!

– Ich hab mich verlobt …

Inge warf den Hörer auf den Tisch, lief ins Nebenzimmer, und Anki hörte, wie sie zweimal mit lauter Stimme rief:

– Muttchen! Größtes Ereignis! Franziska heiratet einen Mann!

Gleich darauf kam Frau von Westegg an den Hörer: – Mein Kind! Ich freue mich schrecklich! Wer ist denn der Glückliche?

– Richard Scheler.

– Richard Scheler … Das ist eine gute Wahl. Dein Vater wird selig sein. Da kommt er selber.

Herr von Westegg rückte einen Stuhl neben den Tisch, auf dem das Telephon stand, setzte sich, zog die Hosen an den Knien ein wenig in die Höhe und sagte: – Das hab ich mir gleich gedacht, daß da was dahintersteckt. Na, ich gratuliere herzlich und lege Herrn Scheler meine Hände aufs Haupt und mein Herz zu Füßen. Ist er noch bei dir? Nein? Donnerwetter! Das nenne ich gut erzogen. Also, dann richte es bitte aus. Wir kommen übrigens nicht morgen sondern erst übermorgen nach Hause, aber das wird dir ziemlich egal sein, du hast ja nun bessere Gesellschaft als uns vertrocknete Griesgrame …

Er hängte ein und sagte zu seiner Frau: – Teufel auch, diese Mädels! Jetzt gehen sie uns auf einen Schlag durch wie die jungen Pferde, eine nach der andern, wie die jungen Pferde! Aber so ist das halt im Leben, und du wirst wohl demnächst Großmama. Tschia no, komm! Im Grunde hätte ich Lust, den nächsten Zug zu nehmen und zu Franka zu fahren. Sie ist ein gutes Kind! Mir wird sie sehr fehlen.

3

Westeggs waren nicht reich. Im Jahre 1917 hatten die Amerikaner Herrn von Westegg den größten Teil seines Vermögens beschlagnahmt, aber er bemühte sich (und mit jenem Trotz im Charakter, den Anki von ihm geerbt hatte), einen Lebensstil aufrecht zu erhalten, der über seine Verhältnisse ging. Er war ein phantastischer Mensch, und da er sein Geld zurückbekommen wollte, führte er einen jener geheimnisvollen und endlosen Prozesse, aus denen die Anwälte eine Rente ziehen. Außerdem war noch ein Gut in Pommern da, das einem Bruder von Frau von Westegg gehörte, der als kinderloser Witwer seine Schwester als Erbin eingesetzt hatte. Von dieser Seite her gesehen war Richard Scheler eine große Partie, und Inge Westegg, die selber einmal an Richard gedacht hatte, wußte das wohl. Sie war ein netter Kerl, aber ihr Charakter hatte einige Löcher und Untiefen, die sich von Zeit zu Zeit bemerkbar machen mußten wie ein kleiner Vulkan oder wie der Stechlinsee.

– Freundinnen sind immer neidisch, sagte sie zu Anki.

– Ach! Ist das so?

– Wir haben uns verlobt, und gleich auch noch alle beide! Das ist doch eine hübsche Abwechslung für dieses traurige Neckardorf, aber wenn du Gertrud Below triffst, dann macht sie ein Gesicht, als wären wir Witwen geworden.

– Was sagt sie denn? fragte Anki. Mir hat sie sehr herzlich gratuliert.

– Mir auch, ich möchte aber nicht wissen, was sie hinter meinem Rücken über Georg sagt.

– Was sagt sie denn über Richard?

– Dummes Zeug.

– Sei so gut und sprich weiter!

– Er sei ganz nett und entsetzlich reich, aber er sei nicht vornehm.

Anki war hochmütig, aber leicht zu entmutigen, und das dumme an dieser Bemerkung war, daß Heinrich Geldern genau dasselbe zu Anki gesagt hatte. Herr von Geldern war ein armer Gelehrter, der in Heidelberg Medizin studierte. Er galt bei seinen Professoren als Genie, und Anki fand ihn nett, gescheit und merkwürdig. Er kam nur selten zu Westeggs, aber Anki merkte, daß sie ihm nicht gleichgültig war, und als Richard Scheler nach Schlesien gefahren war, überlegte sie, ob Heinrich Geldern ein Mann für sie sein könnte.

Eines Nachmittags hatte sie mit ihm Tennis gespielt, und Heinrich fragte seine Partnerin, ob sie Lust hätte, eine Limonade zu probieren, die er vergangene Woche erfunden habe. Anki folgte ihm und betrat Heinrichs Bude. Sie lag zu ebener Erde, gleich hinter dem Tennisplatz. Das Zimmer war mit Büchern vollgestopft, und neben dem Fenster stand ein Gestell, auf dem eine große Zahl von Flaschen zu sehen war. Anki zögerte, ehe sie eintrat. Die Schwelle einer Studentenbude war doch ein ziemliches Hindernis für den Fuß eines streng erzogenen Mädchens. Heinrich mischte einen Cocktail, der vorzüglich war, und Anki setzte sich neben ihn. Nach fünf Minuten waren sie in ein ernsthaftes Gespräch vertieft, das bei der Medizin anfing und beim Sinn des Lebens endete, und Anki fand Geldern klug und angenehm. Sie hatte ihr Glas ausgetrunken und reichte es ihrem Nachbarn, aber Geldern ließ das Glas auf den Boden fallen, ergriff Ankis Hand, zog sie an sich und küßte sie auf den Mund. Anki wehrte sich nicht. Das Glas war vor ihren Füßen zersprungen, und Anki fand es großzügig, daß Geldern mit so gleichgültigen Dingen so gleichgültig umging. Sie ließ sich küssen und küßte ihn wieder, und als sie einen Augenblick daran dachte, daß nun mit Richard Scheler alles aus sei, küßte sie Heinrich nur umso heftiger.

Es war Zeit nach Hause zu gehen, und Franziska stand auf. Aber in diesem Augenblick machte Heinrich ein ernstes Gesicht, und fing an, Anki eine lange Rede zu halten. Er liebe sie sehr, aber er sei ärmer als eine Kirchenmaus, und Anki müsse es sich wohl überlegen, ob sie imstande sei, noch mindestens vier Jahre lang auf einen Mann zu warten, der ihr auch dann nicht viel bieten könne. Anki gab keine Antwort. Die lange Wartezeit, von der Heinrich sprach, erschreckte sie wenig. Sie war in diesem Augenblick garnicht fähig, an so komplizierte Dinge zu denken, wie warten und heiraten, aber der Ton von Heinrichs Rede war sonderbar, und seine Nüchternheit war nicht angenehm. Heinrich Geldern stand auf und sprach über Richard Scheler, und Anki merkte, daß er ihn haßte und fürchtete. – Er paßt nicht zu dir, sagte Heinrich. Von weitem gesehen macht er mit seinen graziösen Locken und seinen schlecht gewachsenen Hunden einen malerischen Eindruck, aber in der Nähe sieht man, daß er ordinäre Bewegungen hat, im Grunde ist er ein Kriegsgewinnler.

Anki war sehr verletzt. Sie ging nie wieder zu Geldern, aber seine Bemerkung schlug ihr eine Wunde, die schlecht verheilte.

Richard war zu seinem Vater gefahren, und das Hausmädchen brachte Anki Richards ersten Brief. Die Handschrift war klein, dünn und eilig dahinfließend. Anki riß den Umschlag auf und las den Brief. Er handelte von Liebe, aber in seinem Stil waren ein paar banale Bemerkungen. Am nächsten Tag kamen morgens Blumen, mittags ein prachtvoller Ring und am Abend ein dicker Eilbrief. Anki legte den Ring in die Schreibtischschublade, aber als sie den Eilbrief gelesen hatte, holte sie den Ring heraus und zog ihn an. Zwei Tage später kam eine Perlenkette und der schönste Brief, den Richard jemals an Anki schreiben sollte: »Verzeih, daß ich die Kette schicke, statt sie Dir zu bringen. Sie ist ein Geschenk, das mir meine Mutter kurz vor ihrem Tod gemacht hat. Ich war damals 16 Jahre alt und sehr unglücklich, weil meine Mutter sehr krank war, und mein Vater gesagt hatte, daß sie vielleicht bald nicht mehr bei uns sein würde. Seitdem habe ich diese Kette nie wieder angesehen, aber sie war für Dich bestimmt, und ich bringe sie Dir nicht, weil es auf diese Weise gleichsam meine unvergeßliche Mutter ist, die sie Dir schickt. (Sie war beinahe so schön wie Du.) Trage sie gleich und immer. Und wenn Dir das Bild meiner Mutter gefällt, das ich beilege, so gib ihm bitte in Deinem Zimmer einen Platz. Sie hätte Dich sehr geliebt, und es ist hart, zu denken, daß sie diese Freude nicht erleben durfte.«

Anki zog ein dunkelblaues Kleid an, legte die Kette um den Hals und trat vor den Spiegel. Die Kette war sehr schön und stand ihr sehr gut, Anki war ziemlich stolz, als sie langsam die Treppe herunterging und ins Eßzimmer trat, wo die Familie bereits versammelt war.

Inge sah sofort die Kette und legte den Löffel in die Suppe zurück. – Was ist denn das schon wieder? sagte sie, das ist ja toll, das sind ja mindestens fünfzig Perlen! Sie hatte es von der ersten Sekunde an gewußt: Richard war das leibhaftige große Los.

Anki ging an Inges Platz vorbei und gab ihrer Schwester einen Kuß, aber Inge war nun doch ein wenig neidisch auf die schöne Kette, und so sagte sie gleich hinterher: – Weißt du, was ich komisch finde? Daß ihr nie miteinander telephoniert! Sowas von einem wortelosen Brautpaar ist mir im Leben noch nicht vorgekommen. Ich muß Georg jeden Tag sprechen, sonst könnte ich ihn nicht heiraten, und ich glaube, er mich auch nicht.

Anki spielte mit ihrer Kette und antwortete: – Richard hält das Telephon für einen Apparat für Geschäftsleute, er meint, Menschen, die sich liebten, sollten sich Briefe schreiben.

– Ich wußte garnicht, daß Richard so altmodische Ideen hat, sagte Inge schnippisch.

– Ich finde diese Idee nicht altmodisch sondern neumodisch, sagte Herr von Westegg, sie gefällt mir sehr. Das Telephon ist ein dummes, gefühlloses schwarzes Loch. Ich hasse es, nur die Stimme eines Menschen zu hören, ohne sein Gesicht vor mir zu sehen ...

Richards Vater, Gustav Scheler, war gelähmt, und Anki reiste nach Berlin, um ihn zu besuchen. Als sie zurückkam, war sie still, und Inge fand, daß sie bedrückt aussah. Gustav Scheler war ein liebenswürdiger alter Herr, der Anki gut gefallen hatte, aber Richards einzige Schwester hatte ihr sehr wenig gefallen. Betty

Scheler hatte einen Zahnarzt geheiratet und lebte in Duisburg. Dr. Cramer verdiente eine Menge Geld, und Cramers bewohnten eine prachtvolle Villa, aber Betty war immer krank und eine zänkische Person, die alle Leute in Verdacht hatte, sie würden ihren Mann über die Achsel ansehen. Anki hatte sich große Mühe gegeben, aber Betty war plötzlich ausfallend geworden und hatte Ansichten über vorgestrige Familien zum Besten gegeben, die ziemlich dumm waren und sehr unhöflich.

– Früher hat man in eine Familie geheiratet, sagte Frau von Westegg, aber das ist heutzutage anders. Heutzutage heiratet man nur noch einen Mann. War Richard nett mit dir?

Anki ärgerte sich. – Ich war nett mit ihm, sagte sie zornig, er hatte nicht den geringsten Grund, nicht nett mit mir zu sein.

Inge kam ins Zimer, und Frau von Westegg sprach über Ankis Aussteuer.

Nach dem Nachtessen ging Anki gleich auf ihr Zimmer. Sie konnte den Zusammenstoß mit Frau Cramer nicht vergessen. Sie malte eine halbe Stunde lang Blumen und Gesichter auf das weiße Löschblatt ihres Schreibtisches, und dann holte sie Richards Briefe aus einem roten Lederkasten und las alle nocheinmal durch. Zum Schluß schraubte sie ihren Füllfederhalter auf und schrieb Richard einen langen Brief. Er hätte mich besser vorbereiten sollen, dachte sie und beschloß, es ihm zu schreiben.

Die Tür ging auf, und Inge kam ins Zimmer. Sie trug ein dünnes rosa Nachthemd, und Anki sah an ihren Haaren, daß sie bereits im Bett gelegen hatte. – Du bist noch auf? sagte Inge. Das hatte ich mir genau so vorgestellt.

Sie ging an den Schreibtisch, holte sich aus Ankis kleinem Etui eine Zigarette und setzte sich aufs Bett. – Sag mal mein Kind, habt ihr Krach gehabt?

Anki runzelte die Stirn und war entschlossen, keine Antwort zu geben.

– Runzele nicht, sagte Inge, das schadet deinem Teint.

– Wir waren sehr glücklich, sagte Anki.

– Das freut mich, aber deine Stimme klang ziemlich ruhig.

– Willst du mich verhören?

– Quatsch! Ich möchte dir helfen. Ich bin extra gekommen, um dir zu sagen, daß du immer auf mich bauen kannst, von mir aus Wolkenkratzer! Und mit noch einem Turm darauf!

– Was hat dir Mama erzählt?

– Du kennst sie doch. Sie kann ihren Mund nicht halten, aber sie erzählt dir ja auch alles von mir.

Die Tür zum Balkon stand offen, und ein kalter Nachtwind wehte vom Garten her ins Zimmer.

– Ich friere, sagte Inge. Darf ich einen Moment in dein Bett kriechen?

Anki nickte. – Ich will das Fenster lieber zumachen, und mit dem Finger gegen das obere Stockwerk deutend setzte sie leise hinzu: – Man könnte uns hören.

Inge schlüpfte unter Ankis Decke und stellte den Aschenbecher neben sich auf die Bettvorlage. – Was hast du mit deiner Schwägerin gehabt? Habt ihr euch gezankt?

– Ich möchte darüber nicht sprechen, sagte Anki. Es war auch nicht wichtig. Ich habe mich über sie geärgert, aber ich will jetzt alles vergessen.

– Das finde ich vernünftig, sagte Inge. Du heiratest ja nicht dieses dumme Weib, sondern Richard. Ich bin überzeugt, daß er dich liebt. Du wirst sehr glücklich!

– Ich liebe ihn sehr, sagte Anki. Er ist der Beste von seiner Familie.

4

Der Tag der Hochzeit war gekommen, Anki hatte sich schon um sieben Uhr wecken lassen, aber als sie ihr Brautkleid anzog, hatte die Schneiderin die Taille zu weit gemacht, Anki mußte das Kleid noch einmal ausziehen und ein paar Knöpfe versetzen lassen. Das war aber nur das erste Hindernis. Auch die weißen Seidenschuhe paßten nicht. Das Geschäft hatte die Sendung verwechselt und ein Paar Schuhe geschickt, das zwei Nummern zu groß war. Anki zog sie trotzdem an und lachte;

die riesigen Schuhe waren wirklich komisch, sie klapperten beim Gehen wie alte Filzpantoffeln. Frau von Westegg sah ihrer Tochter zu, aber sie war nicht dazu zu bewegen, mitzulachen; sie war außer sich. – Das ist unerhört, sagte sie. Wir kaufen seit zehn Jahren bei diesem Kerl, und jetzt schickt das Kamel solche Neckarkähne!

Herr von Westegg mußte ein Taxi bestellen, und sie fuhr selber in das Geschäft, um die Schuhe persönlich umzutauschen.

Die alte Johanna, die Frau von Westegg schon als Mädchen gekannt hatte, saß auf Ankis Sofa und änderte das Kleid. Sie hatte wortlos zugehört und machte ein bekümmertes Gesicht. Auch Inge, die schon seit halb neun fix und fertig war, stand schweigend und verlegen im Zimmer.

– Setz dich doch, sagte Anki, aber Inge blieb stehen. Sie wollte ihr neues Kleid nicht verdrücken.

Anki stellte sich neben Johanna und schaute zu, wie sie nähte. – Warum machen Sie ein so verhageltes Gesicht, Hannchen? fragte sie.

Johanna wurde rot und suchte die Schere, um den Faden abzuschneiden.

– Sind Sie abergläubisch? fragte Anki.

Johanna feuchtete den Faden an und spitzte ihn zwischen Daumen und Zeigefinger zu. – Ich bin nicht abergläubisch, sagte sie, nachdem sie eine Weile nachgedacht hatte, aber man wünschte schon, es ginge an einem solchen Tag alles glatt …

Johanna war mit ihrer Arbeit fertig geworden. Anki ließ sich das Kleid zum zweiten Mal überziehen (wobei Inge half), und als sie vor den Spiegel trat und sich von vorn und von hinten und von rechts und von links musterte, fand sie, daß es sehr schön war und jetzt sehr gut saß.

– Ihr seid alle abergläubisch, nur ich nicht, sagte Anki. Was nicht glatt geht, muß man glatt legen. Ich finde es ein lustiges Vorzeichen, daß mir der Behrend so große Schuhe geschickt hat. Er hat ganz richtig gegriffen, ich werde ja von heut ab auf großem Fuß leben …

– Du hast ein tolles Mundwerk, sagte Inge, aber sie war über

Ankis Ausspruch doch froh. Sie fand ihn gescheit und mutig; ihr wäre sowas nicht eingefallen.

Die Trauung fand in der kleinen St. Ursulakirche statt. Frau von Westegg saß schon in der reservierten Bank rechts neben dem Altar, als Anki an der Seite ihres Vaters die Kirche betrat. Anki war schließlich doch nervös geworden und ein wenig müde, und sie versuchte, geradeaus zu blicken und ihre Mutter nicht anzusehen. Frau von Westegg hatte beim Abschied vor der Kirche geweint, und Anki fürchtete, sie müsse ebenfalls weinen, wenn sie ihre Mutter ansehe. Sie betrachtete die verschlungenen Wege der roten und grünen Wollfäden des Teppichs, der unter den derb-soliden Stiefeln des Pfarrers lag, das braune Holz des Altars und die funkelnden Farben der schönen Fenster, die ihr Vater so sehr liebte. Das erste von links hatten ihre Großeltern der Kirche geschenkt, und ein Sonnenstrahl beleuchtete das Wappen ihrer Familie, drei rote Rosen auf blauem Feld, als plötzlich der hohe, reine Sopran einer Sängerin erklang und ein Lied von Beethoven durch die Kirche schwebte. Anki war überrascht. Das war ein schöner Einfall. Wer war bloß auf den Gedanken gekommen, eine Sängerin zu bestellen? Richard? Oder Inge?

Die Melodie des Liedes erhob sich in die Lüfte und stieg rasch und mühelos zur Decke der Kirche empor, wie sich ein Vogel vom Ast eines Baumes löst und den Wolken zuschwebt, aber neben den Kronen der Säulen und unter dem Gehäuse des Daches angekommen, wendeten die Töne ihren Lauf, und als sie wieder herabfluteten, wie die jubilierenden Tropfen eines Springbrunnens, da hielten sie geradewegs auf Anki zu, nahmen auf ihrem Herzen Platz und bedeckten es ganz und gar. Die Wirkung war groß und der Zauber vollkommen.

Die Müdigkeit verließ Ankis Glieder, wie ein Schiff plötzlich die Wellen peitscht und den Hafen verläßt, und wie die Gräser, wenn Tau fällt, hoben ihre Nerven die Köpfchen wieder in die Höhe. Die Musik erlöste die Sprache ihrer Gefühle, und frisch belebt von der anpackenden, aber süßen und sanften Stimme der Melodie, empfand Anki, daß es schön war, zu leben und schön, jung zu sein. Sie straffte ihre Muskeln, wobei sie sich ein wenig aufrichtete und spürte, daß die Töne in ihr Herz eindrangen und wie tanzende Fische durch ihr Blut und ihre Adern schnellten, farbige und schimmernde Vorläufer auf dem schönen Weg, den Anki nun plötzlich vor sich sah wie eine breite, lange Chaussee, die erst am Horizont endet.

Sie dachte an Richard und wendete den Kopf zum ersten Mal ein wenig zur Seite. Richard trug Uniform, die alte blaue Vorkriegsuniform seines Regiments mit roten Aufschlägen, und auf der linken Seite der Brust das EK I. Sein Blick war gradaus auf den Pfarrer gerichtet, sein Mund fest geschlossen und sein Gesicht bleich. Ja, er ist mein Mann, dachte Anki, und er soll immer mein Mann sein, und ich liebe ihn!

Richard hatte Ankis Blick gefühlt und wandte ebenfalls den Kopf zur Seite. Wie lieblich Anki aussah! Richard war betroffen, er meinte, er sähe es zum ersten Mal. Franziska hatte den Blick wieder zur Erde gesenkt und machte ein ernstes Gesicht, aber das weiße Schleiergerank aus sehr zarten Spitzen und das unbewegliche Krönchen darauf aus Myrthenblüten milderten ihre Versonnenheit. Richard sah sie lange an, und nun verstand er plötzlich die Verse, die ihm sein Vater aufgeschrieben, als er Anki zum ersten Mal gesehen hatte.

– Bist du mit mir zufrieden? Gefällt dir deine neue Tochter? hatte Richard gefragt.

– Das will ich dir genau beantworten, sagte Herr Scheler. Er nahm ein Stück Papier, schrieb zwei Verse darauf und reichte sie seinem Sohn.

Aus einer Blum' ist eine zweite Blume
Entsprossen, wem ist kund, wie das geschieht?

Richard verstand die Verse nicht und sah seinen Vater fragend an. – Du weißt die Antwort nicht? sagte Herr Scheler; dann gib das Papier noch einmal her. Und er schrieb:

Aus deines Antlitz weißer Rose, Schönste,
Der Augen helles Rosenpaar erblüht!

Der Pfarrer hielt Richard ein kleines Tablett hin, auf dem zwei goldene Ringe lagen. Richard erwachte aus seinen Träumen, nahm den kleineren Ring und steckte ihn an den Finger seiner Frau.

Georg und Inge reisten nach Lugano, während Richard und Anki im Auto nach Garmisch fuhren. Sie blieben vierzehn Tage und reisten dann mit der Bahn nach Dahlem, wo Frau von Westegg mit Peukerts Hilfe alles zu ihrem Empfang vorbereitet hatte.

Das erste Jahr ihrer Ehe war ziemlich schwierig. Richard war viel nervöser, als Anki gedacht hatte. Er hatte manchmal eine Art, unzufrieden zu sein oder Befehle zu erteilen, die Anki nicht gewohnt war, und die sie zum äußersten, ja sogar zum kindischsten Widerstand reizte ... Am Anfang des dritten Jahres kam Hans Karl auf die Welt. Die Geburt war schwer, aber Anki war sehr glücklich, und Richard ein zärtlicher und verliebter Vater, bis im vierten Jahr plötzlich die Geschichte mit der Schauspielerin passierte ...

Anki stand auf und ging in ihr Schlafzimmer. Sie zog sich langsam aus und wollte sich eben ins Bett legen, als sie das Telephon läuten hörte. Ob das noch einmal Leopold Chindler ist? dachte sie. Sie lief mit bloßen Füßen ins Wohnzimmer, aber als sie den Hörer abnahm, kam nur der Summton. Ob er wieder eingehängt hat? dachte Anki, oder habe ich geträumt? Sie legte den Hörer auf die Gabel und blieb noch eine Weile vor dem Telephon stehen. Dann lachte sie über sich selber und ging vergnügt ins Schlafzimmer zurück.

Achtes Kapitel

Aber die Liebe, hat sie nicht in jedem Jahrhundert eine andere Gestalt?
Lessing.

I

Der Bankier Siegfried Steiner besaß eine Villa im Grunewald und ein Landhaus in Wannsee, und Leopold nahm die Stadtbahn, um nach Wannsee zu fahren. Das Abteil war leer, und Leopold öffnete die Sonntagsausgabe der Deutschen Allgemeinen Zeitung, die er am Kiosk des Bahnhofs gekauft hatte. In Neuyork war ein U-Bahnzug entgleist: 14 Tote und 86 Verletzte. In Berlin war die Tennismeisterin Helene Wills eingetroffen, und die Regierung erwartete für Mitte Juni den Besuch des Königs von Ägypten. Auf der Genfer Abrüstungskonferenz hatte der Delegierte des Reichs, der Botschafter von Bernstorff, eine Rede gehalten, und der englische Delegierte, Lord Cushendun, hatte die Vorschläge des russischen Sprechers zurückgewiesen. Im Feuilleton lief ein Roman von Klaus Mann, und auf der Literaturseite wurde das Buch eines Zürcher Professors, Theophil Spörri, besprochen.

Es war ein heißer Junitag. Als Leopold die Villa Steiner erreicht hatte, sagte ihm der Diener, die Herrschaften seien an den Strand gegangen und badeten.

Leopold hatte seinen Schwimmanzug vergessen, aber der Diener führte ihn in ein Fremdenzimer und brachte ihm eine blaue Badehose, die ziemlich alt, und einen braunen Bademantel, der funkelnagelneu war und sehr chic. Trotz dieser Verkleidung war es ein sonderbares Gefühl, mit nackten Füßen über die Teppiche eines fremden Hauses zu gehen, und der Kies auf dem Gartenweg war spitzig und plagte die Fußsohlen. Herr Steiner saß mit übergeschlagenen Beinen auf einem grünen Gartenstuhl und las die »Times«. Als er Leopold kommen sah, stand er auf und ging ihm etwas wackelnd ein paar Schritte entgegen. – Das finde ich sehr vernünftig von Ihnen, sagte er, daß Sie gleich an meinen Kleiderschrank gegangen sind.

– Sie überschätzen meinen Mut, antwortete Leopold. Diese komplette Ausstattung wurde mir von einem Wächter Ihres Zauberschlosses überreicht.

Herr Steiner lachte. – Die Hauptsache ist, daß Sie da sind. Die Damen scheinen schon im Wasser zu sein. Für mich ist der See noch zu kalt, ich begnüge mich mit einem Luftbad.

Herr Steiner sah nicht schön aus. Der lange Winter hatte seinem hageren Körper eine bleiche, ungesunde Farbe verliehen, auf der sich die braunen Flecken des Alters ausbreiteten, und die Haare, die in dichten Büschen auf Herrn Steiners Brust wuchsen, waren hart und gekräuselt wie altes Roßhaar und ebenso grau wie der dünne Kranz, der sich von den Schläfen nach hinten um seine funkelnde Glatze zog.

Ruth Steiner kam über die Wiese. Sie war dick und ebenso klein wie ihre Mutter, aber sie hatte eine schöne, frische Haut, und ihr gelber Badeanzug paßte zu ihren melancholischen, rehbraunen Augen. – Sie sehen aus wie ein Buddhist, sagte sie und gab Leopold die Hand. Nett, daß man Sie wieder mal erblickt.

Leopold zog den Bademantel aus und hängte ihn an den Ast einer Platane. Ruth folgte seinen Bewegungen, und als Leopold den Aufhänger befestigt hatte und sich wieder Ruth zuwandte, sah er, daß sie seinen Körper genau und sehr ungeniert betrachtete. – Mama wird sich freuen, Sie zu sehen, sagte Ruth.

Frau Steiner lag im Liegestuhl und schrieb Briefe. – Endlich ein gebildeter Mensch, sagte sie und gab Leopold die linke Hand. Das andere Gemüse ist ja nur noch Sport und Bizeps … Na, die Gehirne sind auch danach! Kommen Sie, Leopold, setzen Sie sich ein bißchen zu mir, oder wollen Sie sich auch einen Schnupfen holen? Meine Tochter Waldmann hat sich bereits erkältet.

– Du irrst dich, Mama, sagte Ruth, die neben Leopold stehen geblieben war. Das Wasser ist garnicht kalt.

– 18 Grad, sagte Frau Steiner und schaute an ihrer Tochter vorbei auf den See. Es schaudert mich, wenn ich es bloß ansehe. Ich würde mir eine Lungenentzündung holen.

Es war keine einfache Sache, sich mit Lilli Steiner zu unterhalten. Ihr ruheloser Geist war im Stande, schon morgens um 11 Uhr über Richard Wilhelm und Laotse zu sprechen oder die Ideen des Grafen Coudenhove für falsch zu erklären, weil England ...

Otto Bendemann kam aus dem Wasser, massig und triefend wie ein Flußgott, und da Frau Steiner ja nun wieder Gesellschaft hatte, bat Leopold um Erlaubnis, auch die übrigen Gäste begrüßen zu dürfen.

– Tun Sie das, sagte Frau Steiner, und wenn Sie irgendwo eine Streichholzschachtel sehen, so werfen Sie sie mir herüber.

Leopold ging an den Strand. Einige jüngere Leute, die er nicht kannte, plätscherten im Wasser.

– Meine Schwester Waldmann ist auch bei uns, sagte Ruth Steiner, und Leopold begrüßte Frau Waldmann, Valerie Bendemann und Franziska Scheler, die nebeneinander auf drei Liegestühlen lagen. Franziska trug einen weißen Badeanzug, und Leopold sah, daß sie schöne Füße hatte. Sie waren weich, sehr weiblich und mit kleinen, wohlgeformten, völlig graden Zehen. Franziska betrachtete Leopolds Hände, sein Gesicht und seine Augen, und Leopold erwiderte ihren Blick.

– Nehmen Sie sich einen Stuhl und unterhalten Sie uns, sagte Valerie. Leopold setzte sich neben Franziska auf den Boden und fragte, mit welchem Zug sie gekommen sei. Anki beugte sich zu Valerie und fragte, ob ihr Badetuch neben ihr liege. Valerie ließ ihren linken Arm herabsinken, hob das Tuch auf und reichte es Anki, die sich nun bis zum Leib zudeckte. Nur die schön gewölbten Hügel ihrer Brüste, der Hals und die Schultern blieben frei. Leopold war Ankis Bewegungen gefolgt und fragte, ob das nicht zu heiß würde.

– Im Gegenteil, sagte Anki, man muß sich vor der Sonne schützen.

– Dagegen gibt es ein besseres Mittel, sagte Leopold, ins Wasser gehen und schwimmen.

– Das ist meine Ansicht auch, sagte Ruth Steiner, die hinter Leopold gewartet hatte. Sie drehte sich um und ging langsam zum Sprungbrett, das am Ende einer hölzernen Brücke übers Wasser ragte. An der äußersten Spitze angekommen, hob sie ihre schönen Arme, zog die Badekappe fester, federte ein wenig in den Knien, beugte sich vor und machte einen vorzüglichen Kopfsprung.

Leopold folgte ihr und versuchte, sie einzuholen, aber Ruth crawlte und kam verblüffend rasch vorwärts. Franziska hob den Kopf und schaute Leopold und Ruth nach. Als die beiden weit hinausgeschwommen waren und nur noch die kleinen Bälle ihrer Köpfe über den Wasserspiegel ragten, stand sie auf, lief an eine andere Stelle des Ufers, tauchte ins Wasser, schwamm ein paar Stöße weit hinaus, kehrte aber bald um, und als Ruth und Leopold eine Viertelstunde später zu den Liegestühlen zurückkamen, lag Franziska längst wieder unterm Badetuch und war schon fast trocken.

Nach Tisch fragte Herr Steiner Leopold, wie es dem Buch gehe, ob die Arbeit Fortschritte mache.

– Was Sie nicht sagen! rief Otto Bendemann. Schreiben Sie denn ein Buch, Leopold? Diese Neuigkeit haben Sie mir total verheimlicht.

– Ich hab' gedacht, Sie würden sich nur für berühmte Werke interessieren.

– Keine Rede, sagte Bendemann, ich abonniere hiermit auf das Exemplar No. 2 mit handschriftlicher Widmung des Verfassers.

Herr Steiner bat die Herren in seine Bibliothek, und Leopold fragte ihn, was seine Ansicht über Metternich sei.

– Das möchten Sie jetzt gern wissen, sagte Herr Steiner und legte Leopold die Hand auf die Schulter. Aber ich habe keine Ansicht. Haben Sie das Buch von Srbik gelesen? Der Mann scheint bedeutender gewesen zu sein, als wir in der Schule gelernt haben.

Herr Steiner sah wieder besser aus. Er trug einen dunkelblauen Anzug, und sein Kopf war schön geformt. Wenn er lachte, hatte er sympathische Augen, er war entschieden ein Mann, der besser allein badete und seine Kleider nur im Badezimmer auszog.

In diesem Augenblick ging die Tür auf, und Franziska trat ein. – Darf man zuhören? fragte sie. Otto Bendemann rückte einen Sessel herbei, Herr Steiner bot ihr eine Zigarette an, und dann sprach Otto Bendemann: – Ich habe das Buch von Srbik gelesen und ich bleibe bei meiner Ansicht, daß Metternich ein Flachkopf und ein Windhund war.

– Und was meint sein neuer Biograph? fragte Herr Steiner.

– Herr Metternich war ein Diplomat, sagte Leopold, kein Politiker, und ich glaube, daß er am falschen Platz stand. Die ewige Bürgerkriegspolitik der Habsburger war ein unfruchtbarer Gedanke, und Metternich mußte sein Leben lang ein Anti-Mann bleiben ... gegen Napoleon, gegen Berlin, gegen die Freiheit, gegen die Liberalen, gegen die Tendenzen seiner Zeit. Das hat ihn schlechter gemacht, als er war ...

Im Hause Steiner wurde von morgens bis abends geredet, und oft sehr gut und witzig, aber ein richtiges Gespräch kam trotzdem selten zustande, weil immer alle allen nachliefen, und jeder überall dabei sein wollte.

Otto Bendemann wollte eben zu einer Antwort ausholen, als Lilli Steiner in die Bibliothek kam, eine Zigarette, die in einer langen, schwarzen Spitze steckte, in der Hand und einen Schleier aus Rauch hinter sich.

– Das ist das reine Mittelalter, was ihr treibt, sagte sie. Ihr wollt die Frauen wieder in die Kemenate verbannen! Soll ich vielleicht drüben warten und Strümpfe stricken?

Sie hatte ein komisches Mundwerk, und wer ihr nur zuhörte, ohne ihr auch zuzusehen, hielt Lilli Steiner für geschwätziger und oberflächlicher, als sie war. Sie war eine vorzügliche Hausfrau und sie konnte vielleicht sogar Strümpfe stricken, aber sie konnte es nicht vertragen, wenn man sich hinter ihrem Rücken versammelte. Bendemann sagte noch irgendwas über Metternich und über Leopolds Buch, aber Lilli Steiner unterbrach ihn. – Metternich ist garnicht interessant, wenn Herr Chindler über einen solchen Esel ein Buch schreiben muß, tut er mir leid. Sie wissen, daß ich alles lese, was Sie schreiben, lieber Leopold, setzte sie hinzu, aber wenn Sie wirklich über diesen toten Don Juan schreiben, dann paß' ich! So – und jetzt möchte ich Bendemanns Ansichten über die Abrüstungskonferenz hören.

2

Das kleine Restaurant in der Kantstraße gefiel Anki, und sie unterhielt sich gut, bis Leopold Anki nach Steiners fragte.

– Das sind unangenehme Leute, meinte Anki.

Leopold verteidigte Ruth Steiner. Sie hatte eine schlechte Figur, aber sie war ein sympathisches Mädel, Leopold hatte eine Vorliebe für Frauen, mit denen man Pferde stehlen gehen konnte. – Sie ist nicht auf den Mund gefallen, sagte er, aber sie ist ungewöhnlich zuverlässig, ich glaube, die würde von München nach Königsberg fliegen, um einem Freund aus der Patsche zu helfen.

Anki gab keine Antwort, und Leopold überlegte, aus welchem Grund sie wohl zu Steiners ging, wenn sie die Leute unangenehm fand. Anki mußte gute Antennen haben, denn sie beantwortete Leopolds Frage, obgleich er sie nur gedacht hatte.

– Otto Bendemann schleppt mich immer wieder zu solchen Leuten, aber wenn ich hinterher nach Haus komme, finde ich jedes Mal, daß ich meine Zeit verloren und vertan habe.

– Lieben Sie die Einsamkeit? Sind Sie gern allein?

– Das nicht! Aber das Leben ist kurz. Ich glaube, man sollte nicht mit Menschen zusammenkommen, die keinen Wert haben.

– Jeder Mensch hat irgend einen Wert, sagte Leopold, und ich glaube, daß wir in diesem Punkte den Bienen gleichen. Wir müssen ausfliegen, wenn wir nicht verhungern wollen, und das Ausfliegen ist an sich schon eine nützliche und stärkende Übung.

– Für einen Mann ist das alles anders, sagte Anki, aber die

Männer sind auch fies geworden. Sie wollen alle immer nur eine Sache, und wenn eine Frau allein lebt, ist sie das reine Freiwild.

– Verzeihen Sie, sagte Leopold, Sie sind doch noch sehr jung, und Sie brauchen garnicht mich, sondern nur einen Spiegel, um festzustellen, daß Sie sehr schön sind. Warum leben Sie allein?

Anki spielte mit einem Streichholz. Sie zerbrach es in drei gleiche Teile und antwortete: – Wenn man kein Geld hat, will einen niemand heiraten.

Leopold ahnte nicht, was es Anki kostete, diese aufrichtige Bemerkung zu machen, und verstand sie völlig falsch.

Anki hatte ihm sagen wollen, er sei die Ausnahme und anders als die andern Männer, aber Leopold verstand, daß sie geheiratet werden wolle, und daß sie keine Lust habe, einen Flirt zu wagen oder sich zu verlieben. Er war enttäuscht, weil die Welt wieder einmal anders war, als seine Gefühle sie haben wollten, aber nicht überrascht, denn Ankis Haltung schien zu der vorsichtigen Gelassenheit zu passen, die sie zur Schau trug, aber er war auch ein wenig erschrocken, und als er nun Ankis spielende Finger betrachtete, fragte er sich, ob ihn Anki als einen Menschen betrachte, der als neuer Ehemann in Frage käme.

Anki sammelte die Teilchen des zerbrochenen Streichhölzchens wieder ein und legte sie Stück für Stück in den Aschenbecher. Dann sagte sie: – Lassen wir das. Erzählen Sie mir von Ihrem Buch.

Leopold schrieb seit einem Jahr an einem Buch über Friedrich von Gentz, den berühmten Mitarbeiter Metternichs, und seine Arbeit beschäftigte ihn so heftig, daß er gern von seinen Studien sprach und von den Entdeckungen, die er bei seiner Arbeit gemacht hatte. Anki ließ ihn erzählen und spürte, daß sie mit Vergnügen ihm zuhörte.

Hans Karl blieb eine Woche bei seinen Großeltern, und Anki kam jeden Mittag in die kleine Kantstube. Eines Tages brachte Leopold zwei Bücher mit, eine sehr schöne Ausgabe von Burkes Betrachtungen über die französische Revolution, die Gentz übersetzt hat. Anki betrachtete die Bände, und dachte, daß dies wohl eine Ausgabe sei, die Otto Bendemann gefallen würde. – Kennen Sie Ottos Bibliothek? fragte sie.

– Ja. Sie ist großartig, ich beneide ihn um diesen Schatz.

Anki nahm die Bücher behutsam in die Hand und öffnete sie vorsichtig.

– Sie sind eine gute Schülerin Ihres Vetters, sagte Leopold, darf ich Ihnen die Bände schenken?

– Nein! sagte Anki. Das ist Ihr Werkzeug. Ihre Bücher brauchen Sie für Ihre Arbeit.

– Ich werde ein anderes Exemplar auftreiben, sagte Leopold. Geben Sie mir bitte den ersten Band noch einmal her, ich möchte Ihnen etwas hineinschreiben. Er nahm einen Füllhalter aus der Tasche, und als er geschrieben und das Buch zurückgegeben hatte, las Anki: »Es darf uns nicht niederschlagen, wenn sich uns die Bemerkung aufdrängt, das Große sei vergänglich; vielmehr wenn wir finden, das Vergangene sei groß gewesen, muß es uns aufmuntern, selbst etwas von Bedeutung zu leisten.« Goethe.

Leopold war Ankis Augen gefolgt, und als sie den Text gelesen hatte, sagte er: – Ich möchte Ihnen auch in den zweiten Band eine Widmung schreiben.

Anki betrachtete Leopolds Finger und die Art, wie er den Federhalter hielt, und Leopold schrieb mit sehr raschen Bewegungen: »Die Gegenwart eines Gedankens ist wie die Gegenwart einer Geliebten.« Schopenhauer. Und die Gegenwart einer Geliebten ist wie die Gegenwart vieler Gedanken. L. Ch.

Anki hatte keine Ahnung, wer Burke war, aber sie wagte nicht, Leopold zu fragen. Sie schämte sich ihrer Unwissenheit, so, wie ihre Keuschheit, die mit jeder neuen Liebe neu erwacht, sich in Wannsee vor Leopolds Augen geschämt hatte. Sie wollte auch seinem Verstand keine Blöße zeigen und fürchtete, ihre mangelhafte Bildung könne ihn verstimmen oder sogar erschrecken und verscheuchen. Aber wenn Leopold nach solchen Unterhaltungen in die Redaktion zurückkehrte, lief Anki zu Otto Bendemann und sah alle Namen, die er genannt hatte, im Brockhaus nach und machte sich Notizen. Dann suchte sie in Ottos Bibliothek, ob dort Bücher von diesen Männern vorhanden seien oder über sie, und nahm alles mit nach Hause, was sie finden konnte. Auf diese Weise lernte sie eine ganze Menge und begann, sich wenigstens (und ein wenig) in der Zeit auszukennen, in der Gentz und seine Freunde gelebt hatten.

Dieser Unterricht hatte erstaunliche Folgen. Anki begann zum ersten Mal in ihrem Leben richtig, und das heißt systematisch zu lesen und von einem Buch zum andern vordringend sich ein Bild einer vergangenen Epoche zu machen. Sie hatte eine gute Menschenkenntnis, aber jetzt lernte sie größere Charaktere kennen, als die Geschäftsfreunde ihres Mannes vorgezeigt hatten, und ihr Herz entdeckte in den Briefen der Männer und Frauen des 18. Jahrhunderts Seiten und Möglichkeiten des menschlichen Charakters, die einem Beobachter nie vor Augen kommen, der nur auf den Umgang mit lebenden Menschen angewiesen ist, und das heißt Menschen, die lügen und sich verstellen und ihre Empfindungen verbergen. Sie war nun, was man einen Autodidakten nennt, aber wie ein Dilettant fast immer ein kultivierter Mensch ist, und wenn er selbst nichts anderes tut, als Blumen zeichnen, so ist auch ein eifriger und erwachsener Autodidakt ein sehr fruchtbarer Boden. Ankis Bildung blühte empor, und die Welt ihrer Vorstellungskraft bevölkerte sich mit Menschen, die ein Mädchen oder ein junger Student noch nicht verstehen kann. Der Jugend fehlt die Erfahrung, die jeder selber machen muß, und die niemand lernen kann, aber ein reifer Mensch, dessen Herz gelitten hat, lernt die Erlebnisse der Vorfahren mit einem Genuß kennen und beobachtet ihre Schicksale mit einem Vergnügen, das beinahe ebenso groß ist wie die Freude, einem lebendigen Menschen zu begegnen, der bedeutend ist, und dessen Augen die Fähigkeit haben, die Welt auf eine neue und eigentümliche Weise widerzuspiegeln.

Leopold hatte Anki von Gentzens Liebe zu der schönen Tänzerin Fanny Elßler erzählt. Anki kaufte sich eine Ausgabe von Gentz' Briefen an Frau von Varnhagen, in denen er die Geburt dieser Liebe erzählte, und Anki staunte. Sie hatte nun – und auf einmal – viel zu tun und benutzte jede freie Stunde, um zu ihrer Lektüre zurückzukehren.

Hans Karl war von seinem Besuch in Pommern zurückgekehrt. Er unterhielt sich mit dem Gärtner und half dem Mann, indem er mit seiner kleinen Schaufel hinter ihm her grub. Anki lag auf dem grün und rot gestreiften Liegestuhl, den sie in den Schatten des kleinen Birkenwäldchens gestellt hatte, und las: »Sie sind ein unendlich produzierendes, ich bin ein unendlich empfangendes Wesen; Sie sind ein großer Mann; ich bin das erste aller Weiber, die je gelebt haben ...« Anki legte den Finger zwischen die Seiten und blätterte noch einmal nach vorn. Aber es stimmte, sie hatte sich nicht getäuscht, der Brief war von Gentz und an Frau von Varnhagen geschrieben. Das waren kühne Leute, dachte sie, sowas hätte ich bis heute noch nicht einmal zu denken gewagt! Dann las sie weiter: »Das weiß ich: wäre ich ein physisches Weib geworden, ich hätte den Erdkreis vor meine Füße gebracht. Nie habe ich etwas erfunden, nie etwas gedichtet, nie etwas gemacht; bemerken Sie diese Sonderbarkeit: aus mir allein ziehe ich nicht den lumpigsten Funken heraus; ich bin unelektrischer als Metall: aber eben darum ein Ableiter der Elektrizität wie kein Anderer. Meine Empfänglichkeit ist ganz ohne Grenzen; Ihr ewiger, ewig thätiger, ewig fruchtbarer Geist (ich meine nicht Kopf, sondern Seele, alles) traf auf diese unbegrenzte Empfänglichkeit, und so gebaren wir Ideen, und Gefühle, und Sprachen, die alle ganz unerhört sind. Was wir beide zusammen wissen, ahnet kein Sterblicher.«

Anki riß einen Grashalm aus, legte ihn als Zeichen zwischen die Seite und warf das Buch neben sich auf den Boden. Nach einer Weile hob sie das Buch wieder auf und las weiter.

Hans Karl kam über die Wiese gesprungen. Er hatte glühende Wangen und blitzende Augen, und Anki fand ihr Kind entzükkend und über alle Maßen liebenswert. Sie rief Hans Karl und küßte ihn so lange, bis sich der Knabe ihren Armen entwand und wieder zu seiner roten Gießkanne und seinem grünen Schubkarren lief. Anki stand auf. Der Gärtner stach das Blumenbeet um, man konnte Hans Karl ruhig bei ihm lassen. Sie ging ins Haus, nahm den Brockhaus (den ihr Otto Bendemann hatte kaufen müssen) und rechnete. 1764 bis 1830 (dies war das Datum des Briefes): Gentz war also 66 Jahre alt, als er so leidenschaftlich liebte.

Bald darauf kaufte sie sich ein kleines Buch über Karoline

von Humboldt und war erstaunt und erschüttert, als sie dort las, daß auch Karoline, die glücklich verheiratete Karoline, die Mutter von sechs Kindern, während der langen Dauer ihrer Ehe zweimal andere Männer geliebt hatte, und darunter einmal jenen Karl von Burgsdorf, von dem sie schon einiges wußte, weil er zum Kreis der Frau von Varnhagen gehört hatte. Franziska hatte bis dahin Karoline von Humboldt für eine Art Königin Luise gehalten, ein erhabenes, vorbildliches Standbild, und nun sah sie, daß Karoline ein Mensch gewesen war wie sie (wenn auch natürlich viel bedeutender als ich! dachte Anki), leidenschaftlich, schwierig, treu, aber der Gewalt des Herzens unterworfen und der Macht der Liebe. Sie kaufte sich den Briefwechsel zwischen Wilhelm von Humboldt und Karoline, sieben dicke Bände, und las die Briefe Zeile für Zeile.

3

Herbert Müller, der Inhaber des Herbert Müller Verlags, hatte die ersten sieben Kapitel von Leopolds Buch gelesen. Sie gefielen ihm gut, und Leopold ging zu ihm, um den Vertrag zu unterzeichnen. Leopold hatte nicht geglaubt, daß Herbert Müller seiner Forderung nachgeben werde, aber Herbert Müller war ohne viele Worte zu machen bereit, Leopold sechstausend Mark Vorschuß zu geben. Leopold fand das ziemlich anständig, aber er hielt seinen Mund, und als er den Check in seine Brieftasche gelegt hatte, ging er langsam und bedächtig aus dem Zimmer. Auf der Straße ging er schon rascher und an der Ecke hielt er ein Taxi an und fuhr zu den Wanderer-Leuten. Im Schaufenster dieser Firma stand seit drei Monaten ein gelbgestrichenes Kabriolett. Leopold kannte den Wagen genau, weil er in das schicke Gefährt ganz verliebt war. Nun war der angenehme Augenblick gekommen. Er betrat den Laden und kaufte den Wagen, wie man an einem andern Tag eine Kiste Zigarren kauft oder ein neues Farbband für die Schreibmaschine. Der Verkäufer war ein junger wohlgekleideter Herr mit Hornbrille und Koteletten. – Es ist unser neuestes Modell, ich gratuliere Ihnen, daß Sie den Mut haben, diese Farbe zu kaufen.

– Sie hat einen besonderen Vorteil, antwortete Leopold. Die verdammten Diebe werden es schwer haben, einen gelben Wagen verschwinden zu lassen.

– Können Sie fahren? fragte der Verkäufer.

– Ja.

– Dann ist alles in Ordnung. Ich habe Ihnen alle Papiere besorgen lassen.

Die große Scheibe des Schaufensters wurde heruntergedreht, und Leopold fuhr gleich los. – Passen Sie auf, sagte der Verkäufer und deutete auf die Wolken, es regnet, und der dünne Regen ist der schlimmste, dann hats der Berliner Asphalt in sich. Der dreht Sie um, daß Sie plötzlich nach Siemensstadt gucken, wenn Sie eben nach 'm Alexanderplatz wollen. Es wäre schade für den Wagen.

Leopold fuhr vorsichtig, und als er in die Kaspar-Theys-Straße kam, war der Himmel wieder blau. Anki saß in Hans Karls Zimmer, und Leopold bat sie, einen Augenblick auf den Balkon zu kommen.

– Ist das Ihr Wagen? fragte sie.

– Ja. Ich erlaube mir, mein neuestes Automobil Ihnen vorzustellen.

– Ist er wirklich ganz neu?

– Er ist vor einer Minute eine Viertelstunde alt geworden. Ich habe ihn vor 16 Minuten gekauft. Darf ich Sie zu einer kleinen Einweihungsfahrt einladen?

Anki ging ins Schlafzimmer, und Leopold mußte sehr lange warten, aber als Franziska endlich ins Wohnzimmer kam, sah sie entzückend aus.

– Wohin wollen wir fahren? fragte Leopold.

– Nach Tegel, sagte Anki.

Leopold fuhr langsam und betrachtete den Himmel und die vorüberfahrenden Wagen und manchmal auch Ankis Knie, die unter ihrem kurzen Rock hervorsahen, oder ihre Augen, die genau so blau waren wie der Himmel über ihrem kleinen Hut, aber viel leuchtender. In Tegel angekommen, durchschritten sie die Allee, die zum Schloß führt, und betraten das berühmte, alte Haus. Leopold war schon zwei Mal in Tegel gewesen, aber Anki sah es zum ersten Mal. Sie betrachtete jedes Zimmer und jede Tapete, den Schreibtisch Wilhelm Humboldts, und sehr lange die Büste, die Thorwaldsen von dem großen Staatsmann gemacht hatte. Zum Schluß wanderten sie durch die Lindenallee nach dem Begräbnisplatz der Familie von Humboldt. Leopold studierte die Inschriften auf den einzelnen Grabsteinen, während Anki nach dem kleinen Schloß hinübersah, in dem einmal jene Frau gewohnt hatte, deren Briefe sie so sehr liebte und bewunderte.

– Sie sind mein bester Lehrer, sagte Anki. In meinem Leben hat mir niemand so viel gesagt und gezeigt wie Sie. Ich habe Ihr Gentz-Buch (Anki meinte die Übersetzung des Burke'schen Werkes) jetzt ganz gelesen, und ich bin Ihnen für die vielen Anregungen, die Sie mir geben, so dankbar, daß ich Ihnen gern auch etwas schenken würde. Aber Sie besitzen wahrscheinlich alle Bücher, die mir einfallen könnten, und Sie würden mir eine große Freude machen, wenn Sie mir sagen wollten, womit ich Ihnen eine Freude machen könnte.

– Ich habe nur einen Wunsch ...

– Was möchten Sie denn?

– Ich möchte Sie jeden Tag sehen.

Anki zog ihren Handschuh an und beugte sich über den Knopf, der nicht zugehen wollte. – Das ist kein Wunsch, den ich meine, sagte sie, oder ... ich meine ... den Wunsch erfülle ich Ihnen ja ... ich sehe Sie ja fast jeden Tag.

– Kommen Sie, sagte Leopold. Wir wollen ein wenig spazieren gehen.

Anki folgte ihm. – Es muß ja kein Buch sein, sagte sie. Es gibt noch andere Dinge, die ich Ihnen schenken könnte ... Vielleicht finde ich etwas für Ihr neues Auto.

– Ich habe einen sehr großen Wunsch, sagte Leopold. Ich möchte Sie bitten, Sie zu mir einladen zu dürfen.

– Wann soll ich kommen? fragte Anki.

– Heute ... jetzt ... heute Nachmittag.

– Heute kann ich nicht, sagte Anki. Marie ist krank. Ich habe den Arzt bestellt, da möchte ich zu Hause sein, wenn er kommt. Aber morgen werde ich zu Ihnen zum Tee kommen.

Leopold hatte keine Ahnung, wer Marie war, aber Anki hatte die Gewohnheit, die Namen ihrer Freunde und ihrer Verwandten zu nennen, ohne sie zu erklären, und durch diese selbstverständliche Vertraulichkeit behandelte sie auch Leopold wie einen Menschen, der ganz zu ihrem Leben gehört und alles weiß, was sie wußte, und alles kennt, was sie kannte und täglich gewohnt war.

– Ich danke Ihnen, sagte Leopold, ich kann Ihnen nicht sagen, wie sehr ich mich auf morgen freue.

Der Arzt war soeben eingetroffen und schon zu Marie gegangen, als Anki zu Hause ankam. Sie ging in ihr Wohnzimmer und ließ dem Arzt durch Luise sagen, sie erwarte ihn nach der Untersuchung der Patientin.

– Es ist eine Brustfellentzündung, sagte der Arzt, als er zu Franziska ins Zimmer trat, es dürfte sich empfehlen, das Mädchen ins Krankenhaus zu schicken.

Anki bestellte ein Taxi und ging zu Marie. Marie lag im Bett und genierte sich, als Anki hereinkam und an das Fußende des Bettes trat. – Es ist nichts, Frau Scheler, mir fehlt garnichts. Der Arzt hätte garnicht kommen sollen. Ich mache mir einen Umschlag und stehe morgen früh wieder auf.

– Ich habe Ihnen ein Taxi bestellt, Sie gehen ein paar Tage ins Spital. Das wird Ihnen gut tun. Wenn Sie richtig gepflegt werden, sind Sie in 14 Tagen wieder gesund.

Vierundzwanzig Stunden später verließ Anki die U-Bahn am Nürnbergerplatz und ging langsam die Schaperstraße hinauf. Heute wird er mich küssen, dachte sie, aber ich will es ja auch, und ich werde ihn wieder küssen.

Sie blieb stehen und schaute sich um, ob ihr jemand folge, aber die Straße war leer und verlassen. Sie betrat das Haus No. 21. Es dauerte nur drei Sekunden, bis die Tür aufsprang, aber es kam Anki sehr lang vor, und da kein Fahrstuhl vorhanden war, stieg sie eilig die Treppe hinauf. Leopold hatte die Wohnungstür bereits geöffnet, und Anki betrat den kleinen

Vorplatz, der kühl und dunkel war. Sie zog ihre Handschuhe aus und legte sie auf das Tischchen unter dem Spiegel, ließ aber ihren Hut auf und betrat Leopolds Arbeitszimmer, das sie überraschend klein fand. Sie schaute sich nach allen Richtungen um und entdeckte dabei das Eßzimmer. Die Tür stand offen, und Franziska erblickte den für zwei Personen gedeckten Tisch. – Ah … da ist noch ein Zimmer, sagte sie und trat unter die Tür.

Leopold merkte, daß seine Wohnung nicht gerade bewundert wurde. – Sie haben die Klause eines Schriftstellers betreten.

– Sie leben ein bißchen wie Ihr Held Gentz.

– Mißfällt Ihnen das?

Anki trat ins Eßzimmer und legte ihre Tasche auf den Teetisch. Leopold hatte sein bestes Porzellan gedeckt, blauweißes Meißen. Auch Milch und Zucker standen auf dem Tisch, nur die Teekanne fehlte noch. – Haben Sie eine Küche? Darf ich den Tee machen?

Es war nicht viel zu tun. Leopold hatte in der Küche alles vorgerichtet, aber Anki hantierte vergnügt herum. Sie hängte ihren Hut an den Griff des Fensters und bereitete durch Anwärmen der Kanne und vorsichtiges Aufbrühen der Blätter einen Tee, der stark und ausgezeichnet war. Nach dem Tee trat sie vor Leopolds Bücher, aber Leopold nahm sie leise am Arm. – Wir wollen heute nicht von Büchern sprechen …

– Von was wollen Sie denn sprechen?

– Von der Liebe …

Neuntes Kapitel

Sag, was will das Schicksal uns bereiten?
Goethe.

I

Leopold mußte im Auftrag seiner Zeitung nach Wien reisen. – Ich werde fliegen, sagte er am Telephon, ich hoffe, in drei Tagen wieder bei dir zu sein.

– Das ist mir garnicht angenehm, sagte Anki erschrocken. Fliegen ist immer noch sehr gefährlich.

– Wenn du befiehlst, nehm' ich die Bahn, aber ich glaube das nicht. Fliegen ist nicht gefährlicher, als mit dem Lift fahren oder auf einen Berg steigen.

– Dann nimm das Flugzeug. Es paßt auch zu dir.

– Wirst du unruhig sein?

– Ich nehm' mich halt zusammen. Aber wenn du grad Zeit hast, ruf mich an, wenn ihr in Wien seid.

Das Flugzeug hatte das Tempelhofer Feld um drei Uhr nachmittags verlassen. Um vier Uhr erhob sich Sturm und Regen, der sich zum Orkan steigerte. Das Wasser lief an den Fensterscheiben herunter, und Leopold sah nichts mehr, keine Erde und keinen Himmel, die ganze Welt war nur noch eine riesige, undurchdringliche, graue Farbe, durch die sich die Maschine hindurchkämpfte. Es war schon sechs Uhr, und das Flugzeug sollte längst in Prag sein, aber der Pilot kämpfte immer noch gegen den Regen, den Sturm und die Sichtlosigkeit. Sein Begleiter öffnete die schmale Tür zum Führersitz und kam in die Kabine. – Wir werden in Prag unterbrechen, sagte er, oder sind Herrschaften da, die es sehr eilig haben? – Alle Passagiere waren für Aufenthalt in Prag, mit Ausnahme eines alten Engländers, der mit seinen beiden Enkeln ganz vorn saß und für Weiterfliegen plädierte.

Trotzdem wurde der Flug in Prag unterbrochen. Leopold hatte keinen Schirm bei sich, und es goß auch in Prag noch so heftig, daß er so durchnäßt war wie eine ertrunkene Katze, als er die Halle des Flugbahnhofs betrat. Im Hotel ließ er sich mit Berlin verbinden. Anki war selber am Apparat. – Ich bin gesund und munter, sagte Leopold, aber ich muß dir gestehen, daß ich in Prag sitze. Wir hatten einen dummen Regen, eine ganz überflüssige Heulerei der Wolken, die hat alles verschmiert und jede Sicht genommen.

– Ich hab's gewußt, sagte Anki leise. Du solltest doch lieber den Zug nehmen.

– Ich wollte es tun, aber da fiel mir ein, daß ich dich in diesem Falle erst morgen früh hätte anrufen können.

– Ich bin sehr glücklich, weil du soviel an mich denkst.

Leopold hängte ein, und Anki ging ins Eßzimmer. Luise hatte ihr gesagt, das Silber sei nicht vollständig, und Anki setzte sich an den Tisch und zählte die Bestecke nach. – Sie haben recht, es fehlen 3 große Gabeln und ein Kaffeelöffel. Das ist viel, und sie sollten wieder auftauchen.

– Vielleicht hat Marie sie irgendwo hingelegt, wo man sie nicht finden kann, sagte Luise.

– Sehen Sie bitte noch einmal genau nach. Marie ist ziemlich krank, sie könnte sich aufregen, wenn man sie fragt.

– Der Gärtner meint, sie sei wieder ganz gesund, sagte Luise ärgerlich.

Anki ging ins Wohnzimmer und setzte sich ans Fenster. Sie öffnete ihre Tasche, nahm ein kleines Photo heraus und betrachtete Leopolds Züge. Wenn er wollte, dachte sie, würde ich jetzt aufstehen und sofort nach Wien fahren. Die Liebe löscht einen ganz aus ... ich würde alles tun, was er verlangt ... und ich würde es gern tun ... ich bin garnicht mehr ich, aber ich bin es endlich wieder ...

Am nächsten Tag fuhr sie in die Nettelbeckstraße. Fine hatte angerufen und gesagt, Frau von Bendemann sei sehr krank. Der

Bus war überfüllt, und Anki mußte stehen. Sie betrachtete die Gesichter der Mitfahrenden. Mit Ausnahme eines jungen Mädchens, das frisch und keck dreinschaute (und Ankis prüfenden Blick lächelnd erwiderte), hatten alle Gesichter jenen Ausdruck von Spannung und Müdigkeit, der den Großstädter vom Kleinstädter unterscheidet. Es waren Menschen, die von der Arbeit kamen oder zur Arbeit gingen, aber auch das Fahren in dem heißen und überfüllten Wagen war ein Stück Arbeit, eine zusätzliche Anstrengung, über die aber niemand ein Wort verlor, weil sie nun eben einmal gegeben war und geschafft sein wollte. Auch Anki empfand es so, und als sie daran dachte, daß es einmal eine Zeit gegeben hatte, wo sie über kleine Mühen stöhnen konnte (und viele Worte machen), fand sie, daß sie damals noch sehr kindlich gewesen war. Unreif.

Man kann die Liebe ein Spiel nennen, und frühere Jahrhunderte scheinen es so empfunden zu haben. Man kann sie auch eine Krankheit nennen, und es gibt Gelehrte, welche die Auffassung niedergeschrieben haben, daß die Hormone der Geschlechtssphäre, in unser Blut ausgeschüttet, eine leichte Vergiftung der Großhirnrinde zur Folge haben. Die erste Definition ist nicht mehr brauchbar, weil unser Jahrhundert keine Spiele mehr kennt, sondern nur noch Kämpfe. Man *spielt* nicht mehr Tennis, sondern man übt sich, um auf irgendeinem Turnier einen Preis einzuheimsen, und ein junges Mädchen, das auf dem roten Feld angetreten ist, um von vier bis halb sechs zu »spielen«, arbeitet angestrengter als früher ein Bankdirektor zu arbeiten pflegte, und ungefähr mit dem gleichen Eifer, den ein junger Künstler aufwendet, der von seinen Visionen verfolgt in seinem Atelier eingesperrt malt oder den Schenkel eines schönen Modells zu übertragen versucht. Die zweite Definition ist banal, weil sie garnichts erklärt, denn, um die Ausschüttung jener Hormone in unser Blut (die sie Liebe nennt) zu erklären, muß sie als Ursache der Ausschüttung die – Liebe annehmen. Anki war weit davon entfernt, solche Überlegungen anzustellen, und sie wunderte sich noch nicht einmal über die Veränderung ihres Wesens, die mit ihr vorgegangen war, aber wenn es gestattet ist, aus der Fülle von Wundern, welche wir sind, die uns bewegen, leben, atmen lassen, die uns lenken, so zu denken und nicht anders, und uns bewegen, einen Menschen so zu lieben, daß der Gedanke, für ihn zu sterben, nicht schrecklich ist und furchterregend, sondern im Gegenteil süß, während uns der Bruder der Geliebten schon fast gleichgültig ist – wenn wir aus dieser unbegreiflichen Verwirrung, welche wir das Leben nennen, einen Augenblick lang eine Seite ans Licht heben dürfen, so ist es sehr verwunderlich und wert, durchdacht zu werden, daß Anki plötzlich ohne jede Abneigung gegen Mühen war, die sie vor sehr kurzer Zeit noch verstimmt hatten, und voll von Sympathie für Menschen, denen sie ansah, das sie von schwerer Arbeit kamen oder zu schwerer Arbeit gingen.

Die Liebe hatte ihr Herz niedergebeugt, wie die süße Last reifer Birnen den Zweig eines Baumes herabzieht, und wenn es wahr ist, daß das Herz die Wohnung der Liebe ist, so mußte nun auch ihr Herz eine gewaltige Anstrengung vollbringen, um die große, unmeßbare und unberechenbare Leidenschaft, von der es plötzlich ganz und gar überflutet war, zu erdulden, zu schaffen.

Längst Mutter, längst Frau, war sie durch ihre Liebe ein anderer Mensch geworden, und wie Wasser nicht langsam zu Eis wird, sondern, nachdem es die Kälte eine Zeitlang ausgehalten hat, von einer Sekunde zur andern, so war auch Anki, nachdem sie die neue Liebe eine Zeitlang getragen hatte, durch den ersten Schmerz dieser Liebe, die plötzliche und gefahrvolle Abreise des Geliebten nach Wien, von einer Sekunde zur andern ein Weib geworden, und das heißt, ein Mensch, der ganz in der Mitte von allem Menschlichen steht.

Sie kümmerte sich um Marie, was sie früher nie getan hatte, und manchmal sprach sie mit der Frau des Gärtners, der das Kellergeschoß des Hauses gemietet hatte. Ihr Herz litt, und nachdem sie unter den Wonnen der Liebe gejauchzt, duldete sie nun auch unter ihren Qualen, wie das höchste unter den Weibern und wie das geringste. Die Frau des Gärtners hatte ein Kind mit in die Ehe gebracht, ein Mädchen, das nun 29 Jahre alt war. Hanna war großgewachsen, aber weder schön noch häßlich. Ein plumper Zahnarzt hatte ihr den linken Schneidezahn durch einen Goldzahn ersetzt, was abscheulich aussah und dem Mädchen, besonders wenn es lachte, einen rohen und abstoßenden Zug verlieh. Aber Hannas Augen waren sanft, und die Hände, obwohl abgearbeitet, weich, schmalgliedrig und schön. Hanna liebte einen rohen Kerl, der eine Zeitlang bei ihrem Stiefvater gearbeitet hatte, aber eines Tages davongegangen war und nun bald hier und bald da Arbeit fand. Er durfte sich bei den Gärtnersleuten nicht mehr blicken lassen, aber Hanna hielt ihm die Treue. Sie ließ ihn in ihre Kammer ein und gab ihm ihr letztes Geld. Sie wußte, daß er ein schlechter Mensch war, aber sie wußte, was sonst kein Mensch wußte, weil alle zu träge waren, um es wissen zu wollen, daß er auch gute Seiten hatte, und sie liebte ihn. Aber wie es wohl niemand gibt, der je auf den Gedanken gekommen wäre, über Isolde zu lachen (während Tristan ein Mann ist, über den sich reden läßt), so gab es auch niemand, der über Hanna gelacht hätte. Ihre Eltern tadelten sie, und ihre Freundinnen redeten ihr zu, sie solle doch den miserablen Kerl laufen lassen, aber den geheimen Bezirk ihres Herzens, eben jenen, in dem ihre Liebe zu dem Burschen wohnte, den wagte niemand anzurühren.

Anki kannte Hannas Geschichte. Die Mutter hatte mit ihr über die Sache gesprochen, aber Hanna selber, die in einer Fabrik in Spandau arbeitete, war Anki immer aus dem Weg gegangen, und Anki hatte in den drei Jahren, die sie nun schon in der Kaspar-Theys-Straße wohnte, nur hie und da mal mit ihr ein gleichgültiges Wort gewechselt. Nun sprach sie eines Tages – es war der Morgen nach Leopolds Abreise – Hanna an. Hanna saß hinter dem Haus und nähte. Sie schaute von ihrer Arbeit auf und antwortete, und es entspann sich ein Gespräch über Kleidernähen und Geldverdienen, und nach kurzer Zeit unterhielten sich die beiden Frauen über Kinder und die beste Art, sie zu leiten und zu erziehen. Hanna hatte einen natürlichen Verstand, und da sie gut beobachtete (und Hans Karl sehr gern hatte), wußte sie kluge Antworten zu geben.

Am Abend lag Anki auf dem Liegestuhl, als Hanna durch

den Garten ging. Anki sah sie kommen und las weiter, aber auf dem Rückweg trat Hanna von hinten an den Liegestuhl heran, legte Anki einen Strauß aus roten Nelken in den Schoß und ging rasch ins Haus.

Es war, äußerlich gesehen, der Dank für das Gespräch, aber es war auch mehr. Der Heilige Franz erlebte das Wunder, mit den Vögeln reden zu können, und wenn das auch ein sehr großes Wunder ist, so ist es in unseren Tagen ein noch größeres, mit den Menschen reden zu können, und Anki fühlte, daß der Blumenstrauß weit weniger eine Äußerung des Dankes war als ein Zeichen, eine Fortsetzung des Gesprächs, eine geheime Zustimmung einer Seele an eine andere Seele. Der schöne Strauß und die freundliche Geste des Mädchens machten ihr große Freude, und sie fühlte jene geheimnisvolle Kraft angerührt, welche in ihrem Herzen zugleich mit ihrer Liebe erwacht war und die sie befähigt hätte, das Außerordentliche zu wagen und wahrscheinlich auch zu vollbringen, wenn es von ihr verlangt worden wäre.

Aber die Liebe spürt keine andere Freude als die, welche die Liebe gibt, und auch keinen andern Trost, und aller Balsam der Welt läuft wie Wasser ab von einem Herzen, das von der Liebe verwundet ist.

Anki betrachtete die Nelken, und ihr erster Gedanke war, den Blumenstrauß Leopold zu schicken; ihr zweiter, daß er ja noch nicht zurück sei, der dritte, daß der Rückflug vielleicht noch gefährlicher sein könne, als der Hinflug nach Wien.

Wird ein Mensch zu einer Stund
Von wahrer Minne recht wund,
Der wird nimmermehr wohl gesund,
Er küße denn denselben Mund,
Von dem seine Seel ist worden wund.

2

Anki mußte in der Apotheke warten und kam eine halbe Stunde später, als sie versprochen hatte, in die Nettelbeckstraße. Herr von Bendemann hatte Anki ungeduldig erwartet und machte selber die Tür auf. – Deine Gelassenheit hat mich zwanzig Pfennig gekostet, sagte er.

– Wieso?

– In meiner Nervosität habe ich zwei alten Bettlern aufgemacht, was mich zweimal zehn, oder mit anderen Worten zwanzig Pfennig gekostet hat.

– Du Ärmster! Da muß ich dir deine Auslagen wohl ersetzen?

– Das nächste Mal! Aber Spaß beiseite, Valerie ist sehr krank.

– Schon wieder? Was hat sie denn?

Valerie lag in der Bibliothek auf dem Sofa, und Franziska ging gleich zu ihr.

– Ich dachte, du lägst im Bett, sagte sie und gab Valerie die Hand.

– Es ist zu heiß, sagte Valerie, und ich mag kein Bett mehr sehen. Dieser weiße und muffige Sarg wird mich noch früh genug aufnehmen. Ich sehe euch schon alle um ein schwarzes Loch stehen, in das ihr mich hineingeworfen habt.

Valerie war ein schwieriger Patient, und Anki blieb bis zum Abend bei ihr.

– Du bist der einzige Mensch, den ich ertragen kann, sagte Valerie zu Anki. Bück dich, damit ich dir einen Kuß geben kann. – Anki beugte sich über die Kranke und streichelte Valeries Stirn. Sie war mit Schweiß bedeckt, und Valerie stöhnte laut, als sie sich bewegte. – Das Leben ist eine Schweinerei … ich hasse es seit zwanzig Jahren.

Otto Bendemannn war eine Stunde spazieren gegangen, und als er zurückkam, packte er eine Ausgabe von Gentz' Tagebüchern aus. Er hatte das Buch bei einem fliegenden Händler gekauft und beschlossen, es Anki zu schenken. – Ich habe da ein kleines Buch mitgebracht, das ich Anki schenken möchte, sagte er ängstlich und schaute dabei abwechselnd das Buch an und seine Frau.

– Das ist ganz was anderes, sagte Valerie. Anki schulden wir viel Dank, und ich bin froh, wenn sich mal eine Gelegenheit ergibt, nun Anki eine Freude zu machen. Sie ließ sich das Buch reichen und blätterte in seinen Seiten, aber der Text interessierte sie nicht. Sie versank wieder in ihr zuschauendes Schweigen und in ihre Schmerzen und lebte erst auf, als die Post kam. – Von wem hast du Nachrichten? fragte sie Otto.

– Von meinem Bruder Fritz. Er schreibt, er hoffe, am 15. Juli in Cuxhaven anzukommen.

– Jutta wird sich mächtig freuen, sagte Valerie. Die sitzt jetzt schon seit vier Monaten allein – mehr als ein Vierteljahr… Solange waren wir nie getrennt.

Keine Bemerkung hätte überraschender sein können. Anki schaute Valerie an, ihre gefärbten Haare, die an den Wurzeln schon wieder grau schimmerten, ihr hageres Gesicht, dessen Stirn kalt und hochmütig war, während der Mund müde herabhing, die unverhältnismäßig großen Ohren, die sich nichts entgehen ließen, und die kleinen, harten Augen, die nicht mehr lächeln konnten.

– Wir waren zu wenig getrennt, liebe Valerie, antwortete Herr von Bendemann. Die jüngeren Leute machen jetzt vieles besser als wir; das ewige Aufeinanderhocken tut nicht gut. Partir c'est mourir un peu, selbst die Liebe muß ab und zu – ich will nicht grad sagen sterben, aber einschlafen, um beim Wiedersehen neu zu erwachen und frisch aufzulodern.

– Wir hatten stets verschiedene Auffassungen von Ehe, antwortete Valerie. Man heiratet sich nicht, um sich zu trennen, sondern um beieinander zu bleiben. Du entschuldigst, Anki, setzte sie nach einer Weile hinzu. Eine richtige Scheidung ist natürlich was anderes …

3

Leopold rief Anki vom Flugplatz Aspern aus an. – Wir haben eine schöne große Maschine, einen schimmernden Adler, der mich rasch und ruhig zu dir tragen wird. Das Wetter ist blau und sonnig, und der ganze Himmel reiner Friede. Wir steigen in fünf Minuten hoch, und ich freue mich auf dich wie dein Sohn auf Weihnachten. Warst du schon in Wien? Ja? Hast du die Breughels gesehen und die kleine blaue Madonna von Dürer? Ja? Das ist sehr gut. Wir werden eine Menge zu reden haben. Ach, es ist angenehm zu fliegen. Meine Sehnsucht nach dir ist kaum zu zügeln. Ich würde kein anderes Beförderungsmittel aushalten. Bist du schon einmal geflogen?

– Nein.

– Das mußt du erleben. Diese Erfahrung wird dich bereichern. Ich habe heute nacht nur drei Stunden geschlafen und die übrige Zeit über dich nachgedacht. Du bist viel großartiger, als du weißt, und ich bin überzeugt, daß du mehr Talent hast als ich.

– Mach nicht so übertriebene Komplimente, sagte Anki, sonst kann ich kein einziges mehr glauben.

– Ich werde dich mit Komplimenten überschütten.

– Ich werde dir einen Kuß geben.

– Einen? Das ist garnichts.

– Tausend!

– Das ist schon besser ... Ich habe mir gestern Abend auf einer Gesellschaft elegante Wienerinnen angesehen. Viele sind hübsch, manche sehr hübsch, aber ich habe keine gesehen, die sich mit dir vergleichen könnte.

Franziska schob den Ärmel vom Handgelenk zurück und schaute auf die Uhr. – Ich bin froh, daß ich deine Stimme höre, aber du wirst dein Flugzeug verpassen, und ich werde *noch* einen Tag ohne dich leben müssen.

– Keine Gefahr! antwortete Leopolds Stimme. Diese praktische Kabine hat ein Fenster, und ich beobachte den Piloten, der auf einer Kiste sitzt und eine Zigarette raucht. Du solltest auch einmal fliegen. Wenn noch Zeit wäre, würde ich vorschlagen: du kommst mir nach Prag entgegen, und wir fliegen zusammen nach Hause. Aber die Zeit langt nicht mehr, und es könnte auffallen. Die Fliegerei ist leider Gottes sehr teuer, und wir würden wahrscheinlich drei oder vier Leuten begegnen, welche den Beruf des Reichseins ausüben und dich mit verbogenen Hintergedanken betrachten. Reiche Leute haben nämlich gute und unruhige Augen und im allgemeinen eine nicht zu unterschätzende Kombinationskraft. So ... Der Pilot ist aufgestanden und schnallt seine Kappe fest. Leb wohl. In hundertneunzig Minuten bin ich in Tempelhof.

Anki lief, immer zwei Stufen auf einmal nehmend, die Treppe hinunter und fuhr zum Büro der Lufthansa. Das Flugzeug nach Prag startete in zwanzig Minuten, und es waren noch Plätze frei, aber als Anki einen Platz kaufen wollte, stellte sich heraus, daß sie kein Visum hatte.

– Seien Sie nett, sagte sie zu dem Beamten. Ich will ja garnicht nach Prag. Ich will nur auf den dortigen Flugplatz und gleich in das Wiener Flugzeug umsteigen.

– Sie sind unwiderstehlich, gnädige Frau, sagte der Beamte, und ich würde Sie nach Ägypten reisen lassen. Aber die Tschechen sind Leute, die Geld brauchen, wie übrigens alle Regierungen, und man wird Sie nicht durchlassen.

Anki verließ das Büro. Sie war so zornig über den unbesiegbaren Widerstand, daß sie die Richtung verwechselte und die falsche Seite der Straße hinunterging, bis sie an der ersten Querstraße wieder zu sich kam und umkehrte. Dieser langweilige Kontinent, dachte sie, besteht nur aus Grenzen und Schlagbäumen und dummen Kerlen, die dahinter lauern und einem das Leben schwer machen!

Sie fuhr nach Hause und holte Hans Karl aus dem Kindergarten ab. Dann fuhr sie nach Tempelhof und setzte sich in den Wartesaal. Ein Bursche mit Zeitungen trat ein, und Anki fragte ihn, ob er die Berliner Allgemeine habe.

– Janz frisch, meine Dame, soeben einjetroffen.

Anki gab ihm zwanzig Pfennig. Der Junge salutierte und ging weiter. Anki öffnete die Zeitung, aber es stand nichts drin, was sie interessierte. Der König von Ägypten war in Berlin eingetroffen, und Anki betrachtete ein Bild von Herrn von Hindenburg, der den Gast auf dem Anhalterbahnhof begrüßte.

Das Flugzeug war glatt und fast lautlos gelandet. Leopold nahm seinen Mantel und die kleine Handtasche, und als er an die Sperre kam, erblickte er Anki. – Ich bin sehr gerührt, sagte er. Es ist eine angenehme Verwöhnung, abgeholt zu werden.

– Ich bin froh, daß du wieder da bist.

Im Taxi fragte Leopold, ob Anki Lust hätte, den König von Ägypten zu sehen.

– Ich habe ihn schon gesehen, sagte Anki.

– Wo denn?

– Deine Zeitung hat ihn photographiert und abgebildet. Anki öffnete ihre Tasche und reichte Leopold das Abendblatt.

– Die Staatsoper gibt heute Abend eine Galavorstellung. Das Feuilleton hat mir zwei Plätze gestiftet. Wenn du Lust hättest, könnten wir zusammen hingehen.

Leopold brachte Anki nach Hause, und weil er noch auf die Redaktion gehen mußte, verabredeten sie sich auf fünf Minuten vor acht Uhr vor dem Haupteingang der Oper unter den Linden.

Als Leopold ankam, stand Anki klein und schüchtern neben der Kasse. Sie trug ein langes Kleid, und Leopold fand, daß ihr der weite Rock und der tiefe Ausschnitt gut standen. – Es könnte sein, daß wir einen Haufen Bekannte treffen, sagte er, würde dich das stören?

Anki gab keine Antwort. In der Loge setzte sie ihre Brille auf und beugte sich über die Brüstung. Leopold wußte nicht, daß Franziska eine Brille trug, und betrachtete sie, als ob er sie zum ersten Mal sähe. – Du siehst wie eine amerikanische Schauspielerin aus, die eine besonders raffinierte Rolle spielt.

– Ist das ein Kompliment?

– Hast du schon einmal eine häßliche Filmschauspielerin gesehen?

Die meisten Herren waren im Frack, und Dr. Kleim hatte sich zur Feier des Tages zum Smoking eine weiße Kravatte umgebunden. Seine Frau trug ein winziges Beutelchen in der Hand, und ihr naives Kleid leuchtete wie frisch geschnittenes Gras.

– Man darf anders denken, als sein Jahrhundert, sagte Leopold, aber man darf sich nicht anders anziehen.

– Eben sind Steiners gekommen, sagte Anki.

Leopold blickte in die gegenüberliegende Loge. Ruth saß neben ihrer Mutter und hielt ein Opernglas aus weißem Perlmutter vor die Augen.

– Sie betrachtet dich, als ob sie dich noch nie gesehen hätte, sagte Anki zornig. Aber du hast ja eine Schwäche für zudringliche Menschen.

Ruth trug eine neue Frisur und ein Kleid aus rotem Samt, und Leopold antwortete: – Ich nehme an, daß sie deine Brille betrachtet und dein schönes Kleid.

Man gab Figaros Hochzeit. Vor der Ouverture spielte das Orchester die ägyptische Nationalhymne, und das Haus erhob sich und hörte stehend zu. Leopold trat hinter Anki und schaute in die Staatsloge hinüber. Der Nachfolger der Pharaonen war ein freundlich blickender, korpulenter Herr mit aufgezwirbeltem Schnurrbart. Er trug einen Frack, ein breites blaues Ordensband quer über die Brust und auf dem Kopf einen dunkelroten Fez mit kleiner Quaste. Neben ihm stand der Reichspräsident, Herr von Hindenburg, ebenfalls im Frack mit Orden und weiße Glacéhandschuhe in der linken Hand. Hinter dem König stand der kleine Löbe, der Präsident des Reichtags, und neben ihm Frau von Schubert, die Frau des Staatssekretärs des Auswärtigen, die Anki vor vierzehn Tagen auf einer Gesellschaft kennen gelernt hatte.

Die Nationalhymnen waren verklungen, und die Zuschauer setzten sich. Gleich darauf gingen die Lichter aus, und die Ouverture begann. Die Aufführung war sehr gut, und Leopold sah, daß Anki keinen Blick von der Bühne wandte.

In der Pause ging Leopold zu Dr. Kleim, um sich für die guten Plätze zu bedanken.

– Finden Sie nicht auch, daß diese Musik ganz bayrisch ist, wie eine Asamkirche? fragte Frau Kleim.

Anki hatte sich bei der Logenschließerin eine Reclam-Biographie Mozarts gekauft, und als Leopold zu Kleims ging, lehnte sie sich an einen Pfeiler und begann zu lesen. Der Pfeiler war mit Spiegeln belegt, und zwei junge Männer blieben stehen und betrachteten Ankis Hals und das Blitzen der kleinen Brillanten, mit denen das Schloß ihrer Halskette besetzt war. Anki merkte nichts und las vertieft in ihrem Buch. – Ich bin sehr ungebildet, sagte sie, als Leopold wieder zurückgekehrt war. Ich hatte keine Ahnung von Mozarts Leben.

– Dafür bist du eine gute Leserin.

Anki hatte Mozart für einen Menschen gehalten, der ebenso heiter gelebt habe, wie sie seine Musik als strahlend und heiter empfand, und nun hatte sie soeben erfahren, daß der große Mann ein elendes Leben hatte führen müssen und am Ende der erbärmlichsten Niedertracht erlegen war, wie ein Hirsch der Meute und der Übermacht der Hunde erliegt, der mehr kann als die andern Hirsche, was aber nur wenige wissen, und was übrigens die Jäger, die ihn verfolgen, nicht abhält ihn zu hetzen und zu töten, sondern im Gegenteil: anspornt! Anki war nie arm gewesen, aber ihr Selbstbewußtsein hatte ein paar Tatzenhiebe abbekommen, die schlecht verheilt waren. Der ewige Geldmangel der letzten Heidelberger Jahre, und sein Refrain und Echo: das ist zu teuer, das geht jetzt nicht, das können wir uns nicht leisten, hatte diese Epoche ihres Lebens vergiftet. Ihr Vater hatte jene Zeit am leichtesten ertragen, weil er am meisten Phantasie besaß. Er war fest davon überzeugt, daß er seinen Prozeß gewinnen und eines Tages wieder sehr viel Geld haben werde, und so bewohnte er seine Luftschlösser bereits im voraus und möblierte sie mit den kostbarsten Gegenständen, die er sich in seinen Träumen so lebhaft vorstellte, daß er sogar den Inhalt der Schubladen dieser Möbel kannte. Frau von Westegg hatte sich seit dem Ende des Krieges in die weiten und verschlungenen Gänge ihrer Erinnerungen zurückgezogen, aus denen sie nur widerwillig ans Tageslicht zurückkehrte, und so kam es, daß die beiden Mädchen am meisten litten. Ihr Bruder Waldemar war damals noch zu klein, aber Inge und Franziska standen auf der Schwelle des Daseins, und sie besaßen noch keine Erinnerungen, von denen sie hätten träumen können. Ihr Leben erhob sich wie der junge Tag nach der Dämmerung der Kindheit, und sie verlangten nun selber jene Erlebnisse zu pflücken und jene

Erfahrungen zu machen, die später einmal zu Erinnerungen werden. Denn wie alles, was wir tun, aus uns emporsteigt, so fällt auch alles, was wir getan haben, wieder in die Schalen unserer Seele zurück und verwandelt sich in diesen Prozessen, wie die Knospe zur Blüte wird, die Blüte zur Frucht und die Frucht zum Kern, aus dem – vielleicht – wieder neue Blüten emporsteigen.

Anki wollte lesen, aber die verstaubten Bände der Westegg'schen Bibliothek genügten ihr nicht, und für neue Bücher war nur wenig Geld da. Sie wollte reisen, aber selbst wenn sie von ihren Verwandten in Schlesien oder in Westfalen eingeladen wurde, der Aufenthalt also nichts gekostet haben würde, war die Fahrkarte zu teuer. Der einzige Luxus, den sich die Familie erlaubte, waren die großen Tees, die Frau von Westegg gab. Herr von Westegg war ein geselliger Mensch, und da er sich gern unterhielt, fand er seine Einladungen immer besonders anregend. Aber gewisse Kreise waren anspruchsvoller, und Anki ärgerte sich maßlos, als man ihr eine Äußerung hinterbrachte, die Frau von Rodenwaldt in Umlauf gesetzt hatte, eine alte spöttische Generalswitwe und stadtbekanntes Schleckermaul: bei Westeggs gebe es Stühle.

Auch Inge fand diese Art zu leben trostlos und bedrückend, aber Herr von Westegg fuhr sie an und widersprach.

– Ihr wißt garnicht, wie gut es euch geht, sagte er, und dann folgten Schilderungen wirklicher Armut, die sehr plastisch waren und sich in Ankis Seele eindrückten wie ein harter Stempel, den man in weichen Siegellack preßt. Ja, Franziska haßte und fürchtete die Armut, und nun las sie, daß Mozart zu den Ärmsten der Armen gehört hatte.

Der Höhepunkt des Abends sollte noch kommen: die große Gartenarie der Susanne im letzten Akt:

Endlich naht sich die Stunde,
Wo ich dich, o Geliebter,
Bald ganz besitzen werde! —

Anki paßte genau auf, und als Susanne hinter das Gebüsch trat, flüsterte sie Leopold ins Ohr: – Jetzt werde ich gleich sehr heftig weinen müssen. Anki gab sich die größte Mühe, ihre

Erregung zu meistern, aber es half nichts, die Tränen strömten ihr aus den Augen, und das einzige, was sie grad noch verhindern konnte, war, nicht laut aufzuschluchzen. Die Sängerin hatte das herrliche Lied beendet, und das Parkett brach bei offener Szene in Beifall aus. Anki nahm ihre Brille ab, holte ihr Taschentuch und tat so, als ob sie die Gläser putze, aber schließlich mußte sie sich doch die Augen wischen und sogar die Nase putzen. Leopold faßte nach ihrer Hand und streichelte sie. Anki ließ es geschehen, aber nach einer Weile zog sie ihre Hand zurück. Sie war so erschüttert, daß sie von Leopolds Bewegung angegriffen wurde, und sie fürchtete, abermals in Tränen auszubrechen. Als das Licht anging, und das ganze Haus in einen neuen, rasenden Beifallssturm ausbrach, flüchtete Anki in den Vorraum der Loge und schaute in den Spiegel. Ihre Augen waren rot, richtig verheult. Sie legte Puder auf und ordnete ihr gelbes Kopftuch so über die Haare, daß es tief in die Stirn fiel, und sie fast nichts mehr sehen konnte.

Im Wagen fragte Leopold Anki, ob sie Lust hätte, noch irgendwo eine Kleinigkeit zu essen.

– Ich bin allein, sagte Anki leise. Marie ist noch im Krankenhaus, und Hans Karl ist heute nachmittag mit Luise nach Cladow gefahren. Ihre Eltern haben ein junges Reh gefunden, und er bettelte so lange, er wolle das Reh sehen, bis ich den Ausflug erlaubt habe. Er ist ein komisches, kleines Kerlchen; er liebt alle Tiere, sogar Mäuse und abscheuliche Regenwürmer. —

Gegen Morgen stand Leopold auf und trat ans Fenster. Sein Wagen stand still wartend vor der Tür, und Leopold kehrte beruhigt zu Anki zurück.

– Hast du nach deinem Auto gesehen? fragte Anki.

– Ja.

– Ist es noch da?

– Ja.

– Liebst du dein Auto mehr als mich?

– In dem Fall hätte ich bei meinem Wagen übernachtet.

Anki zupfte Leopold am Ohr, aber sie hatte recht: es gab etwas in seiner Natur, das ihn hinderte, sich völlig hinzugeben und alles zu vergessen.

– Ein Mann liebt ganz anders als eine Frau, sagte Anki.
– Das ist eine alte Weisheit, antwortete Leopold.

Anki, die nicht disputieren wollte, sondern Leopold ein bißchen aufrütteln und ändern, fragte: – Hilft dir das eigentlich, dein vieles Wissen?

Leopold verstand die Frage nicht. – Wie meinst du das?

– Ich weiß, daß eine Nadel sticht, und daß ein Stich weh tut, aber wenn ich mich in den Finger steche, tut es trotzdem weh, ob ich es nun weiß oder nicht.

– Du willst, ich sollte in deinen Armen alles vergessen?

Anki packte Leopolds Kopf mit beiden Händen und küßte seinen Mund. – Alles, flüsterte sie, alles … hast du mich verstanden? Alles! Sie zündete die kleine Lampe an und betrachtete die Augen des Geliebten. – Wenn jetzt ein Erdbeben käme, könnte ich nie mehr unglücklich werden.

Leopold suchte in Ankis Pupillen sein Bild. – Es ist süß, dich zu küssen, sagte er, und wenn jetzt ein Erdbeben käme und dich und mich verschlänge, so würde es mich daran hindern, dich morgen Abend wieder zu küssen!

– Es gibt kein Mehr, sagte Anki. Du hast alles gehabt, und eines Tages wirst du was anderes haben wollen.

– Hast du auch alles gehabt? fragte Leopold.

– Nein. Aber daß eine Frau anders liebt als ein Mann, das ist so! Ich bin immer da, immer wartend, und nur noch Sehnsucht nach dir. Seitdem ich dir gehöre, lebe ich davon, deine Bewegungen zu sehen und deine Schritte zu hören. Ich sterbe, wenn du fortgehst, aber wenn du kommst, lebe ich wieder!

Am nächsten Morgen wollte Anki aufstehen und Leopold ein Frühstück kochen, aber Leopold fand es überflüssig und bat Anki, liegen zu bleiben.

Der Morgen war frisch und köstlich, und die Farbe seines Wagens lachte Leopold an wie die Sonne selber. Er trat auf den Starter. Der Apparat funktionierte und warf den Motor an, und als Leopold den ersten Gang einschaltete und Gas gab, wurde er sanft vorwärts geschoben. In einem Café am oberen Kurfürstendamm wurden soeben die Stühle auf die Straße gestellt, und Leopold hielt, um im Freien zu frühstücken.

Anki hat zuviel durchgemacht, dachte er. Eine Scheidung ist eine verflucht harte Sache, ein Schisma, eine Zerstückelung, eine Operation, für die es noch keine Narkose gibt. Ich muß mir Mühe geben, sie muß diese dummen Jahre endlich vergessen! Das Leben ist schön, und ein Morgen wie dieser lohnt jeden Kampf, wahrscheinlich jeden Schmerz …

Aber Leopold täuschte sich. Er war so glücklich, weil er liebte, und vergaß darüber, wie stumpf und faul und lichtlos das Leben sein kann, wenn das Herz schläft. Nur die Höhe des Menschen ist der Mensch …

Zehntes Kapitel

Segnungen in der Gestalt von Unglücksfällen.
Macaulay.

I

Richard Scheler ließ Hans Karl abholen und reiste mit seinem Sohn für vier Wochen nach Überlingen am Bodensee. Bei der Scheidung seiner Eltern war das Kind vom Gericht der Mutter zugesprochen worden, während der Vater das Recht erhielt, den Jungen einmal im Jahr vier Wochen lang zu sehen und sonst alle vierzehn Tage einen Nachmittag. Am Morgen nach der Abreise ging Marie in Hans Karls Zimmer, »um die Stube endlich mal gründlich auf den Kopf zu stellen«, und nach dem Frühstück ging Anki auch hinüber, um Hans Karls Kleiderschrank aufzuräumen. Das große Fenster, das auf den Garten ging, stand offen, und der Teppich hing zusammengerollt über die Fensterbank. Marie kniete neben dem Wassereimer am Boden und holte unterm Bett eine zerbrochene Lokomotive hervor. – Das alte Gerümpel werden wir jetzt mal alles wegschmeißen, sagte sie. Von dem Zeug hat unser Hänschen wirklich genug!

– Um Gottes willen, sagte Anki, Sie kennen ihn zu wenig. Das ist sein liebstes Spielzeug. Er muß immer alles auseinandernehmen. Bevor er die Sachen nicht zerbrochen hat, interessieren sie ihn nicht.

Es war ärgerlich, einem so unlogischen Befehl gehorchen zu müssen, und Marie war nicht einverstanden.

– Da kommt nie keine Ordnung ins Zimmer, sagte sie.

Es handelt sich nicht nur um Ordnung, dachte Anki, es handelt sich auch um Hans Karl. Aber sie schwieg und legte die

Lokomotive in das oberste Fach des Schrankes. Dann ging sie plötzlich ins Wohnzimmer und rief, von einem ihrer jähen Entschlüsse getrieben, die Berliner Allgemeine Zeitung an. – Herr Dr. Chindler spricht auf einer andern Leitung, sagte die Telephonistin, wollen Sie warten?

– Ja. Anki nahm einen Bleistift, schob mit der linken Hand ein Stück Papier herbei und rechnete die letzte Rechnung ihrer Schneiderin nach, bis sich Leopold meldete.

– Kannst du heute Nachmittag zu mir kommen? fragte Anki.

– Das wird schwer gehen, sagte Leopold. Wir haben um drei eine Konferenz, und hinterher werde ich wohl was schreiben müssen. Außerdem liegen Berge von Post vor mir.

– Heute abend kann ich nicht, sagte Anki.

Sie war sehr gereizt. Leopold hatte sie noch nie so kurz angebunden und verärgert sprechen hören, und als sie schwieg, bekam er einen Schrecken. – Fühlst du dich nicht wohl?

– Nein ... garnicht.

– Dann komme ich!

– Danke, das ist lieb von dir, sagte Anki und hängte ein.

Leopold liebte weder geheimnisvolle Anrufe noch Andeutungen. Es war halb zehn, und er rechnete sich aus, daß er nun mindestens sieben Stunden lang darüber nachgrübeln konnte, was Anki fehlte, warum sie so gereizt war und weshalb sie abends keine Zeit hatte. Aber das war jetzt nicht zu ändern, wie überhaupt fast nichts im Leben zu ändern ist, und es war wohl das Beste, die Geduld zu trainieren, abzuwarten und in der Zwischenzeit zu arbeiten, so gut es ging.

Die Konferenz dauerte mehr als eine Stunde, und Leopold segnete seinen Wagen, der ihn in zwanzig Minuten zu Anki brachte. Anki sah wirklich schlecht aus. Unter ihren Augen standen tiefe Ringe, und auf ihren weißen Händen hatten sogar die Adern fast keine Farbe mehr.

– Du siehst ein wenig angegriffen aus, sagte Leopold.

Anki schloß die Tür zum Eßzimmer und sagte leise: – Wir müssen viel vorsichtiger sein. Du darfst deinen Wagen nicht mehr vor meiner Tür parken. Bitte, geh sofort hinunter und fahre ihn sechs Häuser weiter.

Leopold tat, was Anki gewünscht hatte, und kehrte wieder zu Anki zurück. – Verzeih, daß du zweimal die langweilige Treppe hinaufklettern mußtest, aber wir müssen viel vorsichtiger sein. Wir dürfen auch nicht mehr zusammen ins Theater gehen. Es ist immer jemand da, der einen sieht, und das geht nicht … das geht halt nicht … das ist unmöglich … das muß man vermeiden!

– Was ist denn geschehen? fragte Leopold. Wir sind ja sehr vorsichtig. Warum müssen wir denn plötzlich noch vorsichtiger werden?

– Richard hat gestern Hans Karl abgeholt.

– Das weiß ich, sagte Leopold, aber das war längst abgemacht. Das tut er doch jedes Jahr.

– Wenn ich einen schlechten Lebenswandel führe, dann könnte er mir das Kind fortnehmen.

Anki nahm ihr Taschentuch aus dem Ärmel ihrer weißen Bluse und putzte sich die Nase, aber Leopold sah, daß sie Tränen in den Augen hatte. Der Abschied von Hans Karl hatte sie sehr mitgenommen, sie hatte die halbe Nacht geweint.

– Leg dich mal aufs Sofa, sagte Leopold, und denke bitte daran, daß von diesen üblichen und gewöhnlichen vier Wochen bereits zwei Tage vergangen sind. Außerdem ist Überlingen ein sehr hübscher Ort, und ich bin überzeugt, daß Hans Karl momentan im Strandbad sitzt und mit seinem Krokodil so laut herumjauchzt, daß alle Leute lachen müssen.

Anki setzte sich auf die äußerste Ecke des Sofas und spielte mit ihrem Taschentuch. Nach zwei Minuten sagte sie: – Du kennst ihn nicht. Wenn ich … wenn wir … wenn das Pech es will, nimmt er mir den Buben fort. Er liebt ihn sehr … viel mehr als er mich jemals geliebt hat. Dann wäre ich völlig zugrunde gerichtet.

Leopold glaubte Richard Scheler gut zu kennen, und es fiel ihm schwer, sich einen Richard vorzustellen, der eine so grausame und überflüssige Sache in Szene setzen würde. Aber Menschen sind unberechenbar, und Leopold hätte auch niemals geglaubt, daß Richard eine Frau wie Anki um einer (wie er damals meinte) oberflächlichen Schauspielerin willen, wie Erika

Welter, verlassen würde. – Angst bessert nichts und hilft nichts, sagte er.

– Ich wußte, daß du so sprechen würdest, antwortete Anki, und ich habe mir große Mühe gegeben, ruhig und vernünftig zu bleiben, aber es hilft nichts, ich bin seit ein paar Tagen sehr nervös. Du mußt mir versprechen, daß wir von heute ab sehr vorsichtig sein wollen.

Leopold versprach es.

Auf dem Heimweg dachte er über Anki nach und fragte sich, ob es nicht das Richtigste sei, Anki zu heiraten. Die größte Schwierigkeit war, daß sie beide zu wenig Geld hatten. Anki lebte von einer Rente, die ihr Richard Scheler bezahlen mußte, und Leopold verdiente noch nicht genug, um eine so anspruchsvolle Frau zufriedenstellen zu können.

Zwei Tage später kam Ankis Bruder auf Besuch, und Anki logierte ihn in ihrem kleinen Fremdenzimmer. Waldemar Westegg war ein junger Mann von vierundzwanzig Jahren. Er war groß und kräftig, und sein hübsches Gesicht, mit den hellbraunen Augen seiner Mutter und der starken, knochigen Nase seines Vaters, gefiel den Frauen. Sein Charakter war leichtsinnig, ohne jedoch oberflächlich zu sein, und er hatte eine Art, ruhig und bedächtig nachzudenken, die Kräfte seines Geistes langsam anrollen zu lassen, die Leopold sehr bewunderte. Er interessierte sich hauptsächlich für Politik, und Leopold sah, daß er täglich Berge von Zeitungen las. Anki liebte ihren Bruder, und Leopold war froh, daß Waldo gekommen war; Anki sah nun wieder viel besser aus, sie konnte sogar wieder lachen. Aber die gute Laune hielt nicht lange an. Ende der Woche fuhr Waldo übers Weekend zu Freunden nach Hannover, und als Leopold am Abend zu Anki kam, sah sie aus wie ein Blumenstrauß, den man vergessen hat, ins Wasser zu stellen. Luise hatte einen ausführlichen Bericht über Hans Karl geschickt, aber Anki konnte ihn kaum lesen; die fixe Idee, Richard trachte darnach, ihr das Kind wegzunehmen, krallte sich in ihr Herz und ließ es nicht los. Es war alles, wie es immer war: die Möbel standen an ihrem Platz, die Uhr auf dem Schreibtisch tickte, die Sonne schien durchs Fenster ... aber das graue Gespenst dieser unheimlichen

Gefahr saß – von Ankis Herzen ausgestrahlt – auf jedem Stuhl und blickte von jedem Schrank herab.

Leopold hatte oft über Anki und Richard und ihre Ehe nachgedacht, aber Anki hatte nie von dieser Zeit gesprochen, und Leopold hatte nicht fragen wollen. Nun glaubte er, daß es vielleicht das Beste wäre, auch diesem Schicksal in den Rachen zu greifen, und als ihn Anki plötzlich fragte, warum er mit Wilhelm Braun befreundet sei, fragte er sie nach Richard Scheler. Vielleicht wurde ihr leichter zu Mut, wenn sie sich einmal gründlich aussprach.

– Ich bin immer noch dumm, sagte Anki, ich weiß, du hörst es nicht gern, aber es ist so ... aber als ich heiratete, war ich unsagbar unwissend. Ich hatte keine Ahnung vom Leben, ich wußte so wenig, was ein Mann ist, wie ich heute weiß, wie mein Radio funktioniert oder was Elektrizität ist.

– Das weiß ich auch nicht, sagte Leopold, und ich glaube, niemand weiß das.

– Das Nette an dir ist, daß du einen immer beruhigst, sagte Anki.

Marie kam herein und fragte, ob Herr Chindler zum Abendbrot bleibe. – Ich habe sogar großen Hunger, sagte Leopold.

Marie, die Leopold gern hatte, lachte und ging wieder in die Küche. Leopold stand auf und prüfte, ob Ankis Schreibtisch abgeschlossen sei. – Was tust du? fragte Anki. Möchtest du Zigaretten?

– Ich habe nachgesehen, ob du deine Schubladen abschließest?

– Mißtraust du Marie?

– Die Handschrift meiner Briefe ist ziemlich leserlich, und ich bin dafür, keinen Menschen in Versuchung zu führen. Leopold prüfte auch noch den Schrank und beschloß, Marie wieder einmal zehn Mark Trinkgeld zu geben.

– Ich schließe nie ab, sagte Anki, ich bin nicht mißtrauisch. Ich habe nicht das kleinste Talent für Barrikaden.

– Hast du Richard geliebt, als du ihn heiratetest?

– Viele Leute dachten damals, ich hätte ihn seines Geldes wegen genommen, aber ich habe ihn sehr geliebt. Er war überhaupt der erste Mann, den ich geliebt habe, und ich denke manchmal, daß das falsch war.

– Warum?

– Ein erfahrener Mensch kann nicht so schrecklich enttäuscht werden, wie ein unerfahrenes Herz.

– Ja, sagte Leopold, in der Wirklichkeit ist das so, da kommen die Antworten meistens vor den Fragen.

– Ich war dem Wahnsinn nahe, fuhr Anki fort, als ich die Sache mit ... weißt du eigentlich, weshalb wir geschieden worden sind?

– Ich glaube ja.

– Kennst du die Person?

– Ja.

– Ach, was du nicht sagst! Du kennst diese Person?

– Ja. Ich kenne sie, aber ich kenne viele Leute.

– Gut?

– Mittel.

– Woher kennst du sie?

– Sie ist ... eine Bekannte von Wilhelm Braun.

– Hast du sie geliebt?

– Nein! Nie.

– Gott sei Dank! Wenn ich dieses Weib töten könnte, würde ich es tun, und wenn ich dafür ins Gefängnis käme ... sofort ... auf der Stelle ... mit einem langen und spitzen Dolch ...

Anki zog ihre Ringe aus und legte sie neben sich aufs Sofa, was bei ihr immer ein Zeichen besonderer Nervosität war, und Leopold fühlte, daß er ein gefährliches, zweischneidiges Thema gewählt hatte, und daß es wahrscheinlich wieder einmal besser gewesen wäre, zu schweigen, als zu fragen und über Dinge zu sprechen, welche die Zeit in ihren Besitz genommen hatte, und die man ihr lassen soll. Der plötzliche und wilde Ausbruch von Haß gegen Erika Welter zeigte ihm, daß Anki immer noch an Richard hing, und daß sie sich mindestens ebenso viel mit Richard beschäftigte, wie mit ihm. Das war eine schmerzliche und kränkende Entdeckung, und eine Erkenntnis, die schwer zu ertragen war. Leopold war manchmal auf Hans Karl eifersüchtig, weil Anki zu sehr an dem Kind zu hängen schien, und er war einmal sogar böse geworden, weil Anki ohne ein Wort zu sagen aufstand und von seinen Küssen weglief, im Glauben, Hans Karl habe gehustet und er sei vielleicht krank. Aber die Eifersucht auf das Kind war sehr mild, verglichen mit der, die er nun auf Richard empfand. Ich sollte das alles garnicht wissen, und ich sollte ebenso wenig daran denken wie Anki, dachte Leopold. Aber es war zu spät; Anki zog ihre Ringe wieder an und sprach weiter.

– Unsere Hochzeitsreise war schön, aber das erste Jahr, das ihr folgte, war entsetzlich. Ich war es nicht gewohnt, zu gehorchen, und Richard hatte eine Art, unwiderrufliche Befehle zu erteilen, die mich verletzte und bockig machte. Papa hatte mir nie etwas befohlen, aber er hatte einen gewissen Einfluß auf mich, weil er seine Wünsche lustig aussprach oder in die Form von Ratschlägen kleidete. Richard war ganz anders. Er wurde immer gleich blaß, wenn ich ihm zu widersprechen versuchte, und das Schlimmste war, daß er mich von morgens bis abends ändern wollte.

– Das ist ein schauderhaftes Laster, sagte Leopold. Was gefiel ihm denn nicht an dir? Was wollte er ändern?

– Alles! oder mindestens sehr viel …

– Zum Beispiel?

– Ich finde nur sehr wenige Menschen liebenswert, sagte Anki, und Richard hatte jeden Abend Gäste. Das war nicht zu ändern, es gehörte zu seinem Beruf und zu seiner Natur, und die Suppe kam auch immer pünktlich auf den Tisch und war auch immer sehr gut, aber das genügte ihm nicht: er wollte mich zwingen, alle diese Leute, die er beständig einlud, auch noch ganz besonders reizend und angenehm und liebenswürdig und ich weiß nicht was alles sonst noch zu finden. Aber ich fand die meisten dumm und langweilig. Sie waren unsäglich banal und so hohl wie altes, leeres Stroh.

– Gab es denn gar niemanden, der ein bißchen amüsant war?

– Du kennst Steiners, sagte Anki, du weißt ja, daß ich sie nur mäßig schätze. Dabei gehörten sie noch zu den Besten …

– Ach, hast du Steiners durch Richard kennen gelernt?

– Ja.

– Verkehren die noch mit ihm?

– Ja. Sie laden uns natürlich nicht mehr zusammen ein, aber sie gehören zu den wenigen Leuten aus Richards Bekanntschaft, die mich noch einladen. Die Andern sind alle zu Richard übergegangen. Ich war damals blöd und dachte, unsere Bekannten würden zu mir halten, weil ich doch recht hatte und die Unschuldige war, aber die Leute hielten alle zu Richard ... weil er mehr Geld hat ...

Anki schien den Widerspruch nicht zu fühlen, der in ihrem Kommentar lag, und Leopold ließ ihn auf sich beruhen.

– Es ist vielleicht ein Fehler meines Charakters, fuhr Anki fort, ich stelle zu große Ansprüche an die Menschen, aber es ist schwer, sich zu ändern, und ich frage mich manchmal, ob ich heute, wo ich mich in gewissen Punkten geändert habe, besser geworden bin als früher. Hans Karl war mit sechs Monaten schon ganz genau so, wie er heute ist, und ich glaube, wir bleiben alle unser Leben lang so, wie uns Gott gewollt und geschaffen hat.

– Immerhin lernen wir schreiben und lesen, sagte Leopold, und es gibt ein paar Bücher, aus denen man ab und zu eine Kleinigkeit schöpfen kann.

– Spotte nicht, sagte Anki.

– Ich spotte garnicht, sagte Leopold. Ich wollte nur bemerken, daß wir beide recht haben. Und was mich angeht, so habe ich auch von ein paar Menschen eine Menge gelernt.

Anki schwieg. Ihr Vater hatte sie manchmal vor einer gewissen Härte ihres Wesens gewarnt, besser gesagt, vor ihrer empfindsamen Schroffheit, die oft als Härte gedeutet wurde und auch so aussah. – Du hast keine Freundinnen, Franziska, hatte Herr von Westegg gesagt, und das bekümmert mich. Du gefällst den Männern, und das ist ganz in Ordnung, denn du bist ein hübsches Mädel, und es ist durchaus deine Bestimmung, zu heiraten. Aber es ist wichtig für einen Mann, Freunde zu haben, und für eine Frau Freundinnen. Die Liebe ist ein schönes Gefühl, aber nicht das einzige, und unser Herz ist ein ruheloses und unersättliches Geschöpf, das viel Nahrung braucht ... Anki erinnerte sich genau an dieses Gespräch und auch daran, daß sie ihrem Vater damals widersprochen hatte. Er hatte an Gerda Below gedacht, aber Anki hatte gereizt und schnippisch geantwortet: – Ich mach mir nichts aus Gänsen! Nun hatte sie längst eingesehen, daß ihr Vater damals recht gehabt hatte, und daß sie in früheren Jahren manchmal etwas leichtsinnig mit der empfindlichen Zuneigung der Menschen umgesprungen war. Es war nicht leicht und nicht gut, einsam zu leben.

– Ich war so blind wie eine Katze, die einen Tag alt ist, als Mädchen, sagte sie zu Leopold, und ich bin wahrscheinlich immer noch genauso dumm, wie ich damals war, mit dem einzigen Unterschied, daß ich meine heutige Blödheit erst in drei Jahren erkennen werde ... Aber es ist schwer, den Ratschlägen seiner Eltern zu folgen. Ich war einmal mit Richard in Köln und fand den Kölner Dom sehr schön, aber neulich, als du von den Kirchen der Gotik sprachst und vom Kölner Dom, da habe ich ihn zum ersten Mal gesehen, ich hätte die größte Lust, heute Abend nach Köln zu fahren, um den Dom wirklich so zu sehen, wie er ist, und wie ich ihn jetzt vielleicht sehen würde.

– Richard hatte sicherlich einen besonderen Kreis, sagte Leopold, aber er war weder ein Aristokrat wie du noch ein Gutsbesitzer wie deine Verwandten, du hast ja schließlich gewußt, daß er ein Kaufmann war, der mit Geld handelt und mit Kaufleuten umgeht.

– Willst du mich mit ihm versöhnen? fragte Anki.

– Es hat keinen Sinn, auf einen Mann zu schimpfen, über den man reden will.

– Ich bin eifersüchtig, sagte Anki. Du darfst niemand lieben, der mich verletzt hat!

– Ich bin auch eifersüchtig, sagte Leopold.

Marie kam ins Zimmer und meldete, das Essen sei angerichtet.

– Komm, sagte Anki. Ich habe dir etwas braten lassen, was dir schmecken wird. Sie faßte Leopold an der Hand und küßte ihn hinter Maries Rücken rasch auf die Schläfe. Dann gingen sie ins Eßzimmer. – Wir wollen von andern Dingen sprechen, sagte Anki. Was vergangen ist, ist tot, und es ist viel interessanter, wenn du sprichst, und ich zuhöre. Ich habe vergessen, dir auszurichten, daß Waldo angerufen hat. Er läßt dich grüßen. Ich glaube, er verehrt dich. Das wäre sehr gut für uns. Auf Waldo kann man Häuser bauen.

2

Waldemar Westegg hatte seiner Schwester einen jungen Foxterrier mitgebracht und eine Schachtel voll Grammophonplatten. Anki spielte mit dem Fox, und Leopold packte die Platten aus und räumte sie in ein praktisches Gestell, das Anki besaß. – Das ist eine beträchtliche Gabe, sagte er. Dein Bruder hat dir das ganze Violinkonzert von Beethoven geschenkt. Kennst du das?

– Ja.

– Darf ich es trotzdem spielen?

Anki nahm den kleinen und noch sehr verängstigten Hund auf den Schoss, Leopold setzte sich neben sie, und sie hörten fast eine Stunde lang die göttliche Musik, welche dieser Komposition entströmt.

– Bist du nun wieder ruhiger? fragte Leopold Anki.

Franziska streichelte die weichen, braunen Öhrchen des Hundes, welche die rosaroten Ohrmuscheln zudeckten, und schüttelte den Kopf. – Ehekrachs sind etwas schauderhaftes, und wir hatten Zusammenstöße, die ich nicht vergessen kann. Richard wirkte äußerlich sehr ruhig, aber er konnte Wutanfälle bekommen, die mich zu Stein und Eis erstarren ließen. Als ich das Kind bekam, fuhr Anki nach einer Weile fort, wurde es übrigens besser, und damals glaubte ich, nun würde alles gut werden. Er war ein zärtlicher Vater, und er ging jeden Morgen und jeden Abend ins Kinderzimmer. Er verstand sogar was von Kindern, und wenn Hans Karl krank war, wußte er sofort, was ihm fehlte. Der Kinderarzt war manchmal sehr erstaunt über diese wirklich verblüffenden Kenntnisse. Aber dann kam die Geschichte mit diesem Weib, und da war alles aus.

– Warum war eigentlich alles aus? Wollte er sich scheiden lassen?

– Das hätte er nie getan. Er wollte sogar noch ein Kind haben von mir.

– Ach!

– Er war schwer zu durchschauen, sagte Anki, sehr schwer, aber ich kenne ihn … Er hatte Bezirke, in denen er völlig amoralisch war, wenn ich nachgegeben hätte, würde er seelenruhig mit zwei Frauen gelebt haben.

– War er denn ganz öffentlich mit der Welter zusammen? Hat er dir gesagt, daß er sie liebe?

– Nein. Ich war ahnungslos, am Anfang dieser Geschichte war er sogar besonders aufmerksam gegen mich, bis ich eines Tages aufgeklärt wurde. Richard war nach Dresden gefahren, und die Welter schrieb ihm, daß sie nicht kommen könne. Schlampig, wie diese Weiber sind, steckte sie den Brief zu spät ein, und das Hotel schickte ihn Richard nach. Es war ein länglicher, hellgrauer, stark parfümierter Umschlag, und ich fand ihn gleich komisch. Richard las ihn vor meinen Augen und steckte ihn in die Tasche, aber als er in die Bank gegangen war, fand ich ihn auf seiner Bettvorlage im Schlafzimmer, und da wußte ich Bescheid. Ich wollte sofort mein Kind nehmen und aus dem Haus laufen, und es wäre vielleicht das Beste gewesen, aber ich war so verwirrt und verzweifelt, daß ich keinen Entschluß fassen konnte. Es war schlimmer als ein Erdbeben, denn ein Erdbeben wirft ja nur ein Haus um, aber dieser Brief warf alles um, meine ganze Welt und mein ganzes Leben.

– Du hast viel aushalten müssen, sagte Leopold.

– Hätte ich es aushalten sollen? fragte Anki.

– Nein! Denn dann hätte ich dich nicht kennen gelernt.

Anki nahm Leopolds Hand und streichelte jeden einzelnen Finger. Dann sagte sie: – Ich liebe dich sehr, und ich liebe nur noch dich, aber du bist ein gescheiter Mensch und du sollst jetzt einen Augenblick lang nicht an uns denken, sondern nur an meine Frage. Hätte ich mein Schicksal aushalten und bleiben sollen?

– Das ist eine Frage, die kein Mensch beantworten kann.

– Wir lieben uns sehr, sagte Anki, aber wenn du dich morgen in eine andere Frau verliebst, muß ich das aushalten? Würdest du das von mir verlangen?

– Eine Liebe und eine Ehe ist nicht dasselbe.

– Das sagen alle Männer ... Papa und Otto Bendemann und alle Männer ... Ich kann das nicht verstehen, für mich ist es dasselbe.

– Wenn ich mich in eine andere Frau verliebe, nehme ich dir alles weg, was ich dir gegeben habe, denn ich habe dir ja nichts anderes gegeben, als meine Liebe, aber in einer Ehe bleibt noch viel übrig ...

– Was bleibt denn da übrig?

– Ein Haus und ein Kind und ein Gelöbnis vor dem Priester und eine weite, tiefgewölbte Zukunft, die unberechenbar ist.

– Ein zerbrochener Schwur! sagte Anki heftig, ein mit Füßen getretener Schwur!

– Ein von einer Seite gebrochenes Wort ...

– Wer mich anlügt, hat kein Recht mehr! Der ist für mich erledigt!

– Wenn dich jemand bestiehlt, hast du nicht das Recht, ihn wieder zu bestehlen.

– Du sprichst wie Papa. Im Grund sind alle Männer gleich, nur die Frauen sind verschieden. Aber ich will keine doppelte Moral. Das ist unwürdig. Ich wäre zugrunde gegangen, wenn ich in Dahlem geblieben wäre ... Sich von einem Mann umarmen lassen, der in der nächsten Nacht in Dresden liegt und eine andere umarmt?

– Du hattest mich gebeten, nicht von uns zu sprechen, sondern von einem Problem.

Anki war weit mehr ein einfacher Mensch als ein komplizierter, aber sie hatte eine Art zu denken, die sehr verschlungen war und oft schwer zu verstehen, und am schwersten übrigens für sie selber. Sie war sehr pflichtbewußt, und wenn Hans Karl krank war, stand sie mitten in der Nacht auf, um ihn zu pflegen, und sie wäre im Nachthemd durch einen Wolkenbruch gelaufen, wenn das der einzige Weg gewesen wäre, um einen Arzt zu holen. Aber ein Kind war in ihren Augen ein hilfloses Wesen, das alle Rechte hat, während ein Mann ungefähr das Gegenteil davon war, ein Wesen, das einen Haufen Pflichten hat. Auf diese Weise gebildet, glaubte Anki, was die Pflichten anging, nur oder fast nur Pflichten gegen ihr Kind zu haben, ihrem Mann gegenüber aber einen Haufen Rechte. Ein Ehemann war ein Mensch, der sie erkoren hatte, und der sie zuerst und zunächst und ständig und immerfort glücklich zu machen hatte. Anki hätte das alles niemals zugegeben und wahrscheinlich auf alle möglichen Pflichten verwiesen, die sie getreulich erfüllt habe, aber sie wußte vieles nicht, wie wir ja alle fast nichts von uns selber wissen, und sie hätte sicherlich laut herausgelacht, wenn Leopold ihr gesagt haben würde, daß sie ein Produkt der Frauenrechtlerinnen sei. Anki hatte sich niemals um Fragen des Frauenrechts gekümmert. Die Bücher der Sand und J. S. Mills waren längst vergessen und verstaubt, und die Schriften der Luise Otto-Peters und Helene Langes waren ihr nie zu Gesicht gekommen und hätten sie wahrscheinlich auch nicht interessiert. Anki war noch nicht auf der Welt, als sich die ersten Studentinnen den Zutritt zu den Hörsälen der Hochschulen erkämpften, und das Wahlrecht, das die Republik den Frauen überreicht hatte, bildete – obgleich Anki wählen ging – in ihren Augen keine besondere Errungenschaft (und so nutzte sie es denn auch mehr aus, um gewisse Positionen im Staat zu verteidigen, als um Zustände herbeizuführen, gegen die sie vielleicht nichts einzuwenden gehabt hätte). Aber wie der Regen unter die Oberfläche der Erde sickert, wenn die Wolken vorübergezogen sind, und der Wind die Straßen trocken geblasen hat, so waren auch in den Generationen, welche jenen Vorkämpferinnen um die Gleichberechtigung der Frau folgten, gewisse Vorstellungen von Rechten übrig geblieben, die den Frauen zustünden. Sie waren nicht fest oder genau umschrieben, und sie wohnten auch nicht im Bewußtsein der meisten Frauen, sie wucherten in jenen dunklen, unzugänglichen und nie gelüfteten Kammern, in denen das Unterbewußtsein haust und sein Wesen treibt, und sie offenbarten sich dem Bewußtsein nur in so morphiumhaltigen und allgemeinen, aber sehr wirkungsvollen Schlagworten wie: Mein Recht! oder: Glücklich sein!

Leopold hatte Richard Schelers Haus in Dahlem nie gesehen, aber er konnte sich die Villa eines reichen Mannes vorstellen, und er fragte Anki, ob es angenehm gewesen sei, reich zu sein. Anki dachte eine Weile nach. Dann sagte sie: – Es war sehr angenehm, aber als ich noch reich war, habe ich es garnicht gemerkt. Mein Großvater war reich, und ich fand es eigentlich immer die selbstverständlichste Sache von der Welt, daß unsereiner Geld hat.

– Was hast du mit dem Geld gemacht?

Anki überlegte. – Du kannst gut fragen, sagte sie und lachte. Ich habe nicht viel damit gemacht. Ich habe mir Kleider gekauft und Pelze und Bücher und teures Parfum und immer die zartesten Strümpfe und die feinsten Taschentücher ... und ich habe den Haushalt geführt, der große Summen verschlang ... Was hätte ich sonst machen sollen? Ich hatte ja fast kein Geld ... Mein Vater schickte mir ein kleines Taschengeld, aber das meiste Geld gehörte Richard.

– Du hättest viel tun können.

– Was, zum Beispiel?

– Du hättest Bücher sammeln können wie Otto Bendemann, oder Bilder oder alte Stiche oder Porzellan, oder du hättest reiten können, oder einen sehr guten Klavierlehrer nehmen, oder zwei arme Künstler unterstützen ...

– Ich bin fleißig und träge, sagte Anki. Ich tue, was von mir verlangt wird, aber mehr fällt mir nicht ein. Du willst mir ja nicht glauben, daß ich dumm bin, aber eines Tages wirst du es merken, und dann wirst du mich verlassen.

– Ein dummer Mensch wäre niemals imstande, von sich zu sagen, er sei fleißig und träge.

– Du bist anregend, sagte Anki. Doch, schüttle nicht den Kopf, du bist es, und wenn du's noch nicht wissen solltest, so sage ich es dir hiermit. Richard wollte mich immer anders haben, als ich bin, aber du willst mich nur ein bißchen besser haben, ein bißchen frischer, und das macht mir in einer Minute mehr Mut, als ich früher in einem Jahr gehabt habe.

Anki setzte sich auf Leopolds Schoß, schlang ihre Arme um seinen Hals und küßte ihn auf beide Augen. Nach einer Weile ließ sie ihn wieder los, und als Leopold seine Augen öffnete, sah er, daß Anki ihn prüfend anschaute. Er lächelte, sie lächelte zurück, aber gleich darauf wurde der Ausdruck ihrer Augen wieder ernst, fast gierig, wie der Blick eines wilden Hirsches. Sie küßte ihn von neuem und umschlang ihn mit beiden Armen und mit einer Kraft, die Leopold ihr nicht zugetraut hatte.

– Ich liebe dich sehr, sagte sie, viel mehr als du weißt, ich glaube, ich würde dich sogar lieben, wenn du mich betrügst. Ach, hätte ich dich doch erkannt, als du in Heidelberg zu uns kamst. Ich habe dich wohl gesehen, du gefielst mir gut, und ich war immer gespannt, wenn Richard von dir schwärmte. Aber du warst ein seltener Gast, und ein Student, und ich wollte heiraten, und da kamst du halt leider, leider, leider Gottes nicht in Frage. Niemand ist so wie du, fuhr sie nach einer Weile fort, niemand. Niemand hat mich je so ruhig gemacht und so froh. Aber jetzt mußt du mir noch eine Frage beantworten. Ich schwöre dir, daß ich dabei weder an mich denke noch an Richard und noch nicht einmal an dich: Soll eine Frau in jedem Fall bei ihrem Mann bleiben?

Leopold wollte das Gespräch nicht noch einmal von vorn anfangen und so sagte er: – Ausgenommen, wenn er sie betrügt.

– Nein, sagte Anki, das gilt nicht. Du sollst jetzt nicht spotten oder Scherzchen machen, du sollst mir wirklich und wahrhaftig deine Meinung sagen!

– Ich werde über diese schwierige Frage nachdenken, sagte Leopold, und wenn ich nachgedacht habe, werde ich dir das Ergebnis berichten.

– Ist das wahr?

– Ja.

Versprochen?

– Ja.

– Kuß drauf?

– Kuß drauf!

Elftes Kapitel

Ich habe mir schon hundert Mal gesagt, daß ich glücklich sein könnte, wenn ich so beschränkt wäre wie meine Nachbarin, und doch wollte ich ein solches Glück nicht.
Voltaire.

I

Seit dem Gespräch über ihre Ehe gab es für Leopold zwei Ankis. Eine war schön, und zwar von einer sichtbaren Schönheit, die sogar den Leuten auf der Straße auffiel, und ganz besonders den Verkäuferinnen, die sich jedesmal, wenn Anki einen Laden betrat, sofort in sie verliebten, wie sie sich nach Feierabend in ein neues Bild der Marlene Dietrich verliebten, oder in die Photographie einer jungen Tennisspielerin, die sich soeben mit dem Bruder des Kronprinzen von Schweden verlobt hat. Diese Anki war von einem geheimnisvollen Zauber umflossen, der wie das Licht einer verborgenen Flamme in ihren Augen aufleuchtete, wenn Leopold ihre Lippen küßte, aber sie war auch gutartig, liebenswert, jung, oft lustig und Leopolds Herzen ebenso unbedingt zugetan, wie er dem ihren. Sie interessierte sich für alles, was Leopold anging, für sein Buch über Gentz und für seine Waschfrau, für die Runzeln auf seiner Stirn und den Ärger, der die Ursache der Runzeln war, und für seine Zukunft. Sie war meistens gut gelaunt, und selbst wenn sie niedergeschlagen war, wurde sie sofort glücklich, sobald Leopold ins Zimmer kam, ob es nun Morgen war, Mittag oder Abend.

Aber neben dieser Anki war nun der Schatten einer andern Anki aufgetaucht. Diese zweite Anki war eine etwas schwierige Ehefrau, die mit ihrem Mann nicht ausgekommen war und mit ihrem Leben nicht fertiggeworden. Sie hatte etwas Träges, immer Liegendes, und ihre Erscheinung, (die allerdings nur in Leopolds Phantasie auftrat, um eben wie ein Schatten die wirkliche Anki zu verdunkeln), erinnerte ihn an eine Frau, oder besser gesagt an das Bild einer Frau, die auf die Uhr schaut und nachsieht, ob es nicht bald Abend wird und der Mann nach Hause kommt, damit der Tag, mit dem man nichts anfangen kann, ein Ende nehme. Manchmal flossen allerdings die beiden Erscheinungen ineinander, und dann entstand eine dritte Anki, die schwer begreiflich war.

Leopold arbeitete am letzten Kapitel seines Buches. Anki interessierte sich für die Fortschritte seiner Arbeit, aber als sie den Briefwechsel des Ehepaars Humboldt zu Ende gelesen, hörte sie mit ihren Studien wieder auf. Sie las nun wieder, wie sie früher gelesen hatte: was ihr gerade in die Hand fiel, und was sie fesselte oder ablenkte, und wenn Leopold Anki einmal zwei Tage lang nicht gesehen hatte, konnte sie etwas Starres haben, etwas Betäubtes, wie ein Mensch, der zu lange schläft oder zu angestrengt über ein und dieselbe Sache nachdenkt.

Eines Tages unterhielt sich Leopold mit Anki über die Worte Hinlenken und Ablenken und ihren Sinn, und er bemerkte, was er bis dahin nur gefühlt hatte, daß Anki am meisten das liebte, was sie von sich und von ihrem Leben ablenkte. Sie sagte ihm oft, daß sie nun endlich glücklich sei, und sie war es auch, aber sie war es nur, wenn er bei ihr saß oder bei ihr lag; wenn er fortging, zerflatterte der Tag ihr unter den Händen.

– Es ist verdammt schwer so zu leben, wie du lebst, sagte Leopold zu Anki.

– Warum?

– Du tust zu wenig.

Anki widersprach. Sie kümmere sich um ihr Kind, um ihren Haushalt und um Leopold, sie finde, daß dies Arbeit genug sei.

– Das sind alles Vergnügungen, sagte Leopold. Du solltest dir irgend etwas aufladen, das Mühe macht und Schweiß kostet …

Am nächsten Mittag war Leopold bei Bendemanns zum Frühstück eingeladen, und als er gegen Abend zu Anki ging, fragte er sie, wie Valerie Bendemann als Mädchen geheißen habe.

– Sie ist eine geborene Sedlmayr, ihr Vater war Direktor einer Augsburger Maschinenfabrik.

– Das habe ich mir gedacht, sagte Leopold. Man merkt, daß sie eine Bürgerin ist.

– Du träumst, sagte Anki. Du hättest mal meine Tante kennen lernen sollen, die Gräfin Gessler. Die kann noch nicht einmal ihre Schuhe zumachen und wäre völlig außerstande, sich einen Knopf anzunähen.

Leopold widersprach. – Es gibt verschiedene Arten von Tätigkeit, und ich habe die Beobachtung gemacht, daß eine bestimmte Art von Nichtstun eine Eigenschaft ist, die man nur bei den Frauen des Bürgertums findet. Diese Unglücklichen halten es für fein, in den Käfigen ihrer Villen zu sitzen wie die Vögel auf der Stange, aber man muß ihnen andererseits zubilligen, daß sie aus der Not eine Tugend machen. Die Frau eines Bankiers kann nicht Bankiese sein, und die Frau eines Bierbrauers nicht Bierbrauerin. Die Berufe ihrer Ehemänner sind so unbegreiflich, in so geheimnisvollen Bezirken angesiedelt und den Frauen meistens so völlig verschlossen, daß sie noch nicht einmal darüber sprechen können, während ein Minister seine Frau fragen kann, ob er im Kabinett bleiben soll oder nicht, und die Frau eines Bauern gewöhnlich mehr von Hühnern versteht als ihr Mann.

Anki wollte sich nicht überzeugen lassen und verteidigte Valerie, aber Leopold wich aus und lenkte das Gespräch auf andere Themen. Kenntnisse kann man erwerben, aber Erkenntnisse sind die Schwestern der Erfahrungen, und Erfahrungen muß jeder selber machen, um sie zu wissen und zu begreifen ...

Es gibt eine Art von Ruhe, die in Wirklichkeit, oder besser gesagt, unter der Lupe betrachtet, ein kaum sichtbares Zittern ist, und deren Wellen eine vibrierende Nervosität ausstrahlen. Leopold hatte sehr viel zu tun. Er mußte sein Buch fertig machen und fast jeden Tag einen Artikel schreiben, und Anki störte ihn nie bei der Arbeit. Trotzdem war es schwierig, ihre

Art des Wartens zu ertragen. Sie wartete immer auf ihn, aber es ist ein großer Unterschied, ob nur das Herz der Liebenden auf den Geliebten wartet oder der ganze Mensch. Bei Anki wartete immer ihre ganze Existenz auf Leopold, und wenn seine Zeit abgelaufen war, und er nach Hause gehen mußte oder auf die Redaktion, dann war keineswegs nur Ankis Herz unglücklich; wenn die Tür hinter ihm ins Schloß fiel, hörte ihr ganzes Leben auf, weiter zu leben.

Anki hatte seit dem langen Gespräch nicht mehr über Richard Scheler gesprochen, und Leopold war froh darüber, aber seine Gedanken kehrten oft zu Ankis Erzählungen zurück und zu den Problemen, die sie vor seine Augen geschwemmt hatten, wie ein Fluß, der über die Ufer getreten war, alles mögliche am Land zurückläßt. Eines Abends suchte Leopold eine Stelle bei Nietzsche und kam dabei unversehens ins Lesen: »Sittlichkeit ist nichts Anderes (also namentlich nicht mehr!) als Gehorsam gegen Sitten, welcher Art diese auch sein mögen; Sitten aber sind die herkömmliche Art zu handeln und abzuschätzen. In Dingen, wo kein Herkommen befiehlt, gibt es keine Sittlichkeit; und je weniger das Leben durch Herkommen bestimmt ist, umso kleiner wird der Kreis der Sittlichkeit. Der freie Mensch ist unsittlich, weil er in Allem von sich und nicht von einem Herkommen abhängen will: in allen ursprünglichen Zuständen der Menschheit bedeutet »böse« so viel wie »individuell«, »frei«, »willkürlich«, »ungewohnt«, »unvorhergesehen«, »unberechenbar«. Immer nach dem Maassstab solcher Zustände gemessen: Wird eine Handlung getan, nicht weil das Herkommen sie befiehlt, sondern aus anderen Motiven (zum Beispiel des individuellen Nutzens wegen), ja selbst aus eben den Motiven, welche das Herkommen ehemals begründet haben, so heißt sie unsittlich und wird so selbst von ihrem Täter empfunden: denn sie ist nicht aus Gehorsam gegen das Herkommen getan worden. Was ist das Herkommen? Eine höhere Autorität, welcher man gehorcht, nicht weil sie das uns Nützliche befiehlt, sondern weil sie befiehlt ...«

Diese Stelle packte Leopold, wie die Zange einen Nagel packt, und sein erster Gedanke war: das ist Anki und Ankis

Schicksal. Ihr Mann hatte etwas Unrechtes getan, und sie war ihm fortgelaufen, aber »der freie Mensch, der in allem nur von sich abhängen will, ist unsittlich«! Anki war aus Gründen der Sittlichkeit fortgelaufen, weil ihr Mann durch seinen Ehebruch etwas Unsittliches getan hatte, aber es ist sehr die Frage, was das unveränderbare Gesetz dieser Welt nun eigentlich befiehlt: ob wir die Übel und Plagen aushalten und ertragen sollen, oder ob es erlaubt und besser ist, sie abzuschütteln und davonzulaufen. Nach dem B.G.B. hatte Anki richtig gehandelt, und der Richter hatte ihr ja auch recht gegeben; sie war, was man unschuldig geschieden nennt, aber was das Herkommen angeht und die Institution der Ehe, so blieb es eine sphinxartige Frage, ob in einer Sache, einer Einrichtung, die wie die Ehe aus zwei Menschen besteht, der Andere ebenfalls des individuellen Nutzens wegen handeln soll, weil der Eine dies getan hat oder tut.

Sehr oft war es neben Ankis Schönheit auch ihre Trauer, die Leopold anzog, ein Hauch von empfangenem Leid, der über sie ausgegossen war wie ein sehr dünner Schleier über ein altes Marienbild... Leopold ging an seinen Schreibtisch und holte sechs Photos von Anki heraus. Er hatte sie eingeschlossen, Anki wollte nicht, daß sie von der Aufwartefrau gesehen würden oder von der hübschen und neugierigen Sekretärin, der er sein Buch diktierte. Es waren großformatige Bilder, welche die Lentner gemacht hatte, die beste Photographin, die es zur Zeit in Berlin gab.

Anki war nicht leicht zu photographieren. Sie machte vor der Linse ein ernstes Gesicht, und der strahlende Ausdruck fehlte, den ihre Augen haben konnten, wenn sie glücklich war oder ein anregendes Gespräch die Fluten ihres Herzens aufrührte. Man sah auf den Bildern nicht ihre Schönheit, sondern nur die Umrisse davon: ihre Haare, ihre Nase mit den deutlich geformten Nüstern, ihren stolzen Mund, ihre Hände und ihre Beine, die allerdings vollendet waren. Auf einem Bild stützte sie ihr Gesicht in beide Hände und schaute ernst und fragend drein, aber auf diesem Photo war wenigstens eine Andeutung ihrer Augen zu sehen, und als Leopold die Aufnahme lange und aufmerksam betrachtete, überflutete ihn seine Liebe, und seine Gedanken über Ankis Schicksal und ihren Charakter erloschen, wie ein körperlicher Schmerz verschwindet, wenn man ein Mittel eingenommen hat, das unmerklich wirkt und uns plötzlich und mit einem Schlag von unseren Qualen befreit.

2

Es war Dienstagabend, und Leopold fuhr zu Wilhelm Braun. – Zehn Ehebrüche sind weniger schlimm als eine Scheidung, sagte er noch halb unter der Tür und dann setzte er hinzu: Guten Abend.

– So, sagte Wilhelm, und versuchte ein ernstes Gesicht zu machen, ist das deine neueste Entdeckung?

– Ja. Wenn meine Frau mich betrügt, muß ich entweder den Räuber meines Weibes und Feind meines Friedens töten oder ich muß die Sache aushalten … davonlaufen ist eine miserable Haltung, das mußt du wenigstens zugeben.

Wilhelm Braun war kein Freund von Eheproblemen. – Du bist in der glücklichen Lage, Junggeselle zu sein … lassen wir das.

– Was macht die Welter? fragte Leopold und betrachtete ein großes Photo der interessanten Schauspielerin, die er zum ersten Mal auf Wilhelms Schreibtisch erblickte.

– Ich sehe sie kaum. Sie probt ein neues Stück, einen schauderhaften französischen Schmarren, aber sie hat eine Bombenrolle, und ich nehme an, daß sie wieder einen Bombenerfolg haben wird. Hast du deinen Wagen da? Ja? Dürfte ich ihn mal ansehen?

– Mit Vergnügen. Ich wußte nicht, daß du dich für Autos interessierst, sonst hätte ich ihn dir längst vorgeführt.

Wilhelm Braun hatte von einer Tante ein paar tausend Mark geerbt und überlegte, ob er sich einen Wagen kaufen solle oder ein kleines Bild von Kaspar David Friedrich, das ein Patient ihm angeboten hatte. Die beiden Freunde gingen hinunter, und Wilhelm fand den Wagen sehr schön. – Das hast du gut gemacht, sagte er, das ist ein schönes Automobil, nicht zu groß und nicht zu klein und ziemlich kühn angemalt. Und was macht dein Buch? Ist es fertig?

– Ich bin am letzten Kapitel.

– Da ist das Kind also vor der Mutter auf die Welt gekommen, sagte Wilhelm und betrachtete die Positionslampen des Autos.

– Ja, sagte Leopold, um seinen geplagten Vater zu erfreuen.

– Eine närrische Sache, die Literatur, aber dein Buch bleibt eine Entdeckung, ich gratuliere dir zu deinem Thema. Unsere Geschichte ist eigentlich nur ein paar Ausländern bekannt, unsere eigenen Leute kennen sie ungefähr so, wie meine Haushälterin die Relativitätstheorie kennt, seitdem ihr Verfasser das Schoßkind der demokratischen Presse geworden ist.

Fräulein Gehrke lehnte sich aus dem Fenster und rief, Herr Dr. Braun werde am Telephon verlangt.

– Lupus in fabula, sagte Wilhelm und kehrte in die Wohnung zurück.

– Und was macht dein Buch? fragte Leopold auf der Treppe.

– Mein Buch erstaunt mich. Als ich vorgestern Nachmittag auf dem Sofa lag und einer Mücke zusah, kam ein Mensch, der behauptete, aus Leipzig und ein Verleger zu sein, und er war auch einer, und heute früh rief er um acht Uhr an und sagte, er wolle meine Schreibe drucken.

– Du wirst berühmter werden als die Welter, sagte Leopold.

– Ich werde in den Brockhaus kommen, und das ist auch ganz viel. Diese Lexika werden von mehr Leuten gelesen, als man denkt.

– Ich kenne eine junge und schöne Frau, die sich vor einiger Zeit den ganzen Brockhaus gekauft hat!

– Siehst du, sagte Wilhelm, dann wird mein Name sogar zwischen den Wimpern einer schönen, jungen Frau hindurchgleiten. Was will man mehr? Darf ich dir nachher eine halbe Seite vorlesen, die ich heute Nacht geschrieben habe?

Ende der Woche kam Waldo Westegg zu Leopold auf die Zeitung. – Ich hab sowas noch nie gesehen, sagte er burschikos, und ich würd' mir gern mal sowas ansehen, natürlich vorausgesetzt, daß es gestattet ist und ich Sie nicht störe.

Leopold zeigte ihm die Bibliothek, das Archiv, den Konferenzsaal und zum Schluß die Setzerei.

– Die ist gut, die gefällt mir, sagte Waldo. Er hatte dieselben dunklen Haare wie seine Schwester, und seine Oberlippe bedeckte, seit er aus Hannover zurück war, ein kleiner, brauner Schnurrbart. Dr. Achtermann fand, er sehe sehr gut aus, ein wenig wie Menjou, aber das war einer jener Irrtümer, die sehr viel über ihren Verfasser aussagen. Menjou sah aus, wie sich kleine Leute einen großen Herrn vorstellen, während Waldo Ähnlichkeit mit dem Fürsten Pückler hatte, mit dem er auch verwandt war.

Leopold unterhielt sich gern mit Waldo, obgleich er ein störrischer Kopf war und sich unter keinen Umständen jemals geschlagen geben wollte. Anki fürchtete diese Diskussionen, aber sie wußte nicht, daß Männer manchmal ebenso harmlos raufen wie junge Stiere. Westeggs hatten englische Verwandte; eine Schwester von Ankis Großvater hatte einen schottischen Adligen geheiratet, und Waldo hatte diese Verwandten nach dem Krieg besucht. Aber er liebte die Engländer nicht, und er wußte eine Menge Stellen auswendig, die Byron und ein paar andere Schriftsteller gegen England geschrieben haben. Dagegen schwärmte er für Rußland, und es gehörte zu den erstaunlichen Widersprüchen im Charakter eines so jungen Mannes, daß er Fontanes Wanderungen durch die Mark und den Roman Oblomow von Gontscharow die beiden schönsten Bücher nannte, die er je gelesen habe. Was die Gespräche mit Waldo erschwerte, waren die Schlagworte. Der Reichstag war für ihn eine Schwatzbude, und Leopold konnte sagen, was er wollte: Waldo blieb überzeugt, daß demokratische Minister gewissermaßen von Natur aus korrupt seien. – Solche Aussprüche stehen Ihnen nicht, Waldo, sagte Leopold. Sie sind zu klug, Sie sollten nicht anderer und sehr billiger Leute Worte gebrauchen. Erfinden Sie doch selber welche!

Waldo ließ den Kopf hängen und versuchte, sich etwas einfallen zu lassen, aber er liebte es nicht, in Gegenwart anderer

Leute nachzudenken. Er stand plötzlich auf, setzte sich vor den kleinen braunen Tisch und begann, Franziskas Radio auseinanderzunehmen, das seit drei Tagen kaputt war. Anki setzte sich neben ihn auf die Stuhllehne und schaute ihm zu, und die Geschwister gaben, so vereint, ein schönes Bild. Waldo stand seiner Schwester gut, und Franziska wirkte wie ein fünfzehnjähriges Mädchen, wenn sie sich an Waldos Schulter lehnte und den Bewegungen seiner langen, geschickten Finger zusah. In solchen Augenblicken war Waldo der große Bruder, welcher der kleinen Schwester das Spielzeug flickt, während fünf Minuten später, wenn seinem hübschen, aber manchmal ein bißchen unverschämten Knabenmäulchen eine unpassende Bemerkung über seine Schwester Inge oder Otto Bendemann entschlüpfte, er der kleine Bruder war, den die große Schwester erziehen helfen muß. Dieses Auf und Ab von Alter und Jugend war ein lustiges Spiel, und Leopolds Liebe zu Anki wurde durch Waldos Anwesenheit noch größer, als sie schon gewesen war.

Eines Abends nahm Leopold Waldo zu Wilhelm Braun mit, und Wilhelm war so entzückt, daß er seine besten Weine aus dem Keller holte.

– Das ist ein ungewöhnlich netter Junge, sagte er am nächsten Morgen am Telephon zu Leopold. Ich kenne die Menschen. Wenn man ihnen ab und zu den Leib aufschneiden muß oder ihnen nicht länger verheimlichen kann, daß sie Krebs haben, dann lernt man sie kennen. Es gibt bei uns nur zwei wirklich gesunde und kräftige Typen: die gelernten Arbeiter und diese Art von sehr hoch gezüchteten Bauern. Der Rest ist kaum regierbar, geschweige denn, daß er selber regieren könnte.

3

Der Korrespondent der Berliner Allgemeinen Zeitung in Warschau war gestorben, und Leopold wurde gebeten, für ein paar Monate nach Warschau zu gehen. Er hatte keine Lust, aber man schlug ihm vor, eine Reise zu machen und die Gegend mal gründlich anzusehen. – Das ist ein hübscher Ausflug, sagte Dr. Achtermann. Nehmen Sie Ihr Auto und schreiben Sie uns zehn gute Aufsätze. Wenn es Ihnen gefällt, bleiben Sie an der Weichsel, gefällt es Ihnen nicht, kommen Sie wieder zu uns zurück.

Anki wird sehr unglücklich sein, dachte Leopold, und sie vier oder sogar acht Wochen lang nicht zu sehen, war ein bedrükkender Gedanke. Er rief Waldo an und bat ihn um seinen Besuch. Waldo kam gleich, und Leopold fragte ihn, ob er Lust hätte, eine kleine Reise durch Osteuropa zu machen.

– Warschau ist eine halbe Sache, sagte Waldo. Sie sollten nach Moskau gehen.

– Eins nach dem andern, sagte Leopold.

– Schließlich, warum nicht? sagte Waldo. Wenn Sie mich wirklich mitnehmen wollen, werde ich verdammt gern mitkommen.

– Ich möchte Sie sehr gern mitnehmen, sagte Leopold, aber zwei Männer sind auf die Dauer ein trockenes Gespann. Glauben Sie, daß Sie Frau Franziska bewegen könnten, mit von der Partie zu sein?

Waldo versprach, mit Franziska zu sprechen.

Anki zögerte. – Mußt du wirklich fahren? fragte sie Leopold.

– Ja. Ich muß fahren, und ich möchte dich unbedingt mitnehmen. Die Sache ist so harmlos wie ein Spaziergang im Tiergarten. Du wirst mit deinem Bruder und einem Bekannten deines Bruders einen Ausflug machen. Das war sogar im siebzehnten Jahrhundert erlaubt.

Anki rief ihre Schwester an, und Frau von Klemm war sofort bereit, Hans Karl in Überlingen abzuholen. – Wir gehen ja auch in die Ferien, sagte sie zu Anki, und nehmen ihn dann einfach mit. Meine Kinder werden sich riesig freuen, wenn ihr niedlicher Vetter uns begleitet.

– Du bist lieb und goldig, sagte Anki. Ich könnte Hans Karl zu Mama schicken, aber du weißt, wie sie ist: Sie kann mit kleinen Kindern nichts anfangen, und ich würde mir wahrscheinlich die ganze Reise mit dummen Gedanken verderben.

– Abgemacht, sagte Inge. Er kommt zu uns, und du kannst so lange wegbleiben, wie du willst. Wit wem fährst du eigentlich?

– Mit Waldo und einem Bekannten von ihm.

– Hat sich Waldemar ein Auto gekauft?

Anki lachte. Wenn Inge neidisch war oder ärgerlich, sagte sie immer Waldemar.

– Das Auto gehört seinem Bekannten.

– Das sieht Waldo ähnlich, sagte Inge. Er findet immer Leute, die ihn kutschieren.

Anki hängte ein und teilte Leopold das Ergebnis mit. Leopold fand es erfreulich und lobte Frau von Klemens schwesterliche und rasch entschlossene Bereitwilligkeit, bis er von Waldo unterbrochen wurde, der sich mit erhobenem Zeigefinger zu Wort meldete. – Darf ich einen kleinen und nur mittelmäßig unbescheidenen Vorschlag machen? fragte er. Wir fahren über Klein-Machnow und bleiben die erste Nacht bei meinen Eltern. Sie werden sich kolossal freuen.

Leopold war einverstanden, und so wurde die Reise Ende der Woche, es war der 14. Juli, angetreten. Leopold saß am Steuer und Anki neben ihm, während Waldo hinten im Wagen ein winziges Plätzchen einnahm, das ihm Anki in einem Gebirge aus Koffern, Säcken, Schachteln, Schirmen und Schuhen, die nirgends wo mehr hineingegangen waren, übrig gelassen hatte. Anki betrachtete Waldo im Spiegel und fragte, wie er sich fühle.

– Danke der Nachfrage, sagte Waldo. Ich bin vorläufig noch etwas zu dick für meinen Platz, aber das kann sich mit der Zeit ausgleichen.

– Wir werden alle dünn werden, sagte Leopold, ich prophezeie euch abenteuerliche Straßen. Diese asphaltierten Rutschbänder dürften an der Grenze aufhören.

Klein-Machnow war ein ziemlich neues Haus und mehr eine große Villa als ein Schloß. Herr von Westegg war ein alter Mann geworden mit dünnen weißen Haaren, kleinen Äugelchen und verrunzelten Backen. Seine Stirn schien höher geworden zu sein, aber vielleicht trat sie auch nur mehr hervor. Leopold fragte ihn nach Heidelberg, und Herr von Westegg meinte, das Leben auf dem Lande sei angenehmer als der Aufenthalt in einer Kleinstadt. Frau von Westegg war sehr glücklich über den Besuch ihrer Kinder, und Anki war sofort ganz zu Hause.

– Wo habt ihr den kleinen roten Stuhl hingetan, der immer da drüben neben der Anrichte stand?

– Ich weiß es nicht, sagte Frau von Westegg.

– Aber du weißt doch, welchen ich meine.

– Nicht ganz, Franka, oder doch ... ja ... der steht jetzt oben in Waldemars Zimmer.

Der Kaffee wurde im roten Salon gereicht. Leopold stand mit seiner Tasse in der Hand vor dem Fenster, als ihn Frau von Westegg heranwinkte. Sie saß zwischen ihrem Mann und ihrer Tochter auf dem Sofa, und als Leopold nun herantrat, deutete sie auf einen freien Sessel. – Was machen Sie in Berlin? fragte sie.

– Ich schreibe Artikel.

– Ach ... Sie schreiben Artikel ... da sind Sie wohl bei der Kreuz-Zeitung?

– Nein, gnädige Frau, ich bin bei der Berliner Allgemeinen Zeitung.

Frau von Westegg sah Leopold mit einem Blick an, der eine Art von erstauntem Schrecken verriet.

– Dann sind Sie ja ein Demokrat?

– Das bin ich, sagte Leopold.

– Das ist für mich etwas sehr Rätselhaftes, ich meine das Artikelschreiben, sagte Frau von Westegg und betrachtete Leopolds Kragen, seine Krawatte und seinen Anzug.

– Ich lese jeden Tag Zeitung, fuhr sie fort, aber ich weiß nicht, wie man das macht, und ich möchte es gern wissen, denn wenn man, wie wir hier, still auf dem Land lebt, fällt einem manches ein, das man gern aufschriebe.

Der Diener trat an den Tisch und fragte, ob er der Frau Baronin noch ein Täßchen Kaffee einschenken dürfe.

– Nein danke, sagte Frau von Westegg, euer Kaffee ist mal wieder viel zu stark für mich. Die Mamsell hat das reine Gift gebraut ... geben Sie bitte auch meinem Mann nur noch eine halbe Tasse.

Herr von Westegg hatte dem Gespräch zwischen Leopold und seiner Frau belustigt zugehört und kam Leopold zu Hilfe. –

Ja, mein verehrter Herr Chindler, sagte er, die Fragen der Damen sind eine ganz besondere und sozusagen zusätzliche Schwierigkeit in dieser komplizierten Welt, und da will ich Ihnen mal eben rasch die Geschichte einer Antwort erzählen, die einmal ein Bursche von mir gab, der zwar ein helles Köpfchen hatte und eine ganze Menge von Pferden verstand, aber was so die höhere Unterhaltung anging, nicht gerade gut verbalisiert war. Wir wohnten damals in Rostock, und eines Tages fragte ihn eine Dame, eine scharmante Münchnerin, die bei uns zu Gast war, was eigentlich ein Lotse sei. »Een Lots, antwortete mein guter Fritz, is een Lots, un wat een Lots is, weet jed een!«

Frau von Westegg fand die Anekdote ihres Mannes mager. – Ich verstehe dich nicht, sagte sie mit hochgezogenen Augenbrauen, das paßt doch garnicht hierher. Wenn Herr Chindler schreiben kann, wird er wohl auch reden können.

Frau von Westegg hatte eigentlich recht, aber Herr von Westegg war ein Mann, der nicht gern nachgab, und so antwortete er, das wachse nicht immer auf dem gleichen Holz.

Nach Tisch zeigte Anki Leopold das Haus und den Garten, und er sah, daß sie das Gut sehr liebte. Anki war durchaus das, was man seit Goethe eine Persönlichkeit nennt, und sie war es auch insofern, als sie eine passende Umgebung brauchte, um ganz sie selber zu sein. Leopold sagte es ihr, aber Anki antwortete: – Ich brauche nur dich. Wäre ich allein hier, so wäre ich ganz anders, und weit davon entfernt, glücklich zu sein.

Herr von Westegg, ein grünes Hütchen auf dem Kopf, trat aus dem Stall und ging über den Hof. – Schade, daß Sie nur so kurz bei mir bleiben, sagte er zu Leopold. Ich hätte Ihnen gern einen Wald gezeigt, den ich vor zwei Jahren angelegt habe, und der sich gut entwickeln wird, weil ich so klug bin, den nützlichsten aller Vögel zu pflegen: den Eichelhäher.

Die Pflanzung, die Herr von Westegg angelegt hatte, konnte frühestens in fünfzig Jahren ein Wald sein, aber der alte Junker liebte diese Ecke seiner Besitzung am meisten. Er hatte nun wieder Boden unter den Füßen, und die Vorstellung, daß die Kinder seiner Enkel einmal dort Holz schlagen würden, wo er aufgeforstet hatte, war ihm ein sympathischer Gedanke.

Zwölftes Kapitel

Schwache Reize fachen die Lebenstätigkeit an,
mittelstarke fördern sie, starke hemmen sie, stärkste heben sie auf.
Arndt-Schulzesche Regel.

I

Am nächsten Morgen fuhr Leopold über Küstrin und Landsberg und erreichte den Korridor. Waldo hatte einen Freund, der ein Gut besaß in der Nähe von Thorn, und es ging auf neun Uhr abends, als Leopolds Wagen vor dem langgestreckten Herrenhaus vorfuhr. Herr von Sohr war über den unvermuteten Besuch überrascht, aber er war aufrichtig glücklich, und Leopolds Sympathie für theatralische Szenen sah mit Vergnügen, wie Waldo und der hagere Gutsbesitzer sich umarmten und immer wieder gegenseitig auf die Schultern klopften, laut versichernd, wie froh sie seien, so gesund und wohlbehalten sich wieder zu sehen. Es gab ein sehr gutes Abendbrot und vorzüglichen Rotwein, und alle waren in bester Laune, aber nach Tisch verdüsterte sich plötzlich die Stimmung. Herr von Sohr erzählte von den Schwierigkeiten seiner Existenz und von den harten Kämpfen, die er als ein Mann zu führen hatte, der seit dem Krieg Untertan eines fremden Landes geworden war. Leopold hatte von diesen Auseinandersetzungen in den Zeitungen gelesen, aber es war ganz was anderes, nun selber auf fremdem Boden zu sitzen und einem Mann zuzuhören, der das alles täglich erlebte. – Meine Familie sitzt seit zweihundertfünfzig Jahren auf dieser Klitsche, sagte Herr von Sohr, aber die Eroberer wollen mich weghaben, und es ist manchmal sehr schwer, sich zu behaupten. Es ist schon schwer genug, wirtschaftlich durchzukommen und mit den paar Rüben und dem bißchen Korn die Steuern zu bezahlen, und da kommen nun jeden Tag andere Schikanen und andere Politiken, man könnte drei Mal am Tag aus der Haut fahren.

– Es ist eine harte Sache, einen Krieg zu verlieren, sagte Leopold.

Anki ging mit den Damen vors Haus, und Leopold setzte sich neben Herrn von Sohr und ließ sich Einzelheiten erzählen, die er sich für einen Artikel notierte. Herr von Sohr betrachtete ihn mißtrauisch. Er war ein konservativer Mann und wollte nicht recht glauben, daß sich eine Zeitung von der Richtung der Berliner Allgemeinen für seine Sorgen interessieren könne. Es gelang Leopold, das Mißtrauen zu besiegen und zu zerstreuen, aber die Folge davon war, daß Herr von Sohr nun ziemlich dick auftrug und mehr eine Propagandaansprache hielt, als daß er zur Sache gesprochen hätte. Es war verständlich, daß er so handelte, denn er hatte in den letzten Jahren viel schlucken müssen (und viel schweigen), aber es war nicht sehr klug, und Leopold sah bald, daß Sohr überhaupt ein Mann war, der wenig von Politik verstand. Zweihundert Jahre in einem Haus wohnen, ist eine lange Zeit, und Leopold hatte sich vorgestellt, er werde größere und tiefere Erfahrungen vorfinden, als sie ihm nun begegneten. Aber die Sohrs waren immer nur Landwirte und Offiziere gewesen, und Herr von Sohr war mehr ein Draufgänger als ein Überleger. Es waren wohlerworbene und verbriefte Rechte, die er besaß, aber er verteidigte sie nicht sehr geschickt, und seine leicht reizbare Empfindlichkeit überragte bei weitem seinen Verstand.

Die kleine Reisegesellschaft hatte sich vorgenommen, morgens früh aufzustehen, um lange Tage vor sich zu haben. – Wir wollen um sechs Uhr aufstehen, sagte Waldo. – Sechs Uhr ist früh, sagte Herr von Sohr, aber wenn die Herrschaften bis Königsberg kommen wollen, dann müssen sie sich ranhalten.

Die Fremdenzimmer lagen im ersten Stock, und Herr von Sohr begleitete seine Gäste. – Schlafen Sie wohl unter meinem Dache, sagte er zu Leopold. Ich habe mich sehr gefreut, Sie kennen zu lernen, ich hoffe, Sie haben nun genug gehört, um denen im Reich bei Gelegenheit ein bißchen was von unseren Sorgen erzählen zu können.

Er war ein großer und schlanker Mann, und als er sich so höflich von Leopold verabschiedete (wie ein Ritter in Zivil, dachte Leopold), gefiel er ihm gut. Das Zimmer war weiß gekalkt wie ein Burgverlies, und auch ebenso gewölbt, aber geräumig und gemütlich und mit dunkelbraunen Möbeln aus den Neunzigerjahren ausgestattet, deren häßliche Formen eben in diesen Jahren ein wenig von ihrer nüchternen Geziertheit verloren und anfingen, Museumsstücke zu werden. Das Bett war hochbeinig, breit und angenehm weich, und Leopold schlief bald ein, und Waldo träumte noch, als Leopold am nächsten Morgen in sein Zimmer ging und ihm die Uhr vor die Nase hielt, die halb sieben zeigte.

– Teufel auch, sagte Waldo und rieb sich die Augen, irgendein freundliches Klopfen hat mich geweckt, aber ich bin noch einmal eingeschlafen.

– Das sind so Gewohnheiten, sagte Leopold und ging ins Erdgeschoß hinab.

Der Frühstückstisch sah wie die Tafel einer Bauernhochzeit aus, und die alte Frau von Sohr, die Mutter des Hausherrn, ließ es sich nicht nehmen, ihren Gästen noch eine solche Menge von Proviant mitzugeben, als ob sie im Begriffe wären, in die Sahara zu reisen.

Anki hatte sich ebenfalls verspätet und kam eilig ins Zimmer. Frau von Sohr bat sie neben sich und reichte ihr einen silbernen Korb, der mit frischen Brötchen gefüllt war. Dann bot sie ihr Butter an und gekochten Schinken. – Stärken Sie sich, sagte sie und ermunterte Franziska, reichlich zu nehmen. – Denn wissen Sie, setzte sie zu Leopold gewandt hinzu, die polnischen Wirtschaften sind nicht das, was wir unter sauber verstehen, und eine so liebe und zarte Dame wie Frau Scheler kann sie garnicht betreten.

Auch der Wagen war von oben bis unten geputzt worden, und die Reisenden hatten für soviel Gastfreundschaft zu danken, daß man eine volle Viertelstunde zum Abschiednehmen brauchte. Es war nun schon der zweite Abschied auf der langen Fahrt, und Leopold wurde sentimental und gerührt, als er schließlich Gas gab, und der Wagen anfuhr. Herr von Sohr stand zwischen seiner großen Frau und seiner kleinen Mutter auf der Freitreppe, und als der Weg eine Biegung machte und die Nase des Wagens aus dem Hoftor fuhr, hatten alle drei ihre Taschentücher herausgezogen und winkten den Abfahrenden nach, bis sie ihren Blicken entschwunden waren und die Sohrs wieder in die Einsamkeit zurückkehrten, die auf allen Gutshöfen herrscht, und die in dieser künstlichen Fremde doppelt groß war.

– Das war ein guter Anfang, sagte Leopold.

– Und nette herzliche Leute, setzte Anki hinzu.

Waldo stopfte seine Pfeife und sagte nichts, aber er war froh, daß der gute hagere Fritz Sohr Leopold Chindler gefallen hatte.

Leopold kannte Ostpreußen, aber für Anki und Waldo war Königsberg eine große Überraschung. Die Reisenden blieben zwei Tage in der Stadt, und Anki ging, gleichmütig wie eine Amerikanerin, mit ihrem Baedeker in der linken Hand und dem Photoapparat in der rechten, von einer Sehenswürdigkeit zur andern. Sie besuchte das Schloß mit dem Geburtszimmer Friedrichs I., die Schloßkirche des Meisters Blasius Berwart, die alte Universität, den Dom und an dessen Nordseite das Grab Kants. Es war Mittag geworden und sehr heiß, und da man durch die verschlossenen Gitter am Eintreten verhindert war, wäre Leopold nach einer Weile gerne weitergegangen. Aber Anki blieb lange stehen und notierte sich schließlich die Inschrift: »Der gestirnte Himmel über mir und das moralische Gesetz in mir.«

Nach Tisch ging Leopold in die berühmte Buchhandlung von Graefe & Unzer, gegenüber der Universität, und Anki kaufte ein ziemlich dickes Paket Bücher und Schriften über Ostpreußen und Königsberg und Kant, Herder und Hamann. Waldo sah schweigend zu, bis er plötzlich fragte, wann Anki eigentlich die Bibliothek zu lesen gedenke, die sie erstanden habe. – Es ist eine verflixte Sache, setzte er etwas tiefsinnig hinzu, wenn man genügend Kleingeld hat, kann man alle Schätze der Poesie und der Wissenschaft erwerben, ausgenommen die Zeit dazu, um sie zu lesen, und wenn man an Geldmangel leidet ...

— ... muß man halt in die Leihbibliothek gehen, unterbrach Leopold.

Anki lachte laut. Sie liebte Schlagfertigkeit, und Leopold gefiel ihr in diesem Augenblick so gut, daß sie sich bei ihm einhängte und ein Stück weit per Arm mit ihm ging.

Gegen Abend ließ die Hitze nach, und ein sanfter und erfrischender Wind wehte vom Meer her in die Stadt. Anki und Leopold gingen noch einmal aus und entdeckten dabei, daß halb Königsberg unterwegs zu sein schien und sich bummelnd in den Straßen erging; besonders die hübschen und gepflegten Anlagen waren mit Studenten und jungen Mädchen überfüllt. Es herrschte ein Leben und Treiben, das Leopold an Abende in Städten des südlichen Europas erinnerte, aber die Städte des Nordens und die des Südens sind näher verwandt, als man denken möchte. Stockholm ist eine helle und strahlende Stadt wie Neapel, und die nördlichste Stadt Deutschlands erinnerte an diesem Abend an Florenz und ein wenig an Marseille.

Leopold hatte richtig prophezeit. Als der Wagen am nächsten Vormittag die Grenze zwischen Ostpreußen und Litauen überfuhr, wurde die Straße schlecht, und Leopold mußte das Tempo immer tiefer herunternehmen. – Dein Schneckentempo wird uns viel Zeit kosten, sagte Anki. – Ein Federbruch wäre schlimmer, sagte Waldo, und in dieser Gegend verdammt unangenehm. Anki kauerte sich auf ihrem Sitz zusammen und versuchte zu schlafen. Waldo stopfte seine Pfeife, und Leopold betrachtete die Landschaft. Er hatte beschlossen, Kowno auf der Rückreise zu besuchen, und fuhr quer durch Litauen der lettischen Grenze zu, die am übernächsten Tag erreicht wurde. Es fuhren damals auf diesen Straßen wenig Autos, und die erstaunten Grenzwächter wußten nicht, was sie mit dem fremden Wagen anfangen und wie sie die Papiere entziffern sollten, die ihnen Leopold überreichte. Leopold verstand kein litauisch, und die kleinen, grau uniformierten Männern zu wenig deutsch, und es gab ein langes Hin und Her von Mißverständnissen, bis plötzlich ein kleiner Jude auftauchte und den Dolmetscher machte. Er hatte eine hohe, dünne Stimme und sprach immer rascher und immer lauter auf die Soldaten ein, bis diese, die ihm sichtlich erstaunt zuhörten, die Papiere zusammenfalteten und Leopold mit Zeichen bedeuteten, er könne weiterfahren. Leopold stieg ein und fuhr ungefähr hundert Meter weiter, aber nun kamen lettische Grenzwächter aus einer Hütte gelaufen und beeilten sich, einen schweren Schlagbaum über die Straße zu legen.

Der Dolmetscher hatte für seine Dienste eine Schachtel Zigaretten bekommen, und Leopold bildete aus beiden Händen einen Trichter und rief ihm zu, er möge herüberkommen und noch einmal helfen. Der Mann gehorchte und kam bedächtig näher gewandelt, aber als er den Grenzstein erreicht hatte, blieb er stehen und winkte mit der Hand ab. Er hatte wahrscheinlich keine Papiere bei sich und wagte es nicht, weiterzugehen.

Von jeher hatten Grenzposten Leopolds Phantasie angeregt. Als Knabe hatte er oft ein Bild im Geschichtsbuch seines Bruders betrachtet, auf dem ein einsamer, römischer Legionär vom Limes herab in die Wälder des uneroberten Germaniens starrte, und später bewunderte er auf den Illustrationen seines Lederstrumpfs die bezopften und rotröckigen Soldaten des achtzehnten Jahrhunderts, die hinter einer Palisadenwand sitzend durch Gucklöcher nach den Rothäuten ausspähen, welche durch die Nacht heranschleichend vergebens versuchen, den überlegenen Eindringling wieder zu verjagen. Umgekehrt ist aber auch die Phantasie der Grenzwächter lebhaft und in einer leisen und fast unaufhörlichen Spannung. Es ist die Lage: Einer gegen viele, die ihre Aufmerksamkeit verdoppelt, und wer die Gefahr als Begleiterin hat, glaubt an kein zufälliges Geräusch und an keine harmlose Bewegung.

Leopolds Zeichensprache über die heilige und gefährliche Grenze hinüber und mit dem Untertan eines fremden Landes hatte die Wächter mißtrauisch gemacht. Die Reisenden wurden von den Soldaten in die Mitte genommen und mußten in die kleine Hütte eintreten, wo sich ein Mann als Wache vor ihnen aufpflanzte, während die andern Soldaten mit den Papieren im Nebenzimmer verschwanden. Waldo schätzte die Hitze auf dreißig Grad im Schatten, und die kahle Blockhütte war ein langweiliger Aufenthaltsort, als sich Anki plötzlich erinnerte, daß der Proviant im Wagen ganz oben auf den Decken lag und von der Sonne geschmolzen wurde. – Unsere guten belegten Brötchen ... und die Schokolade ... und die Butter ... Kinder! das muß gerettet werden! Das kann ich nicht hergeben!

Anki stand auf und wollte aus der Tür laufen, aber der Wächter, ein dicker Riese mit kurz geschorenen Haaren und einem dicken Gewehr in der Hand, kam ihr mit einem gewaltigen Sprung zuvor und schloß rasch die Tür. – Ich werde ihm eine Rede halten, sagte Anki, und Waldo mußte sich große Mühe geben, um das Lachen zu verbeißen, als Anki nun dem Wächter durch Zeichensprache klarzumachen versuchte, sie habe großen Hunger und wolle etwas zum Essen holen. Der Soldat betrachtete sie mit todernstem Gesicht, ungefähr so, wie ein Kind eine Schauspielerin betrachtet oder den Ansager im Zirkus, aber sein wackeres Herz blieb ungerührt und sein Mund stumm wie ein Fischmaul. Waldo winkte ihn an den Tisch und bot ihm eine Zigarette an, und Leopold beeilte sich, ihm Feuer zu geben. Die Zigarette war gut, und der Mann machte ein paar Züge, die ihm sichtlich schmeckten, aber sein Pflichtbewußtsein wurde nicht erschüttert, und Leopold erklärte Waldo, daß dieser erste Vertreter Lettlands ihn mit einer gewissen Hochachtung für die kleine Republik erfülle und für die Disziplin ihrer Armee. Endlich war die Beratung im Nebenzimmer zu Ende. Die Reisenden erhielten ihre Papiere zurück, der Schlagbaum wurde weggeschleppt, und Leopold gab Gas. Der Dolmetscher aus Litauen wartete immer noch neben dem Grenzstein, aber als er nun das Auto abfahren sah, drehte er sich um und ging landeinwärts auf ein kleines Holzhaus zu, vor dem eine Ziege weidete und dessen Schornstein rauchte.

In Riga war eine Woche Aufenthalt vorgesehen, und Anki war sehr froh darüber; die lange Fahrt hatte sie ziemlich angestrengt. Aber nach zwei Tagen war sie schon wieder obenauf, und als Leopold morgens in den kleinen. Salon kam, in dem er mit Anki zu frühstücken pflegte, saß sie vor einer enormen

Karte und studierte, einen Bleistift in der Hand, die Fortsetzung der Expedition. Das nächste Ziel war Warschau, und Anki erklärte (was ihr Waldo eingeflüstert hatte), der beste und amüsanteste Weg nach Warschau führe über Moskau. Leopold konnte nicht nachgeben, und so einigte man sich schließlich auf den Weg Dünaburg-Wilna-Warschau.

Leopold war in Riga im Hotel Petersburg abgestiegen, und der kleine, glatzköpfige Portier schüttelte besorgt den Kopf, als ihn Franziska nach dem Weg nach Dünaburg fragte. Er war ein höflicher Mann, und er pflegte sonst immer nur: Ja, bitte ... und Ja, sofort! zu sagen, aber diesmal schaute er in die Luft und widersprach. – Da müßten Sie durch ganz Lettgallen fahren, sagte er, und das ist unsere rückständigste Provinz mit sehr schlechten Straßen.

– Gute Straßen haben wir zu Hause genug, sagte Anki, und unser Gelber wird es schon schaffen.

Die Berliner Allgemeine Zeitung hatte in Riga einen Vertreter, einen Herrn von Scheel, und Herr von Scheel lud die Reisenden aus dem Reich ein, bei ihm zu Abend zu essen. Er stammte aus einem alten, baltischen Geschlecht, aber die Enteignung von 1920 hatte seine Familie ihrer Güter beraubt und zu armen Leuten gemacht. Die Reisenden fuhren in eine Vorstadt und betraten eine mit Türmchen verzierte Villa, deren erster Stock von Herrn von Scheel bewohnt wurde. Leopold betrachtete das Haus und sah mit Staunen, daß die Villa neben einer Fabrik lag und auf dem gleichen Hof mit ihr. Im Westen Europas waren die Bezirke des Lebens und der Arbeit längst getrennt worden, und es kam nur noch selten vor, daß sich ein Fabrikant, und besonders ein reicher, sein Wohnhaus auf den Hof seines Unternehmens stellte. Er teilte Herrn von Scheel seine Beobachtung mit, und dieser antwortete: – Das Haus, das mir übrigens nicht mehr gehört, wurde von meinem Großvater erbaut, dem Vater meiner Mutter, der nebenan eine Möbelfabrik betrieb. Ich bin erst voriges Jahr hier eingezogen, und ich gestehe Ihnen, es hat mich einige Überwindungen gekostet, ein Haus zu beziehen, das man meiner Mutter geraubt hat. Aber wir haben Wohnungsnot ... es gab nichts Besseres, und ich habe mich wieder eingewöhnt, und wenn ich nicht zufällig daran erinnert werde, denke ich garnicht mehr an die Vergangenheit. Sie ist untergegangen und tot, und die Zeiten meiner Vorfahren werden nie wiederkommen.

Herr von Scheel war ein kleiner, zierlicher Mensch mit dünnen Händen und scheuen Bewegungen, und es tat Leopold leid, ihn durch seine Neugier verwundet zu haben. Er merkte, was Leopold dachte, und fuhr fort: – Ich bin in diesem Haus groß geworden, und diese Wände, die mich nun wieder umschließen, haben mir einmal sogar das Leben gerettet.

Er trat ans Fenster und zeigte seinen Gästen, daß die Rolläden aus Eisen waren und mit kleinen Schießscharten versehen. – Meine väterlichen Vorfahren verstanden wenig von Politik. Sie saßen auf ihren Gütern und regierten ihre Bauern, gut, wenn sie gute Herzen hatten, und weniger gut, wenn sie von Natur etwas weniger gut geschaffen worden waren. Aber der Vater meiner Mutter war ein Kaufmann, der die Zeiten kommen sah, die später wirklich eingetreten sind, und da er nicht nur weitschauend war, sondern auch vorsichtig, ließ er sehr solide Mauern aufführen und diese ungewöhnlichen Läden anbringen. Als dann im Jahre 1905 die erste Revolution ausbrach, die Vorläuferin der Ereignisse von 1917 und 1919, stand er neben meiner Mutter hinter diesem Fenster und verteidigte seine Familie eine Woche lang mit der Waffe in der Hand. Ich war damals zwölf Jahre alt, aber ich sehe ihn noch vor mir stehen und langsam laden, zielen und schießen, und wenn es hagelt, erinnert mich das Prasseln der Schloßen an den Lärm, welchen die Kugeln machten, die sich an dem Laden platt schlugen.

Man sprach von andern Dingen, und es war ziemlich spät geworden, als die Gäste aufbrachen. – Das ist eine wilde Gegend, sagte Waldo.

– Wird das bei uns auch so kommen? fragte Anki.

– Eiserne Läden sind ein bemerkenswerter Einfall, sagte Leopold, und der Großvater des Herrn von Scheel scheint ein Mann mit Zivilcourage gewesen zu sein. Aber wie die Folgen lehren, empfiehlt es sich, eine etwas klügere Politik zu machen, als sie von diesen Leuten gemacht wurde.

Am nächsten Morgen überquerte der Wagen die gewaltige Düna, wendete dann seine Nase scharf nach Südosten und fuhr immer stromaufwärts durch Lettgallen dem Ziele zu. Die Straße war mit Löchern übersät und mit Nägeln gepflastert, und Leopold mußte fast die ganze Zeit im zweiten Gang fahren. Aber die Landschaft hatte großartige Formen, und wenn die Knochen der Reisenden viele Stöße aushalten mußten, so wurde ihre Neugier dafür reichlich entschädigt. Es war uraltes Schlachtfeld, über das sie fuhren, getränkt mit dem Blut von Russen und Schweden, Polen und Deutschen, Bauern und Kriegern, die seit Jahrhunderten diese Provinzen (und ihre Häfen) erobert und wieder verloren und wieder erobert hatten. Leopold fuhr, und Anki machte den Erklärer, und wenn in der Ferne ein neues kleines, halbverfallenes Städtchen auftauchte, berichtete sie das Wissenswerte aus einem Führer, den sie in Riga gekauft hatte. Der Wald war lichter und durchsichtiger geworden und schließlich ganz zurückgeblieben, und Leopold erblickte am jenseitigen Ufer der Düna ein Dorf. – Was sagt der Führer? fragte er und deutete mit dem Finger über den Fluß.

– Friedrichstadt, las Anki vor, lettisch: Jaunjelgava. 1601 erwähnt. 1647 von der Witwe des Herzogs Friedrich von Kurland neu gegründet. Umladestation, da die auf der Düna transportierten Waren wegen der Stromschnellen von Friedrichstadt bis Jakobstadt zu Land befördert werden mußten. 1710 von der Pest entvölkert. 1793 und 1924 durch Überschwemmungen verwüstet. 1812 geplündert. Im Weltkrieg zerstört. Gegenüber ... Anki hob die Hand und sagte: – Hier, links, direkt vor uns die Ruine von Schloß Römershof. Zerstört 1905, wiedererbaut 1909, wieder zerstört 1915. Im Gutspark ein sehenswerter botanischer Garten. Lutherische Kirche, erbaut 1652. Griechische und römisch-katholische Kirchen. Vier Synagogen. Ungefähr 2600 Einwohner, davon 1200 Letten, 800 Juden, 500 Russen und 157 Deutsche ... Die Reisenden rasteten. Anki wollte gern den botanischen Garten ansehen, aber Leopold widersprach. Dünaburg war noch weitentfernt, und mit einer Stundengeschwindigkeit von 20–30 Kilometern kam man nur langsam vorwärts.

Anki nahm ihren Photoapparat und ging ein wenig spazieren, während Waldo und Leopold das rechte Vorderrad wechselten, dessen Reifen die Luft nicht mehr halten wollte. Als die Herren fertig waren, kam Anki zurück und sagte, sie sollten rasch einmal mitkommen, sie wolle ihnen etwas Interessantes zeigen. Sie stiegen durch ein Wäldchen auf einen Hügel, und als sie oben angekommen waren, zeigte Anki ihnen eine großartige Aussicht. Tief unter ihren Füßen rollte die gewaltige Düna ihre Wasser dem Meer zu. Auf dem gegenüberliegenden Ufer lag Friedrichstadt, friedlich und in einer Einsamkeit, die vollkommen zu sein schien. Der mächtige Strom und die dichten, verwilderten, unberührten Wälder an seinen Ufern bildeten eine Landschaft der Urwelt, verlassen, aber keineswegs leer, in sich selber gesättigt und mit gewaltigen Kräften einer gleichmütigen und unerschöpflichen Fruchtbarkeit ausgestattet.

– Das ist wild, grausam und sehr fremdartig, sagte Leopold, aber nicht ohne Schönheit. Anki legte den Zeigefinger an die Lippen und sagte: – Pst … ich will euch noch etwas zeigen. Sie schlüpfte wieder voraus, und nach etwa zwanzig Schritten ließ sie ihre Begleiter auf eine Terrasse hinabsehen, die ungefähr zehn Meter hoch über dem Ufer der Düna lag. Im Strom hatte sich eine Familie von Flössen versammelt, und die Flösser ruhten sich auf jener Terrasse aus. Es waren Russen, Männer und Frauen in schwarzen Hosen mit hohen Schaftstiefeln an den Beinen und alten schwarzen Kappen auf dem Kopf. Sie hatten gegessen und schliefen sich nun in der Sonne von ihrer schweren Arbeit aus.

– Schade, daß dieser Fluß nicht andersherum fließt, sagte Waldo, sonst würde ich mich eine Zeitlang auf eines dieser flachen Schiffe begeben.

Dünaburg war ein langweiliges und häßliches Nest, und Anki war sehr enttäuscht. Waldo tröstete sie und erklärte, das Gröbste sei nun überwunden, und die nächsten Tage würden bessere Straßen bringen. Aber Waldo täuschte sich sehr.

Das Hotel in Dünaburg war ein schmutziger Kasten mit düsteren Zimmern. Anki gab sich Mühe, es nicht zu bemerken. Sie spottete über die Tapeten und die krummgeschlagenen Füße ihrer eisernen Bettstatt, und versicherte, dafür sei wenigstens das Waschgeschirr lustig, und das Badezimmer, das im Keller lag, eine preiswerte Sehenswürdigkeit.

Der Besitzer der Garage in Dünaburg flickte die Reifen, und Leopold unterhielt sich mit ihm über den Weg nach Wilna. – Sie wollen nach Wilna? Da werden Sie nie hinkommen. Eine solche Straße gibt es garnicht, außerdem wird man Sie nicht über die Grenze lassen. Die Polen sind hier unten mißtrauisch und unfreundlich … nein, meine Herrschaften, das würde ich an Ihrer Stelle nicht riskieren. Sie machen Ihren schönen Wagen kaputt und kommen doch nicht ans Ziel. – Anki holte die Karte aus dem Wagen und zeigte dem Mann eine Straße, die dort eingezeichnet war.

Der Garagist nahm seine Mütze ab, kratzte sich am Kopf, setzte die Mütze wieder auf und gab Anki die Karte zurück. – Probieren Sie's, sagte er. Vielleicht haben Sie Glück. Ich habe von dieser Straße nie was gehört, und es wäre schade für den schönen Wagen.

– Der Wagen wird es aushalten, und wir werden nach Wilna kommen, sagte Anki.

– Im schlimmsten Fall kommen Sie wieder zu mir zurück, sagte der Garagist. Das ist eine schöne Maschine! Haben Sie die in Deutschland gekauft?

Ein Bürschlein von acht Jahren, das nur mit einer zerrissenen Hose bekleidet war, lief über den Hof. Der Garagist nahm den Jungen am Ohr und setzte ihn auf das Trittbrett des Wagens. – Er wird Ihnen den Weg aus Dünaburg heraus zeigen, sagte er. Er war ein freundlicher Mann, und Anki fand, er habe das schmutzige Hotel wettgemacht.

Der Knabe hatte den Wagen verlassen, und die Reisenden waren etwa zwei Stunden gefahren, als der Weg plötzlich wie abgeschnitten aufhörte. – Nimm den ersten Gang und fahr über die Wiese, sagte Anki, und sie hatte recht: Am Ende der Wiese ging eine Art Weg weiter. Es war mehr ein breiter Pfad als eine Straße, und der Boden war so sandig, daß die Räder anfingen zu mahlen. Anki und Leopold stiegen aus und gingen zu Fuß hinterher, während Waldo die schwere Maschine langsam vorwärts manövrierte. Der Wagen schleuderte und tanzte wie ein Kinderschiff, das man auf den Wellen der Nordsee schwimmen läßt, aber die Reifen klammerten sich an den Boden und schoben die gewaltige Last vorwärts. Jedoch die Anstrengungen waren zu groß für die Maschine, und das Kühlwasser fing an zu kochen. Waldo stellte den Motor ab, und die Reisenden legten sich in den Schatten des Waldes und auf das rote Laub des vergangenen Herbstes. Anki bereitete ein kleines Mahl, das köstlich war, und Waldo holte zwei Zigarren aus der Tasche, die er für besondere Fälle aufgespart hatte. Zum Nachtisch zeigte er Leopold einen Fuchsbau, den sein Jägerauge entdeckt hatte, und erklärte Leopold die Fuchsjagd. Das Wasser hatte sich wieder beruhigt, und man konnte weiterfahren, aber der Weg wurde immer enger und schlechter. Plötzlich tauchte ein Fuhrwerk auf. Das Pferd hatte noch nie ein Auto gesehen. Von Furcht gepeinigt, stieg das magere, aber große Tier mit den Vorderbeinen in die Luft und wollte durchgehen. Es war ein scheußlicher Augenblick, denn der Weg war so eng, daß an ein Ausweichen garnicht zu denken war. Der Fuhrmann sprang vom Sitz und warf sich mit aller Kraft in die Zügel, während Leopold den Motor abstellte, um wenigstens das furchterregende Geräusch aus den Ohren des aufgeregten Tieres zu nehmen. Das Mittel half, das Tier beruhigte sich. Es zitterte am ganzen Körper, machte aber wenigstens keine Sprünge mehr. Dafür fluchte der Fuhrmann und drohte Leopold mit der Peitsche, die ein ziemlich großes und unangenehmes Instrument war.

– Das ist ein Idiot, sagte Leopold und legte die Hand an den Motorschlüssel. Wenn er die Peitsche nicht wegtut, werde ich ihn mitsamt seinem Vieh zermalmen.

– Sowas von einem schüchternen Pferd ist mir noch nicht vorgekommen, sagte Anki.

Der Fuhrmann, der ein kleines, von der Sonne gegerbtes Kalmückengesicht hatte, trat an den Wagen und forderte Leopold durch erregte Zeichen auf, zurückzufahren. – Kommt garnicht in Frage, Herr Nachbar, sagte Leopold. Von diesem kostbaren Weg gebe ich keinen Zentimeter her.

Anki holte ihr Zigarettenetui heraus, und als der Fuhrmann

eine Handvoll bekommen hatte, spannte er sein Pferdchen aus und band es an einen Baum. Leopold und Waldo rückten den leichten Leiterwagen beiseite, und es gelang Anki, die an dieser Stelle ihr Meisterstück fuhr, das Auto an dem Fuhrwerk vorbeizusteuern.

Es war Mittag geworden, als der Weg abermals aufhörte. Der Wagen stand mitten im Wald, und diesmal sah es wirklich so aus, als ob nichts anderes übrigbleiben würde, als kehrt zu machen und nach Dünaburg zurückzufahren. – Der Garagist war ein netter Mann, sagte Anki, aber das Hotel lockt mich wenig. Versuchen wir, eine Patrouille auszusenden.

– Außerdem sind wir links hinten platt, sagte Waldo.

Leopold nahm den Kompaß und ging durch den Wald, und nach einer halben Stunde erblickte er Eisenbahnschienen und in einiger Entfernung einen Bahnhof. Er ging noch hundert Meter weiter, als er plötzlich zwei Männer sah, die polnische Uniformen trugen und neben den Eisenbahnschienen in einer Kuhle schliefen. Das ist die Grenze, dachte er, und bis dahin müssen wir kommen. Er ging zurück, und es gelang ihm, den Wagen bis zum Bahnhof zu fahren. Der Bahnhof war eine gelbgestrichene Baracke. Der Wartesaal war mit einer halben Kompanie Soldaten belegt, und als Leopold hupte, griff die ganze Mannschaft zu den Waffen und lief auf das Auto zu. An dieser Ecke der Welt schien eine ziemlich nervöse Stimmung zu herrschen, aber der Garagist von Dünaburg hatte unrecht: Die Soldaten waren aus Posen und freundliche Leute, und als die Gepäckrevision vorüber war, fuhr einer noch ein Stück mit und zeigte Leopold den Weg. Er war groß und blond und der Sohn deutscher Bauern. Die Straße war sehr gut, und Waldo wurde so vergnügt, daß er ein Lied anstimmte, als der gute Gelbe mal wieder im dritten Gang laufen und zeigen konnte, was er trotz aller Strapazen immer noch vermochte. Waldo hatte eine schöne Stimme, und Leopold hörte mit Vergnügen zu, als Waldo das Reiterlied aus Wallensteins Lager sang.

Waldo hatte alle Strophen gesungen und fragte, wieviel Uhr es sei. Anki hielt ihm die Hand mit dem Uhrenarmband entgegen und sagte: – Drei Uhr.

– Dann werden wir heute Abend in Wilna drei Hühner verspeisen, sagte Waldo, und wenn es sowas gibt, eine gute Flasche Wein dazu trinken.

– Und ich werde morgen früh zum Friseur gehen, sagte Anki.

Man soll den Tag nicht vor dem Abend loben. Leopold war eine Stunde gefahren, als die Straßen auch in Polen die rätselhafte Gewohnheit zeigten, plötzlich und mitten im Wald aufzuhören.

– In diesem Staat würde ich keine Steuern bezahlen, sagte Waldo, so 'ne Straßen! Das ist ja zum Kotzen. Verzeih, Anki, aber mein Herz mußte sich mal Luft machen.

– Ich würde mich anders ausdrücken, sagte Anki, aber ich bin ganz deiner Meinung.

Es waren noch mehr als hundert Kilometer bis Wilna. Der schwere Wagen mußte wieder im ersten Gang vorwärts schleichen, und die gute Stimmung schlug in die bedrückteste Laune um, als Leopold plötzlich ein merkwürdiges Stoßen und Rumpeln hörte. – Da ist was gebrochen, sagte er, fragt sich nur was. Er fuhr langsam weiter, aber es rumpelte trotzdem. Leopold hielt an, öffnete die Motorhaube und sah gleich, wo es fehlte: Die Lichtmaschine war abgebrochen, das schwere Ding lag auf dem Motorblock, nur noch gehalten von den dünnen Drähten der Leitung.

– Das ist viel auf einmal, und da wir kein Zelt haben, wird uns Waldo eine Hütte zimmern müssen.

Leopold hatte sich mit Ersatzstücken eingedeckt, und Anki ging mit ihrem Bruder langsam vor, während Leopold die Jacke auszog und sein Handwerkszeug auf dem Boden ausbreitete. – Ich halte mal Umschau, sagte Waldo, irgendwo müssen doch die Dörfer dieses Landes anfangen.

Er lief Anki nach, und die Geschwister verließen den Wald. Sie gingen über eine Wiese, als plötzlich ein See auftauchte. Es war ein großes, ruhiges Wasser, mit dichtbewachsenen, unberührten Ufern, und als Anki näherkam, flogen Schwärme von Vögeln in die Luft. Der Spiegel des Sees hatte eine strahlende Bläue, und Anki meinte, noch nie so satte und leuchtende Farben gesehen zu haben wie die verschiedenen Grüns auf den Hügeln, die am jenseitigen Ufer sich hinzogen.

– Das ist himmlisch, sagte sie, hier werde ich schwimmen. Geh zurück und hilf Leopold und holt mich ab, wenn ihr fertig seid.

– Hast du keine Angst? fragte Waldo.

– Vor wem soll ich denn Angst haben? Vor diesen Vögeln?

– Es könnten auch Männer des Wegs kommen.

– In diesem Lande gibt es keine Einwohner, sagte Anki, wenigstens nicht in dieser Provinz. Ich passe aber trotzdem auf!

Waldo ging zurück, aber er lief mehr, als er ging; es war kein angenehmes Gefühl, Anki allein in dieser Wildnis zu lassen. Unterdessen hatte Leopold den Schaden notdürftig geflickt und reinigte sich eben die Hände, indem er aus einem silbernen Fläschchen, das ihm Anki geschenkt hatte, Kölnisch Wasser über seine Finger laufen ließ. Aber als Waldo ankam und ihm sagte, Anki sei in einem schönen und geheimnisvollen See schwimmen gegangen, machte Leopold ein sehr böses Gesicht und jagte den Wagen durch den Wald und über die Wiese. Waldo mußte die Koffer festhalten, denn der holprige Boden schleuderte das Gepäck in die Höhe, und Waldo dachte mit Schrecken daran, was man wohl anfangen könnte, wenn bei der tollen Fahrerei die Federn brechen würden. Aber es ging noch einmal gut ab, und der Wagen kam heil an den See. Anki lag noch im Wasser und rief den beiden Männern zu, sie sollten aussteigen und sich gefälligst umdrehen. Sie gehorchten, aber als Leopold aufstand, um sich eine Streichholzschachtel aus dem Wagen zu langen, sah er Anki am Ufer stehen wie die Venus von Botticelli in der mütterlichen Muschel. Sie hielt ihr schönes Köpfchen zur Seite geneigt, und ihre schimmernden Arme wrangen die Haare aus, die naß geworden waren.

Anki zog sich rasch wieder an, und Leopold fuhr weiter, und als die Lichtmaschine eben wieder zu rumpeln anfing, tauchte das erste Dorf auf.

– Wer hätte das gedacht, daß einem Manne wie mir der Anblick einer menschlichen Siedlung so angenehm sein könnte, sagte Waldo.

Das Dorf bestand aus zwei Dutzend Holzhütten und einer hölzernen Synagoge, und als Leopold das erste Haus erreicht hatte, stellte er den Motor ab. – Hier sind wir, sagte er, und hier werde ich bleiben, und wenn es Adlonpreise kostet. Den Rest des Weges machen feine Leute wie wir zu Fuß!

Dreizehntes Kapitel

Einsam stand ich und sah in die afrikanischen dürren Ebnen hinaus;
vom Olymp regnete Feuer herab.
Hölderlin.

I

Das Haus, hinter dem Leopold den Wagen angehalten hatte, war einstöckig und von bräunlich-verwitterter Farbe. Franziska stieg als erste aus, und als sie näher trat, entdeckte sie vor der Haustür einen Pfahl, der in die Erde gerammt war, und an dem Holzpflock ein Stück Papier, auf dem mit wackeligen Versalien das Wort »Hotel« stand. Anki drehte sich um und rief Leopold zu: – Du bist gut gefahren, Leopold. Da hast du dein Adlon! Hier liegt es!

Leopold nahm die Sonnenbrille ab und wischte sich mit einem großen Reisetaschentuch den Schweiß vom Gesicht. Dann ging er langsam auf das Haus zu, als sich die Tür öffnete, und ein alter Mann heraustrat. Er trug einen langen, grauen Bart, einen schwarzen Kaftan und auf dem Kopf ein schwarzes Käppchen.

– Ich begrüße Sie, sagte Leopold, und ich möchte Ihr Hotel mieten.

– Ich begrüße Sie ebenfalls, sagte der Wirt in einem merkwürdig klingenden Deutsch, das die ü's wie i aussprach und e wie ä, und betrachtete die Ankömmlinge, wobei er mit der rechten Hand in den Haaren seines Bartes spielte, wie eine Harfenistin auf den Saiten ihres Instruments. Er war sichtlich erstaunt, und da er das Auto noch nicht erblickt hatte, konnte er sich nicht erklären, woher die merkwürdigen Erscheinungen kamen, die in seiner Hütte abzusteigen begehrten.

– Haben Sie ein Zimmer für uns? fuhr Leopold fort, oder besser gesagt drei Zimmer?

– Der Doktor für die Zähne ist gekommen, sagte der Wirt, der bewohnt das einzige Zimmer, das ich habe. Aber wenn Sie bezahlen wollen für drei, werde ich ihn in die Küche legen und seinen Koffer dazu.

– Ich werde bezahlen für vier, sagte Leopold, denn ich habe noch einen Wagen dabei, der ebenfalls ein Dach über sein Dach bekommen sollte.

– Das ist ein Geschäft, sagte der Wirt. Dann sollen Sie alles haben, was ich kann bieten.

Der Zahnarzt mußte sein Zimmer räumen, und die Reisenden betraten die Stube. Sie war niedrig und klein, und die Einrichtung bestand aus einem schmalen, eisernen Bett, einem Tisch, zwei Stühlen und rund gerechnet 700 Fliegen.

– Das sind immerhin vier Wände, und in einer ist sogar ein Fenster mit Aussicht auf einen Baum, sagte Anki. Jetzt brauchen wir noch zwei Betten.

Der Wirt war unter der Tür stehen geblieben und hatte zugehört. – Ein Bett können Sie noch haben, aber dann haben Sie alles, was mein Haus Ihnen kann bieten.

Waldo und Leopold gingen noch einmal hinter das »Hotel«, um das Auto zu holen. Der gute Gelbe war verdreckt und verstaubt und sah recht müde und mitgenommen aus, obendrein stak im rechten Hinterpneu schon wieder ein riesiger Nagel. Leopold fuhr den Wagen in eine Scheune, die neben dem »Hotel« stand, und in diesem Augenblick kam der Dorfschmied angewandelt. Er war noch ein junger Mann, aber er trug einen feuerroten Bart und als Zeichen seiner Schmied-Würde einen großen Hammer in der Hand. Leopold hob die Haube hoch, und der Schmied versprach, die Lichtmaschine wieder zu befestigen, den Wagen zu putzen und die Reifen zu flicken.

– Sie scheinen ein Universalgenie zu sein, sagte Leopold. Aber ich habe Vertrauen in Ihre Kunst, wenn Sie Ihr Versprechen halten, können Sie mir eine Rechnung schreiben, die Sie befriedigen darf.

– Wozu Papier verschwenden? sagte der Schmied. Zehn Zloty, und meine Zutaten extra.

Das waren fünf Mark, ein billiger Preis.

In der Stube war unterdessen ein zweites Bett aufgestellt worden, und Anki hatte sich schon ausgezogen und hineingelegt. – Ich bin müde, sagte sie, ich habe genug für heute. Ihr braucht euch nicht zu fürchten, die Wäsche ist so sauber wie meine zu Hause.

Der Wirt hatte die Herren heimkommen hören und erschien mit dem Abendbrot. Anki trug einen blauseidenen Pyjama, der die Farbe ihrer Augen hatte, und als der Wirt die schöne Fremde im Bett liegen sah, blieb er erstaunt stehen und betrachtete zuerst Anki und dann Leopold.

– Sind Sie verheiratet? fragte er.

– Nein, sagte Leopold.

– Und Sie auch nicht? fragte er Waldo.

– Ich bin verheiratet, sagte Waldo, und diese Dame (er deutete auf Anki) ist meine Frau.

– Wozu brauchen Sie dann drei Betten? Gott der Gerechte! Wenn ich hätte ein so schönes Weib, würde ich mit ihr in einem Bett schlafen von morgens bis abends und von abends bis morgens!

– Sie haben ganz recht, sagte Waldo.

Das Abendbrot bestand aus sechs weichen Eiern, einem Korb mit Brötchen, die süß schmeckten und mit Rosinen gefüllt waren, Tee und Zucker. Der Wirt stellte das Tablett auf den Tisch, aber er hatte anscheinend wenig Lust, sich von seinen Gästen zu trennen, er blieb auf der Schwelle stehen und spähte zu Anki hinüber. Anki hatte sich im Bett aufgesetzt und schnitt ein Brötchen durch, und der Wirt folgte ihren Bewegungen mit unverhohlener Lüsternheit. Er kämmte sich wieder den Bart, in dessen Locken die gespreizten Zinken seiner Finger auf und ab wühlten, und schielte dabei um den Türpfosten herum nach Ankis Brust, wie seine Vorfahren die schöne Susanna belauert hatten, die Tochter des Hilkias, als sie ihr Bad nahm. Er war ein beflissener Mensch, aber er hatte nicht gelernt, seine Gefühle zu verbergen, er zeigte seine Gier wie ein Tiger, der ein Lamm erblickt.

Leopold klopfte sein Ei auf und langte nach dem Salzfaß, als er plötzlich sah, daß der Wirt noch im Zimmer stand. In diesem Augenblick zog der Wirt seine Hand aus dem Bart und fragte, ohne jedoch die Augen von Anki zu lassen: – Was hat se gebracht Mitgift?

Sonderbare Frage! dachte Leopold und überlegte eine Antwort, aber Waldo kam ihm zuvor.

– Hunderttausend Mark, sagte er rasch und machte dabei ein ernstes Gesicht.

Der Wirt warf beide Arme in die Luft. – Zweihunderttausend Zloty! Gott der Gerechte! Dafür kann man kaufen ganz Polen! Und so schön, so schön, daß man sie auch ohne Geld nehmen möchte! Er machte eine kleine Pause und fuhr zu Waldo gewandt fort: – Sie müssen ein Mensch sein, der Glück hat. Aber warum kommen Sie dann in unser elendes Dorf? Wollen Sie hier Geschäfte machen?

– Wir fahren nach Warschau, sagte Waldo.

– Do Warszawy, sagte der Wirt. So ... ja ... das ist gut, das ist eine Stadt mit Geld ...

– Gibt es bei Ihnen eine Tankstelle? fragte Leopold. Mein Benzintank ist leer, und ich brauche vierzig Liter.

Der Wirt packte wieder seinen Bart und warf Leopold von unten nach oben schielend einen raschen, prüfenden Blick zu. – Hier gibt es nur Steine und Bäume, sagte er. Aber Sie sprechen wie ein großer Herr, und die großen Herren sprechen: was sein muß, muß sein! Ich verstehe diese Sprache, und wenn Sie mir wollen geben den Auftrag, werde ich Ihnen besorgen fünfzig Liter.

– Abgemacht, sagte Leopold, und jetzt wollen wir schlafen gehen. Er stand auf und schloß die Tür, an der aber weder ein Riegel war noch ein Schlüssel. Franziska ließ sich eine Zündholzschachtel geben, zerbrach ein Streichholz in zwei Teile und ließ Leopold ziehen. Da er das kürzere Stückchen zog, mußte er auf dem Stuhl schlafen. Er holte sich ein Kissen und zwei Decken aus dem Wagen, und da alle sehr müd waren, fielen ihnen bald die Augen zu.

2

Es war sechs Uhr, und die Reisenden schliefen alle drei noch fest, als der Wirt schon wieder in das Zimmer huschte. Er sah grau und verwittert aus wie ein Mensch, der seit vierundzwanzig Stunden nicht geschlafen hat, und sein Kaftan war staubig und verknittert.

– Es ist Zeit, meine Herren, rief er und klatschte in die Hände, es ist Zeit! Ich habe Ihnen fünfzig Liter Benzin besorgt, schönes, klares Benzin, rein wie Wasser, das man aus einer Quelle im Wald schöpft, und kräftig. Ihre Maschine wird Freude haben und davonlaufen wie ein Pferdchen.

Das war eine gute Nachricht, aber sie hätte Leopold auch um sieben oder um acht Uhr noch erfreut. Jedoch, da sie nun einmal wach waren, standen die beiden Männer auf und gingen in den Hof, wo ein Brunnen floß, an dem man sich waschen konnte. Der Wirt lief nebenher und betrachtete mit unermüdlichem Interesse die Seife, den Rasierapparat und alle Bewegungen, die Leopold machte, während ihm Waldo den Spiegel hielt. Waldo war hungrig und erklärte, er wolle frühstücken, aber der Wirt war anderer Ansicht. – Das hat Zeit, meine Herren, das hat Zeit! Jetzt müssen wir erst zum Benzin gehen und die gute Ware kaufen.

Der Eifer des Mannes war so komisch, daß Leopold für Nachgeben war, und so wanderten sie denn mit dem Wirt durch das Dorf. Auf dem breiten und formlosen Marktplatz, der sich nach allen Seiten ins Grüne ausdehnte, sah man noch Schützengräben aus dem Weltkrieg, und in der Ecke eines Friedhofs, der von einer niedrigen und zerbröckelnden Mauer umgeben war, lagen hohe Berge von rötlich schimmerndem, verrostetem Stacheldraht. Der Wirt marschierte voraus, wobei er den Pfützen sorgfältig auswich. Er hatte Schaftstiefel angezogen, deren Absätze schief getreten waren, und als die kleine Gruppe zehn Minuten gegangen war, deutete er auf ein Haus, das ein wenig abseits stand.

– Dort werden wir unser Geschäft machen!

Das Gebäude war wie alle Häuser in Widze aus Holz gebaut,

aber ein wenig größer als die übrigen Hütten. Der Wirt ging an der Haustür vorbei in den Hof, der mit Pfützen und Abfallhaufen bedeckt war, und näherte sich der Hintertür, wo er einen Augenblick stehen blieb. Als er sah, daß seine Begleiter zur Stelle waren, legte er den Finger an die Lippen und gebot Schweigen. Dann trat er plötzlich mit der vollen Fläche seines Fußes gegen die Tür und brach dabei in ein scheußliches, meckerndes Gelächter aus. Die Tür war durch den massiven Fußtritt aufgeflogen, und die Bewohner des Hauses fuhren entsetzt in die Höhe. Es waren drei oder vier Männer und ebensoviele Frauen und Kinder, die in einer küchenartigen Stube versammelt waren. Eine junge Frau saß mit nackten Beinen und Füßen in der Mitte des Zimmers auf einem Hocker und kämmte ihr langes, schwarzes Haar. Sie hielt sich über ihre gespreizten Knie tief vornübergebeugt, und als sie sich nun erschrocken aufrichtete und den Kopf in die Höhe warf, flatterten die düsteren Kaskaden ihrer Locken um ihr Gesicht und ringelten sich um die bleiche Stirn und die weit aufgerissenen Augen. Ihre Nachbarin hielt einen nackten Säugling im Arm und reinigte ihn mit einem Lumpen. Der jähe Schrecken verwandelte ihn in eine Art Fahne, die den Eintretenden vom Stiel des erstarrten Armes entgegenwehte. Ein Haufen Hühner, die rascher wieder zu sich gekommen waren als die Menschen, rannte flatternd und verängstigt durch die Stube und flüchtete schließlich an den gefährlichen Säulen der Beine vorbei ins Freie.

Leopold zögerte einzutreten. Der Anblick der erschrockenen Leute war nicht angenehm, und er glaubte, dieser teuflischen Art, ein fremdes Haus zu betreten, werde ein mächtiger Krach folgen. Aber der Wirt verstand sich ebenso gut aufs Feueranzünden wie aufs Feuerlöschen. – Das sind die Herren, die fünfzig Liter Benzin kaufen möchten, sagte er, und das Zauberwort Kaufen stellte den Frieden wieder her. Die Frauen zogen sich in den Hintergrund zurück, während die Männer nähertraten, um das große Geschäft abzuwickeln. Ein junger Mann schleppte mehrere Kanister herbei und goß eine Probe des Benzins in eine Tasse, die ihm sein Nachbar hinhielt.

– Wie das fließt! sagte der Wirt. Ah, das ist gute Ware, die können Sie kaufen, Sie werden es nicht bereuen.

– Die reinste Weinprobe, sagte Waldo und reichte Leopold die Tasse. Leopold war zufrieden, und als der Wirt sah, daß das Geschäft perfekt war, wurde er entlassen. – Man wird die Ware zu Ihrem Auto bringen, sagte er, und Sie werden bezahlen, wenn Sie fortreisen.

Leopold und Waldo gingen den gleichen Weg zurück, den sie gekommen waren, und Leopold betrachtete das Dorf. Es war ein trostloses Nest; man sah keinen Garten und nirgends eine Blume. Selbst die Kinder machten einen düsteren und schwermütigen Eindruck, und Leopold erblickte ein halbwüchsiges Mädchen, das unbeweglich auf einem Stein saß und in die Morgensonne blinzelte, während hunderte von Fliegen die weichen Wangen des Kindes als Promenadeplatz für ihren gierigen Müßiggang benutzten. An der Mauer des Friedhofs blieb Waldo stehen und studierte den Stacheldraht, den er aus irgendeinem Grund für russischen Draht erklärte, als plötzlich der Wirt auftauchte. Er schaute zur Seite und wollte eiligst vorüberhuschen, aber Leopold rief ihn an, und als der Wirt stehenblieb, fragte er ihn, warum er vorhin die Leute, die das Benzin verkauft hätten, so grausam erschreckt habe.

– Sind Sie ein Kaufmann? fragte der Wirt.

– Nein, sagte Leopold, ich betreibe ein anderes Gewerbe. Ich bin Mitarbeiter einer Zeitung.

Der Wirt schaute Waldo an und dann Leopold und antwortete: – Ich hab es gesehen in Ihrem Paß, und Sie sollten sehen den Dreck von der Armut!

Nach diesen Worten riß er von einem Holunderstrauch ein Blatt ab, steckte den Stiel zwischen seine schwarzen Zähne und ging weiter.

Waldo bückte sich und holte unter dem Stacheldraht ein russisches Seitengewehr hervor. Die Klinge war abgebrochen und der Griff verrostet. Waldo betrachtete die Waffe eine Zeitlang und warf sie wieder in den Drahthaufen zurück. – Der große Cäsar, Staub geworden, verstopft ein Loch im hohen Norden, sagte er, und die beiden Männer gingen weiter.

Anki war inzwischen aufgestanden und hatte ein nettes und begehrenswertes Frühstück gerichtet. Sie hatte sich ein hellblaues Tuch über die Haare gebunden und trug über einem gelben Pullover die Jacke aus braunem Wildleder, die ihr besonders gut stand. – Da es in diesem Ausschank nur zwei Bettchen gibt, gibt es auch nur zwei Messerchen, sagte sie vergnügt, aber ich habe euch eure Brötchen schon geschmiert, und ihr braucht nur noch hineinzubeißen.

Der Tee schmeckte gut, und das einzig Lästige waren die siebenhundert Fliegen, krabbelndes, schwarzes, widerwärtiges Geschmeiß, das wieder vollzählig zur Stelle war und sich mit ekelhaftem Gesumm auf die Butter stürzte, auf den Zucker und sogar auf die Gesichter der Menschen.

– Das geht zu weit, sagte Waldo ärgerlich und steckte sich zwei Zigaretten an.

Das Auto war gut repariert worden. Der Schmied bekam zwölf Zloty, und die Reisenden fuhren gegen halb zehn fort. Das halbe Dorf war zusammengeströmt, um dem seltenen Ereignis beizuwohnen, aber der Wirt wanderte um den Wagen wie ein Erzengel und sorgte dafür, daß die Kinder nicht zu nahe herantraten.

Auch die Straßen wurden nun etwas besser, und so erreichte man am Abend Wilna und am übernächsten Tag Warschau. Die Reisenden stiegen im Europäischen Hof ab, und als sie sich gebadet hatten und umgezogen und den großen, hellen Speisesaal betraten, waren sie wieder in Europa eingetroffen.

Das Essen war gut. – Aber die Brötchen in Widze waren besser, sagte Anki. Weiche Eier mit Rosinen, das war doch mal was Neues. Leopold stimmte zu, und sie begannen über die vergangenen Tage zu sprechen und über die Fülle von Abenteuern, die sie erlebt hatten.

– Was war eigentlich das Schönste? fragte Anki.

– Die Düna, sagte Leopold, und ihre gewaltigen Wasser.

– Flüsse gibt es überall, und die Elbe ist auch kein Bächlein, sagte Waldo. Das Schönste war der Mann mit der großen Peitsche und das scheue Pferdchen, das noch nie ein Auto gesehen hatte in seinem friedlichen Leben.

– Das Schönste war der See mit den Schwärmen von Vögeln und mein einsames Bad, sagte Anki. Wir waren eigentlich dumm, wir sind viel zu rasch gefahren. Wir hätten an diesem See bleiben sollen und eine Woche Ferien machen. Ihr habt ihn nicht so gesehen wie ich, er war unergründlich tief und sein Wasser viel blauer als der Himmel. Dieses Polen ist stellenweise ein schönes Land!

– Wir sind tagelang zehn Kilometer pro Stunde gefahren, das kann man nicht rasch nennen, sagte Waldo.

– Und was war das Zweitschönste? fragte Anki.

– Das Zweitschönste war der Urwald mit dem Fuchsbau, gleich hinter der Grenze, in dem wir rasteten, als das Kühlwasser kochte, sagte Leopold.

– War der so schön? fragte Waldo.

– Das Zweitschönste war der Himmel vor Bialystock, sagte Anki. Könnt ihr euch daran nicht mehr erinnern?

– Natürlich, riefen beide, Anki hat ganz recht, das war das Zweitschönste.

Unsere Reisenden hatten an diesem Tag – es war der Tag nach Wilna – gebummelt und kamen erst spät in der Nacht nach Bialystock. In den vorausgegangenen Wochen waren sie abends immer rechtzeitig angekommen, und es war die erste Nachtfahrt der Reise. Unter Tags war der Himmel bewölkt gewesen, aber gegen Abend hellte das Wetter auf, und an dem wolkenlosen Firmament stieg ein Stern nach dem andern empor, bis der blaue Mantel der Nacht mit der unzählbaren Fülle unzählbarer Lichter betupft war. Die Natur ist unerschöpflich in Wundern, aber es bleibt eines ihrer größten Geheimnisse, daß man ihre Bilder, und gerade die alltäglichen, sehr schnell vergißt. Wenn der Herbst gekommen ist und das Auge auf den gefärbten Wäldern ruht, weiß man zwei Tage später schon nicht mehr, wie der Sommer ausgesehen hat. Man betrachtet die gelben und rötlichen Lichter in den Farben der Blätter und fragt sich vergebens, wie das Grün des Sommers war, wie hoch die Rosen in diesem Jahr standen, und wie das Rosa der Nelken aussah, die längst verblüht sind.

Waldo saß am Steuer und fuhr rasch, und jeder schwieg. Anki

hatte sich nach hinten zu Leopold gesetzt und schaute zu den Sternen hinauf. Eine Sternschnuppe huschte über die Himmelswand, und Anki träumte ihre Träume, ihre Wünsche und viele farbige Hoffnungen …

Der Kellner, in weißer Jacke mit schwarzen Hosen, brachte drei Portionen Kaffee und eine Platte mit Törtchen, die Franziska bestellt hatte. Leopold nahm eins auf den Teller, biß ein Stück ab und sagte: – Der Wirt in Widze verdient auch eine Erwähnung. Er war ein ordentlicher Mann, denn seine Rechnung stimmte genau, und seine Preise waren selbst für ein solches Nest niedrig. Außerdem, fuhr er zu Anki gewendet fort, war er in dich verliebt.

– Das war nicht angenehm, sagte Anki. Ihr hättet mich besser beschützen können. Die Augen dieses Menschen waren fürchterlich.

Vierzehntes Kapitel

... Und oft kommen die Antworten vor den Fragen.
André Gide/Oscar Wilde.

I

Leopold blieb zwei Wochen in Warschau, und es war anfangs September geworden, als die Reisenden die deutsche Grenze wieder überschritten und in Schlesien einfuhren. Sie hatten die Plätze gewechselt. Leopold schlief hinten im Wagen, während Waldo am Steuer saß. Die Straße war gut, und die Feuchtigkeit der Luft belebte den Motor. Er holte aus wie ein Windhund und brachte Kilometer um Kilometer hinter sich.

– Fahr langsam, sagte Anki und legte ihre Hand auf den rechten Arm ihres Bruders.

– Warum?

– Weil ich es will.

Der Wagen fuhr in ein Dorf ein, und Anki befahl Waldo zu halten. Auf dem Dorfplatz spielten Kinder um einen alten Brunnen, und Anki betrachtete nachdenklich und versonnen die struppigen Bubenköpfe und die kleinen ordentlichen Mädchenzöpfchen mit farbigen Schleifchen drin und den alten, grauen Brunnen und ein Haus mit Fachwerk im Hintergrund. Leopold erwachte. – Was ist los? fragte er. Warum steht der Wagen? Haben wir schon wieder 'ne Panne?

Anki drehte sich um und reichte Leopold die Hand. – Hast du gewußt, daß Schlesien so schön ist? Schau mal die Kinder an und den alten Brunnen und das weiche Rot des Fachwerks. Das ist alles vollendet und so schön, daß man Lust bekommt, auszusteigen und dieses Haus zu kaufen und immer hier zu bleiben.

Waldo fuhr den Wagen an den Straßenrand, und die Reisenden setzten sich im Schatten einer Linde auf eine Bank. Waldo putzte seine Fahrbrille, und Anki betrachtete wieder den Brunnen und die Fassaden der Häuser und die ruhig-ernsten Bewegungen der Vorübergehenden. – Unsere Reise war schön, sagte sie, aber ich bin froh, daß wir wieder daheim sind.

Der Linde gegenüber, aber so nah, daß die Spitzen der Zweige das alte Dach streichelten, lag ein Gemischtwarenladen, und Anki stand auf, um Ansichtskarten zu kaufen. Sie kam mit zwei Karten zurück und schickte eine an Hans Karl und die andere an ihre Eltern und schrieb auf beide dasselbe:

Nord – Süd, Ost – West
To Huus de best!

Am Nachmittag fuhr Leopold in Breslau ein, und dies war die letzte Station der Reise; am folgenden Tag trennten sich die Wege. Waldo und Leopold fuhren mit dem Wagen nach Berlin, während Anki über München nach Überlingen reiste, um Hans Karl abzuholen, der dort mit Inge und deren Kindern in der Sommerfrische war.

Anki übernachtete in Lindau und nahm für das letzte Stück der Reise das Schiff. Sie hatte nicht berechnet, daß ein Dampfer langsam fährt und der Bodensee ein kleines Meer ist, und ihr Herz, das große Sehnsucht nach Hans Karl hatte, wurde ungeduldig. Sie versuchte einen Roman zu lesen, dessen Heldin die Filmschauspielerin Barbara La Marr war, aber sie mußte immer wieder an Hans Karl denken und konnte sich nicht konzentrieren. Sie nahm sich einen Liegestuhl, steckte das Buch in die Tasche und betrachtete die sanfte Schönheit der vorübergleitenden Ufer.

Endlich läutete die Schiffsglocke, und der Kapitän meldete: – Nächste Station Überlingen. Anki stand auf, zog die Handschuhe an und verließ das Oberdeck. Das Schiff machte langsame Fahrt, und auf der Landestelle packten zwei Männer den Laufsteg. Der Kapitän befahl: Volle Fahrt rückwärts! und das Schiff zitterte unter dem Zusammenprall seiner Gleitbewegung und der jäh einsetzenden Gegenkraft. Die Matrosen nahmen die Seile in die Hand, und als sie an Land geworfen und vertäut waren, verließ Anki als erste den Dampfer. Inge stand mit ihren beiden Kindern hinter der Sperre, und Anki winkte ihr eben zu, als sie Hans Karl und Luise erblickte. Hans Karl trug stramm sitzende, blaue Höschen und ein weißes Hemdchen. Anki lief auf ihn zu, hob das kleine Gewichtchen hoch und küßte die weichen Haare und die weichen Wangen. Auch Inges Kinder sahen niedlich aus, aber als sie nun brav und wohlerzogen vorgingen, sah Anki mit Stolz, daß Hans Karl genau so groß war wie Inges Sohn Ludwig, obgleich Ludwig zehn Monate älter war.

– War er brav? fragte Anki, oder hast du viel Mühe mit ihm gehabt?

– Er war sogar sehr brav, sagte Inge, viel braver als mein Nachwuchs, aber seit gestern hatte er plötzlich große Sehnsucht nach dir und war kaum mehr zu halten.

Georg von Klemm hatte unter der Tür des Hotels gewartet und ging nun auf Anki zu. – Du bist ordentlich braun geworden, sagte er, du hast sicher eine schöne Reise gemacht.

– Eine phantastische Reise, sagte Anki. Ich werde euch viel zu erzählen haben.

Die Kinder durften zur Feier des Tages abends aufbleiben und mit den Erwachsenen essen, und nach dem Essen brachte Anki Hans Karl selber ins Bett.

– Mami, ich kann schon schwimmen, sagte Hans Karl, und ich bin sehr froh, daß du wieder da bist.

– Hast du meine letzte Karte bekommen?

– Ja.

– Hast du sie verstanden?

– Tante Inge hat sie mir erklärt.

Hans Karl lag im Bett und schaute seine Mutter an. Anki setzte sich auf den Bettrand und forschte in den Augen des Kindes. Sie hätte gern gewußt, was er erlebt hatte, besonders im ersten Teil seiner Ferien, aber sie wagte es nicht, ihn durch Fragen zu verwirren, und es hätte wohl auch keinen Wert gehabt, ihn zu fragen, denn Kinder schweigen wie die Erwachsenen, und es gibt Erlebnisse, welche erst nach Monaten oder sogar nach Jahren aus den Kammern ihres Herzens emportauchen, und die keine Frage früher ans Licht bringen könnte.

Hans Karls Zimmer ging auf den Garten. Anki deckte ihr Kind zu und öffnete das Fenster. Der Abend war warm, und Anki hörte von unten Inges Stimme heraufklingen und gleich darauf Georgs tönenden Baß etwas antworten. Sätze waren nicht zu verstehen, kaum Worte, nur Klänge von Stimmen. Anki trat vor den Spiegel und fuhr sich mit Hans Karls kleiner, weicher Bürste über die Haare. Dann zupfte sie ihr Kleid zurecht, warf noch einen Blick auf Hans Karl, der schon eingeschlafen war, und verließ auf Zehenspitzen das Zimmer, um sich noch eine Stunde lang zu ihren Geschwistern zu setzen.

Man hatte kleine Girlanden von Baum zu Baum gehängt aus bunt gefärbten elektrischen Birnchen, die ein mildes Licht aussandten. Das sieht hübsch aus, dachte Anki und blieb unter der Tür stehen, bis eine Kellnerin hinter ihr »Verzeihung« sagte und, ein riesiges, vollbeladenes Tablett schleppend, in den Garten schwankte.

Georg Klemm holte seiner Schwägerin einen Stuhl, und Anki probierte den Wein. Er war noch jung, von der Ernte des letzten Jahres, aber gut. Anki lehnte sich zurück, betrachtete den Garten und lauschte. Es hatte sich ein Wind erhoben, und die Wellen des Sees klatschten gegen die Mauer des Hotelgartens. Inge war sehr neugierig, und Anki mußte schon am ersten Abend viel erzählen. Als man schließlich nach Mitternacht aufbrach, um schlafen zu gehen, sagte Inge: – Ich muß dir übrigens noch was sagen ... Richard ist im Hotel. Ich glaube, er würde gern mit dir sprechen.

Anki blieb stehen und schaute auf den Fußboden.

– Ach ... warum denn? Was soll das bedeuten?

– Ich ahne es nicht, sagte Inge. Er ist heute mittag plötzlich angekommen, und soviel ich weiß, will er morgen wieder weiterfahren.

Georg Klemm nahm die Zigarre aus dem Mund, hob sie vor die Augen und prüfte die Asche.

2

Inge war mit den Kindern spazieren gegangen, und Anki saß im Hotelgarten beim Frühstück, als Richard aus der Drehtür trat und ziemlich rasch auf Anki zukam. Er hatte sich nicht verändert, und das merkwürdigste war, daß er garnicht niedergeschlagen aussah. Anki hatte gedacht, er müßte einen traurigen und schmerzlichen Zug im Gesicht haben, aber es war ein ruhiger, gelassener, eleganter Herr in einem weichen, hellgrauen Flanellanzug, mit hellblauer Krawatte und mit braungebranntem Gesicht, der nun an den Tisch trat und sich Anki gegenübersetzte.

– Wie geht es dir? fragte Richard.

Anki versuchte Richards Blick auszuhalten und sagte:

– Danke, gut.

– Hans Karl ist ein großer Junge geworden, sagte Richard. Die langen Ferien sind ihm gut bekommen.

– Inge hat rührend für ihn gesorgt, sagte Anki, ich bin ihr sehr dankbar.

Richard rückte das Salzfaß vor sich und nahm es in beide Hände. – Er braucht Sorge, sagte er. Wir waren ja viel zusammen, als ich noch in Überlingen war, und ich glaube, er leidet mehr unter unserer Trennung, als er sagt, und als ein so kleines Kind vielleicht sagen kann.

Anki gab keine Antwort und betrachtete Richards Hände.

– Ich wußte nicht, daß du gestern ankommen würdest, sagte Richard. Ich hatte in Schaffhausen zu tun und kam für eine Nacht nach Überlingen, um Hans Karl noch einmal guten Tag zu sagen.

Es war keine Frage, und Anki gab keine Antwort.

Richard saß in der Sonne und fragte, ob er seinen Hut aufsetzen dürfe. Es war ein weicher, brauner Hut, wie ihn Richard schon früher immer getragen hatte. – Ich weiß, daß ich dir damals sehr weh getan habe, sagte Richard. Es war ganz verdammt dumm von mir gehandelt, aber ich war viel jünger, als die Leute glaubten, und als ich selber wußte. Der Krieg hatte mir fünf Jahre genommen, die plötzlich zurückkehrten. Es hat wenig

Wert, wenn einem hinterher einfällt, was man vorher hätte wissen sollen, aber ich leide sehr unter der Trennung von euch beiden, und ich wage es, dich zu fragen: Könntest du zu mir zurückkommen? Mein Haus hat sich nicht verändert ... ich meine ... es ist niemals berührt worden, und dein Zimmer wartet auf dich.

Es ist zu spät, dachte Anki, ich kann nicht, ich kann nicht.

– Ich weiß, daß du Hans Karl ebenso liebst wie ich, fuhr Richard fort, und ich bin froh, daß du ihn hast ... es ist kein guter Zustand, allein zu leben, und mit einem Kind wie Hans Karl zusammen lebst du wenigstens nicht ganz allein.

Anki dachte: Ich hab ihm unrecht getan, er ist besser, als ich von ihm gedacht hatte. Er wird mir das Kind nicht wegnehmen. Aber es ist zu spät ... es ist zu spät ... er ist ein fremder Mann geworden, ich gehöre ihm nicht mehr ... ich gehöre nur noch Leopold.

– Meine Frage hat dich überrascht, man sieht es dir an, und ich kann es gut verstehen. Ich weiß, daß du mir nicht sofort ja sagen kannst ... du warst sehr jung, und ich habe erst hinterher begriffen, wie sehr ich dich verletzt habe ... übrigens ohne es zu wollen ... und ich bin froh, daß du mir wenigstens nicht sofort nein gesagt hast.

Richard stand auf.

Anki hob den Kopf und sah Richard an. – Was soll ich tun? fragte sie. Sie wußte selber nicht, warum sie die Frage gestellt hatte und was sie bedeuten sollte, sie war sehr verwirrt, und sie wünschte, sie wäre nicht nach Überlingen gefahren.

– Ich bin immer da, sagte Richard. Du kannst mir schreiben oder mich anrufen oder mich kommen lassen.

Anki stand ebenfalls auf. Richard küßte ihr die Hand und sagte: – Lebe wohl, Anki, und gib Hans Karl einen Kuß. Ich will jetzt gehen, denn es wäre nicht gut für Hans Karl, wenn er uns hier zusammen sähe.

Er setzte seinen Hut auf, ein wenig schief aufs rechte Ohr, wie er das immer getan hatte, und ging langsam auf das Haus zu. Fünf Minuten später sprang der Motor seines Wagens an, und gleich darauf sah Anki Richard über den großen Platz vor dem Hotel in der Richtung auf Lindau davonfahren. Er hatte vom ersten Gang in den dritten geschaltet und fuhr sehr rasch. –

Zwei Tage später kam Anki mit dem Nachtschnellzug in Berlin an. Sie war verwirrt, niedergeschlagen und sehr unglücklich. Leopold fuhr sofort in die Kaspar-Theys-Straße. – Du siehst nicht gut aus, sagte er zu Anki. Bist du krank?

– Inge ist bei mir, sagte Anki. Sie ist momentan in der Stadt, um Einkäufe zu machen, aber sie kommt zum Essen nach Hause. Sie weiß alles ... es ist ja egal! Einmal hätte sie es doch erfahren, und es ist vielleicht besser, wenn sie von mir benachrichtigt wird als von irgendwelchen fremden Leuten.

Leopold setzte sich auf den Stuhl vor Franziskas Schreibtisch und sagte: – Ich habe dich nicht ganz verstanden. Was weiß Inge?

– Alles, wiederholte Anki, daß ich dich liebe ... Bist du böse auf mich? Hätte ich schweigen müssen? Wäre es richtiger gewesen, zu schweigen? Schau mich nicht so zornig an! Gib mir lieber Antwort!

– Ich muß schweigen, sagte Leopold, aber du kannst sagen, was du willst, und ganz besonders deiner Schwester.

Anki nahm einen Stuhl und setzte sich neben Leopold.

– Richard war in Überlingen.

– Wer? Dein Mann?

– Ja. Richard.

– Und was wollte er?

– Mich! Ich soll zu ihm zurückkommen. Er liebe mich wieder, und Hans Karl leide unter unserer Scheidung.

– Das kommt nicht in Frage, sagte Leopold.

– Ich bin froh, daß du das sagst. Ich kann nicht in ein Haus gehen, in dem du nicht bist.

Inge war aus der Stadt zurückgekommen. Leopold hörte auf dem Vorplatz eine Stimme, die eine gewisse Ähnlichkeit mit Ankis Stimme hatte, und gleich darauf trat Frau von Klemm ins Zimmer. Sie hatte einen braunen Hut auf und einen Regenmantel an, der offen stand. Sie war im Gesicht und um die Hüften dicker geworden und hatte sich überhaupt sehr verändert; Leopold hätte sie nicht wiedererkannt. – Wir kennen uns ja, sagte sie und streckte Leopold die Hand hin, wobei sie ihn von oben bis unten prüfte.

– Ja, sagte Leopold, ich erinnere mich sehr gern an viele angenehme Stunden in dem schönen Heidelberger Haus Ihrer Eltern.

Inge wandte sich an Anki: – Und du, mein Liebes, fühlst du dich besser? Ich hab' dir ein ausgezeichnetes Mittel gegen Halsschmerzen mitgebracht. Wir nehmen es zu Haus alle, es wirkt in einem halben Tag, und du bist morgen wieder gesund.

Inge setzte sich auf das grüne Sofa und betrachtete Leopold, wie man einen Menschen betrachtet, der schon morgens um zehn Uhr auf Besuch kommt statt um halb zwölf, oder der um ein Uhr immer noch herumsitzt, statt endlich die Tür zu finden – kurz: der stört. Es hätte vielleicht nahegelegen, einen Mann genauer zu betrachten, für den sich Anki so sehr interessierte, aber Frau von Klemm war kein Mensch, der sich für andere Menschen interessierte. Ihre Urteile standen fast immer im voraus fest.

Sie war Leopolds Feindin, er spürte es sofort, aber er spürte auch, daß dies eine jener rein gefühlsmäßigen Abneigungen war, gegen die es kein Mittel gibt und mit denen man sich abfinden muß. Anki holte aus einer Schublade ein kleines rotes Flanelltuch und legte es um den Hals. Sie sah miserabel aus, und Leopold wäre gern bei ihr geblieben, aber solange Inge im Zimmer saß und Erzieherin spielte, war Vorsicht am Platz. Er verabschiedete sich von Anki, so steif und förmlich, wie es nur gehen wollte, und fuhr nach Hause. Auch Anki hätte Leopold gern zurückbehalten, aber Inge war wie ein gereizter Sturmwind, und Anki fühlte sich so matt, daß sie kampflos nachgab.

Inge zog Hut und Mantel aus und warf sie in der Garderobe über einen Stuhl. Sie hatte am Vormittag eine Menge Einkäufe gemacht und dabei eine ebenso große Menge Entschlüsse gefaßt, und sie konnte es kaum noch abwarten, endlich mit Anki allein zu sein. – Das ist kein Leben für dich, sagte sie, als sie wieder ins Zimmer trat. Ich habe mir heute vormittag noch einmal alles überlegt ... du brauchst einen Mann und wieder eine richtige, bürgerliche Ordnung.

– Leopold ist auch ein Mann, sagte Anki.

– Das ist ein Journalist, sagte Inge, entschuldige, wenn ich so offen rede, aber sowas paßt nicht zu dir.

– Findest du einen Bankier was besseres?

– Ja, sagte Inge. Das finde ich allerdings, und ich glaube, daß mir da jeder vernünftige Mensch zustimmen wird.

– Ich nicht, sagte Anki, und außerdem sind die Chindlers bessere Leute als die Schelers.

– Das weiß ich nicht, sagte Inge. Das ist von uns aus gesehen alles eins, Jackett wie Beinkleid, sagt Georg in solchen Fällen, aber gerade deswegen ist der Beruf eines Mannes doppelt wichtig.

Inge setzte sich in den großen hellroten Lehnsessel und drehte den grünen Siegelring, den sie am kleinen Finger ihrer linken Hand trug. Anki betrachtete Inges Schuhe, ihre Beine und den engen Rock und sagte: – Würdest du zu einem Mann zurückkehren, den du nicht mehr liebst?

Inge steckte den Siegelring von der linken Hand an die rechte und schlug die Beine übereinander. – Ich will dich wirklich nicht beeinflussen, sagte sie, aber ich würde, wenn ich in deiner Lage wäre, nur an meine Kinder denken und erst ganz zuletzt an mich. Wir sind garnicht so wichtig. Die Kinder sind viel wichtiger als wir, und das allerwichtigste ist die Familie. Georg sagt immer, Glück und Familie seien zwei Worte für dieselbe Sache, und jeden Tag fühlte ich mehr, daß er recht hat.

– Es kann sein, daß du recht hast, sagte Anki.

Inge machte ein ernstes Gesicht, das bekümmert aussehen sollte, und triumphierte. – Ich will dich wirklich nicht beeinflussen, wiederholte sie, aber ich will dein Bestes, das kannst du mir glauben, und wenn ich noch eine Bemerkung machen darf, dann möchte ich sagen, daß mir Richard in Überlingen sehr gut gefallen hat. Er weiß, daß er dir unrecht getan hat, und er machte auch auf Georg einen Eindruck, den man wirklich als geläutert bezeichnen könnte.

Anki stand auf und schellte. Luise trat ein, und Anki bat sie, das Thermometer aus dem Schlafzimmer zu bringen. – Ich habe Fieber, sagte sie zu Inge, und möchte mich wegen Hans Karl kontrollieren, damit er sich nicht ansteckt.

Am nächsten Morgen rief Frau von Klemm Leopold auf der Redaktion an, und sie verabredeten, um ein Uhr bei Habel Unter den Linden zusammen zu essen. Leopold hatte sehr viel zu tun, und es war die einzige Zeit, die er frei hatte.

Leopold war pünktlich, aber als er um fünf Minuten vor eins das Lokal von Habel betrat, saß Inge bereits an dem Tisch, den Leopold telephonisch bestellt hatte.

– Sie wissen ja, wie alles steht, sagte Inge ohne jede Einleitung, und ich denke, wir können offen miteinander reden.

– So offen, wie Sie wollen, sagte Leopold und setzte sich Frau von Klemm gegenüber.

Inge trug ein blaues Hütchen, ein graues Kostüm mit crèmefarbener Bluse, blaue Handschuhe und eine große blaue Handtasche, die sie neben sich aufs Tischtuch legte. Sie zog ihre Handschuhe aus, und Leopold betrachtete die kleinen Striemen, welche die Handschuhe in Inges Finger gezogen hatten. Sie hatte schöne, weiche und sehr weiße Hände mit langen, schmalen Nägeln, aber mit Anki war sie nicht zu vergleichen. Sie war eine Frau von sehr guter Rasse, und sie hätte vielleicht hübscher sein können, als sie war, wenn sie nicht um Mund und Nase einen Ausdruck von Hochmut gehabt hätte, und zwar von geistigem Hochmut, von Besserwisserei und Unzugänglichkeit für Argumente, der Leopold nicht gefiel.

Der Kellner brachte die Speisekarte, und Inge sagte, sie habe wenig Hunger. – Ich möchte das einfachste haben, was es gibt.

Der Kellner sammelte die beiden Karten wieder ein, und Inge begann: – Ich tue etwas, das mir nicht liegt und was ich noch nie getan habe: Ich kümmere mich um Dinge, die mich im Grunde nichts angehen, und ich unterhalte mich über Franziska, ohne daß Franka etwas davon ahnt. Aber Franka ist meine einzige Schwester. Ich liebe sie sehr, und sie ist mir grade durch ihr Kind, durch diesen entzückenden Buben, wieder fest ans Herz gewachsen. Sie wissen ja wahrscheinlich, daß der kleine Hans

Karl sechs Wochen lang bei uns war, und mein Mann und ich lieben ihn, als ob er unser eigener Sohn wäre. Er ist ein sehr begabter Junge, mein Mann hält ihn sogar für ungewöhnlich begabt, aber wir fanden ihn etwas nervös, und ich glaube, daß er nicht leicht zu erziehen sein wird.

– Anki war sehr froh, Hans Karl bei Ihnen zu wissen, sagte Leopold.

– Das ist es eben, sagte Inge, Franka kann sich immer auf mich verlassen, genauso, wie ich mich auf Franziska verlassen würde, wenn es mal nötig wäre ... und diese Überzeugung gibt mir das Recht zu dem, was ich jetzt sagen muß: Ich glaube, es wäre das Beste für meine Schwester, wenn man die unglückselige Scheidung wieder rückgängig machen könnte.

– Warum glauben Sie das? fragte Leopold.

Inge ärgerte sich. Sie liebte es nicht, ihre Taten oder ihre Behauptungen zu begründen. Wenn sie über eine Sache sprach, hatte sie vorher nachgedacht, und sie fand es eine unbillige und anstrengende Zumutung, daß Leopold sie zwingen wollte, ihre Gründe zu nennen. – Ich kenne meine Schwester, sagte sie, und steckte mit einer nervösen Bewegung ihre Handschuhe in die große blaue Tasche, ich weiß, wie sie empfindet, und ich glaube rein gefühlsmäßig, daß es für sie das Beste wäre, wenn man mit einem kurzen Entschluß das Geschehene einfach wieder ungeschehen machen würde.

Leopold sah zum zweiten Mal, daß Inge gegen ihn war, und er hätte auch blind sein müssen, um es nicht zu sehen, aber er benahm sich so, als ob Inge seine Freundin wäre. Anstatt jedes Wort zu überlegen, antwortete er ziemlich rasch, und das Schlimmste war, daß er auch noch völlig offen sprach und gewisse Theorien zum Besten gab, die er besser für sich behalten hätte. – Ich glaube nicht, daß es für eine Frau wie Franziska gut ist, mit einem Mann zu leben, den sie nicht mehr liebt.

– Richard Scheler ist der Vater ihres Kindes, sagte Inge, also kein x-beliebiger Mann.

Der x-beliebige Mann war Leopold, aber Leopold dachte so fest an Anki und an die Frage, ob es gut für sie sei, wieder zu Richard zurückzukehren, daß er den Hieb nicht spürte. – Eine

Frau wie Anki braucht Liebe, wiederholte er. Das ganze Unglück geschah ja, weil ihr Herz auf eine Weise verwundet wurde, die sie nicht ertragen konnte.

– Franziska ist kein Mädchen mehr, sagte Inge, sie ist eine Frau geworden, die das Leben kennt, und die Mutter eines Jungen. Es ist vielleicht schwer für einen Mann, sich die mütterlichen Gefühle einer Frau vorzustellen, aber sie spielen eine sehr große Rolle in unserem Herzen, wahrscheinlich sogar die größte!

– Das weiß ich, sagte Leopold, aber ich glaube, man muß gegen diese Mode mißtrauisch sein, ich meine gegen eine gewisse Mode unserer Zeit, die behauptet, die Eltern seien für ihre Kinder da. Die Kinder sind mindestens ebenso für die Eltern da – wenn wir schon rechnen wollen –, und es ist eine offene Frage, was am Ende für ein Kind besser ist ... oder wenn Sie wollen schlechter: der Anblick von geschiedenen Eltern oder der von unglücklich Verheirateten.

Inge war nahe daran, die Gabel auf den Tisch zu werfen. Die Anstrengung einer Unterhaltung, bei der man aufpassen mußte wie bei einem Tennistournier, ging über ihre Kraft, und Leopolds Bemerkung über Eltern und Kinder verletzte sie. – Sie sind sehr gescheit, sagte sie, das ist mir bekannt. Aber es gibt Probleme des mütterlichen Herzens, die ein Mann, und besonders ein unverheirateter Mann, ein Junggeselle ohne Kinder, nicht verstehen kann. Er braucht sie auch garnicht zu verstehen, das wird niemand von ihm verlangen, aber ich finde, daß man darum diese Fragen den Frauen überlassen sollte.

– Was verlangen Sie von mir? fragte Leopold.

Das war die Frage, auf die Inge seit einer halben Stunde gewartet hatte, und sie war sehr erleichtert, weil sie nun endlich den einzigen Satz sagen konnte, den sie im Kopf hatte, und den sie bis dahin hatte umstreichen müssen, wie die Katze den heißen Brei. Sie machte sich nichts aus Beiwerk; sie fand es »lächerlich«, über ernste Dinge viele Worte zu machen. Ihrer Ansicht nach war im Leben alles Wichtige kurz und präzis formulierbar. Wenn man in die Ferien reiste, und der Zug um acht Uhr ging, hielt man ja auch keine langen Reden, sondern sagte den Kindern kurz und bündig, sie hätten um sieben Uhr sauber gewaschen und fertig angezogen dazustehen.

– Franziska hat Sie sehr gern, sagte Inge, aber Sie sollten ihr nicht im Weg sein. Sie sollten das große Opfer bringen und sie nicht hindern, wenn sie vielleicht ... zu ihrem Mann zurückkehren will.

– Hindern? sagte Leopold erstaunt. Ich werde Franziska niemals hindern, aber ich bin in einer schwierigen Lage: Anki wäre vielleicht schon meine Frau, oder wir wären mindestens verlobt, wenn das Kind nicht wäre. Anki liebt Hans Karl, und sie fürchtet, Herr Scheler könnte auf den grausamen Gedanken kommen, ihr das Kind wegzunehmen, wenn sie ihm das gibt, was man einen Stiefvater nennt. Sie sehen also: Wir bringen Beide Opfer, und Sie müssen bedenken, daß wir Beide in einer schwierigen Situation sind.

Herr von Klemm war ein Mann, der sich das Antworten abgewöhnt hatte, und die verwöhnte Inge fand Leopolds unermüdliche Art, immer neue Antworten zu geben, störrisch, rechthaberisch und unangenehm. Er war sicherlich gescheit, aber gescheite Männer waren schwierig und fast immer unsympathisch. Seine komplizierte Art erinnerte sie an einen Jugendfreund ihres Mannes, der ein Philosoph war und endlose Diskussionen liebte. Inge fand den Menschen schon auf dem Polterabend unverständlich und unangenehm, und es gelang ihr, Georg zu überzeugen, daß er nicht nur schlechte Manieren habe, sondern auch einen sehr schlechten Charakter. Der Verkehr schlief denn auch bald ein, und Georg mußte Inge sogar noch dankbar sein, denn Doktor Kleinbeiß wurde bald darauf in einen unerfreulichen Prozeß wegen des § 175 verwickelt. Leopold war ruhiger und gewandter als Kleinbeiß, aber Inge beschloß, ihn ebenso zu behandeln. Es war ja wirklich alles so klar und so einfach, daß nur ein böswilliger Mensch widersprechen konnte ... Anki bekam wieder einen Mann, und zwar einen, den man kannte, der sich gebessert hatte, und der obendrein der Vater ihres Kindes war, sie zog wieder in das schöne, große Haus (das ihr so gut gestanden hatte), man konnte wieder richtig mit ihr verkehren ... ach, es war wirklich sonnenklar; wenn man von diesem unerwünschten und wirklich überflüssigen Chindler absah, war das die beste Lösung, und zwar nicht nur für Franziska und Hans Karl, sondern für die ganze Familie, und wenn sich dieser Chindler etwas einbildete und nicht hören wollte, so sollte er eben fühlen. Inge hatte nun genug debattiert und fuhr anderes Geschütz auf. Sie war verärgert, und sie war überhaupt ein hastiger Mensch, und der Trumpf, den sie in der Hand zu haben glaubte, brannte sie auf den Nägeln. – Richard könnte ihr das Kind jeden Tag wegnehmen, wenn er wollte, sagte sie und schaute Leopold streng an.

Leopold schüttelte den Kopf: – Nein. Das Gericht hat Hans Karl Franziska zugesprochen.

– Sie ist mit Ihnen nach Polen gereist.

– Sie irren sich, sagte Leopold. Franziska machte diesen durchaus zulässigen Ausflug mit ihrem Bruder Waldemar und einem Freund ihres Bruders.

– Ach so ... ja ... man kann es vielleicht auch so sehen, sagte Inge.

– Sie werden es sicher nur so sehen, sagte Leopold.

Inge überlegte eine Antwort. Sie hatte in der Tat vergessen, daß Waldemar mit auf der Reise nach Polen gewesen war, und da ihr im Augenblick keine Antwort einfallen wollte, beschloß sie, für diesmal nachzugeben: – Ich habe in dieser Angelegenheit keine Meinung, antwortete sie zögernd, und bin natürlich nicht nur Frankas Schwester, sondern auch Ihre Freundin.

– Das weiß ich, sagte Leopold, deswegen haben wir ja auch so offen miteinander gesprochen.

Inge wechselte das Thema und sprach über die Berliner Theater, die sie, wie sie sagte, fleißig besuchen wolle. Aber als Leopold Kaffee bestellte, entschuldigte sie sich mit einer dringenden Verabredung und verließ das Restaurant. Sie war verstimmt, und als sie an der Autobushaltestelle warten mußte, beschloß sie, Anki zu warnen und nötigenfalls sogar ihre Eltern.

3

Am nächsten Tag kam Waldo zu Leopold auf die Redaktion. – Ich bin noch ziemlich jung, sagte er, und sein Gesicht zeigte bei seinen Worten einen Ausdruck von Scheu und Verlegenheit, der reizend war, – und die Weiber haben eine Seele, die mir vollkommen rätselhaft ist, aber ich glaube, Sie haben meine Schwester Inge nicht sehr geschickt behandelt.

– Ich habe sie sehr ungeschickt behandelt, sagte Leopold. Ich habe ihr ungefähr das gesagt, was ich denke.

– Es ist scheußlich, daß man lügen muß, sagte Waldo, aber ich glaube, man muß es manchmal tun.

– Lügen ist ein zu hartes und zu dickes Wort für das, was hier am Platze gewesen wäre. Man muß nicht alles sagen, was man denkt. Im einen Fall muß man diese Worte gebrauchen und im andern jene. Ist Frau von Klemm böse auf mich?

– Sehr böse, sagte Waldo. Sie seien ein unsittlicher Mensch. Sie hätten behauptet, Eltern hätten nicht die geringsten Pflichten gegen ihre Kinder.

– Das ist meine Ansicht nicht, sagte Leopold und mußte lachen, aber ich gebe zu, daß mich der Teufel geritten hat, und daß ich mich ein wenig theoretisch ausgedrückt habe. Es ist eine verfluchte Sache mit diesen Problemen, fuhr er nach einer Weile fort, und im Grunde genommen ist meine Ansicht ziemlich radikal. Wenn eine Frau wie Anki zu Richard Scheler zurückkehrt, wird sie sehr unglücklich, und ich glaube nicht, daß der Anblick einer unglücklichen Mutter die richtige Arznei für Hans Karl wäre. Das ganze Problem ist spitzfindig. Ich weiß nicht, ob die Eltern für die Kinder da sind oder die Kinder für die Eltern. Es gibt hochanständige, sehr moralische und sogar geniale Männer, die aus schauderhaften Ehen stammen, und es gibt Mörder und Sittlichkeitsverbrecher, welche die Söhne ehrbarer, fleißiger, frommer und glücklich verheirateter Leute waren. Die Natur macht, was sie will, und die Kinder sind wahrscheinlich auch nicht anders dran als die Erwachsenen: Wenn man einer Schwierigkeit aus dem Weg geht, begegnet man zwei andern.

– Ich kann mich in diese Dinge nicht mischen, sagte Waldo. Ich bin zu Ihnen gekommen, weil Sie ein sehr schätzenswerter Herr sind, für den ich eine Menge Empfindungen in meinem Herzen hege. Meine Schwester Inge hat das Pulver nicht erfunden, aber es ist natürlich dumm …

– Unter Männern ist Offenheit am Platz, unterbrach ihn Leopold, und ich will Ihnen etwas gestehen, lieber Waldo, das Sie allerdings für sich behalten müssen: Ich liebe Ihre Schwester! Ginge es nun allerdings um die Frage, ob Anki sich meinetwegen scheiden lassen soll oder nicht, so dann würde ich … vielleicht die Kraft aufbringen und fortgehen. Aber die Dinge liegen ganz anders. Man steigt nicht zweimal in denselben Fluß. Als ich Anki kennen lernte … ich meine wirklich kennen lernte, war sie schon seit drei Jahren geschieden, und ob man das reparieren kann, das bezweifle ich.

– Ich auch, sagte Waldo.

Auf Leopolds Schreibtisch lagen die Fahnen seiner Biographie über Gentz.

– Ich möchte auch ein Buch schreiben, sagte Waldo. Wie macht man das? Könnten Sie mir das Geheimnis verraten?

Leopold lachte und bot Waldo ein Zigarette an. – Das hat mich Ihre Mutter auch schon gefragt. Worüber wollen Sie denn schreiben?

– Über die englische Außenpolitik.

– Das ist ein beträchtliches Thema, sagte Leopold. Er stand auf, ging an den Schrank und holte ein paar dicke Bücher heraus.

– Das könnte Sie interessieren, sagte er, und das auch … die handeln alle von Ihrem Thema.

– Danke schön, sagte Waldo und steckte zwei Bände unter den Arm.

– Gehen Sie zu Anki? fragte Leopold.

– Nein. Zwei Schwestern in einer Wohnung sind für meine Nerven zuviel. Oder möchten Sie gern, daß ich hingehe?

– Bemühen Sie sich nicht! Aber wenn Sie Anki zufällig sehen sollten, dann grüßen Sie sie bitte sehr herzlich von mir.

– Das kann man telephonisch erledigen, sagte Waldo.

Inge Klemm benahm sich wirklich abscheulich. Anki hatte sich auf der Reise eine Angina geholt und lag mit neununddreißig Grad Fieber zu Bett. Am nächsten Abend fuhr Leopold in die Kaspar-Theys-Straße. Marie machte die Tür auf. – Wie gehts? fragte Leopold und legte seinen Hut auf die Glasplatte in der Garderobe.

– Schlecht, sagte Marie. Der Doktor war schon zweimal da. Frau Scheler hat arge Schmerzen und über neununddreißig Grad Fieber. Er meint, es sei eine Angina, aber ich weiß nicht recht ...

Leopold hatte keine Ahnung davon, daß Franziska ernsthaft krank war, und bekam einen großen Schrecken. – Warum hat man mich nicht angerufen? sagte er zornig, aber Marie gab keine Antwort und schaute auf den Fußboden.

In diesem Augenblick ging die Tür auf, und Inge trat auf den Vorplatz. – Das tut mir wirklich leid, sagte sie zu Leopold, aber nun sind Sie umsonst hergekommen. Hätten Sie mich doch angerufen! Meine Schwester ist sehr krank und hat leider hohes Fieber.

Leopold wußte nicht, warum er hätte Frau von Klemm anrufen sollen, und gab keine Antwort. Inge hatte die Tür hinter sich zugemacht und bewachte den Eingang zu Ankis Schlafzimmer wie eine zornige Erzieherin, die sich vorgenommen hat, den unartigen Freund ihres Zöglings fortzuschicken. Zu allem Überfluß kam in diesem Augenblick auch noch Hans Karl aus der Küche und lief auf Leopold zu. – Geh in dein Zimmer, sagte Inge streng. Mutti ist krank, da muß ein ordentlicher Junge doppelt brav sein!

– Grüßen Sie bitte Ihre Schwester von mir, sagte Leopold und nahm seinen Hut. Ich lasse gute Besserung wünschen.

– Danke sehr, sagte Frau von Klemm. Ich werde es ausrichten.

Diesmal war Leopold nun wirklich böse auf Inge, und als er mit einer verrückten Geschwindigkeit nach Hause gefahren war, schrieb er sofort einen Rohrpostbrief an Anki. Am nächsten Mittag hatte er noch keine Antwort und rief Waldo an.

Waldo wohnte in einer Pension in Charlottenburg, war aber

ausgegangen und nicht zu erreichen. Nun aber grade, dachte Leopold und schickte Anki einen großen Strauß roter Rosen.

Am Nachmittag war Waldo immer noch nicht zurück, und Leopold schickte ihm ein Telegramm. Dann rief er Marie an, aber Inge war am Apparat und sagte, es gehe zwar ein wenig besser, aber an Besuche sei noch lange nicht zu denken. Leopold verlor die Nerven und hängte ein. Kurz darauf rief Herbert Müller an und lud Leopold zum Abendessen ein. Leopold sagte ab. Er wartete von einer Stunde zur andern auf einen Anruf von Anki, und er wagte es nicht, seine Wohnung zu verlassen. Endlich, um 11 Uhr abends, erschien Marie und brachte ihm einen Brief von Anki. Er war mit Bleistift geschrieben und enthielt nur wenige Zeilen: »Inge quält mich. Ich wollte, sie würde abreisen. Es geht mir eine Spur besser. (Leichte Angina.) Ich liebe dich sehr. Vergiß mich nicht und mach dir keine Sorgen!! A.«

Leopold schrieb eine lange Antwort und brachte Marie mit dem Wagen in die Kaspar-Theys-Straße. Auf dem Heimweg überlegte er, welches Interesse Frau von Klemm an einer Versöhnung zwischen Anki und Richard haben konnte. Er drehte die Frage in seinem Kopf hin und her, aber er fand keine Antwort. Wahrscheinlich wurde sie nur von einem schlechten, bösen und kleinlichen Zug in ihrem Charakter getrieben, Anki wieder zu verkuppeln und ihn (und Anki!) zu quälen. Aber in der Nacht fiel ihm plötzlich eine Antwort auf seine Frage ein, und er fühlte, daß er sich kräftiger wehren mußte, wenn er Anki nicht verlieren wollte.

Waldo war immer noch nicht zu erreichen. Leopold rief dreimal in der Pension an, aber die Inhaberin versicherte, Herr von Westegg sei noch nicht zurückgekehrt, er sei wahrscheinlich verreist. Sie habe die Nummer notiert, und sobald er zurückkomme, werde sie ihn sofort verständigen.

So vergingen sechs Tage, bis Anki endlich anrief.

– Inge reist um neun Uhr ab, sagte sie mit leiser Stimme, du kannst von neun Uhr ab kommen.

Leopold wartete mit der Uhr in der Hand, bis es zehn Minuten vor neun war, dann fuhr er zu Anki. Sie lag im Bett und sah sehr angegriffen aus. Ihr Nachthemd war aus hellgelber Seide, und die Farbe ihres Gesichts unterschied sich nicht von der des Hemdes.

– Jetzt bin ich wirklich schlank geworden, sagte Anki. Sie hob den Arm in die Höhe und ließ die Hand herabhängen, worauf ihr schöner Ring mit dem blauen Stein vom Finger rutschte und auf die Bettdecke fiel. Anki nahm ihn und steckte ihn wieder an.

– Hast du noch Fieber? fragte Leopold.

– Ich glaube nicht, oder nur noch sehr wenig.

Leopold legte seine Hand auf Ankis Stirn. Der Kopf war heiß, und Leopold sagte, er wäre sehr glücklich, wenn er Anki das Thermometer geben dürfe.

– Laß mich, sagte Anki und schob Leopolds Hand zurück. Es geht mir viel besser, und ich muß mit dir reden. Inge hat mich mit ihrem Geschwätz ganz durcheinandergemacht. Was soll ich tun? Was sollen wir tun? Sage mir, was ich tun soll!

– Ich bin sehr böse auf deine Schwester, sagte Leopold. Ich finde sie abscheulich und hassenswert. Sie hat die Augen einer bösen und scharfzähnigen Ente und wahrscheinlich den dazu passenden Charakter.

– Sie war immer so, sagte Anki, sie war nie anders.

– Sie hat einen Charakter, der leider häufig vorkommt, sagte Leopold. Sie ist ein Mensch, der widersprechen muß. Ich glaube garnicht, daß sie für Richard ist, sie ist einfach gegen mich und gegen unsere Liebe. Es ärgert sie, daß du liebst, und sie ist neidisch und mißgünstig wie eine mürrische Bürgersfrau, der ihr Mann zu wenig Vergnügen macht. Außerdem hat sie irgendwelche Vorstellungen von Ordnung im Kopf, der wir widersprechen.

– Als ich sie damals kommen ließ und ihr die Sache mit Richard und dieser Person erzählte, war sie sofort für Scheidung, sagte Anki.

– Siehst du, sagte Leopold. Sie ist immer gegen jemand. Damals war sie gegen Richard, heute ist sie gegen mich. Ich kenne diese Typen aus der Politik. Mit denen ist nicht auszukommen. Die können einen ganzen Staat ruinieren.

– Sie war leidenschaftlich gegen Richard, sagte Anki. Ich höre sie noch schimpfen, es sei eine Schmach und eine Schande, eine Frau wie mich, die ein kleines Kind habe, so rücksichtslos und schamlos zu betrügen. Mein Vater war zuerst sehr unglücklich über meine Absicht, mich scheiden zu lassen, und ich glaube, er hätte mir gern zugeredet, bei Richard zu bleiben und eine Sinnesänderung abzuwarten, aber Inge war so wütend, daß er schließlich ganz still und ängstlich wurde und nichts mehr zu sagen wagte.

– Warum hast du ihr erlaubt, so lange hier zu bleiben?

– Sei mir nicht bös, sagte Anki. Ich war sehr krank und so schwach, daß ich mich nicht wehren konnte.

– Hat sie dir ausgerichtet, daß ich da war und dich besuchen wollte?

– Ja. Sie fand es komisch, und sie hat mich gefragt, ob ich deine Geliebte sei.

– Was hast du geantwortet?

– Ich habe gelogen und nein gesagt.

– Gott sei Dank.

– Ich will sie nie mehr sehen, sagte Anki. Ich kann Menschen nicht leiden, die ich anlügen muß.

– Sie wohnt nicht in Berlin, und wir werden sie selten sehen. Aber sie ist wirklich die richtige Provinzlerin. Man könnte sie zur Hauptfigur einer Komödie machen.

– Wir können uns nicht heiraten, sagte Anki. Ich weiß nicht, ob Inge mit Richard gesprochen hat, aber es ist irgend etwas gesprochen worden. Er würde mir Hans Karl wegnehmen, und das würde mich ins Grab bringen. Du bist ganz frei, und wenn du willst, darfst du mich verlassen. Ich müßte dir das Opfer bringen und auf das Kind verzichten. Ja … ja … sag nichts! Es ist so! Ich müßte es tun, aber ich kann es nicht … Ich kann es nicht … Es geht über meine Kraft … Also bist du frei …

Anki machte eine Pause und spielte mit den Knöpfen an Leopolds Ärmel. Dann fuhr sie nach einer Weile fort: – Ich werde niemals zu Richard zurückkehren. Er ist ein fremder Mann geworden, den ich einmal vor vielen Jahren gekannt habe. Ich bin nicht mehr bös auf ihn, er hat diese Frau geliebt, ich habe es nicht ertragen und bin weggelaufen. Also sind wir quitt.

Er hat mir weh getan, ich habe ihm weh getan ... die Sache ist fertig. Es war vielleicht falsch, daß ich fortgegangen bin, das könnte ich heute zugeben, aber ich war dumm und ahnungslos, und mein Stolz war so tief verletzt, daß ich mich sogar vor seinen Gabeln geekelt habe. Das war vielleicht auch dumm, aber ich kannte ja nichts ... ich wußte nicht, wie es im Leben zugeht ... du bist der erste Mensch, der mit mir spricht. Du sagst mir, was du denkst ... Richard hat nie mit mir gesprochen ... das war sein größter Fehler ...

Anki rückte das Kopfkissen beiseite und holte Leopolds Brief hervor. – Es war sehr lieb von dir, mir gleich zu antworten. Ich habe deinen Brief jeden Abend durchgelesen, und so warst du immer bei mir.

– Sind Klemms in guten Verhältnissen? fragte Leopold.

Anki schaute auf den großen weißen Vorhang vor dem Fenster. – Mittelgut. Georg ist Angestellter bei der Rheinischen Bank, und ich glaube nicht, daß er sehr viel verdient.

– Vielleicht würde ihm Richard eine bessere Stelle verschaffen!

Anki faltete Leopolds Brief zusammen und dachte nach. – Nein, das glaube ich nicht. So gemein ist Inge nicht. Sie kann mich doch nicht verkaufen!

– Du bist und bleibst ein Kind, sagte Leopold. Ich behaupte garnicht, daß Inge gemein ist. Jeder Mensch denkt an sich und seinen Vorteil. Sie ist überzeugt, daß es gut und richtig wäre, wenn du zu Richard zurückgingest, und wenn sie für eine so gute Tat – die Wiederherstellung einer zerbrochenen Ehe – auch noch belohnt würde, so würde sie in diesem Ergebnis lediglich das segensreiche Walten einer höheren Gerechtigkeit erblicken und am Abend dieses Tages mit dem allerbesten und allerruhigsten Gewissen einschlafen.

– Es wäre schlimm, wenn du recht hättest, sagte Anki.

– Nein, sagte Leopold, es wäre menschlich.

– Ich wußte garnicht, daß du so niedrig von den Menschen denkst. In meinem Kopf ist menschlich handeln und schlecht handeln nicht dasselbe.

– In meinem Kopf auch nicht, sagte Leopold. Aber jeder

Mensch ist ein zusammengesetztes Wesen, und ich nehme an, daß Inges Charakter neben einem Haufen kleinlicher und schlechter Seiten auch ein paar gute hat. Sie ist sicher eine treue Ehefrau.

– Georg ist ein jämmerlicher Pantoffelheld, sagte Anki, er hat garnichts zu sagen.

– Wo ist Waldo? fragte Leopold.

– Ich weiß es nicht, sagte Anki. Er hat Angst vor Ansteckung, und ich habe ihn nicht gesehen. Er ist auch kein Held.

– Er kann noch einer werden, sagte Leopold. Er ist noch jung. Er versteht noch nicht, was wir erleben und durchmachen, und es gefällt mir sogar, daß er sich zurückhält und nicht einmischt. Aber er liebt dich und wird immer auf deiner Seite stehen.

– Manchmal sprichst du so mild wie unser alter Pastor in Klein-Machnow, sagte Anki. Aber was soll ich tun? Wirst du bei mir bleiben? Liebst du mich noch?

– Es ist noch lange nicht aller Tage Abend, sagte Leopold. Richard wird dir Hans Karl nicht wegnehmen, dazu gehören zwei, und was mich angeht, so werde ich morgen früh meinen Anwalt besuchen. Deutschland ist schließlich ein Rechtsstaat.

Franziska lehnte sich wieder in die Kissen zurück, spielte mit ihrem Ring und betrachtete die Form ihrer Fingernägel. Dann sagte sie: – Richard ist sehr reich, und er wird sich fünf Anwälte nehmen. Es ist schwer, mit ihm zu kämpfen. Er hat vor meinen Augen einen Menschen zugrunde gerichtet.

– Ich werde vorsichtig sein, sagte Leopold.

– Ich bitte dich, sei vorsichtig. Aber ich will dir noch etwas sagen: Ich liebe dich sehr, und es könnte sein, daß ich dich noch mehr liebe als Hans Karl.

– Quäl' dich nicht mit Phantasien, sagte Leopold.

Anki nahm Leopolds Hand und zog ihn an sich.

– Wir sind wieder allein, und ich möchte dir gern einen Kuß geben. Wenn du da bist, ist alles gut.

Fünfzehntes Kapitel

Es bildet ein Talent sich in der Stille,
Sich ein Charakter in dem Strom der Welt.
Goethe.

I

Leopolds Buch war erschienen. Der Buchhändler Thomas, ein Bruder des Faktors der Berliner Allgemeinen Zeitung, der ein großes und angesehenes Geschäft in der Tauentzienstraße besaß, war so freundlich, sechs Exemplare ins Schaufenster seines Ladens zu stellen. Leopold betrachtete die Auslage und fand, daß sich Herbert Müller große Mühe gegeben habe. Das Buch sah wirklich schön aus. Auf dem Schutzumschlag war ein Bild von Gentz, und die Bauchbinde hatte einen wirkungsvollen, knappen Text. Leopold betrat den Laden. Herr Thomas kam selber herbei und begrüßte den jungen Autor. – Sie haben ein spannendes Buch geschrieben. Ich habe es gern gelesen und viel daraus gelernt.

– Sie sind sehr liebenswürdig, sagte Leopold. Geht mein Buch? Kaufen es die Leute?

Herr Thomas, der noch Eckenkragen trug, steckte den rechten Daumen in das Armloch seiner Weste. – Was soll man darauf antworten? sagte er, es läuft nicht grade … Ich würde sagen: Es bummelt noch, aber wir stehen ja erst am Anfang, das Buch ist vor einer Woche ausgeliefert worden … Haben Sie schon was von der Presse gehört? Dieses Buch wird gute Kritiken brauchen!

– Herbert Müller meint, historische Sachen gingen von selber.

Herr Thomas schüttelte den Kopf.

– Das ist ein Irrtum.... Das stimmt nicht. Ein Buch über Napoleon oder über Goethe, das geht von selber. Das kaufen die Leute wie frische Semmeln. Aber Gentz – – nein, das war kein Stern ersten Ranges. Die meisten Kunden haben noch nicht einmal seinen Namen gehört, und das Publikum ist eine träge Masse. Bei mir daheim sagen die Leut', was der Bauer nicht kennt, das frißt er nicht, und das gilt wörtlich für unser Publikum. Aber Sie haben ja gute Beziehungen! Wenn man ein führender Mann der Berliner Allgemeinen ist, dann werden sich die Herren Kollegen schon anstrengen. Ist es Ihr erstes Buch?

– Ja.

– Meine Hochachtung. Würden Sie mir Ihren werten Namen in mein Exemplar schreiben?

Herr Thomas reichte Leopold seinen Füllfederhalter, und Leopold schrieb sein erstes Autogramm. – Danke schön, sagte Herr Thomas und trocknete die Tinte vorsichtig mit dem Löscher.

Eine Frau von ungefähr vierzig Jahren trat in den Laden und bezahlte eine Rechnung. – Hier wäre eine bedeutende Neuerscheinung, sagte Herr Thomas und zeigte der Dame Leopolds Buch. Die Dame blätterte ein wenig und schien enttäuscht zu sein, als sie keine Bilder fand. – Historische Sachen können manchmal spannend sein, sagte sie. Kommt auch was von Liebe vor?

– O ja, sagte Herr Thomas. Gentz war der Liebhaber der schönen Tänzerin Fanny Elßler.

– Packen Sie es ein, sagte die Dame, wenn es mir nicht gefällt, kann ich es ja umtauschen.

Die Dame verließ den Laden, und Herr Thomas kehrte zu Leopold zurück. – Es ist ein mutiges Buch, sagte er, und ich bin gespannt, was die Linkspresse sagen wird.

Die Büchergestelle reichten bis zur Decke des Ladens, und Leopold rechnete aus, daß Herr Thomas mindestens zwanzigtausend Bände besaß. Eins unter diesen zwanzigtausend, eins gegen neunzehntausendneunhundertneunundneunzig Exemplare war sein Buch oder richtiger gerechnet: eins gegen neunzehntausendneunhundertneunundachtzig Exemplare, da Herr Thomas eine Partie bezogen hatte. – Ihr schöner Laden ist eine Schule der Bescheidenheit, sagte Leopold.

– Warum?

Leopold erklärte Herrn Thomas seine Rechnung, und der Buchhändler lachte so laut, daß sich die Verkäuferin umschaute. Aber dann kam er noch einmal auf sein Thema zurück. – Haben Sie schon irgendwas läuten hören, was die Presse sagen wird, ich meine die Linkspresse?

– Nein.

– Ich bin neugierig. Dieser Gentz war, was man dort einen Reaktionär nennt, und manche Herren werden sich wundern, daß ein Mann von der Berliner Allgemeinen sich diesen Helden gewählt hat. Aber wir werden ja sehen. Vielleicht schlägt einer Krach, das wäre für den Absatz gut. Wenn die Presse zornig ist, wird das Publikum neugierig. Aufgeregte See bringt uns Fische.

2

Das Auto lohnte sich jeden Tag. Leopold stieg in seinen Wagen, und zehn Minuten später saß er Herbert Müller gegenüber. – Haben Sie schon was von der Presse gehört?

– Lieber Freund, sagte Herbert Müller, das ist eine Frage, die ich an Sie richten müßte. Sie kennen die Presse, Sie sind der Journalist.

– Der Buchhändler Thomas meint, die Linke könnte murren.

– Sie wird murren, sagte Herbert Müller. Das war mir von Anfang an klar. Sie haben ein Buch für Gentz geschrieben und nicht gegen ihn.

– Ich habe über Gentz geschrieben, und ich glaube, daß ich ein gerechtes Buch geschrieben habe.

– Das kann sein, aber haben Sie schon einmal eine gerechte Partei gesehen? Parteileute nehmen Partei, wie schon der Name sagt.

– Mag es Krach geben!

– Krach ist ausgezeichnet, sagte Herbert Müller. Das belebt das Geschäft, aber Sie werden eine Menge auszuhalten haben.

– Ich habe ein dickes Fell.

– Enorm! rief Herbert Müller, enorm! Er hob den Hörer ab, drückte auf den grünen Knopf und sagte: – Fräulein Atlas. Bitte einen Kognak und zwei Gläser.

Er legte den Hörer wieder auf und fuhr fort: – Ich bin seit einundzwanzig Jahren Verleger, aber Sie sind der erste Autor, der mir erklärt, er habe ein dickes Fell. Das muß begossen werden. Ihre Kollegen weinen schon, wenn sie nur die Gefahr einer Gefahr wittern. Wird Ihnen die Berliner Allgemeine die Stange halten?

Fräulein Atlas brachte den Kognak, und Herbert Müller goß zwei Gläser voll. Seine Hand zitterte, und er verschüttete bei jedem Glas ein paar Tropfen. – Für die Götter, sagte er und deutete auf die Flecken.

Leopold blickte den Verleger an und fragte sich, ob er zuviel arbeite. Er war ein großer, dicker Mensch mit grauen Haaren, aber er war erst fünfzig Jahre alt, und in diesem Alter soll die Hand eines Mannes noch ruhig gehorchen. Er hatte sich vor zwei Jahren scheiden lassen und die Gehilfin seines Zahnarztes geheiratet, eine blonde Schönheit mit einem schneeweißen Gebiß, das der Zahnarzt als Reklame verwendet hatte.

Herbert Müller lehnte sich zurück und betrachtete Leopold. – Wer ist Frau Scheler? fragte er nach einer Weile.

Leopold war überrascht, ließ sich aber nichts anmerken. Er ließ sich noch einen zweiten Kognak geben und sagte: – Soviel ich weiß, ist Frau Scheler die Mutter eines reizenden Knaben.

– Gut geantwortet, sagte Herbert Müller, und brauchbar.

– Spricht man von Frau Scheler?

– Sie soll in Warschau gesehen worden sein … aber à propos Warschau … wird Ihre Reise ein Büchlein gebären?

– Nein. Nur Artikel.

– Schade.

– Frau Scheler war übrigens mit ihrem Bruder in Warschau, und ich verberge Ihnen nicht, daß ich mit diesem Bruder sehr befreundet bin.

Das Telephon klingelte, und Herbert Müller nahm den Hörer ab. Eine aufgeregte Stimme sprach auf den Verleger ein. Herbert Müller wackelte hin und her und hörte aufmerksam zu. Dann nahm er plötzlich den Hörer vom Ohr, deckte die Muschel mit der Hand zu und flüsterte: – Enorm. Der Krach beginnt. Man schimpft auf Ihr Buch. – Er hielt den Hörer wieder ans Ohr, und als die aufgeregte Stimme schwieg, sagte Herbert Müller: – Sehr interessant ... sehr interessant! Werden Sie das alles schreiben, was Sie eben gesagt haben? Nicht alles? Warum nicht? Freiheit, Demokratie und Krach, dreieinig sind sie nicht zu trennen! Übrigens sitzt mir Herr Dr. Chindler gerade gegenüber. Darf ich ihm ein bißchen was erzählen? Nein? Schweigegebot? Auch gut. Ich werde schweigen wie das Grab, und Sie werden wie Cato schreiben.

Herbert Müller hängte ein. – Der Krach beginnt! Kennen Sie Josef Grün? Ja? Er hat mir soeben mitgeteilt, er werde Sie in der Luft zerreißen.

Leopold stand auf, und unter der Tür fragte ihn der Verleger noch einmal, ob ihm die Berliner Allgemeine die Stange halten werde. Leopold war bis zu diesem Augenblick noch nicht einmal auf den Gedanken gekommen, daran zu zweifeln, und sagte es Herbert Müller.

– Ich würde an Ihrer Stelle ein wenig vorbauen, sagte Herbert Müller. On n'est trahi que par les siens. Und Vorsicht ist die Mutter der Porzellankiste!

Er gab Leopold die Hand, und Leopold ging.

Zu Hause fand Leopold im Briefkasten Wilhelm Brauns Buch. Es war in einer der besten Leipziger Druckereien hergestellt worden und sehr schön gedruckt. Auch der Einband war tadellos, und Wilhelm hatte seinem Freund eine lange Widmung hineingeschrieben. Seine Handschrift war nicht leicht leserlich, aber wenn man sie einen halben Meter vom Auge entfernt hielt und als Bild betrachtete, war sie prachtvoll.

Wilhelms Buch war eine Erklärung der Aeneis mit langen Proben von Wilhelms Übersetzung. Das Vorwort bildete ein Essay über Vergil als Menschen und Dichter, und Leopold las die vierzig Seiten in einem Zug und mit der größten Spannung.

Das Gespräch mit Herbert Müller hatte ihn sehr verstimmt, und die Aussicht, von einem Menschen wie Josef Grün angegriffen zu werden, ärgerte ihn. Ganz unverständlich blieb ihm Müllers Anspielung auf die Berliner Allgemeine Zeitung. Da kann man nicht vorbauen, sagte Leopold zu sich selber. Ich kann ja auch nicht jeden Morgen den Stuhl, auf dem ich sitze, untersuchen ... Wenn man so leben müßte, würde man verrückt werden.

Wilhelm Braun verscheuchte seine Sorgen. Das Vorwort über Vergil führte Leopold in die Gesellschaft eines erhabenen Geistes, und seine Verstimmung blieb liegen, ganz unten und klein und weit weg, wie man auf dem Gipfel eines Dreitausenders die niedrigen Anstrengungen vergißt, zu denen uns das Leben zu zwingen versucht, oder wie einem umgekehrt die großen Sorgen dieser Welt gleichgültig werden, wenn man sich die Hemdsärmel aufkrempelt und einen verstopften Vergaser repariert. Das schöne Buch breitete in Leopolds Herzen eine wohltuende Ruhe aus, und Wilhelms kühne und eigenartige Gedanken regten den Leser zu eigenen Gedanken an.

Wilhelm Braun hatte an den Schluß seines Vorworts das erste Hirtengedicht Vergils gesetzt, und zwar links den römischen Text und rechts seine Übertragung in Prosa, die Leopold vollendet fand. Er hatte den Text gelesen und fing an, ihn ein zweites Mal zu lesen. Seine lateinischen Kenntnisse waren mangelhaft und wackelig geworden, und als er an die letzte Strophe kam, beschloß er, das schöne Gedicht auswendig zu lernen:

Hic tamen hanc mecum poteras requiescere noctem ...

Du könntest heute Nacht hier bei mir ausruhen auf grünem Laub. Ich habe reife Äpfel, zarte Kastanien und viel Käse. Und es rauchen ja auch schon in der Ferne die Dächer der Villen, und größer fallen von den hohen Bergen die Schatten.

Et jam summa procul villarum culmina fumant
Majoresque cadunt altis de montibus umbrae ...

3

Anki rief an. – Dein Freund Wilhelm Braun hat mir sein Buch geschickt, sagte sie. Ich kenne ihn doch garnicht, und ich weiß nicht, was ich ihm schreiben soll.

– Es ist ein schönes Buch, sagte Leopold. Er verehrt dich, weil er weiß, daß ich dich verehre. Nimm das Geschenk an, lies das Vorwort und schreibe ihm ein paar Zeilen.

– Deine Stimme ist verändert, sagte Anki. Du bist weit weg, garnicht bei mir.

– Findest du?

– Ja.

– Ich hatte soeben eine lange Unterhaltung mit Vergil und Wilhelm Braun.

– Ist er bei dir?

– Nein, nur sein Buch.

– Hättest du Lust, heute abend zu mir zu kommen? Ich habe Bendemanns eingeladen. Otto ist von deinem Buch begeistert, und Valerie ist wirklich meine beste Freundin. Sie ist viel klüger und viel herzlicher als Inge. Sie spinnt manchmal ein bißchen, aber ihr Herz ist ganz rein und ohne jede Hinterhältigkeit. Das ist bei einer Frau ihres Alters erstaunlich.

Leopold hatte keine Lust, abends auszugehen. Er wollte einen Brief schreiben und Wilhelms Buch lesen, aber Anki bat solange, bis er zusagte, nach dem Essen zu kommen. Sie war verstimmt und hängte ein. Aber Leopold kannte sie nun schon ein wenig: Sie war keineswegs nur wegen seines Zögerns, zu ihr zu kommen, verstimmt, sie war auf Wilhelm und sein Buch eifersüchtig. Richard Scheler hatte mit Anki niemals über seine Bank und seine Geschäfte gesprochen, und Anki hatte das als etwas Selbstverständliches hingenommen. Der Beruf war der Bezirk des Mannes, und ein so schwieriger Beruf, dessen Einzelheiten fast nur aus Ziffern und Zahlen bestanden, aus schwerverständlichen Transaktionen, prolongierten oder nicht prolongierten Wechseln, Obligationen und Schatzscheinen, kurz aus einem Wald voll rätselhafter Fremdwörter, war eine Insel, auf die eine Frau ihren Mann gern allein gehen ließ. Bei Leopold lagen die Dinge anders. Artikel, die in einer Zeitung erschienen, waren etwas Verständliches (und sogar etwas, das man kritisieren konnte), und Bücher waren das schließlich auch, und Anki gab sich große Mühe, Leopolds Arbeiten zu verfolgen und zu verstehen. Es ging ihr ein wenig, wie es Dr. Achtermann ging: Sie billigte nicht immer, *was* Leopold in seinen Artikeln schrieb, aber fast immer die *Form*; seinen überaus klaren Stil. Leopold war sehr gerührt und sehr entzückt, als ihm Anki eines Tages beichtete, auf welche Weise sie sich in den ersten Wochen ihrer Bekanntschaft in den Besitz der notwendigen Vorkenntnisse für sein Gentz-Buch gesetzt habe, und er fand, daß ihr diese geistige Anstrengung sehr gut bekommen sei. Aber Anki war leicht zu entmutigen, und es verstimmte sie, daß er soviel und so rasch arbeitete, während sie mit seinen historischen Studien und seinem Tempo nicht Schritt halten konnte. Leopold versuchte, Franziska aufzumuntern und sagte ihr, sie hätte eine Menge gesunden Menschenverstand, und es sei eine lohnende Tätigkeit, diesen Schatz zu pflegen und zu schulen. Aber Anki wollte, was sie »mehr« nannte, sie wollte mit Leopold auf einer Ebene stehen und reden oder schweigen.

– Ich bin zu dumm, sagte sie.

– Du bist keineswegs dumm. Aber ich lese seit fünfzehn Jahren und du seit fünfzehn Wochen.

– Ich werde es nie lernen ... und es ist ja auch egal.

Sie wollte »es« garnicht lernen, und es gab hier auch garnichts zu lernen, sie hatte ganz einfach nur einen Anfall von Wut auf diese verdammten Bücher und die unerforschlichen und geheimnisvollen Gefühle, die sie in Leopolds Herzen entzündeten. Sie war wieder einmal eifersüchtig, und wollte Leopold wieder einmal ganz und gar besitzen, seinen Körper, seine Seele und alle seine Gedanken.

Eines Abends saß Leopold Anki beim Tee schweigend und nachdenkend gegenüber. – Was denkst du? fragte Anki.

– Ich frage mich, ob ich Metternich gerecht gezeichnet habe. Die Toten sind wehrlos, ein Historiker übernimmt eine große Verantwortung.

Anki gab keine Antwort. Sie hatte sich schon zwei- oder

dreimal mit Leopold über den Fürsten Metternich unterhalten, das genügte ihr. Sie kannte ihn nun gut genug, und sie wollte nichts mehr von ihm wissen. Und sie hatte recht, aber es entging ihr, daß sie Beide recht hatten, Leopold und sie. Sie meinte, Leopold habe unrecht, weil er immer noch über diesen alten Kerl, diesen Verführer von Völkern und Frauen, nachdenke, statt endlich einmal einen Punkt zu machen (wie sie sich ausdrücken konnte, wenn sie zornig war).

Es war manchmal nicht einfach, mit Anki auszukommen, aber was in dieser Welt ist einfach, und warum hätte eine so schöne Frau einfach sein sollen? Sie gefiel Leopold, weil sie schön war, und sie hatte eine Art, ihr Köpfchen auf die Seite zu legen und ihn auf die Ader der Schläfe zu küssen, die jedesmal aufs Neue überraschend und tief entzückend war.

4

Die Berliner Allgemeine Zeitung brachte im Feuilleton des Morgenblattes (also in ihrer besten Ausgabe) eine Kritik über Wilhelm Brauns Buch, die sechs Spalten lang war. Es war schon die fünfte Kritik, die Leopold las, während sein Buch für die Kritiker noch nicht zu existieren schien. Alle Zeitungen schwiegen sich aus.

Wilhelm Braun rief Leopold an und fragte, ob er abends käme.

– Tut mir leid, sagte Leopold, aber heute ist großer Empfang bei Herbert Müller.

– Du irrst dich, sagte Wilhelm, dieser Empfang ist morgen.

Wilhelm hatte recht; Leopold hatte das Datum verwechselt.

– In dem Fall komme ich natürlich gern, sagte Leopold.

Die Kritik der Berliner Allgemeinen über Wilhelms Buch war ein Lobgesang, und Leopold beschloß, das Buch nun endlich zu lesen. Er hatte sehr viel zu tun gehabt und war noch nicht über das Vorwort hinausgekommen.

Das Buch war ausgezeichnet. Das erste Kapitel gefiel Leopold noch besser als das Vorwort. Es war ruhig geschrieben und sehr klar, und der Rhythmus der Sätze deckte sich mit der Bewegung des Einatmens und Ausatmens eines besonnen lesenden Menschen. Das ist viel besser als mein Buch, dachte Leopold, es ist viel besser geschrieben. Ich habe zu rasch gearbeitet, zu hastig und zu ...

Er legte Wilhelms Buch neben sich und dachte nach. Ich habe beim Schreiben Hintergedanken gehabt ... das hat der Arbeit geschadet. Ich habe an das Honorar gedacht und an Anki und an das verfluchte Geld, das mir helfen könnte, sie vielleicht zu heiraten. Die Literatur ist eine moralische Anstrengung, und Hintergedanken sind das Gegenteil davon. Aber die Strafe wird nicht ausbleiben ... das Buch wird nicht gehen ...

Als Leopold bei Wilhelm Braun ankam, saß Wilhelm am Schreibtisch und spielte mit der Katze seiner Haushälterin. Sie war klein und zierlich und hatte ein schwarzes Fell und gelbe Augen. – Dein Buch ist besser geschrieben als meins, sagte er zu Wilhelm. Ich bin nicht frei von Neid, aber dein Erfolg ist verdient, und es gefällt mir, daß sich ganz Berlin plötzlich für Vergil begeistert.

– Vergil hatte das Glück, ein Ausländer zu sein, sagte Wilhelm. Dein Kapitel über die Elßler ist ein Bonbon, aber was ein richtiger, hiesiger Kritiker ist, der kümmert sich nicht um Eingeborene.

– Stimmt die Nachricht, daß du morgen Abend zu Herbert Müller kommst?

– Ich werde wohl hingehen müssen, sagte Wilhelm Braun. Er hat mich solange eingeladen, bis ich zusagte.

– Das ist der Ruhm! sagte Leopold, man reißt sich um dich.

– Ich mache mir nichts aus Ruhm, sagte Wilhelm, aber ich gebe zu, der Erfolg ist eine Art von Öl, das die Lebensmaschine leichter gehen läßt.

Wilhelm war ein bescheidener Mann, aber der unerwartete Erfolg seines Buches machte ihm große Freude. Er betrachtete ein Bild von Klopstock, das über seinem Sofa hing, und seine Augen leuchteten, als er sich plötzlich an Leopolds Bemerkung erinnerte, ganz Berlin interessiere sich für Vergil. Er hatte die

Nächte von fünf Jahren seinem Buch geopfert, und seine Schreibtischlampe hätte viel erzählen können von unermüdlichem Fleiß, demütiger und gewissenhafter Forschung und begeisterter Hingabe an große Probleme und das Werk eines großen, unsterblichen Dichters ...

Herbert Müller hatte fünfundvierzig Personen eingeladen. Anki hatte abgesagt, aber Leopold bat Herbert Müller, Waldo von Westegg einzuladen, und Waldo überredete auf Leopolds Wunsch hin seine Schwester, ihre Absage zurückzunehmen. Leopold wünschte, Anki solle die Leute sehen und kennen lernen, mit denen er zu tun hatte, und zwar seine Freunde und seine Feinde, und er war besonders neugierig, wie ihr Wilhelm Braun gefallen werde.

Herbert Müller besaß eine große Wohnung in der Meineckestraße. Als Leopold eintrat, stand der Verleger neben seiner Frau unter dem Kronleuchter, und zwischen beiden Ruth Steiner. Ruth hatte ein sehr schönes blaues Kleid an und trug um den Hals eine blaue Kette, die ihr gut stand; aber sie machte immer etwas, das Leopold nicht gefiel: Dies Mal hatte sie die linke Hand mit dem Rücken auf die Hüfte gelegt, und der Anblick ihres Handtellers war nicht angenehm.

– Guten Abend, Leopold, sagte Ruth und gab Leopold die Hand. Herr und Frau Müller und ich haben uns soeben über die Frage unterhalten, wer die Hauptperson des heutigen Abends wäre, und ich sagte: natürlich Sie! Ihr Buch ist wirklich gut! Ich hatte keine Ahnung von diesem Gentz und lese es schon zum zweiten Mal.

– Ich hoffe, Sie haben Fräulein Steiners bemerkenswerten Worten zugestimmt, sagte Leopold zu Herbert Müller.

– Das Herz eines Verlegers ist so unparteiisch wie ein Oberlandesgerichtspräsident, sagte Herbert Müller.

Elisabeth Müller lachte und zeigte ihre schneeweißen Zähne.

– Diese Zähne sind ein Beweis dafür, daß es eine unnatürliche Schönheit gibt, sagte Josef Grün zu dem Redakteur Dr. Werner. Wäre ich Frau Müller, würde ich Zigarren rauchen oder mir links vorne einen Zahn ausschlagen lassen.

– Wenn Sie dieses Bonmot in Ihrem nächsten Aufsatz bringen, schicke ich Ihnen ein Telegramm, sagte Dr. Werner.

– Ich lasse das Telegramm einrahmen, sagte Josef Grün.

– Sie haben es noch nicht, sagte Dr. Werner.

Leopold begrüßte Josef Grün, der ihn fast umarmte, und Dr. Werner, der ihn kaum zu kennen schien. Er war klein, dick und bösartig und Schriftleiter am Börsenblatt.

Wilhelm Braun trat ein. Er sah bleich und übermüdet aus, aber sein schöner Mund und die hohe Stirn erinnerten Leopold an ein Bild Lord Byrons, das er im Britischen Museum gesehen hatte. Zusammen mit Wilhelm waren der Maler Spalding und dessen Frau Gertrud eingetreten, die seit Jahren für Wilhelm schwärmte und sehr glücklich über den großen Erfolg seines Buches war. Spalding kniff die Augen zusammen und musterte Ruth Steiner. Er hatte rote Haare, kleine, hellblaue Augen und eine rote Gesichtshaut. Er trug einen dunklen Anzug, aber auch ein dunkles Hemd; er war ein trotziger Mensch, er verabscheute weiße Wäsche, und niemand sollte das nicht wissen.

Herbert Müller hatte einen Lohndiener gemietet, und die weiß behandschuhte Hand des Mannes ließ nun rasch hintereinander den Chefredakteur des Berliner Tageblatts eintreten, den Vertreter der Münchner Neuesten, den Dramatiker Arnolt Bronnen und den Polizeipräsidenten von Berlin. Es war ein strenger Winter, und als der Präsident auf die Hausfrau zutrat, rieb er sich seine erstarrten Hände.

Plötzlich war Anki da. Leopold hatte die Tür im Auge behalten, aber sie trotzdem nicht kommen sehen. Er unterhielt sich eben mit Ruth Steiner über den Maler Spalding, als er Anki neben Herbert Müller und ihrem Bruder Waldo erblickte. Sie trug ein langes schwarzes Kleid und im Gürtel einen Strauß dunkelroter Rosen.

– Frau Scheler ist gekommen, sagte Ruth, aber in diesem Augenblick stürzte Gertrud Spalding auf Leopold zu und fragte ihn, ob er wisse, wer die schöne Frau sei, die neben Herbert Müller stehe.

– Eine Frau Scheler, sagte Ruth und lächelte.

Gertrud hob ihr goldenes Lorgnon vor die Augen und betrachtete Anki. – Dieser Müller wird sich zum dritten Mal scheiden lassen, das sieht mir ganz aus wie ein neuer Flirt. Und das Kleid ist bestimmt von der Dings ... von der ... wie heißt sie doch?

Ruth betrachtete Ankis Kleid und sagte: – Frau Scheler kann einen Sack anziehen und wird allen Leuten gefallen, der steht einfach alles.

Waldo trug ein Monokel. – Seit wann sind Sie kurzsichtig? fragte Leopold. Ich hatte gedacht, Sie hätten das Falkenauge eines Jägers.

– Pures Glas, sagte Waldo und machte ein ernstes Gesicht, aber wissen Sie, ich hatte vermutet, daß hier ein paar Typen sein würden, die sowas ärgert. Ich glaube, ich habe mich nicht getäuscht.

– Das ist genau wie bei unseren Gästen und bei unseren Einladungen, sagte Ruth, da wollen auch immer alle Leute sich ärgern.

Josef Grün trat heran und stellte sich selber vor. Waldo murmelte etwas, aber Josef Grün fragte: – Wie war Ihr Name? Ich habe ihn nicht verstanden.

– Ich bin der Baron von Westegg, sagte Waldo.

– Das haben Sie eben aus dem Englischen übersetzt, sagte Leopold.

– Gut geraten, sagte Waldo. Sie sehen, diese Nation hat auch einige nachahmenswerte Eigenschaften.

Josef Grün fing sofort ein Gespräch über England an, aber seine Ausführungen waren zu ausführlich für eine Abendgesellschaft und zu anstrengend für Waldo, der soeben eine ihm unbekannte, aber sehr hübsche Frau eintreten sah.

Dr. Werner stellte mit Befriedigung fest, daß er alle wichtigen anwesenden Personen kannte, und trat auf Herbert Müller und Anki zu. – Sie haben eine Menge guter Bücher herausgebracht, sagte er zu dem Verleger. Ich glaube, Sie werden ein schönes Weihnachtsgeschäft machen, aber dieser Chindler ... nee ... wissen Sie, da komme ich nicht mit, der hat eine komische Geschichte geschrieben.

– Herr Chindler steht dort drüben neben Frau Spalding, sagte Herbert Müller. Wollen Sie mit ihm sprechen?

Dr. Werner warf einen Blick auf Leopold, der gerade den Kopf zurückwarf und lachte, und sagte: – Nee! Die Gewohnheit hab' ich mir abgewöhnt, mit Autoren zu sprechen. Ich teile meine Ansichten schriftlich mit, beziehungsweise gedruckt, schwarz auf weiß.

Anki betrachtete die schöngeformten Schläfen des Kritikers und sagte: – Das Buch scheint Ihnen zu mißfallen?

Dr. Werner wußte nicht, wer Anki war, und antwortete: – Das Buch ist reaktionär. Wenn die Junker lesen könnten, würde es vielleicht Erfolg haben.

– Herr Chindler behauptet, sein Buch sei unparteiisch und gerecht, sagte Herbert Müller.

Der Kritiker spähte in Ankis Ausschnitt und lachte über die Bemerkung des Verlegers. – Viele Leute wissen nicht, was sie reden, und die meisten Autoren nicht, was sie schreiben. Der Weg zur Hölle ist mit guten Vorsätzen gepflastert.

Herbert Müller ärgerte sich. – Es lebe die Kritik! sagte er zornig, die uns alle erleuchtende Kritik!

– Spotten Sie nicht, sagte Dr. Werner. Wir bringen morgen eine Besprechung.

– Ich weiß es, sagte Müller. Von Josef Grün!

– Sie wissen viel, sagte Dr. Werner.

Man ist immer wieder verblüfft, wenn man sieht, wie empfänglich die Menschen für Komplimente sind, und das banalste Lob aus dem banalsten Munde wird selbst von klugen Männern, mindestens im ersten Augenblick, mit Vergnügen geschluckt. Herbert Müller wußte wirklich viel, aber als ihm Dr. Werner bestätigte, daß er ein gut informierter Mann sei, lächelte er behaglich und zufrieden. – Herbert Müller weiß alles! sagte er. Prost, Herr Doktor!

Dr. Werner schnitt die Spitze seiner Zigarre ab und sagte: – Ich will mich nicht in Ihre Verlegerei mischen, aber dieses Buch wird Ihnen schaden. Sie sollten vorsichtiger sein und sich Ihren guten Ruf erhalten.

Herbert Müller war empfindlicher, als er aussah, und sehr

jähzornig, und Werners Bemerkung reizte ihn: – Die Berliner Allgemeine ist ein mächtiges Blatt, und ich glaube, Herr Chindler hat nicht nur eine gute Stellung, sondern auch eine Menge guter Freunde.

Dr. Werner zündete seine Zigarre an und blies Anki den Rauch ins Gesicht. – Verzeihen Sie, gnädige Frau, sagte er höflich. Ich benehme mich wieder einmal, als ob ich an meinem Schreibtisch säße.

Er wedelte mit seiner kleinen, dicken Hand durch die Luft und versuchte den Rauch zu vertreiben. Dann wandte er sich wieder an Herbert Müller: – Sie könnten sich täuschen. Soviel ich weiß, sollen gerade einige Freunde des Herrn Chindler etwas betreten sein!

Herbert Müller war immer noch wütend, am liebsten hätte er zu Dr. Werner gesagt, er sei ein unverschämter Kerl. – Dann täusche ich mich eben, mein sehr verehrter Herr Doktor, sagte er. Aber ich verlege, was ich will.

Dr. Werner wunderte sich über die Empfindlichkeit des Verlegers und versuchte einzulenken. – Ich kenne die deutsche Geschichte. Ich habe sechs Semester in Wien studiert. Dieser Gentz war ganz anders, als ihn der junge Mann gezeichnet hat.

– Das ist sehr interessant, sagte Herbert Müller. Schreiben Sie mir ein Buch über Gentz. Wenn Sie wollen, können wir morgen früh Vertrag machen.

– Ich habe keine Zeit, um Bücher zu schreiben, sagte Dr. Werner.

Leopold hatte sich zu Spalding und seiner Frau gesetzt und sah, daß Anki allein stand. Sie sah hochmütig aus, sich von der Gesellschaft fernhaltend, aber auch von ihr fern gehalten. Leopold wollte aufstehen und Anki an seinen Tisch holen, aber in diesem Augenblick kam Wilhelm vom Buffet und brachte Anki einen Teller und ein Glas Wein, und die beiden verschwanden im Nebenzimmer. Waldo kam heran und setzte sich neben Gertrud Spalding. Sie ließ sich sein Monokel geben und probierte es auf, wobei sie komische Gesichter schnitt. Ihr Mann sah ihr mit unbeweglichem Gesicht zu, und es war anzunehmen, daß Gertrud ein wenig in den hübschen, jungen Waldo verliebt war.

Anki fragte Wilhelm Braun, wer Dr. Werner sei.

– Das ist niemand, sagte Wilhelm. Das ist ein anmaßender, dicker Kerl, der eine gewisse Macht hat und seine Stellung schamlos ausnutzt, um Leute zu ärgern, die sich noch nicht wehren können.

Anki erzählte ihm Werners Gespräch mit Herbert Müller.

– Das sieht dem Burschen ähnlich, sagte Wilhelm. Aber wir werden Leopold vorbereiten, dann braucht er sich nicht mehr zu ärgern. Das Börsenblatt hat eine kleine Auflage, an seiner Stelle würde ich das dumme Zeug garnicht lesen.

Dr. Werner hatte sich bei Ruth Steiner erkundigt, wer Anki sei. Er warf einen Blick in den Spiegel und prüfte den Sitz seines Kragens und seiner Krawatte. Dann begab er sich langsam ins Nebenzimmer und setzte sich neben Anki. Wilhelm Braun bot ihm ein Glas Wein an, und Dr. Werner begann, Wilhelm mit Komplimenten über sein vorzügliches Buch zu überschütten. Wilhelm aß kaltes Roastbeef, zu dem es eine vorzügliche Sauce gab, und den Flügel eines zarten Hähnchens und hörte mit unbeweglichem Gesicht zu. Als Dr. Werner schwieg, sagte er: – Das Buch meines Freundes Chindler scheint Ihnen weniger zu gefallen …

Dr. Werner lehnte sich zurück und breitete die Arme aus wie ein Schauspieler, der in einem Stück von Ibsen auftritt. – Ich wußte garnicht, daß ich so berühmt bin. Alle Welt fragt mich heute abend nach meiner Ansicht über dieses Buch.

Wilhelm Braun winkte ein Mädchen herbei und legte Anki ebenfalls den Flügel eines Hähnchens auf den Teller. Dann sagte er: – Die Kämpfe des Geistes haben ein zähes Leben. Dieser Gentz hatte eine Art von Verstand, die schon seine Zeitgenossen reizte, übrigens genauso wie Goethe viele seiner Zeitgenossen mehr geärgert hat als erfreut, und nun stürzt man sich auf seinen Biographen, wie man sich seinerzeit auf Gentz geworfen hat. Es ist immer das Gleiche, und von dieser Seite her gesehen bietet das Leben der klugen und großen Männer einen niederziehenden Anblick. Der einzige Stuhl, den die Menschheit ihren Talenten ab und zu anbietet, ist die harte Anklagebank.

– Ich ziehe Vergil vor, sagte Dr. Werner.

– Sie haben ganz recht, antwortete Wilhelm. Eine blaue Krawatte ist besser als eine gelbe Birne.

Der Polizeipräsident kam über den Teppich gewandelt, und Dr. Werner benützte die Gelegenheit, um aufzustehen. Er begrüßte den Präsidenten und hielt ihm die Hand hin, aber der mächtige Beamte übersah die Bewegung, und als er sich zu Dr. Werner herabneigte und ihm sein Ohr lieh, sah Dr. Werner wie ein nervöser Bittsteller aus oder wie ein Schüler, der seinem Professor eine Entschuldigung aufsagt.

– Sie haben ihn gereizt, sagte Anki.

– Es hat keinen Zweck, die Krallen eines Jaguars zu streicheln, sagte Wilhelm Braun.

Herbert Müller kam ins Zimmer und setzte sich neben Anki. – Ich komme gleich wieder, sagte Wilhelm Braun und stand auf, um Leopold zu suchen.

Leopold saß zwischen Spalding und Ruth Steiner, und als er Wilhelm Braun eintreten sah, ging er auf ihn zu.

– Das ist ein scheußlicher Abend, sagte er. Ich werde mich auf allerhand Kritiken gefaßt machen müssen.

– Nimm das Zeug nicht so wichtig, sagte Wilhelm. Die Hauptsache ist, daß du ein gutes Buch geschrieben hast.

– Die Kerle machen mir Müller abspenstig, und das könnte sehr unangenehm sein.

– Müller ist kein Feigling, aber wenn er einer sein sollte, dann verlierst du nichts.

– Wo ist Anki? fragte Leopold.

– Sie sitzt bei Dr. Müller. Laß sie mal ruhig dort. Das ist eine großartige Frau ... Die wird dir schon helfen, wenn's nötig ist.

Leopold sah niedergeschlagen aus. Außer Ruth Steiner hatte kein Mensch ihm ein Wort über sein Buch gesagt. Er beschloß, die Gesellschaft zu verlassen und nach Haus zu gehen.

– Ich drück' mich, sagte er zu Wilhelm. Sei so gut und sorge dafür, daß Herr von Westegg Anki nach Haus bringt.

Auf dem Flur öffnete Leopold soeben die Lifttür, als Dr. Werner aus der Tür trat und ebenfalls einstieg. Er trug einen steifen schwarzen Hut und um den Hals einen grauen gehäkelten

Schal, und die beiden Männer blickten einander schweigend an. Als der Lift im Erdgeschoß angekommen war, lüftete Dr. Werner den Hut und verließ mit eiligen Schritten das Haus.

Sechzehntes Kapitel

Die Gesellschaft übt keine der Tugenden,
die sie vom Menschen verlangt.
Balzac.

I

Am nächsten Morgen erschien im Börsenblatt die Kritik über Leopolds Buch. Sie war sehr lang und von äußerster Gehässigkeit. Herr von Manberg saß in seinem Zimmer in der Redaktion und las die Besprechung mit wachsendem Vergnügen. Er hielt einen dicken Rotstift in der Hand und unterstrich von Zeit zu Zeit eine Zeile oder einen Ausdruck, der ihm besonders gut gefiel. Als er zu Ende gelesen hatte, stand er auf, steckte die Zeitung in die Brusttasche und begab sich zu Dr. Wild. Dr. Wild war noch beim Lesen, und Manberg wartete schweigend, und nachdem sich die beiden Herren eine Viertelstunde lang über den Vorfall unterhalten hatten, wandelte Manberg durch den langen Korridor des Handels und ließ sich durch Fräulein Schneider bei Dr. Achtermann melden.

Dr. Achtermann begann seinen Tageslauf mit der Lektüre der wichtigsten Börsenzeitungen, und als Herr von Manberg, groß und in einem neuen dunkelblauen Anzug, eintrat, hatte er die Kritik über Leopolds Buch bereits gelesen. Manberg überreichte ihm wortlos das Börsenblatt, und Dr. Achtermann gab es ebenso wortlos zurück. – Ich bin kein Historiker, sagte er, indem er die Hände zusammenschlug, aber der Ton dieser Besprechung ist abstoßend und gehässig. Man merkt die Absicht und wird verstimmt! Sie werden wahrscheinlich anderer Ansicht sein …

– Diese Kritik ist leider vollkommen richtig, sagte Herr von Manberg, und ich bin entschlossen, im gleichen Sinne über das Buch des Herrn Chindler zu schreiben.

– Was Sie nicht sagen! Aber doch nicht etwa bei uns?

– Bei uns! Das Feuilleton hat mir das Buch zur Besprechung gegeben.

Dr. Achtermann lehnte sich zurück und legte die Spitzen seiner Finger gegeneinander. – Das geht weit, sagte er schließlich. Sie wollen einen Kollegen angreifen … Das würde ich mir an Ihrer Stelle nocheinmal überlegen. Ich persönlich würde es sogar reiflich überlegen.

Herr von Manberg schaute ganz nach innen und legte die Hände auf den Rücken. – Ich diene der Wahrheit! Ich habe mein Leben in diesen erhabenen Dienst gestellt, und ich werde mich nicht von meinem Weg abbringen lassen. Dieser Chindler hat denselben Charakter wie dieser Gentz … Das muß gesagt werden! Und zwar rechtzeitig … Ehe es zu spät ist …

Dr. Achtermann konnte geschwollene Worte nicht leiden, aber Herr von Manberg war ein empfindlicher und unangenehmer Gegner, mit dem man sich am besten nicht einließ.

– Ich habe mit Dr. Wild gesprochen, fuhr Herr von Manberg fort, der meint auch, das Feuilleton könne sagen, was es wolle.

– Ich bin kein Historiker, sagte Dr. Achtermann, aber ich fand das Buch nicht schlecht. Ich habe eine Menge daraus gelernt, und einige Kapitel sind glänzend geschrieben.

– Der Stil ist Nebensache, sagte Herr von Manberg. Dieses Buch ist reaktionär bis auf die Knochen.

– Das kann ich nicht finden, sagte Dr. Achtermann. Er nahm seine Uhr aus der Tasche und legte sie vor sich auf den Schreibtisch. Herr von Manberg verstand die Anspielung und erhob sich.

– Sie melden also keinen Widerspruch an?

Dr. Achtermann dachte an seinen Leitartikel, der bis elf Uhr fertig sein mußte, und überlegte eine Antwort. Er öffnete eine Zigarrenkiste, nahm eine Zigarre heraus und legte sie wieder zurück. Er war mit Kopfschmerzen aufgewacht, und sein Hausarzt hatte ihm gesagt, er rauche zu viel. – Ich … bin … etwas erstaunt. Ich sitze seit neun Jahren auf diesem Stuhl, aber das Feuilleton hat mich noch nie um Erlaubnis gefragt, ob es einen Artikel bringen dürfe. Insofern stimme ich dem Kollegen Wild zu. Andererseits scheint mir die Sache nicht unbedenklich zu sein. Herr Dr. Chindler ist seit mehreren Jahren unser Kollege, und es wäre ein ungewöhnlicher Präzedenzfall, einen Kollegen im eigenen Blatt anzugreifen. Ich würde das nicht tun, und Herr Chindler wird sich einen solchen Angriff höchst wahrscheinlich nicht gefallen lassen.

– Wenn Herr Chindler Bücher schreibt, sagte Herr von Manberg, so unterliegen diese Produkte seines Privatvergnügens ganz genauso der öffentlichen Kritik wie alle anderen Bücher, die in unseren Spalten besprochen werden.

– Das ist wahr, sagte Dr. Achtermann bedächtig, das ist an sich wahr, aber ich habe in meinem Leben die Erfahrung gemacht, daß man eine Wahrheit auch überwahrheiten kann, und dann – – Aber ich glaube, ich habe Sie unterbrochen.

Herr von Manberg hatte nichts mehr zu sagen und verließ das Zimmer. Auf dem Vorplatz traf er Dr. Wild, der auf ihn gewartet zu haben schien.

– Kollege Achtermann ist nicht ganz unserer Ansicht, sagte er, aber er meint auch, das Feuilleton unterstehe nur dem Chef des Feuilletons.

– Das gibt ein Tänzlein, sagte Dr. Wild.

Eine Stunde später ging Dr. Achtermann in die Setzerei und bat Herrn Thomas, ihm den Korrekturabzug seines Leitartikels ins Feuilleton zu schicken. Dann ging er bei Jablonski vorbei, der soeben seinen Artikel setzte, und begab sich zu Dr. Chindler. – Ich wollte Ihnen schon längst gratulieren, sagte er. Ich habe Ihr Buch mit Vergnügen gelesen. Ich bin zwar kein Historiker und kann's nicht ganz beurteilen, aber ich habe eine Menge daraus gelernt, und meine Frau findet es sogar spannend. Ihr Vergleich zwischen Metternich und Talleyrand ist geistvoll, und ich glaube auch, daß Talleyrand ein klügerer Mann war als unser rheinischer Landsmann. Aber ich habe mich einige Male gefragt, weshalb Sie wohl dieses Thema gewählt haben. Ich glaube, der Stoff des Buches wird einige Leute ärgern.

– Zum Beispiel das Börsenblatt, sagte Leopold.

– Ja ... eben ... das wollte ich sagen, sagte Dr. Achtermann. Hätten Sie nicht einen anderen ... eine andere Figur wählen können?

– Dieser Gentz war ein interessanter Bursche, und ein Volk, das auf sich hält, muß sich um seine Geschichte kümmern.

– Das ist wahr und auch richtig, aber Sie werden vielen Feinden begegnen.

– Ich war gestern abend bei meinem Verleger, sagte Leopold, und fand dort die reinste Bürgerkriegsstimmung. Es ist geradezu toll, was für Feiglinge unsere Republikaner sind. Sie zittern sogar vor den Toten!

Dr. Achtermann lachte, und Leopold fuhr fort: – Es ist nicht meine Sache, Kritiker und Kritiken zu beeinflussen, aber ich frage mich, warum unser Blatt noch nichts gebracht hat, und wer wohl bei uns schreiben wird.

– Soviel ich weiß, Herr von Manberg.

Das war eine Nachricht, die einer Kriegserklärung ähnlich sah, und Leopold stand auf. – Wenn man mich im eigenen Hause angreift, sagte er leidenschaftlich, dann werde ich meinen Abschied nehmen, und zwar sofort! Ohne zu zögern!

Dr. Achtermann steckte sich eine Zigarette an und sagte: – Das kann ich verstehen. Das würde ich wahrscheinlich auch tun!

Dr. Achtermann war nicht gegen Leopold, er stand sogar eher auf seiner Seite als auf der Manbergs, aber es langweilte Leopold, auf Dr. Achtermann einzureden und den schwankenden und vorsichtigen Mann zu sich herüberzuziehen. Es war ohne Zweifel falsch, in diesem kritischen und gefährlichen Augenblick solche zarten und trotzigen Gefühle zu hegen, statt sich ein wenig anzustrengen und einem Freund den nötigen Mut einzublasen, aber Leopold betrachtete Dr. Achtermanns versonnenes Gesicht, und es interessierte ihn mehr, den Kampf einander widerstreitender Gefühle in Dr. Achtermanns Mienen zu beobachten (wie ein Maler ein interessantes Modell studiert oder Tolstoi die Leiche einer schönen Selbstmörderin untersuchte), als Dr. Achtermann zu überreden.

Dr. Achtermann warf seine Zigarette in Leopolds Aschenbecher und wanderte ins Feuilleton. Dr. Kleim stand unter der Tür seines Zimmers und las einen Bürstenabzug. Als er Dr. Achtermann erblickte, machte er ein vergnügtes Gesicht: – Morgen Abend gibt es die Neunte von Bruckner. Werden Sie kommen? Das ist etwas für Sie.

– Ich muß leider heute Abend nach Düsseldorf fahren, sagte Dr. Achtermann.

Der Chef des Feuilletons empfing Dr. Achtermann mit besonderer Höflichkeit. Dr. Achtermann sprach sofort über den Fall Manberg-Chindler, und der Chef des Feuilletons hörte zu, ohne Dr. Achtermann zu unterbrechen. Herr Dr. Achtermann trug eine schwarze Krawatte und eine kleine Perle auf der Krawatte, und der Chef des Feuilletons fand, daß dies sehr elegant sei, und daß es wahrscheinlich keine andere Zeitung gebe, die einen so kultivierten Mitarbeiter besitze.

– Ich bin kein Historiker, schloß Dr. Achtermann, aber wie gesagt: Ich finde das Buch teilweise sehr gut, und ich würde dieses Buches wegen keinen Krach in unserem Hause provozieren.

– Ich finde das Buch miserabel, sagte der Chef des Feuilletons. Es ist gescheit, aber es ist hochmütig, und ich mag keine hochmütigen Bücher.

– Der Kollege Chindler ist noch jung, sagte Dr. Achtermann, und nur die Lumpen sind bescheiden.

– Besser ein bescheidener Lump als ein hochmütiges Genie, sagte der Chef vom Feuilleton und schlug mit der Faust auf die Tischplatte.

Die ungewöhnliche Geste, die im Handel nicht üblich war, beruhigte Dr. Achtermann. Er wurde kalt, wenn andere Leute sich aufregten, und seine Natur war so glücklich eingerichtet, daß er an Gewicht zunahm und dicke Backen bekam, wenn er sich in aufreibende Kämpfe verwickelt sah. Er lehnte sich zurück, steckte Daumen und kleinen Finger zwischen die Knöpfe seiner Weste und betrachtete das Gesicht des aufgeregten Kollegen. – Sie haben mich nicht um meine Meinung gefragt, und Sie haben mich auch nicht um meine Meinung zu fragen, aber da ich heute morgen bereits von verschiedenen Seiten gefragt worden bin, so erlaube ich mir zu deponieren, daß ich den Vorgang mißbillige. Wir würden im Handel einen Kollegen unter Umständen entlassen, wozu allerdings im Falle Dr. Chindler nicht die geringsten Gründe vorliegen, aber wir würden uns niemals gegenseitig angreifen.

Der Chef des Feuilletons lenkte ein und begann über die Sache nachzudenken. – Dieser Chindler war früher bei uns, sagte er, und ich kenne ihn gut ... er ist ein begabter Mensch ... das bestreite ich garnicht ... aber ... eine kleine Zurechtweisung wird seinem Charakter nützen, und da wir nun einmal in Gottes Namen ein ... freies Blatt sind, wird er unsere Kritik aushalten müssen ... Ich finde das sogar sehr ... sehr ... Es ist ein Experiment ... ich könnte mir vorstellen, daß man das wirklich demokratisch nennen könnte. Korrupt und verwerflich wäre jedenfalls nur das Gegenteil ... ja, nur das Gegenteil ... und ich muß Ihnen offen sagen, es tut mir leid, daß wir diesmal verschiedener Meinung sind, aber ich werde meinen Referenten nicht beeinflussen!

– Wir sind keine pädagogische Anstalt, sondern ein politisches Unternehmen, sagte Dr. Achtermann.

– Ich kann mir nicht helfen, aber dazwischen besteht für mich kein großer Unterschied.

Dr. Achtermann dachte daran, daß ihm Leopold Chindler einmal gesagt hatte, es sei ein Zeichen von Dummheit, wenn ein Mensch keine Unterschiede sehen wolle.

Ein junger Bote kam ins Zimmer und überreichte Dr. Achtermann den Korrekturabzug seines Leitaufsatzes. Dr. Achtermann sah sofort, daß der Setzer schon in der Überschrift einen Druckfehler gemacht hatte, und stand auf.

– Entschuldigen Sie mich, Herr Kollega, es ist schon halb zwölf, ich muß in die Druckerei eilen. Aber vielleicht haben Sie die Güte, noch einen Augenblick über meinen Einwand nachzudenken.

Der Chef des Feuilletons begleitete Dr. Achtermann bis zur Tür. Dann drehte er sich um und ging in sein Vorzimmer, wo Fräulein Stiglhammer an der Schreibmaschine saß.

– Nun grade, sagte er zornig, jetzt erst recht! und Fräulein Stiglhammer lachte.

2

Manbergs Kritik war nicht nur perfid, sondern auch kurz und oberflächlich, und Leopold ging zu Dr. Wild und sagte ihm, er werde die Zeitung verlassen.

Dr. Wild spielte den Überraschten. – Sie sind zu empfindlich, mein Verehrter, sagte er. Wer wird denn gleich die Flinte ins Korn werfen? Sie haben doch früher selber gesalzene Kritiken geschrieben, und damals mußten *Ihre* Opfer aushalten, was Sie jetzt aushalten müssen! Der Kollege Manberg hätte Ihr Buch etwas ausführlicher besprechen können, das will ich zugeben, aber ich würde an Ihrer Stelle der Sache keine übertriebene Bedeutung beimessen. Was ist denn eine Zeitung? Das Morgenblatt ist um sechs Uhr erschienen, jetzt ist es halb zehn, und um ein Uhr wird schon wieder das Abendblatt ausgeliefert. Dann ist das Morgenblatt Makulatur … Butterbrotpapier … oder … Sie wissen schon, was ich meine!

Merkwürdig! Die alte Generation unter den Schriftleitern der Berliner Allgemeinen verachtete ihren Beruf. Man war ja »nur« ein Tagesschriftsteller, ein Taglöhner … Da waren die »richtigen« Politiker doch was ganz anderes! Leopold und die jüngere Generation empfanden anders. Sie waren stolz darauf, einer so alten und berühmten Zeitung anzugehören, aber Dr. Wild spottete über soviel jugendlichen Eifer und freute sich auf den Augenblick, wo er sich beruhigen und totlaufen würde.

– Makulatur kommt von Makel, sagte Leopold, und ich bin ganz Ihrer Ansicht: Diese heimtückische Kritik wird ein Makel, ein Flecken, ein Schandfleck auf dem Schild der Berliner Allgemeinen bleiben. Und was die Empfindlichkeit angeht, so sind Sie zu wenig empfindlich und leider immer nur für andere Leute! Sie würden sich sehr aufregen, wenn ich auf den Gedanken käme, einen Artikel gegen Sie zu veröffentlichen.

– Das können Sie nicht, sagte Dr. Wild und betrachtete die Spitze seines Federhalters. Ich schreibe keine Bücher. Ich bin ein Schuster, der bei seinem Leisten bleibt.

– Das weiß ich. Herr von Manberg ist neidisch wie alle Leute, die Ressentiment im Bauch haben, und Ihnen gefällt es, daß er neidisch ist.

Dr. Wild betrachtete Leopolds Gesicht. – Wollen Sie mir eine Szene machen?

– Ich habe Ihnen meinen Vertrag vor die Füße geworfen und erlaube mir, Ihnen zu sagen, daß ich Ihr Benehmen erbärmlich finde. Sie haben das Feuilleton ermächtigt und Herrn von Manberg aufgestachelt.

Dr. Wild stand auf und brüllte: – Das ist eine Unterstellung, die ich mir verbitte!

– Brüllen Sie nur, sagte Leopold ruhig. Ich bin genau informiert. Von mir aus können Sie sogar die Tür aufmachen und solange weiterbrüllen, bis das ganze Haus zusammenläuft.

– Sie haben hier nichts mehr zu suchen! Sie sind ein empfindlicher Anfänger! Sie sind entlassen!

– Sie irren sich, sagte Leopold. Ich habe Ihnen gekündigt, und da ich nicht mehr Ihr Angestellter bin, können Sie mich auch nicht mehr entlassen. Herr Dr. Achtermann hat auf meine Bitte hin eine Redaktionskonferenz einberufen, in der ich Ihnen noch zwanzig bis dreißig Sätze sagen werde, die Ihnen wenig Freude machen dürften. Sie bilden sich wer weiß was ein auf Ihre Gesinnung, aber Sie sind in letzter Zeit mutlos geworden und von gestern! Unsere Geschichte beginnt nicht im Jahre 1918 … Wenn wir Republikaner und Demokraten uns nicht unserer ganzen Geschichte bemächtigen, von Karl dem Großen an bis zu … bis zu Metternich und Bismarck und Lassalle und … dann wird die Geschichte, das Erbe, unseren Händen entgleiten und mit ihr die Politik, die Macht und die Jugend! Dieser … der Kollege Manberg ist ein ewiger Oppositioneller, aber das ist langweilig. Wir sind nicht mehr die Opposition … wir sind die Regierung. Das legt uns nicht nur Rechte auf, sondern auch Pflichten! Zum Beispiel die Pflicht, Geschichtswerke zu verfassen.

Dr. Wild stand auf und trat ans Fenster. – Wenn Sie Professor werden wollen, dann müssen Sie an die Universität gehen. Das ist übrigens mein letztes Wort, ich werde Ihnen nicht mehr antworten! Sie sind für mich Luft. Sie haben den Kollegen Manberg beleidigt.

Alberner Kerl, dachte Leopold, einem das Wort im Mund herumzudrehen und den Beleidigten zum Beleidiger zu machen.

Das Telephon klingelte. Dr. Wild machte eine jähe Bewegung und ging hastig an den Schreibtisch. Das Telephon klingelte zum zweiten Mal, und als Dr. Wild den Hörer abgenommen und seinen Namen genannt hatte, reichte er ihn wortlos Leopold Chindler.

Es war Dr. Achtermann, der Leopold fragte, ob er schon mit Dr. Wild gesprochen habe.

– Ja. Ich habe soeben gekündigt.

Dr. Wild ging aus dem Zimmer und warf die Tür hinter sich zu.

– Das ist alles sehr ärgerlich ... sehr ärgerlich, sagte Dr. Achtermann. Kommen Sie doch einen Augenblick zu mir. Ich kann nicht zu Ihnen kommen, ich hänge an der Strippe. Ich erwarte ein Ferngespräch aus Paris. Man hat mir eben fernmündlich mitgeteilt, der Abgeordnete Huber, wissen Sie, der hagere Narr von den Völkischen, wolle im Reichstag Manbergs Artikel vorlesen.

Das war eine erfreuliche Nachricht, und Leopold beschloß, Dr. Achtermann zu besuchen. – Die Sache tut mir leid für die Berliner Allgemeine, sagte er, als er Achtermanns verrauchtes Zimmer betrat und Dr. Achtermann dem Eintretenden entgegenkam. Aber das kommt davon, wenn Herr von Manberg im Feuilleton Politik macht.

3

Herbert Müller wollte sein Büro verlassen und zum Mittagessen nach Hause gehen, als Fräulein Atlas ins Zimmer kam und ihm einen Eilbrief überreichte. Elisabeth Müller stand vor dem Spiegel neben der Tür und wartete auf ihren Mann. – Komm doch endlich, sagte sie ungeduldig, es ist halb zwei.

– Nur noch einen Augenblick, sagte Herbert Müller, ich bin gleich fertig.

Er hob ein dickes Manuskript in die Höhe und suchte den Brieföffner. Es war ein langes, schweres, silbernes Messer, aber er konnte es nicht finden, und als er das Manuskript wieder auf den Schreibtisch gelegt hatte, riß er den Umschlag mit dem Daumen auf, was sonst seine Gewohnheit nicht war. Der Brief enthielt Manbergs Kritik über Leopolds Buch, und unten links stand mit Rotstift geschrieben: »Beste Grüße! Dr. N. Werner.«

Herbert Müller setzte sich noch einmal an den Schreibtisch und las die Kritik. – Verflucht und zugenäht, sagte er halb zu sich selber und halb zu seiner Frau. Das ist verdammt unangenehm. Diesen Chindler kann man nicht mehr verlegen. Den kann man abschreiben ... Der wird ja von seinen eigenen Leuten erstochen.

Elisabeth Müller rückte ihren Hut, der groß und dunkelbraun war und auf der linken Seite von einer Schleife verziert wurde, tiefer ins Gesicht, aber es half auch nichts, der Hut stand ihr nicht ... er hatte ihr nie gestanden ... sie brauchte unbedingt einen neuen. Herbert Müller saß immer noch vor seinem Schreibtisch, und Elisabeth Müller erblickte im Spiegel den mächtigen, gekrümmten Rücken des Verlegers und die hellgrauen Streifen auf seinem braunen Anzug. – Was ist eigentlich los? fragte sie und betrachtete die schönen und gleichmäßigen Perlen ihrer Zähne, warum hast du dich wieder hingesetzt?

– Eine dumme Kritik, sagte Herbert Müller und drehte sich um, eine schändliche Kritik, eine bodenlose Gemeinheit, wie sie mir in meinem ganzen Leben noch nicht vorgekommen ist ...

– Diese Journalisten sind wie die Wespen, sagte Elisabeth Müller. Die kommen immer, wenn das Essen auf dem Tisch steht! Komm jetzt ... Es ist Zeit ... Deine Unpünktlichkeit ist für die Köchin zu mühsam ... Das vertragen die Mädchen nicht!

Herbert Müller warf den Umschlag in den Papierkorb und legte die Kritik in die mittlere Schublade des Schreibtischs, die er sorgfältig abschloß. Er war sehr verärgert, aber auch erschrocken und verwirrt. – Ich hab gar keinen Hunger, sagte er und stand auf, die Welt ist schauderhaft.

– Komm jetzt, sagte Elisabeth Müller und reichte ihrem Mann seinen Hut, den schweren schwarzen Spazierstock und die grauen Handschuhe. – Es ist gleich zwei Uhr, und *ich* habe großen Hunger!

Herbert Müller schlüpfte in seinen dicken grauen Mantel, setzte den Hut auf und folgte seiner Frau. Unterwegs war er schweigsam und dachte an Leopold. – Ich weiß nicht, was ich machen soll, sagte er, dieser Stunk wird auch mir schaden.

An der Ecke der Augsburger Straße war ein neuer Hutsalon eröffnet worden, und Elisabeth Müller blieb vor dem Schaufenster stehen. – Schau mal, sagte sie, findest du den kleinen roten Hut hübsch? Glaubst du, der würde mir stehen, so'n Hut?

Herbert Müller betrachtete den Hut, der auf einer mattgrau lackierten Stange saß, und überlegte, ob er Dr. Werner anrufen solle.

– Du bist heute wieder auf dem Mond! sagte Elisabeth Müller und ging ärgerlich weiter. – Es werden auch andere Kritiken kommen, setzte sie nach einer Weile hinzu und hängte sich bei ihrem Mann ein. Reizend wie ich bin, habe ich dir gestern ein neues Halstuch gekauft. Ich bin sehr gespannt, ob es dir gefallen wird.

4

Die Journalistentribüne des Reichstags war überfüllt. Dr. Achtermann zwängte sich durch die Kollegen durch, die sogar auf den Treppenstufen saßen, und Herr Held, der Reichstagsberichterstatter der Berliner Allgemeinen Zeitung, der die Herren erwartet hatte, deutete mit seinem grünen Bleistift auf zwei Plätze, die er für Dr. Achtermann und Dr. Chindler in der vordersten Reihe freigehalten hatte.

Auf der Tagesordnung der Sitzung stand die Fortsetzung zur zweiten Beratung des Gesetzentwurfs zur Bewahrung der Jugend vor Schund- und Schmutzschriften. Leopold beugte sich über das Geländer der Journalistenloge und schaute in den Saal hinab. Die Abgeordneten der Rechtsparteien waren ziemlich vollzählig erschienen, während die Linke einige Lücken zeigte. Der Präsident hatte die Sitzung bereits eröffnet, und der Demokrat Dr. Heuss hielt eine lange Rede. Er verteidigte das Gesetz, aber er machte einige Einschränkungen, welche die Sozialdemokraten aufzuregen schienen.

– Na also! rief der Abgeordnete Müller-Ingolstadt, warum schlagen Sie solche Gesetze dann vor?

Der Präsident klingelte, und Dr. Heuss sprach weiter. Als zweiter Redner erhob sich die Abgeordnete Lang-Brumann von der Bayerischen Volkspartei. – Die Bayerische Volkspartei ist entschlossen, sich *für* die Form des Gesetzentwurfes einzusetzen, wie sie aus dem Ausschuß im letzten Sommer hervorgegangen ist. Der Chef der Bayerischen Volkspartei rief: Bravo!, und die ganze Partei klatschte. Frau Lang ließ sich durch den etwas billigen Beifall nicht stören und sprach weiter. Leopold fand, daß sie eine etwas nüchterne Rednerin sei, aber sie sah angenehm aus. Sie schien eine gebildete Frau zu sein, und ihre Verteidigung des Gesetzentwurfs hatte Hand und Fuß.

Dr. Achtermann fand die Rednerin weitschweifig und blaustrümpfig und langweilte sich. Er holte ein kleines rotes Notizbuch aus der Tasche, und Leopold sah, daß er mit verblüffender Geschwindigkeit lange Zahlen untereinanderschrieb und zusammenzählte. Dann erhob sich der Abgeordnete Huber. – Jetzt gehts los, sagte Dr. Achtermann und steckte sein Notizbuch ein. In diesem Augenblick erschien in einer Loge, welche der Journalistentribüne direkt gegenüberlag, Herr von Manberg. Er hatte auf der Journalistentribüne keinen Platz mehr finden können, aber da er den Dienern wohl bekannt war, hatte ihn einer in die Diplomatenloge eintreten lassen. Die Loge war übrigens fast leer. Ganz vorne saß der französische Botschafter und zwei Reihen hinter ihm ein dunkelhäutiger junger Mann, den Leopold nicht kannte.

Herr Huber hatte sich Notizen gemacht und legte mit langsamen und gemessenen Bewegungen seine Papiere auf das Pult der Rednertribüne. – Meine Damen und Herren! Ich habe längere Zeit damit zugebracht, über dieses Gesetz nachzudenken, das die Regierung des Reiches dem deutschen Volke zu Weihnachten schenken möchte. Das Gesetz ist sicherlich gut gemeint, und meine Freunde und ich werden ihm auch zustimmen ...

Ein Kommunist stand auf und rief: – Das ist bezeichnend für die Regierung!

— ... aber es ist nicht ganz leicht zu sagen, was eigentlich Schmutz ist und was Schund, und wie schwer diese Frage zu beantworten ist, das habe ich heute morgen beim Frühstück aus der Zeitung erfahren. Die Berliner Allgemeine Zeitung, ein Organ, das ich, wie Sie alle wissen, sehr wenig schätze, besitzt einen Schriftleiter namens Chindler. Dieser Herr Chindler hat ein Buch über Friedrich von Gentz geschrieben ...

Ein Sozialdemokrat stand auf und rief: – Zur Sache!

— ... Ich habe dieses Buch gelesen, und ich lehne es ab. Es ist gut geschrieben, aber es enthält einige Kapitel, die demokratisch verseucht sind und mir nicht passen ... Aber, meine Damen und Herren, es scheint in unseren Zeiten eine verdammt schwierige Sache geworden zu sein, ein Buch zu beurteilen, denn heute früh las ich in dem Organ des Herrn Chindler ein Aufsätzchen, das dieses Buch in Grund und Boden verdammt.

Der ganze Reichstag lachte, und die Kommunisten klatschten.

– Das ist ein hochinteressanter Vorgang, meine Damen und Herren. Der Verfasser der Kritik ist ein Herr von Manberg, und ich lege Wert darauf, von ihm abzurücken. Herr von Manberg wurde wegen Feigheit aus unserer alten Armee ausgestoßen, und solche Leute würden meiner Ansicht nach besser den Mund halten, als schreiben, aber ich finde es doch sehr bemerkenswert, daß ausgerechnet die Herren Demokraten, die immer so besonders klug tun und so besonders einig, so uneinig sind, daß sie sogar in einer und derselben Zeitung übereinander herfallen, und ihre Wäsche, über deren Zustand ich mich nicht äußern möchte, vor ihren Lesern waschen. Wie gesagt, das Buch des Herrn Chindler ist zwar nicht dumm, aber es ist demokratisch, und sowas mag ich nicht, aber ich frage mich: Was wird nun eigentlich geschehen? Ist dieses Buch auch Schmutz und Schund? Und wer ist nun eigentlich der richtige Demokrat?

Der Redakteur Chindler von der Berliner Allgemeinen oder der Schriftleiter Manberg von der Berliner Allgemeinen Zeitung? Vielleicht sind die Leser und Abonnenten dieses Organs so gut, mir diese interessante Preisfrage zu beantworten. Meine Freunde und ich haben sie bereits beantwortet, und Sie, meine Damen und Herren, wissen ja, was wir von dieser Partei halten und von der gesamten demokratischen Presse.

Herr Huber verließ das Rednerpult. Dr. Achtermann stand auf, und Leopold folgte ihm.

– Das wird der Zeitung schaden, sagte Dr. Achtermann, der Mann hat nämlich recht.

– Es lebe die Demokratie, sagte Leopold.

– Wollen Sie uns wirklich verlassen? fragte Dr. Achtermann.

– Ich bin überzeugt, daß Sie meinen Entschluß billigen, sagte Leopold.

Als die beiden Männer den Reichstag durch eine Seitentür verlassen hatten und auf die Straße getreten waren, sagte Dr. Achtermann: – Ich muß heute abend nach Hamburg fahren. Aber ich bin morgen abend wieder zurück, und ich werde mir erlauben, Sie anzurufen.

Er hielt ein Taxi an, das langsam, gleichsam im Schritt vorüber fuhr, rief dem Schofför die Adresse der Redaktion zu und stieg eilig ein.

Herbert Müller rief Leopold an und sagte: – Ich gratuliere! Wir drucken die zweite Auflage, viertes bis achtes Tausend eines gewissen Buches über Herrn von Gentz.

– Warum? fragte Leopold. Ist denn die erste Auflage schon weg?

– Sie scheinen noch nicht zu wissen, daß Sie ein berühmter Mann geworden sind. Aber Herbert Müller weiß alles. Der Abgeordnete Huber hat im Reichstag eine Rede über Sie gehalten.

– Leopold Chindler weiß auch einiges. Ich saß in der Journalistenloge und habe zugehört, während Herr Huber sprach.

– Enorm! sagte Herbert Müller. Enorm! Hat er Sie wirklich mit vollem Namen genannt?

– Mit vollem Namen!

– Wollen Sie heute abend bei uns essen oder haben Sie keine Zeit?

– Ich habe beliebig viel Zeit, sagte Leopold. Ich bin nämlich arbeitslos. Ich habe das Blatt des Herrn von Manberg verlassen.

– Enorm! sagte Herbert Müller. Wir werden eine Menge zu reden haben. Meine Frau steht neben mir und übermittelt ihre besten Glückwünsche.

Elisabeth Müller nahm ihrem Mann den Hörer aus der Hand. – Essen Sie gern Fisch? Wir haben heute abend Schellfisch, oder soll ich etwas anderes holen lassen?

– Ich esse sehr gern Fisch, sagte Leopold, der berühmte Phosphor wird meinem Gehirn gut tun.

Der stellvertretende Vorsitzer des Aufsichtsrats der Berliner Allgemeinen Zeitung rief Dr. Achtermann an:

– Ich bin sehr ungehalten. Das hätte unter keinen Umständen vorkommen dürfen.

– Ich bin froh, daß Sie mir das sagen, antwortete Dr. Achtermann. Ich war auch gegen die Kritik. Sie war sehr überflüssig.

– Ich kenne das Buch nicht. Ich hab's mir gestern gleich kommen lassen, und es liegt vor mir, aber gelesen habe ich es noch nicht. Wie ist es denn?

Dr. Achtermann nahm einen Bleistift in die Hand und überlegte, ob es sich empfehlen würde, Manberg ein wenig zu verteidigen. Schließlich war Chindler fortgegangen, und Manberg dageblieben, aber nachdem er einen Augenblick gezögert hatte, sagte er: – Ich finde das Buch gut. Ich bin zwar kein Historiker, und es könnte vielleicht den einen oder anderen Fehler enthalten, aber es liest sich glänzend.

– Das habe ich auch gehört. Es soll geistreich sein.

– Außerdem hat Dr. Chindler gekündigt, sagte Herr Achtermann.

– Das wird ja immer besser, sagte der Vorsitzer des Aufsichtsrats, da sind wir auch noch einen guten Mann los. Sagen Sie bitte Herrn Dr. Wild, ich sei sehr ungehalten, ohne jede Einschränkung *sehr* ungehalten. Diese Herrschaften leben auf dem Mond. Das Inseratengeschäft war im zweiten Halbjahr miserabel, wir werden einen kläglichen Abschluß haben ... Ich bin wirklich sehr ungehalten! Versuchen Sie doch, Dr. Chindler zu halten. Was verdient er denn? Zwölftausend? Dann bieten Sie ihm ... na ... sagen wir ... fünfzehn.

Die Redaktionskonferenz verlief stürmisch. Der Chef des Feuilletons verteidigte die Freiheit der Kritik, und Herr von Manberg ließ sich zu persönlichen Ausfällen gegen Leopold Chindler hinreißen, die einen schlechten Eindruck machten. Zum Schluß wurde mit allen Stimmen gegen zwei dem Feuilleton mitgeteilt, daß künftig Aufsätze über historische Werke oder über Bücher, die von Mitarbeitern des Blattes verfaßt seien, erst dann veröffentlicht werden dürften, wenn Herr Dr. Achtermann oder ein von ihm zu bezeichnender Stellvertreter die betreffende Kritik gegengelesen und gebilligt habe.

Der Chef des Feuilletons war wütend. – Haben wir noch historische Bücher im Schrank? fragte er Fräulein Stiglhammer.

– Gestern sind zwei gekommen, und im Schrank liegen noch zwei oder drei ältere Bücher, die schon im Sommer gekommen sind.

– Nehmen Sie den verdammten Sch ... dreck und werfen Sie ihn zum Fenster hinaus. Diese Art Bücher wird bei mir überhaupt nicht mehr besprochen! Nie mehr! Schluß ... aus ... fertig! Ich mache mein Feuilleton, wie ich will!

Er ging in sein Zimmer und warf die Tür hinter sich zu. Dann setzte er sich an seinen Schreibtisch und schrieb einen Aufsatz über Van Gogh, der in diesem Jahr seinen 76. Geburtstag hätte feiern können, wenn er noch am Leben gewesen wäre.

Siebzehntes Kapitel

Der Mensch kennt nur sich selbst, insofern er die Welt kennt,
die er nur in sich und sich nur in ihr gewahr wird.
Goethe.

1

Alle Welt hatte Erfolg, nur Leopold nicht. Am 12. Januar fand in der »Komödie« am Kurfürstendamm die Erstaufführung der »Gefangenen« von Eduard Bourdet statt. Es gab eine große Auffahrt dunkler Limousinen, aus denen die kostbarsten Pelzmäntel schlüpften, funkelnde Augen über hellgrauem Feh oder schwarzem Persianer oder braunem, seidig schimmerndem Zobel. Der Türhüter in roter Uniform hielt das gläserne Portal weit auf, und winzige Abendschuhchen, an denen silberne Spangen blitzten, trippelten rasch in die geheizte Vorhalle, während die schwarzgekleideten Herren mit größeren Schritten langsamer zu gehen schienen. Erika Welter spielte die Hauptrolle: ein junges Mädchen, Tochter eines französischen Botschafters, das von einer Frau geliebt wird und diese wiederliebt. Die Welter spielte die Rolle mit der fertigen und hinreißenden Meisterschaft eines großen Talents, das alle Mittel beherrscht und nicht den kleinsten, unüberlegten Schritt tut oder dem Zufall überläßt. Sie erschien im ersten Akt in grauem Rock mit hochangeschlossener, weißer Bluse, der Uniform solcher Geschöpfe, die ihr eigentlich garnicht stand, aber sie entzückte sogar die Garderobefrauen, die von allen Seiten in das verdunkelte Parkett schlüpften und mit gespannter Neugier auf die Bühne starrten. Es gab schon bei offener Szene Beifall, und als der Vorhang fiel und die große Pause begann, sah man, daß die Welter einen gewaltigen Erfolg haben werde.

Leopold saß in der vierten Reihe neben Wilhelm Braun. – Sie spielt gut, sagte Wilhelm leise, aber das Stück ist schauderhaft und widerwärtig und ekelhaft und unerträglich.

– Mal abwarten und dann meckern, sagte Leopold.

Steiners waren natürlich auch da. Sie hatten eine Loge gemietet, und Leopold ging bei ihnen vorbei, während Wilhelm Braun hinter die Bühne eilte.

– Die Welter ist heute wieder gut, sagte Frau Steiner, aber das Stück ist für meinen Geschmack wertlos und unappetitlich!

– Die Welter ist himmlisch, sagte Ruth Steiner. Die würde ich gern kennen lernen.

– Passen Sie auf, sagte Leopold, sonst werden Sie plötzlich gefangen genommen.

Ruth Steiner reichte Leopold eine silberne Tüte mit Pralinés und antwortete: – Besser eine Gefangene als eine Freigelassene.

Ruth Steiner trug ein gelbes Abendkleid. Das Kleid war tief ausgeschnitten, und Leopold sah zum ersten Mal, daß Ruth sehr schöne Schultern hatte.

– Was macht Frau Scheler? fragte Ruth und schaute Leopold sehnsüchtig an. Warum kommt sie nicht mehr zu uns?

– Sie bedauert ihr Fernbleibenmüssen sehr, aber Hans Karl hatte die Masern, und sie hat ihn selber gepflegt.

Siegfried Steiner legte seine kleine, dünne Hand auf Leopolds Schulter. – Man erzählt sich, Sie hätten die Berliner Allgemeine verlassen.

– Würde es Ihnen gefallen haben, wenn ich geblieben wäre?

Steiner wackelte mit dem Kopf. – Haben Sie schon was Neues?

– Nein.

– Dann sind Sie ein tapferer Mann. Die Kritik über Ihr schönes Buch war ein Skandal. Das sage ich jedem, der es hören will, und den andern Leuten auch.

– Ich werde Ihr Buch lesen, sagte Frau Steiner. Mein Mann findet es sehr gut. Er hat mir gestern Abend eine Seite daraus vorgelesen, ich mußte ganz brav stillsitzen und zuhören ...

– Du hast sehr gern zugehört, Mama, sagte Ruth.

– Du hast mich unterbrochen, sagte Frau Steiner. Ich wollte es Leopold eben sagen.

Leopold verabschiedete sich von Steiners und ging ins Foyer, wo er von dem Kritiker der B.Z. am Mittag begrüßt wurde. Der Mann war ungewöhnlich liebenswürdig, aber seine Liebenswürdigkeit glich ein wenig der Bewegung, die ein Schiff macht, das man von seiner schweren Ladung befreit hat: Der Druck ist fort, es hebt sich in die Höhe, schaukelt auf den Wellen und blickt von oben herab auf die andern Schiffe, die noch staubig und beladen tief im Wasser stecken. Leopold war jetzt nicht mehr das, was man in diesen Kreisen eine Macht nannte; er hatte die mächtige Zeitung verloren, die bis dahin hinter ihm gestanden hatte. Man brauchte ihn also nicht mehr zu fürchten (denn ein Journalist kann ebenso unerwartete Ausfälle machen wie ein gereizter Rabe) und auch nicht mehr zu beneiden (denn sein rascher Aufstieg hatte einige Kollegen sehr verstimmt), aber es empfahl sich auch wiederum, vorsichtig zu sein, denn man konnte nicht voraussehen, ob er nicht morgen früh eine neue und vielleicht sogar eine bessere Stellung einnehmen würde. Wilhelm Braun drängte sich durch die flanierenden Zuschauer und kam eilig auf Leopold zu. – Komm! sagte er zu Leopold, während er dem Kritiker der B.Z. die Hand gab. Die Welter ist in ihrer Garderobe und läßt dich bitten, ihr guten Tag zu sagen.

– Das ist hohe Botschaft, sagte der Kritiker spöttisch. Dann reichte er Leopold die Hand und ging weiter.

– Ich denke garnicht daran, sagte Leopold, warum soll ich dich ärgern?

– Du ärgerst mich nicht mehr. Sie ist schon wieder in jemand anders verliebt. Du warst zu schwierig für sie.

– Soll ich wirklich zu ihr gehen? Sag' ihr, du hättest mich nicht finden können.

– Komm! sagte Wilhelm nervös, ich bitte dich darum.

– Könnten wir Ruth Steiner mitnehmen? Sie würde sich riesig freuen.

– Um Gotteswillen! Erika würde niemals eine fremde Frau in ihre Garderobe lassen.

Erika Welter lag auf einem dunkelroten Sofa, und die Garderobenfrau puderte den Knöchel ihres linken Fußes.

– Wie finden Sie das Stück? fragte sie Leopold und gab ihm die Hand.

– Hast du dich verletzt? fragte Wilhelm.

– Ein Idiot von einem Beleuchter hat mich gegen den Knöchel getreten. Der Mensch muß eine Schuhsohle aus Eisen gehabt haben.

Wilhelm beugte sich über das Bein. – Es ist ein kleiner Bluterguß da, sagte er, wir machen nachher einen Umschlag.

– Wie finden Sie das Stück? fragte die Welter zum zweiten Mal.

– Ich habe bis jetzt nur Erika Welter gesehen.

– Quatsch mit Tomatensauce, sagte die Schauspielerin, Wilhelm findet das Stück dumm, und ich möchte wissen, ob das auch Ihre Meinung ist.

– Ich habe eine Schwäche für höfliche Väter, sagte Leopold. Ich finde es riesig nett von dem Papa dieses Stückes, daß er abreist und seine Tochter in Ruhe läßt.

– Das ist gut gesagt, meinte die Welter, dann ist das Stück also nicht dumm. Ich finde es nämlich auch nicht dumm.

Es läutete, und die Schauspielerin stand auf, um auf die Bühne zurückzukehren. – Ich gebe Sonntag einen Tee, sagte sie. Bitte kommen Sie! Wilhelm kommt auch. Abgemacht? Ja? Gut! Wiedersehen!

2

Der neue Liebhaber der schönen Schauspielerin war ein bayrischer Grundbesitzer, ein Graf Le Tocque. Er war braunverbrannt wie ein Skiläufer, der soeben aus Kitzbühl zurückgekehrt ist, klein und sehr schweigsam. – Ich hab' die Ehre, Ihre Frau Mutter zu kennen, sagte er zu Leopold, aber das war auch alles, was er sagte.

Die übrigen Gäste waren weniger stumm. – Das ist mir ganz

egal, erklärte Erika Welter. Ich hab' das Stück nicht geschrieben, und das Theater gehört mir nicht, also kann hier jedermann über das Stück sagen, was er will. Ich hab' meinen Erfolg gehabt, das genügt mir.

Es war leicht, ein solches Stück anzugreifen, und Leopold fühlte sich in der Laune, es zu verteidigen. Wilhelm Braun legte seine Zigarre in einen Aschenbecher und sagte: – Dieses Stück hat nur eine gute Szene, und zwar die, in der Aiguines seinen Freund Jacques vor der Gefangenen warnt und ihn auffordert, seine Koffer zu packen und übers Meer zu fliehen. In dieser Szene hat er nämlich recht, weil die Gefangene eine gräßliche Person ist. Du hast sie wunderbar gespielt, aber wenn ich nur an das Stück denke, dann muß ich sagen, daß ich kein Stück sehen will, dessen Hauptfigur unangenehm und überflüssig ist. Ich würde dem Rat des Herrn Aiguines folgen und unverzüglich in bessere Gegenden abreisen.

Graf Le Tocque lachte. – Ich finde das Stück human, sagte Leopold.

Gertrud Spalding schrie auf: – Human? Haben Sie eben human gesagt?

Leopold lächelte ihr zu und fuhr fort: – Mir gefällt dieser Jacques. Er liebt Irene, aber er hält ihr keine langen Reden, sondern bleibt da und wartet, und sie kann sich auf ihn verlassen.

– Irrtum! sagte Wilhelm. Sie täuscht ihn.

– Wir täuschen uns alle, sagte Leopold, und vielleicht täusche ich mich auch, denn das tut man ja von morgens bis abends, aber in diesem Stück bleibt man leise und höflich. Man trägt seine Lasten nicht zornig, sondern elegant wie Rastelli. Man leidet ungefähr so, wie man ißt und trinkt, mit guten Manieren, und das finde ich human. Dieses Stück will weder die Welt verändern noch das Stehparterre, es erzählt mir eine Geschichte.

Merkwürdige Duplizität der Fälle: Leopold hatte das Wort Rastelli gesagt, und nun hielt der Maler Spalding eine lange Rede. Er hatte das Stück garnicht gesehen, aber er hatte ein paar Brocken der Unterhaltung aufgeschnappt und wirbelte sie nun um die Ohren der Zuhörer, wie Rastelli seine Bälle oder seine

Teller. Spalding sprach nicht ungeschickt, aber seine Ausführungen waren sehr überflüssig, und Leopold hörte nicht zu. Er hatte eine unverzeihliche Torheit begangen, die ihm plötzlich wieder einfiel: Er hatte Anki gesagt, daß er bei Erika Welter eingeladen sei, und Anki war zum ersten Mal bös auf ihn.

Leopold schaute Erika Welter an und den kleinen Kragen aus Zobelpelz, den sie um den Hals trug: Der Klügere gibt nach, und diese Nachgiebigkeit begründet die Weltherrschaft der Dummheit. Er hatte diesen Satz irgendwo gelesen, aber es wollte ihm nicht einfallen, wer ihn gesagt hatte, und er überlegte, ob es trotzdem seine Pflicht sei, Anki nachzugeben. Erika Welter ließ sich von dem Grafen Le Tocque Kuchen anbieten, und Leopold sah, wie verschieden die Handbewegungen der beiden Frauen waren.

Erika Welter hatte Ankis Ehe zerstört und ihrem Herzen eine Wunde geschlagen, die nur langsam geheilt und schlecht vernarbt war. Sie mußte diese Feindin fürchten, und Leopold gestand sich ein, daß es rücksichtslos von ihm war, in der Wohnung der Welter zu sitzen und Anki den Qualen ihrer Eifersucht, ihrer Einbildungskraft und ihrer schmerzlichen Erinnerungen zu überlassen. Er hatte Anki zu erklären versucht, er habe Pflichten gegen Wilhelm Braun und würde eine lächerliche Figur machen, wenn er einer Frau aus dem Weg ginge, die ihm vollständig gleichgültig sei, aber Anki hatte keine Antwort gegeben und war schließlich aus dem Zimmer gegangen. Sie hatte recht: Über Nuancen kann man nicht sprechen, und der Takt, das Zartgefühl des Herzens für das Richtige, für das, was man vermeiden muß, um einen Menschen, der uns liebt, nicht zu verletzen – dieses Zartgefühl kommt lange vor allen Worten. Wenn man erst darüber spricht, dann ist die Verletzung schon geschehen, dann hat man den Geliebten bereits verwundet … Leopold stellte seine Teetasse auf den Tisch und gestand sich ein, daß er Anki verletzt hatte.

Die Welter sah hübsch aus, und die Gesellschaft war, trotz Rudi Spaldings aufgeregter Wichtigtuerei, anregend und angenehm. Ach, es war anstrengend und entsagungsvoll, Anki das Opfer zu bringen und diesen Verkehr, der doch wirklich spärlich war, ganz einzustellen. Leopolds Selbstbewußtsein ärgerte sich über diese Zumutung, die er hart und ungerecht und sehr altmodisch fand.

Anki war zu eifersüchtig, und es war wirklich manchmal nicht leicht, diese sinnlose Leidenschaft zu ertragen.

Mag sie eifersüchtig sein, wenn sie Grund dazu hat, wenn ich ihr Grund dazu gebe, sagte Leopold zu sich selber, aber wenn sie ohne jeden Grund eifersüchtig ist; wenn sie mich so wenig kennt, dann kann ich ihr nicht helfen, dann muß sie halt ertragen, was sie sich selber einbrockt ...

Die Welter stand auf, lief in die Mitte des Zimmers und machte eine italienische Schauspielerin nach, die sie in Florenz gesehen hatte. Leopold betrachtete ihre komischen Bewegungen. Sie war in jeder Hinsicht das Gegenteil von Anki. Anki war schön, die Welter, wenn man von ihren merkwürdigen, grauen Augen absah, gut zurechtgemacht und raffiniert angezogen. Anki war leise, die Welter war energisch, geladen, ehrgeizig, vorwärtsdrängend, aktiv, aber bei allen diesen Eigenschaften von einer überaus schlauen Selbstbeherrschung geleitet. Anki liebte; die Welter amüsierte sich, und so war der einzige Vorzug, den die Schauspielerin in Leopolds Augen vor Anki hatte, der, daß sie etwas tat, daß sie sich rührte und vorwärtsschaffte. Anki war dagegen passiv, und wenn man nur an ihre Tage dachte (und nicht an ihre Nächte), fast tot. Sie glich einem Schmetterling, der sich im Sonnenschein erhebt und zu einer Blume flattert, zum Beispiel zu Hans Karl oder zu Valerie Bendemann, aber wenn er die Blume erreicht hat, ruht er sich lange und träumend wieder aus ... Ja, es ist merkwürdig, dachte Leopold, der ruhende Schmetterling hält seine Flügel zusammengeklappt. Wir sehen ihre Schönheit nicht, sie ist zusammengefaltet wie ein Taschentuch und verborgen wie die Perle in der Muschel. Wir wissen, daß ein Schmetterling schön ist, weil wir uns der schönen Bilder seiner Flügel erinnern, aber er zeigt sie nur im Flug, nur in der Bewegung, nur in der Tätigkeit ... Das werde ich Anki sagen!

Der Graf Le Tocque bot Leopold Schnäpse und Zigarren an, und die Welter rief ihn zu sich und bat ihn neben sich aufs

Sofa. – Sie träumen schon wieder, sagte sie. Wovon haben Sie eben geträumt? Könnten Sie mir das verraten?

Leopold lehnte sich tief in die riesigen und sehr weichen Kissen zurück und gab keine Antwort.

– Wilhelm hat keine Ahnung von Ihnen, sagte die Welter und betrachtete Leopolds Profil. Er hat mir ein Bild von Ihrem Charakter gezeichnet, das ganz falsch ist.

– Wie sieht er mich? fragte Leopold.

– Nervös, gespannt, geladen ... wie den Chef einer mächtigen und gefährlichen politischen Partei.

– Und was erblicken Sie? fragte Leopold.

Die Schauspielerin kniff die Augen zusammen: – Ich bin mir noch nicht klar ... Sie sehen aus, als wären Sie nicht sehr glücklich verliebt und ... begabter als Sie wissen.

– Ich denke oft an die Verse aus der Iphigenie, die Sie einmal abends bei mir gesprochen haben. Hätten Sie keine Lust, die Iphigenie zu spielen?

– Ich möchte den Hamlet spielen, sagte die Welter, aber die Theaterdirektoren sind feige Hasen und so phantasielos wie Backsteine. Ich habe Gregor den Vorschlag gemacht, aber er hielt mich für betrunken oder für wahnsinnig. Er hat ein Gehirn aus Asbest; Sie können die Sonne dranhalten, und es brennt nicht.

– Was würden Sie anziehen? fragte Leopold.

Die Welter schaute in Leopolds Augen, und er sah, daß sie von seiner Frage überrascht war und gern seine Gedanken erraten hätte. Sie hielt ihn für sehr gescheit, weil sie schon wieder ein wenig verliebt war, und sie wollte eine Antwort geben, die ihm gefallen würde. – Ich würde, sagte sie langsam, ich würde ... einen schwarzen Anzug tragen ... eng anliegende schwarze Hosen ... ein schwarzes Cape, einen kleinen, kurzen Degen ... aber ... das Kostüm ist doch ziemlich unwichtig. Das soll dem Mann einfallen, der die Bühnenbilder macht. Traugott Müller würde mir in zehn Minuten ein glänzendes Kostüm entwerfen. Das ist ein heller Junge. Der kann was.

Leopold sagte: – Ich möchte den Hamlet, und übrigens auch den Wallenstein, ohne Kostüm sehen.

Irgend jemand rief: – Herr Chindler plädiert, die Welter solle den Hamlet im Smoking spielen!, und die ganze Gesellschaft versammelte sich um Erika Welter und Leopold.

– Ich würde Hamlet im Frack scheußlich finden, erklärte Gertrud Spalding, aber sie hatte in dieser Sache wirklich keine Meinung. Sie sprach über einen Gegenstand, über den sie in ihrem ganzen Leben noch nie nachgedacht hatte und über den sie auch garnicht hätte nachdenken können. Die Greifwerkzeuge ihres Gehirns und ihres Verstandes waren für andere Probleme geschaffen.

– Wallenstein ist ein ehrgeiziger, aber sehr begabter General, fuhr Leopold fort, der einem beschränkten und mit Vorurteilen vollgepfropften Monarchen dient. Der Monarch denkt an seine Dynastie und an seine Vorrechte, sagen wir mal ungefähr so, wie Wilhelm II. an sein Haus dachte und dabei gewisse Selbstherrscherallüren pflegte, die er manchmal hatte, und der General sieht, daß das Reich durch diese bornierte Politik ins Unglück gestoßen wird. Er versucht, sich dagegen zu erheben, aber die beharrenden Mächte sind stärker. Der Aufstand wird zum Putsch, und der Putsch mißlingt. Das würde ich gern sehen.

– Das können Sie sich ja alles dazudenken, sagte ein älterer Herr, dessen Namen Leopold bei der Vorstellung nicht verstanden hatte.

– Ich will im Theater sehen, sagte Leopold.

– Ich kann mir das nicht vorstellen, sagte die Welter. Wallenstein ist ein historisches Stück, und ich glaube, man muß ihn so spielen, wie ihn Schiller geschrieben hat. Schiller war schließlich ein großer Mann.

– Schiller war sogar ein sehr großer Mann, aber in der Kunst gibt es immer und unter allen Umständen nur Gegenwart, und wenn das Theater zum historischen Seminar wird, wird es sehr langweilig. Das Kostüm ist eine Erfindung der Neuzeit. Die Engländer, welche der Uraufführung des Hamlets beiwohnten, sahen die Geschichte eines jungen Mannes, der von einem sehr komplizierten und sehr schmerzlichen Konflikt gepeinigt wird ... und das möchte ich auch sehen. Dänische Prinzen interessieren mich nicht besonders, aber ein junger Mann, dem die schauerliche Pflicht aufgeladen wird, die Hand gegen seine Mutter zu erheben ... der interessiert mich.

Das Gespräch versackte, weil der alte Herr, dessen Namen Leopold nicht verstanden hatte, sich gedrängt fühlte, ulkige Bemerkungen zu machen. Er war ziemlich dumm, aber er brachte irgend ein Wortspiel zusammen, das einige Leute zum Lachen reizte.

– Wir müssen uns mal allein unterhalten, sagte die Welter leise.

Leopold nickte, aber er fühlte, daß dies nicht gehen würde. Ein Stelldichein mit Erika Welter – – nein, das konnte Anki wirklich nicht erlauben, und wenn er heimlich und hinter Ankis Rücken zu der Welter schlich und Anki davon erfuhr, dann mußte ein Herz, das so empfindlich war wie ihres, in einen wahren Abgrund von Leid und Verzweiflung stürzen.

3

Leopold ging nach Hause und rief Anki an. Anki ließ sich verleugnen. Sie versteckte noch nicht einmal ihren Zorn, denn es dauerte ziemlich lang, bis Luise wieder an den Apparat kam und Leopold ausrichtete, Frau Scheler sei leider ausgegangen. In der Zeit, die Leopold warten mußte, hätte man eine verlorene Stecknadel in Ankis Wohnung finden können. Leopold stieg in den Keller, holte einen Korb mit Holz herauf und heizte den großen weißen Kachelofen. Dann umgab er sich mit zwei Tischen voll Büchern, legte die Füße auf einen Stuhl und begann, zu lesen.

Am nächsten Morgen stand Leopold spät auf. Er war jetzt ein freier Mann, er hatte nichts zu tun, er mußte nirgends wohin gehen, niemand konnte ihn rufen oder ihm den Auftrag geben, einen Artikel zu schreiben. In der Berliner Allgemeinen Zeitung stand ein Artikel von Manberg, und Leopold überlegte, ob er das Blatt abbestellen solle. Es war durchaus zu erwägen, denn man soll sich überflüssigen Ärger vom Hals halten, aber es eilte schließlich nicht, und die Artikel von Dr. Achtermann waren sehr lesenswert. Als er beim Frühstück saß, kam Frau Janke herein, die Aufwartefrau, und erzählte, ihr Mann sei betrunken nach Hause gekommen und habe sie geschlagen. Sie knöpfte ihre Bluse auf und zeigte Leopold einen blauen Striemen unter der Schulter. Frau Janke tat ihm leid, ihr Mann mußte wirklich ein verdammter Rohling sein. Sie war eine schöne, stolze Person und schien einen prachtvollen Busen zu haben.

– Was ist Ihr Mann von Beruf? fragte Leopold.

– Maurer, und, wissen Sie, Herr Chindler, ich sage Ihnen, die Maurer sind alle so. Die haben jetzt nichts zu tun, weil es friert, und das macht sie wild und aufgeregt. Mein Mann hat im Sommer gut verdient, aber wenn Sie glauben, er hätte sich was gespart, dann irren Sie sich. Keinen Sechser, noch nicht einmal einen halben. Ich verdiene das ganze Geld, und dafür kriege ich noch Prügel! Wollen Sie heute baden? Soll ich Wasser einlaufen lassen?

– Ja. Bitte.

Frau Janke kam zurück. – Das Wasser läuft schön heiß, sagte sie, und dann setzte sie hinzu: – Sie werden doch nicht weitersprechen, was ich Ihnen vorhin gesagt habe?

– Nein, meine liebe Frau Janke, das werde ich nicht tun.

– Tun Sie's nicht. Der Reyt dort drüben, der wo Ihnen die Milch liefert, das ist ein Heimtückischer. Vor dem muß man sich in Acht nehmen.

– Wie alt ist Ihr Mann?

– Einunddreißig, und ich bin vierunddreißig, sagte Frau Janke. Das soll vielleicht nicht sein, daß die Frau älter ist als der Mann, aber ich denke so: Ich bin noch kein altes Weib. An mir könnte ein Mann noch viel Vergnügen haben.

Frau Janke stützte beide Hände auf die Hüften und schaute aus dem Fenster. Sie hatte hellblaue Augen, eine schöne, grade Nase und blondes Haar.

Nach dem Bad rief Leopold Anki an, und diesmal sagte ihm Marie sofort, Frau Scheler sei ausgegangen.

Leopold wurde besorgt: Werde ich sie nie mehr sehen? Ist alles aus? Habe ich alles zerstört? Er ging an den Schreibtisch und schrieb einen langen Brief an Anki. Er trug ihn selber auf die Post und ließ ihn durch Eilboten befördern. – Es ist elf Uhr zehn, sagte der Beamte, der Adressat wird den Brief gegen ein Uhr empfangen.

Anki saß beim Mittagessen, als Leopolds Brief ankam. Sie schob ihren Stuhl zurück, riß den Umschlag auf und las. Hans Karl schüttete aus Langeweile die Kompottunke in sein Wasserglas und bedeckte das neue weiße Tischtuch mit großen roten Flecken, aber Anki las und sah nichts. Es schneite schon den ganzen Vormittag, und Anki richtete sich auf und hielt den Brief seitwärts nach außen, um mehr Licht auf die Buchstaben fallen zu lassen. Als sie das letzte Wort gelesen hatte, schob sie den Teller beiseite, legte den Kopf auf das Tischtuch und weinte. Hans Karl bekam Angst und warf sein Glas um. Das war sehr ungezogen, und er betrachtete seine Mutter, ob sie ihn wohl schimpfen werde. Anki weinte und sah nichts. Hans Karl bekam große Angst und stand auf. – Mammi! Warum mußt du weinen? Mammi! Liebste Mammi! Bitte weine nicht! Du darfst nicht weinen!

Er legte seine kleinen, weichen Ärmchen um Ankis Hals und weinte auch. Anki richtete sich auf und streichelte das Kind. – Komm, sagte sie, und lächelte über Hänschens traurige Miene, komm, wir wollen jetzt weiter essen. Ich war ein bißchen traurig, aber jetzt ist alles wieder gut. Du bist mein allerbestes und allerliebstes kleines Häslein.

Nach Inges Abreise hatte sich Anki eine Steckdose neben ihrem Bett anbringen lassen, und als Hans Karl mit dem Essen fertig war, ging sie in ihr Schlafzimmer und rief Leopold an.

– Wenn du willst, kann ich sofort kommen, sagte Leopold. Ich bin ja jetzt so frei wie ein Eichhörnchen im Naturschutzpark.

Anki ging ins Badezimmer und versuchte, ihre Augen ein wenig wieder herzustellen. Als es schellte, lief sie auf den Vorplatz und machte selber die Tür auf.

Leopold hatte aus Versehen und in der Eile dünne Sommerhandschuhe angezogen, und seine Finger waren blaugefroren und ganz klamm. Anki nahm Leopolds rechte Hand in ihre Hände und wärmte sie.

– Ich habe dich gekränkt, sagte er, aber ich wollte es nicht tun, ich wollte ...

– Sei still, sagte Anki, es war ein furchtbarer Tag, und auch noch ein Sonntag, der an sich schon so schwer zu ertragen ist. Ich weiß, daß du mich liebst ... ich muß es lernen, mich zu beherrschen, aber dieses Weib ist meine ärgste Feindin, Rattengift würde ich ihr schicken, wenn ich wüßte, wie man sowas macht.

– Ich werde nicht mehr zu ihr gehen, sagte Leopold. Er hatte erwartet, Anki würde sein Opfer zurückweisen und ihm sagen, es sei ihr ganz gleichgültig, er könne gehen, wohin er wolle. Sein Brief hatte ihr noch einmal gesagt, wie sehr er sie liebe, und er war ja nun wieder bei ihr, und sie brauchte ihn nur anzusehen, um zu erkennen, wie es um sein Herz stand. Aber Anki nahm ihn sofort beim Wort und war selig. – Du liebst sie nicht, sagte sie, aber sie liebt dich, doch ... es ist so, wie ich es sage, du durchschaust sie noch nicht, aber ich weiß es ganz genau. Das ist eine raffinierte Bestie ... aber jetzt ist alles gut. Ich hätte es nicht gewagt, diesen Schritt von dir zu fordern, aber jetzt hast du mich sehr glücklich gemacht. Ach, du bist gut zu mir, und ich schäme mich, weil ich gestern so albern war und nicht ans Telephon gegangen bin. Aber du hättest wirklich nichts von mir gehabt ... ich hätte nur geheult und kein Wort sagen können, es war vielleicht sogar besser, daß ich nicht ans Telephon gegangen bin.

Es war sehr schwer, dieses Opfer zu bringen. Erika Welter war Leopold ganz gleichgültig, und ihre Bemerkung über das Kostüm, in dem sie den Hamlet spielen wollte, war so alltäglich, daß sie ihn auch als Schauspielerin nicht mehr interessierte. Aber es wurde Leopold sauer, sich zu beugen und zu gehorchen, einem fremden Willen untertan zu sein. Als er noch ein Knabe war, hatte seine Mutter Leopold den Verkehr mit einem Mitschüler verboten, Balthasar Vierling, dem besten Freund, den er in der Schule hatte, und die entsetzliche Folge, welche dieses grausame Verbot nachgezogen hatte – Vierling hatte sich in der Schule erschossen –, hatte in Leopolds Herzen eine Wunde geschlagen, die niemals geheilt war. Leopold dachte an Vierling und an seine Mutter und er sagte sich, daß es immer seine Aufgabe gewesen sei, seinen Kopf durchzusetzen.

Franziska ging an den Schreibtisch und suchte einen Brief von Inge, den sie Leopold zeigen wollte. Leopold sah zu, wie Franziska die kleinen, sorgfältig aufgeschichteten Häufchen ihrer Korrespondenz auseinandernahm, und sagte: – Ich bin ein Mensch, der viel Vertrauen braucht. Man muß immer bedenken, daß sich lieben noch lange nicht heißt sich kennen.

Anki hatte den Brief gefunden, ließ ihn aber auf dem Schreibtisch liegen und schaute Leopold an. – Jeder Mensch hat Erfahrungen gemacht, fuhr Leopold fort, die er verbirgt. Während meiner Schulzeit war meine Mutter gegen jeden Freund, den ich nach Hause brachte. Hätte sie mir wenigstens andere Kameraden zugeführt, bessere und klügere, als ich finden konnte, dann hätte sie mich vielleicht lenken können, aber ihre unermüdliche Abneigung gegen jeden Menschen, der mir gefiel, war wie ein ständiger Präventivkrieg einer sehr großen Macht gegen eine kleinere, und die bloße Erinnerung an diese Zeiten berührt in meinem Herzen einige Stellen, die überempfindlich sind.

Anki wartete, ob Leopold noch weitersprechen werde, und als er schwieg, nahm sie Inges Brief und reichte ihn Leopold. – Inge hat mir einen langen Brief geschrieben. Möchtest du ihn lesen?

Richard Scheler hatte Herrn und Frau von Klemm besucht, und Inge berichtete ihrer Schwester von dem Besuch.

– Was soll ich tun? fragte Anki. Ich will solche Nachrichten nicht mehr lesen. Ich habe nichts mehr gegen Richard, aber er soll sich abfinden mit unserer Scheidung und mich in Ruhe lassen. Ich könnte ihn ebensowenig heiraten wie meinen Friseur oder … ich weiß auch nicht wen …

– Schreibe deiner Mutter und bitte sie, Inge in diesem Sinne zu antworten, sagte Leopold.

– Das ist ein guter Vorschlag, sagte Anki, das werde ich tun!

Leopold stand auf. – Ich sollte noch ein paar Seiten schreiben, sagte er, ich will einen Artikel fertig machen. Auf Wiedersehen. Ich komme morgen ...

Er ging aus dem Zimmer, und Anki war so verdutzt, daß sie erst wieder zu sich kam, als die Flurtür ins Schloß fiel. Sie lief ans Fenster und sah, wie Leopold hastig in seinen Wagen stieg und rasch davon fuhr.

Anki sah auf ihre Armbanduhr. Es war halb fünf, und als es fünf Uhr war, und Leopold ihrer Berechnung nach zu Hause sein mußte, rief sie ihn an. – Warum bist du denn so davongerannt, vorhin? fragte sie leise.

Leopold gab keine Antwort.

– Du! Leopold! Bist du schlechter Laune? Bin ich schuld? Hab ich dich gekränkt? Hab' ich wieder was Dummes angestellt?

– Nein ... Aber wissen Sie, Franziska, Sie haben mich besiegt, und das muß ich erst lernen ... ich meine, das Besiegtwerden ...

Franziska verstand nur, daß Leopold Sie zu ihr gesagt hatte und wußte nicht, was sie sagen sollte. Sie schwieg ins Telephon, und Leopold schwieg auch, und nach einer Weile hängte Anki ein. Das Zimmer war dunkel, sie zündete das Licht an und ging ein paarmal hin und her. Man muß ihn lassen, dachte sie, es ist sicher nur eine Laune von ihm ... Er hat ja wenig Launen ...

Sie dachte an Richard, und fühlte, daß sie auf Richard sehr böse gewesen wäre, wenn er sich so benommen hätte, aber auf Leopold war sie garnicht böse. Sie liebte ihn, und es war ihr ganz gleichgültig, wie er sich benahm.

Ich werde an Muttchen schreiben, dachte sie, das war ein sehr guter Rat von ihm. Sie schraubte ihren Federhalter auf und beugte sich über den Briefbogen, und in diesem Augenblick fiel ihr ein, daß Leopold nun wohl auch vor seinem Schreibtisch saß und arbeitete. Sie hatte ihm ein paarmal zugesehen, wenn er schrieb, es war erstaunlich, wie sein Gesicht sich dabei veränderte. Er murmelte manchmal beim Schreiben oder er stand auf, ging einmal um seinen Stuhl herum und setzte sich wieder hin, aber er merkte garnicht, was er tat: sein Geist war abwesend, und seine großen Augen spähten in die versunkene Welt vergangener Geschlechter, das Chaos der Geschichte, in das sein Verstand Ordnung zu bringen versuchte.

Anki schrieb ein paar Zeilen und legte den Federhalter hin. Wieso hab ich ihn eigentlich besiegt? Was wollte er damit sagen?

Sie stand auf und ging ins Schlafzimmer, und kurz darauf verließ sie in Hut und Mantel die Wohnung.

Frau Janke öffnete, und Anki ging gleich in Leopolds Zimmer. Leopold saß neben dem Ofen. Vor ihm stand eine Flasche Kognak, und er roch ziemlich stark nach Alkohol. Anki nahm den Hut ab und setzte sich im Mantel auf Leopolds Knie.

– Warum hast du vorhin am Telephon Sie zu mir gesagt? Warum hab ich dich besiegt?

Leopold lehnte den Kopf gegen die heißen Kacheln des Ofens und schaute Anki an. – Es war unrecht von mir, zur Welter zu gehen, aber ich träume von einer Frau, die auch meine Laster lieben würde.

– Du kämpfst mal wieder nur mit dir selber, sagte Anki. Ich liebe dich ja, wie du bist, von mir aus kannst du sogar Sie zu mir sagen!

Leopold goß sich ein neues Glas ein und trank es auf einen Zug leer. Anki fand die Bewegung nicht schön, sie haßte es, wenn Männer nach Alkohol rochen, aber sie sagte nichts und betrachtete Leopolds Stirn. – Denkst du wieder an diese Zeitung? fragte sie.

– Ja.

– Laß das doch! Diesen dummen Ärger mußt du vergessen und hinter dich werfen!

– Mut! sagte Leopold, Mut ... Alles andere kommt von selber. Achtermann und ich – wir zwei hätten aus diesem Blättchen eine Menge machen können. Statt dessen haben diese Feiglinge mich gehen lassen und den dummen Manberg behalten ... Aber lassen wir das ... Weißt du, weshalb ich vorhin zu dir Sie gesagt habe?

– Nein.

– Ich liebe dich sehr, ich wollte dich bloß daran erinnern, daß ich nicht nur dein Liebster bin, sondern auch ein Mensch, und ein Mensch heißt ein fremder Mensch, und fremder Mensch heißt: Geheimnisse! Wenn die Geheimnisse aufhören, hört die Liebe auf…

Anki verstand Leopold nicht, aber sie hatte ihm auch nur halb zugehört. Sie liebte seine Augen und seine Stirn und den Ansatz der Haare, und am allermeisten liebte sie den Klang von Leopolds Stimme. Diese Stimme war ebenso dunkel wie der Sinn mancher Worte, die er sagen konnte.

Achtzehntes Kapitel

Die Zeit ist, was ihr seid, und ihr seid, was die Zeit,
Nur daß ihr weniger noch, als was die Zeit ist, seid.
Paul Fleming.

I

Herbert Müller hatte einen guten Einfall: Er rief Leopold an und schlug ihm vor, zur zweiten Auflage seines Buches ein Vorwort zu schreiben.

Anki stand auf und verließ das Zimmer. Hans Karl hatte sich erkältet und lag im Bett, und Anki ging zu Luise, die ihr eine kleine rote Jacke zeigte, die sie für Hans Karl strickte.

Leopold saß an Ankis Schreibtisch (der sehr klein war und wackelte) und entwarf sein Vorwort. Er blieb noch bis zum Abendbrot und ging dann früh nach Haus, weil er für die Arbeit ein Buch aus seiner Bibliothek einsehen mußte.

Am nächsten Morgen stand er um halb sieben auf und begann, das Vorwort zu schreiben. Frau Janke hatte die Zimmer aufgeräumt, und Leopold hörte, wie sie die Flurtür hinter sich zuwarf. Nun herrschte Ruhe in der Wohnung, und Leopold arbeitete rasch und gut, während die Zeiger der kleinen blauen Uhr, die ihm Franziska geschenkt und die Leopold auf den Schreibtisch gestellt hatte, langsam vorrückten.

Um elf Uhr klingelte es an der Flurtür. Sollte es schon wieder Anki sein? Leopold hob den Kopf ein wenig schräg in die Höhe und lauschte. Aber Anki kam selten zu Leopold und fast nie, ohne vorher angerufen zu haben. Sie hatte einmal Gertrud Spalding getroffen, und sie wollte sich kein zweites Mal der Gefahr aussetzen, in der Schaperstraße einem Menschen zu begegnen, der über ihre Besuche schwätzen könnte. Es wird einer von diesen unglückseligen Hausierern sein, dachte Leopold und beschloß, nicht zu öffnen. Es klingelte zum zweiten Mal, und Leopold stand auf; vielleicht war es doch Anki oder ein Rohrpostbrief von ihr. Auf dem Vorplatz spähte er durch das Guckloch und erblickte den Pelzmantel einer Dame, die mit dem Rücken gegen die Tür stand. Er öffnete – es war Erika Welter. Sie trug einen kleinen braunen Hut, über den sie einen Schleier geworfen hatte, aber Leopold erkannte sie sofort.

– Schlafen Sie noch? fragte die Schauspielerin. Hab' ich Sie geweckt?

– Ich arbeite.

– Das ist auch eine gute Beschäftigung. Besonders am Vormittag. Darf ich trotzdem hereinkommen? Ich werde Sie nicht lange aufhalten.

Erika Welter trat ein. Sie legte ihre Handschuhe, braune, dicke, mit rötlichem Pelz gefütterte Fahrhandschuhe, auf das Manuskript des Vorworts und ihren Hut auf das Büchergestell. Dann setzte sie sich aufs Sofa und rieb sich die klammen Finger.

– Es ist kalt geworden, sagte Leopold.

– Sie merken aber auch alles, sagte die Schauspielerin. Haben Sie einen Schnaps?

– Kognak?

– Nicht unbedingt. Ich benehme mich zwar wie ein Mann, aber ich bin keiner. Lieber was Gemischtes.

Leopold mischte Wermuth mit Gin und reichte Erika Welter das Getränk. Dann ging er in die Küche, um eine Zitrone zu holen, und als er zurückgekehrt war, sagte Erika Welter: – Ihre Rede über das Kostüm war verdammt gescheit. Glauben Sie wirklich, daß man Hamlet im Frack spielen könnte?

– Nein. Das wäre eine Übertreibung nach der andern Seite.

– Sie haben es doch gestern gesagt.

– Ich habe angedeutet, daß wir gewisse historische Neigungen übertreiben. Unsere Kostüme sind zu aufdringlich. Man muß diese Fastnachtsaufzüge zurückdrängen und Hamlet so anziehen, daß er wie ein nachdenklicher Student aus gutem Hause wirkt, der sich in einer schwierigen Lage befindet.

– Fehling will mich ans Staatstheater holen. Ich soll die Leonore im Tasso spielen. Könnte man das auch ohne Kostüm machen?

– Das dürfte schwierig sein, sagte Leopold. Aber ich würde alles Lokalkolorit weglassen. Frau von Staël sagt, es sei ein deutscher Hof, mit deutschen Charakteren, der in dem Stück auftrete, und das ist richtig beobachtet. Der Tasso spielt in Weimar und nicht in Ferrara.

Die Welter trank ihr Glas aus. – Ich habe Ihr Buch gelesen … Ich finde es spannend. Sie blickte auf Leopolds Schreibtisch hinüber und fragte: – Schreiben Sie was Neues? Sie sollten ein Stück schreiben.

– Ich bin kein Poet, sagte Leopold.

– Herr Bourdet ist auch keiner. Sie könnten ein viel besseres Stück schreiben als die »Gefangene«, und ich würde es spielen. Würden Sie mir helfen, falls ich die Leonore spiele?

– Ich verstehe zu wenig vom Theater, ich würde Ihnen wahrscheinlich dummes Zeug aufschwätzen.

– Das glaube ich nicht … Sie denken wenigstens nach … Warum fliehen Sie vor mir?

– Heute ist Mittwoch, und ich war am Sonntag bei Ihnen. Nennen Sie das fliehen?

– Lieben Sie diese Frau?

– Welche Frau?

– Sie wissen, wen ich meine.

– Ich liebe eine Frau, aber ich weiß nicht, wen Sie meinen.

– Franziska Scheler.

– Ich fand den Grafen Le Tocque sehr sympathisch, sagte Leopold.

– Er sieht gut aus, sagte die Welter. Er ist mit dem König von Sachsen verwandt. Aber Sie sind interessanter und klüger.

Leopold gab keine Antwort. Die Welter stand auf und lehnte sich mit dem Rücken gegen die Tür zum Eßzimmer, während Leopold an der entgegengesetzten Seite des Zimmers stand, vor der Tür, die in sein Schlafzimmer führte. – Dein Buch ist sehr gut, aber deine Augen sind noch viel besser. Du könntest enorme Sachen machen, wenn … du brauchst nicht

Frauen ... du brauchst Träume von Frauen! Willst du sie heiraten?

– Ja.

– Von mir aus! Aber ich liebe dich, und du sollst mich lieben.

– Das menschliche Herz ist außerstande, Befehlen zu gehorchen.

– Du hast Angst vor der Liebe.

Leopold gab keine Antwort.

– Doch! Ich weiß noch nicht genau, wie du bist, aber es gibt Männer, die nur Frauen lieben, die ihre Sklavinnen sind. Das ist eine schwächliche Liebe ... Du brauchst Kämpfe.

– Kämpfe? wiederholte Leopold. O lieber Gott, das ist ein Artikel, mit dem bin ich reichlich versehen.

Die Welter machte zwei Schritte gegen die Wand hin und betrachtete einen Stich, der über dem Kopfende des Sofas an der Wand hing. – Wer ist das?

– Meine Großmutter. Die Mutter meiner Mutter.

– Der siehst du ähnlich. Du stammst von ziemlich guten Leuten ab. Ich bin eine Proletarierin. Aber in meinen Adern fließt die Kraft des Volkes ... Ist der Tasso ein gutes Stück?

– Die Rolle der Leonore ist schwierig.

– Ich sehe sie noch nicht, sagte die Welter, ich muß das Stück noch einmal lesen. Das Leben ist aber auch schwierig. Einmal will der Mann nicht und einmal die Frau. Findest du das nicht altmodisch?

Eine Pause entstand. Dann sagte die Welter: – Es ist mir egal, ob du mich liebst oder nicht. Ich möchte, daß du mir hilfst, wenn sie mir die Leonore geben. Ich suche einen ganz neuen Stil, eine ganz neue Form, die Umrisse sehe ich schon, aber ... du mußt mir halt helfen.

– Es könnte sein, daß ich nächstens für einige Zeit auf Reisen gehe.

– Wieso kannst du plötzlich fortreisen? fragte die Schauspielerin erstaunt. Ich dachte, du wärest bei der Berliner Allgemeinen?

– Nicht mehr.

– Bist du weggegangen?

– Ja. Ich bin weggegangen.

– Mit Krach?

– Ja.

– Du gefällst mir immer besser. Du bist'n Mann mit Mut!

– Ich weiß nicht, ob mein Schritt besonders klug war. Es gab aber leider keine andere Lösung.

– Findest du mein Benehmen unmöglich?

– Ich bin kein Kind mehr, und Sie wissen, daß ich Sie sehr bewundere.

– Wenigstens *ein* gutes Wort ... aber ich glaube es, ich glaube es gern. Du ... Leopold ... sei kein Fisch! Ich benehme mich schlecht ... Das weiß ich, aber es ist mir ganz egal ... mir ist alles gleichgültig, weil ich in meinem Köpfchen einen sehr großen Plan habe. Ich könnte eine ganz neue Art von Schauspielerin werden ... ich liebe dich sehr ... du kannst mir glauben, daß es mich verflucht viel gekostet hat, in deine Bude zu kommen ... und auch noch gleich zwei Mal zu läuten ... Wir zwei könnten die Welt aus den Angeln heben. Dein Buch ist großartig! Bei dem Kapitel über die Tänzerin habe ich geheult wie ein Schloßhund. Willi Braun ist der beste Mensch, dem ich in meinem Leben begegnet bin, du bist der klügste. Ich möchte dir zuhören ... ich möchte alles wissen, was du weißt! Du ahnst nicht, wie dumm die meisten Menschen sind. Ich möchte die Iphigenie spielen, aber ich brauche einen Kopf wie deinen, der sie mir erklärt ...

Die Welter schwieg, und Leopold brauchte seine ganze Kraft, um sich nicht von der Stelle zu rühren. Die dämonische Einfühlungskraft der genialen Schauspielerin hatten der Welter genau die Worte eingegeben, die Leopold reizten, lockten, schwächten und sehnsüchtig machten, sie hatten ihn genau an der empfindlichsten Stelle gepackt: Es war manchmal nicht leicht, Anki zuzuhören, weil sie sich oft sehr wenig Mühe gab, ihn zu verstehen. Sie hatte ein geringes Einfühlungsvermögen, nicht so sehr als Frau, aber unbedingt als Intellekt. Wenn Leopold niedergeschlagen war, ihn zu trösten, oder ihn anzuregen, wenn ihm nichts einfallen wollte, das fand sie mühsam und schwierig. Sie wünschte ihn – und zwar immer! – männlich, und das hieß in ihren Augen: klug, sicher, ruhig und selbstbewußt, aber wenn diese naiven Ansprüche manchmal recht lästig waren und manchmal sogar verletzend, so waren die Wunden, die sich Leopold an diesen Kanten stieß, heilsam, und zwar sehr viel heilsamer als jene Art von falschem, nachgefühltem Verständnis, das aus Schwäche, Sentimentalität und Gesinnungslosigkeit zusammengesetzt ist und in Wirklichkeit garnichts versteht als die Schwäche (der andern), die Härte (der andern) und die Gesinnungslosigkeit (der andern)! Leopold hatte einmal Valerie Bendemann verteidigt und ihr Verhalten gegen Otto Bendemann aus ihrer Erziehung und ihrer Abstammung zu erklären versucht. Anki hatte ruhig zugehört, aber als Leopold seine Argumente ausgebreitet hatte und schwieg, erklärte sie: – So benimmt man sich nicht! und damit war der Fall für sie erledigt.

– Du hast mir gestern eine beträchtliche Erkenntnis beigebracht, sagte am nächsten Tag Leopold zu Anki, alles verstehen heißt überhaupt garnichts mehr verstehen.

Leopold schwieg und betrachtete die kleinen Schuhe und die zierlichen Knöchel der schönen Frau. Erika Welter sah, daß sie die Schlacht um den rätselhaften und widerspenstigen Mann verloren hatte. Sie war in einer scheußlichen Lage und dachte daran, das Äußerste zu wagen und sich die Kleider vom Leib zu reißen, als ihr – Anki zu Hilfe kam und ihr einen Abgang verschaffte, der die unverdiente Niederlage ihres leidenschaftlichen Mutes in einen kleinen Sieg verwandelte, der sich für immer in Leopolds Gedächtnis einprägen sollte.

Es schellte. Die Schauspielerin hob den Kopf und horchte nach der Tür. – Es hat geschellt! Ist das diese Frau?

– Wahrscheinlich.

Es schellte zum zweiten Mal, und die Schauspielerin trat in die Mitte des Zimmers. – Ist das dein Schlafzimmer? fragte die Welter und deutete auf die Tür zum Schlafzimmer.

– Ja.

– Los, mach auf. Ich geh' ins Schlafzimmer, und wenn sie hier bei dir drin ist, gehe ich fort. Leb wohl und ruf mich an! Gib mir die Hand drauf! Und sei ein Ehrenmann und halte den Mund.

Sie nahm ihren Hut und die pelzbesetzten Handschuhe und verschwand im Schlafzimmer, während Leopold langsam an die Flurtür ging.

Es war Anki. – Hast du geschlafen? fragte sie.

– Nein. Ich schreibe mein Vorwort. Ich hatte keine Ahnung, daß du vor der Tür stehst. Den ganzen Tag kommen Bettler, ich wollte eigentlich nicht aufmachen. Es hat heute morgen schon einmal geläutet.

Anki trat in Leopolds Arbeitszimmer, und er folgte ihr und machte die Tür hinter sich zu. Erika Welter war verschwunden, aber im Zimmer hing ein starker Duft aus Veilchen und Moschus.

Anki nahm vom Schreibtisch Leopolds große Papierschere und öffnete ein Paket, das sie mitgebracht hatte. – Ich habe eine Überraschung für dich, sagte sie, ich bin sehr neugierig auf deine Ansicht!

Leopold setzte sich vor seinen Schreibtisch. An den Handschuhen der Schauspielerin hatte gefrorener Schnee gehangen. Die kleinen Flocken waren in der warmen Luft des stark geheizten Zimmers geschmolzen, und die winzigen Seen, in die sie sich hatten auflösen müssen, hatten eine Zeile des Vorwortes verschmiert wie eine Träne den Brief eines Unglücklichen … Das Wasser hatte die Worte »und die Kritik« ausgelöscht, und das Papier hatte sich an dieser Stelle ein bißchen gewellt. Leopold öffnete die Schublade, nahm ein neues weißes Löschblatt heraus und legte es auf die zerstörte Seite.

Anki hatte das Paket ausgepackt und sagte: – Parfümiert sich deine Aufwartefrau? Dein Zimmer riecht nach einem scheußlichen Parfum.

Leopold stand auf und öffnete das Fenster. – Meine gute Frau Janke ist leider sehr unglücklich, sagte er. Sie hat mir neulich eine lange Geschichte erzählt. Ihr Mann verdient nichts und prügelt sie. Sie tut mir leid! Sie ist eine stolze Person und ein grundanständiger Mensch … Aber …

In diesem Augenblick ging die Schlafzimmertür, und gleich darauf fiel die Flurtür ins Schloß. Leopold machte das Fenster wieder zu und sah auf die Straße. Erika Welter ging durch den

Vorgarten und stieg in ihren Wagen. Es schneite nicht mehr. Zwischen den Wolken des Himmels dehnten sich kleine, hellblaue Fenster, die rasch größer wurden.

Anki reichte Leopold einen Stoß Photos. Es waren Aufnahmen, die sie auf der Reise durch Polen gemacht hatte. Anki trat hinter Leopold und sah zu, wie er die Aufnahmen betrachtete. Einige Bilder waren gut, einige sehr gut, und drei Aufnahmen, die Leopold auf den Schreibtisch legte, waren meisterhaft. – Das sind hervorragende Bilder, sagte er.

– Ich bin sehr stolz, sagte Anki. Der Photograph fand die Aufnahmen auch gut, ich glaub', ich habe zum ersten Mal in meinem Leben was Richtiges fertiggebracht. Das kommt von deinem Einfluß!

2

Das Vorwort war fertig, und Herbert Müller schickte das Manuskript in die Druckerei. – Ich habe Ihren Text nur berochen, sagte er zu Leopold, ich lese Ihr Meisterwerk erst, wenn das Manuskript gesetzt ist.

Leopold war früh aufgestanden, aber sein Schreibtisch war leer. Er hatte nichts zu tun und beschloß, eine Woche lang keine Zeile zu schreiben und Ferien zu machen. Er war jetzt ein freier Mann, er wollte einmal bummeln, spazieren gehen und den Berlinern zusehen, vedere e farsi vedere. Sein Wagen brauchte Benzin. Er kaufte fünfundzwanzig Liter, aber während er die Rechnung bezahlte, fiel ihm ein, daß dies nun nicht mehr weiter so gehen konnte. Er mußte sparsam leben, und wenn er keine neue Stelle fand, mußte der gute Gelbe verkauft werden. Er fuhr langsam los, die Tauentzienstraße hinunter und über die Herkulesbrücke in den Tiergarten. Am Brandenburger Tor beschloß er, ins Kaiser-Friedrich-Museum zu gehen und eine Stunde lang gute Bilder anzusehen. »Der Mann mit dem Goldhelm« war an einen andern Platz gehängt worden, Leopolds Ansicht nach an einen besseren, und er betrachtete das rätselhafte Selbstporträt eine halbe Stunde lang. Auf dem Rückweg entdeckte er zwei kleine Bilder von Canaletto: »Der Marktplatz zu Pirna« und »Das Obertor von Pirna«, entzückende Veduten. Er hatte noch Zeit und fuhr in die Nationalgalerie, um einen Blick auf den »Vorhang« von Menzel zu werfen, ein Bild, das er über alles liebte. Welch ein langer Weg war bis zu diesem Bilde zurückgelegt worden, von Rembrandt zu Menzel... welche Fülle von Schlachten hatte der kühne, unruhige, unersättliche Geist Europas (und vieler tapferer Männer) geschlagen, um bis zu diesem Vorhang vorzudringen und ein Bild zu malen, auf dem »nichts drauf« war, als Licht und Schatten, ein Vorhang, ein Spiegel, ein Stück Fußboden und ein Windhauch, der mit dem dünnen Stoff spielt, seinen weichen, gleichmütigen Körper streichelt.

Anki war für drei Tage zu ihren Eltern gereist, und Leopold aß in der kleinen Kantstube, in der er so oft mit Anki gesessen hatte. Nach Tisch fuhr er kreuz und quer die ganze Frankfurter Allee hinunter bis an das Ende der riesigen Stadt und wieder zurück, trank am Kurfürstendamm Kaffee und ging abends ins Kino. Am nächsten Tag holte er Wilhelm Braun ab und fuhr mit ihm zu Spalding. Spalding hatte ein neues Bild gemalt und Leopold gebeten, das Opus ihm zeigen zu dürfen. Das Bild war nicht besonders gut. Man sah eine Havellandschaft, aber Spalding hatte die Natur nicht verändert, kaum umgruppiert. Eine umgestürzte Buche, die von links nach rechts eine mächtige Diagonale bildete, war gut gemalt. Das helle Grau der Rinde war der Tanzplatz von ein paar Lichtern, die geschickt hingesetzt waren und geheimnisvoll leuchteten, aber das war auch alles, was an diesem Bild einem Betrachter gefallen konnte. Wie ein schlechter Dichter die Erfahrungen anderer Leute verwertet, anstatt seine eigenen hervorzuholen, so hatte Spalding die Natur nicht gemalt, sondern abgemalt. Seine Seele war trocken und dürftig geworden, die Eindrücke, die seine Augen ihm vermittelten, brachten sein Blut nicht mehr zum kochen. Er sah nur noch, was jedermann sah, und verwendete gewisse Errungenschaften des Expressionismus, um sich und andere über schwierige Einzelheiten hinwegzutäuschen. Seine Landschaft war so langweilig wie ein schöner Baum, den man absägt und in ein Atelier legt.

– Sie haben sich eine gute Ecke ausgesucht, sagte Wilhelm Braun. Ich glaube, ich kenne die Gegend.

Spalding kniff die Augen zusammen und betrachtete Wilhelm Braun. Merkte er, daß Wilhelms Begeisterung nur mittelmäßig war? Ja – er merkte es. Er war einmal ein talentierter Mensch gewesen, und als er nun Wilhelm Braun anblickte, erhob sich ein Rest von Begabung, der noch irgendwo verborgen war, in einem abgelegenen Winkel seiner zerschossenen und übermüdeten Seele und reizte ihn. – Augenblick, rief er, Moment, bleiben Sie eine Sekunde so stehen!

Er nahm einen Zeichenblock, steckte sich zwei Bleistifte zwischen die Lippen und fuhr mit dem dritten über das Papier. Leopold setzte sich auf eine Kiste und betrachtete das Atelier, das sehr unordentlich war. Wilhelm Braun hatte eine unbewegliche Modellpose angenommen und betrachtete einen dicken goldenen Rahmen mit Zacken und Kanten und reichlich herumgeschmettertem Gold. Fünf Minuten später zeigte Spalding seinen Besuchern, was er gemacht hatte: eine meisterhafte Karikatur. Wilhelms vorsichtige Bemerkung hatte ihn tief getroffen, und Spalding hatte mit jenem mörderischen Haß, den er auf sich selber haben konnte, auf sein verkommenes Talent und seine elende Fähigkeit, sich immer wieder selber zu täuschen, ein Bild von Wilhelms Gesicht gezeichnet. Die Karikatur, in der kein Strich zu viel war, zeigte in wilder Übertreibung genau die Hälfte von Wilhelms Eigenschaften: seinen Hochmut, seine Sinnlichkeit und seine Menschenverachtung.

Wilhelm betrachtete das Blatt und lachte: – Sie haben mich in ein Schwein verwandelt.

Wilhelms Bemerkung war vorzüglich: Spalding war ein enttäuschtes, altes Weib geworden, und seine letzte Fähigkeit bestand darin, alles, was ihn nicht lieben wollte, in Schweine zu verhexen.

In diesem Augenblick trat Gertrud Spalding ein. Sie trug ihr ewiges graues Kostüm und auf ihren schönen blonden Haaren eine Zipfelmütze aus schwarzer Seide. – Hoher Besuch! sagte sie. Sie war erstaunt, soviele Leute im Atelier ihres Mannes zu sehen, und zugleich erschrocken. Sie wußte, daß Spalding nicht mehr viel konnte, aber als sie nun Leopold und Wilhelm Braun vor dem neuen Bild stehen sah, fragte sie sich, ob sie sich vielleicht getäuscht habe. Sie hatte Spalding geheiratet, als er am Ende seiner schöpferischen Kraft war, aber sie hatte geglaubt, er würde nun anfangen (Gertrud sagte: richtig anfangen), und diese Hoffnung war so zäh wie das Leben selber. Spaldings traurige Entwicklung hatte Gertruds Sehnsucht nach Ruhm und Erfolg mit Füßen getreten, aber sie lebte trotzdem weiter, wie ein zerschnittener Wurm weiterlebt, und wie ein Kaktus von einem Tropfen Wasser belebt wird, so richtete sich auch Gertruds Hoffnung sofort wieder auf, als sie Wilhelm Braun und Leopold Chindler vor dem neuen Bild ihres Mannes erblickte: zwei – wie sie meinte und wie die Zeitungen ja geschrieben hatten – zwei berühmte und erfolgreiche Männer.

Spalding reichte die Karikatur Gertrud, und Gertrud stieß einen hellen Schrei aus. Sie sah sofort, daß die Zeichnung vorzüglich war und – gräßlich. – Du hast eine Seele wie ein Messerladen, sagte sie zu ihrem Mann.

– Entschuldige, Gertrud! Ich zeichne nicht mit Seele, sagte Spalding, sondern mit Bleistift. Er schaute zu Leopold hinüber, und als er eine Weile nachgedacht hatte, setzte er hinzu: – Außerdem bin ich kein Haussier, sondern ein Baissier!

Gertrud setzte sich auf die Kiste neben Leopold und betrachtete die Landschaft mit der entwurzelten Buche. – Ich finde das Bild gut, sagte sie.

– Ich finde das Bild auch gut, sagte Wilhelm Braun.

Gertrud lud Leopold und Wilhelm zum Abendessen ein, und die beiden Freunde beschlossen, zu Spaldings zu gehen.

Anki war aus Klein-Machnow zurückgekommen, und Leopold fragte sie, ob sie Lust hätte, zu Spaldings zu kommen. Sie zögerte, sie sei ja nicht eingeladen, meinte sie.

– Das läßt sich nachholen, sagte Leopold. Gertrud Spalding ist ein Snob, die wird stolz und glücklich sein, wenn du kommst!

– Warum soll ich denn mitgehen? fragte Anki und machte ein unglückliches Gesicht.

– Es lohnt sich, die Menschen zu studieren, sagte Leopold. Spalding ist keine alltägliche Figur.

Spaldings besaßen eine kleine Wohnung in der Tiergartenstraße, im teuersten Viertel von Berlin. Franziska wollte allein hingehen, um nicht mit Leopold zusammen aufzutreten, und als Leopold kurz vor acht ankam, saß sie bereits zwischen der Hausfrau und einem Rechtsanwalt Dr. Eberhardt und seiner stillen und nachdenklichen Frau. Gertruds Wohnzimmer war vollgepfropft mit Möbeln wie das Schaufenster eines Antiquars, der mehr Ware hat als Platz, aber Spaldings besaßen ein paar sehr schöne Stücke. – Sie haben wundervolle Möbel, sagte Anki zu Gertrud und betrachtete die Beschläge einer schön geschweiften Barockkommode.

Rudi Spalding kam aus dem Nebenzimmer und sagte zu seiner Frau, Dr. Braun habe angerufen, er könne erst nach dem Essen kommen, er sei zu einem Patienten gerufen worden.

Gertrud stand auf und bat zu Tisch, und die Gäste gingen in das anstoßende Eßzimmer. Auf dem Empfang bei Herbert Müller hatte Anki Spalding übersehen, und als sie nun neben dem Maler saß, versuchte sie, ihn zu betrachten. Er hatte rote Haare, blaue Augen und einen riesigen Mund. Seine Augen sahen noch jung aus, fast knabenhaft, aber das Gesicht des fünfzigjährigen Mannes war mit Falten und Runzeln übersät, Spuren jener beständigen, übergroßen Anstrengungen, unter denen der Künstler lebte. Anki fand die Haare (ihrer Farbe wegen) unangenehm, aber Spaldings Gesicht war bedeutend und seine knochigen Hände begabt und sympathisch. Spalding war an diesem Abend unsicher und nervös. Franziska störte ihn, und er ärgerte sich über seine Frau, die eine so überflüssige Einladung gegeben hatte.

Gertrud Spalding stammte aus guter Familie; ihr Vater war Staatssekretär im Finanzministerium gewesen, und Gertrud versuchte, den Verkehr mit der großen Welt auch als Frau eines Malers fortzusetzen. Spalding fügte sich, weil er abends nicht gern allein war und weil er auf diesem Weg ab und zu ein Bild verkaufte, aber er blieb ein gehemmter Mensch, und eine Erscheinung wie Anki war ihm fremd. Er sah, daß sie schön war, aber er bildete sich ein, sie sei hochmütig, und es verstimmte ihn, als sie bei Tisch eine konventionelle Unterhaltung mit Frau Dr. Eberhardt anfing.

Der längliche Eßtisch war mit weißen Nelken geschmückt und mit großem Geschmack gedeckt. Gertrud hatte schönes Silber geerbt, und die Tafel wurde von zwei massiven, vierflammigen Empirekandelabern beleuchtet. Gertrud hatte sich große Mühe gegeben, und Anki beschloß, aus der Kiste in der Kofferkammer ihre Kandelaber zu holen und bei ihrer nächsten Einladung aufzustellen.

Spalding lehnte sich zurück, runzelte die Stirn, und auf einmal sagte er mit lauter Stimme: – Meine Frau ruiniert mich! Sie hatte schon heut nachmittag Gäste, die mich zwei Pfund vom teuersten Tee gekostet haben, und jetzt geben wir am gleichen Abend ein Essen wie ein Botschafter …

Gertrud schaute ihren Mann erschrocken an. Sie schämte sich und wäre am liebsten unter den Tisch gesunken. Eberhardts kannten Spalding und seine Späße, aber Frau Scheler war zum ersten Mal im Haus, und Gertrud meinte, sie müsse etwas sagen, und versuchte, die Lage durch eine ihrer rührenden und nüchternen Erklärungen zu retten. – Erstens haben wir diesen Tee geschenkt bekommen, und zweitens habe ich nicht zwei Pfund gebraucht, sondern sechs Löffelchen!

– Sechs große Löffel Tee, morgens, nachmittags und abends … das ist zuviel, die Verhältnisse eines armen Malers schaffen das nicht – – das ruiniert mich … das kann ich nicht ermalen!

– Sei jetzt still, sagte Gertrud, und Anki sah, daß die geplagte Frau mit den Tränen kämpfte.

– Wenn es so weiter geht, fuhr Spalding fort, werde ich nächstens meine Miete nicht mehr bezahlen können.

Gertrud stand auf und ging in die Küche, um ein neues Gericht zu holen. Sie hatte das Abendessen selber gekocht und fürchtete, ihr Auflauf könnte anbrennen, wenn sie noch länger sitzen blieb.

– Ihre Frau verwöhnt uns sehr, sagte Anki ruhig.

Gertrud kam zurück und stellte den braunen Auflauf auf den

Tisch. Anki probierte eine Gabel voll und fand das Gericht etwas altmodisch, aber vorzüglich. Sie machte Gertrud ein Kompliment, und Gertrud erzählte, sie habe die Speise nach einem Rezept ihrer Großmutter gemacht, als Spalding seinen Monolog fortsetzte: – Hundert Eier ... zehn Pfund Zucker ... fünf Pfund Butter ... Morgen früh werde ich meine Zahlungsunfähigkeit anmelden.

Das war stark übertrieben, aber doch mit einer gewissen Sachkenntnis und in der rechten Richtung, und Leopold mußte lachen. Auch Anki lächelte, und nur Gertrud blieb ernst. Sie hatte wie immer, wenn sie sich anstrengte, ein Wort des Dankes und der Anerkennung erwartet, und nun bekam sie statt dessen Spott und Hohn. – Aber Spaldi, sagte sie leise, du verstehst doch nichts vom Kochen. Sprich doch lieber von was anderm ... Ich habe nicht hundert Eier gebraucht, sondern nur zehn.

– Zehn Eier! rief Spalding mit gut gespieltem Entsetzen, zehn Eier für eine einzige Speise? Das ist gigantisch! Sie sehen, meine Damen und Herren, meine Frau bringt mich zur Strecke, ich bin verloren. Das ist das Los der Künstler auf der Erde!

Dr. Eberhardt fragte Spalding nach dem neuen Bild, aber Spalding antwortete ausweichend, und Leopold sah, daß der Maler vor Nervosität zitterte.

– Die Linie, rief er plötzlich, meine schlanke Linie. Wir essen zuviel! Karlsbad ... unbezahlbar ... Rauchen wir eine Zigarette!

Er holte einen Kasten aus sibirischem Holz und reichte den Kandelaber herum, und seine Gäste zündeten sich ihre Zigaretten an den flackernden gelben Kerzen an. In diesem Augenblick trat Wilhelm Braun ein, ruhig und gemessen wie immer, in schwarzem Anzug mit steifem Kragen und schwarz-weiß gestreifter Krawatte. Spalding hob den Kopf wie ein Jagdhund, der ein Geräusch hört, und Gertrud wollte ihren Augen nicht trauen, als sie sah, daß ihr Mann aufsprang und Wilhelm mit der größten Herzlichkeit umarmte.

– Das Genie kommt, rief Spalding. Ein bißchen spät wie alle großen Männer, aber immer noch rechtzeitig. Kommen Sie, Meister, setzen Sie sich, fuhr er zu Wilhelm Braun gewandt fort. Meine Frau hat eine köstliche Henkersmahlzeit bereitet, die letzte in meinem schweren Leben. Nehmen Sie noch einmal daran teil, morgen ist alles aus!

Wilhelm ließ die sonderbare Rede ruhig über sich ergehen und betrachtete die Anwesenden.

– Darf ich vorstellen? sagte Spalding. – Das ist – mit schwarzweiß gestreifter Krawatte – Dr. Wilhelm Braun, der Verfasser des besten Buches des Jahres, und das ist Dr. Eberhardt, mächtiger Rechtsanwalt ... größte Vorsicht geboten ... Moabit ... Lebensgefahr ... Frau Dr. Eberhardt ... Gräfin Scheler ... Dr. Chindler ... ebenfalls berühmter Historiker ... Berliner Allgemeine Zeitung ... gewesen ... großer Krach!

Gertrud ging in die Küche und holte einen Teller für Wilhelm Braun. Ihr Mann benahm sich wieder mal rätselhaft. Der herzliche Empfang Brauns, den Spalding bis zu diesem Tag wenig beachtet und nur als Arzt geschätzt hatte, und von dessen Buch er, Gertruds Ansicht nach, keine Zeile gelesen hatte, war ihr unbegreiflich. Sie verstand Spalding nicht und nahm sich vor, nun wirklich und ein für allemal nachzugeben und keine Leute mehr einzuladen. Mochte er abends allein sitzen und sich langweilen!

Aber die Lösung des Rätsels von Spaldings sonderbarem Benehmen war nicht besonders schwierig. Spalding hatte durch den Besuch im Atelier schon den Vormittag verloren und auch am Nachmittag nichts gearbeitet, und als er nun durch die Zigarette beruhigt wurde und die Gesichter seiner Gäste betrachtete, überfiel ihn die größte Lust, aufzustehen, fortzulaufen und zu arbeiten. Er hatte Leopold betrachtet und dann Anki, und in diesem Augenblick war ihm ein Bild eingefallen, das Gesicht eines Mannes hinter dem abgewandten Gesicht einer Frau ... und er fand es unsäglich albern und unanständig, seine Zeit zu vertun und sitzen zu bleiben und solche Leute wie diesen Rechtsanwalt zu füttern, oberflächliche Menschen, die ihn nichts angingen und nicht begreifen konnten.

Spalding war nicht dumm – Wilhelm Braun nannte ihn den gebildetsten Maler seit Greco –, und er sah wohl, daß auch die Welt- und Geschäftsmänner, die Gertrud unermüdlich anschleppte, ihre guten und brauchbaren Seiten hatten. Seine Freunde von der Bohème spotteten über solche Bourgeois, aber sie machten sich die Sache zu leicht, ihre billigen Witze glichen der Ansprache, die der Fuchs an die Trauben hält. Dr. Eberhardt kannte die Welt, und wenn man ihn auf seine Themen brachte, konnte er gut erzählen. Aber das war nicht leicht zu bewerkstelligen, denn so robust dieser Mann auch im Leben und bei seinen Geschäften war – an der Tafel eines Künstlers, den der Ruhm beleuchtete, hatte auch dieser siegreiche Eroberer einer großen Stellung und eines großen Vermögens seine Hemmungen, und wie die meisten gehemmten Menschen konnte Spalding gehemmte Menschen nicht ausstehen.

Dr. Eberhardt hatte sich aus kleinen Verhältnissen heraufgearbeitet, und Bilder und Plastiken waren für ihn ein Mittelding zwischen Wandschmuck und Vermögensanlage. Er hatte sich eine beträchtliche Sammlung zusammengekauft, in der ein paar vorzügliche Stücke hingen, ein früher, sehr kühner Menzel, ein Blechen, zwei kräftige Corinths, und eine Landschaft von Thoma, in der auf unnachahmliche Weise kecke Kraft mit inniger Stille gemischt war. Aber Dr. Eberhardt verstand wenig von Bildern, und er freute sich am meisten, wenn er feststellen konnte, daß er ein Bild billig gekauft hatte, das seither im Wert gestiegen war. Spalding war der erste Maler, den er kennen lernte, überhaupt der erste Künstler, denn der vorsichtige Anwalt kaufte sonst nur bei Kunsthändlern und traute sich in kein Atelier, und der kluge Jurist erforschte die rätselhafte Natur des Malers ebenso eindringlich, wie Spaldings scharfe Maleraugen die Kopfform und die Bewegungen des Anwalts studierten.

Als nun Wilhelm Braun an diesem Abend eintrat, freute sich Spalding, wie ein Soldat vor Freude die Mütze in die Luft wirft, der auf vorgeschobenem Posten plötzlich das Gesicht eines Kameraden auftauchen sieht und unerwartete Verstärkung erhält. Spalding hatte erst ein Kapitel in Wilhelms Buch gelesen, aber der Mann hatte Talent (das hatte Spalding sofort gespürt), jetzt war er endlich nicht mehr allein, sondern wenigstens zu zweit gegen diese »verdammten Bourgeois«, gegen diesen »hinterhältigen« Anwalt und gegen Anki, mit der auch nichts anzufangen war, weil sie von Leopold Chindler bewacht wurde.

Wilhelms Ankunft beruhigte Spalding. Er begann, aus seinen

Lehrjahren in Paris und München zu erzählen, und Dr. Eberhardt stellte staunend fest, daß auch die modernen Künstler so genialisch und weltfremd in den Tag lebten, wie er das in den Lebensgeschichten Rembrandts und Feuerbachs gelesen hatte. Plötzlich hörte Spalding mitten im Satz auf und wechselte mit einer zynischen Bemerkung das Thema. Er hatte einen Ausdruck unzulässiger Neugier auf Dr. Eberhardts Gesicht gesehen, und es ging ihm wider den Strich, das Gauklerhafte, das der Existenz jedes Künstlers anhaftet, gleichsam noch einmal zu produzieren und einem solchen Zuhörer zu verraten. Schlimm genug, daß man seine Bilder an die Wände der Kunsthändler und vor die maskenhaften Brillen dieser mißtrauischen und rasch rechnenden Käufer hängen mußte – hinter die Kulissen der Arbeit brauchten sie nicht zu sehen, das ging sie garnichts an!

Wilhelm Braun lobte Gertruds Auflauf und erzählte eine lustige Geschichte aus seiner Praxis, und der Abend wurde friedlich und anregend, bis es zum Schluß noch einmal einen Mißton gab. Herr und Frau Eberhardt waren um halb elf aufgebrochen, während Wilhelm, Anki und Leopold noch dablieben, als Spalding, der in einer Ecke mit Wilhelm sprach, plötzlich herbeieilte. Er stellte sich vor seine Frau und sagte mit triumphierender Stimme: – Dr. Braun hat mir einen glänzenden Vorschlag gemacht! Ich werde eine Mappe »Berliner Köpfe« machen und zehntausend Mark verdienen.

Gertrud lachte, was nicht sehr nett war, und Spalding ärgerte sich.

– Meine Frau ruiniert mich nämlich, sagte er zu Wilhelm, es ist höchste Zeit, daß ich Geld verdiene. Sie hat heute abend hundert Eier gebraucht, zwanzig Mark nur für Eier.

– Hören Sie ihm nicht zu, sagte Gertrud und stand wütend auf. Er hat zuviel Kirschwasser getrunken, er sagt seit drei Stunden dasselbe. Außerdem hat er keine Ahnung vom Kochen.

– Aber vom Geld! sagte Spalding rasch.

– Du hast ja zu wenig!

– Für mich allein würde es langen.

Spalding öffnete ein kleines braunes Schränkchen, das an der

Wand über der Kommode hing, hob eine Blechdose in die Höhe, die mit Tabak gefüllt war, und fragte: – Ist dieser Tabak von meinem Geld gekauft oder von deinem?

Gertrud Spalding ärgerte sich über ihre dumme Entgleisung mit dem Geld. – Ich weiß es nicht, sagte sie und schaute auf die Spitzen ihrer Schuhe, ich weiß es nicht, ich schenke ihn dir.

– Es ist schön und angenehm, wenn die Frauen großzügig sind, sagte Spalding und nahm mit zwei Fingern seiner stark behaarten Hand eine Prise Tabak aus der Büchse. Er war hellgelb und duftete, und Spalding stopfte sich eine Pfeife.

Gertrud blickte auf Anki. Anki saß ruhig und, wie es Gertrud vorkam, etwas spöttisch neben der schönen Kommode und betrachtete den Ehezwist, wie man einen neuen Akt im Theater betrachtet. Gertrud drehte sich um und sagte zu Spalding: – Der Teufel hat mehr Herz als du.

– Weniger, antwortete Spalding und zündete seine Pfeife an, weniger. Ein abgefallener Engel hätte sich niemals mit dir verlobt.

– Wir waren ja gar nie verlobt, sagte Gertrud und schrie das letzte Wort so laut heraus, daß sich ihre Stimme überschlug.

– Ach, sagte Spalding, das habe ich ganz vergessen. In meiner goldenen Jugend muß ich ein interessanter Mensch gewesen sein.

Neunzehntes Kapitel

Sie sind kein Franzose, Benjamin! Die Erinnerungen Ihrer Kindheit heften sich nicht an diesen Boden – das ist der Unterschied zwischen Ihnen und mir!
Frau von Staël an Benjamin Constant.

I

Wilhelm Braun war müde und hielt ein Taxi an, um nach Haus zu fahren, aber Anki hatte keine Lust, schon ins Bett zu gehen. Sie war gut aufgelegt und unternehmungslustig und wollte noch in die Königinbar gehen und dort eine Sängerin hören, von der Valerie Bendemann fabelhafte Dinge erzählt hatte. Wilhelm Braun lächelte über Ankis Vorschlag, wie ein alter Mann, der sich nach seinem Studierzimmer sehnt, über die Torheiten der Jugend lächelt, aber er gab ihrer Laune nach, und als man die Bar betrat, war grad noch ein Tisch frei.

Anki nahm Platz (wobei sie den Stuhl bequem fand), zog ihre Handschuhe aus und betrachtete sich in einem kleinen Spiegel, den sie aus der Tasche nahm. – Spalding tut mir leid, sagte sie und puderte sich die Nase. Er hat begabte Hände und einen Kopf, den man nicht leicht vergißt, aber sein Charakter ist sehr schlecht.

– Er hat Gertrud zerstört, sagte Leopold, und jetzt zerstört sie ihn.

Anki wunderte sich über Leopolds Bemerkung und steckte die Puderdose wieder in die Tasche.

– Die Zeit hilft mit, sagte Wilhelm. Ich möchte kein Maler sein ... Es ist eine verdammt schwierige Sache geworden, Bilder zu machen, die eine längere und genauere Betrachtung aushalten. Ich habe neulich die Briefe von Lichtwark gelesen. Kennst du sie?

Leopold schaute auf die Bühne, wo ein Stepptänzer auftrat, und schüttelte den Kopf. Auch Anki betrachtete den schwarzen und schwarzgekleideten Mann, der, mit den Fußohlen klappernd, wie ein Schlittschuhläufer über die Bühne segelte, und hörte kaum zu. Wilhelm Braun fand den Tänzer langweilig (wahrscheinlich riecht er schlecht, dachte er), und fuhr in seinem Monolog fort, aus dem nun ab und zu ein paar Brokken in Leopolds Ohr drangen und ein paar andere in Ankis Ohren.

– Dieser Spalding ist das, was man einen freien Mann nennt, ein komplettes Erzeugnis der Freiheit unserer Epoche, aber siehe da, das ist auch nicht gut … für einen Künstler ist das scheints beinahe so schlecht wie Sklaverei. Ein Künstler braucht Aufträge, und ich frage mich, wer diesen freien Männern Aufträge geben könnte … Ja, da liegt es! Die Aufträge fehlen, und das heißt die inneren Aufträge … unser Bedarf an Bildern. Ein Priester braucht Bilder für seine Kirche, und ein König braucht Gemälde, aber ein Bourgeois … Kapitalanlagen.

– Findest du den Tänzer gut? fragte Leopold.

Wilhelm Braun schaute eine Zeitlang auf die Bühne. – Das ist kein Tänzer, sagte er, das ist ein Akrobat. Anki lächelte, aber als sie den Mann nach Wilhelms Bemerkung wieder betrachtete, fand sie, daß er die Bewegungen eines verzweifelten Bankangestellten hatte.

– Ich kann nicht tanzen, sagte Wilhelm, und infolgedessen kann es dieser arme Hund da oben auch nicht. Tänzer sind Leute, die besser tanzen können als die Leute, die tanzen können.

Leopold kam in Gedanken auf Spalding zurück und sagte: – Alles hat seinen Preis, und ich glaube auch, daß die angelsächsische Form der Freiheit die spezifische Freiheit für Kaufleute und Bankiers ist.

– Die Bankiers hassen die Republik, sagte Anki.

– Die bürgerliche Freiheit ist eine Freiheit gegenüber dem Staat, sagte Wilhelm.

– Ich würde sagen: Die Bankiers hassen die Steuergesetzgebung der Sozialdemokraten, sagte Leopold.

Der schwarze Stepptänzer war unter zahlreichen Verbeugungen hinter dem Vorhang verschwunden, und Anki fragte, ob es von Spalding gute Bilder gäbe.

– Einer meiner Patienten besitzt eine Landschaft von ihm, in die ich verliebt bin, sagte Wilhelm.

– Hast du ihm wirklich vorgeschlagen, eine Mappe mit Köpfen herauszugeben? fragte Leopold.

– Ich fand die Karikatur vorzüglich. Ich glaube, ich werde sie kaufen.

– Sie war nicht schlecht, aber zu lieblos. Auch ein Karikaturist muß in sein Opfer verliebt sein, aber Spalding kann nicht mehr lieben, ausgenommen Geld und Tabak.

Das Licht ging aus, und die Sängerin, um derentwillen Franziska gekommen war, erschien auf der Bühne. Sie war groß und schlank und trug ein silbernes Kleid, das vom Lichtkegel eines weißen Scheinwerfers verfolgt wurde. Ein Diener in silbernem Frack brachte eine kleine Leiter, lehnte sie gegen den Flügel, und die Sängerin kletterte auf das schwarz-glänzende Dach des Instruments. Dann hob sie ein wenig den Arm, lächelte ihrem Begleiter zu, und begann zu singen.

2

Herbert Müller hatte Leopold gebeten, mal vorbeizukommen; er wolle mit ihm etwas besprechen. Als Leopold ankam, stand die Flügeltür weit offen, welche in das Zimmer des Chefs führte. Die Angestellten waren schon heimgegangen, und die Frau des Portiers schrubbte auf dem Vorplatz den Boden. Herbert Müller saß in einer Ecke seines Zimmers und diktierte. Er hatte sich ein Diktaphon gekauft und sang in den Kasten mit lauter Stimme leidenschaftliche Geschäftsbriefe. Er war ein fleißiger Mann und liebte seinen Beruf.

– Tut mir leid, sagte er, und drehte sich um mitsamt seinem

Stuhl. Ihr Buch geht nicht. Die erste Auflage ist weg, aber die zweite liegt wie Blei.

– Wir brauchen einen neuen Huber, sagte Leopold.

Herbert Müller hatte manchmal wenig Sinn für Humor.

– Das wäre gut, sagte er mit ernstem Gesicht, aber soviel Schwein hat ein normaler Mensch nur einmal. Sie müssen ein neues Buch schreiben. Wir müssen das Publikum solange belästigen, bis die Leute Ihren Namen kennen.

Leopold hatte noch Geld für sechs Monate, und wenn er den Wagen verkaufte, für acht bis neun. Er sagte es Herbert Müller, und der Verleger dachte eine Weile nach.

– Wenn Sie mir einen sehr guten Vorschlag machen, könnte ich einen neuen Vorschuß verantworten, allerdings nicht soviel wie das letzte Mal. Ich glaube, Sie sollten wieder zu einer Zeitung zurückkehren.

– Der Teufel hole die Zeitungen, sagte Leopold. Die Rechte ist dumm und die Linke ist weltfremd.

– Sie haben sich zwischen alle Stühle gesetzt.

– Danke schön, sagte Leopold, ich bin fast immer empfänglich für Komplimente.

Herbert Müller entschuldigte sich, er habe Leopold nicht kränken wollen, versicherte er. Leopold antwortete, er habe ihn nur sehr maßvoll gekränkt. – Ich will Ihnen was sagen, mein Verehrter, jeder Mensch hat im Leben seinen Sitzplatz, der eine oben, der andere unten, der eine links, der andere rechts. Aber der Platz eines Schriftstellers ist zwischen den Stühlen: Wenn ein Mann ein Buch schreibt, das allen Leuten gefällt, dann ist dieser Sonderling entweder ein Schuft oder ein Epigone.

– Man muß leben, sagte Herbert Müller und seufzte.

– Seien Sie nicht so kleingläubig! Man muß gute Prosa schreiben, antwortete Leopold.

– Sie sind ein Idealist geworden, sagte Herbert Müller. Den meisten Leuten verdreht der Erfolg den Kopf, es scheint aber auch Leute zu geben, denen der Mißerfolg zusetzt.

– Die modernen Zeitungen haben eine schauderhafte Vorliebe für's Mittelmäßige, sagte Leopold. Bei der Berliner Allgemeinen herrschte die Gepflogenheit, das zu sagen, was man

»schon immer« gesagt hat. Wenn dieser Manberg wissen wollte, was in der Politik vorging, dann zündete er sich eine Zigarre an und las seine eigenen Artikel.

Herbert Müller lachte. – Sie werden schon durchkommen. Sie haben eine ausgesprochene Begabung für Aphorismen.

– Sie lachen mich aus, sagte Leopold, aber ich habe Ihnen keinen Witz erzählt, meine goldenen Worte waren die pure Wahrheit.

– Ich werde mal herumhören, sagte Herbert Müller. Sechs Monate warten können, das ist heutzutage viel Zeit. Wir werden schon was finden. Kopf hoch!

Leopold erzählte Anki von seiner Unterhaltung mit Herbert Müller, und Anki bot ihm ihre kleine Perlenkette an. Die große Kette hatte sie Richard zurückgegeben, die kleine war aber auch ihre fünfzehntausend Mark wert. – Du bist verblüffend, sagte Leopold, aber ich habe noch eine Menge Geld, und nächstens werde ich eine Menge verdienen.

Anki legte beide Hände auf Leopolds Schulter und sagte. – Ich habe auch einen Plan im Kopf, ich möchte ihn aber noch nicht verraten.

– Von soviel Plänen wird einer in Erfüllung gehen, sagte Leopold.

Anki mußte sich umziehen. Sie war zum Abendessen beim englischen Botschafter eingeladen, seine Schwiegertochter war eine Verwandte von Ankis schottischen Verwandten. Waldo kam ins Zimmer, um seine Schwester abzuholen, und Leopold verabschiedete sich. Es war erst sieben Uhr, und Leopold fuhr in das Café Wien am Kurfürstendamm, um ein paar Zeitungen zu lesen. Der hallenartige und mit Logen verzierte Raum hatte die Ausmaße eines Konzertsaals und wurde von hunderten von elektrischen Birnen beleuchtet. Es war ein neues und durchaus demokratisches Unternehmen; die früheren Caféhäuser hatten die bescheidenen Ausmaße größerer Zimmer gehabt, in denen man sich traf, um sich zu unterhalten; die neuen waren riesenhaft, glitzernd und prunkvoll, denn der Souverän, der sie besuchte und finanzierte, die Masse der kleinen Leute, verlangte mit scharfen Kontrasten empfangen und durch farbige Überraschungen zerstreut zu werden. Leopold ging nach hinten, wo der große Tisch mit den Zeitungen stand. Er ließ sich einen Wermuth bringen, holte sich die »Vossische Zeitung«, den »Temps« und das »Börsenblatt« und begann zu lesen. Die Überschrift des »Börsenblattes« lief in fetten Lettern über alle vier Spalten und lautete: »Die Katastrophe der Wallstreet«. Auch Dr. Achtermann hatte vor einer Woche über das gleiche Thema einen Aufsatz geschrieben, dessen ungewöhnlich ernster Ton Leopold aufgefallen war.

Leopold legte die »Vossische Zeitung« neben sich und las den Artikel des »Börsenblattes«: »Man kennzeichnet den Umfang der Baisse an der New Yorker Börse, wenn man ihn die größte Katastrophe der Börsengeschichte nennt. Vielleicht werden uns einige Leser des Übertreibens bezichtigen, und für diese wollen wir noch einmal kurz aufschreiben, was sich seit jenem unseligen und wahrhaft schwarzen Dienstag, dem 22. Oktober 1929, ereignet hat. An diesem Tag brachen die Kurse der Wallstreet zusammen. Die Lawine kam ins Rollen. Einige Leute glaubten damals, man könne den Bergrutsch noch aufhalten, und am 24. Oktober erschien der Vizepräsident der New Yorker Börse persönlich im Saal und kaufte zehntausend Steelaktien und zehntausend andere Aktien, und als es Abend war, hatte er für dreißig Millionen Dollar Aktien gekauft. Aber es half alles nichts. Am Dienstag, den 29. Oktober wechselten mehr als sechzehn Millionen Stück Aktien ihren Besitzer, und gegen diesen Ansturm waren alle Stützungsaktionen der großen Banken ohnmächtig. Seitdem ist die Katastrophe immer weiter gegangen, und der Wert der allein an der New Yorker Stock Exchange gehandelten Papiere um 35 Milliarden Dollars gesunken. Die Bewertung aller an allen Börsen gehandelten Aktien ist heute mit knapp 35 Milliarden Dollars anzunehmen gegen 87,9 Milliarden Dollars am 21. Oktober 1929. Erst wenn man sich diese gigantischen und wahrhaft erschreckenden Zahlen vor Augen hält, beginnen die Begriffe sich zu formen. Dabei ist die Lage immer noch schwarz und völlig unsicher, und der ganze Umfang der Katastrophe ist auch heute noch nicht zu ermessen;

dies könnte man erst, wenn es möglich wäre, das Heer der geschädigten oder völlig ruinierten Aktionäre zu mobilisieren …«

Der Kellner brachte den Wermuth. Leopold nahm einen Schluck und las weiter.

»Auch in Europa sind in den letzten drei Monaten hunderte von Millionen bei Insolvenzen und Konkursen verloren worden – man denke an die Skandale Hatry und Horme in England, an die Affäre der Bodenkredit-Anstalt in Wien, an den Prozeß der Gazette de France in Paris –, und was die Börse angeht, so sieht es bei uns schon fast genauso schlimm aus wie in den USA. Der Gesamtwert aller an den deutschen Börsen gehandelten Aktien ist vom Oktober bis heute um mehr als zwei Milliarden gesunken …«

Leopold legte die Zeitung auf den Stuhl und kippte seinen Wermuth. Hol's der Teufel, dachte er. Das ist eine schlechte Zeit, um Pläne zu machen. Das sieht verdammt düster aus! Er rief den Kellner, zahlte und zwängte sich an den engstehenden Tischen vorbei dem Ausgang zu. Als er in der Garderobe auf seinen Mantel warten mußte, beschloß er, Dr. Achtermann anzurufen und sich mit ihm zu unterhalten.

Der Kurfürstendamm war taghell erleuchtet. Leopold blieb unter einer Laterne stehen und betrachtete die dunkle Kette der Automobile, die sich auf der Fahrbahn vorüberschoben, wie Karrosserien, die noch keine Räder haben, auf dem Fließband einer Automobilfabrik. Das große, selbsttätige und gehorsame Spielzeug der Menschen nach dem ersten Weltkrieg verstopfte die ganze Straße, aber es belebte sie auch, und die Form der Wagen stand besonders den Frauen gut. Eine Fülle lächelnder Göttinnen glitt langsam an Leopolds Augen vorüber. Einige hielten das Lenkrad in der Hand, andere kuschelten sich gegen ihren Begleiter, und der Zuschauer dieses Schauspiels empfing manchen Blick, der wie ein Pfeil war und das getroffene Herz mit einer kindlichen, vielleicht sogar kindischen Sehnsucht vergiftete, einer Lust nach Bewegung und Reichtum, nach raschen Abenteuern und schamlosen Küssen, nach den hingegossenen, pelzverbrämten Leibern hinter den vorüberrollenden Glasscheiben, nach ihren weichen, rotgemalten Lippen und ihren hochmütig prüfenden Augen …

Die eine Hälfte der Straße unterhielt die andere, aber das Schauspiel war pausenlos, und jeder aus der unzählbaren Menge der Schauspieler und Schauspielerinnen trat nur ein einziges Mal auf, um sogleich wieder abzugehen und für immer zu entschwinden … Es war ein Reiz ohne Ende, und eine bittere Lust, die plötzlich schmerzlich wurde, weil sie, und zwar wenn man sich ihr hingab, keine Erlösung gewährte …

Leopold drehte sich um und ging der Uhlandstraße zu, wo er den Gelben geparkt hatte. Es war empfindlich kalt geworden, und im Gehen schlug er den Mantelkragen hoch.

3

Eine Woche später legte Frau Janke Leopold einen Brief auf den Frühstückstisch, der von der Redaktion der Berliner Allgemeinen Zeitung nachgeschickt worden war. Er war mit Maschine geschrieben, und Leopold drehte ihn um, um die Unterschrift zu lesen. Der Brief war von seiner Schwester Maggie.

Leopold stand auf und ging, die Hände auf dem Rücken, zweimal durchs Zimmer. Er hatte seit Jahren nichts mehr von Maggie gehört, und der Anblick ihres Namens auf einem Brief traf ihn wie ein Schlag, der sein Herz eine Sekunde lang aussetzen ließ.

Frau Janke kam ins Zimmer und fragte, ob sie wohl die gestrige Zeitung mitnehmen dürfe. Leopold betrachtete einen sonderbaren Kratzer auf ihrer Nase, nickte und setzte seine Wanderung fort.

Margarethe Chindler, Leopolds einzige Schwester, war anfangs der zwanziger Jahre nach Amerika gegangen und seitdem für ihre Familie verschollen. Leopolds Vater hatte von der Abtrünnigen nichts mehr wissen wollen, und als Elisabeth Chindler heimlich an ihre Tochter schrieb, kam keine Antwort zurück.

Leopold nahm den Umschlag und sah, daß der Brief in Berlin aufgegeben worden war. Im gleichen Augenblick sah er, daß er auch eine Adresse enthielt: Berlin O 97, Blumenthalstraße 180.

Maggie schrieb, sie habe Leopolds Buch gelesen, und wenn er Lust habe, sie zu sehen, so solle er sie besuchen; sie sei für ein paar Wochen in Berlin, und es gehe ihr gut. Ende Februar werde sie Deutschland wieder verlassen.

Anki war ausgegangen, und Leopold schickte ihr ein Telegramm: »Meine Schwester, die ich lange nicht gesehen, plötzlich angekommen. Weiß noch nicht, ob ich abends frei bin. Überlege doch, ob man zehn Tage in ein abgelegenes Nest nach Tirol gehen könnte. Ich möchte dich mit roten Backen und auf Skiern sehen. L.« Dann fuhr er in die Blumenthalstraße. Die Blumenthalstraße lag tief im Osten Berlins, ziemlich am Ende der Großen Frankfurter Allee. Leopold kannte die Gegend von manchen Forschungsreisen her, aber sie schien sich seit einiger Zeit verändert zu haben. Man sah mehr arme Leute als früher, und vor den Kinos, die hier draußen schon am Vormittag spielten, stauten sich die ersten Gruppen jener riesigen Armee, welche bald darauf aus Millionen von Männern und Frauen sich zusammensetzen sollte, denen es nicht mehr gelingen wollte, irgend eine Arbeit zu finden. Die Polizisten patrouillierten nicht mehr allein, sondern zu zweit, und die kleinen Knüppel aus schwarzem Gummi, die an der linken Seite des Gürtels baumelten, machten einen unangenehmen und griffbereiten Eindruck. Ihre Träger waren junge und kräftige Männer, und das Volk blickte ihnen schweigend nach.

Das Haus Nr. 180 war ein großer grauer Kasten, dessen Verputz nicht mehr ganz einwandfrei war. Im Erdgeschoß lag ein Kino, vor dessen Auslage zwei Mädchen standen, und eine Wirtschaft, aus der Gesang erscholl. Leopold stieg die Treppe hinauf. Sie war eng und mit schlechten Gerüchen erfüllt. Auf dem ersten Absatz stand eine Frau und zählte eine Hand voll Pfennige, die auf dem Fensterbrett lagen. Leopold fragte, ob sie wisse, in welchem Stock Fräulein Chindler wohne. Die Frau blickte auf, prüfte Leopolds Gesicht und antwortete, eine Mieterin dieses Namens sei ihr unbekannt. Leopold ging weiter.

Vor der nächsten Tür saß ein hübsches, kleines Mädchen und spielte mit einer Puppe, die keinen Kopf hatte. Leopold fragte wieder nach Maggie. Das Kind blickte Leopold aus großen dunkelblauen Augen ängstlich an, und preßte die Puppe fest gegen die Brust. – Ne, sagte die Kleine. Ich kenne nur meine Mutti.

Im vierten Stock bastelte ein alter Mann an seinem Briefkasten. Er trug braune Filzpantoffeln, eine Melone und um den Hals einen grünen Schal. – Ist mir nicht bekannt, sagte er.

Leopold nahm Maggies Brief aus der Tasche und zeigte dem Alten die Adresse. – Det is was anderes, sagte der Mann, det könnte die Frau sind, die verjangene Woche bei Paulkes jemietet hat. Die hat ne Maschine mitjebracht, und ik gloobe nich, dat hier im Hause noch so'n Ding vorhanden ist. Gehen Se mal ne Etage tiefer und klopfen Se tüchtig. Bei Paulkes ist die Klingel kaputt, und die Frau Paulke hört nicht mehr gut.

Leopold stieg die Treppe wieder hinab. Das Kind mit der Puppe war verschwunden. Er klopfte gegen das Glasfenster der Tür, und gleich darauf wurde ihm geöffnet.

– Könnte ich Fräulein Chindler sprechen?

– Wie soll die Dame heißen?

– Chindler … Margarethe Chindler.

– Kenn ik nich, sagte Frau Paulke und machte die Tür zu. Leopold klopfte noch einmal, und Frau Paulke öffnete zum zweiten Mal. Sie war groß, blond, mit ondulierten Haaren, und trug einen violetten Schal um den Hals.

– Wohnt bei Ihnen eine Dame, die eine Schreibmaschine besitzt?

– Ja. Die Dame wohnt hier.

– Könnten Sie die mal rufen?

Frau Paulke ließ Leopold eintreten und klopfte an ein Zimmer. Kurz darauf trat Maggie aus der Tür. Sie hatte sich sehr verändert, Leopold hätte sie nicht wiedererkannt. Sie war größer, als sie in seiner Erinnerung gelebt hatte, und sehr schlank.

– Nett, daß du gleich gekommen bist, sagte Maggie. Komm herein. – Sie drückte Leopold fest die Hand, und ihre Augen lächelten ihm zu, aber Leopold zog sie an sich und küßte sie auf beide Backen.

– Hier bist du ziemlich unbekannt, sagte Leopold.
– Hast du nach Chindler gefragt?
– Ja. Natürlich. Ich denke, du heißt Chindler.
– Ich heiße Lewes, sagte Maggie. Ich habe einen Amerikaner geheiratet.
– Was du nicht sagst. Du hast einen Mann? sagte Leopold erstaunt. Hast du auch Kinder?
– Nein.
Das Zimmer war klein und mit einer geblümten Tapete geschmückt. Maggie setzte sich aufs Bett und bot Leopold den einzigen Stuhl an, der in dem Raum stand.
– Du siehst gut aus, sagte sie, du bist ein richtiger Mann geworden und du hast ein gutes Buch geschrieben. Der Stoff ist natürlich langweilig, dieser Gentz war eine traurige Figur, aber du kannst schreiben. Du hast Talent. Ich finde es sehr nett von dir, daß du gleich gekommen bist.
– Danke schön, sagte Leopold. Du bist ziemlich aufrichtig.
– Ich habe nur wenig Zeit, sagte Maggie, und ich möchte wichtige Dinge mit dir besprechen. Ich bin sehr vergnügt, daß ich dich sehe. Du warst immer der Netteste von uns allen.
– Ich finde es auch nett von mir, daß ich gekommen bin, sagte Leopold, denn du hättest mir längst einmal ein Briefchen schreiben können. Ich bin fest davon überzeugt, daß es in den Vereinigten Staaten zwei oder drei Briefkästen gibt.
Wenn man von den Händen absah, die weiß und gepflegt waren, sah Maggie wie eine Arbeiterin aus, sogar wie eine sehr einfache Arbeiterin. Sie trug ihr hellbraunes Haar in der Mitte gescheitelt, ein dunkelgraues Kleid und schwarze einfache Halbschuhe. Sie war noch immer hübsch, aber sie sah eine ganze Anzahl Jahre älter aus, als sie war.
Über dem Waschtisch hing ein kleiner Spiegel, und neben dem Spiegel links ein Bild von Karl Marx und rechts eins von Lenin. – Ist das dein Mann? fragte Leopold und deutete auf das Bild Lenins.
– Nein, sagte Maggie. Das ist Lenin.
– Immerhin fängt er auch mit Le an.
Maggie suchte in ihrer Tasche und bot Leopold eine Zigarette

an, und er fand sie immer netter. – Ich finde es sehr erfreulich, daß du gesund und munter bist, sagte er. Ich hatte schon im Sinn, dir ein paar Grobheiten zu sagen, denn es war nicht nötig, uns nie zu schreiben, aber ich habe dazu keine Lust mehr. Weiß Mama, daß du wieder im Lande bist?

Maggie stippte die Asche ihrer Zigarette auf den Fußboden und sagte: – Nein.

– Du solltest sie unbedingt besuchen. Euer Krach wird allmählich langweilig!

Maggie gab keine Antwort und schaute ihren Bruder unausgesetzt an. Sie versuchte, ihre Gefühle zu verbergen, aber es war leicht, ihr anzusehen, daß sie sehr glücklich war über das Wiedersehen. Leopold erwiderte den Blick seiner Schwester, und Maggie lächelte. – Komm, sagte sie, setz dich neben mich. Dein Stuhl steht so weit weg.

Leopold konnte hartnäckig fragen, und nach einer Stunde hatte er ungefähr folgendes erfahren: Maggie war nach der Revolution nach Berlin gegangen, hatte dort ein Jahr lang gelebt und war dann nach Moskau gereist. In Moskau war sie anderthalb Jahre geblieben und dann nach China gefahren. In Schanghai war es ihr nicht gut gegangen, und sie war mit Herrn Lewes, den sie in Moskau kennen gelernt hatte, nach Chikago gereist und dort lange geblieben. Vor einem Jahr hatte man sie nach Spanien geschickt, und vor vier Wochen war sie über Paris nach Berlin gekommen.

– Wer schickt dich eigentlich so herum? fragte Leopold.

– Die Komintern … aber halte bitte deinen Mund.

– Das könntest du billiger haben, sagte Leopold. Wenn du bei der Religion unserer Väter geblieben wärst, hätte man dich vielleicht auch zu den Heiden aller Länder gesandt.

– Ich kämpfe für den Glauben unserer Kinder, sagte Maggie.

Es klopfte, und zwei Männer kamen ins Zimmer. Sie waren weit davon entfernt, vertrauenerweckend angezogen zu sein, aber in diesem Zimmer galten andere Gesetze als im Westen Berlins: Sie prüften Leopolds Anzug, und er sah, daß er nicht imstande war, das Vertrauen dieser Männer zu wecken, eher das Gegenteil.

Maggie stellte vor: – Genosse Peter, Genosse Ludwig, mein Bruder. Dann ging sie mit beiden Männern aus dem Zimmer. – Es kann eine Viertelstunde dauern, sagte sie unter der Tür und über die Schulter weg zu Leopold, nimm dir Zigaretten und ein Buch und warte auf mich. Du kannst auch den Ofen auffüllen. Es dauert vielleicht nur zehn Minuten, wir werden uns beeilen.

Das Fenster des Zimmers ging auf den Hof, und Leopold betrachtete drei blaue Hemden, die steif und halbgefroren an einer Wäscheleine hingen. Mit ihren gespreizten Ärmeln sahen sie ein wenig aus wie der geschlachtete Ochse von Rembrandt.

Auf einem Büchergestell standen die Werke von Lenin, zwei Wörterbücher, Mörikes Gedichte, ein russisches Buch, der Faust, ein Roman von Zola und zwei Bände Hegel: Ausgewählte Schriften.

Auf dem Tisch lag die neuste Nummer der »Roten Fahne«, und Leopold las den Leitartikel; er war laut, aufgeregt und geistlos. »Der Hieb hat gesessen! Die Beschlüsse unserer Reichsparteikonferenz, unser entschiedener Kurs auf bolschewistische Massenpolitik unter Ausmerzung aller durch die stinkende Verrätergruppe Neumann & Co. vertretenen, von der Generallinie der Partei abweichenden Tendenzen, die manifestierte, gewaltige Einheit und Geschlossenheit der Partei, das einzig in der Welt dastehende Vertrauensverhältnis zwischen der Parteiführung mit dem Genossen Thälmann an der Spitze und der gesamten Mitgliedschaft hat im Lager der Gegner Katzenjammer, bleiche Furcht und ohnmächtiges Wutgebrüll ausgelöst ...«

Leopold faltete die Zeitung zusammen und legte sie wieder auf den Tisch. Maggie ließ ihn eine halbe Stunde warten, und als sie zurückkam, schlug er vor, die Bude zu verlassen und ihr Wiedersehen irgendwo zu feiern.

– Das sind kleinbürgerliche Manieren, sagte Maggie, aber wenn du willst, können wir zusammen essen. Hier werde ich den ganzen Tag gestört.

– Es soll auch Großbürger geben, die ihre Schwester nett finden, sagte Leopold, das soll sogar bei Kommunisten vorkommen.

Maggie zog ihren dicken dunkelblauen Mantel an, und die Geschwister verließen die Wohnung.

– Ich weiß nicht, ob du in ein Auto steigen darfst, sagte Leopold und öffnete die Tür seines Wagens, vielleicht machst du aber heute eine Ausnahme.

Maggie stieg ein und setzte sich neben Leopold.

– Spotte nicht, sagte sie, eines Tages wird jeder Arbeiter ein Auto haben.

Leopold fuhr zu Kempinski in die Leipzigerstraße, und Maggie aß mit großem Appetit und durchaus wie ein normaler Mensch. Sie konnte sehr gut erzählen. Leopold hörte ihr zu und erblickte zum ersten Mal ein deutliches Bild von Chikago und Detroit und von der amerikanischen Gesellschaft, die Maggie sehr genau beobachtet hatte. China hatte ihr nicht gefallen, während sie Barcelona eine lebendige und schöne Stadt nannte. Aus Rußland erzählte sie wenig. Leopold fragte sie ein paar Mal nach Moskau und dem dortigen Leben, aber Maggie änderte ihren Ton und schwärmte ein wenig, banal im Ausdruck und ganz farblos.

– Du bist genau so verschlossen wie unsere Mutter, sagte Leopold. Wenn ich als Primaner zu oft in die Kirche gehen mußte und über diese anstrengende Zumutung ärgerlich war, sagte ich zu Mama, die Päpste könnten sich auch irren, und Alexander VI. habe uneheliche Kinder gehabt. Dann war Mama sehr gekränkt und versicherte, Benedikt XV. sei ein heiligmäßiger Mann, er besitze ein liebes und edles Gesicht.

Maggie wollte Leopolds Vergleich nicht verstehen, aber sie behandelte ihn wie einen Ketzer, mit dem man über gewisse Dinge nicht spricht. Sie war zu klug, um den Leitartikel der Roten Fahne gut zu finden, aber als Leopold ihn kritisierte, antwortete sie ausweichend, er sei nicht für Intellektuelle und demokratische Schriftleiter geschrieben, sondern für einfache Arbeiter.

– Die deutschen Arbeiter sind ziemlich helle Jungens, sagte Leopold.

– Wir stehen erst am Anfang, sagte Maggie streng und ein wenig ärgerlich, du könntest dir wirklich mehr Mühe geben, uns zu verstehen.

Leopold wechselte das Thema, und die Geschwister sprachen über sein Buch. Maggie war weder gebildet noch ungebildet. Sie hatte eine Menge gelesen, man konnte staunen, wieviel Zahlen sie auswendig wußte, aber sie sprach über Gentz und die Epoche von 1813 wie ein Missionar, der sich mit einem Neger unterhält.

– Das Beste an deinem Buch ist dein Stil, sagte Maggie, und nun ließ sie die Katze plötzlich aus dem Sack und fragte Leopold, ob er Lust hätte, nach der Sowjetunion zu fahren und ein Buch über den Fünfjahresplan zu schreiben. – Wir würden dich einladen, du könntest eine schöne Reise machen, aber du müßtest das Buch so schreiben, daß es in einem bürgerlichen Verlag erscheinen kann.

– Laß das, sagte Leopold. Wirst du Karl besuchen?

– Ich weiß es noch nicht. Dr. Lichtstrahl hat mir von ihm erzählt, ich glaube nicht, daß er mich sehen will. Es hätte auch keinen Sinn. Er würde mir lange Reden halten, bei denen nichts herauskommt.

Leopold dachte: Sie hat recht. Leute, die Reden halten wollen, können mit Leuten, die ebenfalls Reden halten wollen, nichts anfangen. Dann sagte er: – Woher kennst du Dr. Lichtstrahl?

– Ich schätze ihn sogar, sagte Maggie, er weiß, daß der Kapitalismus tot ist. Er ist natürlich gegen uns, aber er ist wenigstens ein ehrlicher Gegner. Wir haben uns einen Nachmittag lang sehr gut unterhalten.

Leopold dachte an Anki und wünschte, Maggie solle sie kennen lernen. – Wo ist dein Mann? fragte er. Ist er nett? Steht ihr gut miteinander?

– Ich weiß nicht, wo er ist, sagte Maggie. Ich brauchte damals einen amerikanischen Paß. Die Amerikaner sind nationalistische Leute, ein Europäer hat es drüben nicht leicht.

Leopold hatte schon von politischen Ehen dieser Art gehört, daß aber seine Schwester einen Mann geheiratet hatte, von dem sie nichts mehr wußte, das wunderte ihn. Er betrachtete ihre Stirn und ihre Haare, und fragte sich, ob es wohl einen Mann gäbe, den Maggie liebe, und wie dieser Mann aussähe.

– Bist du verheiratet? fragte Maggie.

– Nein. Aber ich kenne eine Frau, die ich mit dir gern bekanntmachen würde.

Maggie knüllte das Paket zusammen, aus dem sie die letzte Zigarette genommen hatte, und fing an, kleine Stücke von dem Papier abzureißen. – Ich habe sehr wenig Zeit, sagte sie zögernd, aber wenn es sich einrichten läßt … dann natürlich gern.

Leopold wollte Kaffee bestellen, aber Maggie meinte: – Nicht hier, das ist kein angenehmes Lokal.

Sie gingen fort, und die Tür wurde von einem rotgekleideten und rotwangigen Pagen aufgerissen. Maggie blieb stehen und betrachtete den hübschen Türhüter. – Wie lange mußt du arbeiten?

Der Junge nahm seine Mütze vom Kopf und antwortete: – Acht Stunden.

Maggie fragte ihn, wieviel er verdiene, was sein Vater sei und ob er Geschwister habe. Der Junge war über Maggies Neugier erstaunt und antwortete zögernd und mißtrauisch, aber Maggie kümmerte sich nicht um seine Hemmungen und fragte weiter. Andere Gäste gingen vorbei. Maggie trat zur Seite und fragte den Jungen, wo er wohne.

– Blumenthalstraße 71.

– Das ist lustig, sagte Maggie, ich wohne auch in der Blumenthalstraße.

Der Junge machte ein verblüfftes Gesicht. Es kam sehr selten vor, daß Leute aus der Blumenthalstraße zu Kempinski essen gingen. Maggie schien ihm aber zu gefallen, und als sie ihm zum Abschied die Wange streichelte, strahlte er übers ganze Gesicht.

Leopold hatte anfangs geglaubt, Maggie spiele Theater, aber diese Vermutung stimmte nicht. Sie hatte eine gelassene Sicherheit des Auftretens, die überzeugend wirkte, und sie sammelte solche Auskünfte für eine Broschüre über die arbeitende Jugend, an der sie gerade schrieb. – Ich werde dir meine Wohnung zeigen, sagte Leopold, und wir werden uns dort einen Mokka brauen.

Die Geschwister fuhren in die Schaperstraße, aber Maggie schien sich nicht für Leopolds Wohnung zu interessieren. Sie warf einen Blick auf seine Bücher, und als sie auf Leopolds

Schreibtisch eine Photographie ihrer Mutter entdeckte, nahm sie das Bild, setzte sich aufs Sofa und betrachtete es lange.

– Hast du auch Bilder von Karl?

Leopold zeigte seiner Schwester alle Photographien, die er besaß, und Maggie schaute sie genau an. Zum Schluß zeigte er ihr ein Photo von Anki.

– Wer ist das? fragte Maggie und schüttelte ein wenig den Kopf.

– Das ist Franziska!

– Willst du sie heiraten?

– Ja.

Maggie legte das Bild auf den Schreibtisch und trat ans Fenster. Leopold betrachtete ihre Schultern, ihr Kleid und die niedrigen Absätze ihrer schwarzen Halbschuhe. Nach einer Weile drehte sich Maggie wieder um, lehnte ihren Kopf an das Glas des Fensters und sagte: – Erzähle mir von Mama. Wann hast du sie das letzte Mal gesehen? Wie geht es ihr? Ist sie gesund? Spricht sie manchmal von mir? Habt ihr Papa in Neustadt begraben?

– Die Beerdigung war sehr feierlich, sagte Leopold.

– Ich habe in der Zeitung einen Bericht gelesen, sagte Maggie, aber plötzlich stampfte sie mit dem Fuß auf und sagte: – Wenn ihr alle nicht so rechthaberische und vorgestrige Leute wäret, dann würde ich heute abend zu Mama fahren. Hat sie Telephon? Kann man sie anrufen? Sprichst du manchmal mit ihr?

Leopold staunte, Maggie hatte sich weit von ihrer Familie entfernt. – Nein, nie! sagte er, und streckte dabei, da er die Hände in den Taschen hatte, beide Ellebogen nach vorn. – Mama ist aus einer andern Generation als wir! Die kann man nicht anrufen. Die ist nicht gewohnt zu kommen, wenn's klingelt. Der muß man Briefe schreiben.

Maggie ordnete mit der linken Hand ihre Frisur, indem sie die Haare am Hinterkopf in die Höhe hob. Dann blickte sie wieder auf Leopold und sagte: – Ich weiß noch genau, wie es war, als Papa bei uns Telephon legen ließ. Wir bekamen einen großen, braunen Kasten, und wenn man sprechen wollte, mußte man den Hörer abnehmen und die Kurbel drehen. Ich durfte als erste telephonieren und rief meine Freundin Melitta Hankel an.

– War das Telephon unten? Im Erdgeschoß?

– Aber nein, sagte Maggie. Du hast ein schlechtes Gedächtnis, mein Lieber. Unser Telephon war komischerweise oben, im ersten Stock, in dem kleinen, dunklen Gang, vor dem Badezimmer … vor der Tür von Karls Zimmer, das du später bekommen hast …

Zwanzigstes Kapitel

Wenn jemand zu mir kommt und hasset nicht
Vater, Mutter, Weib, Kinder, Bruder und Schwester,
ja sein eigenes Leben, so kann er mein Jünger nicht sein.
Lukas 14. 26.

I

Maggie war in die Blumenthalstraße zurückgefahren, und Leopold fuhr zu Anki, um ihr die große Neuigkeit zu erzählen. Franziska stand im Badezimmer und wässerte Photographien, die sie selber entwickelt hatte. Als Leopold die Tür öffnete und auf der Schwelle stehen blieb, nahm sie ein Bild aus dem Wasser, hielt es vorsichtig in die Höhe und gegen das Licht und ließ es Leopold sehen. Es war eine Aufnahme von Spalding, eine ganz ungewöhnlich lebendige Aufnahme. Leopold war sehr erstaunt.

– Ich mache auch eine Mappe »Berliner Köpfe«, sagte Anki. Wie du siehst, habe ich bereits angefangen. Ich war gestern morgen in Spaldings Atelier und habe ihn sehr geplagt, aber zwei oder drei Aufnahmen scheinen nicht ganz schlecht zu sein. – Anki stellte den Wasserhahn ab und fuhr fort: – Du hast neulich abends gesagt, Spalding habe seine Frau zerstört, und nun zerstöre sie ihn. Wie kommt das? Wie geht das vor sich? Warum ist das so? Könntest du mir das erzählen?

– Ich werde dir alles genau erklären, sagte Leopold, aber nicht heute abend. Heute habe ich eine andere Neuigkeit für dich!

Anki nahm die Bilder aus dem Waschbecken und legte sie zum Trocknen auf ein Handtuch. Dann folgte sie Leopold ins

Wohnzimmer, und Leopold erzählte ihr Maggies Geschichte. Anki hörte zu, ohne ihn zu unterbrechen. Dann sagte sie: – Dein Telegramm hat mich überrascht. Du hast mir nie von deiner Schwester erzählt. Warum hast du sie verschwiegen?

– Ich möchte sie gern zu dir bringen, sagte Leopold. Möchtest du sie kennen lernen?

Anki gab keine Antwort. Sie war in hohem Maße das, was die Sozialisten klassenbewußt nennen, und liebte die Kommunisten nicht. Maggie war eine aktive Kommunistin, und als Leopold fragte, ob Anki Maggie sehen wolle, war Ankis erste Empfindung der Wunsch, nein zu sagen, nein, sie wolle sie nicht sehen. Kommunisten waren Leute, die andere Leute ermordeten, Schlösser in Brand steckten, Fabriken und Bauernhöfe enteigneten und große Künstler in die Verbannung jagten. Auf einem Vorwerk von Klein-Machnow lebte seit sieben Jahren ein russischer Philosoph, den Anki sehr schätzte, der Mann hatte ihr viel von seinen Erlebnissen in Petersburg während der Revolution erzählt. Anki schaute an Leopold vorbei gegen die Wand und sah ihre Mutter vor sich, aus Klein-Machnow vertrieben, zu Fuß, flüchtend und einen roten, entsetzlichen Feuerschein am Himmel. Sie wollte nein sagen, aber sie wollte Leopold auch nicht kränken. Sie stützte ihr schönes Gesicht in beide Hände, indem sie ihre Finger gegen die Schläfen legte, und betrachtete nachdenklich das Muster des Teppichs und die Form von Leopolds schwarzen Halbschuhen (die ihr gut gefiel).

– Es muß nicht sein, sagte Leopold. Ich hatte mir nur so im Stillen gedacht, es würde dich vielleicht interessieren.

– Ich werde ihr nicht gefallen, sagte Anki und schüttelte den Kopf, und ich weiß nicht, warum ich jemand empfangen soll, dem ich nicht sympathisch sein kann!

– Das sind alles Vorstellungen, sagte Leopold. Maggie hat mich sehr gern, und du wirst ihr bestimmt gefallen. Sie ist schließlich trotz ihren Ansichten meine Schwester.

Anki schüttelte wieder den Kopf. – Du irrst dich, sagte sie heftig. Ich bin das Gegenteil von solchen Leuten ... ich kann ihr nicht gefallen ... Das ist unmöglich ... Ihr seid eine merkwürdige Familie ... Ich weiß eigentlich garnichts von deinen Leuten ... Du mußt mir mal deine ganze Familie erklären ... Dein Bruder Karl war übrigens auch bei Sir Robert Cushendun, und ich fand ihn wieder sehr unterhaltend, obgleich er für meinen Geschmack zu freimütig gesprochen hat. Ich würde an seiner Stelle im Hause eines Ausländers zurückhaltender sein ...

Otto Bendemann rief an, und Anki unterhielt sich lange mit ihm. Als sie den Hörer aufgelegt hatte, rief Waldo an und erkundigte sich nach dem Foxterrier, der zwei Tage lang krank gewesen war. Es ging ihm wieder besser, und Anki beruhigte ihren Bruder. Sie kehrte zu Leopold zurück, und in diesem Augenblick rief Herbert Müller an. Er war ein verschwiegener Mensch und der einzige von Leopolds Freunden, der Leopold bei Anki anrufen durfte.

– Große Neuigkeit, sagte der Verleger. Ich werde eine Zeitschrift machen. Hätten Sie Lust, Herausgeber zu werden?

– Sie sind unermüdlich, sagte Leopold und lächelte Franziska zu. Aber das könnte eine gute Sache sein.

– Abgemacht, sagte Herbert Müller. Die Sache ist noch nicht ganz spruchreif, und ich möchte Ihnen Näheres erst erzählen, wenn ich alles beisammen habe. Ich wollte heute nur mal vorfühlen!

– Was verstehen Sie unter: Alles? Doch hoffentlich nicht etwa das Geld?

– Der reine Strickstrumpf, sagte Herbert Müller und lachte. Eine Druckerei und eine Papierfabrik und ein Inseratenmensch ... aber die Sache kann gut werden. Sie müßten allerdings viel arbeiten.

– Das könnte man sich wieder angewöhnen, sagte Leopold.

– Empfehlen Sie mich der schönsten aller Frauen, sagte Herbert Müller und hängte ein.

– Herbert Müller läßt sich der schönsten aller Frauen empfehlen, sagte Leopold.

– Ich werde ihn auch knipsen, sagte Anki. Er hat von rechts gesehen ein gutes Profil, ich weiß schon, wie ich das Bild machen will. Leopold blieb vor Franziska stehen, und die beiden Liebenden schauten einander in die Augen. – Sie ist schließlich deine Schwester, sagte Franziska. Wann will sie kommen?

2

Leopold holte Maggie ab und brachte sie in die Kaspar-Theys-Straße. Er hatte sich vorgestellt, Anki würde sehr steif sein und kein Wort sprechen, aber Anki war viel zu gut erzogen, um ihre Gefühle zu zeigen. Sie trug ein Kleid, dessen Muster einem schottischen Schal ähnlich sah, dunkelgrün mit roten und gelben Streifen, und an ihren winzigen Füßchen winzige, dunkelbraune Schuhe. Sie hatte sich sportlich und einfach anziehen wollen, was gut gemeint war, aber der Versuch war ihr nicht ganz gelungen, sie sah sehr elegant aus, und das Kleid stand ihr besonders gut. Auch Maggie war ruhig und sicher. Anki hatte Hans Karl bei sich, und Maggie fragte ihn, ob er schon in die Schule gehe. Sie nahm Hans Karls Hand in ihre Hände, und Leopold fand, daß sie wie eine Krankenschwester wirkte oder wie eine Frauenrechtlerin aus der Jugendzeit ihrer Mutter.

Beim Tee erzählte Maggie von Amerika. Anki hörte zu und beobachtete die Schwester des Mannes, den sie liebte: ihr Gesicht, ihre Hände, ihren Mund, ihre Bewegungen, ihre Frisur und den merkwürdig farblosen Stoff ihres Kleides. Maggie schien die Prüfung zu merken. Sie blickte auf ihren Teller, ganz nach innen gekehrt, und Leopold sah nicht, daß sie Anki beobachtet hätte. Sie war in ihre Erzählungen vertieft und berichtete mit einer fast wissenschaftlichen Genauigkeit von der Lage der Neger in Amerika, von einem gewissen Antisemitismus, der besonders in den kleinen Städten heftig sei, von den Löhnen der Arbeiter bei Ford und von den Schulen, mit denen sie garnicht zufrieden war. Anki hörte ruhig zu. Die amerikanischen Neger und deren Einkommensverhältnisse waren kein Thema, das sie besonders interessierte, aber sie blieb sehr aufmerksam und schmierte dabei kleine Brötchen, die Maggie mit Vergnügen verzehrte.

Maggie machte eine Pause, und Leopold zeigte ihr die Photos von der Reise durch den Osten, die Anki gemacht hatte. Maggie ließ sich ein Bild nach dem andern reichen und betrachtete die Aufnahmen. Landschaftsbilder interessierten sie nicht, die legte sie rasch zurück, aber wenn auf einem Bild arme Kinder zu sehen waren oder Bauern, die mit elenden Instrumenten die magere Erde eines dürftigen Ackers kratzten, dann erwachte ihr Interesse. – Dieses Bild könnte ich brauchen, sagte sie, und hob das Bild mit den Bauern in die Höhe. Das ist eine vorzügliche Aufnahme.

Sie kannte Polen ein wenig; sie war einmal eine Woche lang in Lodz gewesen, aber sie liebte es nicht; aus ihren Äußerungen fühlte man jene Abneigung gegen Polen, welche in der Sowjet-Union herrschte.

– Du sprichst wie eine Russin, sagte Leopold spöttisch. Was hast du gegen die Polen?

Maggie war sehr empfindlich. Sie widersprach mit gerunzelter Stirn und erklärte Leopold sofort gewisse Maßnahmen der polnischen Regierung, die ihren Zorn geweckt hatten.

Anki fragte nach Moskau und wie man dort lebe, und Maggie hielt eine lange Rede über die paradiesischen Zustände in der Sowjet-Union.

Leopold fragte, ob sie Stalin kenne, und Maggie sagte, einmal auf einem Kongreß habe sie ihn kurz gesprochen.

– Mein Bruder hat mir die Erinnerungen von Trotzki geliehen, sagte Anki.

Bei der Erwähnung des Namens Trotzki schaute Maggie Anki zum ersten Mal an. Aber sie gab keine Antwort, und als Leopold fragte, ob sie das Buch kenne, deutete sie auf den Foxterrier, der unter dem Sofa zwischen Ankis Füßen lag, und sagte, das sei ein schönes Tier. Der Blick, mit dem sie Anki geprüft, hatte das äußerste Mißtrauen gezeigt, einen bösartigen und leidenschaftlichen Argwohn.

Leopold stellte sich neben seine Schwester und fragte Anki, ob sie sich ähnlich sähen.

– Nein, sagte Anki, Frau Lewes sieht deinem Bruder Karl ähnlich … dir nicht … oder doch nur sehr wenig.

Maggie trug an der linken Hand eine kleine goldene Armbanduhr. Sie streifte den Ärmel zurück, warf einen Blick auf die Uhr und stand auf. Anki schob den Teetisch zur Seite und stand ebenfalls auf. – Es ist sieben Uhr, sagte sie. Wenn Sie zu einem einfachen Abendbrot bei mir bleiben wollen, würde ich mich sehr freuen.

Maggie dankte und sagte, sie habe leider noch eine Verabredung. – Ich bin nämlich nur kurz in Berlin, setzte sie hinzu, und da drängt sich immer alles zusammen.

– Ich kenne das, sagte Anki. Es ist mir auch schon so ergangen.

Sie begleitete Maggie auf den Vorplatz, und als Marie den Mantel aus der Garderobe brachte, bat Maggie, sich auch noch von Hans Karl verabschieden zu dürfen.

Hans Karl war im Badezimmer und stand neben der Wanne, als Anki hinter Maggie und Leopold eintrat. Der Knabe war soeben aus dem Wasser geklettert, und Luise rieb das niedliche Körperchen mit einem großen hellgrünen Badetuch ab.

– Auf Wiedersehen, kleiner Mann, sagte Maggie und hockte sich in Kniebeuge vor das Kind. Du bist ein reizendes Kerlchen, und wenn ich wieder mal zu deiner Mutter komme, werde ich dir was mitbringen.

Anki zog den Stöpsel aus dem Ablaufrohr, und das gurgelnde Geräusch abfließenden Wassers erfüllte das Zimmer.

– Luise hat mein Schiff weggenommen, sagte Hans Karl mit klagender Stimme zu seiner Mutter.

– Er war nicht so brav, wie er sonst immer ist, sagte Luise. Nicht wahr? Hans Karl? Das wissen wir doch alle beide!

Das Badetuch rutschte zu Boden, und Leopold erblickte den kleinen Brustkasten mit den braun-rosigen Pünktchen der Brust, den großen Nabel, ein zufriedenes, rundes Bäuchlein, das spitzige Röhrchen über den Schenkeln, zwei Knie, die immer noch ein bißchen schwärzlich schimmerten, und die verhältnismäßig großen Füße, deren Zehen leicht in die Höhe gekrümmt waren.

Anki hatte ebenfalls die nicht gut gewaschenen Knie gesehen, aber sie bückte sich, hob das Tuch auf und deckte ihr Kind wieder zu.

Auf der Straße sagte Maggie, der kleine Bub' sei entzückend.

– Das ist ein schönes Kind ... ein sehr schönes Kind, sagte sie zweimal, und so offen ... so natürlich ... ein erstaunliches Kind!

Leopold gab keine Antwort. Maggie stieg ein, er gab Gas und fuhr langsam an. Er war gespannt, was Maggie über Anki sagen werde.

– Liebst du diese Frau sehr? fragte sie nach einer Weile.

– Ja. Sehr.

– Sie ist ungewöhnlich hübsch, sagte Maggie, und sie hat einen reizenden Buben, einen reizenden Buben ... Was tut sie eigentlich? Hat sie einen Beruf?

– Sie hat ein Kind, und erzieht ihr Kind, und wie du gesehen hast, sehr gut, und sie macht gute Photos, sie führt ihren Haushalt und liebt mich.

Maggie lehnte sich zurück und suchte in beiden Taschen nach Zigaretten, und als sie sich eine angezündet hatte, fragte sie weiter: – Ist sie reich? Wovon lebt sie?

– Das weiß ich nicht. Wovon lebst du eigentlich?

– Von meinem Gehalt.

– Das ist sehr angenehm, sagte Leopold, aber das muß auch irgend jemand erarbeiten. Ich verdiene mein Geld selber ...

Frau Janke hatte das Abendbrot vorbereitet, und Maggie nahm Leopolds Einladung an. Sie war garnicht verabredet, es war nur eine Ausrede gewesen.

3

Liebe und Freundschaft sind nicht nur Gefühle; es sind Tätigkeiten. Sie beruhen auf Gefühlen, die wir abkürzend Liebe oder Freundschaft nennen, aber kein Liebhaber bleibt passiv und untätig, er wünscht zu besitzen und besessen zu werden, Briefe zu schreiben und zu empfangen und Zärtlichkeiten, die Taten des Herzens, auszutauschen. Ein Ausflug, den man mit einem guten Freund macht, ist viel mehr als doppelt so schön wie einer, den man allein unternimmt; kurz: Das Herz ist das tätigste unter allen Organen, ob es nun unser Blut durch den Körper pumpt, oder ob es liebt.

Maggies Herz war erstarrt (oder ihr Verhalten sah wenigstens so aus, als ob es erstarrt wäre), aber als sie nun wieder mit Leopold allein war und ungestört und unbeobachtet in der behaglichen Ruhe seiner kleinen Wohnung saß (die sie sehr lustig und zu ihm passend fand), taute sie allmählich auf, wie man in einem Hotel auftaut, das man zunächst abscheulich gefunden hat, und worin man plötzlich sehr sympathische Gäste entdeckt. Die Erinnerung, die uns aus den Gesetzen der Zeit und des Kalenders befreit und die Vergangenheit heraufzuzaubern vermag, wie die Hoffnung die Zukunft oder wie ein Fakir eine grüne dichtbelaubte Palme, löschte die Gegenwart aus, und als sich Maggie auf Leopolds Sofa legte und Leopolds Mund betrachtete, der noch sehr jung war, verwandelte sich das Zimmer. Maggie war plötzlich fünfzehn Jahre alt und Leopold zehn Jahre, und auf dem dicken weißen Eisbärfell unter dem roten Mahagonischreibtisch von Papa (der mit Mama im Garten saß) lag eine große graue Dogge und blinzelte ein bißchen, als Leopold wu! wu! rief, ohne sich aber zu rühren, weil sie diese kindlichen Späße kannte und nur den Befehlen ihres Herrn gehorchte (der das Zimmer verlassen hatte, aber nicht das Haus). Maggie hatte sich vor diesem Hund immer sehr gefürchtet, und als sie nun Leopolds dichte dunkelblonde Haare betrachtete, war sie plötzlich elf Jahre alt und Leopold sechs, mit grüner Spielschürze, und Leopold spielte Hund und bellte und krabbelte auf die große und gefürchtete Dogge zu und biß dem Hund ein Zipfelchen des Ohrs ab. Der Hund sprang auf und klagte mit erhobener Nase laut über den heftigen Schmerz …

Leopold bot Maggie eine Zigarette an. Maggie erzählte ihm die Geschichte mit der Dogge und dem abgebissenen Hundeohr, und die Geschwister lachten sehr, als sie an das traurige Gesicht dachten und das klagende Auge des gewaltigen und schönen Ungetüms. Wieviel Verstand und wieviel Anstand hatte in der Seele dieses Hundes gewohnt, der einen so heftigen Schmerz erduldete, ohne sich zu wehren, obgleich er den kleinen Leopold mit einem einzigen Pfotenhieb hätte niederschlagen können oder mit einem einzigen Biß töten. Leopold rühmte das Tier, das er im letzten Kriegsjahr zusammen mit seinem Vater beerdigt hatte, hinter dem zweiten Rosenbeet im Garten, und

Maggie erzählte Geschichten von der Köchin Kreszenz. Die gute Kreszenz hatte die Dogge gehaßt und gefürchtet. Leopold erinnerte sich an die Geschichte mit dem abgebissenen Ohr noch genau, aber die Geschichten von Kreszenz, die später den Briefträger heiratete, die hatte er vergessen, und es war sehr schön, sie wieder zu erfahren.

In der Nähe von Leopolds Wohnung lief in einem kleinen Kino ein lustiger Film, und die Geschwister gingen noch eine Stunde hin. Maggie war seit Amerika nicht mehr im Kino gewesen und lachte sehr. Der Film war nur mittelgut, aber er spielte in einem Dorf in der Nähe von Kassel, und es war die Heimat, die Maggie entzückte.

Am nächsten Tag kam Maggie schon am Vormittag zu Leopold. – Ich hab mich heut freigemacht, sagte sie vergnügt. Laß dich bitte nicht stören, ich muschele ein bißchen herum, wenn es dir recht ist.

An diesem Vormittag war die Vertraulichkeit der Geschwister am größten. Man ist im Hause seiner Freunde auch zu Hause, aber unter Geschwistern herrscht ein Vertrauen und eine Arglosigkeit, die selbst von der besten und innigsten Freundschaft nicht erreicht wird. Bei seinem Bruder darf man die Küche inspizieren und über die Vorräte lachen, oder einen Kleiderschrank aufmachen und nach dem Preis der Seife fragen… Die Zahl der Geheimnisse, die man vor seinem besten Freund verbirgt, ist vielleicht nicht groß, aber immer noch viel größer als die, die ein Bruder vor seiner Schwester hat. Maggie gefiel Leopold immer besser, er hätte ihr am liebsten gesagt, daß er ein wenig verliebt sei in sie. Sie verstand seine leisesten Bewegungen, und sie konnten sich in Andeutungen unterhalten, die beide entzückten und in eine geheim nisvolle Mischung verwandelten aus zwei Kindern und einem Liebespaar.

– Weißt du eigentlich, wie dein Ofen aussieht? Der sieht genau aus wie Papa, wenn er eine Rede ausarbeitete, sagte Maggie und deutete mit der Fußspitze auf den Ofen, und sie hatte ganz recht; es gab, wenn man den Ofen von einer bestimmten Stelle aus betrachtete, eine Linie, die einer bestimmten Haltung des

Vaters ähnlich sah, wenn er an seinem Schreibtisch saß und in Gedanken vertieft den Kopf zur Seite wandte.

– Ich denke oft an Papa, sagte Maggie.

– Du bist ihm sehr ähnlich. Er war genau so hart wie du, sagte Leopold, er war auch ein Menschen- und Weltverbesserer.

– Er war sehr hart gegen mich, sagte Maggie, und stand mit einer hastigen und leidenschaftlichen Bewegung auf. Unrecht, grausames Unrecht hatte man ihr zugefügt – sie konnte es nicht vergessen.

– Und du bist hart gegen Mama, sagte Leopold.

Maggie schwieg und las die Aufschrift auf der Zigarette. Dann sagte sie: – Lassen wir das! Irgendjemand hat mir erzählt, Karl sei unglücklich verheiratet. Ist das wahr?

– Das ist ein tolles Märchen! Karl ist der glücklichste Familienvater von ganz Berlin.

– Warum ist deine Anki geschieden?

Maggie hatte zum ersten Mal Anki gesagt anstatt Frau Scheler, und Leopold erzählte seiner Schwester ein paar Momente aus Ankis Ehe.

Leopold schickte Frau Janke nach Hause, und Maggie ging in die Küche und kochte ein lustiges Mittagessen. Es bestand aus Rühreiern, zwei Schnitzeln, von denen sie eins anbrennen ließ, Erbsen aus der Büchse und einer riesigen Torte, die Leopold kaufte, während Maggie das arme Schnitzel sich halb zu Tod sengen ließ. Aber das Essen schmeckte den Geschwistern trotzdem sehr gut, und Maggie räumte eben den Tisch ab, um für den Kaffee Platz zu machen, als es an der Flurtür klingelte und Leopold sich genötigt sah, den Genossen Iwan in sein Zimmer zu führen. Iwan sprach ein schauderhaftes Deutsch und sah schwarz und düster aus, unrasiert, mit roter Krawatte und Lederjoppe, und es war nicht herauszubekommen, aus welcher Ecke Südosteuropas er stammte. Die großen Revolutionäre hatten, schon aus Gründen der Nützlichkeit, immer das Aussehen von Berufspolitikern gehabt und die Manieren der herrschenden Schicht. Karl Marx trug ein Monokel, und Lenin war wegen seiner maßvollen Zurückhaltung der Liebling der Zürcher Fremdenpolizei. Aber die kleinen Revolutionäre und besonders die

Mitläufer glichen gern Komödianten, übrigens genau so wie die kleinen Künstler, die kleinen Poeten und sogar die zweit- und drittklassigen Reiter und Trapezkünstler im Zirkus. Iwan hatte allzu feurige Augen und eine Fähigkeit, Blicke zu schleudern wie ein Dorfzauberer.

– Wir müssen eine Kleinigkeit besprechen, erklärte er mit rollender Stimme. Könnten Sie uns zehn Minuten allein lassen?

– Bitte, sagte Leopold und öffnete die Tür zum Eßzimmer.

Genosse Iwan zögerte. – Ich brauche Tinte und Papier, sagte er und schaute auf Leopolds Schreibtisch. Leopold gab keine Antwort und blickte auf die Eßzimmertür.

– Komm, sagte Maggie, ich habe alles bei mir, und Iwan folgte ihr.

Nach einer Viertelstunde kamen die beiden zurück, und Iwan setzte sich gemächlich auf Leopolds Sofa. – Ich habe Ihr Buch gelesen. Sie sind ein Schiler von Ranke.

Iwan konnte kein ü aussprechen, und Leopold wußte nicht, daß er ein Schüler von Ranke sei.

– Es ist ein lesenswertes Buch, fuhr Iwan fort, aber es zeigt, wie dumm Deutsche sein können.

Leopold ärgerte sich und überlegte, ob er den unerwünschten Gast hinauswerfen solle. – Sie sind hier diesseits der Grenze, mein Herr, sagte er schließlich, und es wäre vielleicht angebracht, wenn Sie sich etwas behutsamer ausdrücken wollten.

Iwan lachte und zeigte zwei Reihen sehr schöner Zähne.

– Sie sind ein Nationalist, ich weiß es.

Leopold gab keine Antwort, und Iwan fuhr fort: – Sie sollten ein Buch iber die SPD schreiben und die Verbrechen dieser Partei aufzeigen. Sie konnten das, und konnten uns mit einem solchen Buch einen großen Dienst erweisen. Sie sind ein kluger Mensch, Sie müssen doch sehen, daß diese Severingclique eine Verbrecherbande ist.

– Sie haben eine beschleunigende Meinung von ihren Mitmenschen, sagte Leopold.

– Ich habe eine gute Meinung von Ihnen, und ich mache Ihnen ein großes Angebot. Die Arbeiter werden Ihr Buch nicht lesen, aber sie könnten es lesen, es ist sehr klar geschrieben, man kann jedes Kapitel verstehen.

– Haben Sie viel von Ranke gelesen?

Iwan machte eine wegwerfende Handbewegung: – Ranke ist Dreck. Ich habe ihn gelesen ... es lohnt nicht.

– Gibt es in Ihrem Vaterland bessere Historiker?

Iwan lachte. – Bei uns gibt es nur Schufte. Deutschland ist interessanter. Deutschland ist das interessanteste Land der ganzen Welt.

Iwan liebte Übertreibungen, und Leopold wünschte den Mann dahin, wo der Pfeffer wächst. Er bot ihm eine Zigarette an und überlegte, wie er den Kerl loswerden könnte.

– Komm! sagte Iwan nach einer Weile zu Maggie. Gehen wir.

– Ich habe dir schon einmal gesagt, daß ich keine Zeit habe, sagte Maggie, ich möchte heute nicht mehr angerufen und nicht mehr gestört werden.

Iwan machte ein ergebenes und demütiges Gesicht und stand auf. – Ich danke Ihnen für Ihre Gastfreundschaft, sagte er zu Leopold, ich habe mich sehr gefreut, Sie kennen zu lernen. Sie sind ein Bourgeois, aber Sie haben einen guten Krach mit dieser erbärmlichen Zeitung gemacht, Sie scheinen nicht feig zu sein.

– Ich kenne Ihr Vaterland nicht, sagte Leopold, aber wenn ich mal hinkommen sollte, werde ich mir erlauben, Ihnen einen Gegenbesuch zu machen.

– Wenn wir eine Sowjetrepublik haben, werde ich Ihnen das beste Zimmer im besten Hotel besorgen. Sie brauchen nichts zu bezahlen und können ruhig ein Buch schreiben.

Leopold begleitete Iwan an die Tür, und als er zurückkam, fragte er Maggie, was dieser Iwan in Berlin tue.

Maggie zuckte die Achseln und gab keine Antwort; wahrscheinlich durfte sie nicht die Wahrheit sagen.

– Findest du, daß wir den Import solcher Leute nötig haben? fragte Leopold. Ist das deine Ansicht?

– Er ist nur ein Schriftsteller, sagte Maggie, er hat garnichts zu sagen. Aber er ist ein guter Marxist, wenn du nicht so dickköpfig wärst, dann könntest du eine Menge von ihm lernen.

– Warum bleibst du eigentlich nicht in Berlin?

– Ich denke garnicht daran, sagte Maggie, und ihr Gesicht drückte Hochmut und Verachtung aus. Ich hasse den Terror der Sozialdemokraten!

Maggies Antwort war wirklich komisch, und Leopold lachte seine Schwester laut aus. – Ich möchte dich nicht kränken, sagte er, aber du sprichst manchmal wie eine Wahnsinnige. Deutschland ist das freieste Land der Welt! Unsere Polizei regelt den Verkehr und fängt ab und zu einen Dieb, aber wir haben weder eine GPU noch eine Zensur, und bei uns kann jedermann alles sagen und alles schreiben, was ihm grad einfällt. Sogar der Genosse Iwan! Nennst du das Terror?

– Du verstehst uns nicht, sagte Maggie. Du bist ein erstaunlich bürgerlicher Mensch.

– Ihr seid leichter zu verstehen, als du denkst, sagte Leopold. Ihr seid die Priester eines neuen Glaubens, aber ich finde, daß ihr manchmal eine verdammt leichtfertige Sprache redet. Das Terrorgeschwätz ist unerträglich. Die Berliner Arbeiter sagen »Terór«, und da sie es jedem Polizisten ins Gesicht schreien dürfen, wissen sie garnicht, was das ist. Euer Terror ist jedenfalls erheblich handgreiflicher.

Maggie gab keine Antwort und machte ein gelangweiltes Gesicht.

– Du hast uns sehr früh verlassen, ich meine, als du noch sehr jung warst, fuhr Leopold fort, aber ich finde, daß du mal ein Buch über unsere Geschichte lesen solltest. Unser Galilei hieß Kepler, und er wurde von keinem Menschen gezwungen, seinen Überzeugungen abzuschwören, und unser Descartes, ich meine Kant, brauchte nicht außer Landes zu gehen. Wir hatten keinen Fall Wilde und auch keinen Fall Byron, und ich finde, daß wir auf diese Seite unserer Geschichte stolz sein können. Es hat doch keinen Sinn, so 'ne hellere Seite mit Schlagworten zu verdunkeln.

Maggie betrachtete die Tür und die Fenster von Leopolds Zimmer und fragte, was die Wohnung koste, wieviel Miete er bezahlen müsse.

– Moment mal, sagte Leopold ärgerlich, ich bin noch nicht fertig. Entschuldige, aber ich finde, daß ich ein Mann bin, mit dem man sich unterhalten kann.

Maggie lächelte und hörte wieder zu.

– Kennst du Dostojewski? fragte Leopold.

– Lewes las seine Bücher gern und bewunderte den Mann sehr. Ich mag ihn nicht.

Leopold ging an den Schreibtisch und suchte unter seinen Papieren einen Satz von Dostojewski, den er sich aufgeschrieben hatte, und als er ihn in der Mappe Rußland gefunden hatte, las er vor: »Der Christ sagt: Ich muß mein Eigentum mit meinem jüngeren Bruder teilen und durch es allen dienen. Der Kommunist sagt – zum Beispiel dein Freund Iwan, setzte Leopold mit einem Augenzwinkern hinzu –: Ja, du sollst mit mir, der ich jünger bin und ärmer als du, dein Eigentum teilen, und du mußt mir dienen!«

– Ich weiß es, sagte Maggie gelangweilt. Aber das sind verstaubte Einwände und olle Kamellen. Es handelt sich nicht mehr um eine Verteilung des Reichtums, sondern um die Verteilung der Armut.

– Die Republik ist schwach, sagte Leopold, das ist leider wahr, aber auf dem Gebiete der Innenpolitik hat sie ein paar Einfälle gehabt, die zeichnen sie aus! Du solltest sie etwas gründlicher studieren.

– Die Republik wird untergehen, sagte Maggie zornig. England wird sie nicht dulden. Die englischen Junker werden die SPD stürzen und Deutschland zwingen, der Sowjetunion den Krieg zu erklären. Das müssen wir verhindern, und wir werden es verhindern.

– Das glaube ich nicht, sagte Leopold. Das sind die alten Phantasien der Komintern.

– Die Komintern ist besser informiert als du, mein Lieber. Die Berliner Allgemeine Zeitung hat ein gutes Feuilleton, aber von Politik verstehen *wir* mehr. Churchill hat neulich eine Rede gehalten, in der er sagte, das große und tapfere Deutschland könnte der Zivilisation den größten Dienst erweisen, wenn es Europa von der bolschewistischen Gefahr befreien würde.

– Ich bin kein Kenner der englischen Politik, sagte Leopold, aber die Republik wird niemals gegen Rußland kämpfen. Unsere kleine Armee hat große Sympathien für Moskau.

– Die Reichswehr ist gut, sagte Maggie, aber die Sozialdemokraten werden von England bezahlt.

– Das ist zu dumm, sagte Leopold, so kann man nicht diskutieren. Maggie gab keine Antwort und betrachtete Leopolds Büchergestell, und Leopold fuhr fort: – Du ahnst garnicht, wie katholisch du manchmal bist. Mama glaubt heute noch, Luther sei vom Teufel bezahlt worden, der ihm jeden Samstagabend sein Gehalt überbracht habe, und du glaubst, Severing werde ausgehalten wie eine Hure.

Maggie konnte sehr hochmütig sein. Sie wollte nicht länger diskutieren, sie stand auf und nahm ein Buch aus dem Büchergestell. Nach einer Weile stellte sie es wieder zurück und fragte: – Soll ich an Mama schreiben? Könntest du mir die Aufnahme schenken, die du von ihr hast?

– Ja. Komm her, setz dich an meinen Schreibtisch, hier ist Tinte und Papier. Ich schenke dir die Photos, und du schreibst ihr dafür einen freundlichen Brief. Die Frau, die uns geboren hat, verdient jede Überwindung.

Maggie trat vor den Schreibtisch und betrachtete das graue Briefpapier und den dicken schwarzen Federhalter, den ihr Leopold entgegenhielt. Aber nach einer Weile drehte sie sich um und sagte: – Nein! Ich werde ihr morgen schreiben. Für einen so wichtigen Brief brauche ich Ruhe und Sammlung.

Leopold war böse auf Maggie und ging in sein Schlafzimmer, um einen andern Kragen anzuziehen. Der Kragen, den er anhatte, war bei der Wäsche eingegangen und drückte ihn am Hals.

Es war kein Vergnügen, mit Maggie über Politik zu sprechen. Sie warf einem auswendig gelernte Sprüche ins Gesicht, und es war anstrengend, ruhig zu bleiben und auf diese Phrasen zu antworten. Leopold öffnete das Fenster und streckte den Kopf in die kalte Luft. Aber nach einer Weile beschloß er, in Gottes Namen wieder über Amerika und die Löhne der Neger zu sprechen. Vielleicht konnte man sich über dieses Thema besser verständigen. Als er ins Wohnzimmer zurückkehrte, lag Maggie auf dem Sofa und hatte sich mit Leopolds großer brauner Decke zugedeckt.

– Frierst du? fragte Leopold. Soll ich mehr heizen?

– Ich habe Schmerzen an der Niere, sagte Maggie, aber der Anfall wird rasch vorübergehen.

Maggie hatte einen Zug um den Mund, der Leopold zeigte, daß sie große Schmerzen haben mußte. – Soll ich einen Arzt holen? Mein Freund Wilhelm Braun ist ein sehr guter Arzt ...

– Danke schön, sagte Maggie, du bist sehr lieb, aber die Schmerzen klingen schon wieder ab. Die Anfälle sind scheußlich, aber sie gehen Gott sei Dank meistens ebenso rasch vorüber, wie sie kommen.

Maggie stöhnte und richtete sich auf, und Leopold legte ihr ein zweites Kissen unter den Kopf. Maggie ließ den Kopf wieder zurücksinken und schloß die Augen, und in diesem Augenblick sah Leopold, daß sie nicht nur unter körperlichen Schmerzen litt. Sie hatte einen Weg eingeschlagen, der miserabel gepflastert war, und dessen Lauf ihr Leben zu wilden Zickzacklinien zwang und zu jähen Wendungen. Es war nicht leicht, heimatlos zu sein und in fremden Ländern die Befehle fremder Männer auszuführen. Russen hätten das nicht gekonnt; sie liebten ihr eigenes Land viel zu sehr, und so bestand nur die Leitung der Komintern aus Russen. Die unteren Beamten waren Ausländer, welche harte Schicksale früh entwurzelt hatten. Maggie war ein starker Charakter, und sie glaubte an ihre Sache, aber sie brauchte sehr oft ihre ganze Willenskraft, um auszuhalten, durchzuhalten, weiterzugehen. Viele von ihren besten Freunden waren im Lauf der Jahre müde geworden und ausgestiegen. Die Spannungen zwischen den Interessen des russischen Reiches und seiner nationalen Belange und den Interessen der europäischen Arbeiterschaft hatte diese Männer und Frauen zermürbt, verbittert und aufsässig gemacht. Maggie war geblieben. Sie hatte diese »menschlichen Schwächen und Fehler« besiegt und überwunden und gehorchte. Aber es war sehr schwer, ein Revolutionär zu sein und zu gehorchen, es war überhaupt sehr schwer, zu gehorchen ...

Leopold hatte einmal mit Wilhelm Braun eine Wanderung durch Oberbayern gemacht, und die Freunde hatten an einem heißen Sommertag in einem Kloster, oder genauer gesagt: im

Garten, im Wirtsgarten eines Klosters gerastet. Ein Mönch, der graue Haare hatte und ein ruhiges, sanftes Gesicht, schlurfte langsam in den Schatten der Geißblattlaube, worin die beiden Wanderer saßen, und brachte ihnen Brot, sehr guten Käse und vorzügliches, selbstgebrautes Bier. Wilhelm Braun betrachtete die Augen und die Lippen des Mönches und die lang herabfallende braune Kutte, die beim Gehen ein wenig von den nackten Fersen in die Höhe gehoben wurde. – Diese Männer sind glücklich, sagte er.

– Wenn du dich da mal nicht irrst! versetzte Leopold. Diese Männer sind in der Hölle. Sie glauben an den Himmel, an das Paradies Christi, und sehnen sich nach diesen Gefilden, in denen sie eines Tages wunschlos, schmerzlos und glücklich zu sein hoffen. Darum haben sie sich schon zu Lebzeiten in die Hölle dieser Gemäuer begeben, um wenigstens nach dem Tode sofort vor das Antlitz Christi und aller Heiligen zu kommen.

– Das verstehe ich nicht, sagte Wilhelm. Der Mann, der uns das Bier gebracht hat, sah nicht aus, als ob er aus der Hölle käme.

– Du bist ein Deutscher und ein Protestant, antwortete Leopold, und das sind zwei Gründe, die dich daran hindern, zu wissen, was gehorchen heißt. Du warst immer frei. Du durftest schon als Kind glauben und für wahr halten, was dir gefiel und dir einleuchtete, und du lebst in einem Staat, in dem jedermann die gleichen Rechte hat, und zwar erheblich mehr Rechte als Pflichten. Du kannst sagen und denken und schreiben, was du willst, du kannst lieben, wen du willst, heiraten, dich scheiden lassen, eine neue Frau heiraten, reisen, aufstehen, schlafen, wählen oder nicht wählen, schimpfen oder schweigen ... In einem Kloster mußt du gehorchen. Wenn man fünfzehn Jahre alt ist, ist es nicht schwer, den Befehlen eines Vaters zu folgen und um sechs Uhr morgens ein Bett zu verlassen, das man um neun Uhr abends bezogen hat, aber wenn man vierzig ist, fünfzig, sechzig, so ist das sehr mühsam. Du bist viele Stunden des Tages allein – diese Männer sind es fast nie. Wenn deine Haushälterin aus dem Mund riecht und Schweißfüße hat, kannst du sie entlassen, aber in diesem Kloster sind alle Krankheiten der Welt zusammengesperrt, alle Launen, alle Manieren, alle Wehleidigkeiten, die eine eiserne Zucht nur unterdrückt, aber nicht auflöst. Du frierst, aber man antwortet, es sei erst Oktober; du schwitzest, und man gibt dir weniger zu trinken. Dein Nachbar hat Polypen in der Nase, schnarcht wie ein Betrunkener und gibt üble Gerüche von sich, aber wenn du dich beklagst, wird man dir antworten, daß du hierher gekommen bist, um Opfer zu bringen, und dich darauf aufmerksam machen, daß du selber eine ganze Anzahl kleinerer und größerer Eigenschaften hast, die deine Nachbarn zur Verzweiflung treiben könnten, wenn sie – freie Männer wären und sich solche Gefühle leisten dürften. Niemand kann diese Welt verwandeln. Sie bleibt, wie sie geschaffen worden ist, und alle Menschen sind so wie du und ich …

Auch John Lewes, Maggies Mann, war eines Tages aus der Partei ausgestiegen und wieder Amerikaner geworden. Maggie sprach nie von ihm, aber die Welt ist klein, und als Maggie Berlin verlassen hatte, traf Leopold einen Mann, der Lewes gut gekannt hatte. Er schilderte Lewes als einen großen, helläugigen und sehr aufrichtigen Menschen, der eine Zeitlang alles geglaubt hatte, was ihm gesagt und geschrieben worden war, bis ihm, wie er sich ausgedrückt habe, eines Tages die Augen aufgegangen seien. In diesem Moment habe er sich in einen leidenschaftlichen Bürger der Vereinigten Staaten verwandelt. Er hatte Maggie sehr geliebt und wäre bereit gewesen, für sie Steine zu klopfen, aber Maggie hatte das schauerliche Opfer gebracht und sich von ihm getrennt. Sie war nach Moskau gefahren und hatte Lewes verleugnet. Man glaubte ihr, weil sie eine unersetzliche Kraft war, aber man mißtraute ihr, weil soviel Opfermut über die Vorstellungskraft ging, und damals gab es Augenblicke, in denen Maggie sich kaum noch weiterschleppen konnte. Ihr damaliger Chef war ein Mensch von niedriger Gesinnung. Er machte Maggie ins Gesicht große Komplimente, aber Maggie erfuhr, daß er hinter ihrem Rücken über soviel »bürgerlichen Heroismus« spotte. Maggie biß die Zähne zusammen und gehorchte, und gehorchen heißt: Opfer bringen, einem höhern Zweck sich unterordnen, den Interessen vieler, zum Beispiel den Interessen des Vaterlandes oder einer kämpfenden Flotte oder einer Partei. Maggie ließ die Schwachen spotten und ging weiter ihren Weg.

Maggie öffnete die Augen, und Leopold hörte, daß sie mit den Zähnen klapperte. – Die bürgerlichen Ärzte sind nichts mehr wert, sagte sie leise. Eure Medizinalräte sind nur noch die Handlanger der Chemie-Millionäre.

– Du hast ganz recht, sagte Leopold. Eure Ärzte werden eines Tages den Kindern künstliche Nieren einsetzen, die funktionieren dann viel besser und erzeugen keine unangenehmen Gefühle.

Maggie langte eine Streichholzschachtel vom Rauchtisch und warf sie Leopold an den Kopf. – Schade, daß ich kein Tintenfaß zur Hand hatte, sagte sie.

– Spott muß sein, sagte Leopold.

Maggie legte die rechte Hand unter die Decke und die linke auf die Augen; sie war knöchern und sah weißlichgelb aus wie schlechte Butter. Leopold setzte sich neben Maggie und streichelte ihre Haare, aber als sie leise stöhnte, stand er auf und rief Wilhelm Braun an.

– Sei ein Engel und nimm dir ein Taxi und komm!

– Bist du krank?

– Nein, meine Schwester ist bei mir und scheint ziemlich krank zu sein. Sie hat große Schmerzen, es sieht wie eine Nierenkolik aus. Könntest du mir den Gefallen tun und sofort kommen?

Eine halbe Stunde später kam Wilhelm Braun. Leopold ging aus dem Zimmer, und Braun untersuchte Maggie. Als Leopold wieder hereinkommen durfte, drückte ihm Wilhelm kurz die Hand und ging fort. Er hatte zu Hause Patienten, und es war ihm unangenehm, Kranke warten zu lassen.

– Dein Freund ist ein guter Arzt, sagte Maggie.

Wilhelm hatte Maggie ein neues Mittel gegeben, und nach einer halben Stunde fühlte sie sich wieder besser. Sie blieb noch bis gegen Abend und erzählte von ihren Reisen und von einer jungen Frau in Chicago, mit der sie sehr befreundet war. Leopold wollte sie mit seinem Wagen nach Hause bringen, aber Maggie dankte und sagte, sie würde ein Taxi vorziehen.

Zwei Tage später schrieb Maggie ihrem Bruder, sie werde Berlin verlassen und nach Dresden fahren. Ihre Freunde hätten sie in ein dortiges Sanatorium geschickt. Leopold fuhr sofort in die Blumenthalstraße, und als er zweimal gegen die Glasscheibe geklopft hatte, wurde ihm von Frau Paulke geöffnet.

Einundzwanzigstes Kapitel

Wende dich von Träumerein,
Daß Erleuchtung werde:
Völlig hingerissen sein
Tilgt die Schuld der Erde.
Rudolf Borchardt.

I

Maggie war am Vormittag abgereist, und Frau Paulke drückte Leopold ihr Mitgefühl über seinen vergeblichen Besuch aus, indem sie ihn schweigend anblickte und ein betrübtes Gesicht machte. – Das Zimmer ist leer, sagte sie schließlich; wenn sie wollen, können Sie's sehen. Mir tut's auch leid, daß die Dame wieder fort ist. Sie war so still und freundlich. Solche Mieter hat man selten. O lieber Gott, es gibt andere, die machen den ganzen Tag Krach, und wenn man ihnen was sagt, dann werden sie frech und unverschämt. Es ist ein schönes Zimmer …

Frau Paulke schloß die Tür auf. Das verlassene Zimmer war noch nicht aufgeräumt, aber auch nicht unordentlich, und Leopold erblickte auf dem untersten Fach des Büchergestells ein Buch, das Maggie anscheinend vergessen hatte. Er nahm es an sich. Es war eine wertlose Ausgabe des Romans Therese Raquin von Zola, aber Maggie hatte auf die erste Seite ihren Namen geschrieben: Margarethe Lewes-Chindler.

Auf der Straße kaufte Leopold fünf Pfund schöner, rotbackiger Äpfel und bat den Kaufmann, die Früchte in seinem Namen bei Frau Paulke abzugeben. Dann fuhr er nach Hause.

Es schneite, und als er am Alexanderplatz vor der roten

Lampe halten mußte, fielen die Flocken so dicht, daß er den Scheibenwischer anstellte. Der kleine Motor summte, und die Metallplatte schob den Schnee beiseite. Leopold löste die Handbremse und betrachtete die gierige Bewegung der vorüberdrängenden Massen von Fahrzeugen. Ein Bierkutscher richtete sich hoch oben auf seinem Bock auf und spornte seine schweren Belgier an. Er trug unförmige Fäustlinge, und der Stiel seiner Peitsche stand schwarz in die Luft und kahl wie ein entlaubter Ast. Ein Autobus war noch rascher und eiliger, und der gelbe, zweistöckige Wagen schob sich mit erschreckender Schlagseite an dem Bierwagen vorbei nach vorn. Die Radfahrer waren mutige Kerls, und Leopold staunte über einen kleinen Metzgerburschen, der, nur mit der linken Hand lenkend, in der rechten eine Schüssel mit Fleisch hielt und dabei mit gespitztem Schnabel ein Lied pfiff. Die Bewegung der Straße glich übrigens weniger einem Bild als einer Filmaufnahme, und Leopolds Augen ordnete sie auch hintereinander wie die Linse eines Photoapparats: überwältigt, präzis und gedankenlos. Plötzlich öffnete ein Verkehrspolizist die Wagentür und streckte seinen schwarzen Helm herein: – Wie lange wollen Sie hier noch so träumerisch verharren?

– Entschuldigen Sie ... ich fahre sofort weiter.

– Jetzt würde ich an Ihrer Stelle warten, bis Sie wieder grünes Licht haben.

Die Tür knallte wieder zu.

Maggie fehlte Leopold sehr. Seine Wohnung kam ihm kahl vor, leer, still und verlassen. Er langweilte sich und war ärgerlich und müde. Die politischen Unterhaltungen mit Maggie waren weder erfreulich noch ergiebig gewesen, aber er wünschte sie trotzdem zurück, und er wurde plötzlich sehr zornig auf Maggies verdammte Fähigkeit, sich in Luft und Nebel auflösen zu können, und ihre übermenschliche Willenskraft, die sie beide aneinander vorübergeschoben hatte wie zwei Eisenbahnzüge, die sich zwei Minuten lang auf einer kleinen Station treffen.

Ja, Maggies Willenskraft war erstaunlich, fast männlich, aber die Schmerzen, die ihr zarter Körper leiden mußte, hüllten ihre Erscheinung in einen rührenden und ergreifenden Mantel. Der

Rahmen, in dem das Bild von Leopolds Mutter gestanden hatte, war leer, Maggie hatte nur das Bild haben wollen, ohne den Rahmen, und Leopold fand es wirklich dumm, daß er vergessen hatte, sich ein Bild von Maggie geben zu lassen, vorausgesetzt allerdings, daß sie sowas besaß. Er sah ihr Gesicht, ihre forschenden Augen und ihre kleine, aber gedankenvolle Stirn in jeder Ecke des Zimmers … Sie war sehr klug, aber nicht für sich, sehr tapfer, aber für andere, und wenn man von den politischen Phrasen absah, demütig, ohne einfältig zu sein … welch ein Mensch!

Er ging an den Schreibtisch und beschloß, einen langen Brief an Maggie zu schreiben. Es gab auch in Berlin und in der Umgebung Berlins Sanatorien, und Leopold sah nicht ein, weshalb Maggie in Dresden liegen sollte, während sie sich in Berlin hie und da hätten sehen können. Aber Maggies Brief enthielt keine Adresse, sie war wieder entschwunden, wie sie schon einmal verschwunden war (in den Jahren nach 1918), spurlos untergetaucht in der grauen, riesenhaften Masse, deren Menschen sie liebte und deren Schicksal sie ändern wollte.

Anki rief an, und Leopold sagte, er werde abends kommen. Anki war einverstanden, und als Leopold den Hörer auflegte, fühlte er, daß auch dies erstaunlich war, sehr erstaunlich. Anki war seit einiger Zeit viel ruhiger geworden; sie ließ Leopold gehen, und zwar kommen und gehen, wann er wollte und wie er wollte. Sie fragte ihn nicht mehr, wo er gewesen sei, und erkundigte sich auch nicht mehr, wohin er gehe; sie war sehr glücklich, wenn sie ihn sah, und über die andern Stunden schweigend. Leopold dachte nicht an die Photos und fragte sich, womit sich Anki wohl den ganzen Tag beschäftige. Er ging zu Fuß nach Halensee und nahm sich unterwegs vor, nicht über Maggie zu sprechen, aber Anki fing sofort von Maggie an.

– Wie schade, daß sich Maggie so farblos anzieht, sie könnte eine sehr gut aussehende Frau sein.

Leopold verteidigte seine Schwester.

– Du hast sie nur einmal gesehen, das ist zu wenig. – Sie hat sich gestern einen kleinen weißen Kragen gekauft und um den Hals gelegt, der stand ihr sehr gut.

– Das glaube ich, sagte Anki. Sie hat trotz ihrer eigentümlichen Frisur ein ausdrucksvolles und interessantes Gesicht, aber ihre Frisur ist abscheulich, und auch in den Augen hat sie etwas, das mich erschreckt.

Anki saß neben ihrem Schreibtisch am Fenster, und Leopold in der andern Ecke des Zimmers, und beide hingen eine Weile ihren Gedanken nach. Leopold dachte, daß es in Dresden nicht sehr viele Heilanstalten geben könne, und daß es möglich sein müsse, Maggies Adresse festzustellen, vielleicht mit Hilfe der Polizei. Aber im gleichen Augenblick fiel ihm ein, daß Maggie niemand war, auf den man die Polizei aufmerksam machen durfte. Weiß der Teufel, vielleicht reiste sie sogar mit einem falschen Paß. – Sie ist nach Dresden gefahren, sagte er nach einer Weile, in ein Sanatorium.

– Ist sie denn krank?

– Ja.

Anki fragte nicht weiter, und Leopold erzählte ihr von Maggies plötzlichem Anfall, und daß er Wilhelm Braun habe kommen lassen.

– Was meint er?

– Ich weiß es nicht. Maggie hat nichts gesagt, und er mußte gleich wieder gehen. Er kam mitten aus seiner Sprechstunde, dabei hatte es zu Hause Patienten, die auf ihn warteten. Es war eigentlich verdammt anständig von ihm, daß er trotzdem sofort zu mir kam! Er ist nämlich komischerweise ein sehr demokratischer Doktor, er macht nicht gern Ausnahmen.

– Ruf ihn doch an, erkundige dich doch, sagte Anki.

Wilhelm war nicht zu Hause, und Leopold sagte Frau Gehrke, er werde später noch einmal anläuten.

– Ich gebe mir wirklich große Mühe, sagte Anki, das kannst du mir glauben, aber es ist schwer für mich, in Maggie deine Schwester zu sehen.

– Sie ist aber meine Schwester, sagte Leopold ärgerlich. Anki drehte mit einer nervösen Bewegung die Schraube ab, die den Lampenschirm auf der Stehlampe des Schreibtisches festhielt. – Ich glaube nicht, daß sie persönlich grausam ist, sagte sie, aber sie gehorcht grausamen Leuten.

Anki nahm die Schraube und warf sie so heftig auf die Tischplatte, daß sie mit einem Satz in die Luft sprang, auf den Teppich fiel und unter den Schreibtisch rollte. – Sie würde mich und mein Kind umbringen lassen, ohne an den Schmerz zu denken, den sie damit dir zufügen würde, und ich würde ihr kein Haar krümmen lassen, weil sie deine Schwester ist. Das ist der Unterschied zwischen uns!

– Du hast eine blühende Phantasie, sagte Leopold.

– Habe ich recht oder nicht?

– Wahrscheinlich hast du recht. Der Kampf ist in vollem Gang, und der Teufel weiß, wie das alles ausgehen wird. Dr. Achtermann hat neulich einen sehr interessanten Aufsatz über die Zustände in der Weltwirtschaft geschrieben. Ich wollte ihn dir schon das letzte Mal mitbringen. Erinnere mich doch daran ... du mußt ihn lesen.

Leopold bückte sich und hob die kleine Messingschraube auf. Anki sagte danke und schraubte sie wieder auf die Lampe.

Nach Tisch rief er noch einmal Wilhelm Braun an.

– Es scheint eine chronische Sache zu sein, sagte Wilhelm, ich habe deiner Schwester nicht verheimlichen können, daß mit den Nieren nicht zu spaßen ist. Ich bin kein Spezialist und kann mich täuschen, aber ich habe ihr geraten, einen Spezialisten aufzusuchen und sich mal sehr gründlich untersuchen zu lassen.

– Sie ist in ein Sanatorium gegangen.

– Das ist sehr vernünftig, sagte Wilhelm. Dort kann man sie durchleuchten und gründlich beobachten ...

Leopold erzählte Franziska, was Wilhelm Braun gesagt hatte, aber dann machte er einen Gedankensprung und fuhr fort: – Wir Deutsche sind störrische Leute. Im Reichstag sitzen unter fünfhundert Abgeordneten noch keine zwanzig Köpfe, und eine Frau wie Maggie, die ein angeborenes politisches Talent hat und sicherlich eine Menge nützlicher Kenntnisse, macht russische Politik ... Sie hat blödsinnige Vorurteile gegen Europa, aber sie hat gute Augen, und sie könnte bessere und nützlichere Einsichten haben. Ach, das ist alles sehr tragisch, und es ist im Grunde dasselbe, was mir widerfahren ist. Hätte ich ein Buch über Hannibal geschrieben oder über die Inkas, dann wäre ich jetzt ein berühmter und angesehener Mann, aber weil ich über Herrn Gentz aus Berlin und Wien geschrieben habe, halten mich die einen für blöd und die andern für rückständig. Niemand will sich um unsere Angelegenheiten kümmern ... kein Mensch ... aber alle schreien Ach und Weh, wenn das schöne, alte, stolze Schiff unseres Staates mit ächzenden Maschinen nicht recht vorwärtskommt. Es ist keine leichte Sache, ein Schriftsteller zu sein ... ich meine bei uns ... aber es ist eine verflucht notwendige Sache. Maggie weiß sehr viel ...

– Besonders Zahlen, sagte Anki.

Leopold lächelte und fuhr fort: – Aber sie macht Bemerkungen über Bismarck, die im Munde eines Tertianers lächerlich wären. Jedoch, woher soll sie wissen, wer Bismarck war und wie er wirklich gewesen ist? Unsere Professoren schreiben über die Hethiter, und unsere Schriftsteller halten Bücher für Luxusartikel, welche die andern Leute kaufen sollen. Ich habe mir einmal die Bibliothek des Feuilletonchefs der Berliner Allgemeinen angesehen. Sie bestand aus Freiexemplaren, die ihm von ein paar Verlegern zugeschickt worden waren. Seine Aufsätze waren zu sieben Achteln aus den Fingern gesogen, und die Finger des Menschen sind nun einmal ungebildet ... In Deutschland wohnen zwanzig Millionen Katholiken, und von diesen haben 19 Komma 999 keine Ahnung, wer Luther war ... der größte Mann, den wir gehabt haben, und die wichtigste Figur unserer Geschichte. Das ist nicht gut, und mein Vater hatte sehr recht, als er mir einmal sagte, unsere Landsleute seien verdammt schwer zu regieren. Alle Franzosen haben eine einzige Ansicht über Richelieu, aber bei uns kannst du Goethe nennen oder Friedrich den Großen oder Maria Theresia oder Kant oder wen du willst, fünf Zuhörer werden mindestens vier Ansichten haben.

– Dein Krach mit dieser Zeitung war für mich etwas sehr Neues, sagte Anki. Ich finde, du solltest ein neues Buch schreiben. Deine Aufsätze waren meist sehr amüsant, aber ein Kapitel deines Buches erklärt mir mehr, als alle Artikel, die du geschrieben hast.

– Du bist lieb und süß und reizend und goldig, sagte Leopold, aber du sollst meine Frau werden, und von Büchern kann man erst leben, wenn man mindestens fünf geschrieben hat.

– Das geht eben nicht, sagte Anki. Als ich Richard heiratete, dachte ich, das Leben müsse sich nun nach meinen Wünschen und nach meinem Willen richten. Du hast mich gelehrt, daß man sich fügen muß. Waldo meint, sich fügen sei schlapp, aber er ist noch ein Kind ... man muß sich fügen, ohne sich unterkriegen zu lassen. Man muß befehlen und gehorchen ... oder ist das alles sehr dumm, was ich da rede?

Das Zimmer wurde von der hohen und schlanken Stehlampe beleuchtet, die auf Ankis Schreibtisch stand. Der Schirm der Lampe war aus grüner Seide, die in kleine Falten gelegt war, und das sanfte Licht, das der dicht gewebte Stoff ausströmen ließ, tat den Augen wohl. Anki hob den Kopf und schaute Leopold fragend an. Ihre schönen, vollen Lippen ruhten leicht aufeinander, und ihre großen Pupillen funkelten.

– Sprich weiter, sagte Leopold.

– Du bist zu weit weg, sagte Anki. Ich kann nicht sprechen ... über so schwierige Dinge sprechen, wenn du so weit weg bist, und ganz im Dunkeln, so daß ich dich garnicht sehe. Ich gehe auf einem Weg, der für mich neu ist, und ich möchte mich gern an deiner Hand halten.

Leopold kam aus seiner Ecke heraus, und die beiden Liebenden legten sich nebeneinander auf die grüne Couch. Leopolds Hand ruhte auf Ankis Herz, und er fühlte den ruhigen, gleichmäßig tropfenden Schlag. Nach einer Weile drehte sich Anki zur Seite und küßte ihn, und Leopold küßte sie wieder. Er war sehr glücklich. Von einer Sekunde zur andern war er in jene Bezirke eingetreten, in denen der Wille keinen Platz findet, und das wunschlos gewordene Herz von der süßesten Süßigkeit der Welt überflutet wird.

Die Lampe warf einen breiten Lichtkreis gegen die Decke des Zimmers, und Leopold dachte an Faust und seinen berühmten Pakt: Von ihm aus hätte der Augenblick, da er neben Anki lag, und ihre Hand seine Haare streichelte, ewig verweilen dürfen. Er dachte an das Geheimnis des Lichtes, und wie sonderbar es ist, daß sich die Erde dreht und der Mensch nichts davon merkt, und daß es vielleicht besser für den Menschen war, als dieses Geheimnis noch nicht entdeckt war ... aber dieser Gedanke war auch nicht besser ... alles war gut ... alles ging seinen Weg ...

Und plötzlich stand man vor einer Frau ... und wie unbegreiflich!, daß man so vertrauen konnte, so innig, völlig, ohne jeden Hintergedanken vertrauen, sich hingeben, die Frau dem Mann und der Mann der Frau. Es war ja nicht nur ein Weib, das neben ihm ruhte, es war ein Mensch, wie er ein Mensch war, auf Lebenszeit in ihrem Körper eingeschlossen und in ihren Charakter, vollständig abgetrennt von Leopold, ganz für sich, weit, weit entfernt von ihm geboren, jahrelang aufgewachsen, ohne auch nur einen Buchstaben seines Namen zu kennen ...

Und plötzlich war sie vor ihm aufgetaucht, fliehend, ängstlich, widerstrebend, dann eingeholt, vom Überwältigten überwältigt, vom Besiegten besiegt, mit dem Weinenden weinend und mit dem Lachenden lachend ...

Leopold hob Ankis rechte Hand in die Höhe und betrachtete ihre Finger und seine. Dann dachte er weiter: Kann man sich selber trauen? Dieser Fülle von Gier, Nachgiebigkeit, Herrschsucht, Schwäche, Hochmut, Feigheit, aus der man zusammengesetzt ist, und die keiner je ganz kennen lernt? Dieser Fülle von Mut und Ehrgeiz, Wehleidigkeit und Trotz, Leichtsinn und Berechnung, Sehnsucht und Müdigkeit ... und diesen unbegreiflichen, unerforschlichen Träumen? Nur ein Narr traut sich selber! Der beste Rat des klügsten und besten Freundes ... Worte! Worte!, die man so verstehen kann und so deuten und ... anders! Schon im Anflug an's Ohr von unseren Begierden umgefärbt, umgedeutet, zurechtgerückt, verfälscht ...

Dieser Mensch ist dein Feind!

Du irrst dich, er war gestern sehr nett zu mir!

Dieser Mensch ist dein Freund!

Du irrst dich, er widerspricht mir!

Und beide haben recht, fast immer beide ... immer beide!

Aber: diesem Herzen, dessen Schlag immer noch von den Nerven von Leopolds Hand gehört wurde, diesem Herzen konnte er mehr vertrauen als seinem eigenen. Viel mehr! Es gab keine nur denkbare Gefahr für Leopold, vor der dieses Herz nicht gezittert hätte, und alle Lust des Lebens und der ganzen Erde war ihm zu wenig, um sie Leopold zu schenken und ... zu gönnen!

Die Lampe auf dem Schreibtisch war immer gleichmäßig hell, und der gelbe See aus Licht an der Decke war ebenso unbeweglich wie die starre Säule, an welcher der Schirm hing. Leopold betrachtete die Lampe und sagte: – Das elektrische Licht weiß nichts von Liebe.

Anki hörte zu.

– Eine Lampe, die mit Öl gefüllt wäre, würde ein wenig flackern, fuhr Leopold fort. Ihre Flamme würde mit dem Hauch deines Atems spielen und dabei langsam erlöschen wie ein Wachtfeuer, wenn der Tau fällt und der Morgen sich ankündigt. Sie hätte uns eine Zeitlang geleuchtet, damit ich dich betrachten kann und du mich, nun würde sie einschlafen und uns der Dunkelheit überlassen, dem Mantel der Liebe. Die Sonne ist längst untergegangen, diese Lampe hat keine Empfindungen.

Der große, alte Schrank, in dem Anki ihre Wäsche aufhob, knarrte. – Hast du den Schrank gehört? fragte Leopold. Der Schrank spricht. Die elektrische Lampe hat keine Stimme.

Anki hatte nach dem Abendessen bei Spaldings vier große Kandelaber aus der Kiste in der Kofferkammer geholt und in den Schrank im Eßzimmer gestellt. Leopold stand auf, holte einen Leuchter aus dem Eßzimmer, zündete drei Kerzen an und drehte den Schalter der Stehlampe um. Das weichere Licht der Kerzen modellierte Ankis Gesicht; ihr Mund war plötzlich rosiger, der Schimmer ihrer Augen glänzender, ihr Hals sehr weiß, ihre Brüste höher und dunkler, Hügel, welche von dem weichen Wald des Sweaters bedeckt in sanften Linien aus dem Tal des Leibes anstiegen. Leopold schob den Sweater zurück und erschauerte unter der Berührung des Fleisches.

2

Es war zwei Uhr nachts, als Leopold erwachte, schweißbedeckt und mit rasendem Herzklopfen. Er hatte von Maggie geträumt. Maggie trug eine schwarze Binde vor den Augen, als ob sie blind sei, und ließ sich von einem Knaben auf einer Straße führen, die wie eine Rennbahn aussah. Es regnete. Der Asphalt leuchtete schwarz, mit einem Schimmer von giftigem Grün darüber, und eine ununterbrochene Kette von Autos raste die Straße hinunter. – Das ist doch ein Idiot, den man prügeln sollte, dieser Bursch! Geht doch nach rechts, zwei Schritte nach rechts auf die Wiese, wo keine Autos fahren! rief Leopold aus und – erwachte.

Anki schlief fest und ruhig. Leopold stand auf und ging ins Nebenzimmer. Er war furchtbar erregt und wollte Anki nicht wecken. Der Traum war vergangen, aber die Schlacht in seinem Herzen tobte weiter: Haß und Liebe zu Maggie hatten sich ineinander verbissen wie eine Dogge und ein Schäferhund. Sein Verstand war auf der Seite des Zorns und des Hasses, während Leopolds Gefühl auf der Seite der Liebe stand, aber versteckt, ganz im Dunkeln und verborgen unter dem Schleier der Tränen, die er im Traum geweint hatte. Leopold war gekränkt, verwundet und beleidigt. Der allzukurze Besuch Maggies, dieses an ihm Vorübergleiten, empörte ihn. Bruder und Schwester sind eine heilige Gemeinschaft, nur einmal so zusammen gegeben und für die kurze, rasch fliehende Zeit unseres Daseins! Maggie hatte nicht nur Rechte auf dieser Welt. Sie war nicht allein geboren worden. Mochte Karl seine Reden halten und sie die ihrigen, sie war jünger als Karl und von ihm gehätschelt und verwöhnt worden, als sie noch so klein war wie ihr Kinderstühlchen und so hilflos wie eine Puppe. Sie war älter als Leopold, und sie hatte ihm während seiner Kindheit Zärtlichkeiten gesagt, die sein Bewußtsein – wenigstens zum Teil – vergessen hatte, aber sein Herz hatte sie aufbewahrt, und sie klagten nun, wieder allein und zurückgestoßen, in den sehr empfindlichen Höhlen seines Unterbewußtseins. Mochte Maggie denken, was sie wollte; er hatte sie liebevoll aufgenommen, und sie hatte ihn verlassen, wie man ein Gasthaus verläßt, wenn man gegessen hat und sein Glas Wein ausgetrunken. Sie hatte die Wurzeln seiner Gefühle verletzt, die empfindlichste Tiefe seines Wesens, und das Schlimmste war, daß sie es noch nicht einmal absichtlich getan hatte. Voll von Mitgefühl für Millionen war sie ohne Gefühl für Leopold fortgegangen und hatte einen Bezirk seines Wesens einsam gemacht, in den sie von der Natur gepflanzt worden war, mit der tiefen Bestimmung, ihn auszufüllen, ihm ihr Licht zu spenden und ihren Schatten zu gewähren, den Gesang ihres Daseins und vielleicht auch die Hilfe ihrer Tränen!

Leopold dachte: Hat sie mich nur ausnutzen wollen? Warum hat sie diesen Iwan in meine Wohnung bestellt? Gefühllosigkeit und Hinterhältigkeit wachsen auf einem Holz! Warum war das alles so? War Maggie wirklich so kalt, oder war sie so kalt geworden? Leopold konnte es nicht glauben.

Er ging auf den Vorplatz und holte aus der Tasche seines Mantels Zigaretten. Das Feuer im Ofen war niedergebrannt, und das große Zimmer empfindlich kalt, aber Leopold spürte die Kälte nicht. Er setzte sich vor Ankis Schreibtisch und rauchte, um die Bilder des Traums zu verscheuchen und seine Nerven zu beruhigen.

Es geht zu wie in den Zeiten der Katakomben, dachte er, oder wie im Dreißigjährigen Krieg. Alles wird zerfallen, wenn die Schwester den Bruder nicht mehr versteht und diejenigen sich Wunden schlagen, welche sich einbilden, sie lebten nur, um Wunden zu heilen … Es war einer jener gefährlichen Augenblicke, in denen man roh werden möchte, kalt, hart, rücksichtslos, mißtrauisch bis zum äußersten, ein Wolf gegen Wölfe. Ein Augenblick, in dem man die Rohen und Rücksichtslosen beneidet, weil sie keinen Menschen an sich herankommen lassen, um im sicheren Versteck der Entfernung schwer angreifbar und unverwundbar zu bleiben … unmenschlich, teuflisch, klüger als die Klugen, schlauer als die andern, voll von lautlosem Gelächter über die Schmerzen der Dummen!

Ein Streifen aus Licht fiel vor Leopolds Füße, und Anki trat ins Zimmer. – Was tust du? fragte sie erstaunt und noch ganz verschlafen und beugte sich über Leopolds Haar.

– Ich hatte einen wilden und schmerzlichen Traum, sagte Leopold und küßte Ankis Hand, aber ich wollte dich nicht wecken.

Anki holte aus dem Schlafzimmer eine Decke und legte sie behutsam über Leopolds Beine. Sie war der einzige Mensch unter allen, die er jemals gesehen hatte, der mit nackten Füßen schön gehen konnte. Sie ging noch einmal zur Tür, um das Licht anzuzünden, und im gleichen Augenblick verschwanden Leopolds Traum und alle Gedanken, die er ihm eingeflößt hatte. In diesem leidenschaftlichen Weib, das nun lautlos über den Teppich zu ihm zurückkehrte, um neben seinem Schmerz stehen zu bleiben und ihn zu trösten, lebten Gesten, welche die Ahnen des Menschengeschlechts die Engel hatte erfinden lassen.

Zweiundzwanzigstes Kapitel

Es schaffen Anderen Schatten, während sie selbst
in der Glut stehen, und es tragen Früchte für Andere
die großen Seelen und die großen Bäume.
Aus den Vetalapantschavinsati.

I

Leopold stand an der Ecke der Tauentzien- und Nürnbergerstraße und wartete auf Herrn von Bendemann. Bendemann hatte in einem Antiquariat in der Kleiststraße eine Mappe mit Originalbriefen von Friedrich Gentz entdeckt, und die beiden Männer wollten zusammen hingehen und die Handschriften prüfen. Ein alter Mann in einem fadenscheinigen Sommermantel ging vorbei, bückte sich, hob einen Zigarrenstummel auf und ging weiter. Leopold hatte in Städten, die noch größer waren als Berlin, ganz andere Typen gesehen, verlumpte, hohlwangige und halbverhungerte Bettler, die sich kaum aufrecht halten konnten. Er dachte nicht daran; der Anblick des alten Stummelsammlers machte ihn sehr unzufrieden. Maggie hatte ihn mit ihren Ideen von einer besseren und gerechteren Welt angesteckt, wie ein Kind einem andern die Masern weitergibt, oder Schulbuben in einer Klasse bestimmte Ausdrücke bis an den Eßtisch der erschrockenen Eltern verbreiten. Es war kein besonderes Kunststück, Leopold anzustecken; er war immer ein Feind des Elends, und es war die Mode dieser Epoche, sich mit solchen Ideen zu impfen, übrigens eine lobenswerte Mode.

Otto Bendemann kam über den Fahrdamm und winkte Leopold schon von weitem zu. Er trug einen schwarzen Mantel mit Samtkragen, eine Melone und einen gelben Spazierstock. Die beiden Männer gingen weiter, und am Kaufhaus des Westens überholten sie den Stummelsammler. Er hatte sich soeben wieder gebückt und neue Beute gemacht.

– Es sollte keine Bettler geben und keine Bergarbeiter, die unter Tag schuften müssen, sagte Leopold.

Otto Bendemann war guter Laune, und seine fröhliche Verfassung machte ihn geneigt, billige Gemeinplätze zu verkünden. – Beruhigen Sie sich, sagte er, es wird immer Bettler geben.

Eine schlecht formulierte Wahrheit bekommt etwas Schillerndes und Schwimmendes, und ein Mensch, der eine Banalität auch noch banal ausdrückt, reizt zum Widerspruch. Leopold dachte über Bendemanns Ausspruch nach, aber nach einer Weile sagte er: – Das Kostüm der Bettler ist wirkungsvoller, als man glaubt. Ich glaube, daß es geborene Bettler gibt, und es ist sehr die Frage, ob man das Recht hat, aus einem Zigeuner einen Friseur zu machen, der sich fortwährend waschen muß, aber mehr Geld verdient. Als der Präsident der USA, Coolidge, einen gewissen Morrow oder Harrow – ich habe den Namen vergessen – zum Gesandten in Mexiko ernannte, sagte er ihm, es sei nicht die Aufgabe der Regierungen, Gutes zu tun, sondern Böses zu verhindern. Wenn Regierungen versuchten, Gutes zu tun, so brächten sie meistens sich selbst und andere Leute in Schwierigkeiten. Dieser gescheite Satz hat mir einen beträchtlichen Eindruck gemacht.

Auch das war übrigens eine Mode der Zeit: ständig von Politik und von der Zukunft zu sprechen, aber Otto Bendemann freute sich auf den Besuch beim Antiquar und gab keine Antwort.

Der Antiquar war ein kleiner Mann mit blondem Spitzbart (einer selten gewordenen Tracht) und riesenhaften Nasenlöchern. Die Mappe enthielt sechs Briefe von Gentz und einen Zettel und sollte hundert Mark kosten, und Leopold ärgerte sich, weil er kein Geld hatte. Otto Bendemann hatte sich in einer Ecke des Ladens in einen Sessel gesetzt und betrachtete ein kleines Buch, das ihm der Antiquar überreicht hatte. Leopold trat neben Bendemann und ließ sich den Titel zeigen: es waren die geistlichen Gedichte der Annette von Droste. Bendemann legte das Buch auf den Tisch. – Nein … ich nehme es nicht. Es ist die zweite Auflage. Der Mensch muß Prinzipien haben; ich kaufe nur Erstausgaben.

– Wie Sie wollen, Herr Minister, sagte der Buchhändler, aber ich würde das Bändchen nicht ohne weiteres eine zweite Ausgabe nennen. Es enthält sechs Gedichte, die in der ersten Ausgabe fehlen, und zwar die schönsten des ganzen Bandes.

Leopold ließ sich das Buch geben und las das letzte Gedicht. Es war von außerordentlicher Schönheit, und der Schluß erhob sich zur Höhe Beethovenscher Musik:

Still schwamm der Mond im Blau, ein Lilienstengel
Stand vor dem Heiland im bethauten Grün;
Und aus dem Lilienkelche trat der Engel
Und stärkte ihn.

Das Buch kostete fünfzehn Mark, und Leopold kaufte es, um es Anki zu schenken.

Otto Bendemann stand auf und trat vor ein mächtiges Gestell, das von oben bis unten mit Büchern gefüllt war. Er war sehr groß, und sein hochthronender Schädel konnte neun Reihen bequem überblicken, aber er war auch sehr gewissenhaft (und sehr gierig), und so kletterte er auf eine Leiter, um auch die Schätze in der zehnten bis zwölften Reihe aus der Nähe zu prüfen. Leopold betrachtete Bendemanns schwarze Schuhe, die grauen Gamaschen, die etwas ausgebeulten Taschen seines Mantels und die dünnen grauen Haare am Hinterkopf des Sammlers, und plötzlich fiel ihm Valerie ein. Anki hatte ihm von den grausamen Streitereien des Ehepaars erzählt, und es war wirklich komisch, sich vorzustellen, daß dieser ausgewachsene Mann immer noch so heimlich in seine Lieblingsläden schleichen mußte, wie ein Tertianer, der sich in einer verschwiegenen Budike für zehn Pfennig einen Schundroman kauft. Aber der Geist ist eine ruhelose Kraft, die sich nicht auf Flaschen ziehen läßt; seine Natur ist Kampf, und er atmet Kampf aus wie der Drache Feuer oder wie der Mond Ebbe und Flut. Fast alle Werke, welche in dem Laden scheinbar friedlich nebeneinander standen, waren in leidenschaftlichen Kämpfen geschrieben und in grausamen Schlachten durchgefochten worden. Sie waren nun Bücher geworden, »nur« Bücher, aber selbst ihre bloße Berührung war fast immer noch so gefährlich wie die einer Hochspannungsleitung. Der eine wurde zur Strafe dafür von seiner Frau gescholten, der andere las sich um die Ruhe seiner Nächte, der Dritte klappte sie zu, blieb einfältig und überließ sie einem Vierten, und alles ging wieder von vorn an.

Leopold setzte sich auf den Sessel, den Bendemann verlassen hatte, und las ein paar Titel, die ihm direkt vor der Nase standen: Pascal: Gedanken; Luther: Tischreden; Schiller: Geschichte des Abfalls der Niederlande.

Ein alter Mann kam in den Laden, und der Antiquar machte zwei Schritte auf ihn zu. Der Kunde, der aber keiner war, zog einen grauen Stoffhandschuh von der Hand und packte mit nervösen Bewegungen ein Paket aus. Es enthielt sechs Bände, die der Mann dem Antiquar zum Kauf anbot. Der Antiquar steckte sein Fernglas in die Tasche, setzte seine Lesebrille auf die Nase und prüfte das Angebot. – Was wollen Sie dafür haben?

– Was können Sie geben?

– Zwölf Mark.

Der Alte seufzte und betrachtete seine Bücher: – Für sechs Bände zwölf Mark ... Das ist nicht viel.

Der Antiquar hielt einen Band unter die elektrische Lampe und deutete mit dem Finger auf den Rücken.

– Schlecht erhalten, sagte er, der Einband ist stark berieben ... tut mir leid.

Der Verkäufer war nur ein Leser und kein Kenner: – Die Einbände sind aus Leder, antwortete er leise.

– Halbleder, sagte der Antiquar.

Der Verkäufer verstand ihn nicht. – Ich hatte gedacht, es sei Leder, sagte er, na, da geben Sie mir zwölf Mark.

Die Ladenkasse klingelte, der Alte steckte zwei Fünfmarkscheine in eine kleine Geldbörse und zwei Mark lose in die Westentasche, grüßte und verließ den Laden. Der Antiquar staubte die Bücher mit einem Tuch ab und legte sie auf einen kleinen runden Tisch. Der Tisch stand in Reichweite von Leopolds

Arm, und Leopold langte sich einen Band herüber: Es war eine deutsche Übersetzung von Macaulays Geschichte von England. Otto Bendemann stand auf einer Leiter und las, und Leopold blätterte und begann ebenfalls zu lesen. Der Antiquar schaute versonnen aus dem Fenster seiner Ladentür, und seine Tochter setzte sich an die Maschine und klapperte. Auf der Straße fuhr ein Möbelwagen vorbei, der von einem Traktor gezogen wurde, und der Fußboden bebte.

Leopold öffnete seinen Mantel, streifte das Halstuch zur Seite und las: »Der Philosoph John Locke, welcher sich die Aufgabe gestellt hatte, den Ursprung, die Sicherheit und die Ausdehnung des menschlichen Wissens zu untersuchen, haßte Tyrannei und Verfolgung als Philosoph, aber sein Verstand und seine Sinnesart schützten ihn vor der unüberlegten Hitzigkeit eines Parteigängers. Er hatte mit dem Philosophen Shaftesbury auf vertraulichem Fuß gelebt und deshalb die Ungnade des Hofes auf sich gezogen; seine Klugheit war aber von so besonderer Art, daß es wenig genützt haben würde, ihn vor die bestochenen und parteiischen Gerichtshöfe jenes Zeitalters zu stellen. In *einem* Punkt war er jedoch verwundbar: er gehörte zur Christkirche der Universität Oxford, und die Regierung beschloß, den größten Mann, dessen sich dieses gepriesene Kollegium jemals rühmen konnte, aus demselben auszustoßen …«

Der Stil der Übersetzung war altbacken, aber dieser Kriminalfall interessierte Leopold. Es war seiner Aufmerksamkeit bisher entgangen, und er las weiter: »Dies war nicht leicht zu bewerkstelligen. Locke hatte sich in Oxford niemals über Tagespolitik geäußert; man hatte ihn mit Spionen umgeben; Doktoren der Gottesgelehrtheit und Professoren der freien Künste hatten sich nicht geschämt, den niedrigsten aller Dienste zu verrichten, den Mund eines Kollegen zu überwachen und dessen Worte zu seinem Verderben zu berichten. Man fragte ihn nach Shaftesbury, nach den neuesten Gesetzen, aber vergeblich: Locke äußerte weder seine Meinung noch verheimlichte er sie; er bewahrte vielmehr so unerschütterlich Schweigen und Gleichmut, daß die Knechte der Gewalt bekümmert einräumen mußten, es habe niemals einen Mann gegeben, der so vollständig seine Zunge und seine Leidenschaften beherrscht hätte. Als sich herausstellte, daß mit Verrat gegen Locke nichts auszurichten war, nahm man seine Zuflucht zur Willkür; nachdem man vergebens versucht hatte, Locke zu Fehlern zu verleiten, beschloß die Regierung, ihn zu bestrafen, ohne länger auf solche zu warten. Es kam der Befehl, ihn auszustoßen, und der Dekan und die Domherren beeilten sich, demselben zu gehorchen. Locke ging nach Europa, und hier erfuhr er, daß er ohne Prozeß, ja selbst ohne Nachricht, seiner Heimat und seines Einkommens beraubt worden sei. Locke schwieg und beschäftigte sich mit der Abfassung seines berühmten Briefes über die Duldsamkeit ...«

Otto Bendemann stellte das Buch an seinen Platz zurück, und eine kleine Wolke von Staub schwebte langsam von der Decke auf den Fußboden.

Leopold stand auf. Bendemann kletterte von der Leiter herunter, und die beiden Herren verließen den Laden.

– Ich habe soeben einen sehr klugen Mann kennen gelernt, sagte Leopold.

– Ach? Wen denn? Den Alten, der die Bücher verkauft hat? Ich habe garnicht gesehen, daß Sie mit ihm gesprochen haben.

– John Locke.

Otto Bendemann lachte und gab Leopold einen Rippenstoß.

2

Leopold täuschte sich, als er Otto Bendemann für einen Mann hielt, der mit seiner Frau Streit hat. Das Leben geht weiter, und auch Kämpfe werden alt und verwandeln sich. Eines Nachts konnte Otto Bendemann nicht schlafen. Er stand auf und holte sich ein Buch, aber als er ins Bett zurückkehrte, überfiel ihn plötzlich ein großer Entschluß. – Ich habe meine Bibliothek für dich gesammelt, sagte er am nächsten Morgen zu Valerie, und ich werde sie dir schenken. Ich lasse sie versteigern und gebe dir den ganzen Erlös.

Valerie war sprachlos. Sie gab keine Antwort, und Otto fand, daß sie wenigstens Dankeschön hätte sagen können, aber er ließ sich nicht beirren und blieb bei seinem Entschluß, und als er gebadet hatte und sich angezogen, ging er zu Paul Graupe in die Tiergartenstraße und sprach mit den Leuten wegen der Versteigerung seiner Bücher.

Valerie war tief gerührt, und als Otto fortgegangen war und Valerie in der Bibliothek das Morgenblatt holte, blieb sie zum ersten Mal vor Ottos Büchern stehen. Die langen Reihen der kostbar eingebundenen und von Gold blitzenden Bände sahen schön aus, und Valerie war sehr stolz auf Otto, der unermüdlich sammelnd diesen geheimnisvollen Schatz zusammengetragen und aufgehäuft hatte. Sie nahm ein Buch heraus und fing an zu lesen, aber es waren altmodische Gedichte, und Valerie stellte den Band wieder zurück. Um halb zwölf kam Otto aus der Stadt nach Hause, und Valerie erwartete ihn in der Bibliothek.

– Du bist ganz verrückt geworden, sagte sie, aber Otto merkte schon an ihrer Stimme, daß ihre Worte nicht bös gemeint waren. Ich werde niemals erlauben, daß du deine Bücher verkaufst.

– Du hast dich genug geärgert, sagte Otto. Du sollst dich nicht mehr ärgern. Wir werden eine schöne Sommerreise machen und uns vielleicht ein Häuschen in Werder kaufen.

Valerie setzte sich auf Ottos Schoß, was sie schon sehr lange nicht mehr getan hatte, und gab ihm einen Kuß.

– Du bist ein guter Kerl, und ich bin ein dummes, altes, zänkisches Weib. Deine Bücher sind viel netter als ich, sie schimpfen dich nie.

Otto war tief gerührt und sehr glücklich, obgleich er – um die volle Wahrheit zu sagen – eine Minute lang sogar ein wenig enttäuscht war. Er hatte sich im Kopf schon die Versteigerung ausgemalt, und sein Sammlerstolz hatte bereits ein paar Zeitungsartikel erblickt unter der Überschrift: »Versteigerung der berühmten Bibliothek O. v. B.«

Aber die unerwartete Freude, seine geliebten Bücher behalten zu können, war auch groß, und Valerie war tatsächlich plötzlich ein ganz anderer Mensch. Sie erkundigte sich nach einzelnen Ausgaben, und Otto durfte endlich mit seiner Frau über die Preise sprechen, die geradezu lächerlich geringen Preise, die sein schlaues und erfahrenes Köpfchen für manches wertvolle Stück bezahlt hatte. Er rieb sich die Hände und fand, er habe ein prächtiges Weib und die schönste Zeit seines Lebens sei angebrochen.

Auch Valerie war dieser Ansicht. Sie lag auf dem Sofa und dachte an das Opfer, das ihr Otto hatte bringen wollen (und das nun für immer in ihrem Herzen ruhte), und sie war sehr froh, daß sie sein rührendes Angebot sofort zurückgewiesen hatte. Er war ein guter Kerl ... andere Männer hatten noch viel dümmere Steckenpferde. Er hätte sein Geld ja vertrinken können oder verspielen oder an der Börse ausgeben, aber Otto hatte das alles nicht getan, er hatte so fleißig wie eine Biene diese Bibliothek gekauft, die wirklich schön aussah und sicherlich sehr viel Geld wert war. Der Streit mit Stresemann war dumm und überflüssig gewesen, und Valerie wäre gern in Brüssel geblieben, aber in Brüssel hätte Otto nicht so gut sammeln können wie in Berlin ... es hatte alles seine zwei Seiten. Valerie ließ Stresemann und Brüssel und den schönen Garten hinter dem Brüsseler Haus fallen und fand, daß Otto viel besser war, als sie gedacht hatte. Sie war manchmal abscheulich mit ihm, und sie nahm sich vor, selbst wenn sie wieder ihre Anfälle bekommen sollte, liebenswürdiger gegen ihn zu sein. Er war wirklich ein guter Kerl ... das große Opfer ... das größte, das er hatte bringen können ... aus heiterem Himmel angeboten, zeigte, daß er im Grunde einen vorzüglichen Charakter besaß, wie ihn nur wenig Männer haben, in Ottos Alter sogar nur sehr wenig Männer.

3

Zwei Monate nach dem Besuch bei dem Antiquar mit der Gentzmappe kam Leopold eines Mittags aus der Staatsbibliothek. Er hatte den ganzen Vormittag gearbeitet, er war müde und wollte sich eine halbe Stunde ausruhen, als er im

Briefkasten ein Telegramm von Waldo Westegg fand. Waldo war mit dem Motorrad verunglückt und lag in Frankfurt am Main im Krankenhaus. Es sei nicht schlimm, aber er bitte, Anki zu benachrichtigen und durch Anki seine Eltern.

Anki war zu Hause, und Leopold fuhr gleich zu ihr.

– Dein Bruder ist kein Freund des Frühlings und der Natur, sagte er. Er hat sich ein Motorrad gekauft und mit dessen Hilfe einen Baum entwurzelt.

Leopold hatte sich eingebildet, mit diesem Scherz seinen Auftrag besonders geschickt vorzubringen, aber Anki bekam einen heftigen Schrecken und faßte nach Leopolds Hand.

– Es ist wirklich nicht schlimm, sagte Leopold und gab ihr das Telegramm.

– Ich werde gleich hinfahren, sagte Anki, und Papa erst von Frankfurt aus anrufen.

– Ich begleite dich, sagte Leopold.

Der Zug ging erst um halb neun, und man hatte noch den ganzen Nachmittag vor sich. Leopold überreichte Anki eine Schachtel Pralinés, die er unterwegs gekauft hatte, und sie gab ihm einen Kuß, aber sie war nervös und legte die Schokolade auf den Schreibtisch.

– Er wird sich ein Bein gebrochen haben, sagte Leopold. Das ist heutzutag keine große Sache mehr.

Anki rief das Spital an, und die Schwester sagte, Herr von Westegg habe sich zweimal den linken Arm gebrochen und eine leichte Gehirnerschütterung, die aber schon besser sei. Anki war nun ein wenig ruhiger, und Leopold beschloß, ihr etwas vorzulesen, um sie abzulenken.

– Wir sind alle miteinander Heiden geworden, wenigstens ich, sagte Leopold, aber unsere Großväter waren nicht unklug, wenn sie ihr heftiges Temperament ab und zu in Ergebung in einen Willen übten, der sichtlich stärker ist als unserer. Ich werde dir ein sehr schönes, ein erhabenes Gedicht vorlesen … oder hast du das Buch gelesen, das ich dir neulich mitgebracht habe?

– Welches Buch?

– Die Gedichte der Droste.

Anki machte ein Gesicht wie ihr Sohn, wenn man ihn bei

einer Sünde ertappte, und schüttelte den Kopf. Das Bändchen war noch nicht einmal eingeräumt. Es lag, der Länge nach, auf der mittleren Reihe von Ankis Büchergestell. Leopold nahm es in die Hand und sagte: – Leg dich aufs Sofa und höre zu:

Als Christus lag im Hain Gethsemane
Auf seinem Antlitz mit geschlossenen Augen;
Die Lüfte schienen Seufzer nur zu saugen
Und eine Quelle murmelte ihr Weh,
Des Mondes blaße Scheibe wiederscheinend:
Da war die Stunde, wo ein Engel weinend
Von Gottes Throne ward herabgesandt,
Den bittern Leidenskelch in seiner Hand.

– Das ist ein schönes Gedicht, sagte Anki, lies weiter.

Waldo lag in einem weißen Bett und in einem weißen Zimmer, und sein linker Arm steckte in einem weißen Gipsverband. Die Stationsschwester führte Frau Scheler zu dem Patienten und verließ das Zimmer. Anki setzte sich zu ihrem Bruder auf den Bettrand, während Leopold sich auf der Fensterbank niederließ. – Ihr übertreibt, sagte Waldo. Es ist ja sehr lieb von euch, daß ihr gleich familienweise angereist kommt, aber ein dickeres Buch und eine Flasche Kirschwasser wären billiger gewesen und hätten auch genügt.

– Das läßt sich nachholen, sagte Leopold. Er ging ins Büro und schrieb eine Postkarte an den Antiquar und beauftragte ihn, falls er die Bände noch besitze, umgehend Macaulays Geschichte an Herrn Waldo von Westegg zu schicken.

Am Nachmittag fuhr Leopold mit Anki nach Neustadt, um seine Mutter zu besuchen.

Das Haus, in dem Elisabeth Chindler wohnte, war im vergangenen Jahr frisch gestrichen worden und lag in einem kleinen Garten. Es war nicht das Haus, in dem Leopold zur Welt gekommen war und seine Kindheit verlebt hatte; seine Eltern hatten das neue Haus erst bezogen, als er schon in Heidelberg studierte und vergebens versuchte, die Ansichten der Professoren über Hegels Stil und die Geschichte des Dreißigjährigen Krieges zu billigen.

Es lag kein Schnee mehr. Im Garten wuchsen in großen Büscheln die ersten Primeln, gelb oder rot oder violett mit roten Tupfen, und Leopold spürte den frischen Saft unter den Rinden der Bäume. Auf der Treppe hingen, stufenförmig aufgehängt, alte Stiche: Vorfahren von Leopolds Mutter, Herren mit Helmen auf dem Kopf, gewölbten Panzern vor der Brust oder mit den gewaltigen Allongeperücken des siebzehnten Jahrhunderts. Die Stiche waren der Stolz von Leopolds Bruder Ernst Chindler, aber Anki beachtete sie nicht; Familienbilder waren für sie etwas so Langweilig-Selbstverständliches wie Töpfe in einer Küche oder Betten im Schlafzimmer.

Leopold blieb stehen. – Entschuldige mal, sagte er, und deutete auf einen großen Stich, der in einem braunen Rahmen hing. Wie die Unterschrift lehrt, war dieser Mann der Fürst von Beaufort.

Ankis Vorfahren hießen seit 1250 Freiherren von Westegg, und Anki fand größere Titel leicht übertrieben. Sie betrachtete das Gesicht des längst verstorbenen Herrn, ein dickes, hochmütiges Barockgesicht, das nicht die geringste Ähnlichkeit mit Leopold zeigte, und ging wortlos weiter. Außerdem war die Unterschrift lateinisch und unverständlich.

– Er war Minister unter Kaiser Leopold I., und ich weiß nicht, ob ich ihn verehren soll oder ihm zürnen, sagte Leopold. Jedenfalls hat er mir meinen sonderbaren Vornamen eingebrockt.

– Leopold klingt sehr schön, sagte Anki, aber es ist zu lang, und ich ärgere mich, weil mir noch keine brauchbare Abkürzung eingefallen ist. Leo würde zu deiner Freundin Ruth passen, und Poldi klingt wie nackte Knie und Schnadahüpferl.

Elisabeth Chindler empfing ihre Gäste in dem alten Salon, dessen Möbel Josef II. ihrer Urgroßmutter zur Hochzeit geschenkt hatte. Sie trug ein schwarzes Kleid und einen Kragen aus schwarzer Spitze und mit Stäbchen um den Hals, und sie war ein wenig steif, ein wenig herzlich und sichtbar unruhig. Leopold hatte von Frankfurt aus angerufen und seiner Mutter ausrichten lassen, er werde Frau Scheler mitbringen, eine Bekannte, die er sehr gern habe, und Elisabeth Chindler betrachtete Franziska mit jener Sachkenntnis, mit der die Frauen kleine Kinder betrachten oder den Hut der Nachbarin, die erst vor kurzem eingezogen ist und deren Charakter undurchsichtig zu sein scheint. Anki war sehr schön, jung und sehr gut angezogen, und Elisabeth Chindler fühlte, daß sie vor schmerzlichen Schwierigkeiten stand. Sie durchschaute ihren Sohn rascher, als er gedacht hatte, aber sie wollte keine Schwiegertochter, die geschieden war, ein Kind hatte und an eine andere Religion glaubte.

Auch Anki war steif, viel steifer als sie mit Maggie gewesen war. Sie spürte die Zurückhaltung von Leopolds Mutter, und ihr Selbstgefühl war ein zartes und leicht verletzbares Organ. Sie war gewohnt, den Menschen zu gefallen, und sie bockte, wenn man den Versuch machte, sie abzulehnen oder mit Hintergedanken zu betrachten. Leopold hatte ihr einmal gesagt, in solchen Fällen sei es klüger, sich doppelt anzustrengen, um die Zuneigung der Menschen zu erzwingen, aber Anki hatte irgendwas von diplomatischen Kniffen gemurmelt und sich nicht überzeugen lassen. Am Ende war es wieder einmal Hans Karl, der ihr zu Hilfe kam und die frostige Stimmung auftaute. Anki zeigte zwei neue Aufnahmen ihres Sohnes, die sie in der vergangenen Woche gemacht hatte, und Elisabeth Chindler war entzückt über die prachtvollen Bilder und das »liebe, liebe Gesichtchen«, wie sie immer wieder sagte. Sie holte die neuesten Photos von ihren Enkeln herbei, und Anki erzählte, daß sie Karl und Anna kenne, und berichtete von dem Abend mit Dr. Lichtstrahl. Elisabeth Chindler kannte Dr. Lichtstrahl nicht persönlich, aber sie hatte schon viel von ihm gehört, und Leopold war erstaunt, wie geschickt Anki den priesterlichen Redner lobte.

Anki übernachtete im Hotel, und Leopold begleitete sie, und sie unterhielten sich noch eine halbe Stunde in der Halle. Anki war zerstreut und spielte mit dem Griff ihres Regenschirms. Sie erinnerte sich ihres ersten Besuches bei Gustav Scheler und ihrer ehemaligen Schwägerin, und sie war niedergeschlagen, weil alles nun beinahe wieder so verquer lag wie damals.

– Deine Familie wird mich nie aufnehmen, sagte sie, und für dich wird das sehr schwer sein.

– Mama war netter und herzlicher, als ich gedacht hatte, sagte Leopold. Sie ist eine alte Frau … man muß Geduld haben. Außerdem habe ich ihr nicht gesagt, daß ich dich heiraten möchte.

– Das weiß sie schon längst, sagte Anki. Deine Schwester sieht ihr sehr ähnlich.

Am nächsten Morgen holte Leopold Anki ab, und sie machten einen Spaziergang. Das Villenviertel von Neustadt zog sich am Abhang eines Hügels hinauf, und auf dem Gipfel gab es eine kleine Anlage mit Bäumen, Blumenbeeten und Bänken, von wo aus man eine hübsche Aussicht über die Stadt hatte. Anki trug eine braune Pelzjacke und ging schweigend neben Leopold her. Ein Ausläufer fuhr im Schuß um die Ecke, und ein kleines Mädchen trippelte, den Ranzen auf dem Rücken, in die Schule. Es war alles sehr friedlich, sehr kleinstädtisch und genau so, wie es immer gewesen war, seitdem irgend ein Mensch auf den Gedanken gekommen war, Neustadt zu gründen. Auch der Himmel war mild und freundlich: sehr hellblau, noch ein wenig angegriffen von der grimmigen Kälte der letzten Monate, aber doch schon heiter über das schöne Wetter und die Wiederbelebung der Farben auf dem geliebten Teller der Erde.

Plötzlich kam den Spaziergängern eine Frau entgegen, und es war wirklich sonderbar, daß sie genau den gleichen Gang und die gleichen Bewegungen hatte wie Gertrud Spalding.

– Da kommt Gertrud Spalding, sagte Anki, die Welt ist doch sehr klein.

Leopold wollte eben sagen, er habe genau das Gleiche gedacht, als Gertrud Spalding einen Schrei ausstieß und Anki mit ihren nervösen Umarmungen begrüßte. Sie trug ihr graues Kostüm mit schwarzer Kappe und erzählte sofort irgendeine Geschichte, weshalb sie für eine Woche in Neustadt sei. Anki erzählte von Waldos Unfall, und Gertrud, die sehr gutmütig war, zeigte großes Mitgefühl für Waldo. Anki mußte ihr Waldos Adresse auf den Rücken einer Zigarettenschachtel schreiben, und Gertrud erklärte, sie werde morgen nach Frankfurt fahren und »den armen kleinen Westegg« besuchen.

Unsere Spaziergänger gingen weiter, und als sie außer Hörweite waren, sagte Anki: – Weißt du eigentlich, daß du mir noch die Geschichte dieser Ehe schuldig bist?

– Das ist eine traurige Geschichte, sagte Leopold. Anki blieb stehen und öffnete ihre Tasche. Sie nahm ein Bild heraus und zeigte es Leopold: es war eine neue Aufnahme von Spalding, die Anki gemacht hatte, weil sie mit der ersten nicht zufrieden war. Leopold sah Spaldings gieriges und leidenschaftliches Gesicht und bekam einen Schrecken, in dem eine plötzliche und unbegreifliche Wut war: der rasende Zorn der Eifersucht. Hätte er sich in Erika Welter verliebt, so wäre er wahrscheinlich Tag und Nacht eifersüchtig gewesen, mißtrauisch und wachsam. Aber Anki war ein ganz anderer Mensch als Erika Welter, und es war für Leopold so ausgemacht, so unbezweifelbar, daß sie keinen andern Mann liebte (und sogar: daß sie von keinem andern geliebt wurde!), daß er noch nie auch nur die leiseste Empfindung von Eifersucht gespürt hatte. Dieses naive Sicherheitsgefühl war dumm, denn es verging kein Tag, an dem er nicht sehen konnte, wie Anki von Männern angestarrt wurde, und wenn *er* von Ruth Steiner geliebt wurde, und Erika Welter sogar in seine Wohnung eindrang, so konnte es auch Männer geben, welche Anki liebten und alle nur denkbaren Anstrengungen unternahmen, um die schöne Frau zu erobern und Leopold zu rauben. Leopold war zu faul und zu einfältig gewesen, um an diese Möglichkeiten zu denken; jetzt wurde er für seine Gedankenlosigkeit bestraft. Spalding hatte damals Anki den ganzen Abend lang mit gierigen Blicken betrachtet, und nun fiel es Leopold wie Schuppen von den Augen: Der Maler hatte Anki den Plan mit dem Photographieren beigebracht und Anki auf diesem Weg in die verfluchte Lasterhöhle seines Lotterateliers gelockt.

Leopold gab sich die größte Mühe, leise zu sprechen, aber es gelang ihm nur halbwegs: – Warum hast du ein Bild von Spalding bei dir? Warum gehst du dauernd zu diesem Menschen? Liebst du diesen Kerl?

Anki schaute Leopold mit weit aufgerissenen Augen an, und er sah sofort, daß er sie gekränkt hatte, sogar beleidigt, aber die Frauen sind immer dann am meisten gekränkt, wenn sie ein schlechtes Gewissen haben. Leopold fühlte, daß Anki sehr zornig war, aber dieses Wissen lief aus einer sehr weit entfernten Kammer seines Herzens herbei, und sein Zorn hatte einen großen Vorsprung, der nicht so rasch einzuholen war. – Dieser Mensch ist ein Teufel, wiederholte er. Warum hast du sein Bild bei dir? Wie oft warst du bei ihm?

Wenn Anki gekränkt war, fiel es ihr sehr schwer, nachzugeben und sofort die richtige Antwort auszusprechen.

– Du hast mich ja selber zu ihm gebracht, sagte sie kalt und ging weiter, so daß Leopold ihr nachlaufen mußte.

Sie hatte es nicht sagen wollen, und ihre Bemerkung war auch anders gemeint, als sie klang und von Leopold verstanden wurde, aber als Anki die Wirkung sah, die ihre Worte in Leopold hervorriefen, empfand sie eine Sekunde lang eine tiefe und befreiende Befriedigung. Seine dummen Fragen hatten ihr einen schmerzenden Schlag versetzt, und ihre Antwort war ein Schlag zurück gewesen.

Gründe sind wie Dirnen; sie lauern an allen Ecken und umgarnen das willige Opfer eines Mannes, der vor Zorn besinnungslos ist, wie ein Betrunkener. Eine bestimmte Abteilung von Leopolds Verstand, die von Eifersucht vergiftet und aufgeputscht war, dachte an die versteckte, fast katzenhafte Art, mit der Anki Elisabeth Chindler betrachtet hatte, an ihre überraschende Bemerkung, seine Familie werde sie nicht aufnehmen, und das werde für *ihn* sehr schwer sein ... nicht etwa für sie! Es war ganz klar, sie liebte ihn nicht mehr, sie suchte vorsichtig und schlau, wie die Frauen in solchen Fällen sind, einen Ausweg aus ihrem Bund, eine Tür, aus der sie schlüpfen konnte, ohne mit langen Worten erklären zu müssen, was sie im Sinn habe, wie sich alles verhielt und wie alles gekommen sei. Dieser Hund von Spalding hatte Anki umgarnt ... vielleicht war sie längst die Seine ... andere Männer zögerten nicht lange. Spalding hatte eine scheußliche Menge von Erfahrungen auf diesem Gebiet, und Anki war sicherlich die Zwanzigste, die er an sich zerrte, um sie zu verderben, zu genießen und wieder wegzuwerfen. Aber die Maler hatten es ja auch leicht; sie hatten dieselben billigen Lockmittel wie die Musiker: die einen klimperten den

Frauen was vor, und die andern zeichneten sie Stück für Stück für ihre Leporelloalben, bis die letzte Hülle und der letzte Widerstand fiel.

Anki blieb stehen, und die beiden Liebenden standen sich gegenüber wie Feinde, aber Anki war schon wieder viel ruhiger als Leopold. Der Schmerz war vergangen, den ihr sein beleidigender Verdacht zugefügt hatte, sie war nur noch traurig und wußte sich nicht zu helfen. Sie nahm das Photo, steckte es in die Tasche und ließ den Verschluß zuklappen.

– Du bist verrückt, sagte sie schließlich, du weißt garnicht, was das ist: Liebe. Ich liebe dich mehr als mein Kind.

Sie hatte die volle Wahrheit gesagt: Sie stand ihr auf der Stirn geschrieben wie einem Kind, das noch nicht gelernt hat, sich zu verstellen. – Ich bitte dich um Verzeihung, sagte Leopold, ich hatte einen Anfall von Wahnsinn.

– Das hab' ich gesehen, sagte Anki.

– Es ist immer das Gleiche, sagte Leopold. Ich liebe meine Mutter sehr, aber sie hat mich nie verstanden, sie war immer gegen mich, und der Verdacht, sie könnte gegen dich sein, hat alle alten Wunden aufgerissen, die sie mir beigebracht hat. Wäre ich doch in Berlin geblieben! Ich hatte gehofft, es würde endlich einmal anders sein, sie würde dich lieben und küssen und in ihre Arme nehmen, aber sie ist so kalt wie ein Stein, und sie wird dich niemals lieben, solange ich nicht vollständig nachgebe und allen Vorstellungen entspreche, die sie im Kopf hat. Du ahnst nicht, wie tief diese Empfindungen mich verletzen.

– Es ist schwer für dich, sagte Anki, ich weiß es. Ich habe die halbe Nacht darüber nachgedacht, aber ich weiß nicht, wie man es ändern könnte. Du bist ganz anders als deine Familie.

– Bist du noch sehr böse auf mich?

– Nein. Ich war nur eine Sekunde lang böse. Es gibt solche Augenblicke, in denen man sich plötzlich wehtut ... man will das gar nicht, aber es geschieht, vieles geschieht, man muß nur wissen, daß man sich nicht immer in der Hand hat ... und man muß es aushalten. Wenn man sich von ganzem Herzen liebt, liebt man sich dann noch tausend Mal mehr.

Sie gingen weiter. Die Sonne schien schon so kräftig, daß sie sich auf eine Bank setzen und ausruhen konnten. Leopold hatte Anki nicht zuviel versprochen. Die Aussicht auf die farbigen Tupfen der Dächer und das unregelmäßige Treiben der flinken, kleinen Straßen der Altstadt war sehr schön. Man sah übrigens weit über die Stadt und ihre Vororte hinaus und konnte am Horizont den Rhein ahnen.

Anki nahm ihren Schirm und streichelte Leopolds Hand mit seiner Spitze. Sie dachte an Spalding; sie war so unschuldig, daß sie ruhig an ihn denken konnte, aber sie war klug genug, seinen Namen nicht auszusprechen. Im gleichen Augenblick dachte Leopold ebenfalls an den Maler.

Dreiundzwanzigstes Kapitel

Odi et amo …
Ich hasse und liebe, aber wenn du fragst, warum ich das tue, weiß ich es nicht. Ich fühle, daß es geschieht, und daß es mich martert.
Catull.

I

– Dieser Mensch ist sein eigener Feind, sagte Leopold, und Anki wußte sofort, von wem er sprach. – Er war Ende dreißig, als er Gertrud heiratete, fuhr Leopold fort, und er sah damals nicht anders aus als heute, weder jünger noch älter. Er hatte mit einer Menge Talent angefangen und ein paar gute Bilder gemalt, die Aufsehen erregten, aber er war zu schwach, um die ewigen Entbehrungen auszuhalten, die das Schicksal den meisten Künstlern aufhalst. Er hatte genug davon, er wollte endlich mal gut essen, und zwar morgens, mittags und abends, und gut rauchen und schöne Anzüge tragen und vom Flugzeug aus die Wolken aus der Nähe betrachten und eine bequeme Wohnung haben, und als sich Gertrud in ihn verliebte, redete er sich ein, das sei nun der Wille des Schicksals, dem müsse er gehorchen, und er heiratete sie, ohne sie zu lieben …

– Hat er seine Frau wirklich nicht geliebt?

– Gertrud hatte ein hübsches Vermögen, und Spaldings bezogen ihre schöne Wohnung …

– Meinst du die Wohnung, in der ich war?

– Ja. Gertrud vergötterte Spalding, aber Spalding fand solche Gefühle aus der Mode gekommen und lächerlich. Er wollte kein Bourgeois sein, und Gertruds leidenschaftliche und unersättliche Anhänglichkeit störte ihn.

– Es ist schwer, einen Menschen auszuhalten, den man nicht liebt.

– Gertrud war Ende zwanzig, aber noch ziemlich ahnungslos und ungeschickt. Wenn Spalding morgens ins Atelier ging, lief ihm Gertrud eine Stunde später nach, um ihm zwei Kaviarbrötchen zu bringen, und wenn er mittags nach Hause kam, stand sie auf dem Balkon und wartete auf ihn. Ich glaube, sie hätte sich nicht geniert, ihn an einem Seil zu sich heraufzuziehen. Sie liebte ihn jeden Tag mehr, und sie war sehr glücklich und sehr stolz darauf, die Frau eines Genies zu sein.

– Es ist sehr schwer, einem Mann nicht zu zeigen, daß man auf ihn wartet, aber man soll es verbergen. Ihr habt es nicht gern. In diesem Punkt seid ihr alle gleich!

– Gertrud war sehr eifersüchtig, und Spalding hatte immer schöne Modelle. Ich glaube nicht, daß sie ihn besonders interessierten; er ist ein Künstler, und er war damals sehr fleißig, aber Gertrud haßte diese armen Geschöpfe und verlangte von Spalding, er solle sie fortschicken. Sie wollte nicht nur seine Frau sein, sondern auch seine Nanna.

– Wer war das?

– Die Geliebte des Malers Feuerbach.

– Spalding ärgerte sich über diese Zumutung und gab nicht nach. Es gab Szenen und Tränen, und Gertrud litt schreckliche Qualen. Sie wußte nicht, daß sie nicht geliebt wurde, und konnte nicht begreifen, daß ein Mann, der sie geheiratet hatte, so kalt und gefühllos sein könne, und so gab es Zeiten, in denen sie Spalding wirklich belästigte. Sie war wie mit Blindheit geschlagen, denn sie hatte ihn damals beinahe erobert. Sie fing an, ihn zu interessieren. Seine Vorurteile lösten sich auf und seine Gefühle erwachten. Er malte ein Bild von ihr, das vorzüglich war, vielleicht das beste, das er je gemacht hat, und es gab einen Augenblick, in dem die Waage dieser beiden Schicksale einstand. Das Fatum, die Mutter der Schicksale, war so gütig, den Mann, den sie sich erkoren hatte, Gertrud zum zweiten Mal zuzuführen, aber sie war zum zweiten Mal blind, und es war vielleicht zu spät. Sie waren damals seit drei oder vier Jahren verheiratet, und Gertrud hatte so bitterlich gelitten, sie hatte soviele Wunden empfangen, sie war gerade in den ersten, entscheidenden Jahren ihrer Ehe so oft zurückgestoßen und gekränkt worden, daß nun sie hart, bockig und verstockt wurde. Spalding hatte sein Einkommen benutzt und drauflos gemalt und viel experimentiert und sich schöne Sachen gekauft: frühe japanische Schnitte und Blätter von Dürer und eine frühe gotische Madonna aus Ingolstadt, die in seinem Atelier steht und schon allein eine Wallfahrt wert ist, und als nun eines Tages ein Händler zu ihm kam und das Bild seiner Frau für einen Haufen Geld kaufte, verlangte Gertrud, er solle nun gefälligst so weiterarbeiten und endlich mal was verdienen. Sie ließ ihn fühlen, daß er von ihr lebe und abhängig sei, und jetzt war der Spieß umgedreht; nun wurde Spalding geplagt und zurückgestoßen … von da ab war er der Angegriffene. Gertrud hatte ihn für einen Riesen an Kraft und Genialität gehalten, und als sie nun entdeckte, daß er viel schwächer war, als sie gedacht hatte, nutzte sie ihre Überlegenheit aus.

– Dann hat sie ihn nie geliebt, sagte Anki.

– Das würde ich nicht sagen … Sie hat ihn geliebt, aber sie wollte für ihre Liebe etwas haben. Sie wollte nicht nur lieben, sie wollte auch geliebt werden. Das ist vielleicht eine niedrige Form von Liebe und ganz sicher nicht die höchste, aber das ist Gertrud nie aufgegangen. Sie hatte eine sehr große Vorstellung von den Rechten, die ihrer Ansicht nach der Mensch in diesem Leben hat, und eine sehr kleine von den Pflichten, aber Spalding sprach auch sehr gern von *seinen Rechten,* von den sogenannten Rechten, die er als Künstler habe, und von den gottverdammten Anregungen, die diese Leute brauchen.

– Jeder kluge Mensch braucht Anregungen, sagte Anki. Du ahnst nicht, wie anregend du bist.

– Würde es dir gefallen, wenn ich jeden Morgen in einem Atelier verschwände, in dem schöne, nackte Frauen herumsitzen?

– Dann soll man keinen Maler heiraten.

– Das ist leichter gesagt als getan, und das verhexte war, daß Gertruds Bild wirklich das beste war, was Spalding je fertig bekommen hat. Seine Modelle waren wahrscheinlich zu nachgiebig, und Gertruds plötzlicher Widerstand belebte seine Kräfte ... wenigstens die seines Talents. Kunst kommt nicht nur vom Können, sondern auch von Kämpfen.

– Spalding benahm sich sehr schlecht, als wir bei ihm waren. Er hat keine Manieren, aber der Abend wurde erst unerträglich, als seine Frau ihm vor uns allen seine Armut vorwarf.

– Hier schließt meine Geschichte, sagte Leopold. Er hat ihre Seele verkrüppelt, und jetzt benimmt sie sich wie ein verschnittener Zwerg. Die Konsequenzen sind das Schicksal.

– Warum haben sie keine Kinder? fragte Anki.

– Das ist ein Geheimnis, von dem ich nicht sprechen wollte. Wer weiß, was in den Nächten dieser Ehe vorgegangen ist? Vielleicht wollte er keine Kinder, vielleicht wollte sie nicht.

– Die Geschichte von Tristan und Isolde gefällt mir besser, sagte Anki.

2

Am Nachmittag fuhr Anki nach Frankfurt. Sie wollte noch einen Besuch im Krankenhaus machen und später mit dem Nachtschnellzug nach Berlin zurückkehren. Leopold hätte sie gern begleitet, aber seine Mutter bat ihn, noch eine Nacht in Neustadt zu bleiben, und Anki redete ihm zu, dem Wunsch seiner Mutter zu gehorchen. – Ein Tag oder sogar zwei sind wenig, sagte sie ganz ungewohnt energisch, und eines Tages wirst du froh sein, deiner Mutter diesen kleinen Gefallen getan zu haben. Sie liebt dich viel mehr, als du weißt, und du solltest dir vielleicht ein bißchen mehr Mühe mit ihr geben. Grüße sie von mir! Ich werde ihr schreiben und ihr für ihre Gastfreundschaft danken. Sie war heute mittag sehr herzlich mit uns beiden, ich glaube, daß sie unter der Trennung von deiner Schwester leidet. Wenn sie nur nicht erfährt, daß Maggie in Dresden ist! Ihr seid aber auch weiß Gott eine schwierige Familie!

Der Mann mit der roten Mütze hob den Stab, und der Zug fuhr an. Anki winkte aus dem Fenster, und Leopold wartete mit dem Hut in der Hand, bis dem Nachblickenden ein Wagen nach dem andern von einer Kurve entrissen wurde.

Als Leopold vom Bahnhof zurückkam, fand er seine Mutter verändert. Er sah es gleich: sie hatte einen Ausdruck im Gesicht, den sie am Vormittag nicht gehabt hatte. Sie hatte Tee machen lassen, und der Tisch war schon gedeckt. Es war erst vier Uhr und noch hell im Zimmer, aber Elisabeth Chindler zog die Vorhänge vor, setzte sich in den großen Lehnsessel ihres verstorbenen Mannes an das Kopfende des alten Eßtischs und nahm die blaue und mit Watte gefütterte Haube ab, welche die Köchin über die Teekanne gestülpt hatte, um das Getränk bis zur Rückkehr von Herrn Leopold warm zu halten. – Darf ich dich bitten, einzuschenken? sagte Elisabeth. Dann lehnte sie sich in den Sessel zurück und legte einen Brief auf das Tischtuch, den sie bis dahin in der Hand gehalten hatte.

– Ich habe dir eine große Neuigkeit mitzuteilen, mein lieber Junge, fuhr sie fort, eine sehr große Neuigkeit, ich habe einen Brief von Maggie bekommen.

Sie nahm den Brief aus dem Umschlag, legte den Umschlag auf den Teller, setzte eine große braune Hornbrille auf und las den Brief zum vierten Mal. Sie hielt ihn mit der linken Hand vor die Augen, während ihre rechte Hand mit dem breiten, altmodischen Ehering flach auf dem Tischtuch ruhte. Leopold strich sich roten Quittengelée auf ein Stück gelben Napfkuchen (was man als Kind nicht hatte tun dürfen), und betrachtete das Zimmer. Es war noch genauso möbliert wie früher. Vor der dunkelgelben Tapete standen die alten Möbel seiner Kinderzeit, und die braune Standuhr mit dem goldenen Zifferblatt und dem langen, schweren Pendel ging immer noch unermüdlich ihren alten Lauf. Auf der linken Seite der Uhr hing ein Bild von Bingen am Rhein, das sein Vater geliebt hatte, und rechts zwischen der Uhr und der Tür ein Pastellbild von Maggie, das ihr Zeichenlehrer gemalt hatte, als sie sechzehn Jahre alt war. Es war kein Kunstwerk, aber es war das, was man ähnlich nennt. Man sah ein hübsches, rotbackiges junges Mädchen mit vollen, sinnlichen Lippen und lächelnden Augen. Sonderbar, zu denken, daß dieses elegante Kind einmal Maggie gewesen war!

Elisabeth Chindler nahm die Brille von der Nase und lehnte sich zurück. – Ja, sagte sie, ich habe einen Brief von Margarethe bekommen. Sie lebt noch, sie ist gesund, und hat ihr altes Mütterchen nicht vergessen. Sie schreibt mir, sie habe mich sehr lieb, und das glaub' ich ihr. Ich habe keine Stunde aufgehört, sie zu lieben ... Das wird sie gefühlt haben ... Amerika ist garnicht weit ... Für die Liebe einer Mutter ist das Meer eine Teetasse.

Elisabeth Chindler reichte Leopold den Brief. Dann setzte sie die Brille wieder auf und betrachtete ihren Sohn, während Leopold las. Sein Anzug war dunkelgrau mit hellen Streifen, das Hemd weiß mit schwarzen Streifen, die Krawatte rot. Das Gesicht war dicker geworden, die Nase männlicher, und auf der Stirn liefen drei tiefe Falten von einer Schläfe zur andern. Aber die hatte er schon als Junge gehabt; er hatte schon als kleiner Bub immer Runzeln gemacht.

Maggie schien nicht mehr in Dresden zu sein. Der Brief kam aus Hamburg und enthielt auch eine Hamburger Adresse. Sie schrieb, sie sei lange in Amerika gewesen und nun für kurze Zeit nach Deutschland gekommen. Wenn es erlaubt sei, werde sie für einen Tag nach Neustadt fahren. Leopold nickte zustimmend und reichte seiner Mutter den Brief zurück.

– Ich habe ihr schon geantwortet, sagte Elisabeth Chindler. Ich habe ihr gleich geschrieben, daß ich sie mit Liebe erwarte. Ich habe den Brief selber in den Kasten geworfen ... so wichtige Briefe kann man niemand anvertrauen ... Findest du, daß ich meinen Brief eingeschrieben hätte schicken müssen?

Leopold beruhigte seine Mutter, aber Elisabeth Chindler sagte, sie wolle nach dem Tee einen zweiten Brief schreiben und ihn einschreiben lassen.

– Euer Vater war ein edler Mann, fuhr sie nach einer Weile fort, aber er konnte manchmal sehr schroff sein. Die Politik macht schroff. Er war sehr klug und sah vieles voraus. Maggie hat ihn mit ihren sozialistischen Ideen gekränkt, er konnte sie nicht verstehen. Er konnte keinen Widerspruch vertragen ... Er hat sie sehr geliebt, und es war hart für ihn, sterben zu müssen, ohne Maggie wiedergesehen zu haben. Er hat sie trotzdem sehr gern gehabt, und ich glaube, daß er ihr verziehen hat. Gott prüft uns ... er prüft uns jeden Tag. Mich hat er in meinem Leben oft schwer geprüft ... dieser Brief ist auch eine Prüfung. Glaubst du, daß Maggie noch an ihren sozialistischen Ideen hängt?

– Das ist wohl anzunehmen, sagte Leopold. Ich glaube nicht, daß sich ein Charakter wie Maggie ändert.

– Dein Vater meinte, wir dürften das nicht dulden. Aber ich bin eine alte Frau geworden. Ich kann nicht mehr kämpfen. Glaubst du, daß Gott von mir verlangt, ich müsse Maggie bekehren?

– Nein. Das glaube ich nicht, und das möchte ich auch nicht glauben.

– Man weiß es nicht. Ich werde beten und nachdenken. Du betest nicht, aber du ahnst nicht, welche Kräfte uns im Gebet verliehen werden. Die Leute sagen, du seiest sehr gescheit, aber ich weiß nicht, wie man gescheit sein kann, ohne zu beten. Die Heiligen waren sehr gescheit, wenigstens einige, aber sie haben viel gebetet. Das Gebet der Eltern dringt durch die Wolken.

Leopold dachte an Maggie, er fand es lobenswert, daß sie geschrieben hatte. Ihr Brief war nur ein kleines Stückchen Papier mit ein paar Tropfen Tinte drauf, aber er war ein großes Geschenk und eine unerschöpfliche Labsal für das dürstende Herz einer alten Frau.

Elisabeth Chindler sagte: – Ich will nicht mehr kämpfen. Ich werde auch mit dir nicht mehr kämpfen. Du hast ein gutes Buch geschrieben, du mußt nun selber wissen, was du tust. Willst du Frau Scheler heiraten?

– Ja.

– Ich wußte die Nachricht schon, als du angerufen hast, sagte Elisabeth Chindler, und es klang wie ein Seufzer.

– Eine Mutter denkt immer an Schwiegertöchter.

– Sie ist eine sehr schöne Frau. Sie würde die schönste unter meinen Schwiegertöchtern sein ... und sie hat gewinnende Manieren ... aber ...

– Aber?

Elisabeth Chindler steckte den Brief ihrer Tochter wieder in den Umschlag und legte ihn unter den Teller.

– Warum ist sie geschieden? Hat sie sich scheiden lassen? Kennst du Herrn Scheler? Bist du vielleicht Schuld daran?

Leopold erzählte seiner Mutter die Geschichte mit der Schauspielerin und ließ nichts aus, um Ankis Unschuld recht deutlich zu machen.

– Das ist ein hartes Schicksal, sagte Elisabeth Chindler, und ich kann verstehen, daß eine junge Frau einer solchen Prüfung nicht standhält. Außerdem erlaubt ihre Religion die Scheidung. Ich werde dich immer lieben, wie ich alle Kinder liebe, die ich geboren habe. Ich bete jeden Tag für dich ... durchs Gebet stürmt man Gottes Himmel ... Aber meinen Segen könnte ich dir nicht geben. Ich stehe nun vor den Pforten der Ewigkeit; noch ein paar Schritte, und sie werden sich vor mir auftun. Ich weiß nicht, ob ich in den Himmel komme, das weiß kein Mensch, aber ich will gehorsam bleiben ... Sie hat eine andere Religion als wir!

Leopold versuchte, das Thema zu wechseln und lobte den guten Tee und die vorzüglichen Brötchen.

– Die Brötchen sind gut, sagte Elisabeth Chindler. Mein Bäcker ist ein sehr anständiger Mensch. Er gibt sich große Mühe. Anständige Menschen sind auch gute Handwerker. Ich liebe die Handwerker. Sie müssen sich sehr plagen. Es gibt jetzt sogar Fabriken für Brot, aber ich werde nie ein Stück Brot essen, das aus einer Fabrik kommt. Die Fabriken sind die Produkte der Geldgier. Alles Unglück in der Welt kommt von der Geldgier. Hat Frau Scheler Geld?

– Ein wenig.

– Du bist gut angezogen. Du trägst schöne Hemden und elegante Strümpfe. Ich nehme an, daß du viel Geld brauchst. Hast du mit deinem Buch Geld verdient?

– Es war das, was man einen Achtungserfolg nennt.

– Wenn man mich fragt, so würde ich antworten: ein Mann soll ein junges Mädchen heiraten. Ein junges Mädchen ist wie Wachs; der Mann kann sie formen und leiten ...

Leopold dachte an seinen Vater, und daß es Theodor Chindler niemals gelungen war, den eisernen Willen seiner Frau zu lenken.

– Wir sind deine Kinder, sagte er, die Kinder deines Charakters und deines Willens. Wir wollen alle die Welt ändern, du und Karl und Maggie … Ich habe das auch einmal gewollt. Aber seit einiger Zeit gebe ich mir Mühe, diesen Wunsch zu vernichten. Es ist besser, sich selber zu ändern. Ich will dir eine Geschichte erzählen, die ich neulich in einem Buch von Rilke gelesen habe.

Leopold stand auf, setzte sich auf einen andern Stuhl und begann: »In einer Ebene, die von einem Fluß durchschnitten wurde, wohnten drei Mönche. Sie lebten so fromm und heiligmäßig, daß jeden Tag ein kleines Wunder für sie geschah. Wenn sie nämlich morgens an den Fluß gingen, um sich zu waschen und ein wenig Wasser für ihr Mittagsmahl zu schöpfen, hängten sie ihre Mäntel in den Wind, und die Mäntel blieben hängen und schwebten in der Luft, bis die Mönche wieder zurückkamen und ihre Mäntel abholten. Eines Tages hängten sie wieder ihre Mäntel in die Luft und gingen zum Fluß. Da erblickten sie einen Raubvogel, der im Sturzflug herabstieß, und als er sich wieder erhob, hielt er in seinen Krallen einen zappelnden Fisch. Der erste Mönch sprach: – Du böser Vogel! In diesem Augenblick fiel sein Mantel zu Boden. Der Zweite sprach: – Du armer Fisch! In diesem Augenblick fiel auch sein Mantel zu Boden. Der Dritte sah dem Vogel nach, bis er verschwunden war und schwieg. Und der Mantel dieses Mönches blieb in der Luft hängen.«

Elisabeth Chindler liebte solche Geschichten nicht.

– Ich wollte die Welt nicht ändern, sagte sie und nahm mit dem Löffel einen Schluck Tee aus ihrer Tasse. Nein, mein lieber Bub, da irrst du dich. Ich wollte etwas ganz anderes. Viele Menschen hören auf mich, und denen, die mich fragen, sage ich, sie sollten an Gott glauben.

Die alte Köchin kam ins Zimmer und sagte, eine Dame sei am Telephon und wünsche Herrn Leopold zu sprechen. Leopold dachte, es sei Anki und eilte auf den Vorplatz, wo das Telephon stand, aber es war die angenehme Stimme von Fräulein Atlas, die ihm sagte, sie werde ihn sofort mit Herbert Müller verbinden.

– Meister! Die Sache ist perfekt! Die Zeitschrift hat noch keinen Namen, aber das erste Heft soll am 1. Oktober erscheinen. Wann kann ich Sie sprechen? Wir müssen sofort Vertrag machen, und Sie müssen die Verhandlungen mit den Mitarbeitern beginnen. Dr. Achtermann will auch mitmachen, wenn Sie einverstanden sind. Ich halte ihn für einen der gescheitesten Männer, die ich jemals gesehen habe, und er schätzt Sie sehr!

– Provinzzeitungen sind eine anregende Lektüre, sagte Leopold. Ich habe heute morgen mehrere gelesen, und ich gestehe Ihnen, daß sie mir eine Menge Einfälle gegeben haben.

– Das weiß ich, sagte Herbert Müller, Sie sind ein einfallsreicher Mensch. Außerdem hat Gentz seit ein paar Tagen angezogen, und Gallimard, Paris, interessiert sich für die französischen Rechte. Könnten Sie heute abend zurückfahren?

– Unmöglich. Ich werde morgen abend fahren.

– Abgemacht. Ich stifte Ihnen einen Schlafwagen, und Sie müssen mir dafür einen Namen für unser Kind mitbringen.

Elisabeth Chindler meinte, Zeitschriften seien etwas Ungewisses. Aber gleich darauf sprach sie wieder von Maggie. – Sie hat einen Menschen geliebt, der Koch hieß. Er ist tot, und über die Toten soll der Mensch nichts Schlechtes sagen, aber dieser Mensch hat Maggie verdorben. Er wollte es vielleicht nicht tun, aber er hat es getan. Sie war noch zu jung. Ich hätte sie besser behüten sollen. Ich war damals nachlässig, aber der Krieg ging über meine Kräfte. Ich dachte immer nur an meine Söhne, die an der Front standen, und ich zitterte, wenn der Briefträger kam. Gott hat mich gestraft, aber ich murre nicht. Ich ergebe mich in seinen heiligen Willen. Das Sprichwort sagt: »Kleine Kinder kleine Sorgen, große Kinder große Sorgen«. Sprichwörter haben immer recht. Auch du wirst diese Erfahrung machen. Es ist schwer, eine Ehe zu beginnen, in der schon ein Kind da ist. Es scheint ein sehr nettes Kind zu sein, aber es ist nicht dein Kind. Fremde Kinder sind etwas sehr Fremdes.

Die Köchin kam ins Zimmer und meldete, Herr Glässing sei gekommen und bitte, vorgelassen zu werden.

– Laß ihn eintreten! sagte Elisabeth Chindler. Dann wandte sie sich wieder an Leopold: – Herr Glässing ist ein sehr anständiger Mensch. Er nimmt mir fast alle Arbeit ab. Sein Sohn will Arzt werden.

Herr Glässing trat ein und machte eine tiefe Verbeugung. Er war Kassierer und Schriftführer des katholischen Mädchenschutzvereins und brachte Elisabeth Chindler die Abrechnungen des abgelaufenen Geschäftsjahrs. Elisabeth legte die Papiere unter den Teller zu Maggies Brief und bot Herrn Glässing eine Tasse Tee an. Herr Glässing machte eine Verbeugung und setzte sich an den Teetisch. Er war ein Mann von Mitte fünfzig mit grauen Haaren und einem biederen, freundlichen Gesicht. Elisabeth fragte ihn nach seinem Sohn, und Herr Glässing erzählte, Walter habe sein Examen bestanden. Elisabeth hatte sich in den Lehnsessel zurückgelehnt und hörte aufmerksam zu, aber Leopold war sehr erstaunt, als er nun sah, wie sehr sich seine Mutter seit dem Tod seines Vaters verändert hatte. Sie war nun eine alte Frau, aber sie saß stolz und hoch aufgerichtet im Sessel. Die Lasten des Lebens (und ihrer schweren Ehe) schienen von ihr abgefallen zu sein. Sie hatte niemals ganz auf dieser Welt gelebt; ihr inniger Umgang mit Gott und den Heiligen hatte sie immer ein wenig von dem fern gehalten, was man die Wirklichkeit nennt, das tägliche Leben, Kampf, Ehrgeiz, Intrigen, Liebe ... Nun hatte der Tod Theodor Chindlers auch die letzten Bänder durchschnitten. Elisabeth Chindler hatte ihre Ehe geführt und ihre Kinder geboren und erzogen, wie man eine Pflicht erfüllt, aber nun waren sie ihr entglitten, und ihre Natur war zu ihren Ahnen zurückgekehrt, wie ein König in seinen Palast zurückkehrt, der am Vormittag eine landwirtschaftliche Ausstellung eröffnet hat und einem mächtigen Bullen einen Preis zugesprochen, von dem ihm sein Adjutant gesagt hat, er sei ein schönes und ganz besonders gut geratenes Tier.

Elisabeth hatte dünne weiße Haare, aber wenn man ihr eine Perücke aufgesetzt hätte, würde sie ihren Vorfahren auf den alten Stichen auf der Treppe sehr ähnlich gesehen haben. Auf ihrer Stirn und in dem gleichmütigen Blick, mit dem sie Herrn Glässing betrachtete, und der ebenso weit entfernt war von Hochmut wie von Interesselosigkeit, ruhte jener Gleichmut der Habsburger und ihrer Diener, welche die Welt als ein Gewimmel schwieriger Kinder ansahen, und Elisabeth Chindler betrachtete Herrn Glässing ganz genau so, wie der Mann auf dem Stich auf der Treppe dreinblickte, wenn er den Gesandten des Herzogs von Savoyen empfing, der ihm ein Bündnisangebot seines Herrn zu überreichen hatte, oder den kleinen, nervösen Botschafter Ludwigs XIV., der die Kriegserklärung seines Monarchen an das Reich auszusprechen beauftragt war. Es war alles eins, es war immer so, und es würde sich alles eines Tages wieder ändern, es würde Frieden geben, andere Bündnisse, neue Kriege und wieder einmal Frieden. Diese Herren Beauftragten regten sich ganz unnötig auf und nahmen sich viel zu wichtig; der Beichtvater, der seit einer halben Stunde im Vorzimmer wartete und mit dem jungen Sekretär sprach, war viel ruhiger, viel weniger aufgeregt und viel wichtiger als diese ganze törichte Welt.

Herr Glässing trank seine Tasse leer und verabschiedete sich, und als er die Zimmertür hinter sich geschlossen hatte, sagte Elisabeth Chindler: – Er ist ein sehr anständiger Mensch. Er hat sechs Kinder, fünf Söhne und eine Tochter. Ich achte ihn. Es ist keine Kleinigkeit, sechs Kinder zu erziehen, zu ernähren und zu ordentlichen Menschen zu machen. Die Tochter ist hübsch ... Man trägt jetzt kurze Röcke. Sie hat sehr schöne Beine. Ich sehe sie manchmal auf der Straße, und sie gefällt mir ... es gibt viele hübsche, junge Mädchen in Neustadt. Der Sport ... ich habe nie Sport getrieben ... aber ich glaube, daß er für den Körper ganz gut ist ... Ich wollte, du wärest noch hier, wenn Maggie kommt. Ich werde sie nicht kränken. Ich werde sie erzählen lassen ... aber ich kann ihre Ideen nicht billigen. Das werde ich niemals tun ... Wenn sie das von mir erwartet, dann muß ich sie sehr enttäuschen!

Die Ahnen waren wieder aus dem Gesicht Elisabeth Chindlers verschwunden. Sie beugte sich ein wenig vor, nahm Maggies Brief unter dem Teller heraus und umhüllte ihn mit ihrer weißen Hand. Das Leben war zurückgekehrt, das vielfältige Leben der Familie, sie war wieder eine Mutter, und die Schwierigkeiten, welche die Kinder den Eltern bereiten, senkten sich aufs Neue auf ihr geprüftes Herz.

Es war dunkel geworden. Die Köchin kam ins Zimmer, drehte das Licht an und ging wieder hinaus. Leopold stand auf und trat ans Fenster. Nach einer Weile kehrte er zurück, setzte sich ganz dicht neben seine Mutter und erzählte ihr seine Begegnung mit Maggie.

Vierundzwanzigstes Kapitel

Der Verzicht einer Mutter ist eine entsetzliche oder eine erhabene Tat.
Balzac.

I

Am nächsten Morgen brachte Elisabeth Chindler Leopold das Frühstück ans Bett. – Ich verwöhne dich, sagte sie, aber die Freude meiner Kinder ist meine letzte Freude auf dieser Welt. Ich mußte euch streng erziehen; nun seid ihr große Männer, und nun will ich euch verwöhnen. Ich werde auch Maggie verwöhnen. Sie ist mein geliebtes Kind, meine einzige Tochter.

Elisabeth nahm den Stuhl, der vor dem Bett stand, legte Leopolds Kleider auf das Fußende des Bettes und setzte sich neben ihren Sohn. – Gottes Ratschluß ist unerforschlich. Dein Vater hätte mir vielleicht aufgetragen, den Bischof um seinen Besuch zu bitten und ihn zu Rate zu ziehen. Aber die Bischöfe wissen auch nicht alles ... Die modernen Bischöfe kommen manchmal aus sehr einfachen Verhältnissen ... es sind studierte Männer, aber sie kennen das Leben nicht ... Ich danke dir, daß du Maggie gesagt hast, sie solle mir schreiben und ihre alte Mutter besuchen. Wenn man von ihren Ideen absieht, ist ihre Tätigkeit achtenswert! Die armen Leute brauchen Hilfe. Ich habe mich immer der armen Leute angenommen. Dein Vater verlangte es von mir, und ich habe es gern getan. Ich tu es heute noch. Mein Leben war Mühe und Arbeit.

Nach dem Frühstück ging Leopold ins Badezimmer und setzte sich in die alte Wanne. Die Bütte war einmal seine Nordsee gewesen, sein Mittelmeer und sein atlantischer Ozean. Sein

Atem hatte die Segel kleiner roter Schiffchen gebläht und ihre Klüverbäume in die Buchten der Seeräuber getrieben, vor denen sie sich alle beide fürchteten, die Schiffe und er.

Die Seife war erstaunlich stark parfümiert und schäumte gut, und Leopold wusch sich eben die Arme, als plötzlich eine kleine Tapetentür aufging und Elisabeth in die Badestube trat.

– Du brauchst dich nicht zu genieren, sagte sie, ohne Leopold anzusehen. Ich bin eine alte Frau. Ich hole mir nur meine Arznei. Therese hat sie aus Versehen ins Badezimmer gestellt.

Elisabeth schaute starr gradaus, ergriff eine kleine braune Flasche und ging wieder aus dem Zimmer. Leopold zog sich an, und als er die Zeitung gelesen hatte, ging er mit seiner Mutter spazieren. Sie stiegen langsam die Straße hinauf zum Gipfel des Hügels, und als sie an die Bank kamen, auf der Leopold mit Anki gesessen hatte, blieb Elisabeth stehen und schaute auf die Stadt hinab. – Deutschland ist schön, sagte sie. Seine kleinen Städte sind lieblich, und unsere großen Städte sind fleißig. Ich sitze oft auf dieser Bank und in solchen Stunden lebe ich gern. Ich bin froh, daß der Frühling gekommen ist. Ich liebe den Frühling.

Die Sonne schien kräftig, aber der Wind war noch kalt, und die beiden gingen weiter. Nach einer Weile blieb Elisabeth Chindler stehen und zeigte Leopold eine Villa aus rotem Sandstein. – In diesem Haus wohnte eine liebe, junge Freundin von mir, sagte sie und betrachtete ein Fenster im ersten Stock, dessen Laden geschlossen war. Sie war vierzig Jahre jünger als ich, aber sie kam oft zu mir, sie hatte immer ein Gedeck an meinem Teetisch. Sie besaß eine herrliche Stimme, und sie sang mir alle Lieder von Beethoven und Schubert vor, die ich liebe. Ich begleitete sie ein wenig auf dem Klavier. Eines Tages bekam sie ein Kind und mußte sterben. Ich ging zu ihr und hielt ihre Hand, bis sie tot war. Der Mann ist untröstlich, aber er war kein guter Mann. Er hatte eine Geliebte wie dieser Bankier, mit dem Frau Scheler verheiratet war. Ich kann das nicht verstehen. Man kann doch nicht zwei Frauen lieben … aber er ist untröstlich. Er kam nach der Beerdigung zu mir, und ich sah ihm an, daß er verzweifelt war. Ich habe nicht viel mit ihm gesprochen. Vielleicht quälte ihn die Reue. Die Qualen der Reue sind furchtbar. Mögest du nie bereuen, was du nun tun willst!

Leopold sagte: – Es ist schwer zu verstehen, daß ein Mann eine fremde Frau heiratet. In früheren Zeiten heiratete man die Tochter des Nachbarn. Das konnten alle Leute verstehen, denn man kannte das junge Mädchen und die ganze Familie und sogar die Großeltern. Man wußte, wie die Leute dachten, und man dachte selber auch nicht viel anders. In den großen Städten und im Leben der modernen Menschen herrscht mehr Zufall als früher.

Elisabeth Chindler blieb stehen und schaute ihrem Sohn in die Augen: – Bist du schon verlobt? Seid ihr schon aufgeboten?

– Nein. Das kommt noch.

Elisabeth Chindler bog in eine Seitenstraße ein und zeigte Leopold ein langgestrecktes Haus, über dessen Eingangstür sich ein großes grünes Fenster erhob.

– In diesem Hause lebte der alte Glassing. Er war der Gärtner des damaligen Besitzers. Sein Sohn ist Kaufmann, sein Enkel wird Arzt. Tüchtige Familien steigen auf, faule stürzen herab und gehen unter. Du bist nicht faul, und Karl ist auch nicht faul ... Ernst könnte strebsamer sein!

Elisabeth Chindler ging weiter. Sie stützte sich auf einen schwarzen Regenschirm, aber als sie an eine Haltestelle der Straßenbahn kam, blieb sie stehen.

– So, sagte sie. Jetzt nehmen wir die Bahn. Ich bin müde. Es ist anstrengend für mich, auf den Hügel zu steigen, aber ich liebe ihn und die schöne Aussicht. Ich bin heute etwas müder, als ich gestern war. Ich habe heute nacht an Maggies Brief denken müssen und nur wenig geschlafen. Wenn mich doch der Herr erleuchten wollte, damit ich das Richtige tue!

Nach Tisch schrieb Leopold einen langen Brief an Herbert Müller. Seine Mutter hatte ihm Briefpapier gegeben, in das links oben ihr Wappen eingeprägt war. – Es ist ein Geschenk deines Bruders Ernst, sagte sie lächelnd. Wappen sind eine Marotte von ihm. Aber die meisten Menschen haben irgend ein Steckenpferd, und man muß sie lassen.

Leopold setzte sich an den Schreibtisch seines Vaters, unter dem immer noch das große Eisbärfell lag, und betrachtete die Lampe, die seinem Vater so lange geleuchtet hatte, und das kleine Tintenfaß mit dem silbernen Deckel und die längliche Schale, in der zwei Federhalter lagen, zwei Bleistifte und ein grüner Gummi. Die Gegenstände hatten sich nicht verändert, sie waren noch da, sie hatten ihren Herrn und Besitzer überlebt, wie uns fast alles, was wir besitzen, eines Tages überleben wird. Elisabeth Chindler war in ihr Schlafzimmer gegangen, um sich eine Stunde auszuruhen, und Leopold begann den Brief an den Verleger.

2

Es war halb fünf Uhr, und Leopold schrieb noch Briefe, als die Tür aufging und Elisabeth Chindler eintrat. Sie ging sehr langsam und stützte sich auf die elfenbeinerne Krücke eines schwarzen Stockes. – Hole mir bitte einen Sessel, sagte sie, damit ich mich neben dich setzen kann. Ich bin müde. Ich habe nicht geschlafen. Ich habe einen Brief an Maggie geschrieben. Ich kann sie nicht empfangen. Sie darf nicht zu mir kommen …

Leopold war sehr erstaunt über diese Nachricht, aber er stand rasch auf und rückte seiner Mutter den steifen grünen Lehnsessel mit den Ohrenklappen heran, auf dem Theodor Chindler jeden Tag nach Tisch geschlafen hatte. Elisabeth Chindler lehnte ihren Stock gegen den Schreibtisch und setzte sich. Der Sessel war nicht bequem genug für sie, und Leopold brachte ihr noch ein Kissen und legte es hinter ihre dünnen weißen Haare.

– Ich will nicht sagen, daß mich Gott erleuchtet hat, das darf ich nicht sagen, begann Elisabeth Chindler. Ich könnte mich irren, und der Mensch darf sich nicht im Namen des Herrn irren. Ich habe Margarethe geschrieben, daß ich sie nicht sehen kann. Sie ist gottlos, sie gehört einer Partei an, die gottlos ist. Menschenfurcht ist etwas Feiges und Verächtliches, und ich bin zu alt, um die Menschen noch zu fürchten. Ich habe mich immer laut zu meinem Glauben bekannt. Aber man darf kein Ärgernis geben. Ich würde Ärgernis geben. Viele Menschen blicken auf mich. Du hast Herrn Glässing kennen gelernt. Er erzieht seine Kinder in der Furcht vor dem Herrn ... Alle Menschen, die mir nahestehen, tun das. Diese Männer und Frauen würde ich in Verwirrung bringen, wenn ich Maggie empfinge. Margarethe geht ihren Weg, und ich muß den meinen gehen ... Wenn ich sie hier empfangen würde im Hause deines Vaters, wie ich dich empfange, oder wie ich diese liebe Frau Scheler empfangen habe, die unschuldig geschieden ist, dann würde ich Ärgernis geben und den Menschen ein schlechtes Beispiel ... Ich hätte mich natürlich niemals scheiden lassen. Ich hätte ausgeharrt und mich in Gottes unerforschlichen Willen gefügt, aber ich tadle Frau Scheler nicht ... sie hat kein Unrecht getan ... sie wollte es nur nicht dulden ... verstehe mich recht, mein liebes Kind, ich tadle sie nicht ... Aber was ich sagen wollte ... Margarethe ... Die Feinde meines Glaubens sind auch meine Feinde. Der Herr sagt: »Liebet eure Feinde! Tuet Gutes denen, die euch verfolgen!« Wäre Margarethe in Not, so würde ich ihr mein letztes Hemd schicken, aber dies darf ich niemals tun: Ich darf nicht billigen, was sie tut.

Arme Maggie! dachte Leopold. Das wird sie hart treffen, das verscheucht sie für immer! Er heftete den Blick wieder auf den großen, festen Mund seiner Mutter und sagte: – Du könntest sie wenigstens einmal empfangen, ohne ihr dabei zu verschweigen, was du denkst ...

– Ich könnte sie besuchen. Aber ich bin zu alt, ich kann nicht mehr mit der Bahn fahren. Es ist ein großes Opfer, das ich bringen muß. Wenn ich sie empfinge, würden die Leute, die mich kennen, an mir irre werden. Sie will unsere Kirchen leer machen und unsere Priester verfolgen. Ich werde unseren Priestern folgen. Ich bin zu alt, um zu reisen, aber zu Fuß könnte ich noch weit gehen ... wohin Gott mich schickt. Ich habe keine Angst vor den Arbeitern ... das wäre ja noch einmal schöner! In unserem Verein sind viele Arbeiterinnen, und ich kenne Sozialdemokraten, die ehrenwerte Männer sind. Meine Vorfahren glaubten, die Welt würde untergehen, wenn man die Bürger regieren ließe. Das ist alles purer Blödsinn. Dein Vater war bürgerlich, und er war ein sehr guter Politiker. Ich bin eine sehr alte Frau, aber ich bin nicht rückständig. Aber die Gottlosigkeit ist hassenswert … Nimm noch einen Briefbogen und schreibe an Maggie. Sage ihr, daß ich sie nicht verfolge. Ich verfolge niemand. Aber ich verteidige mich. Ich wehre mich. Ich werde mich niemals beugen. Wenn sie mir verspricht, unseren Glauben zu achten, darf sie zu mir kommen.

Leopold blickte auf die kleine schwarze Uhr, die über dem Schreibtisch seines Vaters auf einem Wandbrett stand. Aber der Pendel bewegte sich nicht; man hatte die Uhr seit dem Tod des Vaters nicht mehr aufgezogen.

– Ich werde Maggie selber schreiben, sagte Elisabeth Chindler, das ist erlaubt, das darf ich tun. Sie ist meine einzige Tochter, und sie hat das Recht, die Worte ihrer Mutter zu vernehmen. Glaube nicht, ich sei hart. Ich bin nicht hart, ich bin nur fest. Du bist auch gottlos, aber du bist nicht gegen Gott. Wer gegen Gott ist, darf die Schwelle meines Hauses nicht überschreiten. Das ist meine Überzeugung und mein unabänderlicher Entschluß und mein letztes Wort.

Therese kam ins Zimmer und sagte, der Tee sei angerichtet und warte im Eßzimmer. Sie blickte auf Elisabeth Chindler und legte erschrocken die Hand gegen den Mund: – Um Himmelswillen! sagte sie, Sie sehen ja ganz bleich aus! Fühlen Sie sich nicht wohl? Ich glaube, Sie sollten sich gleich hinlegen. Sie sind heute morgen zulange spazieren gegangen und sicherlich wieder auf den steilen Berg gestiegen. Das bekommt Ihnen nie.

– Richte mir das Sofa im Eßzimmer und lege mir zwei Kissen darauf. Ich will dabei sein, wenn Herr Leopold Tee trinkt. Ich bin nicht krank, ich bin nur müde. Ich habe an Fräulein Maggie geschrieben, daß sie nicht zu mir kommen darf.

Therese warf Leopold einen erstaunten Blick zu und schaute wieder auf Elisabeth Chindler. – Das ist vernünftig, sagte sie und nickte ein paar Mal. Sie würden sich bloß aufregen und hinterher krank werden.

– Ich fürchte mich nicht vor der Aufregung.

– Es hat keinen Zweck. Die Kommunisten wollen uns am

Zeug flicken, das kann man sich nicht bieten lassen. Man hat schon Aufregungen genug ... O lieber Gott, daran fehlt es einem wirklich nicht im Leben.

Therese ging ins Eßzimmer und richtete das große grüne Sofa her. Elisabeth Chindler blickte ihr nach, und als Therese das Zimmer verlassen hatte, sagte sie: – Sie versteht nicht alles, was ich sage, aber sie hat einen vortrefflichen Charakter. Sie hat die Tugend der Treue. Wenn ich einmal nicht mehr auf der Welt bin, müßt Ihr Söhne für sie sorgen.

Leopold telegraphierte an Anki, er müsse noch einen Tag zugeben, und Therese schickte das Hausmädchen mit dem Telegramm auf die Post. Leopold reichte seiner Mutter den Stock (der federleicht war) und führte sie in das Zimmer. Elisabeth Chindler legte sich aufs Sofa, und Leopold deckte sie mit einer gehäkelten Decke aus grüner Wolle zu. Dann brachte er ihr eine Tasse Tee.

– Heute morgen habe ich dich verwöhnt, und jetzt pflegst du mich. Mein Herz ist wieder ganz ruhig. Ich habe überwunden. Ein großer Entschluß macht frei. Es ist lieb von dir, daß du erst morgen fährst ... Ich könnte auch allein sein ... ich würde einen Rosenkranz beten ... Aber ich bin sehr froh, daß du bei mir bist. Ich möchte euch alle zu Weihnachten einladen ... Ihre Lippen zitterten, und sie brach in Tränen aus. – Ich bringe ein furchtbares Opfer! Maggie ist meine einzige Tochter!

Am nächsten Morgen lag Leopold noch im Bett und las, als die Tür aufging, und Karl Chindler eintrat. – Man liebt die Überraschungen, sagte Leopold erstaunt. Wo kommst denn du her?

Karl trat ans Bett und gab seinem Bruder die Hand. Dann blickte er auf den Nachttisch und betrachtete Leopolds Uhr und das Zigarettenetui, das neben der Uhr lag. Es war ein Geschenk von Anki, und ihr Name war innen eingraviert. Karl öffnete das Etui, nahm eine Zigarette heraus und legte die Dose wieder auf die Marmorplatte.

– Ich fahre nach Stuttgart, sagte er.

Er trug einen hellgrauen Anzug und ein seidenes, gestreiftes Hemd, dessen Kragen zu weit war. Es war sein Reisekostüm, und er hatte die Gewohnheit, sich für Reisen besonders bequem anzuziehen.

– Warst du schon bei Mama? fragte Leopold.

– Ja. Sie liegt noch im Bett, ich fand sie sehr angegriffen ... Aber was ich sagen wollte ... Du hättest mich anrufen sollen und mir sagen, daß Maggie in Berlin ist. Das ist ein irrsinniges Frauenzimmer. Mit der werde ich mal Deutsch reden.

Leopold stieg aus dem Bett und suchte seine Pantoffel.

– Du tust mir Unrecht, sagte er. Ich habe ihr mehr als einmal gesagt, sie solle dich besuchen oder dich wenigstens anrufen, aber sie ist ein erwachsener Mensch und ich konnte sie ja schließlich nicht zwingen!

– Mama betrachtet den Fall vom religiösen Standpunkt aus, und das ist ihr gutes Recht, aber die Angelegenheit hat auch eine politische Seite. Wenn Grete für die Diktatur ist, so muß ihr mal ein ernster und erfahrener Mann, und das heißt in diesem Falle ich, einen Vortrag halten und ihr erklären, was das bedeutet. Ich werde ihr nachher ein Telegramm schicken und ihr sagen, sie möge so gut sein und mich umgehend in Berlin besuchen. Halte aber bitte deinen Mund. Mama braucht das nicht zu wissen. Sie leidet sehr, und es wäre hart für sie, wenn sie am Ende die einzige von uns allen wäre, die Grete nicht sieht.

Leopold hatte seine Pantoffel gefunden, trat vor den Waschtisch und ließ heißes Wasser einlaufen. – Maggie leidet auch, sagte er, und ich kann dir garnicht sagen, wie genug ich von diesem alten, abgestandenen und sinnlosen Krach habe! Mag sie denken, was sie will ... sie ist ebenso gut eine Chindler wie du und ich, und es ist nicht unsere Sache, sie zu quälen. Laß sie doch ihre komische Politik treiben ... ich werde mich schon zu wehren wissen, aber an meiner Zimmertür hört die Politik auf, und wenn Maggie bei mir anklopft, dann ist und bleibt sie meine Schwester. Das ist vielleicht sehr duldsam, aber ich bin es nun einmal, und es war übrigens gerade Maggies Besuch bei mir, der mich aufs Neue in dieser Tugend bestärkt hat!

Karl ging im Zimmer auf und ab. Er betrachtete die Jacke von Leopolds Anzug und ihr Futter, den Rasierapparat und das Leder von Leopolds Brieftasche. – Ich habe letzte Woche deinen besonderen Freund Manberg kennen gelernt. Das ist ein unsympathisches Schwein, da hast du recht, aber ich weiß doch nicht, ob du gut beraten warst, als du Knall und Fall bei der Berliner Allgemeinen weggingst.

– Ich werde ab 1. Oktober eine Zeitschrift herausgeben.

– Ach! Du bist ein unternehmender Bursche. Mein Minister hat dein Buch gelesen und findet es gut.

Bei Tisch saß Elisabeth Chindler zwischen ihren beiden Söhnen. Karl erzählte von Dr. Lichtstrahl, und Elisabeth Chindler hörte zu. Als Karl schwieg, sagte sie leise: – Er hat viele Anhänger, aber die Bischöfe lieben ihn nicht.

Karl ärgerte sich und brauste auf. – Die Bischöfe sind nicht allwissend, alles was recht ist.

– Ich kenne ihn nicht, sagte Elisabeth Chindler. Ich kann kein Urteil abgeben. Zürne deiner alten Mutter nicht, ich wollte Herrn Lichtstrahl nicht kritisieren. Ich wollte dir nur erzählen, was ich gehört habe.

Therese hatte einen großen Pudding gemacht, und Karl erklärte, Therese sei die beste Köchin, die er kenne.

– Ich darf ihn nur kosten, sagte Elisabeth Chindler und nahm einen halben Löffel voll auf den Teller. Der Arzt hat mir strengste Diät verordnet, weil mein Magen nicht mehr so kräftig ist wie früher. Aber wenn ihr mir eine Freude machen wollt, so müßt ihr den ganzen Pudding aufessen.

– Das werde ich mir nicht zweimal sagen lassen, antwortete Karl, und als man nach Tisch aufstand, war die große braune Schüssel leer.

3

Karl war gleich nach Tisch weitergereist, während Leopold erst abends abfuhr. Elisabeth Chindler hatte ein Taxi kommen lassen, und als Leopold sich unten auf der Straße noch einmal umwandte und zu den Fenstern hinaufsah, stand Elisabeth Chindler hinter den Scheiben und winkte ihm zu. Sie war klein und gebückt, und ihre großen Augen lagen in tiefen Höhlen. Sie versuchte, ihrem Sohn noch einmal zuzulächeln, aber er sah, daß ihre Mundwinkel zuckten, daß sie weinte. Sie hatte ihn wieder ganz erobert, und als er sich nun in die Polster zurücklehnte, mußte er sich zweimal kräftig die Nase putzen.

Der Zug kam auf die Sekunde pünktlich an, und Anki stand auf dem Bahnsteig. Sie hatte sich gedacht, daß Leopold mit dem Schlafwagenzug kommen werde, und war für alle Fälle zum Bahnhof gefahren. Sie trug ein kleines rotes Hütchen, ein wenig schief nach rechts gerückt, und einen Schleier. Der Fox zerrte an seiner grünen Leine, aber Anki hatte sich das Leder zweimal um die Hand geschlungen und hielt ihn fest. Das Tier sah schön aus, wie es nun mit geöffnetem Maul und roter, heraldisch geschweifter Zunge auf den Hinterbeinen stand und mit den Vorderbeinen die Luft peitschte, außer sich vor Freude über die Rückkehr des Mannes, den es für seinen Herrn hielt.

Es tut mir leid, dachte Leopold, ich wollte, es wäre anders, und ich könnte Mama glücklich machen. Aber ich liebe Anki ... ich werde Waldo zu Richard Scheler schicken ... dieser Zustand muß aufhören ... sie soll meine Frau sein.

Anki gab Leopold die Hand, und sie begrüßten sich, ohne sich zu küssen. Hinter der Sperre blieb Anki stehen und reichte Leopold eine Postkarte. Sie war aus Freiburg, von Inge Klemm, und die Nachschrift lautete: – »Wie ich soeben erfahre, hat sich Richard Sch. mit einem jungen Mädchen verlobt. Sie soll die Tochter eines Pfarrers sein und erst siebzehn Jahre alt.«

Leopold las die Nachschrift zweimal, und Anki, die ihm mit den Augen folgte, hatte ein Gefühl wie ein Angeklagter, der sich soeben erhoben hat, weil das Gericht aus dem Beratungszimmer in den Verhandlungssaal zurückgekehrt ist.

– Das ist eine gute Nachricht! Jetzt sind wir frei, sagte Leopold und steckte die Karte in die Manteltasche.

Anki ließ den Hund los, wobei ihr Schirm hinfiel, und umschlang Leopold mit beiden Armen. – Du, sagte sie, immer und ewig nur du!

Leopold küßte ihre Augen und ihre Lippen, und als ihn Anki

wieder küßte, fielen ihm die Worte seiner Mutter ein: »Ein junges Mädchen ist wie Wachs. Die kann ein Mann formen.«

Warum soll ich sie formen? dachte er. Warum sollte sie je anders werden, als sie ist? Ach was! Aushalten … geformt werden, das ist viel besser! Diese süße Last tragen, dieses Weib, das wie ein Kind ist. Verstanden werden? Dummes Zeug! Schwächlicher Wunsch kränklicher Neurastheniker. Sie zu verstehen, darauf wird alles ankommen. Tragischer Irrtum dieser Generation, andere abrichten zu wollen, wie ein Schulmeister seine Abc-Schützen. Lieben und geliebt werden … Und keine Hintergedanken! Keine Furcht! Süßes Fleisch dieser Lippen …

Eine alte Frau klopfte Anki auf den Arm, und Anki ließ Leopold los. – Da, Fräuleinchen, Sie haben Ihren Schirm verloren.

Anki nahm den Schirm und dankte der Alten, die schmunzelnd über soviel vergeßliche Leidenschaft weiterging.

– Der Fox ist auch weg, sagte Anki und schaute über Leopolds Schulter weg in die Bahnhofshalle.

Wie schön sie war, wenn sie so gespannt spähte! Leopold rückte ihr den Hut zurecht, der sich an seiner Schulter verschoben hatte, und als ihn Anki still und glücklich und ganz demütig (wie ein kleines, ganz junges Mädchen! dachte Leopold) hantieren und gewähren ließ, war Leopold trunken vor Stolz auf sein schönes Weib.

Am Abend war Leopold zusammen mit Anki bei Bendemanns eingeladen, und als sie ins Zimmer traten, sagte Anki, sie hätten sich verlobt und würden bald heiraten.

Otto Bendemann trat auf Leopold zu wie ein großer, alter Pfarrer, aber seine Rede war sehr weltlich und ein wenig in der Art eines großen Jungen. – Das ist eine ausgezeichnete Idee! Mensch! Leopold, kommen Sie an meine Freundesbrust!

Der nächste Abend war ein Dienstag, und Leopold sagte Wilhelm Braun, es tue ihm leid, aber er habe sich verlobt und könne nicht kommen, wenigstens nicht allein. Wilhelm gratulierte und bat Leopold, Frau Scheler mitzubringen. Als Leopold ankam und hinter Anki ins Zimmer trat, fand er eine kleine Gesellschaft versammelt: Dr. Achtermann und seine blonde, schüchterne Frau, und Herbert Müller und seine Gattin. Wilhelm Braun hatte eine Menge Alkohol kalt gestellt, Winkeler Hasensprung und Champagner. Bei Tisch sagte er, es sei die heilige Zahl sieben, die bei ihm versammelt wäre, und dann erhob er sich und hielt eine Rede an das Brautpaar, die aber hauptsächlich eine Rede an Anki war. Der erste Teil war lustig, aber im zweiten sagte Wilhelm ein paar ergreifende Sätze. Anki war sehr gerührt, und als sich Wilhelm wieder hingesetzt hatte, gab sie ihm einen Kuß.

– Enorm, sagte Herbert Müller.

Wilhelm Braun war überhaupt ein redseliger Bursche geworden. Als Leopold am nächsten Morgen beim Frühstück saß, brachte ihm Frau Janke ein Telegramm. Leopold riß es auf und las: »frauen und träume (t groß geschrieben) von frauen. allerherzlichste wünsche. erika welter.«

Auf dem Rauchtisch stand ein Leuchter aus weißem Porzellan. Leopold zündete die Kerze an und hielt das Telegramm in die Flamme. Das Papier krümmte sich wie eine Schlange, aber Leopold hielt es mit einer Schere fest, bis das ganze Blatt zu Rauch und Asche verbrannt war. Dann blies er die Kerze aus und öffnete das Fenster.

Ende

Anhang

Editorische Notiz

Franziska Scheler. Roman ist zuerst 1945 im Atlantis Verlag (Zürich) erschienen. Im Besitz der Söhne Bernard von Brentanos befindet sich ein durchschossenes Exemplar dieser Ausgabe mit zahlreichen handschriftlichen Korrekturen, oft stilistischer Art – der Text wird lakonischer, genauer, manchmal auch flüssiger gemacht –, mit wenigen längeren Streichungen und zahlreichen, wiederum vorwiegend stilistisch motivierten Einfügungen. Dieses durchgearbeitete Exemplar ist die Druckvorlage der vorliegenden Ausgabe.

Eine überarbeitete Version des Romans ist 1949 im *Tagesspiegel* (Berlin) abgedruckt worden; nach einer Ankündigung samt Vorstellung der wichtigsten Figuren am 15. Januar 1949 folgt der vollständige Roman vom 16. Januar 1949 bis zum 15. Mai 1949. Ab der 6. Folge finden sich Veränderungen gegenüber der Erstausgabe, die zu einem kleinen Teil mit der hier veröffentlichten Version übereinstimmen, großenteils aber nicht mit der vorliegenden identisch sind. In dieser haben die Korrekturen ein noch größeres Ausmaß; andererseits finden sich im *Tagesspiegel* gelegentlich kleine Kürzungen, die auch redaktionellen Eingriffen der Zeitung geschuldet sein können. Eine Erklärung zur Entstehung dieser Varianten ist anhand der Korrespondenz mit dem Atlantis Verlag im Brentano-Nachlass nicht zu führen.

Die vorliegende Fassung letzter Hand muss nach 1949 entstanden sein; auch hierzu geben die erschlossenen Teile des Nachlasses keine Auskunft. Michael und Peter von Brentano halten die Jahre zwischen 1951 und 1955 für wahrscheinlich. Möglicherweise wollte Bernard von Brentano nach der Neuausgabe des *Theodor Chindler* in seinem neuen Wiesbadener Verlag Limes 1951 dem Verleger Max Niedermayer den Folgeband des *Romans einer deutschen Familie* in der überarbeiteten

Fassung anbieten, ohne Erfolg, wenn auch Limes 1966 eine kleine Restauflage der Atlantis-Erstausgabe mit einem neuen Schutzumschlag vertrieben hat. Ein solches Exemplar findet sich in der Deutschen Nationalbibliothek in Frankfurt am Main.

Bislang ist die nun hier vorliegende Fassung nicht veröffentlicht worden; der Suhrkamp Verlag und der Insel Verlag haben zwar im Zuge der *Theodor Chindler*-Verfilmung (1979) von Hans W. Geißendörfer einige Werke Brentanos um 1980 herum wieder aufgelegt, seine letzten Romane *Franziska Scheler* und *Die Schwestern Usedom* (1948) waren nicht darunter.

Zur Textgestalt:

– Unsere Ausgabe setzt die Korrekturen und Veränderungen Bernard von Brentanos vollständig um, wort- und zeichengetreu; nur offensichtliche Schreib- und übersehene Druckfehler sind korrigiert worden. Der Band folgt dementsprechend der Rechtschreibkonvention der fünfziger Jahre und berücksichtigt individuelle Eigenheiten des Autors (z. B. *garnicht*).

– Die Schweizer Abweichung gegenüber der deutschen Standardschreibung ist rückgängig gemacht worden, was die Verwendung des *ss* statt *ß* angeht, entsprechend dem Zeitungsabdruck von 1949. Fremdworte aus dem Französischen werden nicht angeglichen (*Karrosserie, Plissée*, *Gelée*).

– Die vorliegende Fassung weist zahlreiche Korrekturen Brentanos auf; es findet sich fast keine Seite, auf der nicht drei oder mehr solcher Korrekturen aufzufinden wären. Nachdem es sich hier um eine Leseausgabe, nicht um eine historisch-kritische Ausgabe handelt, werden diese Korrekturen zwar exakt umgesetzt, aber nicht nachgewiesen. Nur wenige Passagen mit umfangreicheren Streichungen und einige Passagen, die über stilistische Korrekturen hinausgehen, werden im Kommentar referiert oder zitiert. Auf dem letzten Blatt findet sich der handschriftliche Stoßseufzer für eine besonders intensiv durchgearbeitete Seite: »O Gott, möge der Setzer das verstehen« – angesichts der zahlreichen Korrekturdurchgänge des Verlags und des Herausgebers sind wir recht optimistisch, dass wir verstanden haben.

Kommentar

Der folgende knappe Kommentar weist einige wenige Einzelheiten – historische Persönlichkeiten, literarische Anspielungen – nach bzw. löst sie auf, soweit möglich. Persönlichkeiten des allgemeinen kulturellen Wissens von Goethe bis Stresemann und Hindenburg, auch bekannte historische Ereignisse (Kapp-Putsch) werden nicht nachgewiesen, wohl aber Abweichungen von den historischen Verläufen. Intertextuelle Bezüge werden nur erläutert, wenn sie nicht offensichtlich und leicht nachzuschlagen sind; die Eingangsmotti der jeweiligen Kapitel beispielsweise, für die Bernard von Brentano die Verfasser durchweg nennt, werden daher bis auf eine nichtliterarische Ausnahme nicht nachgewiesen. Fremdsprachige Zitate werden übersetzt, umfangreichere Veränderungen gegenüber dem Erstdruck werden angegeben, solche stilistischer Art nur exemplarisch.

Siglen:

DLA Nachlass Bernard von Brentanos im Deutschen Literaturarchiv (Marbach am Neckar).

EA Erstausgabe: Bernard von Brentano: Franziska Scheler. Roman. Zürich 1945.

Titelblatt: *Franziska Scheler* – Die Fassung letzter Hand trägt auf dem Titelblatt noch alternative handschriftliche Titel: *Eine geschiedene Frau* und *Frau Franziska Scheler*; im Nachlass findet sich in einem Notizheft für 1945/46 noch *Franziska Scheler / oder / Nur die Höhe des Menschen ist der Mensch* (DLA). Die vorliegende Ausgabe bleibt bei dem ursprünglichen Titel.

Auf dem Vorsatzblatt der Erstausgabe hat Bernard von Brentano den Zusammenhang zum Vorgänger-Roman verdeutlicht, hier war eingedruckt: »Roman einer deutschen Familie / Erster

Roman: THEODOR CHINDLER / Zweiter Roman: FRANZISKA SCHELER«. Diese Angaben sind in der Überarbeitung gestrichen; in der Abwägung, ob die Anknüpfung an den Erfolgsroman *Theodor Chindler* stärker betont werden sollte als die Unabhängigkeit von *Franziska Scheler*, hat der letztere Aspekt offenbar an Gewicht gewonnen.

9 *ein Bild van Goghs … im Kronprinzenpalais* – 1928 zeigte die »Neue Abteilung« im Kronprinzenpalais eine große van Gogh-Retrospektive, von daher kann nicht präzisiert werden, an welches Bild Leopold Chindler hier denkt. Von 1919 bis 1933 war diese »Galerie der Lebenden« das erste Museum für zeitgenössische Kunst überhaupt; in der NS-Diktatur wurde die Sammlung zerrissen, zum Teil zerstört.

15 *die Stimme der Berliner Allgemeinen* – Die Zeitung, bei der Leopold angestellt ist, hat es unter diesem Namen nicht gegeben; redaktionelle Vorgänge wie die später geschilderten waren Brentano von seiner Arbeit bei der *Frankfurter Zeitung* her vertraut. Sie dürfte nicht allein das Vorbild abgeben, wenngleich das dominante; auch andere Berliner Tageszeitungen (*Vossische Zeitung*, *B. Z. am Mittag*, *Berliner Börsen-Courier*, *Deutsche Allgemeine Zeitung*) und deren Mitarbeiter sind aber mitzudenken. Brentano hat seine Redakteursstelle bei der *Frankfurter Zeitung* 1931 verlassen, dort zwar weiterhin publiziert, aber auch verstärkt bei anderen Zeitungen und Zeitschriften (*Berliner Tageblatt*, *Weltbühne*, *Die Linkskurve*, *Die literarische Welt*).

Herr Dr. Lichtstrahl – Porträt des katholischen Armenpriesters Carl Sonnenschein (1876–1929), der seit 1923 eine katholische Volkshochschule in Berlin aufgebaut hatte und zeitweise wegen seiner Sozialarbeit von der Kirche beurlaubt wurde. Im Mai 1929, der Handlungszeit dieses Kapitels, war das historische Vorbild Dr. Lichtstrahls bereits verstorben.

17 *einfache Leute, Arbeiter und Angestellte* – EA: »Leute aus dem werktätigen Volk« (S. 19).

19 *Flectamus genua! … O lux beata!* – Lichtstrahl erinnert sich an Choräle und Hymnen aus der katholischen Oster-Liturgie; lateinisch: »Beugen wir die Knie! O Kreuz, sei gegrüßt! Die Klagen zur Todesstunde Jesu! Die Standarten des Königs! O glückliches Licht!«

22 *Per istam sanctam unctionem et suam piissimam misericordiam* – Beginn der lateinischen Formel für die Krankensalbung in der katholischen Liturgie (»Per istam sanctam unctionem et suam piissimam misericordiam adiuvet te Dominus gratia Spiritus Sancti, ut a peccatis liberatum te salvet atque propitius allevet«), deutsch: »Durch diese heilige Salbung und sein reiches Erbarmen helfe dir der Herr, er stehe dir bei mit der Kraft des Heiligen Geistes, der Herr, der dich von Sünden befreit, rette dich, gnädig richte er dich auf.«

23 *Kalandsbrüder* – Religiöse Bruderschaft, die vor allem im 13.–16. Jahrhundert in mehreren europäischen Ländern existierte; die Gruppen trafen sich jeweils am Monatsersten (lat. *calendae*), um karitativen Zwecken nachzugehen. Mit zunehmendem Wohlstand galten die Brüder als Schlemmer, im Zuge der Reformation lösten sich die meisten Gruppen auf.

28 *captatio benevolentiae* – Lateinisch: Haschen nach Wohlwollen; Begriff aus der antiken Rhetorik: Der Redner versucht mit den ersten Sätzen, sich das Publikum geneigt zu machen, ohne schon über sein eigentliches Thema zu sprechen.

30 *Schwierigkeiten eines politischen Beamten … interessierten ihn wenig* – In der EA folgt hier eine deutlichere Kritik an dem Priester: »Er bewegte sich anderen Zielen zu und er gehörte zu jener Gruppe von Prominenten, deren Mitglieder wie Protagonisten aussehen, in Wirklichkeit aber lediglich Nutzniesser der Politik und manchmal sogar des Vaterlandes sind.« (S. 35)

32 *gewisse Literaten bei uns unanständige Stücke aufführen dürfen* – EA: »gewisse Wiener Literaten« (S. 37); damit war die Anspielung auf den Skandal nach der Berliner Urauf-

führung von Arthur Schnitzlers Drama *Reigen* (1920) und den anschließenden Gerichtsprozess noch deutlicher.

34 *Erika Welter* – Für diese Figur lässt sich kein Vorbild festmachen; in einer Nachkriegsrezension wird Käthe Dorsch (1890–1957) genannt.

so schwermütig... wie Brackenburg – Eine niedersächsische Burgruine zwischen Göttingen und Kassel.

38 *Große Taten? Ja... unzählig aus der Nacht* – Orest in *Iphigenie auf Tauris* (1787) von Johann Wolfgang von Goethe, II. Aufzug, 1. Auftritt, Vers 667–679; in der Münchner Ausgabe Bd. 3.1 (1990), S. 179.

39 *Denken die Himmlischen... Einen ruhigen Freund* – Ebenda, Iphigenies Monolog, IV. Aufzug, 1. Auftritt, Vers 1369–1381; Münchner Ausgabe Bd. 3.1 (1990), S. 198.

40 *in den Schacht des Schlafes hinabgestürzt* – Ein Beispiel für die Verknappung in der vorliegenden Fassung; Fortsetzung in der EA: »wie ein Stein in einen Brunnen fällt und in seinen Wassern verschwindet.« (S. 48)

41 *diese Gedichte von Benn* – Hier gemeint *Mann und Frau gehn durch die Krebsbaracke* aus Gottfried Benns erster Sammlung *Morgue und andere Gedichte* (1912).

42 *Ina Seidel* – Erzählerin und Lyrikerin (1885–1974), die nach 1945 weiterhin zahlreiche Arbeiten veröffentlichte, ohne die frühere Popularität wieder zu erreichen. Wegen ihres Verhältnisses zur NS-Diktatur, insbesondere ihrer zahlreichen Hitler-Huldigungsgedichte, war sie umstritten. Das angesprochene Gedicht (»Trunkener Bruder, rede, ich weiß, daß du reden mußt«) trägt den Titel *Dichter*, vgl. I. S.: Weltinnigkeit. Neue Gedichte. Stuttgart 1921, S. 68 f.; weder hier noch in der Sammelausgabe (I. S.: Gesammelte Gedichte. Stuttgart, Berlin 1937, S. 142–144) trägt das Gedicht eine Widmung an Gottfried Benn. – Zum Verhältnis Benn – Seidel vgl. Dorit Krusche: »... keine üble Person, aber ich mag nicht mehr«. Die Beziehung zwischen Gottfried Benn und Ina Seidel. In: Benn-Jahrbuch 1 (2003), S. 61–87.

43 *Im Handel saßen die ernsten Männer... Herrn Achter-*

mann – Das dominante Vorbild für die »Berliner Allgemeine Zeitung« ist die *Frankfurter Zeitung* (vgl. Komm. zu S. 15), für deren Feuilleton Bernard von Brentano als Nachfolger Joseph Roths schrieb, auch er (wie Leopold Chindler) nicht nur für das Feuilleton. Die *Frankfurter Zeitung* hatte eine Berliner Redaktion, geleitet von Bernhard Guttmann (1869–1959), die vor allem aus der Wirtschafts- (damals Handels-) Redaktion bestand; Brentanos Vorgesetzte vor Ort in Berlin waren also vor allem Wirtschaftsredakteure. Einige der Redakteure im Roman lassen sich ihren Vorbildern zuordnen; der namenlose Theaterkritiker wird ein Porträt Bernhard Diebolds sein, der Musikkritiker »Dr. Kleim« ist Karl Holl nachempfunden. »Achtermann«, der im Roman die wichtigste Rolle aus dieser Redaktionsgruppe spielt, dürfte Vorbilder in Guttmann haben, der 1930 vorzeitig in Pension ging, dem Feuilletonchef Benno Reifenberg, und vor allem in Arthur Feiler (1879–1942), der in Frankfurt geblieben war. Nach einigen Jahren als Handelsredakteur wechselte er 1910 ins politische Ressort, zudem war er, nach den Erinnerungen eines Kollegen, »schöngeistig verseucht« (Erik G. Wickenburg). Feiler war parallel zu seiner Redakteursstelle Privatdozent, dann außerplanmäßiger Professor (Volkswirtschaft) an der Frankfurter Universität, bis er 1932 die *Frankfurter Zeitung* verließ und an der Königsberger Universität lehrte, 1933 emigrierte er in die USA. – Seit Ende des Ersten Weltkriegs steckte die *Frankfurter Zeitung* in einer ökonomischen Krise, die mit der Hereinnahme externer Anteilseigner im April 1929 und einer Erklärung *In eigener Sache* dazu öffentlich wurde (vgl. dazu ausführlich Wolfgang Schivelbusch: Intellektuellendämmerung. Zur Lage der Frankfurter Intelligenz in den zwanziger Jahren. Frankfurt am Main 1985, S. 53–76). *Franziska Scheler* setzt einen Monat nach dieser Erklärung ein.

51 *Herr Marx war mehr als ein Jahr lang Kanzler* – Hier ist der Roman nicht exakt in die Geschichte der Weimarer Republik eingepasst. Der Zentrumspolitiker Wilhelm Marx

(1863–1946) war 1923/24 und 1926–28 Reichskanzler, zum Handlungszeitpunkt des Romans hingegen bereits Hermann Müller (1876–1931), der als SPD-Kanzler (1928–30) der letzte der Weimarer Republik war, der mit parlamentarischen Mehrheiten und ohne Notverordnungen regieren konnte.

Pour règle générale … la liberté n'y est pas! – Zitat aus Montesquieus *Considérations sur les causes de la grandeur des Romains et de leur décadence* (1734), IX. Kapitel; aus dem Französischen etwa: Es ist eine allgemeine Regel: Wenn sich in einem Staat, der sich Republik nennt, jedermann ruhig verhält, kann man sicher sein, dass es keine Freiheit gibt.

Und ermutigend! – Fortsetzung in der EA: »Aber trotzdem sollten unsere Regierungen etwas länger im Amt bleiben. Auch in der Politik kommt nur selten etwas Besseres nach.« (S. 61)

54 *Dr. Wilhelm Braun war Arzt* – Brauns fiktionale Praxis am Halleschen Tor ist keine zehn Gehminuten von der wirklichen Praxis Gottfried Benns in den zwanziger Jahren entfernt (Belle-Alliance-Straße 12, heute Mehringdamm 38); die Nähe dieser Figur zu Benn wird offensichtlich suggeriert. Auch Benns erste Frau war 1922 verstorben, die Tochter Nele wuchs nicht bei ihm auf; Statur und Physiognomie Brauns entsprechen ebenfalls in etwa der Benns. Aus dem Lyriker und Arzt für Geschlechtskrankheiten ist hier der Arzt und (Neu-)Übersetzer von Vergils *Aeneis* geworden. Brentano und Benn kannten sich bereits in den zwanziger Jahren (vgl. Benns Brief an Brentano vom 10.1.1929, in dem er ihn als »Lieber Marquis« anredet und »In meiner Mitternachtskneipe bei Bockbier u. tiefer Downheit mit herzlichem Gruß« zeichnet; G. B.: Ausgewählte Briefe. Mit einem Nachwort von Max Rychner. Frankfurt am Main 1986, S. 23; erste Ausgabe zu Brentanos Lebzeiten, Wiesbaden 1957).

galt unter Eingeweihten als Meisterwerk – Fortsetzung in der EA: »das Vossens Arbeiten weit übertreffe und nur mit A. W. Schlegels genialer Leistung verglichen werden könne« (S. 65). Der Aufklärer Johann Heinrich Voss hat neben den kanonischen Übersetzungen von Homers *Ilias* und *Odyssee* auch eine Übersetzung der *Aeneis* vorgelegt (1799). – Brentano hat die erste Biographie über August Wilhelm von Schlegel geschrieben (1943), von dem ein Teil der kanonischen (›Schlegel-Tieckschen‹) Shakespeare-Übersetzung stammt.

57 *und daneben an der Börse spekulierte* – An dieser Stelle folgt in der EA ein zweiseitiger detaillierter Exkurs über Brauns Weizenspekulationen, bei der er die Hälfte seines Vermögens verliert (S. 69–71). Brentano war der Spekulationskomplex durch seine Nähe zur Wirtschaftsredaktion der *Frankfurter Zeitung* vertraut, und er hat das Buch *Wie liest man den Handelsteil einer Tageszeitung?* (1921) von Ernst Kahn und Fritz Naphtali geschätzt, zwei Wirtschaftsredakteuren der *Frankfurter Zeitung* (er hat das Buch später seinem Sohn Michael von Brentano geschenkt). Auch Bernard von Brentanos Freundschaft mit Bertolt Brecht kann für die Details verantwortlich gewesen sein, der Exkurs erinnert an die Darstellung von Spekulationen im *Dreigroschenroman* (1934). Der Abstand zu Brecht nach dem Krieg könnte auch die Streichung erklären.

59 *Proust* – Léon Daudet erzählt diese Anekdote über Marcel Proust und den Diplomaten de Lagrenée in *Salons et Journeaux*, in: L. D.: Souvenirs des milieux politiques, littéraires, artistiques et médicaux. De 1880 à 1908. Band 4. Paris 1917, S. 300 f.; auch hier ist nichts über die Richtung der vermuteten »phrase désobligeante« zu erfahren.

60 *Das ist allerdings ein beträchtlicher Unglaube* – Hier schließt sich in der EA eine Drittelseite über die Wirtschaftspolitik der USA gegen Deutschland an (S. 74 f.).

65 *Properz … elfte* – Aus dem Vierten Buch, XI. Elegie, die tote Cornelia spricht aus der Unterwelt zu ihrem Mann L. Aemilius Paullus Lepidus, im Jahr ihres Todes (16 v. Chr.), aus dem die Elegie auch stammt (vgl. Sextus Propertius: Sämtliche Gedichte. Lateinisch/Deutsch. Übersetzt und

hg. von Burkhard Mojsisch u. a. Stuttgart 1993, S. 317, 405).

70 *Sind's die Augen, geh zu Ruhnke!* – Werbespruch des Optikers Carl Ruhnke; seine Firma bestand von 1896 bis 2002 und war seit 1915 die größte deutsche Marke für billige Brillen.

76 *Brockdorff-Rantzau* – Der parteilose Diplomat Ulrich von Brockdorff-Rantzau (1869–1928) war der erste Außenminister der Weimarer Republik; er trat 1919 mit dem gesamten Kabinett zurück, weil er den Versailler Vertrag nicht unterzeichnen wollte. Als Botschafter in Moskau seit 1922 trat er für eine vorsichtige Annäherung Deutschlands an die Sowjetunion ein.

83 *Parallelen der Liebe* – Aldous Huxleys satirischer Roman *Those Barren Leaves* (1925) erschien 1929 in der Übersetzung von Herberth E. Herlitschka im Insel Verlag (Leipzig) auf Deutsch, ein weiterer (indirekter) Hinweis auf die Handlungszeit von Brentanos Roman.

92 *wie Uhland bei der Kapelle* – Flapsige Verknappung von Ludwig Uhlands Gedicht *Die Kapelle* (1805), in dem ein Hirtenknabe auf den »Leichenchor« und das Glockenläuten »lauscht« und daran erinnert wird, dass auch für ihn einmal dieselben Lieder gesungen werden.

94 *Goethe »bedeutende Fördernis durch ein einziges geistreiches Wort« …* – Abschnitt im zweiten Band von *Zur Morphologie*, Erstes Heft (1823); in der Münchner Ausgabe Bd. 12 (1989), S. 306–309.

100 *das einsame Leben blieb trotzdem schwer zu ertragen* – Fortsetzung in der EA: »Das Mechanische schaute überall hervor, wie die Knochen durch die Haut eines verhungerten Menschen: das Aufstehen, sich waschen, essen, sich wieder waschen und ins Bett gehen…« (S. 122). Eine Anspielung auf Georg Büchners Mechanik-Kritik, die er Danton äußern lässt (»Das ist sehr langweilig immer das Hemd zuerst und dann die Hosen drüber zu ziehen und des Abends in's Bett und Morgens wieder heraus zu kriechen«, *Dantons Tod*, II. Akt, 1. Szene); möglicherweise

gestrichen, weil die Nachkriegsleser mit dem ersten Satz eher KZ-Bilder assoziiert hätten als Büchners Drama.

113 *Aus einer Blum'... Der Augen helles Rosenpaar erblüht* – Nach einem Gedicht des indischen Dichters Kalidasa (4./5. Jahrhundert) aus dem Sanskrit übersetzt; allerdings ist dort aus des »Antlitz' weißem Lotos, Schönste / Der Augen dunkles Lotospaar erblüht«.

115 *Sonntagsausgabe der Deutschen Allgemeinen Zeitung* – Chindler liest die rechtskonservative Konkurrenz der *Frankfurter Zeitung*, die DAZ, die (im Unterschied zur fiktiven »Berliner Allgemeinen Zeitung«) ebenso historisch ist wie die im Folgenden aufgezählten Personen- und Katastrophenmeldungen.

117 *Richard Wilhelm und Laotse* – Wilhelm (1873–1930) war der bedeutendste Übersetzer aus dem Chinesischen der Zeit; in seinen letzten Jahren propagierte er verstärkt den Daoismus, dessen Gründerfigur Laotse ist.

Grafen Coudenhove – Graf Richard Coudenhove-Calergi (1894–1972) gründete 1924 die paneuropäische Union, eine Initiative, die nach dem Ersten Weltkrieg und in der Epoche der Nationalismen für ein vereinigtes demokratisches Europa warb.

118 *das Buch von Srbik* – Der österreichische Historiker Heinrich von Srbik hat in seinem Standardwerk (Metternich. München 1925, 2 Bände) den Begriff vom ›Metternichschen System‹ geprägt.

119 *Die ewige Bürgerkriegspolitik* – EA: »die ewige antideutsche Bürgerkriegspolitik« (S. 146).

Das hat ihn schlechter gemacht, als er war... – EA: »und als er hätte sein können... Er hätte sich mal eine Woche lang mit Grillparzer unterhalten sollen, aber das war leider in Wien nicht Mode ...« (S. 146)

121 *Friedrich von Gentz* – Der politische Publizist Friedrich von Gentz, 1764 in Breslau geboren und 1832 in Wien gestorben, war nach 1809 Berater Metternichs, bis dieser 1830 mit ihm brach. Gentz gilt als gemäßigter Liberaler, der anfänglich von der Französischen Revolution beein-

druckt war, dann zum Konservativen wurde und wegen seiner antinapoleonischen, ja antifranzösischen Haltung Preußen verlassen musste. Als historische Figur, die sich durch komplexe Richtungswechsel auszeichnete, die Folgen der Französischen Revolution bekämpfte und auch mehrfach exiliert wurde, war Gentz eine besonders geeignete Projektionsfigur für konservative und liberale Kreise im Exil nach 1933. Auch Golo Mann, den Brentano schon durch seine zeitweilige Nachbarschaft mit Thomas Mann in Küsnacht während der dreißiger Jahre kannte, beschäftigte sich intensiv mit Gentz; zuerst mit einem Aufsatz in der Zürcher Exilantenzeitschrift *Mass und Wert* (1938), dann in seinem ersten Buch *Friedrich von Gentz. Geschichte eines europäischen Staatsmannes* (zuerst in den USA 1946, dt. 1947; vgl. Nachwort). Zu Brentanos Quellen laut einer Notiz im Nachlass gehörte eine schweizerische Dissertation: Hans Lang: Politische Geschichtsbilder zu Anfang des 19. Jahrhunderts (Metternich – Friedrich Gentz – Adam Müller). Aarau 1944.

Burkes Betrachtungen über die französische Revolution – Edmund Burke: *Reflections on the French Revolution* (1790); in der Übersetzung von Friedrich Gentz: Bemerkungen über die französische Revoluzion und das Betragen einiger Gesellschaften in London. Wien 1793. Digitalisat im Netz unter http://ubsm.bg.ac.rs/cirilica/dokument/1418/

123 *Fanny Elßler* – Österreichische Tänzerin (1810–84), die von 1830 bis zu seinem Tod 1832 mit Gentz liiert war.

124 *Sie sind ein unendlich produzierendes, ich bin ein unendlich empfangendes Wesen* – Friedrich von Gentz an Rahel Varnhagen, 1803. In: Rahel Varnhagen. Briefwechsel. Bd. III: Rahel und ihre Freunde. Hg. Friedhelm Kemp. München 1979, S. 121–123, Zit. S. 122.

hob sie das Buch wieder auf und las weiter – Brentano hat hier etwa eine Druckseite von Franziska Schelers Gentz-Lektüre gestrichen (EA, S. 153 f.).

133 *Kellergeschoß* – statt »Souterrain« (EA, S. 165).

135 *Wird ein Mensch zu einer Stund… seine Seel ist worden*

wund – Gedicht der Mystikerin Mechthild von Magdeburg (1207–82).

137 *Partir c'est mourir un peu* – Französisch: Abschied nehmen ist ein bisschen wie Sterben.

159 *Bücher der Sand ...* – Die französische (vor allem Roman-) Schriftstellerin George Sand (1804–76) und der englische Philosoph John Stuart Mill (1806–73) vertraten früh feministische Positionen; Luise Otto-Peters (1819–95) und Helene Lange (1848–1930) sind Mitbegründerinnen der deutschen Frauenbewegung.

165 *Sittlichkeit ist nichts Anderes ... sondern weil sie befiehlt* – Friedrich Nietzsche: Morgenröthe. Gedanken über die moralischen Vorurtheile (1881). Erstes Buch, 9. (vgl. F. N.: Sämtliche Werke. Kritische Studienausgabe in 15 Einzelbänden. München, Berlin/New York 1988, Bd. 3, S. 23)

167 *Kaspar David Friedrich* – Sic: In den zwanziger Jahren war »Kaspar« die verbreitete Schreibweise des romantischen Malers.

168 *Lupus in fabula* – Lateinisch: Der Wolf in der Fabel, mit dem Doppelsinn: Der Wolf in der mündlichen Erzählung, etwa in dem Sinn, ›wenn man vom Teufel spricht, kommt er‹.

169 *wie Menjou ... dem Fürsten Pückler* – Nach dem Hollywood-Schauspieler Adolphe Menjou (1890–1963) wurde ein schmaler Schnurrbart benannt; Fürst Hermann von Pückler-Muskau (1785–1871) war Schriftsteller, Landschaftsarchitekt und ein früher Weltreisender.

172 *und so wurde die Reise ... angetreten* – Franziska, Leopold und Waldemar treten eine Osteuropa-Reise an, die Brentano, frisch verheiratet, zusammen mit seiner zweiten Frau Margot selbst gemacht hat. Über seine politischen Beobachtungen berichtete er ausführlich in der *Frankfurter Zeitung* (27.4.1930–19.8.1930, vgl. Nachwort).

175 *Arndt-Schulzesche Regel* – Regel in der Pharmakologie (mittlerweile veraltet), die von dem Psychologen Rudolf Arndt und dem Pharmakologen Hugo Schulz 1899 an der Universität Greifswald aufgestellt wurde.

176 *Es ist eine harte Sache, einen Krieg zu verlieren, sagte Leopold* – Fortsetzung in der EA: »wir werden durch eine ganze Menge Engpässe hindurch müssen, bis wir wieder oben stehen.« (S. 217)

203 *Barbara La Marr* – Arnolt Bronnen veröffentlichte 1928 einen Roman über das Leben der Hollywood-Schauspielerin und Tänzerin Barbara La Marr (1896–1926). Bronnen, der bis etwa 1927 auch zu Bertolt Brechts Umfeld gehört hatte, näherte sich bereits Ende der zwanziger Jahre völkischen Kreisen an; im fünfzehnten Kapitel (235) wird er als Nebenfigur erwähnt.

214 *Prozeß wegen des § 175* – Paragraph des Strafgesetzbuchs, der homosexuelle Handlungen und Sodomie unter Strafe stellte; vom deutschen Kaiserreich an bis 1994 ununterbrochen – mit Modifizierungen – in Kraft.

228 *Josef Grün* – Porträt von Joseph Roth, mit dem Brentano gut befreundet war; zudem war er sein Nachfolger als Redakteur der *Frankfurter Zeitung*, als Roth als Korrespondent des Blattes nach Paris ging. Weit ausführlicher als in *Franziska Scheler* porträtiert Brentano Joseph Roth – mit demselben Figurennamen »Josef Grün« – in seinem nachfolgenden (letzten) Roman, *Die Schwestern Usedom* (1948).

228 *On n'est trahi que par les siens* – Französisch: Verraten wird man nur von den Seinigen.

229 *das erste Hirtengedicht Vergils* – Erste Ekloge aus den Hirtengedichten (*Bucolica*) Vergils, Vers 79–83; die Übersetzung stammt von Bernard von Brentano.

235 *Polizeipräsidenten* – Der Berliner Polizeipräsident zur Handlungszeit des Romans war der SPD-Politiker Karl Friedrich Zörgiebel (1926–30), zu diesem Zeitpunkt eine höchst umstrittene Figur. Er war für den sogenannten Berliner Blutmai 1929 verantwortlich; um das seit 1928 geltende Versammlungsverbot aufrecht zu erhalten, hatte die Berliner Polizei »unverhältnismäßig und unangemessen« auf die Arbeiterdemonstrationen zum 1. Mai reagiert, »selbst eine Bürgerkriegsatmosphäre erzeugt«, 33 Zivilis-

ten getötet und 198 verletzt (Helga Grebing: Nachwort der Herausgeberin. In: Fritz Sternberg: Der Dichter und die Ratio. Erinnerungen an Bertolt Brecht. Hg. und kommentiert von H. G. Frankfurt am Main 2014, S. 141–163, hier S. 153 f.).

242 *Man merkt die Absicht und wird verstimmt!* – Goethe, *Torquato Tasso*, II. Aufzug, 1. Auftritt, Vers 965–969; Tasso: »So liebenswürdig sie erscheinen kann, / Ich weiß nicht wie es ist, konnt' ich nur selten / Mit ihr ganz offen sein, und wenn sie auch / die Absicht hat, den Freunden wohlzutun, / So fühlt man Absicht und man ist verstimmt.« Münchner Ausgabe Bd. 3.1 (1990), S. 452.

252 *Gesetzentwurfs zur Bewahrung der Jugend vor Schund- und Schmutzschriften* – Das Gesetz war bereits seit dem 7.1.1927 in Kraft, für die Handlungszeit des Romans wird hier ein Anachronismus gesetzt. Brentano hat im Zuge der Proteste vor der Verabschiedung durch das Parlament das Vorwort zu einer Broschüre gegen das Gesetz geschrieben: Weg mit dem Schmutz- und Schundgesetz! Protestkundgebung gegen den Gesetzentwurf zur Bewahrung der Jugend vor Schmutz- u. Schundschriften am 10. September 1926 im Plenarsaal des ehemaligen Herrenhauses. Berlin 1926.

253 *Dr. Heuss… Müller-Ingolstadt… Lang-Brumann* – Der spätere Bundespräsident Theodor Heuss war von 1924–28 und von 1930–33 Reichstagsabgeordneter für die Deutsche Demokratische Partei (DDP), dann für die Deutsche Staatspartei (DStP). Mit »Müller-Ingolstadt« ist der SPD-Reichskanzler zur Handlungszeit des Romans gemeint, Hermann Müller (vgl. Kommentar zu S. 51); zur Unterscheidung von anderen Abgeordneten des gleichen Nachnamens führte er nach seinem Wahlkreis auch den Namen »Müller-Franken«. Auch die Abgeordnete Thusnelda Lang-Brumann (Bayerische Volkspartei/BVP, nach dem Krieg CSU) ist historisch; allein der völkische Abgeordnete »Herr Huber« ist nicht identifizierbar.

256 *Der stellvertretende Vorsitzer des Aufsichtsrats… wir wer-*

den einen kläglichen Abschluß haben – Die *Frankfurter Zeitung* steckte in einer ökonomischen Krise, vgl. Schivelbusch (Komm. zu S. 43); der stellvertretende Vorsitzende des Aufsichtsrats war der Politikwissenschaftler und Politiker Rudolf Schwander, im Hauptberuf Oberpräsident – also der höchste Verwaltungsbeamte – von Hessen-Nassau (vgl. Günther Gillessen: Auf verlorenem Posten. Die Frankfurter Zeitung im Dritten Reich. Berlin 1986, S. 44–60).

258 *der »Gefangenen« von Eduard Bourdet* – Édouard Bourdets Stück *La Prisonnière* (uraufgeführt 1926) war in der Weimarer Republik eines der meistgespielten französischen Theaterstücke; Max Reinhardts deutsche Erstaufführung (Premiere am 21.5.1926 im Wiener Theater in der Josefstadt) wurde 1927 auch in der Komödie am Kurfürstendamm in Berlin aufgenommen, mit Helene Thimig in der Hauptrolle.

262 *elegant wie Rastelli* – Der sprichwörtlich gewordene Jongleur Enrico Rastelli (1896–1931) trat 1930 auch in Berlin auf.

265 *Gregor … Traugott Müller* – Traugott Müller (1895–1944) arbeitete vor allem für Erwin Piscator als Bühnenbildner; mit »Gregor« kann der tatsächliche Regisseur der deutschen Erstaufführung, Max Reinhardt, gemeint sein, dessen Nachname ebenfalls als Vorname gebräuchlich ist.

Hamlet, und … auch den Wallenstein – Leopold Chindlers Gedanken zu den Kostümen beziehen sich auf Leopold Jeßners berühmte Inszenierungen von Schillers (1924) und Shakespeares (1926) Dramen, die die Bühne nicht zum historischen Seminar machen wollten und die Protagonisten als moderne Menschen zeigten – in entsprechenden Kostümen (vgl. Ulrike Hessler: Bernard von Brentano – Ein deutscher Schriftsteller ohne Deutschland. Frankfurt am Main u.a., S. 226 f.).

270 *Balthasar Vierling … eine Wunde … die niemals geheilt war* – Diese Episode wird ausführlich in *Theodor Chindler* (1936) erzählt (in der Schöffling & Co.-Ausgabe –

Frankfurt 2014 – S. 115–140, 191–206, 210–215). Im Anschluss an die Vierling-Erinnerung hat Brentano eine gute Seite mit Erinnerungen Leopold Chindlers an seinen Heidelberger Kommilitonen Fritz Ulbrich und dessen Interpretationen von Goethe- und Schiller-Werken gestrichen (EA S. 329 f.), ohne den Textanschluss anzupassen (»Leopold dachte an Vierling, an seine Mutter und an Ulbrich und …« – EA, S. 330). Hier angeglichen: *Leopold dachte an Vierling und an seine Mutter und …*

277 *Fehling* – Jürgen Fehling (1885–1968) war einer der prominentesten Theaterschauspieler und Regisseure der Zeit; seit 1922 inszenierte er am Preußischen Staatstheater in Berlin (heute Konzerthaus).

282 *vedere e farsi vedere* – Italienisch: Sehen und sich (an-)sehen lassen.

287 *Empirekandelabern* – Kerzenleuchter aus dem Empire, dem klassizistischen Stil des ersten französischen Kaiserreichs (bis 1814).

294 *Lichtwark* – Der Kunsthistoriker Alfred Lichtwark (1852–1914) war von 1886 bis zu seinem Tod der erste Direktor der Hamburger Kunsthalle, eine der Gründerfiguren von Kunst- und Museumspädagogik überhaupt; bis in die vierziger Jahre war nur eine Briefausgabe erschienen: A. L.: Reisebriefe. Briefe an die Kommission für die Verwaltung der Kunsthalle. In Auswahl mit einer Einleitung herausgegeben von Gustav Pauli. Hamburg 1923, 2 Bände.

298 *Katastrophe der Wallstreet* – Der Börsenkrach in New York (»Black Tuesday«, 29.10.1929) gilt als Auslöser der weltweiten Wirtschaftskrise 1929, deren erste Anzeichen bereits vorher eingesetzt hatten (Deflation, Bankenkrisen, zahlreiche Industriebankrotte).

299 *Skandale Hatry und Horme* – Der Finanzier und Spekulant Clarence Hatry (1888–1965), zuerst Versicherungsangestellter, hatte nach kleineren Bankrotten vor allem in Spiel- und Fotoautomaten u. v. m. investiert; als er sein Imperium auf die United Steel Companies ausweiten

wollte, flog ein Teil seiner Wertpapiere im September 1929 auf, er wurde wegen Betrugs und Urkundenfälschung verurteilt und saß für neun Jahre im Zuchthaus. »Horme« ist nicht identifizierbar, möglicherweise ein Hörfehler für Montagu *Norman* (1871–1950), der von 1920–44 die Bank of England führte und durch die Verweigerung eines Kredits entscheidend am Auffliegen Hatrys beteiligt war.

307 *wie ein Missionar, der sich mit einem Neger unterhält* – Hier hat Brentano acht Zeilen gestrichen, die das Bild ausführen – der Missionar wolle »eine Seele retten, und die Antworten« seines Gegenübers dienten ihm nur dazu, seine Argumente zu schärfen (EA, S. 373 f.).

313 *Sir Robert Cushendun* – Vermutlich ist der Name angelehnt an Ronald John McNeill, 1st Baron Cushendun (1861–1934); er war als konservativer Politiker Finanzminister (1925–27) und als »Chancellor of the Duchy of Lancaster« vor allem für das Außenministerium tätig (1928–29). Cushendun unterzeichnete 1928 den Kellogg-Briand-Pakt – eine Vereinbarung der beteiligten Nationen, den Krieg zu ächten – für Großbritannien. Als britischer Gesandter ist er bereits im achten Kapitel erwähnt worden (115).

eine Zeitschrift machen – Die ›Auflösung‹ von Leopolds ökonomischem Dilemma kann wiederum von Brentanos Erfahrung als Mitarbeiter der *Frankfurter Zeitung* herrühren; nach seinem Ausscheiden dort – die Frankfurter verboten prominenten Mitarbeitern wie Siegfried Kracauer und auch Brentano, gleichzeitig für andere Zeitungen und Zeitschriften zu schreiben – wollte er zusammen mit Brecht und Benjamin die Zeitschrift »Krise und Kritik« im Rowohlt Verlag gründen, ein Projekt, das aber schon im Vorfeld scheiterte (vgl. Erdmut Wizisla: Benjamin und Brecht. Die Geschichte einer Freundschaft. Frankfurt am Main 2004, S. 115–163, 289–327).

317 *einen reizenden Buben* – Hier hat Brentano eine allzu schematische Selbstdenunzierung der Kommunistin Maggie weggelassen (»aber ich kann dich trotzdem nicht ganz

verstehen. Das ist doch keine Frau, das ist ein Luxusweibchen aus der Bourgeoisie. / – Peng! sagte Leopold und schlug mit der Hand auf das Lenkrad. Du bist wenigstens offen.« (EA, S. 385).

321 *Ranke* – Der preußische Historiker Leopold von Ranke (1795–1886) stand für ein objektivistisches Verständnis von Geschichtsschreibung, ein Historiker solle darstellen, ›wie es eigentlich gewesen‹. Brentano nannte Rankes *Deutsche Geschichte im Zeitalter der Reformation* (5 Bde., 1839–47) als *das* überwältigende Leseerlebnis seines Lebens (Bernard von Brentano: Streifzüge. Zürich 1947, S. 27 f.).

Severingclique – Der SPD-Politiker Carl Severing (1875–1952) war von 1928–30 Innenminister.

323 *GPU* – Die sowjetische Geheimpolizei der zwanziger Jahre, Vorläuferin des KGB.

324 *Churchill* – Winston Churchill war von 1924–29 konservativer »Chancellor of the Exchequer« (Schatzkanzler) der britischen Regierung.

338 *Dieser Mensch ist dein Feind!... immer beide!* – nicht identifiziert.

344 *Coolidge... Aufgabe der Regierungen* – Calvin Coolidge (1872–1933) war einer der populärsten Präsidenten der USA (1923–29), ein entschiedener Betreiber des Briand-Kellogg-Pakts (vgl. Komm. zu S. 313) und beliebter Lieferant pointierter Sentenzen. Das hier von Chindler erinnerte Zitat soll er gegenüber seinem Schulfreund, dem Politiker (und von 1927–30 US-Botschafter in Mexico) Dwight Morrow 1927 geäußert haben; Brentano zitiert nach: Harald [!] Nicolson: Dwight Morrow. Finanzmann und Diplomat in U.S.A. Deutsch von Catharina von Mayer. Berlin 1937, S. 246, mit der einzigen Veränderung: ›Böses zu *verhüten*‹. (Amerik. EA von Harold Nicolson: Dwight Morrow. A Biography. New York 1935).

345 *Still schwamm der Mond...* – Schlusszeilen aus Annette von Droste-Hülshoffs Gedicht *Gethsemane* (1845); der Erstdruck – das Bändchen, das Chindler hier erwirbt – er-

folgte postum in: Das geistliche Jahr. Nebst einem Anhang religiöser Gedichte von Annette von Droste-Hülshoff. Hg. von Christoph Bernhard Schlüter in Zusammenarbeit mit Wilhelm Junkmann. Stuttgart und Tübingen 1851, S. 284–286 (vgl. A. v. D.-H.: Sämtliche Werke in zwei Bänden. Hg. von Bodo Plachta und Winfried Woesler. Band 1: Gedichte. Frankfurt am Main 1994, S. 893).

347 *Macaulays Geschichte von England* – Thomas Macaulays fünfbändige *History of England from the accession of James II.* (1841–61) gilt als klassisches Werk der britischen Geschichtsschreibung wie der Literatur; im 19. Jahrhundert sind parallel drei deutsche Übersetzungen erschienen. Bernard von Brentano notiert in seinen autobiographischen Aufzeichnungen unter dem 2.7.1942: »Ich lese Macaulay's Geschichte von England und zitiere daraus: ›Eine kraftvolle auswärtige Politik setzte unbedingt eine versöhnliche Politik im Innern voraus. Es war unmöglich für die englische Regierung, zu gleicher Zeit der Macht Frankreichs die Stirne zu bieten und die Freiheit in England mit Füssen zu treten.‹ Die gegenwärtige deutsche Regierung bildet sich ein, sie könne den umgekehrten Weg gehen. Aber die Leute, die regieren, lesen ja nicht.« (DLA)

352 *Als Christus lag …* – Anfangszeilen von Droste-Hülshoffs Gedicht *Gethsemane*, s. Kommentar zu S. 345.

360 *Hat er seine Frau wirklich nicht geliebt?* – Im Anschluss etwa eine halbe Seite der EA gestrichen: Abaelard habe an Heloïse geschrieben, ein Philosoph dürfe nicht heiraten, Schreibtisch und Kinderwagen seien Feinde – nur bei Reichen sei das anders (EA, S. 435 f.).

363 *vielleicht wollte sie nicht* – Hier ein Satz gestrichen: »Wir versuchen ja alle, der Natur unsern Willen aufzuzwingen, aber die Natur wird immer urwaldartiger …« (EA, S. 439).

368 *Rilke* – Leopold erzählt eine Legende aus dem japanischen Zen-Buddhismus; in Rainer Maria Rilkes Werk nicht nachweisbar.

384 *Winkeler Hasensprung* – In Winkel im Rheingau steht bis heute das Brentanohaus, das der Frankfurter Zweig der

Familie 1803 erworben hatte und in dem Goethe, die Gebrüder Grimm, Bettine und Achim von Arnim, Günderode und andere regelmäßig zu Gast waren. Der Hasensprung-Riesling ist eine der besten (fruchtbarsten) Lagen in Winkel.

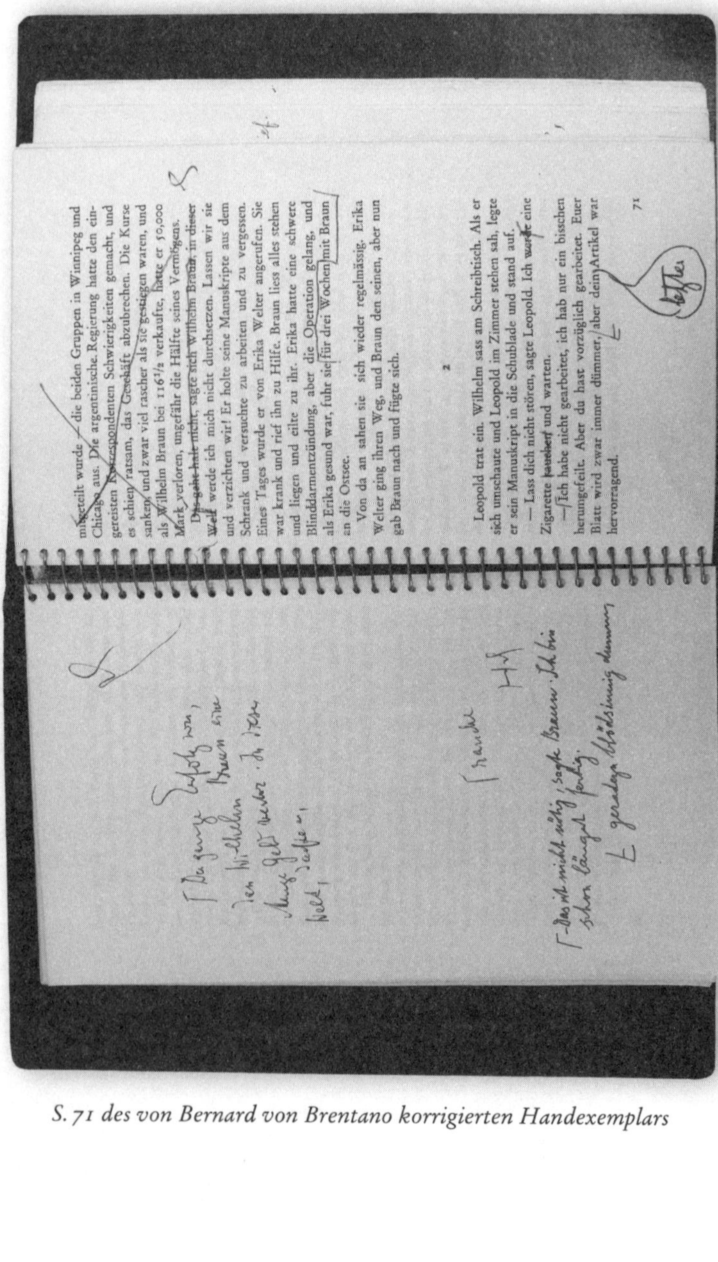

S. 71 des von Bernard von Brentano korrigierten Handexemplars

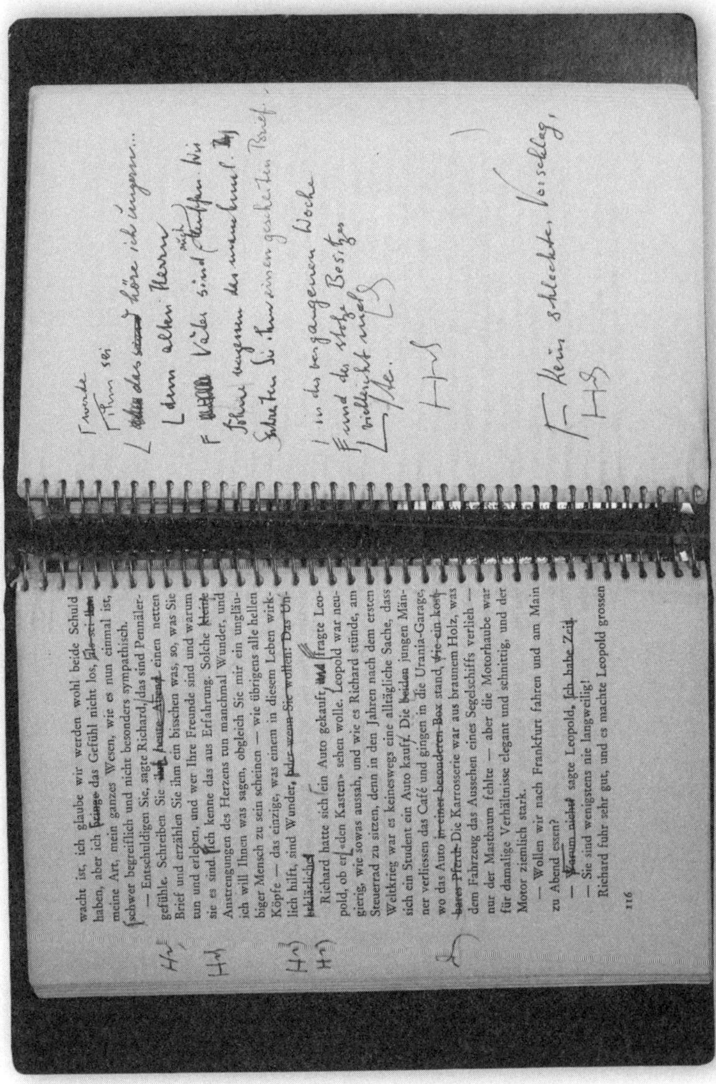
wacht ist, ich glaube wir werden wohl beide Schuld haben, aber ich bringe das Gefühl nicht los, als sei ihm meine Art, mein ganzes Wesen, wie es nun einmal ist, schwer begreiflich und nicht besonders sympathisch.

— Entschuldigen Sie, sagte Richard, das sind Pennälergefühle. Schreiben Sie ihm heute Abend einen netten Brief und erzählen Sie ihm ein bisschen was, so, was Sie tun und erleben, und wer Ihre Freunde sind und warum sie es sind. Ich kenne das aus Erfahrung. Solche kleine Anstrengungen des Herzens tun manchmal Wunder, und ich will Ihnen was sagen, obgleich Sie mir ein ungläubiger Mensch zu sein scheinen — wie übrigens alle hellen Köpfe — das einzige, was einem in diesem Leben wirklich hilft, sind Wunder, oder wenn Sie wollen: Das Unerklärliche.

Richard hatte sich ein Auto gekauft, und fragte Leopold, ob er «den Kasten» sehen wolle. Leopold war neugierig, wie sowas aussah, und wie es Richard stünde, am Steuerrad zu sitzen, denn in den Jahren nach dem ersten Weltkrieg war es keineswegs eine alltägliche Sache, dass sich ein Student ein Auto kauft. Die beiden jungen Männer verliessen das Café und gingen in die Urania-Garage, wo das Auto in einer besonderen Box stand, wie ein kostbares Pferd. Die Karrosserie war aus braunem Holz, was dem Fahrzeug das Aussehen eines Segelschiffs verlieh — nur der Mastbaum fehlte — aber die Motorhaube war für damalige Verhältnisse elegant und schnittig, und der Motor ziemlich stark.

— Wollen wir nach Frankfurt fahren und am Main zu Abend essen?

— Warum nicht, sagte Leopold, Ich habe Zeit.

— Sie sind wenigstens nie langweilig!

Richard fuhr sehr gut, und es machte Leopold grossen

116

S. 116 des von Bernard von Brentano korrigierten Handexemplars

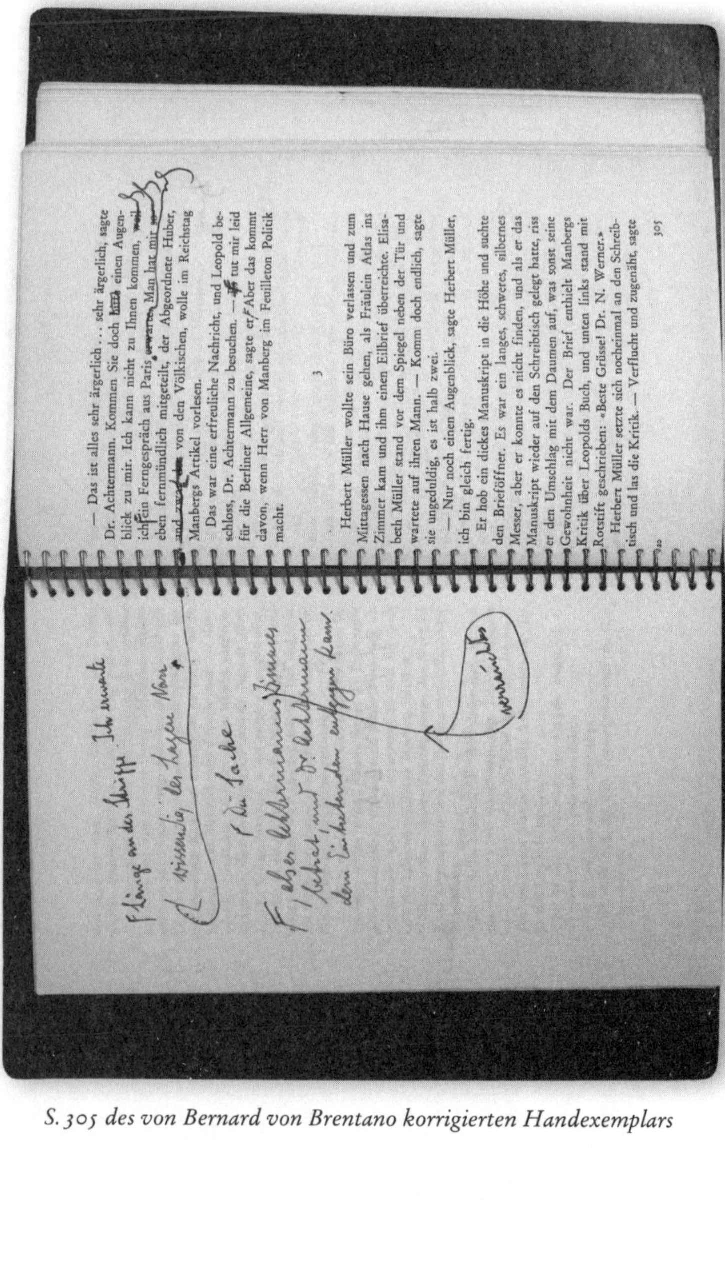

— Das ist alles sehr ärgerlich ... sehr ärgerlich, sagte Dr. Achtermann. Kommen Sie doch bitte einen Augenblick zu mir. Ich kann nicht zu Ihnen kommen, weil ich ein Ferngespräch aus Paris erwarte. Man hat mir so eben fernmündlich mitgeteilt, der Abgeordnete Huber, und zwar der von den Völkischen, wolle im Reichstag Manbergs Artikel vorlesen.

Das war eine erfreuliche Nachricht, und Leopold beschloss, Dr. Achtermann zu besuchen. — Es tut mir leid für die Berliner Allgemeine, sagte er. Aber das kommt davon, wenn Herr von Manberg im Feuilleton Politik macht.

3

Herbert Müller wollte sein Büro verlassen und zum Mittagessen nach Hause gehen, als Fräulein Atlas ins Zimmer kam und ihm einen Eilbrief überreichte. Elisabeth Müller stand vor dem Spiegel neben der Tür und wartete auf ihren Mann. — Komm doch endlich, sagte sie ungeduldig, es ist halb zwei.

— Nur noch einen Augenblick, sagte Herbert Müller, ich bin gleich fertig.

Er hob ein dickes Manuskript in die Höhe und suchte den Brieföffner. Es war ein langes, schweres, silbernes Messer, aber er konnte es nicht finden, und als er das Manuskript wieder auf den Schreibtisch gelegt hatte, riss er den Umschlag mit dem Daumen auf, was sonst seine Gewohnheit nicht war. Der Brief enthielt Manbergs Kritik über Leopolds Buch, und unten links stand mit Rotstift geschrieben: «Beste Grüsse! Dr. N. Werner.»

Herbert Müller setzte sich nocheinmal an den Schreibtisch und las die Kritik. — Verflucht und zugenäht, sagte

20 305

S. 305 des von Bernard von Brentano korrigierten Handexemplars

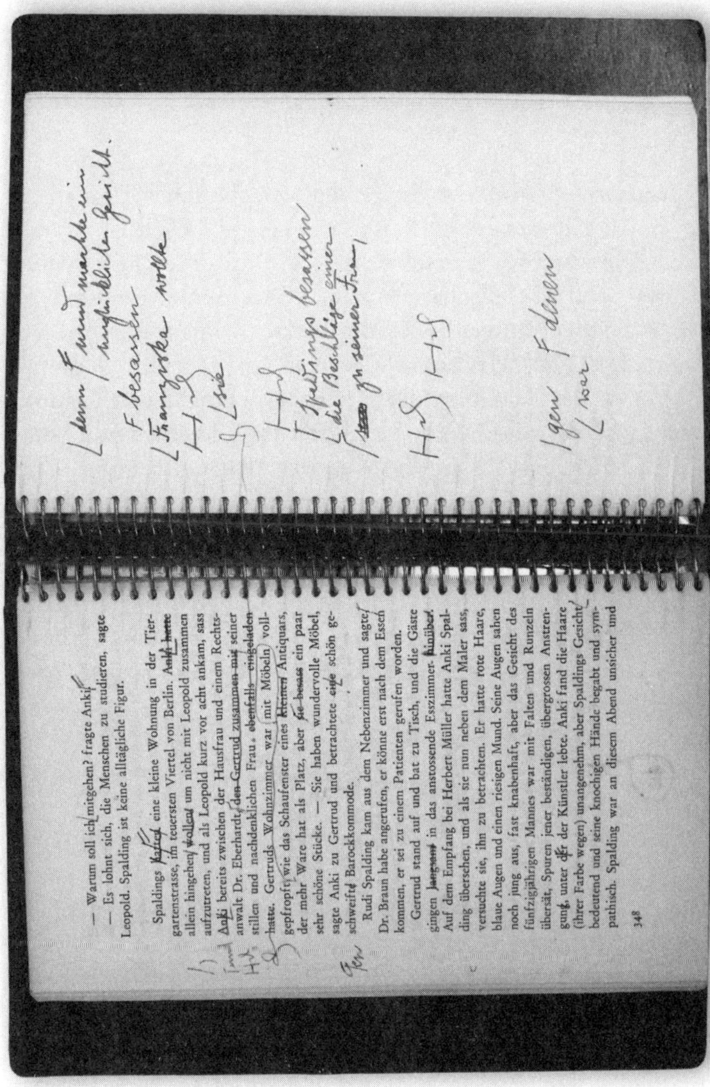

— Warum soll ich mitgehen? fragte Anki.

— Es lohnt sich, die Menschen zu studieren, sagte Leopold. Spalding ist keine alltägliche Figur.

Spaldings hatten eine kleine Wohnung in der Tiergartenstrasse, im teuersten Viertel von Berlin. Anki hatte allein hingehen wollen, um nicht mit Leopold zusammen aufzutreten, und als Leopold kurz vor acht ankam, sass Anki bereits zwischen der Hausfrau und einem Rechtsanwalt Dr. Eberhardt, den Gertrud zusammen mit seiner stillen und nachdenklichen Frau ebenfalls eingeladen hatte. Gertruds Wohnzimmer war mit Möbeln vollgepfropft wie das Schaufenster eines kleinen Antiquars, der mehr Ware hat als Platz, aber sie besass ein paar sehr schöne Stücke. — Sie haben wundervolle Möbel, sagte Anki zu Gertrud und betrachtete eine schön geschweifte Barockkommode.

Rudi Spalding kam aus dem Nebenzimmer und sagte, Dr. Braun habe angerufen, er könne erst nach dem Essen kommen, er sei zu einem Patienten gerufen worden.

Gertrud stand auf und bat zu Tisch, und die Gäste gingen hinein in das anstossende Esszimmer hinüber. Auf dem Empfang bei Herbert Müller hatte Anki Spalding übersehen, und als sie nun neben dem Maler sass, versuchte sie, ihn zu betrachten. Er hatte rote Haare, blaue Augen und einen riesigen Mund. Seine Augen sahen noch jung aus, fast knabenhaft, aber das Gesicht des fünfzigjährigen Mannes war mit Falten und Runzeln übersät, Spuren jener beständigen, übergrossen Anstrengung, unter der der Künstler lebte. Anki fand die Haare (ihrer Farbe wegen) unangenehm, aber Spaldings Gesicht bedeutend und seine knochigen Hände begabt und sympathisch. Spalding war an diesem Abend unsicher und

348

S. 348 des von Bernard von Brentano korrigierten Handexemplars

Sven Hanuschek

Ich bin gar nicht mehr ich, aber ich bin es endlich wieder
Nachwort des Herausgebers

Franziska Scheler ist ein großer verschollener Roman des Exils; seit der ersten Ausgabe 1945 in Zürich ist er nicht wieder in Buchform erschienen – ein mitunter fast heiterer Liebes- und Gesellschaftsroman, voller Sentenzen und genauer Beobachtungen. Wie der letzte Roman Bernard von Brentanos, *Die Schwestern Usedom* (1948), steht *Franziska Scheler* in der Tradition der Brüder Goncourt, von Maupassant und Zola; beide Werke zeichnen das Bild einer gehobenen bürgerlichen Schicht in der Weimarer Republik gegen Ende der 1920er Jahre. Sie haben keine Patina angesetzt, sind elegant und lebendig erzählt, mit einem ungewöhnlichen Blick für die Frauenfiguren. Die politischen und auch ökonomischen Horizonte der Zeit werden präsent gehalten, aber weniger forciert eingebracht als im bekanntesten Roman *Theodor Chindler* (1936), die Figuren und ihre Psychologie sind für den Autor wichtiger geworden.

Zur Vorgeschichte

Mit der vorliegenden Ausgabe ist *Franziska Scheler* nicht nur zum ersten Mal seit siebzig Jahren wieder im Handel, die Ausgabe letzter Hand ist noch geschliffener, genauer, lakonischer; Bernard von Brentano hat den Text intensiv durchgearbeitet. Zu einer Neuausgabe zu seinen Lebzeiten ist es nicht mehr gekommen.[1] Über die Gründe kann, wenigstens zum Teil, nur

1 Zur Textgeschichte und -gestalt vgl. detaillierter die editorische Notiz, S. 387.

spekuliert werden. Brentano war 1949 aus dem Schweizer Exil in die Bundesrepublik zurückgekehrt, nach Wiesbaden;[2] er war in die Darmstädter Akademie gewählt worden, einige seiner früheren Werke wurden wieder aufgelegt, sein Theaterstück *Phädra* (1948) in Darmstadt uraufgeführt. In den letzten Exiljahren war eine Reihe von Arbeiten historisch-literarischer Essayistik in den Vordergrund getreten, die er in Deutschland fortführte, hinzu kommt die Autobiographie *Du Land der Liebe. Bericht von Abschied und Heimkehr eines Deutschen* (1952). Trotz einiger Achtungserfolge und der langfristigen Etablierung von *Theodor Chindler* im Kanon der deutschen Literatur[3] blieb der große Erfolg aus. Seit den vierziger Jahren litt er unter einer Krankheit, die damals als »Neuritis« bezeichnet wurde und die in Schüben wiederkam; vermutlich hat es sich um multiple Sklerose gehandelt.[4] Sie verzögerte nicht nur die Rückkehr aus der Schweiz, sondern erschwerte auch die Arbeit an umfangreichen Texten wie einem Roman, obwohl Anläufe dazu im Nachlass aufzufinden sind; auch die Präsenz Brentanos im öffentlichen Diskurs, seine Reisefähigkeit war dadurch bis zu seinem relativ frühen Tod 1964 immer wieder eingeschränkt.

Eine gewisse Rolle für die gemischte Aufnahme des Werks nach 1945 kann auch die politische Entwicklung Bernard von Brentanos im Schweizer Exil gespielt haben, der ja in den zwanziger und frühen dreißiger Jahren als Redakteur der *Frankfurter Zeitung* ins linksliberale Spektrum gehörte, durch seine enge Freundschaft mit Bertolt Brecht und die politische Terminologie seines Buchs *Der Beginn der Barbarei in Deutschland* (1932)

2 Die Einführung in Leben und Werk Bernard von Brentanos (1901–1964) soll hier nicht wiederholt werden, vgl. das Nachwort der Neuausgabe von *Theodor Chindler* im Verlag Schöffling & Co., Frankfurt a. M. 2014, S. 465–489.

3 Nach der Neuauflage im Limes Verlag (1951) ist hier vor allem die hohe Auflage des Romans im rororo Taschenbuch (1953) zu nennen; im Zuge des Fernseh-Mehrteilers 1979 wurde der Roman im Insel Verlag wieder aufgelegt, gefolgt von zahlreichen Suhrkamp-Taschenbuchausgaben bis 2001. Aktuell ist die Ausgabe bei Schöffling & Co. (2014).

4 Auskunft von Michael von Brentano.

auch mit Teilen des marxistischen Spektrums zu identifizieren war. Sein Wandel im Exil ist zu allererst eine starke Reaktion auf die Entwicklungen der Komintern und vor allem der sowjetischen – stalinistischen – Politik; seine Reaktionen sind in den jüngst publizierten Briefen an Brecht detailliert zu verfolgen. Schon vor den Moskauer Prozessen erwähnt er Stalin als »dieser elende Georgier«, hält die russische Regierung für »dumm und fascistisch« und fragt Brecht, ob er noch eine Zeitung aufmachen könne, »ohne zu lesen, dass man wieder in dieser Pseudorepublik einen Bahnbeamten oder einen Postbeamten erschossen hat für ein Vergehen, dass [!] die von uns bekämpften Bourgeoisregierungen mit 2 Monaten Gefängnis abtun«.[5] Vielleicht ist nicht überflüssig zu sagen, dass Brentano sich neben den Schweizer Zeitungen auch in den großen französischen und britischen Blättern informierte, er war – wie Brecht in Dänemark auch – nicht auf autoritär gelenkte Informationen angewiesen. Im Januar 1935, mehr als eineinhalb Jahre vor dem ersten Moskauer Prozess, schreibt Brentano, die Bolschewisten seien »tot, eingesperrt, hingerichtet, ohne Prozess gemordet«,[6] es herrschten die Stalinisten.

Über die Frage, wie weit Brentano sich von der äußersten Linken nach rechts bewegt hat, kann noch nicht befunden werden; dazu muss u. a. der Nachlass umfassend ausgewertet werden, der erst vorsortiert ist. Es spricht einiges dafür, dass er sich als republikanisch-demokratischen Patrioten in der Art seines Protagonisten Leopold Chindler verstanden hat – trotz des in der Forschung umstrittenen Repatriierungsantrags von 1940.

5 Brentano an Brecht, 14.1.1935. In: Hermann Haarmann, Christoph Hesse (Hg.): Briefe an Bertolt Brecht im Exil (1933–1949). 3 Bde. Berlin, Boston 2014, Bd. 1: 1933–1936, S. 361.

6 Brentano an Brecht, Januar 1935. In: Ebd., S. 365.

Michael von Brentano hält ihn für eine »Finte«,[7] die genau dazu da gewesen war, das Erscheinen der Schlegel-Biographie in Deutschland zu ermöglichen, zu der es 1943 gekommen war. Dass der Verlag Cotta damit einiges riskiert hat, zeigt das sofortige Verbot des Buches in Deutschland bei Erscheinen; verkauft durfte es nur in der Schweiz werden.[8] Für eine Finte spricht auch, dass Brentano mit seiner Frau nicht hätte zurückkehren können, ohne sie ernsthaft zu gefährden – sie hätte in der NS-Terminologie als ›Halbjüdin‹ gegolten.

Zweifellos ist Brentano für die NS-Behörden ein unsicherer Kantonist geblieben, für ihn umgekehrt blieben die Abläufe in der faschistischen Bürokratie undurchschaubar, die ja keineswegs so ›total‹ und kontrolliert waren, wie die Führungsclique das gern gehabt hätte. Es gab immer wieder Nischen, wo Regimegegner einigermaßen unbehelligt überleben konnten, es gab auch NS-Institutionen, die gegeneinander gearbeitet haben. Je genauer der Blick wird, desto schwieriger wird in diesen Fragen das Urteil; wie sehr die Forschung hier noch am Anfang steht, kann die Figur des deutschen Generalkonsuls in Zürich während der NS-Diktatur zeigen. Brentanos Verbindung zu Hermann Voigt kann ein Grund gewesen sein, warum ihm die Schweizer Behörden 1944 »eine kurze Ausreisefrist gesetzt« hatten, die dann wieder aufgehoben wurde.[9] Brentano bezeich-

7 Podcast eines Gesprächs mit Michael von Brentano (Erstsendung: »Doppelkopf« in hr2-kultur des Hessischen Rundfunks, 21.10.2014), vgl. http://www.hr-online.de/website/radio/hr2/index.jsp?rubrik=9902&key=standard_document_53277433&mediakey=podcast/hr2_doppelkopf/hr2_doppelkopf_20141021_56592322&type=a (letzter Zugriff 16.4.2015). – Zum Repatriierungsantrag aus dem Archiv des Auswärtigen Amtes vgl. Hans-Christian Oeser: »Die Dunkelkammer der Despotie«. Bernard von Brentanos *Prozeß ohne Richter* im Zwielicht. In: Exilforschung. Ein Internationales Jahrbuch 7 (1989), S. 226–247, bes. S. 238–241.

8 Über dieses Werk vgl. Konrad Feilchenfeldt: Bernard von Brentanos August Wilhelm Schlegel-Biographie. In: York-Gothart Mix und Jochen Strobel (Hg.): Der Europäer August Wilhelm Schlegel. Romantischer Kulturtransfer – romantische Wissenswelten. Berlin, New York 2010, S. 295–307.

9 Vgl. Thomas Sprecher: Thomas Mann in Zürich. München 1992, S. 85–91, hier S. 89.

net den Diplomaten in seiner Autobiographie als einen der »klügsten Männer«, die er in Zürich kennengelernt habe, er sei »kein Nationalsozialist« gewesen, »im Gegenteil«. Bekannt mit Brentanos Bruder Heinrich, kannte er »das Auswärtige Amt, und seine scharfen Augen sahen mit Schrecken, wie stümperhaft Herr von Ribbentrop auf diesem komplizierten Instrument spielte«.[10] Voigt habe ihm (ohne Rückversicherung bei den Berliner Behörden) das Visum für seine Deutschlandreise 1940 ausgestellt, sozusagen auf eigene Gefahr. Die Historiker haben den Diplomaten erst in den letzten Jahren als Forschungsgegenstand entdeckt; die ersten Informationen aus seinem umfangreichen Nachlass bestätigen Brentanos Darstellung, der Lebenslauf eines Nazi-Bonzen sieht anders aus.[11]

Zweifellos hat das Exil für Brentano einen Bruch bedeutet, so harmlos sich die Schweiz gegenüber anderen Exil-Orten der Zeit auf den ersten Blick darstellen mag. Er war auch ein Mann des Gesprächs, der mündlichen Polemik, der seine Ideen und Texte gern in mündlicher Rede entwickelt (und wieder verworfen) hat. In seinen literarischen und literaturgeschichtlichen Es-

10 Bernard von Brentano: Du Land der Liebe. Bericht von Abschied und Heimkehr eines Deutschen. Tübingen und Stuttgart 1952, S. 99.

11 Wolfgang G. Schwanitz: Texte der sekundären Bonner Nahostpolitik. Geheimakte Dr. Voigt deklassifiziert. In: DAVO-Nachrichten [Deutsche Arbeitsgemeinschaft Vorderer Orient für gegenwartsbezogene Forschung und Dokumentation], 12 (2003) 18, S. 69 f.; Webversion 9 (2007): Voigt (1889–1968) war in den fünfziger und frühen sechziger Jahren für das Nahost-Referat im Auswärtigen Amt zuständig. Er ist 1889 in Sarona geboren (heute ein Stadtteil von Tel Aviv), nach der Volksschule in Haifa besuchte er das Gymnasium in Plauen im Vogtland. Der promovierte Jurist war im ausgehenden Kaiserreich Diplomat, ab 1935 Generalkonsul in Zürich, von 1940 oder 1943 an Generalkonsul in Paris. Er ist erst 1939 der NSDAP beigetreten, alles andere als ein ›Kämpfer der ersten Stunde‹; im Januar 1945 ist er in den einstweiligen Ruhestand versetzt worden, mit 56 Jahren. Die Sûreté hat ihn verhaftet, interniert und wieder entlassen, von 1950 an konnte er wieder als Diplomat arbeiten. Seine Nahost-Berichte und -Analysen während der Berufsjahre in der Bundesrepublik, so Schwanitz, seien »weder Israel-feindlich noch Arabien-freundlich«, er habe »eine originäre Nahost-Politik« gesucht, »lief damit aber dem Bonner Geist der Zeit mit den Spagaten gegenüber Paris, London und Washington zuwider«.

says gibt es als *ceterum censeo* die Klage darüber, dass die Deutschen keine Hauptstadt (gehabt) hätten. Das heißt, sie hatten ja eine – zu Zeiten der Weimarer Republik war Berlin die freieste, anregendste und kunstfreundlichste Stadt Europas, nach Brentanos Einschätzung; er hat in dieser Zeit dort gelebt, seine besten Romane spielen da. Zürich war dagegen eine Kleinstadt, das Gespräch, die Anregungen, auch der Streit haben Brentano offensichtlich gefehlt. Mehrfach zitiert er einen Brief des Schweizer Malers Karl Stauffer-Bern, der sich im späten 19. Jahrhundert über die deutsche Zerhüttelung und Kleinstaaterei lustig macht: »Jedes Fürstchen hat sein Akademiechen und ist bestrebt, diese Lichtchen, die sich dazu hergeben, ihre Kunstanstältchen zu leiten, auf möglichste Weise zu heben [...] Der Franzose sieht um sich herum die fruchtbare Konkurrenz von tausend guten Malern, er setzt alles daran, um diese zu erreichen, der Deutsche sieht in den meisten Fällen nur die paar Kunstonkels seiner nächsten Umgebung und spannt infolgedessen seine Kräfte selten so an wie er könnte.«[12] Bei allen Vorteilen, die eine regionale, in Brentanos Fall hessische Herkunft habe – die Hauptstadt sei die Werkstatt, die Geistigen lebten zerstreut im ganzen Land.

Auch wenn Brentano sich mit der sogenannten Freitagsrunde in Zürich und in den Emigrantenkreisen nach und nach Kompensationen zu verschaffen gesucht hat, hat ihm die Weimarer Gesprächskultur, von der *Franziska Scheler* ein beredtes Zeugnis ablegt, gefehlt, ebenso der permanente Umgang mit dem eigenen Publikum; wenn jemand von der berühmten *Frankfurter Zeitung* kommt, mit Kracauer, Benjamin *e tutti quanti* verkehrt hat und als Redakteur ein enges soziales, kulturelles, geistiges Netz im »großzügigste[n] aller Staatswesen«[13] hatte, musste fast alles danach als Verarmung erscheinen.

Die Konsistenz der politischen Haltungen Brentanos ist

12 Hier zit. n. Bernard von Brentano: Schöne Literatur und öffentliche Meinung. Literarische Essays. Wiesbaden 1962, S. 37; auch in B. v. B.: Streifzüge. Tagebuch mit Büchern – Neue Folge. Zürich 1947, S. 149 f.

13 Brentano: Du Land der Liebe (Anm. 10), S. 9.

schwer einzuschätzen; noch in den konservativsten Phasen seines Lebens hat er die Feier der ›großen Persönlichkeiten‹ kritisiert, so etwa den sonst geschätzten Hofmannsthal für einen Satz, in dem er den »unseligen Ruf nach dem Genie, nach dem großen Mann, nach dem großen Retter« sah.[14] Das ist eine Position, die auch Bertolt Brecht hätte vertreten können, Brentano mischt stets höchst unterschiedliche Kategorien und Positionierungen. In seiner eigenen Literatur war es Brentano immer um die »Kunst der Beschreibung«[15] zu tun, die er mit dem Naturalismus in die Literatur einrücken sah, er wollte ein Bild des Ganzen liefern, nicht Detailpsychologie eines Protagonisten; es ging ihm um ›wirkliche Menschen‹, nach denen er die Literatur durchmustert hat, ohne in der deutschen Literatur – für seine Begriffe – sehr oft fündig zu werden.

Rezeption

Franziska Scheler ist 1945 von der literarischen Kritik durchweg gut aufgenommen worden. *Die Tat* meinte, hier würden »gedrängte Dinge von höchstem Gewicht leicht und locker« vorgebracht, es sei der »an der Oberfläche schwebende, aber in der Tiefe schöpfende Konversationston eines Enzyklopädisten, der, ohne ein Diderot oder Voltaire [...] zu sein, selbst seine einsamsten Kenntnisse und Erkenntnisse gesellig vorzulegen sucht«.[16] Der Roman zeichne sich durch seine »soziologischen Betrachtungen« ebenso aus wie durch seine »künstlerischen Qualitäten«,[17] fast »dünkt es uns schade, daß wir an Brentanos Buch kein Haar finden, über das wir uns ärgern können«.[18] Der Roman sei eine »Liebesgeschichte, die, stark im Gefühl, ohne

14 Brentano: Streifzüge (Anm. 12), S. 158.
15 Bernard von Brentano: Tagebuch mit Büchern. Zürich 1943, S. 132.
16 me.: Bernard von Brentano: »Franziska Scheler«. In: Die Tat, 23.6.1945.
17 Wi: Vom andern Deutschland. In: Der Bund (Bern), 26.8.1945.
18 k.: Bernard von Brentano: Franziska Scheler. In: Neues Winterthurer Tagblatt, 12.10.1945.

äußere Sensationen« auskomme und dabei in seinen Bemerkungen zur Zeit durch »aphoristische Schärfe« auffalle.[19] Eine Ausnahme bildete die Rezension des früheren Brentano-Freundes und nun offensichtlichen Feindes Manuel Gasser, des Mitbegründers der *Weltwoche.* Er antwortete auf eine ebenfalls rühmende Kritik Karl Wilczynskis in der Schweizer *Nation* (12.9.1945) mit einer Polemik, die sich allerdings gar nicht gegen den Roman, sondern ausschließlich gegen den Autor richtete; Brentano führte daraufhin einen Beleidigungsprozess gegen Gasser, den er 1947 gewann.[20]

Trotz dieser Irritation in der Rezeptionsgeschichte von *Franziska Scheler* handelt es sich also um ein erfolgreiches Buch, das da 1945 erschienen ist; 1949 wurde es im *Tagesspiegel* nachgedruckt. Brentano kannte den Lizenznehmer und Mitherausgeber der Zeitung, den Schriftsteller Erik Reger, noch aus der Weimarer Zeit, und er hat Ende der vierziger Jahre auch einige Artikel für den *Tagesspiegel* geschrieben. Der Suhrkamp/Insel Verlag hat sich im Zuge der ersten Wiederentdeckung Brentanos um 1980 den Nachdruck entgehen lassen, in einer Zeit der Aufwertung von Exilliteratur immerhin erstaunlich. Einer der Gründe dürfte das Lektoratsgutachten von Maria Dessauer gewesen sein. Sie erinnerte sich »lebhaft« daran, »mit welchem Vergnügen man seinerzeit – kurz nach Kriegsende – dieses sympathische, subtil und charmant unterhaltsame Buch eines Deutschen in der Schweiz« gelesen hatte; neben dem Hinweis auf die sinkenden Verkaufszahlen der damaligen Ausgabe von *Theodor Chindler* meinte sie, in einer Zeit, in der sich Verlage um neue

19 Hermann Linden: Im Berlin 1929. In: Neue Zeitung, 22.1.1950.

20 Vgl. die knappe Darstellung im Nachwort von *Theodor Chindler*, Frankfurt a.M. 2014, S. 465–489, hier S. 472 f.; auf eine ausführliche Darstellung des Prozesses an dieser Stelle wird entgegen der damaligen Ankündigung verzichtet, weil der Zusammenhang mit dem Roman *Franziska Scheler* ganz äußerlich ist, auch die Überarbeitung des Romantextes durch Brentano reagiert keineswegs auf die im Prozess vorgebrachten Anwürfe. Die Darstellung des Prozesses ist ein eigenes Thema und soll auf der Grundlage der Prozessunterlagen und des Brentano-Nachlasses anderwärts erfolgen; die bisherigen Darstellungen scheinen in ihrem Urteil noch zu schnell bei der Hand.

deutsche Autoren bemühten, solle man doch nicht auf »harmlos Verbindliches« zurückgreifen. Auch nach dem Krieg sei doch allen klar gewesen, dass es sich um ein »recht harmloses Stückchen Literatur« handle, »weniger Fortsetzung einer sich als politisch gebärdenden Familiengeschichte (*Theodor Chindler*) als hübscher Liebesroman.«[21] Diese Einschätzung, so nachvollziehbar sie auf den ersten Blick sein mag, hat sich allzu sehr von der eleganten Sprache verführen lassen, ein altes Problem in der Rezeption deutscher Literatur – leichte Lesbarkeit hat immer gleich einen Stich in Richtung Leichtgewichtigkeit, ein Problem, mit dem etwa die französische und angelsächsische Literatur nicht zu kämpfen hatten.

Zur Wirklichkeitskonstitution des Romans

Der Handlungsbeginn von *Franziska Scheler* liegt Anfang Mai 1929.[22] Es wird an *Theodor Chindler* angeknüpft, aber eher sparsam; zwischen dem Ende der Handlungszeit des Vorgängerromans, 1918, und *Franziska Scheler* liegen elf Jahre. Die Figurenkonstellation hat sich stark verschoben: Leopold, der jüngste Chindler-Sohn, ist nun die Hauptfigur, seine Schwester Maggie und seine Mutter spielen noch eine große Rolle, treten aber erst gegen Ende des Romans auf. Der älteste Bruder, Karl Chindler, ist präsenter als im ersten Roman, der nächstälteste, Ernst, zuvor eine der wichtigsten Figuren, wird mit zwei knappen Erwähnungen abgespeist (353, 375). Seine Frau Lilli, die faszinierendste Frauenfigur in *Theodor Chindler*, kommt nicht

21 Maria Dessauer: Gutachten zu Bernard von Brentano: Franziska Scheler. 7.3.1980; Suhrkamp-Archiv im DLA, SVA: Suhrkamp/01VL/Autorenkonv./Brentano, Bernard von. Dessauers Gutachten wird nicht der einzige Grund für Siegfried Unselds Entscheidung gewesen sein; sie rät auch von Brentanos Roman *Die ewigen Gefühle* (1939) ab, der dennoch 1983 in der »Bibliothek Suhrkamp« veröffentlicht wurde.

22 S. 7; Seitenverweise auf die vorliegende Ausgabe im Folgenden in Klammern.

mehr vor, und sogar die frühere Titelfigur wird nur ein paarmal erwähnt und eher beiläufig beerdigt, wenn auch feierlich (309). Die permanente Verknüpfung des Schicksals einzelner Familienmitglieder mit politischen Ereignissen wird in *Franziska Scheler* nicht mehr forciert, es bleibt hier bei Andeutungen, überhaupt ist die politische Ebene weit weniger ausformuliert und konkretisiert worden.

Dennoch finden sich auch hier wieder zahlreiche historische Persönlichkeiten, die erwähnt werden, Politiker (Brockdorff-Rantzau, Coudenhove-Calergi, Theodor Heuss, Carl Severing), Schauspieler (Barbara La Marr, Jürgen Fehling), der erste Museumspädagoge Alfred Lichtwark, der Übersetzer Richard Wilhelm und viele andere. Daneben gibt es unschwer zu durchschauende Porträts, etwa von Carl Sonnenschein, der hier »Lichtstrahl« heißt, oder von Joseph Roth (»Josef Grün«); viele Mischfiguren, wo mehrere Vorbilder zu nennen wären, wie für die prototypische Theater-Diva der Weimarer Zeit (Erika Welter), den exzentrischen Großkünstler (Rudi Spalding) oder den umfassend gebildeten Chefredakteur (Dr. Achtermann). Im Verleger Herbert Müller dürfte ein guter Anteil von Ernst Rowohlt porträtiert sein, über Wilhelm Braun ist noch zu sprechen. Diese Mischung aus historischen und erfundenen Figuren wie Franziska Scheler oder auch Balthasar Vierling (270) dient als Strategie zur Authentifizierung der fiktiven Figuren. Es handelt sich nicht um einen Schlüsselroman und auch nicht um einen autobiographischen Roman, wie große Anteile Leopold Chindler mit der früheren Person seines Erfinders auch teilen mag. Die Reise, die Franziska und Leopold zusammen mit ihrem Bruder Waldemar durch die osteuropäischen Länder machen, hat das frisch verheiratete Ehepaar Margot und Bernard von Brentano 1930 tatsächlich gemacht, auch das gelbe Auto ist authentisch; Margot von Brentano hat während der Reise fotografiert, wie der Roman das Franziska zuschreibt. Die Artikel, die Bernard von Brentano über diese Reise in der *Frankfurter Zeitung* veröffentlicht hat, bringen vor allem politische und soziologische Einschätzungen an die Leser; die Parallelen zum Roman sind allerdings, bis auf die genannten Länder und einige

Orte selber, erstaunlich gering.[23] Ein ähnlich komplexes Verhältnis von Fiktion und Wirklichkeit gilt z. B. für die Zeitschrift, für die Herbert Müller in Leopold Chindler einen Gründungsherausgeber finden will: Brentano war ein gutes halbes Jahr (1930/31) in die Verhandlungen mit Ernst Rowohlt involviert, der mit Walter Benjamin, Bertolt Brecht und ihm die Zeitschrift *Krise und Kritik* gründen wollte; das Projekt scheiterte, möglicherweise an der »Uneinheitlichkeit linker Intellektueller«.[24]

Einen Hinweis auf die eigentümliche Wirklichkeitskonstitution des Romans, das vertrackte Ineinander von Fakten und Fiktionen, findet sich in der Ablösung der Kanzler der Weimarer Republik, die 1945 noch präsenter gewesen sein wird als heute: Der Zentrumspolitiker Wilhelm Marx, dessen Rücktritt Leopold Chindler kommentiert (51), war bereits 1928 zurückgetreten. Während der gesamten Handlungszeit des Romans war Hermann Müller (SPD) Reichskanzler, es gab hier gerade mal keinen Rücktritt; und Chindler fühlt sich gegenüber dieser Regierung durchaus nicht als Oppositioneller, er sympathisiert mit ihr (249).

Gottfried Benn

Leopolds engster Freund Wilhelm Braun ist sicher eine der sympathischsten Figuren des Romans, abgesehen von Franziska Scheler und Chindler selbst. Es spricht einiges dafür, dass es sich um ein verdecktes Porträt Gottfried Benns handelt, obwohl bislang in der Forschung vor allem Brentanos Verbindung

23 Die acht Artikel sind vom 27.4.1930 bis zum 19.8.1930 in der *Frankfurter Zeitung* erschienen; ein Nachdruck findet sich unter dem Titel *Reise nach Polen* in: Bernard von Brentano: Texte und Bibliographie. Hg. von Bernd Goldmann. Mainz 1992, S. 27–78.

24 Das Zeitschriftenprojekt wird ausführlich dargestellt von Erdmut Wizisla: Benjamin und Brecht. Die Geschichte einer Freundschaft. Frankfurt am Main 2004, S. 115–163, Dokumentenanhang S. 289–327; hier zit. S. 163.

zu Brecht und Benjamin stark betont worden ist; es gibt zahlreiche biographische Parallelen zwischen Wilhelm Braun und Gottfried Benn (vgl. Kommentar zu S. 54), Chindler liest ausgerechnet ein Ina-Seidel-Gedicht, das Benn gewidmet sein soll.

Seit den späten vierziger Jahren hatten Benn und Brentano denselben Verleger, Max Niedermayer und seinen Limes Verlag in Wiesbaden, gleichzeitig der Wohnort Brentanos seit 1949. Benn und Brentano haben sich in dieser Zeit also regelmäßig gesehen, Niedermayer lud auch zu Benns 65. Geburtstag im kleinen Kreis ein (1951).[25] Die Bekanntschaft reicht aber bis in die zwanziger Jahre zurück.[26] In Benns Nachlass finden sich Briefe Brentanos aus der Nachkriegszeit von 1949 bis 1952, zudem ein Kondolenzschreiben an Benns Witwe von 1956; die Gegenbriefe haben sich offenbar nicht erhalten, vielleicht hat Benn auch keine geschrieben. Man widmete sich Bücher, las einander, auch Benn Brentano;[27] der jüngere Autor gratulierte zum Georg-Büchner-Preis, schrieb von seiner Krankheit und den Schreibproblemen und bedauerte, Benn nicht besuchen zu können: »Was für eine dumme Sache, dass man 49 Jahre alt ist, 20 Bücher veröffentlicht hat und noch nicht einmal Geld genug, um eine Reise nach Berlin zu tun. Aber so ist es.«[28] Brentano wies Benn zwar nicht auf die Braun-Figur hin, sehr wohl aber auf die ausdrückliche Erwähnung Benns im Roman: »Kennen Sie eigentlich meinen Roman Franziska Scheler und darin die Stelle, wo Sie vorkommen? Es macht mir Spass wie wenige Sachen, die ich geschrieben habe, dass ich mir das leistete und fest blieb, als einige erschrockene ›Anti‹fascisten die Hände ob mei-

25 Hanspeter Brode verzeichnet als Gäste unter dem 2.5.1951: »Ehepaar Oelze, F. Maraun, K. Schwedhelm, Ehepaar von Brentano«, s. H. B.: Benn Chronik. Daten zu Leben und Werk. München, Wien 1978, S. 255.

26 Benn an Brentano, 10.1.1929, in Gottfried Benn: Ausgewählte Briefe. Mit einem Nachwort von Max Rychner. Frankfurt am Main 1986, S. 23; vgl. Kommentar zu S. 54.

27 Vgl. Brode: Benn Chronik (Anm. 25), S. 241.

28 Vgl. Brentano an Benn, 21.9.1951; Zitat: Brentano an Benn, 11.12.1950, im Nachlass Gottfried Benn (DLA), Signaturen: A: Benn, 1949–1952, 91.114.203/1–4 und 86.9180/1–2.

nes Wagemuts rangen. Gott im Himmel, war das alles komisch, aber es war einmal Wirklichkeit!«[29] Brentanos Lust an Polemik und Provokation war also ungebrochen, wenn auch in eine ganz andere Richtung als vor 1933; Benn hatte bis 1948 Schreibverbot, war er doch kein Emigrant gewesen und hatte sich 1933/34 (kurz und vergeblich) um Anerkennung durch das NS-Regime bemüht. Nachdem er mit diesem ›Flirt‹ aber offen umging, konnte er sich ab 1949 wieder mit zahlreichen Publikationen auf dem Buchmarkt positionieren, der Büchner-Preis markierte seine Stellung als einer der wichtigsten Lyriker des Jahrhunderts.

Geschichte und Gegenwart

Diese ausgebaute Benn-Anspielung hat ihre Bedeutung auch für die politische Einordnung Leopold Chindlers, er steht in einem republikanischen und demokratischen Spektrum, das sich parteipolitisch nicht fixieren lässt. Über die Inhalte seiner journalistischen Arbeit ist nicht viel zu erfahren, ausführlich ist aber von seinem Buch die Rede. Er ist ein historischer Schriftsteller, an europäischer wie auch an deutscher Geschichte interessiert, und er schreibt über den politischen Publizisten, den publizierenden Politiker Friedrich von Gentz, den Berater Metternichs, bis dieser 1830 mit ihm bricht. Als gemäßigter Liberaler hatte Gentz anfänglich die Französische Revolution »lebhaft begrüßt«,[30] als »Beobachter der politischen Wirklichkeit«[31] wurde er mehr und mehr zum Konservativen und musste wegen seiner antifranzösischen Haltung Preußen verlassen. Die Analogbildung im Roman zu Bernard von Brentanos Schlegel-

29 Brentano an Benn, 11.12.1950 (Anm. 28).

30 Hans Lang: Politische Geschichtsbilder zu Anfang des 19. Jahrhunderts (Metternich – Friedrich Gentz – Adam Müller). Aarau 1944, S. 41. – Diese Dissertation wird in einem Arbeitsheftchen Brentanos der Jahre 1945/46 erwähnt (DLA).

31 Ders., S. 59.

Biographie ist hier besonders deutlich, aus diesem Kontext war ihm Gentz auch vertraut.[32] Wie sehr diese historische Figur, die sich durch komplexe Richtungswechsel auszeichnete, die Folgen der Französischen Revolution bekämpfte und mehrfach exiliert wurde, als Projektionsfigur für konservative und liberale Kreise im Exil nach 1933 geeignet war, wird auch durch Golo Manns intensive Beschäftigung mit ihm deutlich. Mann, den Brentano schon durch seine zeitweilige Nachbarschaft mit Thomas Mann in Küsnacht während der dreißiger Jahre kannte, publizierte zuerst einen Aufsatz in der Zürcher Exilantenzeitschrift *Mass und Wert* (1938), dann sein erstes Buch *Friedrich von Gentz. Geschichte eines europäischen Staatsmannes* (zuerst in den USA 1946, dt. 1947).[33] Besonders an dem frühen Aufsatz in *Mass und Wert* wird deutlich, wie sehr Golo Mann sich mit Gentz identifiziert hat, seinen (publizistischen) Widerstand gegen den Nationalsozialismus in Gentz' Kampf gegen die Folgen der Französischen Revolution präformiert sah. Beschwörend heißt es hier, nach fünf Jahren ›Erfolgsgeschichte‹ des selbsternannten Tausendjährigen Reichs: »Alles nimmt ein Ende; was tausend Jahre gedauert hat, muß nicht notwendig noch einmal so lange dauern, und sein Ruin, welcher ganz sicher eintreten wird, kann unsere Generation, genauer unsere *Zeit*, so gut treffen wie eine andere.«[34] Auch im Wandel politischer Auffassungen mögen sich Brentano wie Golo Mann in Gentz wiedergefunden haben; Mann formuliert das anhand von Gentz' Übersetzung von Edmund Burkes *Reflections on the French Revolution* (1790), die

32 Gentz ist in der Biographie auch erwähnt, vgl. Bernard von Brentano: August Wilhelm Schlegel. Geschichte eines romantischen Geistes. Stuttgart 1943, S. 133.

33 Golo Mann: Gentz und die Französische Revolution. In: Mass und Wert. 11. Jg., September/Oktober 1938, H. 1, S. 52–77. – Ders.: Friedrich von Gentz. Geschichte eines europäischen Staatsmannes. Zürich, Wien 1947. – Zu dem Komplex Golo Mann – Brentano vgl. auch Feilchenfeldt: Brentanos Schlegel-Biographie (Anm. 8), S. 305 f.; zu Golo Manns Gentz-Arbeiten vgl. Tilman Lahme: Golo Mann. Biographie. Frankfurt am Main 2009, S. 128–131, 187–193.

34 Mann: Gentz und die Französische Revolution (Anm. 33), S. 55.

ebenfalls in *Franziska Scheler* erwähnt werden (121): »Darauf kommt es an, daß ein politischer Charakter sich selber treu bleibe, so daß man, was er sagt und tut, auf ihn, auf sein Wesen zurückführen kann; dagegen, nur auf die äußere Sache bezogen, sein Leben voller Widersprüche, Schwankungen, selbst Umkippungen erscheinen darf und muß.«[35]

In Friedrich von Gentz als Gegenstand der Forschungen Leopold Chindlers wird plausibel, dass der junge Journalist und Historiker zwischen allen Stühlen sitzt, was seine Feinde – wie der Redakteur von Manberg (252) – ebenso erkennen wie seine Freunde, etwa sein Verleger (296). Hier fällt auch der in allen Rezensionen der Zeit zitierte Satz: »Wenn ein Mann ein Buch schreibt, das allen Leuten gefällt, dann ist dieser Sonderling entweder ein Schuft oder ein Epigone.« (296) Anscheinend gefällt Chindlers Buch aber überhaupt nur wenigen; den Linken, seinen Leuten in der Weimarer Zeit, ist das Thema zu reaktionär, den Rechten ist es zu liberal. Entschieden erklärt er, »wir Republikaner und Demokraten« müssten uns der Geschichte, das heißt auch: der Deutung deutscher Geschichte »bemächtigen«, sonst werde sie »unseren Händen entgleiten« (249). Genau das ist bekanntlich nach 1933 geschehen; hier wird sozusagen eine Prophezeiung ex post ausgesprochen.

Allerorten finden sich also Überblendungen, Projektionen von einer Ebene auf die andere: Der Essayist und Romancier Brentano erschreibt sich als Projektionsfigur im Roman den Journalisten und historischen Essayisten Chindler, der sich Gentz als Projektionsfigur wählt, der wiederum eine geeignete Projektionsfigur für den Widerstand im Exil gegen Hitler war. Brentano hat sich stets auch als Essayist verstanden; in der Schlegel-Biographie zitiert er zustimmend Lessing, der sich beschwerte, dass zu »allen Zeiten [...] und in allen Ländern« die »wahren Kenner der Dichtkunst ebenso rar wie große Dichter« seien.[36] Nebenbei wird mit der Vorführung der Kämpfe Gentz' (und der Kämpfe Leopolds) gezeigt, was Literatur ist oder doch

35 Ders., S. 56.
36 Brentano: Schlegel (Anm. 32), S. 9.

sein könnte: Die Bücher, die friedlich nebeneinander stehen, »waren in leidenschaftlichen Kämpfen geschrieben und in grausamen Schlachten durchgefochten worden. Sie waren nun Bücher geworden, ›nur‹ Bücher, aber selbst ihre bloße Berührung war fast immer noch so gefährlich wie die einer Hochspannungsleitung.« (345 f.) Hier artikuliert sich die Hoffnung der im Exil weiterhin Schreibenden, denen das vertraute Publikum weggebrochen war – eine Hoffnung auf Wirkung, so unwahrscheinlich und unrealistisch sie gewesen sein mag (und die womöglich sogar mit der Publikation einer historischen Biographie in Hitlerdeutschland versucht wird).

Franziska Scheler und *women's lib*?

Um endlich zur titelgebenden Hauptfigur zu kommen: Bernard von Brentano ist einer der wenigen Schriftsteller der Zeit, der komplexe Frauenfiguren gestalten konnte; schon in *Theodor Chindler* waren Lilli und Maggie die profiliertesten und entwicklungsfähigsten Figuren, die Mutter Elisabeth Chindler wohl die furchterregendste Figur, die mit ihrem totalen Katholizismus alles Leben um sich zum Stillstand bringt. In *Franziska Scheler* ist sie älter, gebrechlicher, zwiespältiger, eine nicht nur negative Figur: »Die kann man nicht anrufen. Die ist nicht gewohnt zu kommen, wenn's klingelt. Der muß man Briefe schreiben.« (309) Gleichwohl verfügt sie noch über die alte Härte, so schwer sie ihr fällt, als sie sich am Ende weigert, ihre Tochter wiederzusehen; und auch Maggie wird als ideologisch versteinerte Figur beschrieben, ohne dass sie denunziert würde.

Franziska Scheler, »Anki«, ist eine junge, unsichere Frau aus adliger und wohlhabender Familie, ein »Luxusweibchen aus der Bourgeoisie«, wie Maggie sie in einer nun gestrichenen Stelle knapp und boshaft charakterisiert (vgl. Kommentar zu 317). Dass sie dennoch eine liebenswerte Figur ist, liegt kaum allein an ihrer Schönheit und Grazie, die wir durch Leopolds liebenden Blick (und den des Autors) zu Genüge erfahren; von ihrem ersten Mann Richard Scheler verlassen, kümmert sie sich um ihren Sohn, der wie sie selbst immer wieder Fremde und Bekannte charmiert, Frauen wie Männer. Hat Brentano in *Theodor Chindler* keine Charakterentwicklungen beschreiben, sondern ein Gesellschaftspanorama samt Familiengeschichte geben wollen, so hat sich das nun geändert. Die wenig schmeichelhafte Anspielung auf Arthur Schnitzler (32), der noch den geheimsten psychologischen Verästelungen nachgehen konnte, kommt nicht von Leopold Chindler, sondern von seinem Bruder Karl, der sich nicht gerade als kunstsinnig hervortut. Obendrein hat Brentano in den ausgehenden dreißiger Jahren viel Sigmund Freud und auch Sándor Ferenczi gelesen;[37] und sein gewachsenes Interesse an komplexen Charakteren ist an Franziska nachzuvollziehen.

Sie entfaltet sich im Kontrast zu den ganz anders aufgestellten Nebenfiguren Erika Welter und Valerie Bendemann im Laufe der Geschichte, sie zeigt ihre Eigenheiten, Empfindlichkeiten, ihre wache Auffassungsgabe – wir folgen ihr durch ihren Alltag, buchstäblich bis unter die Dusche, so vornehm der Erzähler auch hier bleibt (69). In der Weimarer Republik hat es durchaus nennenswerte Bestrebungen zur Emanzipation gegeben, die nicht unbedingt »Ankis« Bestrebungen sind; sie ist schon eine höhere Tochter, die eine schmerzhafte Trennungserfahrung hinter sich hat und gleichermaßen Sicherheit will, wie sie das Zusammenleben mit ihrem Kind nicht gefährden will. Die Konsequenz zeigen die ersten Kapitel; sie will zwar Leopolds Geliebte sein, das aber nicht offen, ihr geschiedener Mann könnte ihr ja ihren Sohn wegnehmen. Das Ungewöhnliche an diesem Roman ist nun, dass der Mann nach der ersten Euphorie sich von der Beziehung erdrückt fühlt, er hat den Eindruck, seine Geliebte existiere ohne ihn quasi nicht, und sie verlange von ihm, dass er sich »männlich« zeige, »und zwar immer!«

37 In einem Arbeitsheftchen im Nachlass (DLA) sind zahlreiche Freud-Titel und einer von Ferenczi notiert und exzerpiert; das Heft ist nicht datiert, enthält aber einige Titel-Entwürfe für den Roman *Prozess ohne Richter* (1937), dürfte also um 1936/37 geschrieben sein.

(279) Von Frauenrechtlerinnen und ihren Büchern hat sie allenfalls eine untergründige Vorstellung (159), obwohl sie schon Rechte einfordert. Ihr Leben allein durch und mit dem Mann ist für Leopold auch eine Belastung, er sieht außer Franziskas Fürsorglichkeit für ihr Kind auch ihre innere Leere. Er wünscht ihr und sich größere Selbstständigkeit, und die verschafft ihr tatsächlich die Literatur, ein Lektüreprogramm, das sie sich selbst besorgt, nach einigen Anfangsempfehlungen und Geschenken Leopolds.

Denn er kann ihr dieses Programm nicht vorschreiben. Eine der Konstanten in Bernard von Brentanos Menschenbild ist, dass Kinder zwar erzogen werden müssen, es aber kein Recht gebe, »den erwachsenen Menschen zu ändern; niemand ist ein solcher, daß er das Recht hätte, zu einem zweiten zu sagen, höre auf zu sein wie du bist, und werde anders, nämlich so, wie ich dich haben will!«[38] Auch Leopold Chindler vertritt ähnliche Ansichten: »Es gibt keine Entwicklung. Man ist, was man wird, und sonst garnichts« (62), er will auch Franziska nicht »formen«. »Warum soll ich sie formen? Aushalten … geformt werden, das ist viel besser!« (383) Vor dem Zeithorizont, vor dem Brentanos Romane geschrieben sind, steckt darin natürlich auch ein politisches, ein antiautoritäres Programm; das zwanzigste Jahrhundert ist gebrandmarkt von politischen Systemen, für die eben dies selbstverständlich war: den Menschen formen zu wollen. Der Umgang dieses Liebespaares miteinander ist ein anderer: Jeder der beiden kann sich nur autonom verhalten; als sie schließlich endgültig zusammenkommen können, alle äußeren Hürden abgeräumt sind, begegnen sie sich als freie und gleiche Menschen, aus ihren je individuellen Voraussetzungen heraus. Franziska bleibt sich insofern auch treu, als das Leseprogramm wieder zurücktritt, als sie ihren besonderen Blick entdeckt – und zunehmend professionell fotografiert, damit einen Bereich findet, auf dem Leopold ihr nicht helfen, sie nicht

38 Bernard von Brentano: Theodor Chindler. Roman einer deutschen Familie. Mit einem Nachwort von Sven Hanuschek. Frankfurt am Main 2014, S. 282 f.

dominieren kann. Sie formuliert das Paradox dessen, was in ihrer Liebe mit ihr passiert ist – »ich bin garnicht mehr ich, aber ich bin es endlich wieder« (131).

Das kulturelle Netz

Literatur ist zwar ein Teil von Franziskas Bildungsprogramm, sie liest ganz in Brentanos Sinn, um ihren Charakter zu erkennen.[39] Damit ist es aber noch nicht getan, was den Roman *Franziska Scheler* angeht. Brentano hat hier ein Netz aus Zitaten, Anspielungen, Nennungen aus allen Bereichen der Kultur aufgespannt, dominant sicher aus der Literatur seit der Antike, aber auch aus der bildenden Kunst, aus Musik, Theater, in gewisser Weise auch Religion; ein Netz, in dem auch Leopold Chindler selbstverständlich lebt. Es gibt nur wenige Momente in diesem Roman, wo dessen Exilverfassung ausgesprochen oder doch angedeutet wird (»Dieser langweilige Kontinent, dachte sie, besteht nur aus Grenzen und Schlagbäumen und dummen Kerlen«, 139). Wie die historischen Details und die Verweise auf frühere deutsche Geschichte fügt das kulturelle Netz mimetische und nichtmimetische Teile des Textes ineinander, für die identifikatorisch Lesenden werden sie ununterscheidbar. Damit wird die Literatur aber zur Selbstverständigung, zur Vergewisserung der eigenen Identität, keineswegs nur für Franziska Scheler. Literatur wird zum »gemeinsame[n] kulturelle[n] Erbe, das im Gegensatz zur gegenwärtigen geschichtlichen Entwicklung verfügbares Material des Autors ist«[40] und ihn mit seinen Leserinnen und Lesern verbindet. Das Leben in der deutschen Gesellschaft, der Dialog in der Hauptstadt, der früheren Metropolenwelt ist nicht mehr da; der Autor schreibt sie sich mit die-

39 Brentano 1944/45, zit. n. Ulrike Hessler: Bernard von Brentano – Ein deutscher Schriftsteller ohne Deutschland. Tendenzen des Romans zwischen Weimarer Republik und Exil. Frankfurt am Main u. a. 1984, S. 232.

40 Hessler: Brentano (Anm. 39), S. 265.

sem elaborierten kulturellen Anspielungsnetz wenigstens imaginär wieder herbei, denn: Nicht nur Chindlers Gentz-Buch und Brentanos Schlegel-Biographie sind historische Bücher; auch *Franziska Scheler* ist ein historischer Roman, der zum Zeitpunkt seiner Entstehung über eine Distanz von 15 Jahren zurückblickt. Der Exilautor verschafft sich durch das Heraufrufen von Literatur, Musik und Kunst eine Identitäts-, vielleicht sogar Einheitserfahrung, die im Exil permanent bedroht ist – während ihm der kulturelle Hallraum, den er im Laufe seines Lebens erworben hat, weiterhin zur Verfügung steht.

Franziska Scheler ist also ein Exilroman; ein Liebesroman; ein historischer Roman, der sich der Berliner Szenerie der Jahre 1929 und 1930 vergewissert. Das heißt aber, wir lesen einen Tanz auf dem Vulkan, die beschriebene Welt ist eine Welt vor dem Untergang. Viele der Figuren werden die Jahre nach 1933 nicht überleben, einige werden aus religiösen oder politischen Gründen verfolgt werden; andere werden in der Diktatur reüssieren. So wenig der Nationalsozialismus vorkommt – explizit kommt er gar nicht vor –, schildert der Roman doch exakt die Mentalität der gehobenen Bürgerschicht, die zu einem Gutteil in die Diktatur geführt hat. All die erwachsen gewordenen Burschenschaftler, die von Manbergs und Dr. Wilds, werden wohl ihre Karrieren machen; auch Karl Chindler ist nicht frei von antidemokratischen Volten.[41] Die ›Guten‹ in der Zeitungsredaktion und anderwärts weigern sich, rechte Pöbeleien überhaupt wahrzunehmen, nach den Erinnerungen des *Frankfurter-Zeitung*-Redakteurs Erik Graf Wickenburg scheint das eine dominante Strategie der Zeitung gewesen zu sein, »man hat es nicht glauben wollen [...] Man wollte nichts hören, nicht von ihm. Er war eben der ›Gefreite‹, der österreichische.«[42] Dass auch Brentano das Rumoren der Rechtsradikalen nicht thematisiert, entspricht damit sogar der mimetischen Seite des Romans; diese

41 Vgl. dies., S. 252.

42 Almut Todorow: Interview mit Professor Erik Graf Wickenburg, geführt am 16. und 17.05.1989. In: A. T.: Das Feuilleton der »Frankfurter Zeitung« in der Weimarer Republik. Tübingen 1996, S. 167–193, hier S. 174.

Ebene ist nur in Anspielungen da, auf den *Reigen*-Prozess (32), das Schmutz- und Schund-Gesetz (252) etwa. Chindler findet die Rechten »dumm und die Linke ist weltfremd« (296), einer der Redner im Parlament gehört zu den »Völkischen« (250). Eine der Voraussetzungen für den Erfolg Hitlers freilich, die Wirtschaftskrise, wird ausdrücklich thematisiert, Chindler liest in der Zeitung vom »schwarzen Dienstag« in New York (298).

Dass *Franziska Scheler* eine Gesellschaft am Abgrund zeigt, wird aber gerade nicht mit großer prophetischer Geste aus dem wissenden Nachher verkündet. Brentano bleibt zurückhaltend, unaufdringlich, er erzählt eine Liebesgeschichte, mit einem gewissen Drang zur Sentenz, zum Bonmot (»Leute, die Reden halten wollen, können mit Leuten, die ebenfalls Reden halten wollen, nichts anfangen«, 307). Der Schluss des Romans, der Leopold und Franziska das Glück zu bringen scheint, ist dennoch ein Schein-Idyll; die beiden werden eher eine Hölle durchschreiten müssen als den Himmel, auch wenn Franziska über Gesten verfügt, »welche die Ahnen des Menschengeschlechts die Engel hatte erfinden lassen« (342).

Polen-Reise 1930
Copyright Michael und Peter von Brentano

Margot im Ford, Berlin 1930
Copyright Michael und Peter von Brentano

Dank

Michael und Peter von Brentano haben den Zugang zum Nachlass ihres Vaters ermöglicht und die Druckvorlage zur Verfügung gestellt, dafür meinen herzlichen Dank – an Michael von Brentano auch besonders für die zahlreichen Hinweise zur Familiengeschichte der Brentanos, die gelegentlich in *Franziska Scheler* eine Rolle spielt.

Den Mitarbeiterinnen und Mitarbeitern im Deutschen Literaturarchiv (Marbach), besonders Dr. Ulrich von Bülow, danke ich für die unbürokratische und schnelle Unterstützung bei der Arbeit an Bernard von Brentanos Nachlass.

An einigen kommentierungsbedürftigen Details haben Kolleginnen und Kollegen mitgerätselt, für Hinweise danke ich hier besonders den Münchner Professoren-Kolleginnen Christine Haug, Inka Mülder-Bach und Claudia Wiener, PD Dr. Edi Zollinger (Zürich) und besonders meiner höchst energischen und engagierten Mitarbeiterin Friederike Schneider.

Kerstin Dötsch hat mir bei der Erstlektüre wichtige Hinweise gegeben – dafür und für anderes meinen Dank (und anderes).

Inhalt

Bernard von Brentano
Theodor Chindler
Roman einer deutschen Familie
Mit einem Nachwort von Sven Hanuschek
496 Seiten. Gebunden.
ISBN 978-3-89561-488-0

»Dieser Roman ist eines der großen Bücher über den großen Krieg und das Ende des Kaiserreichs.«
Lothar Müller, Süddeutsche Zeitung

»Ein Familienroman, in dem die Menschen von dem gezeichnet werden, was die von Menschen gemachte Wirklichkeit ihnen antut, ein Weltanschauungsroman.«
Florian Balke, Frankfurter Allgemeine Sonntagszeitung

»Ein bedeutender Roman, der heute noch überaus lesenswert und mit Recht nicht dem Vergessen anheimgefallen ist.«
Wilhelm von Sternburg, Frankfurter Rundschau

»*Theodor Chindler* ist das katholische, das süddeutsche Gegenstück zu den Buddenbrooks. Und ja, es ist überfällig, dass Brentanos Roman wieder aus der Versenkung herausgeholt wird. Denn er zeigt minutiös, was der Krieg mit den Menschen macht.«
Gregor Papsch, Südwestrundfunk

Schöffling & Co.